BRANDON SANDERSON (Lincoln, Nebraska, 1975) es el gran autor de fantasía del siglo XXI. Debutó en 2005 con la novela *Elantris* y desde entonces ha deslumbrado a cincuenta millones de lectores en treinta y cinco lenguas con el Cosmere, el fascinante universo de magia que comparten la mayoría de sus obras. Sus best sellers son considerados clásicos modernos, entre ellos la saga Mistborn, la decalogía El Archivo de las Tormentas, la serie Escuadrón y las cuatro novelas secretas con las que, en 2022, protagonizó la mayor campaña de financiación de Kickstarter. Con un plan de publicación de más de veinte futuras obras (que contempla la interconexión de todas ellas), el Cosmere se convertirá en el universo más extenso e impresionante jamás escrito en el ámbito de la fantasía. Sanderson vive en Utah con su esposa e hijos y enseña escritura creativa en la Universidad Brigham Young. *Curso de escritura creativa* es el libro que recoge sus valiosos consejos.

www.brandonsanderson.com

Papel certificado por el Forest Stewardship Council®

Título original: *Elantris. Tenth Anniversary Author's Definitive Edition*

Abril de 2026

Printed in Spain – Impreso en España

ISBN: 978-84-1314-737-6
Depósito legal: B-23.219-2025

Impreso en Liberdúplex
Sant Llorenç d'Hortons (Barcelona)

BB 4 7 3 7 6

Elantris
Una novela del Cosmere

BRANDON SANDERSON

Edición revisada por Ángel Lorenzo y Tamara Tonetti de Cosmere.es,
con la colaboración de Manu Viciano

Traducción de Rafael Marín Trechera

Corrección del texto anterior y traducción
de la edición X aniversario: Manuel de los Reyes
Traducción del prefacio, la nota sobre los seones,
las escenas eliminadas y el posfacio: Manu Viciano
Coordinación del Cosmere: Marina Vidal y Dídac de Prades
Revisión de galeradas: Antonio Torrubia

Dedicado a mi madre,
que quería un médico
y acabó con un escritor,
pero lo amó lo suficiente
para no quejarse (mucho)

PREFACIO

Conocí a Brandon Sanderson en 1998, cuando ambos trabajábamos en *The Leading Edge*, la revista de ciencia ficción de nuestra universidad. Pero no llegamos a entablar una verdadera amistad hasta el primer semestre de 1999, cuando resultó que ambos asistíamos a la misma clase de escritura creativa y los dos nos planteábamos en serio dedicarnos a la literatura como oficio. Fundamos un grupo de escritura, invitamos a más gente de la redacción de *The Leading Edge* y empezamos a leer lo que habían escrito los demás. Mis primeras novelas estaban tan repletas de clichés de la literatura fantástica que venían a ser poco más que *fan fiction*. Brandon, en cambio, estaba tan obstinado en evitar los lugares comunes que en sus historias a veces no sucedía nada en absoluto.

—Oye, Brandon, ¿cuándo van a aparecer los malos?

—Estos de aquí son los malos.

—No, estos son solo la gente que quiere cerrar la escuela de magia del protagonista. Está claro que aparecerán unos malos de verdad, y entonces la magia del prota será lo único que pueda detenerlos y su escuela salvará el mundo porque él luchó por mantenerla abierta, ¡hurra! Se ve venir de lejos; lo que no entendemos es por qué tarda tanto.

—No va a pasar eso.

—Pues claro que va a pasar. Las novelas de fantasía son así.

—Pero no tienen por qué ser así. A ver, la fantasía puede ser cualquier cosa que quiera, ¿no? Esa es la ventaja de la fantasía. ¿Por qué mi novela fantástica no puede tratar de un tío que no quiere que le cierren su escuela y punto? Además, en esa escuela se aprende magia de arena y la gente lleva brazaletes para duelos que disparan flechas por aire comprimido y come un delicioso tofu hecho de insectos gigantes.

—Eh… Bueno, supongo que podría ser. Pero entonces, ¿de verdad no hay un malo? ¿No va a aparecer en ningún momento?

Y estas eran las conversaciones que teníamos sobre sus historias, una tras otra. Por aquel entonces Brandon ya escribía libros más rápido de lo que el ser humano medio era capaz de leerlos. Al cabo de un tiempo consiguió un agente, el genial Joshua Bilmes, y en el grupo de escritura nos sentimos maravillosamente justificados cuando Joshua se mostró de acuerdo con nosotros: ¿para qué escribir todos esos libros si en ellos no iba a suceder nada? Los comentarios de Joshua nos proporcionaron una frase que seguiríamos utilizando durante años como un mantra sagrado para mantener a raya los excesos de Brandon: «El tejido del universo debe correr peligro».

—Has traído un libro estupendo, Brandon, pero no acaba de darme la sensación de que el tejido del universo corra peligro.

—Claro que no, porque esto es solo la modesta historia de alguien que se siente excluido por su familia.

—Veamos. Para empezar, en realidad esto es una historia gigantesca sobre alguien capaz de crear una armadura mágica con la mente y conjurar comida de la nada, con lo cual cabrea a unos temibles monstruos del vacío, y también da la casualidad de que se siente excluido por su familia. Así que no nos vengas con esas. Y en segundo lugar, y lo más importante de todo, ese agente tan importante y maravilloso que tienes te dijo que el tejido del universo debe correr peligro, y aquí no lo corre. Tienes que empezar a ponerlo en peligro ahora mismo.

—Pero al menos hay unos temibles monstruos del vacío que…

—¡Peligro! ¡Ya!

Lo mejor de estar en un grupo de escritura es que la gente aprende junta. Lo más terrible de estar en un grupo de escritura es que se dicen un montón de idioteces antes de aprender nada. De verdad que me parece increíble que de esos grupos salga algún escritor, en vez de crear solo inseguridades andantes generadas por completo a partir de malos consejos encerrados en cámaras de resonancia. El caso es que los instintos de Brandon eran buenos, y el mantra de Joshua era bueno, y todo el mundo tenía su parte de razón, solo que no sabíamos cómo interpretar nada de aquello.

Al final terminamos resolviéndolo, claro está. Brandon debe una buena parte de su éxito, pongamos la mitad, a su tozudo empeño en que las pequeñas historias humanas contenidas en la trama épica eran por lo que merecía la pena leer dicha historia épica. Nos involucramos con Mistborn porque nos involucramos con Vin, con sus terribles cicatrices emocionales y su adusta certeza de que nadie podrá quererla jamás. Nos importa El Archivo de las Tormentas porque nos importan la depresión de Kaladin, la inseguridad de Shallan y los esfuerzos de Dalinar enfrentándose a la locura. El otro gran factor en el éxito de Brandon —redondeemos y digamos que la otra mitad— es su implacable insistencia en el dramatismo a gran escala, en una historia general que hace peligrar sin contemplaciones el tejido del universo y envuelve e imprime consistencia a esas historias interiores. Brandon se las ingenia para narrar las tramas épicas más grandiosas que se pueden leer por ahí, y les asienta los pies en la tierra con las pequeñas historias más personales.

Llegó un momento en que nuestro grupo de escritura terminó de leer una novela de Brandon y empezó con el primer capítulo de otra nueva: *El espíritu de Adonis*. Lo tenía todo: las historias íntimas de unos personajes imperfectos, adorables, maravillosos, combinadas a la perfección con una maldición mortal, un ejército destructor de países y un desenlace que alteraba el universo entero, para todo el mundo, de formas que te hacían reír y vitorear y pasar las páginas tan rápido como era humanamente posible. Su único problema era el título.

—No lo pillo. ¿Por qué dices que trata sobre Adonis?

—La ciudad se llama Adonis. ¿Es que... no está claro en el texto?

—No, si eso está clarísimo. Lo que no entiendo es *por qué* la ciudad se llama Adonis. ¿La historia transcurre en la Tierra? ¿Es Grecia pero no se nota por algún motivo?

—¿Por qué iba a ser Grecia?

—¿Y por qué no iba a...? En fin, Adonis era griego. ¿Tu historia se ambienta en un planeta que la humanidad coloniza en el futuro, como *Los jinetes de dragones de Pern*, y recicla la antigua...?

—No, no, qué va. No es la Tierra, no es Grecia. A lo mejor tiene alguna similitud visual con la antigua Grecia, pero no es intencionada. Adonis es un lugar que me he inventado, sin ningún equivalente propiamente dicho en el mundo real.

Nos quedamos mirándonos entre nosotros, cada cual tratando de averiguar qué era lo que tan confuso tenía al otro. ¡En nuestra mente tenía todo el sentido del mundo! A veces los grupos de escritura son así. Al final, otra persona del grupo dijo:

—Brandon, eres consciente de que Adonis es un personaje de la mitología griega, ¿verdad?

Brandon se echó a reír.

—¡Madre mía! No, me había olvidado por completo de él. Ya me parecía a mí que el nombre era demasiado bueno para que nadie lo hubiera usado antes, ya. No pasa nada, se lo cambio y ya está.

La semana siguiente Brandon nos envió el segundo capítulo de *El espíritu de Elantris*, y a los pocos meses desechó la parte del «espíritu» y dejó el título en *Elantris*. A día de hoy sigue siendo una de mis novelas fantásticas favoritas de todos los tiempos. En mi casa, escondida de los ojos de niños y aficionados fisgones, tengo guardado el que sin duda será algún día el objeto más valioso que poseo: un ejemplar de la primera edición de *Elan-*

tris, adquirido en su fecha de publicación, con el autógrafo de Brandon y esta sencilla dedicatoria: «Para Dan, el primer libro que firmo <u>en la vida</u>».

Enhorabuena por estos diez años, Brandon. Lo conseguiste. Dentro de muchos siglos, alguna autora principiante y llena de talento pondrá sin querer a su novela fantástica un título basado en tu obra.

Así es como uno sabe que de verdad lo ha logrado.

DAN WELLS

Nota sobre los seones

Las ilustraciones de Michael Whelan siempre han sido muy especiales para mí, hasta el punto de que considero que fueron sus cubiertas las que me atrajeron al género de la fantasía en mis años mozos. Tuve la suerte de recibir como regalo de Navidad un ejemplar de su libro de ilustraciones, que incluía, además de muchas de mis cubiertas favoritas, una selección de sus maravillosos cuadros.

Aún recuerdo que, de joven, me acurrucaba todas las noches en la cama con mi ejemplar del libro de Michael, elegía uno de aquellos cuadros y me imaginaba la historia que ocultaban. Había una ilustración que era la que más me impactó, titulada *Passage: Verge* («Paso: Límite»). En ella se ve una especie de portal avejentado ante el que está de pie una mujer, sobre cuya mano flota una esfera resplandeciente, un orbe con una vela en su interior. Esos orbes eran un tema recurrente en la serie de ilustraciones *Passage* («Paso») a la que pertenecía aquella. La imagen me hizo hilvanar historias en mi mente, imaginando qué eran esas esferas y qué significaba el portal.

Muchos años después escribiría una novela en la que aparecían esferas relucientes, una mujer bendecida con una de ellas como acompañante y el paso de la vida a la muerte y al renacimiento.

Brandon Sanderson
Septiembre de 2015

ELANTRIS

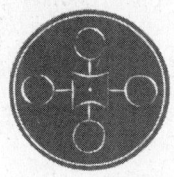

PRÓLOGO

ELANTRIS fue hermosa, en otro tiempo. La llamaban la ciudad de los dioses, un lugar de poder, esplendor y magia. Los visitantes dicen que las piedras mismas brillaban con una luz interior, y que la ciudad contenía maravillosos portentos arcanos. De noche, Elantris resplandecía como un fuego plateado, visible incluso desde una gran distancia.

Sin embargo, por magnífica que fuera Elantris, sus habitantes lo eran todavía más. Con el pelo de un blanco esplendoroso, la piel casi de un plateado metálico, los elantrinos refulgían como la ciudad misma. Según las leyendas eran inmortales, o casi. Sus cuerpos sanaban rápidamente y estaban dotados de gran fuerza, sabiduría y velocidad. Podían hacer magia apenas agitando la mano. La gente visitaba Elantris desde todo Opelon para ser objeto de curación, recibir alimento o conocimientos elantrinos. Los elantrinos eran divinidades.

Y cualquiera podía convertirse en una.

La shaod, se llamaba. La Transformación. Golpeaba al azar, normalmente de noche, durante las misteriosas horas en que la vida se detenía para descansar. La shaod podía tomar a un mendigo, un artesano, un noble o un guerrero. Cuando llegaba, la vida de la persona afortunada terminaba y comenzaba de nuevo; descartada su antigua existencia mundana, esa persona se marchaba a Elantris. A Elantris, donde podía vivir bendita, gobernar con sabiduría y ser adorada por toda la eternidad.

La eternidad terminó hace diez años.

PRIMERA PARTE

LA
SOMBRA
DE
ELANTRIS

Capítulo 1

EL PRÍNCIPE Raoden de Arelon despertó temprano esa mañana, completamente ignorante de que había sido condenado para toda la eternidad. Todavía adormilado, Raoden se incorporó, parpadeando con la suave luz de la mañana. Por las ventanas abiertas de su balcón podía ver la enorme ciudad de Elantris en la distancia, sus murallas desnudas cerniéndose sobre la ciudad más pequeña de Kae, donde vivía Raoden. Las murallas de Elantris eran increíblemente altas, pero Raoden distinguía las cimas de las negras torres alzándose tras ellas con los capiteles rotos, una muestra de la majestad caída y oculta tras aquellos muros.

La ciudad abandonada parecía más oscura que de costumbre. Raoden la contempló un instante y luego apartó la mirada. Resultaba imposible ignorar las enormes murallas elantrinas, pero la gente de Kae lo intentaba con todas sus fuerzas. Era doloroso recordar la belleza de la ciudad y preguntarse por qué hacía diez años la bendición de la shaod se había convertido en una maldición.

Raoden sacudió la cabeza y se levantó de la cama. Hacía un calor desacostumbrado para una hora tan temprana, no sintió ni siquiera un poco de fresco cuando se puso la túnica. Luego tiró del cordón de los sirvientes que pendía junto a la cama para indicar que quería el desayuno.

Otra cosa extraña, además, tenía hambre, mucha hambre. Sentía un apetito casi voraz. Nunca le habían gustado los desayunos copiosos, pero esa mañana descubrió que ansiaba que llegara la comida. Finalmente, decidió enviar a alguien a ver por qué tardaba tanto.

—¿Ien? —llamó, en los aposentos a oscuras.

No obtuvo respuesta. Raoden frunció levemente el ceño ante la ausencia del seon. ¿Dónde podría estar Ien?

Se levantó y, al hacerlo, sus ojos volvieron a posarse en Elantris. A la sombra de la gran ciudad, Kae parecía en comparación una aldea insignificante. Elantris era un enorme bloque de ébano. Ya no era una ciudad, solo el cadáver de una. Raoden se estremeció.

Llamaron a la puerta.

—Por fin —dijo Raoden, y se acercó a abrir. La vieja Elao esperaba fuera con una bandeja de fruta y pan caliente.

La bandeja cayó al suelo con estrépito, resbalando de los dedos de la aturdida criada cuando Raoden tendía las manos para tomarla. Raoden se quedó quieto mientras el sonido metálico de la bandeja reverberaba en el silencioso pasillo.

—¡Domi Misericordioso! —susurró Elao, con los ojos desorbitados. Con mano temblorosa agarró el colgante korathi que llevaba al cuello.

Raoden tendió la mano, pero la asustada criada retrocedió un paso y tropezó con un pequeño melón en su prisa por escapar.

—¿Qué? —preguntó Raoden. Entonces se vio la mano. Lo que había estado oculto en las sombras de su habitación a oscuras quedaba ahora iluminado por la fluctuante linterna del pasillo.

Raoden se dio media vuelta, apartando los muebles de su camino mientras se acercaba al espejo de cuerpo entero que había en un extremo de sus aposentos. La luz del amanecer había aumentado lo suficiente para que viera el reflejo que le devolvía la mirada. El reflejo de un extraño.

Sus ojos azules eran los mismos, aunque los tenía desencaja-
dos de terror. Su pelo rubio arena, sin embargo, se había vuelto
de un débil gris. La piel era lo peor. El rostro del espejo estaba
cubierto de enfermizas manchas negras, como hematomas oscuros. Las manchas solo podían significar una cosa.

La shaod lo había alcanzado.

LA PUERTA DE la ciudad de Elantris resonó tras él cerrándose
con un estremecedor sonido de punto final. Raoden se desplomó contra ella, aturdido por los acontecimientos del día.

Era como si sus recuerdos pertenecieran a otra persona. Su
padre, el rey Iadon, no lo había mirado a los ojos mientras ordenaba a los sacerdotes que prepararan a su hijo y lo arrojaran
a Elantris. Eso se hizo rápida y silenciosamente. Iadon no podía permitir que se supiera que el príncipe heredero era un
elantrino. Diez años antes, la shaod hubiese convertido a Raoden en un dios. Ahora, en vez de convertir a las personas en dei-
dades de piel plateada, las convertía en enfermizas monstruosidades.

Raoden sacudió la cabeza incrédulo. La shaod era algo que
afectaba a los demás, a gente lejana. Gente que merecía ser maldecida. No al príncipe heredero de Arelon. No a Raoden.

La ciudad de Elantris se extendía ante él. Sus altas murallas
estaban flanqueadas de garitas y soldados, no para mantener a
los enemigos fuera de la ciudad, sino para impedir que sus habitantes escaparan. Desde el Reod, con la caída de Elantris, toda
persona asaltada por la shaod había sido arrojada a través de sus
puertas para que se pudriera. La ciudad se había convertido en
una enorme tumba para aquellos cuyos cuerpos se habían olvidado de morir.

Raoden recordaba haber estado en aquellas murallas, contemplando a los temibles habitantes de Elantris igual que los guardias lo miraban a él ahora. La ciudad le había parecido entonces
muy lejana, aunque estuviera solo al otro lado. Se había pregun-

tado, filosóficamente, cómo sería recorrer aquellas calles enne-grecidas.

Ahora iba a averiguarlo.

Raoden se apoyó en la puerta un momento, como para obli-gar a su cuerpo a pasar, para limpiar su carne de suciedad. Aga-chó la cabeza y dejó escapar un gemido. Le apetecía hacerse un ovillo sobre el sucio empedrado y esperar hasta despertar de aquel sueño. Excepto que sabía que jamás despertaría. Los sa-cerdotes decían que aquella pesadilla no terminaría nunca.

Pero, en alguna parte de su interior, algo instaba a Raoden a continuar. Sabía que tenía que seguir moviéndose, pues temía que, si se detenía, acabaría por rendirse. La shaod había tomado su cuerpo. No podía permitir que tomara también su mente.

Así, usando su orgullo como un escudo contra la desespera-ción, el rechazo y (lo más importante) la autocompasión, Rao-den alzó la cabeza para mirar su eterno castigo a los ojos.

EN OCASIONES ANTERIORES Raoden había estado en las murallas de Elantris para mirar desde arriba (literal y figurada-mente) a sus habitantes y había visto la suciedad que cubría la ciudad. Ahora se hallaba en ella.

Cada superficie (desde las paredes de los edificios a las nu-merosas grietas del pavimento) estaba cubierta con una capa de mugre. La sustancia viscosa y aceitosa hacía indistinguibles los colores de Elantris, mezclándolos todos en un único tono de-primente, un color que juntaba el pesimismo del negro con los verdes y marrones contaminados del alcantarillado.

Hasta entonces, Raoden había podido ver a unos cuantos habitantes de la ciudad. Ahora podía oírlos también. Una doce-na de elantrinos yacían dispersos en las fétidas piedras del patio. Muchos estaban sentados sin que les importara, o sin que se die-ran cuenta, en charcos de agua oscura, los restos de la tormenta de la noche anterior. Y gemían. La mayoría no decía nada, al-gunos murmuraban para sí o gemían aquejados de algún dolor desconocido. Una mujer, sin embargo, gritaba al fondo del patio con desgarrada angustia. Guardó silencio al cabo de un momento, sin aliento o sin fuerzas.

Casi todos vestían una especie de harapos, oscuros y sueltos, tan manchados como las calles. No obstante, al mirar de cerca, Raoden reconoció la ropa. Contempló su propio atuendo funerario blanco. Era largo y holgado, con lazos cosidos para formar una túnica suelta. El lino, en los brazos y las piernas, estaba ya manchado de mugre por el roce contra la puerta y las columnas de piedra de la ciudad. Raoden sospechó que pronto sería indistinguible de la vestimenta de los otros elantrinos.

«En esto me convertiré —pensó Raoden—. Ya ha comenzado. Dentro de unas pocas semanas no seré más que un cuerpo rechazado, un cadáver gimiendo en las esquinas».

Un leve movimiento al otro lado del patio distrajo a Raoden de su autocompasión. Algunos elantrinos se acurrucaban en un portal en sombras. No distinguía con claridad sus siluetas, pero parecían estar esperando algo. Podía sentir sus miradas sobre él.

Raoden alzó un brazo para protegerse del sol, y solo entonces recordó la cestita que llevaba en las manos. Contenía la ofrenda ritual korathi que se enviaba para acompañar a los muertos a la próxima vida, o, en este caso, a Elantris. La cesta contenía una hogaza de pan, unas pocas hortalizas, un puñado de grano y un pequeño odre de vino. Las ofrendas en caso de muerte normal eran mucho más abundantes, pero incluso a una víctima de la shaod había que darle algo.

Raoden miró a las figuras del portal mientras su mente repasaba las historias que había oído en el exterior, historias de la brutalidad elantrina. Las figuras en sombras todavía no se habían movido, pero la forma en que lo estudiaban resultaba enervante.

Tras inspirar profundamente, Raoden dio un paso junto a la muralla de la ciudad en dirección a la cara este del patio. Las formas parecían seguir observándolo, pero no lo siguieron. Al cabo de un instante ya no veía el portal y, un segundo más tarde, había llegado con éxito a una de las calles.

Raoden soltó un suspiro, con la sensación de haber escapado de algo, aunque no sabía de qué. Después de unos instantes, se aseguró de que nadie lo seguía y empezó a sentirse como un tonto por haberse asustado. De momento todavía no había podido confirmar los rumores sobre Elantris. Raoden sacudió la cabeza y continuó moviéndose.

El hedor era casi insoportable. La suciedad omnipresente olía a rancio y a putrefacción, como hongos moribundos. Raoden estaba tan molesto por el olor que casi pisó la forma retorcida de un viejo acurrucado junto a la pared de un edificio. El hombre gimió penosamente, extendiendo un brazo flaco. Raoden lo miró y sintió un súbito escalofrío. El «viejo» no tenía más de dieciséis años. La piel cubierta de hollín de la criatura era oscura y estaba llena de manchas, pero su cara era la de un niño, no la de un hombre. Raoden retrocedió involuntariamente un paso.

El muchacho, advirtiendo que su oportunidad pasaría pronto, extendió el brazo con la súbita fuerza de la desesperación.

—¿Comida? —murmuró, la boca medio desdentada—. ¿Por favor? —Entonces el brazo cayó, agotada su fuerza, y el cuerpo volvió a desplomarse contra la fría pared de piedra. Los ojos del muchacho, sin embargo, continuaron mirando a Raoden, llenos de pena y dolor. Raoden había visto mendigos en las ciudades exteriores y probablemente se había dejado engañar por charlatanes innumerables veces. Aquel muchacho, sin embargo, no fingía.

Raoden sacó la hogaza de pan de sus ofrendas y se la tendió al muchacho. La expresión de incredulidad que cruzó el rostro del chico fue, de algún modo, más perturbadora que la desesperación a la que había sustituido. Aquella criatura había renunciado hacía tiempo a la esperanza. Probablemente pedía más por costumbre que porque esperara algo.

Raoden dejó atrás al muchacho girándose para andar por la pequeña calle. Había esperado que la ciudad se volviera menos horrible a medida que se alejara del patio principal, quizá creyendo que la suciedad se debía al relativamente frecuente uso de la zona. Se equivocaba, el callejón estaba tan cubierto de suciedad como el patio, o más.

Un golpe sordo resonó a su espalda. Raoden se giró, sorprendido. Había un grupo de formas oscuras en la boca del callejón, apiñadas en torno a un bulto caído en el suelo. El mendigo. Raoden vio con un escalofrío que cinco hombres devoraban su hogaza de pan, luchando entre sí y haciendo caso omiso de los gritos desesperados del muchacho. Al cabo de un rato, uno de los recién llegados, obviamente molesto, descargó un garrote improvisado sobre el cuello del niño con un crujido que resonó en el pequeño callejón.

Los hombres se terminaron el pan y se volvieron a mirar a Raoden, quien dio un aprensivo paso atrás; parecía que se había precipitado al suponer que no lo habían seguido. Los cinco hombres avanzaron lentamente, y Raoden se dio media vuelta y echó a correr.

Sonidos de persecución resonaban a sus espaldas. Raoden huyó asustado, algo que, como príncipe, nunca había tenido que hacer. Corrió a lo loco, esperando quedarse sin aliento al cabo de poco y que el dolor lo acuciara en el costado, como sucedía a menudo cuando se extralimitaba. No ocurrió ninguna de las dos cosas. Simplemente, empezó a sentirse horriblemente cansado, débil hasta el punto de saber que se desplomaría. Era una sensación turbadora, como si se le escapara la vida lentamente.

Desesperado, Raoden lanzó la cesta ceremonial por encima de su cabeza. El tosco movimiento le hizo perder el equilibrio, y una grieta invisible en el pavimento provocó que trastabillara con torpeza hasta topar contra una masa de madera podrida. La madera (que tal vez fuera en su momento un montón de cajas) se hundió, interrumpiendo su caída.

Raoden se incorporó rápidamente, en un movimiento que esparció pulpa de madera por el callejón húmedo. Sus atacantes, sin embargo, ya no le prestaban atención. Los cinco hombres estaban agachados en la suciedad de la calle, recogiendo hortalizas y grano de las piedras y los oscuros charcos. Raoden sintió que se le revolvía el estómago cuando uno de ellos metió el dedo en una grieta, sacó una masa oscura que era más mugre que maíz y acercó el mejunje a sus labios ansiosos. Una baba salobre corría por la barbilla del individuo, goteando desde una boca que parecía una olla llena de barro hirviendo sobre el fuego.

Un hombre vio que Raoden estaba mirando. La criatura gruñó y tendió la mano para agarrar el garrote casi olvidado que había a su lado. Raoden buscó frenéticamente un arma y encontró un trozo de madera algo menos podrido que el resto. Sostuvo el arma con manos inseguras, tratando de parecer peligroso.

El matón se detuvo. Un segundo más tarde, un grito de alegría llamó su atención, uno de los otros había localizado el pequeño odre de vino. La pelea que se produjo a continuación aparentemente les hizo olvidar a Raoden y los cinco se marcharon pronto, cuatro persiguiendo al que había sido lo bastante afortunado, o tonto, para escapar con el precioso licor.

Raoden se quedó sentado entre los escombros, aturdido.

«Esto es en lo que te convertirás...».

—Parece que se han olvidado de ti, sule —comentó una voz.

Raoden dio un salto girándose hacia el sonido. Un hombre, cuya lisa cabeza calva reflejaba la luz de la mañana, estaba reclinado perezosamente en unos escalones cercanos. Era decididamente elantrino, pero antes de la transformación debía haber pertenecido a otra raza. No era de Arelon, como Raoden. La piel del hombre mostraba las delatoras huellas negras de la shaod, pero en las zonas sanas no era pálida, sino marrón oscuro.

Raoden se puso en guardia, tenso, pero el hombre no mostró indicio alguno del salvajismo primario ni de la decrépita debilidad que Raoden había visto en los otros. Alto y de porte firme, tenía manos anchas y ojos penetrantes. Estudió a Raoden con actitud pensativa.

Raoden suspiró, aliviado.

—Quienquiera que seas, me alegro de verte. Empezaba a pensar que aquí todos se estaban muriendo o estaban locos.

—No podemos estar muriéndonos —respondió el hombre con un bufido—. Ya estamos muertos. ¿Kolo?

—Kolo. —La palabra extranjera le resultaba vagamente familiar, igual que el marcado acento del hombre—. ¿No eres de Arelon?

El hombre negó con la cabeza.

—Soy Galladon, del reino soberano de Duladel. Y más recientemente de Elantris, tierra de lodo, locura y perdición eterna. Encantado de conocerte.

—¿De Duladel? —inquirió Raoden—. Pero si la shaod solo afecta a la gente de Arelon. —Se levantó, sacudiéndose pedazos de madera en diversos estados de descomposición, e hizo una mueca al sentir dolor en un dedo del pie. Estaba cubierto de cieno y el rancio hedor de Elantris emanaba ya también de él.

—Duladel es de sangre mixta, sule. Areleno, fjordell, teo... los encontrarás todos. Yo...

Raoden maldijo en voz baja, interrumpiendo al hombre.

Galladon alzó una ceja.

—¿Qué ocurre, sule? ¿Se te ha clavado una astilla en mal lugar? Aunque supongo que no hay muchos lugares buenos para ello.

—¡Mi dedo! —dijo Raoden, cojeando por el resbaladizo empedrado—. Le pasa algo. Me lo he torcido al caer, pero no se me pasa el dolor.

Galladon meneó tristemente la cabeza.

—Bienvenido a Elantris, sule. Estás muerto, tu cuerpo no se curará como debería.

—¿Qué? —Raoden se desplomó en el suelo junto a los escalones donde estaba Galladon. El dedo continuaba doliéndole tanto como al torcérselo.

—Cada dolor, sule —susurró Galladon—, cada corte, cada roce, cada magulladura y cada daño... permanecerán contigo hasta que te vuelvas loco de sufrimiento. Como te decía, bienvenido a Elantris.

—¿Cómo lo soportáis? —preguntó Raoden, frotándose el dedo, un gesto que le sirvió de bien poco. Era una herida tonta, pero sentía que tenía que luchar para que no se le saltaran las lágrimas.

—No lo soportamos. O tenemos *muchísimo* cuidado, o acabamos como esos rulos que viste en el patio.

—En el patio... ¡Idos Domi! —Raoden se puso en pie y se encaminó cojeando al patio. Encontró al muchacho mendigo en el mismo sitio, cerca de la desembocadura de la calle. Seguía vivo... en cierto modo.

Los ojos del muchacho miraban al aire sin ver, con las pupilas temblorosas. Movía los labios en silencio, sin que escapara de ellos ningún sonido. Tenía el cuello completamente aplastado y con un enorme tajo por donde asomaban las vértebras y la tráquea. El chico trataba sin éxito de respirar a través de aquel estropicio.

De repente, a Raoden le pareció que su dedo no estaba tan mal.

—Idos Domi... —susurró, volviendo la cabeza con el estómago revuelto. Extendió la mano y se agarró a un edificio para sujetarse, con la cabeza gacha, mientras trataba de no aumentar la suciedad del pavimento.

—A este no le queda mucho —dijo Galladon como si tal cosa, agachado junto al mendigo.

—¿Cuánto...? —empezó a decir Raoden, pero se interrumpió cuando el estómago volvió a amenazarlo. Se sentó de golpe en el lodo y, después de unas cuantas inspiraciones, continuó—. ¿Cuánto tiempo vivirá así?

—Sigues sin comprenderlo, sule —dijo Galladon, con la pena notándose en su acentuada voz—. No está vivo... ninguno de nosotros lo está. Por eso estamos aquí. ¿Kolo? El muchacho permanecerá así para siempre. Esa es, a fin de cuentas, la duración típica de la maldición eterna.

—¿No hay nada que podamos hacer?

Galladon se encogió de hombros.

—Podríamos intentar quemarlo, suponiendo que pudiéramos encender un fuego. Los cuerpos elantrinos arden mejor que los de la gente normal, y algunos opinan que la hoguera es una muerte adecuada para los de nuestra clase.

—Y... —dijo Raoden, todavía incapaz de mirar al muchacho—. Y si lo hacemos, ¿qué le pasará a él... a su alma?

—No tiene alma —contestó Galladon—. O eso nos dicen los sacerdotes. Korathi, derethi, jesker... todos dicen lo mismo. Estamos condenados.

—Eso no responde a mi pregunta. ¿Cesará el dolor si lo quemamos?

Galladon contempló al muchacho. Finalmente se encogió de hombros.

—Algunos dicen que si nos queman, o nos cortan la cabeza, o hacen algo que nos destruya por completo el cuerpo, dejaremos de existir. Otros dicen que el dolor continúa, que nosotros *nos convertimos* en dolor. Piensan que flotaremos sin pensar, incapaces de sentir nada más que agonía. No me gusta ninguna opción, así que intento mantenerme de una pieza. ¿Kolo?

—Sí —susurró Raoden—. Kolo.

Se dio la vuelta y finalmente hizo acopio de valor para mirar de nuevo al muchacho herido. El enorme tajo le devolvió la mirada. La sangre manaba lentamente de la herida, como si el líquido estuviera retenido en las venas, como agua estancada en un charco.

Con un súbito escalofrío, Raoden se palpó el pecho.

—No me late el corazón —advirtió por primera vez.

Galladon miró a Raoden como si hubiera dicho una completa estupidez.

—Sule, estás *muerto*. ¿Kolo?

NO QUEMARON AL muchacho. No solo carecían de los elementos adecuados para encender un fuego, sino que Galladon lo prohibió.

—No podemos tomar una decisión así. ¿Y si de verdad no tiene alma? ¿Y si deja de existir cuando quememos su cuerpo? Para muchos, una existencia de agonía es mejor que ninguna existencia.

Así que dejaron al muchacho donde había caído. Galladon lo hizo sin pensárselo dos veces y Raoden lo siguió porque no se le ocurría otra alternativa, aunque sentía el dolor de la culpa más agudamente incluso que el dolor de su dedo.

A Galladon obviamente no le importaba si Raoden lo seguía, se iba en otra dirección o se quedaba mirando una interesante mancha de porquería en la pared. El hombretón de piel oscura regresó por donde habían venido, dejando atrás los ocasionales cuerpos gimoteantes a su suerte, la espalda vuelta hacia Raoden en una postura de completa indiferencia.

Al ver marcharse al dula, Raoden intentó ordenar sus pensamientos. Lo habían educado toda la vida para la política. Años de preparación lo habían entrenado para tomar decisiones rápidas. Y eso hizo en ese momento. Decidió confiar en Galladon.

Había algo en el dula que resultaba agradable de forma innata, algo que Raoden encontraba indefinidamente interesante aunque estuviera cubierto por una pátina de pesimismo tan gruesa como la capa de mugre del suelo. No era solo la lucidez de Galladon, no solo su actitud tranquila. Raoden había visto los ojos del hombre cuando miraba al muchacho doliente. Galladon decía aceptar lo inevitable, pero sentía tristeza por tener que hacerlo así.

El dula encontró su antiguo puesto en los escalones y se sentó de nuevo. Tras tomar aliento con decisión, Raoden se acercó y se plantó expectante delante del hombre.

Galladon alzó la cabeza.

—¿Qué?

—Necesito tu ayuda, Galladon —dijo Raoden, agachándose ante los escalones.

Galladon bufó.

—Esto es Elantris, sule. Aquí no existe eso llamado ayuda. Dolor, locura y un montón de suciedad son las únicas cosas que encontrarás.

—Casi parece que lo crees.

—Estás preguntando en el lugar equivocado, sule.

—Eres la única persona no comatosa que he visto aquí que no me ha atacado —dijo Raoden—. Tus acciones resultan mucho más convincentes que tus palabras.

—Tal vez simplemente no he intentado hacerte daño porque sé que no tienes nada que dar.

—No lo creo.

Galladon se encogió de hombros como diciendo «no me importa lo que creas» y se giró, se apoyó contra el edificio y cerró los ojos.

—¿Tienes hambre, Galladon? —preguntó Raoden en voz baja.

El hombre abrió los ojos de golpe.

—Solía preguntarme cuándo daba de comer el rey Iadon a los elantrinos —musitó Raoden—. Nunca oí decir que trajeran suministros a la ciudad, pero siempre supuse que los enviaban. Al fin y al cabo, los elantrinos siguen con vida. Nunca comprendí. Si la gente de esta ciudad puede subsistir sin que le lata el corazón, entonces probablemente puede subsistir sin comida. Naturalmente, eso no implica que el hambre remita. Me he despertado hambriento esta mañana, y sigo estándolo. Por la mirada de esos hombres que me han atacado, imagino que el hambre solo empeora.

Raoden buscó bajo la túnica manchada y sacó algo fino que alzó para que Galladon lo viera. Un trozo de carne seca. Los ojos de Galladon se abrieron de par en par y su expresión pasó del aburrimiento al interés. Hubo un destello en esos ojos, un poco del mismo salvajismo que Raoden había visto en los otros esa mañana. Más controlado, pero estaba allí. Por primera vez, Raoden advirtió cuánto estaba jugándose en su primera impresión sobre el dula.

—¿De dónde ha salido eso? —preguntó Galladon lentamente.

—Se me ha caído de la cesta cuando los sacerdotes me traían aquí, así que me lo he guardado bajo el fajín. ¿Lo quieres o no?

Galladon tardó un poco en responder.

—¿Qué te hace pensar que no te atacaré y me lo quedaré sin más?

No era una pregunta retórica. Raoden notó que Galladon estaba considerando emprender esa acción. Hasta qué punto era todavía una incógnita.

—Me has llamado «sule», Galladon. ¿Cómo podrías matar a alguien a quien has llamado amigo?

Galladon permaneció sentado, transfigurado por el trocito de carne. Un fino reguero de saliva escapó por una comisura de su boca sin que se diera cuenta. Miró a Raoden, que estaba cada vez más ansioso. Cuando sus ojos se encontraron, algo chispeó en los de Galladon y la tensión se quebró. El dula dejó escapar súbitamente una profunda y sonora carcajada.

—¿Hablas duladen, sule?

—Solo unas pocas palabras —dijo Raoden modestamente.

—¿Un hombre culto? ¡Ricas ofrendas para Elantris hoy! De acuerdo, rulo intrigante, ¿qué quieres?

—Treinta días —respondió Raoden—. Durante treinta días me guiarás y me contarás lo que sabes.

—¿Treinta días? Sule, estás kayana.

—Tal como yo lo veo —dijo Raoden, haciendo ademán de volver a guardarse la carne en el fajín—, la única comida que entra en este lugar lo hace con los recién llegados. Debes pasar mucha hambre con tan pocas ofrendas y tantas bocas que alimentar. El hambre tiene que ser prácticamente enloquecedora.

—Veinte días —dijo Galladon, mostrando de nuevo un atisbo de su anterior intensidad.

—Treinta, Galladon. Si tú no me ayudas, otro lo hará.

Galladon apretó la mandíbula un instante.

—Rulo —murmuró, y luego tendió la mano—. Treinta días. Por fortuna, no planeaba hacer ningún viaje largo durante el mes próximo.

Raoden le lanzó la carne con una risa.

Galladon la capturó al vuelo. Entonces, aunque su mano se acercó por reflejo a su boca, se detuvo. Con un cuidadoso movimiento, se guardó la carne en un bolsillo y se levantó.

—Bien, ¿cómo he de llamarte?

Raoden no respondió de inmediato. «Probablemente sea mejor que por ahora nadie sepa que pertenezco a la realeza».

—Sule me parece bien.

Galladon se echó a reír.

—Ya veo que eres de los que defienden su intimidad. Muy bien. Es hora de llevarte a hacer el recorrido especial.

Capítulo 2

SARENE bajó del barco para descubrir que era viuda. Fue una noticia inesperada, por supuesto, pero no tan devastadora como podría haber sido, ya que en realidad ni siquiera había llegado a conocer a su marido. De hecho, cuando Sarene había emprendido el viaje desde su tierra, ella y Raoden tan solo estaban prometidos. Había supuesto que el reino de Arelon esperaría su llegada para poder celebrar la boda. De donde ella venía, al menos, se esperaba que ambos miembros de la pareja estuvieran presentes cuando contraían matrimonio.

—Nunca me gustó esa cláusula del contrato nupcial, mi señora —dijo el acompañante de Sarene, una bola de luz del tamaño de un melón que flotaba a su lado.

Sarene dio unos golpecitos de fastidio en el suelo con el pie mientras veía cómo los sirvientes cargaban su equipaje en un carruaje. El contrato de bodas era un documento monstruoso de cincuenta páginas, y una de sus muchas cláusulas hacía que su compromiso fuera legalmente vinculante si ella o su prometido morían antes de la ceremonia nupcial.

—Es una cláusula bastante común, Ashe —dijo—. De ese modo, el tratado que se deriva de un matrimonio político no se rompe si le sucede algo a uno de los contrayentes. Nunca he visto que la invocaran.

—Hasta hoy —respondió la bola de luz, la voz grave y las palabras bien enunciadas.

—Hasta hoy —admitió Sarene—. ¿Cómo iba yo a saber que el príncipe Raoden no duraría los cinco días que nos ha llevado cruzar el mar de Fjorden? —hizo una pausa y frunció el ceño, pensativa—. Cítame la cláusula, Ashe. Necesito saber qué dice exactamente.

—«Si se diere el caso de que un miembro de la ya mencionada pareja fuera llamado en presencia de Domi el Misericordioso antes del momento previsto para la boda, entonces el compromiso será considerado equivalente al matrimonio en todos los aspectos legales y sociales» —dijo Ashe.

—No hay mucho margen de discusión, ¿verdad?

—Me temo que no, mi señora.

Sarene frunció distraída el ceño, se cruzó de brazos y se golpeó la mejilla con el dedo índice, contemplando a los sirvientes. Un hombre alto y recio dirigía el trabajo con ojos aburridos y expresión resignada. El hombre, un ayudante de la corte arelena llamado Ketol, era la única recepción que el rey Iadon consideró adecuado enviarle. Ketol había sido el que le había «informado de que lamentablemente» su prometido «había muerto de una súbita enfermedad» durante su viaje. Hizo la declaración en el mismo tono aburrido y falto de interés que empleaba para dirigir a la cuadrilla.

—Así que —aclaró Sarene—, en lo que se refiere a la ley, ahora soy princesa de Arelon.

—Correcto, mi señora.

—Y la viuda de un hombre a quien jamás he conocido.

—Correcto nuevamente. —Sarene sacudió la cabeza.

—Padre va a morirse de risa cuando se entere. Nunca dejará de recordármelo.

Ashe latió levemente, molesto.

—Mi señora, el rey nunca se tomaría a la ligera un hecho tan solemne. La muerte del príncipe Raoden, sin duda, ha causado gran pesar en la familia soberana de Arelon.

—Sí. Tanta pena, de hecho, que ni siquiera han podido hacer el esfuerzo de venir a conocer a su nueva hija.

—Tal vez el rey Iadon habría venido si hubiera tenido noticia de nuestra llegada...

Sarene frunció el ceño, pero el seon tenía razón. Su llegada antes de tiempo, varios días antes de la fiesta principal de los esponsales, se había preparado como una sorpresa para el príncipe Raoden. Ella quería unos días al menos para estar con él en privado y en persona. Su secretismo, sin embargo, había actuado en su contra.

—Dime, Ashe. ¿Cuánto tiempo suelen esperar los arelenos entre la muerte de una persona y su entierro?

—No estoy seguro, mi señora —confesó Ashe—. Me marché de Arelon hace mucho tiempo y viví aquí tan poco que no recuerdo muchos detalles. Sin embargo, según mis estudios las costumbres arelenas suelen ser por regla general similares a las de tu tierra.

Sarene asintió y luego llamó al ayudante del rey Iadon.

—¿Sí, mi señora? —preguntó Ketol en tono perezoso.

—¿Se está celebrando un velatorio por el príncipe? —preguntó Sarene.

—Sí, mi señora —contestó el ayudante—. Ante la capilla korathi. El entierro tendrá lugar esta tarde.

—Quiero ver el ataúd.

Ketol se detuvo.

—Oh... Su Majestad ha pedido que os llevemos ante él inmediatamente...

—Entonces no pasaré mucho tiempo en la tienda funeraria —dijo Sarene, encaminándose a su carruaje.

SARENE OBSERVÓ CON ojo crítico la abarrotada tienda funeraria, esperando mientras Ketol y unos cuantos sirvientes le despejaban el camino para acercarse hasta el ataúd. Tuvo que admitir que todo era irreprochable, las flores, las ofrendas, los sacerdotes korathi orantes. La única rareza era lo abarrotada que estaba la tienda.

—Ciertamente, hay muchas personas aquí —le comentó a Ashe.

—El príncipe era muy apreciado, mi señora —respondió el seon, flotando tras ella—. Según nuestros informes, era la figura pública más popular del país.

Sarene asintió y recorrió el pasillo que Ketol había abierto para ella. El ataúd del príncipe Raoden se hallaba en el mismo centro de la tienda, guardado por un anillo de soldados que dejaban acercarse a las masas solo hasta cierto punto. Mientras avanzaba, Sarene notó verdadero pesar en el rostro de los asistentes.

«Así que es verdad —pensó—. El pueblo lo amaba».

Los soldados le abrieron paso y ella se acercó al ataúd. Estaba tallado con aones, la mayoría símbolos de esperanza y paz, al modo korathi. Todo el féretro de madera estaba rodeado por un anillo de lujosas viandas, una ofrenda hecha en nombre del difunto.

—¿Puedo verlo? —preguntó, volviéndose hacia uno de los sacerdotes korathi, un hombre pequeño de aspecto amable.

—Lo siento, niña —dijo el sacerdote—. Pero la enfermedad del príncipe lo desfiguró desagradablemente. El rey ha pedido que se permita al príncipe dignidad en la muerte.

Sarene asintió, volviéndose hacia el ataúd. No estaba segura de lo que había esperado sentir, de pie ante el hombre muerto con quien se hubiera casado. Se sentía extrañamente... furiosa.

Descartó momentáneamente esa emoción dedicándose en cambio a contemplar la tienda a su alrededor. Casi parecía demasiado formal. Aunque los visitantes estaban obviamente apenados, la tienda, las ofrendas y los decorados parecían estériles.

«Un hombre de la edad y el supuesto vigor de Raoden —pensó—. Muerto de estertores tusivos... Podría ser... pero ciertamente no parece muy probable».

—¿Mi... señora? —preguntó Ashe en voz baja—. ¿Ocurre algo?

Sarene hizo una seña al seon y regresó al carruaje.

—No sé —dijo ella también en voz baja—. Hay algo que no encaja, Ashe.

—Eres de naturaleza recelosa, mi señora —recalcó Ashe.

—¿Por qué no está Iadon velando a su hijo? Ketol ha dicho que celebraba cortes, como si la muerte de su hijo ni siquiera le molestara. —Sarene negó con la cabeza—. Hablé con Raoden justo antes de salir de Teod y parecía bien. Aquí pasa algo extraño, Ashe, y quiero saber qué es.

—Cielos... —dijo Ashe—. ¿Sabes, mi señora? Tu padre me pidió que intentara que no te metieras en líos.

Sarene sonrió.

—Esa sí que es una tarea imposible. Vamos, tenemos que ir a ver a mi nuevo padre.

SARENE SE APOYÓ contra la ventanilla del carruaje, contemplando la ciudad pasar mientras se dirigían a palacio. Guardaba silencio, un solo pensamiento apartaba todo lo demás de su mente.

«¿Qué estoy haciendo aquí?».

Le había hablado a Ashe con aplomo, pero siempre había sido capaz de ocultar sus preocupaciones. Cierto, sentía curiosidad por la muerte del príncipe, pero Sarene se conocía muy bien. En buena parte, esa curiosidad no era otra cosa que un intento por apartar de su mente el sentimiento de inferioridad y torpeza, cualquier cosa antes que reconocer lo que era. Una mujer brusca y larguirucha que casi había dejado atrás la flor de su vida. Tenía veinticinco años, debería haberse casado mucho antes. Raoden había sido su última oportunidad.

«¡Cómo te atreves a morirte así, príncipe de Arelon!», pensó indignada. Sin embargo, lo irónico de la situación no se le escapaba. Era apropiado que ese hombre, uno a quien había creído llegar a apreciar, muriera incluso antes de haberlo conocido. Ahora estaba sola en un país ajeno, atada políticamente a un rey en quien no confiaba. Era una sensación de soledad desalentadora.

«Has estado sola otras veces, Sarene —se recordó—. Lo superarás. Encuentra algo para mantener la mente ocupada. Tienes toda una corte nueva que explorar. Disfrútala».

Con un suspiro, Sarene devolvió su atención a la ciudad. A pesar de tener considerable experiencia en el cuerpo diplomático de su padre, nunca había visitado Arelon. Desde la caída de Elantris, Arelon había estado oficiosamente en cuarentena para la mayoría de los otros reinos. Nadie sabía por qué la ciudad mística había sido maldecida y a todos les preocupaba que la enfermedad elantrina pudiera extenderse.

Sarene se sorprendió, sin embargo, por el lujo que vio en Kae. Las avenidas de la ciudad eran anchas y estaban bien cuidadas. La gente de la calle iba bien vestida, y no vio a un solo mendigo. A un lado, un grupo de sacerdotes korathi con sus túnicas azules caminaba en silencio entre la multitud, guiando a un extraño personaje ataviado de blanco. Ella contempló la procesión preguntándose qué podía ser hasta que el grupo dobló una esquina.

Desde su punto de vista, Kae no aparentaba pasar por ninguna de las penalidades económicas que se suponía que Arelon estaba sufriendo. El carruaje dejó atrás docenas de mansiones rodeadas de verjas, cada una construida en un estilo arquitectónico diferente. Algunas eran enormes, con grandes alas y tejados pintados, siguiendo la moda de Duladel. Otras tenían aspecto de castillo cuyos muros de piedra hubieran sido transportados directamente desde la campiña castrense de Fjorden. Sin embargo, todas las mansiones tenían una cosa en común, riqueza. La gente de aquel país podía estar pasando hambre, pero Kae, sede de la aristocracia de Arelon, no parecía haberse dado cuenta.

Naturalmente, una sombra inquietante seguía planeando sobre la ciudad. La enorme muralla de Elantris se alzaba en la distancia, y Sarene se estremeció al contemplar sus imponentes bloques. Había oído historias sobre Elantris durante la mayor parte de su vida adulta, relatos de la magia que había producido una vez y las monstruosidades que ahora habitaban sus oscuras calles. No importaba lo llamativas que fueran las casas, no importaba lo ricas que fueran las calles, ese único monumento se alzaba como testigo de que no todo iba bien en Arelon.

—Me pregunto por qué viven aquí siquiera.

—¿Mi señora? —dijo Ashe.

—¿Por qué construyó el rey Iadon su palacio en Kae? ¿Por qué eligió una ciudad que está tan cerca de Elantris?

—Sospecho que los motivos son principalmente económicos, mi señora —dijo Ashe—. Solo hay un par de puertos navegables en la costa norte de Arelon, y este es el mejor.

Sarene asintió. La bahía formada por la unión del río Aredel con el océano creaba un puerto envidiable. Pero con todo...

—Tal vez los motivos sean políticos —musitó—. Iadon tomó el poder en tiempos turbulentos... Tal vez piensa que permanecer cerca de la antigua capital le da autoridad.

—Tal vez, mi señora.

«No es que importe demasiado», pensó. Aparentemente, la proximidad a Elantris, o a los elantrinos, no aumentaba las posibilidades de que te alcanzara la shaod.

Se apartó de la ventanilla y miró a Ashe, que flotaba sobre el asiento junto a ella. Todavía tenía que ver a un seon en las calles de Kae, aunque las criaturas, que según se decía eran antiguas creaciones de la magia de Elantris, se suponía que eran más comunes en Arelon que en su tierra. Si entornaba los ojos, apenas podía distinguir al reluciente aon en el centro de la luz de Ashe.

—Al menos el tratado está a salvo —dijo Sarene por fin.

—Suponiendo que te quedes en Arelon, mi señora —comentó Ashe con su voz grave—. Al menos, eso es lo que dice el contrato nupcial. Mientras te quedes aquí y «seas fiel a tu marido», el rey Iadon debe respetar su alianza con Teod.

—Ser fiel a un muerto —murmuró Sarene, y luego suspiró—. Bueno, eso significa que tengo que quedarme, con marido o sin marido.

—Si tú lo dices, mi señora...

—Necesitamos este tratado, Ashe. Fjorden está expandiendo su influencia a un ritmo increíble. Hace cinco años hubiese dicho que no teníamos de qué preocuparnos, que los sacerdotes de Fjorden nunca serían un poder en Arelon. Pero ahora... —Sarene sacudió la cabeza. El colapso de la república duladen había cambiado muchas cosas.

»No deberíamos habernos mantenido tan apartados de Arelon estos últimos diez años, Ashe —dijo—. Probablemente no me encontraría en esta situación si hubiéramos forjado fuertes lazos con el nuevo gobierno areleno hace una década.

—Tu padre tenía miedo de que su revuelo político contagiara Teod —dijo Ashe—. Por no mencionar el Reod... nadie estaba seguro de que lo que había golpeado a los elantrinos no afectara también a la gente normal.

El carruaje aminoró la marcha y Sarene suspiró, zanjando la conversación. Su padre sabía que Fjorden representaba un peligro y comprendía que las antiguas alianzas debían forjarse de nuevo. Por eso estaba ella en Arelon. Ante ellos, las puertas del palacio se abrieron de par en par. Sin amigos o con ellos, había llegado, y Teod dependía de ella. Tenía que preparar a Arelon para la guerra que se avecinaba. Una guerra que se había vuelto inevitable desde el momento en que cayó Elantris.

EL NUEVO PADRE de Sarene, el rey Iadon de Arelon, era un hombre delgado de rostro astuto. Conversaba con varios de sus administradores cuando Sarene entró en la sala del trono, y se quedó de pie, pasando desapercibida durante casi quince minutos antes de que él incluso la saludara con la cabeza. Personalmente, a Sarene no le importaba la espera, eso le daba la oportunidad de observar al hombre a quien había jurado obedecer, pero su dignidad no podía evitar sentirse herida por el tratamiento. Su puesto como princesa de Teod debería haberle valido una recepción que fuera, si no grandiosa, al menos puntual.

Mientras esperaba, se le ocurrió de inmediato una cosa. Iadon no parecía un hombre que llorara la muerte de su hijo y heredero. No había ningún signo de pesar en sus ojos, no se veía la fatiga abotargada que acompaña generalmente a la muerte de un ser querido. De hecho, el aire de la corte parecía notablemente libre de signos de duelo.

«¿Es Iadon entonces un hombre sin corazón? —se preguntó con curiosidad—. ¿O es simplemente alguien que sabe controlar sus emociones?».

Los años pasados en la corte de su padre habían convertido a Sarene en una experta en el carácter de los nobles. Aunque no podía escuchar qué estaba diciendo Iadon —Ketol le había dicho que se quedara al fondo de la sala y esperara a que le dieran permiso para acercarse—, la actitud y los modales del rey demostraban su carácter. Iadon hablaba con firmeza, dando instrucciones directas, deteniéndose de vez en cuando para clavar un fino dedo en su mesa de mapas. Ofrecía todos los indicios de ser un hombre de fuerte personalidad, uno que tenía las ideas claras sobre cómo quería que se hicieran las cosas. No era mala señal. De momento, Sarene decidió que se trataba de un hombre con quien podría trabajar.

El rey Iadon le indicó que se acercara. Ella ocultó con cuidado su malestar por la espera y se aproximó con el aire adecuado de noble sumisión. Él la interrumpió a media reverencia.

—Nadie me había dicho que fueras tan alta —declaró.

—¿Mi señor? —preguntó ella, alzando la cabeza.

—Bueno, supongo que la única persona a quien le habría importado ya no está aquí para verlo. ¡Eshen! —gritó bruscamente, haciendo que una mujer casi invisible que aguardaba al otro lado de la sala diera un respingo para obedecerlo.

—Llévatela a sus aposentos y encárgate de que tenga muchas

cosas que la mantengan ocupada. Bordar o lo que sea que os entretiene a las mujeres.

Con eso, el rey se volvió hacia su siguiente cita, un grupo de mercaderes.

Sarene se detuvo en mitad de la reverencia, aturdida por la completa falta de decoro de Iadon. Solo sus años de formación en la corte impidieron que se quedara boquiabierta. Rápida pero retraída, la mujer a quien Iadon había dado la orden —la *reina* Eshen, la esposa del rey—, se acercó y tomó a Sarene por el brazo. Eshen era baja y delgada, y en su pelo rubio aónico tirando a castaño apenas empezaban a asomar vetas de gris.

—Ven, niña —dijo Eshen con voz aguda—. No debemos hacer perder su tiempo al rey.

Sarene permitió que la condujera por una de las puertas laterales de la sala.

«Domi Misericordioso —murmuró para sí—. ¿Dónde me he metido?».

—... Y TE ENCANTARÁ cuando salgan las rosas. He ordenado a los jardineros que las planten para que puedas olerlas sin tener siquiera que asomarte a la ventana. Ojalá no fueran tan grandes.

Sarene frunció el ceño, confundida.

—¿Las rosas?

—No, querida —continuó la reina, sin apenas detenerse—, las ventanas. No vas a creer lo mucho que brilla el sol cuando entra a través de ellas por la mañana. Les pedí, a los jardineros, quiero decir, que buscaran algunas de color naranja, porque adoro el naranja, pero hasta ahora solo han encontrado algunas amarillo pálido. «Si las quisiera amarillas os habría pedido que plantarais siempreninas», les dije. Tendrías que haberlos visto pedir disculpas... Estoy segura de que tendremos algunas naranjas a finales del año que viene. ¿No crees que sería maravilloso, querida? Naturalmente, las ventanas seguirán siendo demasiado grandes. Tal vez pueda ordenar sellar un par de ellas.

Sarene asintió, fascinada. No por la conversación, sino por la reina. Sarene daba por supuesto que los conferenciantes de la academia de su padre eran hábiles en cuestiones de no decir nada y hablar mucho, pero Eshen los superaba a todos. La reina pasaba de un tema a otro como una mariposa buscando un sitio donde posarse, sin encontrar nunca uno adecuado para una estancia prolongada. Cualquiera de los temas habría sido combustible potencial para una conversación interesante, pero aquella mujer no dejaba que Sarene se aferrara a uno el tiempo suficiente para hacerle justicia.

Sarene inspiró para calmarse, diciéndose que tenía que ser paciente. No podía echarle la culpa a la reina por ser lo que era. Domi enseñaba que todas las personalidades eran dones que disfrutar. La reina era encantadora, a su propio modo disperso. Desgraciadamente, después de conocer tanto al rey como a la reina, Sarene empezaba a sospechar que tendría problemas para encontrar aliados políticos en Arelon.

Algo más molestaba a Sarene... Había algo extraño en la manera en que actuaba Eshen. Nadie podía hablar tanto como la reina, no hacía una sola pausa. Era casi como si la mujer se sintiera incómoda con ella. Entonces, en un momento de iluminación, Sarene comprendió a qué se debía. Eshen hablaba de cualquier tema imaginable excepto del más importante, el difunto príncipe. Sarene entornó los ojos, recelosa. No podía estar segura. Eshen era, al fin y al cabo, una persona muy volátil. Pero parecía que la reina actuaba con demasiada alegría para ser una mujer que acababa de perder a su hijo.

—Aquí está tu habitación, querida. Hemos desempaquetado tus cosas y añadido también algunas. Tienes ropa de todos los colores, incluso amarilla, aunque no se me ocurre por qué querrías vestir ese color. Horrible. No es que tu pelo sea horrible, claro. Rubio no es lo mismo que amarillo, no. Igual que un caballo no es una verdura. No tenemos aún un caballo para ti, pero puedes utilizar cualquiera de los que hay en los establos del rey. Tenemos montones de bellos animales, verás, Duladel está precioso en esta época del año.

—Por supuesto —dijo Sarene, examinando la habitación. Era pequeña, pero se adecuaba a sus gustos. Demasiado espacio podía ser imponente, igual que demasiado poco podía ser agobiante.

—Ahora, necesitarás esta, querida —dijo Eshen, señalando con una pequeña mano un montón de ropa que no estaba colgada como el resto, como si la hubieran traído recientemente. Todos los vestidos del montón compartían un solo atributo.

—¿Negros? —preguntó Sarene.

—Desde luego. Estás... estás de... —Eshen tropezó con las palabras.

—Estoy de luto —comprendió Sarene. Dio unos golpecitos de insatisfacción en el suelo. El negro no era uno de sus colores favoritos.

Eshen asintió.

—Puedes llevar uno de estos en la celebración del funeral de esta tarde. Debería ser una ceremonia bonita. Yo hice los preparativos.

Cuando empezó a hablar de sus flores favoritas de nuevo, el monólogo no tardó en degenerar en un discurso sobre lo mucho que detestaba la cocina de Fjorden. Amablemente, pero con firmeza, Sarene condujo a la mujer a la puerta, asintiendo con educación. En cuanto llegaron al pasillo, Sarene puso la excusa de que estaba fatigada del viaje y acabó con el torrente verbal de la reina cerrando la puerta.

—Esto no va a servirme mucho tiempo —se dijo para sí.

—La reina tiene un gran don para la conversación, mi señora —reconoció una voz profunda.

—¿Qué has averiguado? —preguntó Sarene, acercándose a elegir un vestido de la pila de ropa negra mientras Ashe entraba flotando por la ventana abierta.

—No he encontrado tantos seones como esperaba. Creo recordar que antaño esta ciudad rebosaba de ellos.

—Yo también me he dado cuenta —dijo Sarene, probándose por encima un vestido delante del espejo, y luego descartándolo con una negación de cabeza—. Supongo que ahora las cosas son distintas.

—Sí que lo son. Siguiendo tus instrucciones, he preguntado a los otros seones qué sabían de la inoportuna muerte del príncipe. Por desgracia, mi señora, se mostraron reacios a hablar del tema. Consideran extremadamente aciago que el príncipe muriera justo antes de casarse.

—Sobre todo para él —murmuró Sarene, quitándose la ropa para probarse el vestido—. Ashe, está pasando algo raro. Creo que tal vez alguien ha asesinado al príncipe.

—¿Asesinado, mi señora? —La grave voz de Ashe era de reprobación, y latió levemente al oír el comentario—. ¿Quién haría una cosa así?

—No lo sé, pero... hay algo que no encaja. No parece que la corte esté de duelo. Mira la reina, por ejemplo. No parecía triste cuando me hablaba... Por lo menos cabría esperar que estuviera un poco trastornada por el hecho de que su hijo muriera ayer.

—Hay una explicación sencilla para eso, mi señora. Tal vez no recuerdas que la reina Eshen no es la madre del príncipe Raoden. Raoden nació de la primera esposa de Iadon, que murió hace más de doce años.

—¿Cuándo volvió a casarse?

—Justo después del Reod —dijo Ashe—. Unos meses después de llegar al trono.

Sarene frunció el ceño.

—Sigo sospechando —dijo, estirando la mano torpemente para abrocharse la parte posterior del vestido. Luego se miró en el espejo, estudiando el vestido con ojo crítico—. Bueno, al menos me queda bien... aunque me hace parecer pálida. Tenía miedo de que me llegara hasta las rodillas nada más. Estas mujeres arelenas son todas extrañamente bajas.

—Si tú lo dices, mi señora... —repuso Ashe.

Sabía tan bien como ella que las mujeres arelenas no eran tan bajas. Incluso en Teod, Sarene era una cabeza más alta que la mayoría de las otras. Su padre la llamaba de niña «palo de leky», el nombre del alto y fino poste que marcaba la meta de su deporte favorito. Incluso después de ganar algo de peso durante la adolescencia Sarene seguía siendo innegablemente larguirucha.

—Mi señora —dijo Ashe, interrumpiendo sus pensamientos.

—¿Sí, Ashe?

—Tu padre está desesperado por hablar contigo. Creo que tienes noticias que merece oír.

Sarene asintió, reprimió un suspiro, y Ashe empezó a latir brillante. Un momento después la bola de luz que constituía su esencia se convirtió en una cabeza resplandeciente. El rey Eventeo de Teod.

—¿Ene? —preguntó su padre, mientras los labios de la brillante cabeza se movían. Era un hombre robusto, con una gran cara ovalada y gruesa barbilla.

—Sí, padre. Estoy aquí.

Su padre se encontraba seguramente de pie junto a un seon similar (probablemente Dio), quien habría cambiado para convertirse en un simulacro brillante de la cabeza de Sarene.

—¿Estás nerviosa por la boda? —preguntó Eventeo, ansioso.

—Bueno, respecto a esa boda... —dijo ella lentamente—. Probablemente querrás cancelar tus planes de venir la semana que viene. No habrá mucho que ver.

—¿Qué?

Ashe no se había equivocado, su padre no se rio cuando se enteró de que Raoden había muerto, sino que su voz adquirió un matiz de profunda preocupación, el brillante rostro preocupado. Su inquietud fue en aumento cuando Sarene le explicó que se había impuesto la cláusula de muerte prenupcial.

—Ay, Ene, lo siento —dijo su padre—. Sé lo mucho que esperabas de este matrimonio.

—Tonterías, padre. —Eventeo la conocía demasiado bien—. Ni siquiera lo había visto en persona, ¿cómo podría haber esperado nada?

—No lo habías conocido en persona, pero hablaste con él a través del seon y le escribiste todas esas cartas. Te conozco, Ene, eres una romántica. Nunca hubieras decidido pasar por todo esto si no hubieras estado completamente convencida de que podías amar a Raoden.

Las palabras tenían un regusto de verdad, y de repente la soledad de Sarene regresó. Se había pasado todo el viaje a través del mar de Fjorden en un estado de incrédulo nerviosismo, entusiasmada y a la vez aprensiva por la perspectiva de conocer al hombre que habría de convertirse en su esposo. Más entusiasmada, sin embargo, que aprensiva.

Había estado fuera de Teod en numerosas ocasiones, pero siempre acompañada por otros compatriotas. Aquella vez había viajado sola por delante del resto del séquito nupcial para sorprender a Raoden. Había leído y vuelto a releer tantas veces las cartas del príncipe que había empezado a pensar que lo conocía, y la persona que había construido a partir de esas hojas de papel era alguien complejo, un hombre compasivo a quien deseaba conocer con toda su alma.

Pero ya no lo conocería nunca. Se sentía más que sola, se sentía rechazada... otra vez. Indeseada. Había esperado todos esos años, sufrido junto a un padre paciente que no sabía cómo los hombres de su patria la evitaban, cómo les asustaba su personalidad decidida, incluso arrogante. Al fin, había encontrado a un hombre que estaba dispuesto a estar con ella, y Domi se lo había arrebatado en el último momento.

Sarene finalmente se permitió sentir parte de las emociones que había mantenido bajo férreo control desde que había desembarcado. Se alegraba de que el seon transfiriera solo sus rasgos, pues la hubiera mortificado que su padre viera la lágrima que corría por su mejilla.

—Eso es una tontería, padre —dijo—. Se trataba de un matrimonio puramente político y todos lo sabíamos. Ahora nuestros países tienen algo más en común que el idioma... nuestras familias reales están emparentadas.

—Ay, cariño... —susurró su padre—. Mi pequeña Sarene. Tenía tantas esperanzas de que esto saliera bien... No sabes cuánto rezamos tu madre y yo para que encontraras allí la felicidad. ¡Idos Domi! No deberíamos haber seguido adelante con esto.

—Yo te habría obligado, padre. Necesitamos imperiosamente el tratado con Arelon. Nuestra armada no mantendrá a Fjorden alejado de nuestras costas demasiado tiempo... toda la marina svordisana está bajo el control del wyrn.

—Pequeña Sarene, tan adulta ya —dijo su padre a través del enlace seon.

—Adulta y plenamente capaz de casarse con un cadáver —Sarene se rio débilmente—. Probablemente sea lo mejor. No creo que el príncipe Raoden hubiera resultado ser como lo imaginaba... tendrías que ver a su padre.

—He oído historias. Esperaba que no fueran ciertas.

—Pues sí que lo son —dijo Sarene, dejando que su insatisfacción con el monarca areleno consumiera su pena—. El rey Iadon es el hombre más desagradable que he conocido en mi vida. Apenas me prestó atención antes de despedirme, según sus palabras para «bordar o lo que sea que os entretiene a las mujeres». Si Raoden se parecía en algo a su padre, creo que estoy mejor así.

El silencio se prolongó durante un momento antes de que su padre respondiera.

—Sarene, ¿quieres volver a casa? Puedo anular el contrato si quiero, no importa lo que estipulen las leyes.

La oferta era tentadora... más tentadora de lo que ella estaba dispuesta a admitir. Dudó.

—No, padre —dijo por fin, negando con la cabeza—. Tengo que quedarme. Esto fue idea mía y la muerte de Raoden no cambia el hecho de que necesitamos esta alianza. Además, si regresara a casa incumpliría la tradición. Ambos sabemos que Iadon es ahora mi padre. Sería indecoroso que me acogieras de nuevo en tu casa.

—Yo siempre seré tu padre, Ene. Domi maldiga las costumbres. Teod siempre estará abierta para ti.

—Gracias, padre —respondió Sarene en voz baja—. Necesitaba oír eso. Pero sigo pensando que debería quedarme. Por ahora, al menos. Además, puede ser interesante. Tengo toda una corte nueva llena de gente con la que jugar.

—Ene... —dijo su padre, aprensivo—. Conozco ese tono. ¿Qué estás planeando?

—Nada. Hay unos cuantos asuntos en los que quiero husmear antes de dar por perdido definitivamente este matrimonio.

Hubo unos instantes de silencio, y luego su padre prorrumpió en carcajadas.

—Domi los ampare... No saben qué les hemos enviado. Sé buena con ellos, palo de leky. No quiero recibir una nota del ministro Naolen dentro de un mes diciéndome que el rey Iadon se ha escapado para ingresar en un monasterio korathi y el pueblo areleno te ha nombrado su monarca.

—De acuerdo —dijo Sarene con una sonrisa débil—. Esperaré al menos dos meses, entonces.

Su padre estalló en otra de sus características carcajadas, un sonido que le hizo a Sarene más bien que ninguna de sus palabras de consuelo o ninguno de sus consejos.

—Espera un momento, Ene —dijo su padre cuando dejó de reír—. Déjame que llame a tu madre. Querrá hablar contigo. —Al cabo de un momento, se rio—. Va a quedarse muerta cuando le diga que ya has acabado con el pobre Raoden.

—¡Padre! —dijo Sarene.

Pero él se había marchado ya.

CAPÍTULO 3

NADIE del pueblo de Arelon saludó a su salvador cuando llegó. Era una afrenta, pero no una inesperada. El pueblo de Arelon, especialmente aquellos que vivían cerca de la infame ciudad de Elantris, era conocido por sus costumbres impías, incluso heréticas. Hrathen había venido a cambiar eso. Tenía tres meses para convertir todo el reino de Arelon, o el santo Jaddeth (señor de toda la creación) lo destruiría. Por fin había llegado el momento de que Arelon aceptara la verdad de la religión derethi.

Hrathen bajó por la plancha. Más allá de los muelles, con su continuo bullicio de cargas y descargas, se extendía la ciudad de Kae. Un poco más allá, Hrathen distinguió una alta muralla de piedra: la antigua ciudad de Elantris. Al otro extremo de Kae, a la izquierda de Hrathen, el terreno subía hasta convertirse en una alta colina, al pie de lo que serían las montañas Dathreki. Tras él se hallaba el océano.

En general, Hrathen no estaba impresionado. Hacía unas décadas, cuatro ciudades pequeñas rodeaban Elantris, pero solo Kae, la nueva capital de Arelon, seguía habitada. Kae era demasiado desorganizada, demasiado extensa, para ser defendible, y su única fortificación parecía ser un pequeño muro de piedra de metro y medio de altura, más una frontera que otra cosa.

Retirarse a Elantris sería difícil, y solo parcialmente efectivo. Los edificios de Kae proporcionarían una cobertura maravillosa para una fuerza invasora, y unas pocas de las estructuras periféricas de Kae habían sido construidas casi contra la muralla de Elantris. Aquella no era una nación acostumbrada a la guerra. Sin embargo, de todos los reinos del continente syclano, la tierra llamada Opelon por los arelenos, solo Arelon había evitado ser dominada por el imperio fjordell. Naturalmente, eso era algo que Hrathen también cambiaría pronto.

Hrathen se alejó del barco. Su presencia causaba bastante revuelo entre la gente. Los trabajadores detuvieron su trabajo al verlo pasar, mirándolo con asombro. Las conversaciones murieron cuando los ojos cayeron sobre él. Hrathen no se detuvo por nadie, pero eso no importaba, pues la gente se apartaba rápidamente de su camino. Podría haberse debido a sus ojos, pero seguramente se debía más bien a su armadura. Rojo sangre y brillante a la luz del sol, el peto de un sumo sacerdote imperial derethi era impresionante incluso para quien estaba acostumbrado a verlo.

Estaba empezando a pensar que tendría que encontrar él solo el camino a la capilla derethi de la ciudad cuando divisó una mancha roja entre la multitud. La mota pronto se convirtió en una figura achaparrada y calva ataviada con la túnica roja derethi.

—¡Mi señor Hrathen! —llamó el hombre.

Hrathen se detuvo, permitiendo que Fjon, el jefe arteth derethi de Kae, se acercara. Fjon bufó y se secó la frente con un pañuelo de seda.

—Lo siento muchísimo, excelencia. El registro indicaba que veníais en un barco diferente. No he averiguado que no estabais a bordo hasta que casi habían terminado de descargar. Me temo que he tenido que dejar atrás el carruaje, no podía atravesar la multitud.

Hrathen entornó los ojos con fastidio, pero no dijo nada. Fjon continuó farfullando un momento antes de decidir finalmente guiar a Hrathen hacia la capilla derethi, pidiendo de nuevo disculpas por la falta de transporte. Hrathen acompañó a su achaparrado guía con paso medido, insatisfecho. Fjon trotaba a su lado con una sonrisa en los labios, saludando ocasionalmente a la gente que se cruzaba en la calle, vociferando amabilidades. La gente respondía del mismo modo... al menos hasta que veía a Hrathen, con su capa color sangre agitándose tras él y su exagerada armadura tallada con ángulos agudos y líneas cortantes. Entonces todos guardaban silencio, los saludos se marchitaban y los ojos seguían a Hrathen hasta que pasaba de largo. Como debía ser.

La capilla era una alta estructura de piedra rematada con grandes tapices rojos y altas espiras. Al menos allí Hrathen encontró algo de la majestuosidad a la que estaba acostumbrado. Dentro, sin embargo, se enfrentó a una visión perturbadora, una multitud de gente dedicada a una especie de actividad social. Se congregaban, ignorando la sagrada estructura en donde se hallaban, riendo y bromeando. Era demasiado. Hrathen había oído, y creído, los informes. Ahora tenía la confirmación.

—Arteth Fjon, reúne a tus sacerdotes —dijo Hrathen, las primeras palabras que pronunciaba desde su llegada a suelo areleno.

El arteth dio un brinco, como sorprendido de oír finalmente sonidos procedentes de su distinguido visitante.

—Sí, mi señor —dijo, e hizo señas para que la reunión terminara.

Requirió un rato largo y frustrante, pero Hrathen soportó la espera con cara inexpresiva. Cuando la gente se marchó, se acercó a los sacerdotes. Sus pies acorazados resonaban contra el suelo de piedra de la capilla. Habló por fin, dirigiendo sus palabras a Fjon.

—Arteth —dijo, usando el título derethi del hombre—, el barco que me trajo zarpará para Fjorden dentro de una hora. Subirás a bordo.

Fjon se quedó boquiabierto, alarmado.

—¿Qué...?

—¡Habla en fjordell, hombre! —exclamó bruscamente Hrathen—. ¿Diez años entre los paganos arelenos te han corrompido hasta el punto de olvidar tu lengua materna?

—No, no, excelencia —respondió Fjon, pasando del aónico al fjordell—. Pero yo...

—Basta —interrumpió Hrathen de nuevo—. Tengo órdenes del propio wyrn. Has pasado demasiado tiempo en la cultura arelena. Has olvidado tu sagrada llamada y eres incapaz de ver el progreso del imperio de Jaddeth. Estas gentes no necesitan un amigo, necesitan un sacerdote. Un sacerdote derethi. Viéndote confraternizar, podría pensarse que eres korathi. No estamos aquí para amar a la gente, estamos aquí para ayudarla. Te irás.

Fjon se desplomó contra una de las columnas de la sala, con los ojos muy abiertos y los miembros carentes de fuerza.

—Pero ¿quién será el arteth jefe de la capilla en mi ausencia, mi señor? Los otros arteths carecen de experiencia.

—Estos son tiempos de cambios, arteth —dijo Hrathen—. Yo me quedaré en Arelon para dirigir personalmente el trabajo aquí. Y que Jaddeth me conceda el éxito.

HABÍA ESPERADO UN despacho con mejor vista, pero la capilla, aunque majestuosa, no tenía más que una planta. Por fortuna, los terrenos estaban bien cuidados y su despacho, la antigua habitación de Fjon, daba a setos bien recortados y arriates de flores cuidadosamente arreglados.

Ahora que había despejado las paredes de cuadros (paisajes agrícolas, en su mayor parte) y se había desprendido de los numerosos efectos personales de Fjon, el orden de la sala se acercaba al nivel apropiado para un gyorn derethi. Todo lo que necesitaba era unos cuantos tapices y tal vez un escudo o dos.

Asintiendo para sí, Hrathen dedicó su atención al pergamino que tenía sobre la mesa. Sus órdenes. Apenas se atrevía a sostenerlo con sus manos profanas. Leyó mentalmente las palabras una y otra vez, grabando en su alma tanto su forma física como su significado teológico.

—Mi señor... ¿excelencia? —preguntó en fjordell una voz tímida.

Hrathen alzó la cabeza. Fjon entró en la habitación y se arrojó al suelo en la postura de sumisión, rozándolo con la frente. Hrathen se permitió sonreír, sabiendo que el penitente arteth no podía verle la cara. Tal vez hubiese esperanza todavía para Fjon.

—Habla.

—He hecho mal, mi señor. He actuado de manera contraria a los planes de nuestro señor Jaddeth.

—Tu pecado fue la complacencia, arteth. La satisfacción ha destruido más naciones que ningún ejército, y se ha llevado las almas de más hombres que las herejías de Elantris.

—Sí, mi señor.

—Sigues teniendo que marcharte, arteth —dijo Hrathen.

Los hombros del hombre se hundieron levemente.

—¿Entonces no hay esperanza para mí, mi señor?

—Eso que habla es locura arelena, arteth, no orgullo fjordell. —Hrathen agarró al otro sacerdote por el hombro—. ¡Levántate, hermano! —ordenó.

Fjon alzó la cabeza, con la esperanza brillando de nuevo en sus ojos.

—Tu mente puede haberse manchado de pensamientos arelenos, pero tu alma sigue siendo fjordell. Perteneces al pueblo elegido de Jaddeth, todo fjordell tiene un lugar de servicio en su imperio. Regresa a nuestra patria, ingresa en un monasterio para volver a familiarizarte con las cosas que has olvidado y se te encomendará otro modo de servir al imperio.

—Sí, mi señor.

Hrathen apretó con fuerza.

—Comprende esto antes de marchar, arteth. Mi llegada es más una bendición de lo que puedes comprender. No todas las obras de Jaddeth están claras para ti, no trates de averiguar qué piensa nuestro dios. —Guardó silencio mientras calibraba su siguiente movimiento. Al cabo de un instante, se decidió, aquel hombre todavía tenía valor. Hrathen tenía una oportunidad única para revertir de un solo golpe mucha de la perversión de Arelon en el alma de Fjon—. Mira ahí en la mesa, arteth. Lee ese pergamino.

Fjon miró la mesa y sus ojos encontraron el pergamino que allí había. Hrathen le soltó para permitirle acercarse a la mesa y leerlo.

—¡Es el sello oficial del mismísimo wyrn! —dijo Fjon, tomando el pergamino.

—No solo su sello, arteth —dijo Hrathen—. Esa es también su firma. El documento que tienes en las manos fue escrito por Su Santidad en persona. No es solo una carta, es una escritura.

Fjon abrió mucho los ojos y los dedos empezaron a temblarle.

—¿El propio wyrn?

Entonces, al comprender plenamente lo que sostenía en su indigna mano, dejó caer el pergamino sobre la mesa con un gritito. Sin embargo, no apartó los ojos de la carta. Estaba transfigurado, leía las palabras con la voracidad de un hombre hambriento ante un trozo de carne. Pocas personas tenían la oportunidad de leer palabras escritas por la mano del profeta de Jaddeth y sagrado emperador.

Hrathen le dio al sacerdote tiempo para leer el pergamino, releerlo y volverlo a leer. Cuando Fjon alzó por fin la cabeza, había comprensión (y gratitud) en su rostro. Era bastante inteligente. Sabía lo que hubiesen requerido de él las órdenes, si se hubiera quedado a cargo de Kae.

—Gracias —murmuró Fjon. Hrathen asintió educadamente.

—¿Podrías haberlo hecho? ¿Podrías haber cumplido las órdenes del wyrn?

Fjon negó con la cabeza mientras sus ojos corrían de nuevo al pergamino.

—No, excelencia. No podría haber... no hubiese funcionado, ni siquiera hubiese podido pensar teniendo eso sobre mi conciencia. No envidio vuestra posición, mi señor. Ya no.

—Regresa a Fjorden con mi bendición, hermano —dijo Hrathen, sacando un pequeño sobre de una bolsa que había sobre la mesa—. Dales esto a los sacerdotes de allí. Es una carta mía diciendo que aceptaste tu recolocación con la gracia digna de un siervo de Jaddeth. Ellos se encargarán de que te admitan en un monasterio. Tal vez algún día se te permita dirigir de nuevo una capilla, dentro de las fronteras de Fjorden.

—Sí, mi señor. Gracias, mi señor.

Fjon se retiró, cerrando la puerta tras de sí. Hrathen se acercó a la mesa y sacó de su bolsa de misivas otro sobre, aparentemente idéntico al que le había entregado a Fjon. Lo sostuvo unos instantes, luego lo acercó a una de las velas de la mesa. Las palabras que contenía, condenando al arteth Fjon por traidor y apóstata, nunca serían leídas y el pobre y agradable arteth nunca sabría cuánto peligro había corrido.

—CON TU PERMISO, mi señor gyorn —dijo inclinado el sacerdote, un dorven menor que había servido a las órdenes de Fjon durante más de una década. Hrathen agitó la mano, permitiendo al hombre que se marchara. La puerta se cerró en silencio mientras el sacerdote salía de la habitación.

Fjon había causado estragos entre sus subordinados. Incluso una pequeña debilidad se convertiría en un fallo enorme en dos décadas, y los problemas de Fjon eran cualquier cosa menos pequeños. El hombre había sido negligente hasta el escándalo. Había dirigido una capilla sin orden, cediendo ante la cultura arelena en vez de inculcar en la gente fuerza y disciplina. La mitad de los sacerdotes que servían en Kae eran irremediablemente corruptos, incluso hombres que apenas llevaban seis meses en la ciudad. En las semanas siguientes, Hrathen enviaría una auténtica flota de sacerdotes de vuelta a Fjorden. Tendría que elegir a un nuevo arteth jefe entre los que se quedaran, por pocos que fueran.

Llamaron a la puerta.

—Adelante —dijo Hrathen. Había entrevistado a los sacerdotes uno a uno, calibrando su grado de corrupción. Hasta el momento no le había impresionado ninguno.

—Arteth Dilaf —dijo el sacerdote, presentándose al entrar.

Hrathen alzó la cabeza. El nombre y las palabras eran fjordell, pero el acento no casaba del todo. Parecía casi...

—¿Eres areleno? —preguntó Hrathen, sorprendido.

El sacerdote inclinó la cabeza con el grado adecuado de sumisión. Sus ojos, sin embargo, eran retadores.

—¿Cómo te hiciste sacerdote derethi? —preguntó Hrathen.

—Quería servir al imperio —respondió el hombre, su voz suavemente intensa—. Jaddeth proporcionaba un camino.

«No —advirtió Hrathen—. No es desafío lo que hay en los ojos de este hombre, es fervor religioso». No abundaban los integristas en la religión derethi, ese tipo de gente se sentía más atraída por la absoluta falta de normas de los misterios jeskeri que por la organización militar del shu-dereth. Sin embargo, el rostro de aquel hombre ardía de fanatismo. No era mala cosa, aunque el propio Hrathen despreciaba esa falta de control, a menudo los integristas le resultaban herramientas útiles.

—Jaddeth siempre proporciona un camino, arteth —dijo Hrathen con cuidado—. Sé más específico.

—Conocí a un arteth derethi en Duladel, hace doce años. Me predicó, y creí. Me dio ejemplares del *Do-Kando* y el *Do-Dereth*, y los leí ambos en una noche. El santo arteth me envió de vuelta a Arelon para que ayudara a convertir a la gente de mi país, y me establecí en Naen. Enseñé allí durante siete años, hasta el día en que me enteré de que habían construido una capilla derethi en la misma Kae. Superé mi desagrado por los elantrinos, consciente de que el sagrado Jaddeth los había abatido con un castigo eterno, y vine a unirme a mis hermanos fjordell.

»Traje conmigo a mis conversos, la mitad de los creyentes de Kae vinieron conmigo de Naen. Fjon se impresionó con mi diligencia. Me concedió el título de arteth y me permitió seguir enseñando.

Hrathen se frotó pensativo la mandíbula, observando al sacerdote areleno.

—Sabes que lo que hizo el arteth Fjon está mal.

—Sí, mi señor. Un arteth no puede nombrar a otro. Cuando hablo con el pueblo, nunca me refiero a mí mismo como sacerdote del shu-dereth, solo como maestro.

Un maestro muy bueno, implicaba el tono de Dilaf.

—¿Qué opinas del arteth Fjon? —preguntó Hrathen.

—Era un necio sin disciplina, mi señor. Su laxitud impidió que el reino de Jaddeth creciera en Arelon, y ha dejado en ridículo a nuestra religión.

Hrathen sonrió: Dilaf, aunque no pertenecía a la raza elegida, era obviamente un hombre que comprendía la doctrina y la cultura de su religión. Sin embargo, ese ardor podía ser peligroso. La salvaje intensidad de los ojos de Dilaf apenas estaba bajo control. Habría que vigilarlo con mucha atención, o habría que eliminarlo.

—Parece que el arteth Fjon hizo al menos una cosa bien, aunque no tuviera la autoridad requerida —dijo Hrathen. Los ojos de Dilaf ardieron aún con más fuerza al oír aquello—. Te nombro arteth de pleno derecho, Dilaf.

Dilaf se inclinó, tocando el suelo con la cabeza. Sus modales eran completamente fjordell, y Hrathen nunca había oído hablar tan bien a un extranjero la lengua sagrada. Aquel hombre podría ser útil, en efecto. Al fin y al cabo, una queja común contra el shu-dereth era que favorecía a los fjordell. Un sacerdote areleno contribuiría a demostrar que todos eran bienvenidos al imperio de Jaddeth, aunque los fjordell fueran más bienvenidos.

Hrathen se felicitó por crear una herramienta tan útil, completamente satisfecho hasta el momento en que Dilaf alzó la cabeza. La pasión seguía brillando en sus ojos, pero también había algo más. Ambición. Hrathen frunció levemente el ceño, preguntándose si no acababan de manipularlo.

Solo podía hacer una cosa.

—Arteth, ¿has jurado ser odiv de algún hombre?

Sorpresa. Los ojos de Dilaf se abrieron de par en par mientras miraban a Hrathen, brillando de inseguridad.

—No, mi señor.

—Bien. Entonces lo serás mío.

—Mi señor... soy, por supuesto, tu humilde servidor.

—Serás más que eso, arteth —dijo Hrathen—, si eres mi odiv, yo seré tu hroden. Tú serás mío, en corazón y alma. Si sigues a Jaddeth, lo seguirás a través de mí. Si sirves al imperio, lo harás bajo mis órdenes. Lo que quiera que pienses, hagas o digas será por orden mía. ¿Comprendido?

En los ojos de Dilaf ardía fuego.

—Sí —siseó.

El fervor del hombre no le permitía rechazar una oferta semejante. Aunque su rango inferior de arteth no cambiaría, ser odiv de un gyorn representaba un enorme aumento del poder y la respetabilidad de Dilaf. Estaba dispuesto a ser el esclavo de Hrathen, si esa esclavitud lo llevaba más arriba. Era algo muy fjordell, la ambición era la única emoción que Jaddeth aceptaba con tanto agrado como la devoción.

—Bien —dijo Hrathen—. Entonces tu primera orden es seguir al sacerdote Fjon. Tiene que estar subiendo al barco que vuelve a Fjorden en este mismo momento. Quiero que te asegures de que así lo hace. Si desembarca por algún motivo, mátalo.

—Sí, mi gyorn.

Dilaf se apresuró a salir de la habitación. Por fin podía dar salida a su entusiasmo. Todo lo que Hrathen tenía que hacer era mantener ese entusiasmo enfocado en la dirección adecuada.

Hrathen se quedó de pie un momento después de que el areleno se hubo marchado, luego sacudió la cabeza y regresó a su mesa. El pergamino todavía se encontraba tal como había caído de los dedos indignos de Fjon. Hrathen lo recogió con una sonrisa, su toque fue reverente. No era un hombre que se complaciera con las posesiones. Ponía la mirada en logros mucho mayores que la simple acumulación de bagatelas inútiles. Sin embargo, de vez en cuando aparecía un objeto tan único que Hrathen simplemente gozaba sabiendo que le pertenecía. Tales cosas no se poseían por su utilidad, ni por su poder para impresionar a los demás, sino porque poseerlas era un privilegio. El pergamino era uno de esos objetos.

La propia mano del wyrn lo había escrito delante de Hrathen. Era una revelación que procedía directamente de Jaddeth, una escritura con un único destinatario. Pocas personas llegaban a conocer a los nombrados por Jaddeth, e incluso entre los gyorns, las audiencias privadas eran raras. Recibir órdenes directamente de la mano del wyrn... era la más exquisita de las experiencias.

Hrathen contempló de nuevo las sagradas palabras, aunque hacía tiempo que había memorizado hasta el último detalle.

Atiende las palabras de Jaddeth, a través de su siervo el wyrn Wulfden IV, emperador y rey.

Sumo sacerdote e hijo, tu petición ha sido concedida. Ve a los pueblos paganos del oeste y anúnciales mi advertencia final, pues aunque mi imperio es eterno, mi paciencia se acabará pronto. No dormiré mucho más dentro de una tumba de roca. El día del imperio está cercano, y mi gloria pronto brillará, un segundo sol surgido de Fjorden.

Las naciones paganas de Arelon y Teod han sido negras manchas en mi tierra durante demasiado tiempo. Trescientos años han servido mis sacerdotes entre aquellos manchados por Elantris, y pocos han atendido su llamada. Sabe esto, sumo sacerdote: mis fieles guerreros están preparados y esperan solo la palabra de mi wyrn. Tienes tres meses para convertir al pueblo de Arelon. Al final de ese periodo, los santos soldados de Fjorden caerán sobre la nación como depredadores a la caza, rasgando y rompiendo la indigna vida de aquellos que no escuchan mis palabras. Solo pasarán tres meses antes de la destrucción de todos cuantos se oponen a mi imperio.

El tiempo de mi ascensión se acerca, hijo mío. Sé firme y sé diligente.

Palabras de Jaddeth, Señor de Toda la Creación, a través de su servidor el wyrn Wulfden IV, emperador de Fjorden, profeta del shu-dereth, gobernador del Sagrado Reino de Jaddeth y Regente de Toda la Creación.

El momento había llegado por fin. Solo dos naciones resistían. Fjorden había recuperado su antigua gloria, perdida doscientos años antes cuando el primer imperio se había hundido. Una vez más, Arelon y Teod eran los dos únicos reinos del mundo entero que se resistían al dominio fjordell. Esta vez, con el poder de la llamada santa de Jaddeth detrás, Fjorden vencería. Luego, con toda la humanidad unida bajo el mandato del wyrn, Jaddeth podría alzarse de su trono subterráneo y reinar con gloriosa majestad.

Y Hrathen sería el responsable de ello. La conversión de Arelon y Teod era su urgente deber. Tenía tres meses para cambiar el temperamento religioso de una cultura entera. Una tarea monumental, pero era vital que tuviera éxito. Si no lo tenía, los ejércitos de Fjorden destruirían todo ser viviente de Arelon, y de Teod después. Las dos naciones, aunque separadas por el agua, eran iguales en raza, religión y obstinación.

La gente tal vez no lo supiera todavía, pero Hrathen era lo único que se interponía entre ellos y la aniquilación total. Habían desafiado arrogantes a Jaddeth y su pueblo durante demasiado tiempo. Hrathen era su última oportunidad.

Algún día lo llamarían su salvador.

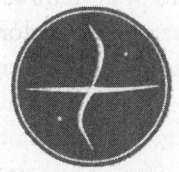

CAPÍTULO 4

L A MUJER gritó hasta agotarse, pidiendo ayuda, suplicando piedad, llamando a Domi. Arañó la ancha puerta dejando marcas de uñas en la película de mugre. Al cabo de un rato se desplomó en un silencioso montón, temblando con sollozos ocasionales. Ver su agonía le recordó a Raoden su propio dolor, el agudo aguijonazo de su dedo del pie, la pérdida de su vida exterior.

—No esperarán mucho más —susurró Galladon, la mano firme sobre el hombro de Raoden, conteniendo al príncipe.

La mujer finalmente se puso en pie tambaleándose, aturdida, como si hubiera olvidado dónde se encontraba. Dio un único e inseguro paso a la izquierda, la mano apoyada en la muralla, como si eso fuera un consuelo, una conexión con el mundo exterior, en vez de la barrera que la separaba de él.

—Se acabó —dijo Galladon.

—¿Así de fácil? —preguntó Raoden. Galladon asintió.

—Ella ha elegido bien... o al menos lo mejor que se puede elegir. Observa.

En un callejón situado directamente al otro lado del patio se agitaron unas sombras. Raoden y Galladon estaban observando desde el interior de un desvencijado edificio de piedra, uno de los muchos que flanqueaban la entrada al patio de Elantris. Las sombras se convirtieron en un grupo de hombres que se acercaron a la mujer con paso decidido y controlado, hasta rodearla. Uno tendió la mano y se apoderó de su cesta de ofrendas. A la mujer no le quedaban fuerzas para resistirse, simplemente, volvió a desplomarse. Raoden sintió los dedos de Galladon clavarse en su hombro cuando involuntariamente tiró hacia delante con intención de enfrentarse a los ladrones.

—No es una buena idea. ¿Kolo? —susurró Galladon—. Guarda tu valor para ti. Si torcerte un dedo estuvo a punto de dejarte fuera de combate, piensa cómo será uno de esos garrotes golpeando tu valiente cabecita.

Raoden asintió, relajándose. Habían robado a la mujer, pero no parecía que corriera ningún otro peligro. Dolía, sin embargo, mirarla. No era una joven doncella. Tenía la recia figura de una mujer acostumbrada a parir hijos y a llevar adelante una casa. Una madre, no una damisela. Las profundas arrugas de su rostro hablaban de sabiduría ganada duramente y de valor, y de algún modo eso hacía que mirarla fuera más difícil. Si una mujer así podía ser derrotada por Elantris, ¿qué esperanza había para Raoden?

—Te he dicho que había elegido bien —continuó Galladon—. Puede que tenga un poco menos de comida, pero no tiene ninguna herida. Ahora bien, si se hubiera vuelto a la derecha, como hiciste tú, sule, habría quedado a la dudosa merced de los hombres de Shaor. Si hubiera seguido adelante, entonces Aanden habría reclamado sus ofrendas. El giro a la izquierda es decididamente mejor. Los hombres de Karata se quedan con tu comida, pero rara vez te hacen daño. Es mejor tener hambre que pasarte los próximos años con un brazo roto.

—¿Los próximos años? —preguntó Raoden, volviéndose para mirar a su alto compañero de piel oscura—. ¿No habías dicho que nuestras heridas durarían una eternidad?

—Solo lo suponemos, sule. Muéstrame un elantrino que haya conseguido no volverse loco hasta el fin de la eternidad, y tal vez pueda demostrar la teoría.

—¿Cuánto suele durar aquí la gente?

—Un año, tal vez dos.

—¿Qué?

—Creías que éramos inmortales, ¿no? ¿Que porque no envejecemos duraremos para siempre?

—No sé —repuso Raoden—. Decías que no podíamos morir, ¿verdad?

—No podemos. Pero los cortes, las magulladuras, los dedos torcidos... se acumulan. Solo se puede soportar hasta cierto punto.

—¿Se suicidan? —preguntó Raoden en voz baja.

—Esa no es una opción. No, la mayoría se quedan tirados, murmurando o gritando. Pobres rulos.

—¿Cuánto tiempo llevas tú aquí, entonces?

—Unos pocos meses.

Eso fue otra impresión más que añadir a un montón ya bastante inestable. Raoden había supuesto que Galladon llevaba unos cuantos años siendo elantrino. El dula hablaba de la vida en Elantris como si hubiera sido su hogar durante décadas, y se orientaba con impresionante destreza por la enorme ciudad.

Raoden miró hacia el patio, pero la mujer se había ido ya. Podría haber sido una de las criadas del palacio de su padre, la esposa de un rico mercader o una simple ama de casa. La shaod no respetaba las clases, tomaba de todas por igual. Ella se había marchado tras entrar en el pozo abierto que era Elantris. Él debería haber podido ayudarla.

—Y todo por una simple hogaza de pan y unas cuantas hortalizas mustias —murmuró Raoden.

—Puede que no te parezca mucho ahora, pero espera unos cuantos días y verás. La única comida que entra en este lugar es en los brazos de los recién llegados. Espera, sule. Sentirás también el deseo. Hay que ser un hombre fuerte para resistir cuando llama el hambre.

—Tú lo haces.

—No muy bien... y solo llevo aquí unos meses. No hay forma de saber lo que me impulsará a hacer el hambre dentro de un año.

Raoden resopló.

—Espera a que pasen mis treinta días antes de convertirte en una bestia primitiva, por favor. Odiaría pensar que no conseguí mi precio en carne.

Galladon guardó silencio un instante, luego se echó a reír.

—¿No te asusta nada, sule?

—La verdad es que casi todo lo que hay aquí me asusta... pero soy bueno ignorando el hecho de que estoy aterrorizado. Si alguna vez me doy cuenta de lo asustado que estoy, probablemente me encontrarás intentando esconderme debajo de aquellas piedras del empedrado. Ahora, cuéntame más sobre esas bandas.

Galladon se encogió de hombros, se apartó de la puerta rota y tomó una silla de la pared. Estudió sus patas con ojo crítico y luego, cuidadosamente, se sentó. Se levantó justo a tiempo para ponerse nuevamente en pie cuando las patas crujieron. Arrojó la silla a un lado con disgusto y se sentó en el suelo.

—Hay tres secciones en Elantris, sule, y tres bandas. La sección del mercado la gobierna Shaor, ya conociste ayer a unos cuantos miembros de su corte, aunque estaban demasiado ocupados lamiendo la mugre de tus ofrendas como para presentarse. En la sección del palacio encontrarás a Karata, ella es quien tan amablemente ha librado a esa mujer de su comida hoy. El último es Aanden. Se pasa la mayor parte del tiempo en la zona de la universidad.

—¿Un hombre culto?

—No, un oportunista. Fue el primero en darse cuenta de que muchos de los textos más antiguos de la biblioteca estaban escritos en vitela. Los clásicos de ayer se han convertido en el almuerzo de mañana. ¿Kolo?

—¡Idos Domi! —juró Raoden—. ¡Eso es atroz! Los antiguos pergaminos de Elantris contienen innumerables obras originales. ¡Tienen un valor incalculable!

Galladon le dirigió una mirada resignada.

—Sule, ¿tengo que volver a repetirte mi discurso sobre el hambre? ¿De qué sirve la literatura cuando te duele tanto el estómago que los ojos te lloran?

—Ese argumento es terrible. Unos pergaminos de piel de cordero de hace dos siglos no pueden saber muy bien.

Galladon se encogió de hombros.

—Mejor que la mugre. De todas formas, parece que Aanden se quedó sin pergaminos hace unos meses. Trataron de cocer los libros, pero no les salió muy bien.

—Me sorprende que no hayan intentado cocerse unos a otros.

—Oh, se ha intentado —dijo Galladon—. Por suerte, algo nos pasa durante la shaod. Aparentemente la carne de un muerto no sabe demasiado bien. ¿Kolo? De hecho, es tan terriblemente amarga que nadie puede engullirla.

—Es bueno ver que el canibalismo haya sido descartado de una forma tan lógica como opción —dijo Raoden secamente.

—Ya te lo he dicho, sule. El hambre obliga a la gente a hacer cosas raras.

—¿Y eso lo justifica todo? —Sabiamente, Galladon no contestó. Raoden continuó—. Hablas de hambre y dolor como si fueran fuerzas irresistibles. Cualquier cosa es aceptable si el hambre te obliga a hacerla. Suprime nuestras comodidades y nos convertimos en animales.

Galladon negó con la cabeza.

—Lo siento, sule, pero así es como funcionan las cosas.

—No tiene por qué ser así.

DIEZ AÑOS NO eran tiempo suficiente. Incluso a pesar de la densa humedad de Arelon, a la ciudad le hubiese hecho falta más tiempo para deteriorarse tanto. Elantris parecía llevar siglos abandonada. Su madera se pudría, su yeso y sus ladrillos se desintegraban, incluso algunos edificios de piedra empezaban a desmoronarse. Y, cubriéndolo todo, la omnipresente película de mugre marrón.

Raoden se estaba acostumbrando a caminar por el irregular

y resbaladizo empedrado. Trataba de mantenerse a salvo de la mugre, pero la tarea resultaba imposible. Toda pared con la que rozaba y todo saliente que agarraba dejaban su marca en él.

Los dos hombres recorrían despacio una calle ancha, mucho más que ninguna de las de Kae. Elantris había sido construida a una escala enorme, y aunque el tamaño resultaba impresionante desde fuera, solo ahora comenzaba Raoden a comprender lo gigantesca que era la ciudad. Galladon y él llevaban bastante tiempo caminando, y su compañero decía que todavía estaban relativamente lejos de su destino.

Sin embargo, no se apresuraban. Esa era una de las primeras cosas que le había enseñado Galladon: en Elantris, uno se tomaba su tiempo. Todo lo que hacía el dula era ejecutado con extrema precisión, con movimientos relajados y cuidadosos. El menor rasguño, no importaba lo poco importante que fuera, se añadía al dolor de un elantrino. Cuanto más cuidadoso era uno, más cuerdo permanecía. Así pues, Raoden seguía a Galladon, tratando de remedar su paso atento. Cada vez que empezaba a parecerle excesiva tanta cautela, le bastaba con mirar una de las numerosas formas que yacían acurrucadas en las aceras y las esquinas para que su determinación regresara.

Los hoed, los llamaba Galladon. Aquellos elantrinos que habían sucumbido al dolor. Perdidas sus mentes, sus vidas no eran más que una tortura continua e implacable. Rara vez se movían, aunque algunos tenían suficiente instinto primitivo para permanecer agazapados en las sombras. La mayoría estaban callados, pero pocos permanecían completamente en silencio. Al pasar, Raoden oía sus murmullos, gemidos y sollozos. La mayoría parecían repetir palabras y frases para sí mismos, un mantra para acompañar al sufrimiento.

—Domi, Domi, Domi...

—Tan hermosa, una vez fue tan hermosa...

—Basta, basta, basta. Haz que pare...

Raoden se obligó a no oír las palabras. Su pecho empezaba a constreñirse como si sufriera con los pobres despojos sin rostro. Si prestaba demasiada atención, se volvería loco antes de que el dolor se lo llevara.

Sin embargo, si dejaba vagar su mente, invariablemente volvía a su vida en el exterior. ¿Continuarían sus amigos sus reuniones clandestinas? ¿Podrían Kiin y Roial mantener unido al grupo? ¿Y qué sería de su mejor amigo, Lukel? Raoden apenas había podido llegar a conocer a la nueva esposa de Lukel. Ahora nunca llegaría a conocer a su primer hijo.

Aún peores eran los pensamientos sobre su propio matrimonio. Nunca había conocido a la mujer con la que iba a casarse, aunque había hablado con ella a través del seon en muchas ocasiones. ¿Era en verdad tan lista e interesante como parecía? Nunca lo sabría. Iadon probablemente había ocultado la transformación de Raoden y fingido que su hijo había muerto. Ahora Sarene nunca llegaría a Arelon. En cuanto se enterara de la noticia, se quedaría en Teod y buscaría otro marido.

«Si al menos hubiera podido verla una sola vez». Pero esos pensamientos eran inútiles. Ahora era un elantrino más.

En vez de ello, se concentró en la propia ciudad. Resultaba difícil creer que Elantris hubiera sido alguna vez la ciudad más hermosa de Opelon, probablemente del mundo. La mugre era todo lo que veía, la podredumbre y la erosión. Sin embargo, bajo la suciedad se hallaban los restos de la antigua grandeza de Elantris. Una torre, lo que quedaba de un delicado bajorrelieve, grandes capillas y enormes mansiones, arcos y columnas. Diez años antes esa ciudad había resplandecido con su propio brillo místico, una ciudad de puro blanco y dorado.

Nadie sabía qué había causado el Reod. Había quienes tenían la teoría, la mayoría sacerdotes derethi, de que la caída de Elantris había sido causada por dios. Los elantrinos anteriores al Reod habían vivido como dioses ellos mismos, permitiendo otras religiones en Arelon, pero sufriéndolas igual que un amo deja que su perro lama la comida caída al suelo. La belleza de Elantris, los poderes que poseían sus habitantes, habían impedido que el común de la población se convirtiera al shu-keseg.

¿Por qué buscar una deidad invisible cuando tenías a dioses viviendo ante ti?

Llegó con una tempestad, eso sí lo recordaba Raoden. La tierra se fragmentó, una enorme grieta se abrió en el sur y todo Arelon tembló. Con la destrucción, Elantris había perdido toda su gloria. Los elantrinos habían pasado de ser brillantes seres de pelo blanco a criaturas de piel plagada de manchas y cabeza calva, como si sufrieran una horrible enfermedad, en avanzado estado de deterioro. Elantris había dejado de brillar para volverse oscura.

Y eso había sucedido hacía solo diez años. Diez años no era tiempo suficiente. La piedra no se desintegraba después de solo una década de negligencia. La suciedad no tendría que haberse amontonado tan rápidamente, no con tan pocos habitantes, la mayoría de los cuales estaban incapacitados. Era como si Elantris estuviera empeñada en morir, una ciudad suicida.

—LA ZONA DEL mercado de Elantris —dijo Galladon—. Este era uno de los mercados más colosales del mundo. Aquí venían mercaderes de todo Opelon para vender sus exóticos artículos a los elantrinos. Un hombre podía venir aquí para comprar las más lujosas magias elantrinas. No lo daban *todo* gratis. ¿Kolo?

Se encontraban en el terrado de un edificio. Al parecer, algunos elantrinos preferían los terrados a los tejados a dos aguas o las cúpulas, pues en las azoteas podían sembrarse jardines. Ante ellos se extendía una zona de la ciudad en esencia muy parecida al resto de Elantris, oscura y ruinosa. Raoden podía imaginar que sus calles habían estado decoradas una vez con los pintorescos toldos de los vendedores callejeros, pero los únicos restos de aquello eran el ocasional harapo cubierto de mugre.

—¿Podemos acercarnos más? —preguntó Raoden, asomándose al alféizar para contemplar el mercado.

—Puedes hacerlo tú si quieres, sule —respondió Galladon con aire especulativo—. Pero yo me quedo aquí. A los hombres de Shaor les gusta cazar gente. Probablemente sea uno de los pocos placeres que les quedan.

—Háblame entonces de Shaor. —Galladon se encogió de hombros.

—En un lugar como este, muchos buscan líderes, alguien que los proteja un poco del caos. Como en cualquier sociedad, los que son más fuertes a menudo acaban al mando. Shaor es alguien que encuentra placer en controlar a los demás, y por algún motivo los elantrinos más salvajes y moralmente corruptos encuentran el modo de llegar a él.

—¿Y consigue recibir las ofrendas de un tercio de los recién llegados? —preguntó Raoden.

—Bueno, Shaor se ocupa pocas veces de tales cosas, pero sí, sus seguidores se quedan con un tercio de las ofrendas.

—¿Por qué establecen el compromiso? Si los hombres de Shaor son tan incontrolables como estás dando a entender, ¿qué les convenció para aceptar un acuerdo tan arbitrario?

—Las otras bandas son tan grandes como la de Shaor, sule —dijo Galladon—. En el exterior, la gente tiende a convencerse de su propia inmortalidad. Nosotros somos más realistas. Uno rara vez gana una batalla sin al menos unas cuantas heridas y, aquí, incluso un par de cortes superficiales son más devastadores y más agónicos que una rápida decapitación. Los hombres de Shaor son salvajes, pero no son idiotas del todo. No lucharán a menos que tengan la seguridad de vencer o una recompensa prometedora. ¿Crees que fue tu físico el que impidió que ese hombre te atacara ayer?

—No estaba seguro —admitió Raoden.

—El menor indicio de que pudieras contraatacar es suficiente para espantar a esa gente, sule —dijo Galladon—. Por el placer de torturarte no merece la pena arriesgarse a que les devuelvas el golpe.

Raoden se estremeció de pensarlo.

—Muéstrame dónde viven las otras bandas.

LA UNIVERSIDAD Y el palacio hacían frontera una con el otro. Según Galladon, Karata y Aanden mantenían una tregua inestable, y normalmente había guardias en ambos lados, vigilando. Una vez más, el compañero de Raoden lo llevó al terrado de un edificio al que subieron por un tramo de escaleras que no ofrecía ninguna seguridad.

Sin embargo, después de subirlas, y estar a punto de caer cuando uno de los escalones se hundió bajo su peso, Raoden tuvo que admitir que la vista merecía el esfuerzo. El palacio de Elantris era lo bastante grande para resultar magnífico a pesar del inevitable deterioro. Cinco cúpulas remataban cinco alas, cada una con una torre majestuosa. Solo una de las torres, la del centro, estaba todavía intacta, pero se erguía airosa y era, con diferencia, la estructura más alta que Raoden hubiese visto.

—Se dice que ese es el centro exacto de Elantris —le contó Galladon señalando la torre con un gesto—. Antiguamente se podían subir las escaleras que se enroscan a su alrededor y contemplar desde allí la ciudad entera. Hoy en día, yo no me fiaría. ¿Kolo? Karata es a la vez la más dura y la más permisiva de los jefes de bandas —prosiguió Galladon, contemplando la universidad. Había algo extraño en sus ojos, como si estuviera viendo cosas que Raoden no podía ver. Continuó la descripción con su característico tono disperso, como si su boca no fuera consciente de que su mente estaba enfocada en otra parte.

—No suele aceptar miembros nuevos en su banda, y es extremadamente territorial. Los hombres de Shaor podrían perseguirte si entraras en su territorio, pero solo si les apetece. Karata no soporta a ningún intruso. Sin embargo, si dejas a Karata en paz, ella te deja en paz a ti, y rara vez hace daño a los recién llegados cuando se queda con su comida. Ya la has visto antes. Siempre se apodera de la comida personalmente. Tal vez no se fía lo suficiente de sus esbirros como para que se encarguen.

—Tal vez —dijo Raoden—. ¿Qué más sabes de ella?

—No mucho. Los jefes de los grupos de ladrones violentos no tienden a ser de los que se pasan la tarde charlando.

—¿Y ahora quién se toma las cosas a la ligera? —dijo Raoden con una sonrisa.

—Eres una mala influencia, sule. Se supone que los muertos no son alegres. De todas formas, lo único que puedo decirte de Karata es que no le gusta mucho estar en Elantris.

Raoden frunció el ceño.

—¿Y a quién sí?

—Todos odiamos Elantris, sule, pero pocos tenemos valor para intentar escapar. Han capturado a Karata tres veces ya en Kae... siempre en las inmediaciones del palacio del rey. Una vez más y los sacerdotes la mandarán quemar.

—¿Qué quiere del palacio?

—No ha tenido la amabilidad de explicármelo —respondió Galladon—. La mayoría de la gente piensa que pretende asesinar al rey Iadon.

—¿Por qué? ¿Y qué conseguiría con eso?

—Venganza, discordia, sed de sangre. Muy buenos motivos cuando ya estás condenada. ¿Kolo?

Raoden frunció el ceño. Tal vez vivir con su padre, totalmente paranoico con la idea de que un asesino acabara con su vida, lo había inmunizado, pero asesinar al rey no le parecía un objetivo probable.

—¿Qué hay del otro jefe de banda?

—¿Aanden? —preguntó Galladon contemplando la universidad.

Era grande, pero no tan magnífica como el palacio. Consistía en cinco o seis edificios largos y planos y mucho espacio abierto, terrenos que probablemente tuvieron hierba o jardines en su día, cosas que tiempo atrás debían de haber sido devoradas hasta las raíces por los hambrientos habitantes de Elantris.

—Dice que era un noble antes de que lo desterraran aquí... un barón, creo. Ha intentado establecerse como monarca de Elantris y está increíblemente molesto porque Karata controla el palacio. Celebra cortes, diciendo que dará de comer a aquellos que se unan a él... aunque todo lo que han conseguido hasta ahora son unos cuantos libros cocidos, y también hace planes para atacar Kae.

—¿Qué? —preguntó Raoden con sorpresa—. ¿Atacar?

—No lo dice en serio. Pero es buena propaganda. Asegura que tiene una estrategia para liberar Elantris, y con eso ha conseguido bastantes seguidores. Sin embargo, también es brutal. Karata solo hace daño a la gente que intenta colarse en el palacio. Aanden es famoso por celebrar juicios a capricho. Personalmente, sule, no creo que esté muy cuerdo.

Raoden frunció el ceño. Si este Aanden había sido realmente un barón, lo hubiese conocido. Sin embargo, no le sonaba el nombre. O bien Aanden había mentido sobre su pasado, o había elegido un nombre distinto después de entrar en Elantris.

Raoden estudió la zona situada entre la universidad y el palacio. Algo había llamado su atención, algo tan mundano que no le hubiese dirigido una segunda mirada de no haber sido el primero que veía en Elantris.

—¿Eso es... un pozo? —preguntó, incierto. Galladon asintió.

—El único que hay en la ciudad.

—¿Cómo es posible?

—Fontanería interna, sule, cortesía de la magia AonDor. Los pozos no eran necesarios.

—Entonces ¿por qué construyeron ese?

—Creo que lo utilizaban en las ceremonias religiosas. Varios servicios de las congregaciones elantrinas necesitaban agua acabada de recoger de un río.

—Entonces el río Aredel corre por debajo de la ciudad —dijo Raoden.

—Por supuesto. ¿Por dónde si no? ¿Kolo?

Raoden entornó los ojos, pensativo, pero no dio ninguna explicación. Mientras seguía contemplando la ciudad, vio una pequeña bola de luz que flotaba en una de las calles de abajo. El seon deambulaba sin rumbo, flotando ocasionalmente en círculos. Estaba demasiado lejos para distinguir el aon de su centro.

Galladon advirtió lo que estaba mirando Raoden.

—Un seon —comentó el dula—. No son raros en la ciudad.

—¿Es cierto entonces? —preguntó Raoden. Galladon asintió.

—Cuando el amo de un seon es alcanzado por la shaod, el seon se vuelve loco. Hay varios flotando por la ciudad. No hablan, solo flotan, sin mente.

Raoden apartó la mirada. Desde que lo habían arrojado a Elantris, había evitado pensar en el destino de su propio seon, Ien. Galladon contempló el cielo.

—Va a llover pronto.

Raoden alzó una ceja hacia el cielo sin nubes.

—Si tú lo dices.

—Fíate de mí. Tendríamos que ponernos a cubierto, a menos que quieras pasarte los próximos días con la ropa mojada. Es difícil encender fuego en Elantris. La madera está demasiado mojada o demasiado podrida para arder.

—¿Adónde debemos ir?

Galladon se encogió de hombros.

—Elige una casa, sule. Es muy posible que no esté habitada.

Habían dormido la noche anterior en una casa abandonada, pero Raoden tuvo una idea.

—¿Dónde vives, Galladon?

—En Duladel —respondió inmediatamente Galladon.

—Me refiero a hoy en día.

Galladon pensó un momento, mirando a Raoden con incertidumbre. Entonces, tras encogerse de hombros, le indicó que lo siguiera por las inestables escaleras.

—Ven.

—¡LIBROS! —EXCLAMÓ RAODEN, entusiasmado.

—No tendría que haberte traído aquí —murmuró Galladon—. Ahora no me libraré nunca de ti.

Galladon había guiado a Raoden a lo que parecía una bodega vacía pero que había resultado ser algo bastante distinto. El aire era más seco, aunque estaba bajo tierra, y mucho más frío también. Como para retractarse de sus anteriores reservas sobre el fuego, Galladon había sacado una antorcha de un hueco oculto y la había encendido con un poco de pedernal y acero. Lo que reveló la luz era, en efecto, sorprendente.

Parecía el estudio de un erudito. En las paredes había pintados aones, los místicos caracteres antiguos anteriores al lenguaje aónico, y varios estantes de libros.

—¿Cómo encontraste este lugar? —preguntó Raoden ansiosamente.

—Me tropecé con él —Galladon se encogió de hombros.

—Todos estos libros ¡tal vez contienen el secreto que se esconde tras los aones, Galladon! —dijo Raoden, extrayendo uno de su estantería. Estaba un poco mohoso, pero todavía resultaba legible—. ¿Lo has pensado alguna vez?

—¿Los aones?

—La magia de Elantris. Dicen que antes del Reod, los elantrinos podían crear hechizos poderosos solo dibujando aones.

—Ah, ¿te refieres a esto? —preguntó el hombretón de piel oscura, alzando la mano. Dibujó un símbolo en el aire, aon Deo, y su dedo dejó una brillante línea blanca detrás.

Raoden se quedó boquiabierto y el libro se le cayó de las manos. Los aones. Históricamente, solo los elantrinos habían sido capaces de convocar el poder oculto en ellos. Ese poder se suponía desaparecido. Se decía que se había perdido con la caída de Elantris.

Galladon le sonrió a través del brillante símbolo que flotaba en el aire entre ambos.

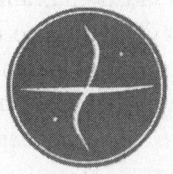

CAPÍTULO 5

D OMI MISERICORDIOSO, ¿de dónde ha salido ese? —respiró Sarene.

El gyorn avanzó a pasos largos hacia el trono del rey con la arrogancia característica de su clase. Llevaba la brillante armadura rojo sangre de un sumo sacerdote derethi y una extravagante capa escarlata ondeando tras de sí, aunque iba desarmado. El suyo era un traje para impresionar... y, a pesar de lo que pensaba Sarene sobre los gyorns, tuvo que admitir que resultaba efectivo. Naturalmente, era más que nada para alardear. Incluso en la sociedad castrense de Fjorden, pocos podían caminar tan fácilmente como ese gyorn con la armadura completa. El metal era probablemente tan fino y liviano que de nada hubiese servido en una batalla.

El gyorn pasó ante ella sin dirigirle una segunda mirada, los ojos enfocados directamente en el rey. Era joven para tratarse de un gyorn, probablemente de cuarenta y tantos años, y en su pelo negro, corto y bien cuidado, había apenas trazas de gris.

—Sabías que había presencia derethi en Elantris, mi señora —dijo Ashe, flotando junto a ella como de costumbre, uno de los dos únicos seones presentes en la sala—. ¿Por qué debería sorprenderte ver a un sacerdote fjordell?

—Ese es un gyorn completo, Ashe. Solo hay veinte en el imperio fjordell. Puede que haya algunos creyentes derethi en Kae, pero no los suficientes para recibir la visita de un sumo sacerdote. Los gyorns son extremadamente avaros con su tiempo.

Sarene vio cómo el fjordell atravesaba la sala a zancadas, abriéndose paso a través de la multitud como un ave en una nube de mosquitos.

—Vamos —le susurró a Ashe, rodeando la multitud para situarse en la parte delantera de la cámara. No quería perderse lo que dijera el gyorn.

No tendría que haberse molestado. Cuando el hombre habló, su firme voz resonó a través del salón del trono.

—Rey Iadon —dijo, haciendo tan solo un leve gesto con la cabeza en vez de inclinarla—. Yo, el gyorn Hrathen, os traigo un mensaje del wyrn Wulfden IV. Declara que es hora de que nuestras dos naciones compartan más que una frontera común —hablaba con el cargado y melódico acento de un fjordell nativo.

Iadon alzó la mirada de los legajos que estaba consultando, apenas disimulando su ceño fruncido.

—¿Qué más quiere el wyrn? Ya tenemos un tratado comercial con Fjorden.

—Su santidad teme por las almas de vuestros súbditos, majestad —dijo Hrathen.

—Bien, entonces que los convierta. Siempre he dado a vuestros sacerdotes completa libertad para predicar en Arelon.

—El pueblo responde demasiado lentamente, majestad. Requiere un empujón... una señal, si queréis. El wyrn piensa que es hora de que vos mismo os convirtáis al shu-dereth.

Esta vez Iadon ni siquiera se molestó en disimular el malestar en su tono.

—Ya creo en el shu-korath, sacerdote. Servimos al mismo dios.

—El shu-dereth es la única forma verdadera del shu-keseg —replicó Hrathen ominosamente.

Iadon agitó una mano, despectivo.

—No me preocupan las peleas entre las dos sectas, sacerdote. Ve y convierte a quien no crea. Todavía hay muchos arelenos que siguen la antigua religión.

—No deberíais despreciar tan a la ligera la oferta del wyrn —le advirtió el gyorn.

—Sinceramente, sacerdote, ¿tenemos que soportar esto? Tus amenazas no conllevan ningún peso. Fjorden no ha tenido ninguna influencia real desde hace tres siglos. ¿Crees seriamente que puedes intimidarme con lo poderosos que un día fuisteis?

Los ojos de Hrathen se volvieron peligrosos.

—Fjorden es más poderoso ahora que nunca.

—¿De verdad? —preguntó Iadon—. ¿Dónde está vuestro vasto imperio? ¿Dónde están vuestros ejércitos? ¿Cuántos países habéis conquistado en el último siglo? Tal vez algún día os deis cuenta de que vuestro imperio se desplomó hace trescientos años.

Hrathen se mantuvo en silencio un instante, luego repitió su leve gesto de saludo y se dio media vuelta, agitando la capa dramáticamente mientras se encaminaba hacia la puerta. Sin embargo, las oraciones de Sarene no fueron escuchadas, no se la pisó y tropezó. Justo antes de salir, Hrathen se volvió para echar un último vistazo decepcionado a la sala del trono. Su mirada encontró a Sarene en vez de al rey. Sus ojos se cruzaron un momento, y ella pudo ver un leve atisbo de confusión mientras el hombre estudiaba su inusitada altura y sus rubios cabellos teo. Cuando se marchó, la sala estalló en un centenar de conversaciones diferentes.

El rey Iadon bufó y volvió a sus legajos.

—No se da cuenta —susurró Sarene—. No lo comprende.

—¿Comprender qué, mi señora? —preguntó Ashe.

—Lo peligroso que es ese gyorn.

—Su Majestad es un mercader, mi señora, no un verdadero político. No ve las cosas igual que tú.

—Incluso así —dijo Sarene, hablando tan bajo que solo Ashe podía oírla—. El rey Iadon debería tener la suficiente experiencia para reconocer que lo que le ha dicho Hrathen es completamente cierto... al menos en lo referido a Fjorden. Los wyrns son más poderosos ahora que hace siglos, incluso que en la cima del antiguo imperio.

—Es difícil ver más allá del poder militar, sobre todo cuando se es un monarca relativamente nuevo —dijo Ashe—. Al rey Iadon no le cabe en la cabeza cómo puede el ejército de sacerdotes de Fjorden ser más influyente de lo que fueron nunca sus guerreros.

Sarene se dio unos golpecitos con el dedo en la mejilla un instante, pensativa.

—Bueno, Ashe, al menos ahora no tienes que preocuparte de que yo cause demasiado revuelo entre la nobleza de Kae.

—Lo dudo mucho, mi señora. ¿Cómo si no vas a pasar el tiempo?

—Ay, Ashe —dijo ella dulcemente—. ¿Por qué perderlo con un puñado de nobles incompetentes cuando puedo probar mi inteligencia con un gyorn? —Entonces, más seria, continuó—. El wyrn elige bien a sus sacerdotes. Si Iadon no vigila a ese hombre, y no parece probable que lo haga, Hrathen convertirá a esta ciudad bajo sus barbas. ¿De qué servirá el sacrificio de mi matrimonio para Teod y la propia Arelon si se entrega a nuestros enemigos?

—Puede que estés exagerando, mi señora —dijo Ashe con un latido. Las palabras le resultaban familiares. Parecía que Ashe sentía la necesidad de decírselas a menudo.

Sarene negó con la cabeza.

—Esta vez no. Lo de hoy ha sido una prueba, Ashe. Ahora Hrathen se sentirá justificado para emprender sus acciones contra el rey. Se ha convencido a sí mismo de que Arelon está en efecto gobernada por un blasfemo. Intentará encontrar un modo de derrocar a Iadon, y el gobierno de Arelon caerá por segunda vez en diez años. Esta vez no será la clase mercantil la que llene el hueco del liderazgo... serán los sacerdotes derethi.

—Entonces ¿vas a ayudar a Iadon? —dijo Ashe, sonando divertido.

—Es mi rey soberano.

—¿A pesar de que opinas que es insufrible?

—Absolutamente *cualquier cosa* es preferible al dominio fjordell. Además, tal vez me equivoqué con Iadon.

Las cosas tampoco habían ido *tan tan* mal entre ambos desde aquel primer embarazoso encuentro. Iadon prácticamente la había ignorado en el funeral de Raoden, cosa que a Sarene le había parecido bien. Había estado demasiado ocupada buscando discrepancias en la ceremonia. Por desgracia, el acontecimiento se había desarrollado con un decepcionante grado de ortodoxia, y ningún noble prominente se traicionó dejando de asistir o pareciendo demasiado culpable durante los ritos funerarios.

—Sí... —dijo ella—. Tal vez Iadon y yo podamos llevarnos bien simplemente ignorándonos.

—En nombre del ardiente Domi, ¿qué estás haciendo de nuevo en mi corte, muchacha? —exclamó el rey tras ella.

Sarene alzó los ojos al cielo con resignación, y Ashe latió una risa silenciosa mientras ella se volvía para enfrentarse al rey Iadon.

—¿Qué? —preguntó, tratando de parecer inocente.

—¡Tú! —ladró Iadon, señalándola. Estaba comprensiblemente de mal humor, aunque por supuesto, según había oído ella, Iadon estaba rara vez de buenas—. ¿No comprendes que las mujeres no pueden venir a mi corte a menos que hayan sido invitadas?

Sarene parpadeó, confundida.

—Nadie me había dicho nada, majestad —dijo, tratando intencionadamente de parecer que tenía la cabeza hueca.

Iadon gruñó algo sobre la estupidez de las mujeres, sacudiendo la cabeza por la obvia falta de inteligencia de Sarene.

—Solo quería ver las pinturas —dijo Sarene, fingiendo temblor en la voz, como si estuviera a punto de llorar.

Iadon levantó la mano enseñando la palma para detener cualquier tontería adicional y volvió a sus legajos. Sarene apenas pudo evitar sonreír mientras se secaba los ojos y pretendía estudiar el cuadro que tenía detrás.

—Eso no me lo esperaba —dijo Ashe en voz baja.

—Me ocuparé de Iadon más tarde —murmuró Sarene—. Tengo alguien más importante de quien preocuparme ahora.

—Nunca creí que llegaría a ver el día en que tú, nada menos, te adaptarías al estereotipo femenino... aunque haya sido solo una actuación.

—¿Qué? —preguntó Sarene, parpadeando—. ¿Yo, actuar?

—Ashe bufó—. ¿Sabes?, nunca he entendido cómo los seones conseguís hacer sonidos como ese. No tenéis nariz. ¿Cómo podéis bufar?

—Años de práctica, mi señora —repuso Ashe—. ¿De verdad que voy a tener que sufrir tus lloros cada vez que hables con el rey?

Sarene se encogió de hombros.

—Espera que las mujeres sean tontas, así que seré tonta. Es mucho más fácil manipular a la gente cuando cree que no tienes seso suficiente para acordarte de tu nombre.

—¿Ene? —gritó de pronto una voz—. ¿Eres tú?

La voz profunda y ronca le resultaba extrañamente familiar. Era como si quien hablaba tuviera la garganta irritada, aunque Sarene nunca había oído a nadie con la garganta irritada gritar tan fuerte.

Sarene se volvió. Un hombre enorme, más alto, más ancho, más grueso y más musculoso de lo que parecía posible, se abrió paso hacia ella entre la multitud. Iba vestido con un ancho jubón de seda azul (Sarene se estremeció al pensar en cuántos gusanos habían hecho falta para tejerlo) y los pantalones con volantes en los tobillos de los cortesanos arelenos.

—¡Eres tú! —exclamó el hombre—. ¡Creíamos que no vendrías hasta dentro de una semana!

—Ashe —murmuró Sarene—, ¿quién es este lunático y qué quiere de mí?

—Me resulta familiar, mi señora. Lo siento, mi memoria no es lo que era.

—¡Ja! —dijo el hombretón, envolviéndola en un abrazo de oso. Fue una extraña sensación. Su mitad inferior quedó semiaplastada contra su enorme tripa, mientras que la cara se le hundía en un pecho duro y musculoso. Sarene resistió las ganas de gemir, esperando y deseando que el hombre la soltara antes de desmayarse. Ashe probablemente iría a buscar ayuda si su cara empezaba a cambiar de color.

Por fortuna, el hombre la soltó antes de que se asfixiara, la sujetó por los hombros y la mantuvo a la distancia de sus brazos.

—Has cambiado. La última vez que te vi solo me llegabas a las rodillas. —Examinó su alta figura—. Bueno... dudo que alguna vez fueras tan baja, pero desde luego no me llegabas más arriba de la cintura.

»¡Tu madre siempre decía que serías larguirucha!

Sarene sacudió la cabeza. La voz le era levemente familiar, pero no era capaz de situar sus rasgos. Normalmente tenía buena memoria para las caras. A menos que...

—¿Hunkey Kay? —preguntó, vacilante—. ¡Misericordioso Domi! ¡Qué le ha pasado a tu barba?

—Los nobles arelenos no llevan barba, pequeña. Hace años que no llevo.

Era él. La voz era distinta, el rostro sin barba desconocido, pero los ojos eran los mismos. Sarene recordaba haber mirado aquellos grandes ojos castaños, siempre llenos de humor.

—Hunkey Kay —murmuró distraída—. ¿Dónde está mi regalo?

Su tío Kiin se echó a reír,* su extraña voz rasposa producía un sonido más parecido a un silbido que a una risa. Esas eran siempre las primeras palabras que ella pronunciaba cuando él acudía de visita. Su tío le traía los regalos más exóticos, delicias tan extravagantes que incluso resultaban únicas para la hija de un rey.

—Me temo que esta vez se me ha olvidado el regalo, pequeña.

Sarene se ruborizó. Sin embargo, antes de poder pronunciar una disculpa, su tío pasó un brazo enorme por su hombro y se dispuso a sacarla del salón del trono.

—Ven, tienes que conocer a mi esposa.

—¿*Cómo que esposa?* —dijo Sarene conmocionada. Había pasado más de una década desde la última vez que había visto a Kiin, pero recordaba una cosa con toda claridad, su tío era un solterón irredento, además de un pícaro empedernido—. ¿Hunkey Kay se ha *casado*?

* «Hunkey Kay» es la deformación fonética de *uncle Kiin*, «tío Kay» en inglés. *(N. del T.)*

—Tú no eres la única que ha crecido en los diez últimos años —croó Kiin—. Ah, y por simpático que sea oírte llamarme Hunkey Kay como cuando eras niña, probablemente ahora querrás llamarme tío Kiin.

Sarene volvió a ruborizarse.

—¿Cómo le va a tu padre? —preguntó el hombretón—. Sigue actuando de manera adecuadamente regia, supongo.

—Está bien, tío —respondió ella—. Aunque estoy segura de que se sorprendería si te encontrara viviendo en la corte de Arelon.

—Lo sabe.

—No, cree que te marchaste en uno de tus viajes y te afincaste en una de las islas lejanas.

—Sarene, si eres una mujer tan lista como eras de niña, deberías haber aprendido a distinguir la verdad de las fábulas.

La declaración le cayó encima como un jarro de agua helada. Ella recordaba vagamente haber visto zarpar el barco de su tío un día y haberle preguntado a su padre cuándo iba a volver Hunkey Kay. El rostro de Eventeo estaba taciturno cuando respondió que esa vez Hunkey Kay emprendía un largo, larguísimo viaje.

—Pero ¿por qué? —preguntó ella—. ¿Todo este tiempo has estado viviendo a solo unos cuantos días de viaje de casa y nunca viniste a visitarnos?

—Dejemos las historias para otro día, pequeña —Kiin sacudió la cabeza—. Ahora tienes que conocer a ese monstruo de mujer que finalmente consiguió capturar a tu tío.

LA ESPOSA DE Kiin difícilmente podía considerarse un monstruo. De hecho, era la mujer madura más hermosa que Sarene había visto. Daora tenía unos rasgos afilados y escultóricos, y un cabello castaño rojizo bellamente peinado. No era lo que Sarene habría asociado jamás con su tío. Pero, naturalmente, sus recuerdos más recientes de Kiin tenían más de una década.

La enorme fortaleza que Kiin tenía como mansión no resultó ninguna sorpresa. Sarene recordaba que su tío había sido una especie de mercader, y sus recuerdos quedaban engrandecidos por los caros regalos y las exóticas ropas que lucía Kiin. No solo era el hijo menor del rey, sino que además había sido un comerciante de enorme éxito. Algo que, al parecer, todavía era. Había estado fuera de la ciudad por negocios hasta esa misma mañana, razón por la cual ella no lo había visto en el funeral.

La mayor sorpresa fueron los hijos. A pesar de que Sarene sabía que estaba casado, no podía conciliar sus recuerdos del indomable Hunkey Kay con el concepto de paternidad. Sus prejuicios se fueron al traste en cuanto Kiin y Daora abrieron la puerta del comedor de la mansión.

—¡Papá está en casa! —gritó la voz de una niña pequeña.

—Sí, papá está en casa —dijo Kiin con voz sufrida—. Y no, no he traído nada. Solo he estado fuera unos minutos.

—No me importa lo que me hayas traído o me hayas dejado de traer. Solo quiero *comer*. —La que hablaba, una niña de unos diez años, lo hacía muy seria, casi como una adulta. Llevaba un vestido rosa con un lazo blanco y una maraña de pelo rubio en la cabeza.

—¿Cuándo no quieres comer tú, Kaise? —preguntó con expresión agria un niño pequeño, casi idéntico a la niña.

—Niños, no peleéis —dijo Daora con firmeza—. Tenemos una invitada.

—Sarene —dijo Kiin—, te presento a tus primos. Kaise y Daorn. Los dos mayores dolores de cabeza en la vida de tu pobre tío.

—Vamos, padre, sabes que te habrías vuelto loco de aburrimiento hace tiempo sin ellos —dijo un hombre desde la puerta del fondo. El recién llegado era de estatura arelena media, lo que significaba que era entre tres y cinco centímetros más bajo que Sarene, esbelto, de rostro aguileño y sorprendentemente guapo. Llevaba el pelo con la raya en medio y le caía sobre las mejillas. Una mujer de pelo negro se encontraba a su lado, los labios levemente fruncidos mientras estudiaba a Sarene.

El hombre le hizo una leve reverencia a Sarene.

—Alteza —dijo, apenas con una leve sonrisa en los labios.

—Mi hijo Lukel —dijo Kiin.

—¿Tu hijo? —eso era una sorpresa. Sarene podía aceptar a hijos pequeños, pero Lukel tenía apenas unos pocos años más que ella. Eso significaba...

—No —dijo Kiin negando con la cabeza—. Lukel es hijo del matrimonio anterior de Daora.

—No es que eso me convierta en menos hijo suyo —dijo Lukel sonriendo ampliamente—. No podrás escapar fácilmente de tu responsabilidad.

—El propio Domi no se atrevería a hacerse responsable de ti —dijo Kiin—. Lo acompaña Jalla.

—¿Tu hija? —preguntó Sarene mientras Jalla hacía una reverencia.

—Nuera —dijo la mujer de pelo oscuro, la voz cargada de acento.

—¿Eres fjordell? —preguntó Sarene. El pelo había sido una pista, pero el nombre y el acento eran inconfundibles.

—Svordisana —corrigió Jalla. No es que fuera muy distinto. El pequeño reino de Svorden no era más que una provincia fjordell.

—Jalla y yo estudiamos juntos en la universidad svordisana —explicó Lukel—. Nos casamos el mes pasado.

—Enhorabuena —dijo Sarene—. Es agradable saber que no soy la única recién casada presente.

Sarene pretendía hacer un comentario desenfadado, pero fue incapaz de apartar la amargura de su voz. Sintió la enorme mano de Kiin posarse sobre su hombro.

—Lo siento, Ene —dijo en voz baja—. No iba a comentarlo, pero... Te merecías algo mejor que esto. Siempre fuiste una niña muy feliz.

—No es una gran pérdida para mí —contestó Sarene con una indiferencia que no sentía—. No es que le conociera, tío.

—Incluso así, habrá sido una sorpresa —dijo Daora.

—Puede decirse que sí —reconoció Sarene.

—Si te ayuda, el príncipe Raoden era un buen hombre —dijo Kiin—. Uno de los mejores que he conocido. Si supieras algo de política arelena, comprenderías que no uso esas palabras a la ligera cuando me refiero a un miembro de la corte de Iadon.

Sarene asintió. Una parte de ella se alegró de no haberse equivocado al juzgar a Raoden antes. La otra parte pensó que habría sido más sencillo continuar pensando que era igual que su padre.

—¡Ya basta de hablar de príncipes muertos! —declaró una voz pequeña pero insistente desde la mesa—. Si no comemos pronto, padre tendrá que dejar de quejarse de mí porque estaré muerta.

—Sí, Kiin —reconoció Daora—, deberías ir a las cocinas y asegurarte de que tu festín no se está quemando.

Kiin bufó.

—He puesto cada plato a cocinar siguiendo un plan preciso. Sería imposible que uno... —El hombretón se interrumpió para olisquear, maldijo y salió de estampida de la habitación.

—¿Tío Kiin está preparando la cena? —preguntó Sarene, sorprendida.

—Tu tío es uno de los mejores cocineros de esta ciudad, querida —dijo Daora.

—¿Tío Kiin? —repitió Sarene—. ¿*Cocinero*?

Daora asintió, como si fuera lo más normal del mundo.

—Kiin ha viajado a más sitios que nadie de Arelon, y ha traído recetas de cada uno de esos sitios. Creo que esta noche está preparando algo que aprendió en JinDo.

—¿Significa eso que vamos a comer? —insistió Kaise.

—Odio la comida jinDo —se quejó Daorn, su voz casi indistinguible de la de su hermana—. Lleva demasiadas especias.

—No te gusta nada a menos que lleve un montón de azúcar —se burló Lukel, revolviendo el pelo de su hermanastro.

—Daorn, ve y llama a Adien.

—¿Otro? —preguntó Sarene. Daora asintió.

—El último. Hermano de Lukel.

—Probablemente estará durmiendo —dijo Kaise—. Adien

siempre está durmiendo. Creo que es porque su mente solo está medio despierta.

—Kaise, las niñas pequeñas que dicen esas cosas de sus hermanos suelen acabar en la cama sin cenar —dijo Daora—. Daorn, venga.

—NO PARECES UNA princesa —dijo Kaise. La niña estaba sentada primorosamente en su silla junto a Sarene. El comedor tenía un aspecto acogedor, más parecido a un estudio, forrado de paneles de madera oscura y lleno de recuerdos de los viajes de Kiin.

—¿Qué quieres decir? —preguntó Sarene, tratando de deducir cómo se manejaban los extraños cubiertos jinDo. Había dos, uno con un extremo afilado y el otro con un extremo plano. Todos los demás los utilizaban como si fueran una segunda naturaleza para ellos, y Sarene estaba decidida a no preguntar nada. Lo descubriría por su cuenta o no conseguiría comer mucho. Lo segundo parecía mucho más probable.

—Bueno, para empezar eres demasiado alta —dijo Kaise.

—Kaise —le advirtió su madre amenazadora.

—Bueno, es verdad. Todos los libros dicen que las princesas son menudas. No estoy exactamente segura de lo que significa eso, pero no creo que ella lo sea.

—Soy teo —dijo Sarene, consiguiendo trinchar algo que parecía un trozo de gamba marinada—. Somos así de altos.

—Padre es también teo, Kaise —dijo Daorn—. Y ya ves lo alto que es.

—Pero padre está gordo —señaló Kaise—. ¿Por qué no estás gorda tú, Sarene?

Kiin, que acababa de asomar por una de las puertas de la cocina, golpeó al pasar, como sin querer, la cabeza de su hija con el fondo de una bandeja de metal.

—Justo lo que pensaba —murmuró, escuchando la reverberación metálica de la bandeja—, tienes la cabeza completamente hueca. Supongo que eso explica muchas cosas.

Kaise se frotó petulante la cabeza antes de volver su atención a la comida murmurando.

—Sigo pensando que las princesas deberían ser más pequeñas. Además, se supone que las princesas tienen buenos modales en la mesa. La prima Sarene ha derramado la mitad de la comida por el suelo. ¿Quién ha oído hablar de una princesa que no sepa usar los palillos maiPon?

Sarene se ruborizó y contempló los cubiertos extranjeros.

—No le hagas caso, Ene —se rio Kiin, colocando en la mesa otro plato de suculento olor—. Esto es comida jinDo. Se hace con tanta grasa que si la mitad *no acaba* en el suelo, algo va mal. Acabarás por pillarles el tranquillo a esos palillos.

—Puedes usar una cuchara, si quieres —le ofreció Daorn—. Adien siempre lo hace.

Los ojos de Sarene se dirigieron inmediatamente al cuarto hijo. Adien era un muchacho de rostro delgado, cerca de los veinte. Tenía una complexión pálida y una expresión extraña e inquietante. Comía con torpeza, con movimientos bruscos y sin control. Mientras lo hacía murmuraba para sí. Repetía números, le pareció a Sarene. Ella había visto a otros niños así antes, niños cuyas mentes no estaban completamente enteras.

—Padre, la comida está deliciosa —dijo Lukel, distrayendo la atención de su hermano—. Creo que es la primera vez que preparas este plato de gambas.

—Se llama HaiKo —dijo Kiin con voz rasposa—. Lo aprendí de un mercader que estuvo de paso mientras tú estudiabas en Svorden el año pasado.

—Dos millones ciento seis mil doscientos treinta y ocho —murmuró Adien—. Son los pasos que hay hasta Svorden.

La suma de Adien tomó a Sarene por sorpresa, pero el resto de la familia no le prestó atención, así que ella hizo lo mismo.

—Está verdaderamente rico, tío —dijo Sarene—. Nunca te habría imaginado de cocinero.

—Siempre me ha gustado —dijo Kiin, sentándose en su silla—. Os habría preparado algunas cosas cuando os visitaba en

Teod, pero la jefa de cocineros de tu madre tenía la absurda idea de que la realeza no tenía nada que hacer en las cocinas. Intenté explicarle que, en cierto modo, las cocinas eran un poco mías, pero ella siguió sin dejarme meter un pie allí dentro para preparar una comida.

—Bueno, pues no nos hizo ningún favor —dijo Sarene—. Tú no preparas siempre la comida, ¿no?

Kiin negó con la cabeza.

—Afortunadamente, no. Daora es bastante buena cocinera. —Sarene parpadeó sorprendida.

—¿Quieres decir que no tenéis una cocinera que os prepare las comidas?

Kiin y Daora negaron con la cabeza al unísono.

—Padre es nuestro cocinero —dijo Kaise.

—¿No hay criados ni mayordomos tampoco? —preguntó Sarene. Había supuesto que la falta de servicio se debía a un extraño deseo por parte de Kiin de hacer que aquella comida concreta fuera íntima.

—Ninguno —dijo Kiin.

—Pero ¿por qué?

Kiin miró a su esposa, luego a Sarene.

—Sarene, ¿sabes qué ocurrió aquí hace diez años?

—¿El Reod? —preguntó Sarene—. ¿El castigo?

—Sí, pero ¿sabes lo que significa eso?

Sarene reflexionó un momento, luego se encogió de hombros.

—El fin de los elantrinos. —Kiin asintió.

—Probablemente nunca has visto a un elantrino, todavía eras joven cuando apareció el Reod. Es difícil explicar cuánto cambió este país cuando golpeó el desastre. Elantris era la ciudad más hermosa del mundo. Créeme, he estado en todas partes. Era un monumento de piedra resplandeciente y metal lustroso, y sus habitantes parecían cincelados en los mismos materiales. Entonces... cayeron.

—Sí, lo he estudiado —asintió Sarene—. Su piel se volvió oscura con manchas negras y empezó a caérseles el pelo de la cabeza.

—Puedes decirlo como lo cuentan los libros —dijo Kiin—, pero no estabas aquí cuando sucedió. No sabes el horror que produce ver a unos dioses convertirse en seres precarios y nauseabundos. Su caída destruyó al gobierno areleno y hundió el país en el caos más absoluto. —Hizo una breve pausa, luego continuó—: Fueron los criados los que iniciaron la revolución, Sarene. El mismo día en que sus amos cayeron, los criados se volvieron contra ellos. Algunos, sobre todo la nobleza actual del país, dicen que fue porque la clase baja de Elantris era tratada demasiado bien, que su naturaleza ociosa los llevó a derrocar a sus antiguos gobernantes al primer signo de debilidad. Creo que fue sencillamente miedo, miedo ignorante de que los elantrinos tuvieran una enfermedad vil, mezclado con el terror que surge cuando alguien a quien has adorado cae ante ti.

»Fuera como fuese, los criados causaron el peor daño. Primero en pequeños grupos, luego en un tumulto increíblemente destructivo, mataron a todo elantrino que pudieron encontrar. Los elantrinos más poderosos cayeron primero, pero la matanza alcanzó también a los más débiles.

»No se limitó tampoco a los elantrinos. La gente atacaba a las familias, los amigos e incluso a aquellos a quienes los elantrinos habían nombrado para un cargo. Daora y yo lo vimos todo, horrorizados y agradecidos de que no hubiera ningún elantrino en la familia. A partir de esa noche, no hemos podido convencernos a nosotros mismos para contratar sirvientes.

—No es que los necesitemos —dijo Daora—. Te sorprendería descubrir cuántas cosas puedes hacer tú sola.

—Sobre todo cuando tienes un par de niños para hacer el trabajo sucio —dijo Kiin con una sonrisa pícara.

—¿Para eso es para lo único que servimos, padre? —rio Lukel—. ¿Para fregar suelos?

—Es el único motivo que *he* encontrado para tener hijos —dijo Kiin—. Tu madre y yo tuvimos a Daorn porque decidimos que necesitábamos otro par de manos para limpiar los orinales.

—Padre, *por favor* —dijo Kaise—. Estoy intentando comer.

—Que Domi el Misericordioso ayude al hombre que interrumpa la cena de Kaise —se rio Lukel.

—*Princesa* Kaise, perdona —lo corrigió la niña.

—Anda, ¿de modo que mi niña pequeña es ahora princesa? —preguntó divertido Kiin.

—Si Sarene puede serlo, entonces yo también. A fin de cuentas, tú eres su tío, y eso te convierte en príncipe, ¿no, padre?

—Técnicamente, sí —dijo Kiin—. Aunque no creo que tenga oficialmente ningún título ya.

—Probablemente te echaron a patadas porque hablaste de orinales durante la cena —dijo Kaise—. Los príncipes no pueden hacer ese tipo de cosas, ¿sabes? Son unos modales horribles a la mesa.

—Por supuesto —dijo Kiin, con una sonrisa cariñosa—. Me pregunto cómo no me había dado cuenta antes.

—Así pues —continuó Kaise—, si tú eres príncipe, entonces tu hija es princesa.

—No funciona así, Kaise —dijo Lukel—. Padre no es rey, así que sus hijos serían barones o condes, no príncipes.

—¿Es eso cierto? —preguntó Kaise, con cara de decepción.

—Me temo que sí —respondió Kiin—. Sin embargo, créeme. Todo aquel que diga que no eres princesa, Kaise, es que no te ha escuchado quejarte a la hora de ir a la cama.

La niña pensó un instante y, sin saber cómo tomarse el comentario, simplemente continuó cenando. Sarene no prestaba demasiada atención. Su mente se había detenido en el punto en que su tío había dicho «no creo que tenga oficialmente ningún título ya». Eso olía a política. Sarene creía conocer todos los acontecimientos importantes que habían tenido lugar en la corte de Teod durante los últimos cincuenta años, y no sabía nada de que a Kiin lo hubieran despojado oficialmente de su título. Antes de que pudiera reflexionar más sobre aquello, Ashe entró flotando por una ventana. Con el entusiasmo de la cena, Sarene casi se había olvidado de que lo había enviado a seguir al gyorn.

La bola de luz se detuvo vacilante en el aire, cerca de la ventana.

—¿Interrumpo, mi señora?

—No, Ashe, pasa y conoce a mi familia.

—¡Tienes un seon! —exclamó Daorn. Por una vez su hermana pareció demasiado asombrada para hablar.

—Este es Ashe —explicó Sarene—. Lleva sirviendo en mi casa más de dos siglos, y es el seon más sabio que he conocido.

—Exageras, mi señora —dijo Ashe modestamente, aunque al mismo tiempo ella advirtió que brillaba con un poco más de fuerza.

—Un seon... —dijo Kaise con asombro, olvidada la cena.

—Siempre han sido raros —dijo Kiin—, ahora más que nunca.

—¿Dónde lo conseguiste? —preguntó Kaise.

—De mi madre —contestó Sarene—. Me pasó a Ashe cuando nací. —El paso de un seon era uno de los mejores regalos que podía recibir una persona. Algún día, Sarene tendría que pasar a Ashe, seleccionando un nuevo pupilo para que lo cuidara y vigilara. Había planeado que fuera uno de sus hijos, o tal vez de sus nietos. La posibilidad de que alguno de ellos existiera, sin embargo, era cada vez más improbable.

—Un seon —dijo Kaise de nuevo. Se volvió hacia Sarene, los ojos iluminados de entusiasmo—. ¿Puedo jugar con él después de cenar?

—¿*Jugar* conmigo? —preguntó Ashe, inseguro.

—¿Puedo, por favor, prima Sarene? —suplicó Kaise.

Sarene sonrió.

—No sé. Me parece recordar algunos comentarios sobre mi altura.

La expresión de chasco de la niña fue fuente de gran diversión para todos. En ese momento, entre risas, Sarene empezó a sentir que se relajaba por primera vez desde que había dejado su patria una semana antes.

CAPÍTULO 6

ME TEMO que no hay esperanza alguna para el rey. —Pensativo, Hrathen cruzó los brazos sobre su coraza mientras contemplaba la sala del trono.

—¿Excelencia? —preguntó Dilaf.

—El rey Iadon —explicó Hrathen—. Esperaba salvarlo. Aunque en realidad nunca supuse que la nobleza me seguiría sin pelear. Están demasiado atrincherados en sus costumbres. Tal vez si hubiéramos llegado justo después del Reod... Naturalmente, no estábamos seguros de que la enfermedad que había afectado a los elantrinos no nos afectara también a nosotros.

—Jaddeth abatió a los elantrinos —dijo Dilaf con fervor.

—Sí —respondió Hrathen, sin molestarse en mirar al otro hombre—. Pero con frecuencia Jaddeth usa procesos naturales para imponer su voluntad. Una plaga mataría tanto a fjordell como a arelenos.

—Jaddeth protegería a sus elegidos.

—Por supuesto —dijo Hrathen, distraído, lanzando desde el pasillo una nueva mirada de insatisfacción hacia la sala del trono. Había hecho la oferta cumpliendo con su deber, sabiendo que la forma más sencilla de convertir Arelon sería convertir a su gobernante, pero tenía poca confianza en que Iadon respondiese favorablemente. Si tan solo el rey hubiese sabido cuánto sufrimiento podía evitar con una simple profesión de fe.

Ahora era demasiado tarde. Iadon había rechazado formalmente a Jaddeth. Tendría que convertirlo en un ejemplo. Sin embargo, Hrathen necesitaba ser cuidadoso. Los recuerdos de la revolución duladen todavía estaban frescos en su memoria. La muerte, la sangre, el caos. Había que evitar un cataclismo semejante. Hrathen era un hombre severo, y decidido, pero no le gustaban las carnicerías.

Pero, con solo tres meses de tiempo, tal vez no tuviera otra opción. Para lograr el éxito, quizá tuviera que incitar a una revuelta. Más muerte y más caos... cosas horribles que arrojar sobre una nación que aún no se había recuperado de su última revolución violenta. Sin embargo, el imperio de Jaddeth no se quedaría sentado esperando porque unos cuantos nobles ignorantes se negaran a aceptar la verdad.

—Supongo que esperaba demasiado de ellos —murmuró Hrathen—. Al fin y al cabo, solo son arelenos. —Dilaf no respondió al comentario—. He advertido a alguien raro en la sala del trono, arteth —dijo Hrathen mientras se volvían y salían del palacio, dejando atrás esculturas y sirvientes sin dirigirles siquiera una mirada—. Tal vez puedas ayudarme a identificarla. Es aónica, pero más alta que la mayoría de los arelenos, y tiene el pelo mucho más claro que el castaño areleno medio. Parecía fuera de lugar.

—¿Cómo vestía, santidad? —preguntó Dilaf.

—De negro. Toda de negro con un cinturón amarillo.

—La nueva princesa, excelencia —susurró Dilaf, la voz de pronto cargada de odio.

—¿Nueva princesa?

—Llegó ayer, igual que vos. Iba a casarse con Raoden, el hijo de Iadon.

Hrathen asintió. No había asistido al funeral del príncipe, pero se había enterado del hecho. Sin embargo, no estaba al corriente del inminente matrimonio. El compromiso tenía que haberse concertado recientemente.

—¿Sigue aquí, aunque el príncipe ha muerto? —preguntó.

Dilaf asintió.

—Desgraciadamente para ella, el contrato de los esponsales reales la convirtió en su esposa en el momento en que murió.

—Ah —dijo Hrathen—. ¿De dónde es?

—De Teod, Gracia.

Hrathen asintió, explicándose el odio que teñía la voz de Dilaf. Arelon, a pesar de la blasfema ciudad de Elantris, al menos tenía alguna posibilidad de redención. Teod, sin embargo, era la patria del shu-korath, una secta degenerada del shu-keseg, la religión paterna del shu-dereth. El día en que Teod cayera bajo la gloria de Fjorden sería en efecto un día de gozo.

—Una princesa teo podría ser un problema —murmuró Hrathen.

—Nada puede entorpecer al imperio de Jaddeth.

—Si nada pudiera entorpecerlo, arteth, entonces ya abarcaría todo el planeta. Jaddeth se complace en permitir a sus servidores servir a su imperio, y nos concede la gloria de hacer que los necios se sometan a nuestra voluntad. Y de todos los necios del mundo, los necios teo son los más peligrosos.

—¿Cómo podría una mujer ser un peligro para vos, santidad?

—Bueno, para empezar, su matrimonio significa que Teod y Arelon tienen un lazo de sangre formal. Si no somos cuidadosos, tendremos que combatir con ambos a la vez. Es más probable que un hombre se considere a sí mismo un héroe cuando tiene un aliado que lo apoya.

—Comprendo, excelencia.

Hrathen asintió, saliendo a la calle iluminada.

—Presta atención, arteth, y te enseñaré una lección muy importante, una lección que pocas personas conocen y aún menos pueden utilizar adecuadamente.

—¿Qué lección es esa? —preguntó Dilaf, siguiéndolo de cerca. Hrathen sonrió levemente.

—Te enseñaré el modo de destruir una nación, el medio por el que Jaddeth puede derribar imperios y tomar el control de las almas de la gente.

—Estoy... ansioso por aprender, excelencia.

—Bien —dijo Hrathen, contemplando la enorme muralla de Elantris al otro lado de Kae. Se alzaba sobre la ciudad como una montaña—. Llévame allí. Deseo ver a los señores caídos de Arelon.

CUANDO HRATHEN LLEGÓ por primera vez a la ciudad exterior de Kae, advirtió lo expugnable que era. Ahora, desde la cima de la muralla de Elantris, podía ver que había subestimado lo patéticas que eran las fortificaciones de Kae. Hermosas terrazas escalonadas corrían por la cara externa de la muralla de Elantris, proporcionando fácil acceso a la parte superior. Eran firmes construcciones de piedra. Sería imposible destruirlas en caso de emergencia. Si los habitantes de Kae se retiraban hacia Elantris, quedarían atrapados, no protegidos.

No había arqueros. Los miembros de la guardia de la ciudad de Elantris llevaban grandes lanzas que parecían demasiado pesadas como armas arrojadizas. Se pavoneaban orgullosos con su uniforme amarillo y marrón sin coraza y, obviamente, se consideraban mejores que la milicia regular de la ciudad. Sin embargo, por lo que Hrathen había oído, la guardia ni siquiera era necesaria para mantener a los elantrinos allí dentro. Las criaturas rara vez intentaban escapar, y la muralla de la ciudad era demasiado extensa para que la guardia la patrullara intensamente. La fuerza era más una demostración pública que un auténtico ejército. El pueblo de Kae se sentía mucho más cómodo viviendo junto a Elantris si un contingente de soldados vigilaba la ciudad. No obstante, Hrathen sospechaba que en una guerra los miembros de la guardia apenas serían capaces de defenderse a sí mismos, y mucho menos a la población de Kae.

Arelon era un tesoro esperando a ser saqueado. Hrathen había oído hablar de los días de caos posteriores a la caída de Elantris, y de los inestimables bienes que habían sido expoliados de la magnífica ciudad. Esas riquezas ahora se concentraban en Kae, donde la nueva nobleza vivía prácticamente desprotegida. También había oído que, a pesar de todo, buena parte de la riqueza de Elantris, obras de arte demasiado grandes para su traslado u objetos más pequeños que no habían sido robados antes de que Iadon pusiera en práctica el aislamiento de la ciudad, permanecía dentro de las murallas prohibidas de Elantris.

Solo la superstición y la inaccesibilidad impedían que Elantris y Kae fueran violadas por los invasores. Las bandas de ladrones más pequeñas estaban demasiado asustadas por la reputación de Elantris. Las bandas grandes estaban o bien bajo control fjordell, y por tanto no atacarían hasta que se les ordenara hacerlo, o habían sido sobornadas por los nobles de Kae para mantenerse apartadas. Ambas situaciones eran provisionales por naturaleza.

Y ese era el motivo básico por el que, según Hrathen, estaba justificado emprender una acción extrema para poner Arelon bajo el control de Fjorden... y bajo su protección. La nación era un huevo en equilibrio en la cima de una montaña, esperando que la primera brisa lo despeñara. Si Fjorden no conquistaba pronto Arelon, el reino definitivamente se desplomaría bajo el peso de una docena de problemas diferentes. Más allá de un gobernante inepto, Arelon sufría las lacras de una clase trabajadora acosada por los impuestos, la incertidumbre religiosa y la escasez de recursos. Todos estos factores competían para descargar el golpe final.

Los pensamientos de Hrathen fueron interrumpidos por una respiración entrecortada a su espalda. Dilaf se encontraba al otro lado del paseo de la muralla, contemplando Elantris. Tenía los ojos muy abiertos, como los de un hombre a quien han golpeado en el estómago, y la mandíbula apretada. A Hrathen le extrañó que no echara espuma por la boca.

—Los odio —susurró Dilaf con voz áspera, casi ininteligible. Hrathen cruzó el paseo para situarse junto a Dilaf. Como la muralla no había sido construida para propósitos militares, carecía de almenas, pero en ambos lados habían levantado parapetos de seguridad. Hrathen estaba apoyado contra uno de ellos, asomado, estudiando Elantris.

No había mucho que ver. Hrathen había estado en arrabales más prometedores que Elantris. Los edificios estaban tan deteriorados que era un milagro que alguno aún tuviera tejado, y el hedor era nauseabundo. Dudaba que nadie pudiera estar vivo en la ciudad hasta que vio algunas formas corriendo furtivamente por el costado de un edificio. Iban agachadas y con las manos extendidas, como a punto de ponerse a cuatro patas. Una se detuvo, alzó la cabeza, y Hrathen vio a su primer elantrino.

Era calvo, y al principio Hrathen pensó que su piel era oscura, como la de un miembro de la casta noble jinDo. Sin embargo, podía ver también manchas gris claro en la piel de la criatura, grandes zonas irregulares, como liquen sobre piedra. Entornó los ojos, inclinándose contra el parapeto. No distinguía los ojos del elantrino, pero de algún modo Hrathen sabía que serían salvajes y feroces, furtivos como los de un animal acosado.

La criatura se marchó con sus compañeros. Su manada. «Así que esto es lo que hizo el Reod —se dijo Hrathen—. Convirtió a dioses en bestias». Jaddeth simplemente había tomado lo que había en sus corazones y lo había mostrado al mundo para que lo viera. Según la filosofía derethi, lo único que separaba a los hombres de los animales era la religión. Los hombres podían servir al imperio de Jaddeth, las bestias solo podían servir a su propia lujuria. Los elantrinos constituían el colmo de la arrogancia humana. Se habían considerado a sí mismos dioses. Su orgullo desmedido les había valido su destino. En otras circunstancias, Hrathen se hubiese contentado con dejarlos con su castigo.

Sin embargo, los necesitaba. Hrathen se volvió hacia Dilaf.

—El primer paso para tomar el control de una nación, arteth, es el más sencillo. Busca a alguien a quien odiar.

—HÁBLAME DE ELLOS, arteth —pidió Hrathen, entrando en su habitación en la capilla—. Quiero saber todo lo que sabes.

—Son criaturas horribles y repulsivas —susurró Dilaf, entrando después de Hrathen—. Pensar en ellas hace que mi corazón enferme y mi mente se sienta manchada. Rezo cada día por su destrucción.

Hrathen cerró la puerta de sus aposentos, insatisfecho. Era posible que un hombre fuera demasiado apasionado.

—Arteth, comprendo que tienes fuertes sentimientos —dijo Hrathen con severidad—, pero si vas a ser mi odiv necesitarás ver más allá de tus prejuicios. Jaddeth ha colocado a esos elantrinos ante nosotros con un propósito en mente, y no puedo descubrir ese propósito si te niegas a contarme algo útil.

Dilaf parpadeó, sorprendido. Entonces, por primera vez desde su visita a Elantris, un cierto grado de cordura regresó a sus ojos.

—Sí, excelencia. —Hrathen asintió.

—¿Viste Elantris antes de su caída?

—Sí.

—¿Era tan hermosa como dice la gente? —Dilaf asintió hoscamente.

—Prístina, blanqueada por las manos de esclavos.

—¿Esclavos?

—Todo el pueblo de Arelon era esclavo de los elantrinos, excelencia. Eran falsos dioses que daban promesas de salvación a cambio de sudor y trabajo.

—¿Y sus legendarios poderes?

—Mentiras, como su supuesta divinidad. Un engaño cuidadosamente elaborado para infundir respeto y miedo.

—Después del Reod se produjo el caos, ¿correcto?

—Hubo caos, matanzas, disturbios y pánico, excelencia. Entonces los mercaderes se hicieron con el poder.

—¿Y los elantrinos? —preguntó Hrathen, tomando asiento ante su mesa.

—Quedaron pocos —dijo Dilaf—. La mayoría murió en los tumultos. Los que quedaban fueron confinados en Elantris, igual que todos aquellos a los que alcanzó la shaod a partir de ese día.

Tenían el aspecto que acabáis de ver hoy, encogido e infrahumano. Su piel estaba cubierta de negras cicatrices, como si alguien les hubiera arrancado la carne y revelado la oscuridad de debajo.

—¿Y las transformaciones? ¿Remitieron después del Reod? —preguntó Hrathen.

—Continúan, excelencia. Se producen por todo Arelon.

—¿Por qué los odias tanto, arteth?

La pregunta había sido repentina, y Dilaf se detuvo un instante antes de responder.

—Porque son pecadores.

—¿Y?

—Nos mintieron, excelencia. Hicieron promesas de eternidad, pero ni siquiera pudieron mantener su propia divinidad. Los escuchamos durante siglos y fuimos recompensados con un grupo de lisiados viles e impotentes.

—Los odias porque te decepcionaron.

—A mí no, a mi pueblo. Yo era seguidor del shu-dereth años antes del Reod. —Hrathen frunció el ceño.

—¿Entonces estás convencido de que no hay nada sobrenatural en los elantrinos aparte del hecho de que Jaddeth los maldijo?

—Sí, excelencia. Como decía, los elantrinos difundieron muchas falsedades para reforzar su divinidad.

Hrathen sacudió la cabeza, luego se levantó y empezó a quitarse la armadura. Dilaf se dispuso a ayudarlo, pero Hrathen rechazó al arteth.

—¿Cómo explicas entonces la súbita transformación de gente corriente en elantrinos, arteth?

Dilaf no tenía respuesta a eso.

—El odio ha debilitado tu capacidad de discernimiento, arteth —dijo Hrathen, colgando su peto en la pared, junto a su mesa, y sonriendo. Acababa de experimentar un destello de inspiración, una parte de su plan de pronto encajaba en su lugar—. Supones que, porque Jaddeth no les dio poderes, no tenían ninguno.

Dilaf se puso pálido.

—Lo que decís es...

—Blasfemia no, arteth. Doctrina. Hay otra fuerza sobrenatural además de nuestro dios.

—Los svrakiss —dijo Dilaf en voz baja.

—Sí.

Svrakiss. Las almas de los hombres muertos que odiaban a Jaddeth, los enemigos de todo lo sagrado. Según el shu-dereth, no había nada más amargo que un alma que hubiera tenido su oportunidad y la hubiera rechazado.

—¿Crees que los elantrinos son svrakiss? —preguntó Dilaf.

—Es doctrina aceptada que los svrakiss pueden controlar los cuerpos del mal —dijo Hrathen, desatándose las grebas—. ¿Es tan difícil creer que todo este tiempo hayan estado controlando los cuerpos de los elantrinos, haciéndolos parecer dioses para engañar a los bobos faltos de espiritualidad?

Los ojos de Dilaf se iluminaron. Hrathen advirtió que la idea no era nueva para el arteth. De repente, su destello de inspiración no le pareció ya tan brillante.

Dilaf observó a Hrathen un momento, luego habló.

—No lo creéis en serio, ¿verdad? —preguntó, en un tono incómodamente acusador para tratarse de alguien que se dirigía a su hroden.

Hrathen tuvo cuidado de no dejar ver su incomodidad.

—No importa, arteth. La conexión tiene lógica, la gente lo creerá. Ahora mismo todo lo que ven son los restos inmundos de lo que antaño fueron aristócratas. Los hombres no odian esos restos, los compadecen. Los demonios, sin embargo, son algo que todo el mundo puede odiar. Si acusamos a los elantrinos de ser demonios, entonces tendremos éxito. Tú ya odias a los elantrinos, eso está bien. Sin embargo, para que los demás se unan a ti, tendrás que darles otros motivos aparte de «nos decepcionaron».

—Sí, excelencia.

—Somos hombres religiosos, arteth, y debemos tener enemigos religiosos. Los elantrinos son nuestros svrakiss, tanto da que posean las almas de hombres malignos muertos hace mucho o de hombres malignos vivos.

—Por supuesto, santidad. ¿Los destruiremos? —Había ansiedad en el rostro de Dilaf.

—A su debido tiempo. De momento, los utilizaremos. Descubrirás que el odio puede unir a la gente más rápida y más fervientemente que la devoción.

Capítulo 7

RAODEN apuñaló el aire con el dedo. El aire sangró luz. La yema de su dedo dejó un brillante rastro blanco mientras movía el brazo, como si estuviera escribiendo con pintura en una pared, pero sin pintura, y sin pared.

Se movió con cautela, cuidando de no permitir que el dedo le temblara. Dibujó una línea de un palmo de izquierda a derecha, luego movió el dedo con una leve inclinación, trazando una línea curva descendente en la esquina. A continuación levantó el dedo del lienzo invisible y lo volvió a adelantar para dibujar un punto en el centro. Esas tres marcas, dos líneas y un punto, eran el inicio de todo aon.

Continuó dibujando la misma pauta de tres líneas en ángulos distintos, y luego añadió varias diagonales. El dibujo terminado parecía un reloj de arena, o quizá dos cajas colocadas una encima de la otra, tocándose levemente por el centro. Era aon Ashe, el antiguo símbolo de la luz. El carácter brilló momentáneamente, como si latiera de vida. Luego destelló débilmente como un hombre que suelta su último suspiro. El aon desapareció, su luz pasó del brillo a la oscuridad, a la nada.

—Eres mucho mejor que yo en esto, sule —dijo Galladon—. Normalmente hago una línea demasiado grande, o la inclino demasiado, y todo el dibujo se desvanece antes de que termine.

—Se supone que no es así —se quejó Raoden. Hacía un día

que Galladon le había enseñado a dibujar aones, y había pasado casi cada instante desde entonces practicando. Cada aon que había terminado adecuadamente había hecho lo mismo, desaparecer sin producir ningún efecto aparente. Su primer encuentro con la legendaria magia de los elantrinos había sido decididamente desalentador.

Lo más sorprendente era lo fácil que resultaba. En su ignorancia, había supuesto que el AonDor, la magia de los aones, requería algún tipo de encantamiento o ritual. En una década sin el AonDor se habían multiplicado los rumores. Algunas personas, sobre todo los sacerdotes derethi, decían que la magia era un engaño, mientras que otras, también sacerdotes derethi en su mayoría, acusaban el arte de ser un rito blasfemo que implicaba el poder del mal. La verdad era que nadie, especialmente los sacerdotes derethi, sabía qué era el AonDor. Todos sus practicantes habían caído durante el Reod.

Sin embargo, Galladon decía que el AonDor no requería más que una mano firme y un profundo conocimiento de los aones. Como solo los elantrinos podían dibujar los caracteres con luz, solo ellos podían practicar el AonDor, y no se había permitido a nadie de fuera de Elantris aprender lo sencillo que era. Nada de encantamientos, ni de sacrificios, ni de pócimas o ingredientes especiales. Cualquiera que hubiera sido alcanzado por la shaod podía practicar el AonDor, siempre y cuando, por supuesto, conociera los caracteres.

Pero no funcionaba. Se suponía que los aones hacían algo... al menos algo más que destellar débilmente y desaparecer. Raoden recordaba imágenes de Elantris de cuando era niño, visiones de hombres volando por los aires, increíbles hazañas de poder y curaciones milagrosas. Una vez se había roto una pierna, y aunque su padre puso objeciones, su madre lo llevó a Elantris para que lo curasen. Una figura de cabellos brillantes soldó los huesos de Raoden apenas agitando la mano. La mujer había dibujado un aon, igual que él estaba haciendo, pero la runa había liberado un poderoso estallido de magia arcana.

—Se supone que hacen algo —repitió Raoden, esta vez en voz alta.

—Lo hacían antes, sule, pero desde el Reod ya no. Lo que se llevó la vida de Elantris también robó el poder del AonDor. Ahora todo lo que podemos hacer es pintar bonitos caracteres en el aire.

Raoden asintió, dibujando su propio aon, el aon Rao. Cuatro círculos con un gran cuadrado en el centro, los cinco unidos por rectas. El aon reaccionó como habían hecho todos los demás, ampliándose como para liberar poder, y muriendo luego con un gemido.

—Decepcionante. ¿Kolo?

—Mucho —admitió Raoden, acercando una silla y sentándose. Todavía se encontraban en el pequeño estudio subterráneo de Galladon—. Seré sincero contigo, Galladon. Cuando vi el primer aon flotando en el aire delante de ti, me olvidé de todo, de la mugre, de la depresión, incluso de mi pie.

Galladon sonrió.

—Si el AonDor funcionara, los elantrinos todavía gobernarían en Arelon, con Reod o sin Reod.

—Lo sé. Me pregunto qué ocurrió. ¿Qué cambió?

—El mundo se lo pregunta contigo, sule. —Galladon se encogió de hombros.

—Tiene que haber una relación —musitó Raoden—. Entre el cambio de Elantris, la manera en que la shaod empezó a convertir a la gente en demonios en vez de en dioses, la ineficacia del AonDor...

—No eres la primera persona en advertirlo. Ni de lejos. Sin embargo, es probable que nadie encuentre la respuesta. Los poderosos de Arelon están muy cómodos con Elantris tal como es.

—Créeme, lo sé —dijo Raoden—. Si hay que descubrir el secreto, tendremos que hacerlo nosotros.

Raoden examinó el estudio. Notablemente limpia de la mugre que cubría el resto de Elantris, la habitación tenía un aspecto casi hogareño, como el cuarto de estar de una gran mansión.

—Tal vez la respuesta esté aquí, Galladon. En estos libros, en alguna parte.

—Quizá —respondió Galladon, sin convencimiento.

—¿Por qué te mostraste tan reacio al traerme aquí?

—Porque es un sitio especial, sule, ¿no lo notas? Haz correr el secreto y no podré salir por miedo a que lo saqueen cuando esté fuera.

Raoden se levantó, asintiendo mientras recorría la sala.

—Entonces ¿por qué me has traído?

Galladon se encogió de hombros, como si él mismo no estuviera demasiado seguro.

—No eres el primero que piensa que la respuesta puede hallarse en esos libros —dijo por fin—. Dos hombres leen más rápido que uno.

—El doble de rápido, supongo —convino Raoden con una sonrisa—. ¿Por qué lo mantienes todo tan a oscuras?

—Estamos en *Elantris*, sule. No podemos ir a la tienda a comprar aceite cada vez que se nos acaba.

—Lo sé, pero tiene que haber el suficiente. Elantris debió de tener almacenes de aceite antes del Reod.

—¡Ah, sule! —Galladon sacudió la cabeza—. Sigues sin comprender, ¿verdad? Esto es Elantris, ciudad de dioses. ¿Qué necesidad tienen los dioses de cosas tan mundanas como lámparas y aceite? Mira esa pared que tienes al lado.

Raoden se volvió. Había una placa de metal colgando en la pared. Aunque estaba sucia por el tiempo, Raoden aún pudo distinguir la forma esbozada en su superficie, el aon Ashe, el carácter que había dibujado hacía unos momentos.

—Esas placas brillaban con más intensidad que ninguna lámpara, sule —explicó Galladon—. Los elantrinos podían apagarlas apenas rozándolas con los dedos. En Elantris no necesitaban aceite, tenían una fuente de luz mejor. Por el mismo motivo no encontrarás carbón, ni siquiera hornos, en Elantris, al igual que solo hay un único pozo. Sin el AonDor, esta ciudad apenas puede ser habitada.

Raoden rozó con el dedo la placa, palpando las líneas del aon Ashe. Algo catastrófico tenía que haber sucedido, un hecho olvidado en apenas diez años. Algo tan terrible que hizo que la tierra se estremeciera y los dioses se tambalearan. Sin embargo, sin comprender cómo funcionaba el AonDor, él no podía ni empezar a imaginar qué había causado su desplome. Se dio la vuelta y contempló las dos estanterías bajitas. Era improbable que ninguno de los libros contuviera explicaciones directas del AonDor. Sin embargo, si habían sido escritos por elantrinos, tal vez hubiera en ellos referencias a la magia. Referencias que llevaran al lector atento a comprender cómo funcionaba el AonDor. Tal vez.

Sus pensamientos quedaron interrumpidos por un dolor en el estómago. No era como el hambre que había experimentado en el exterior. Su estómago no gruñía. Sin embargo, el dolor estaba allí. De algún modo, más exigente. Llevaba ya tres días sin comer, y el hambre empezaba a hacerse insistente. Solo estaba empezando a ver por qué eso, y los otros dolores, eran suficientes para convertir a hombres en las bestias que lo habían atacado el primer día.

—Ven —le dijo a Galladon—. Hay algo que tenemos que hacer.

LA PLAZA ESTABA igual que antes, mugre, desgraciados gimiendo, altas puertas implacables. El sol casi había cubierto tres cuartas partes de su recorrido celeste, arrastrándose por delante de las nubes que se agolpaban al este. Era hora de que los recién condenados fueran arrojados a Elantris.

Raoden estudió la plaza, apostado en lo alto de un edificio, junto a Galladon. Mientras miraba, advirtió que algo era distinto. Había una pequeña multitud congregada en lo alto de la muralla.

—¿Quién es ese? —preguntó Raoden con interés, señalando a una alta figura que se alzaba en la muralla sobre las puertas de Elantris. El hombre tenía los brazos extendidos y su capa rojo

sangre ondeaba al viento. Sus palabras eran apenas audibles desde la distancia, pero quedaba claro que estaba gritando.

Galladon gruñó.

—Un gyorn derethi. No sabía que hubiera uno en Arelon.

—¿Un gyorn? ¿Un sumo sacerdote? —Raoden entornó los
ojos, tratando de distinguir los detalles de la figura que se hallaba muy por encima de ellos.

—Me sorprende que haya venido tan al oeste —dijo Galladon—. Esos odiaban Arelon incluso antes del Reod.

—¿Por los elantrinos?

Galladon asintió.

—Aunque no únicamente por la adoración elantrina, digan
lo que digan. Los derethi sienten una particular aversión por tu
país porque sus ejércitos nunca han encontrado la forma de
atravesar esas montañas para atacaros.

—¿Qué crees que estará haciendo ahí arriba?

—Predicando. ¿Qué otra cosa puede hacer un sacerdote?
Probablemente esté acusando a Elantris de ser el resultado de
una especie de juicio de su dios.

Raoden asintió y dijo:

—Todos los sacerdotes han estado diciendo eso durante
años, si les preguntas. Pero pocos han tenido el coraje de predi-
carlo activamente. En el fondo tienen miedo de que los elantrinos los estén poniendo a prueba, que regresen algún día a su antigua gloria y castiguen a los no creyentes.

—¿Todavía? —preguntó Galladon—. Pensaba que después
de diez años ya nadie creía eso.

Raoden negó con la cabeza.

—Todavía hay muchos que rezan por el regreso de los elantrinos, o lo temen. La ciudad era fuerte, Galladon. No tienes
idea de lo hermosa que era.

—Lo sé, sule. No me pasé toda la vida en Duladel.

La voz del sacerdote fue *in crescendo* y soltó una última pe-
rorata a gritos antes de darse media vuelta y desaparecer. Incluso a tanta distancia Raoden captó el odio y la furia en la voz del

gyorn. Galladon tenía razón. Las palabras de ese hombre no habían sido ninguna bendición.

Raoden sacudió la cabeza y desplazó su vista desde la muralla hasta las puertas.

—Galladon, ¿qué posibilidad hay de que arrojen a alguien aquí hoy? —preguntó.

Galladon se encogió de hombros.

—Es difícil decirlo, sule. A veces pasan semanas sin un nuevo elantrino, pero he visto arrojar incluso cinco a la vez. Tú viniste hace dos días, esa mujer ayer... Quién sabe, tal vez Elantris tenga carne fresca por tercer día consecutivo. ¿Kolo?

Raoden asintió, observando con expectación la puerta.

—Sule, ¿qué pretendes? —preguntó Galladon, incómodo.

—Pretendo esperar.

EL RECIÉN LLEGADO era un hombre mayor, cerca de los cincuenta años, con un rostro demacrado y ojos nerviosos. Cuando la puerta se cerró, Raoden se bajó del terrado para detenerse en el patio. Galladon lo siguió, con expresión preocupada. Obviamente, pensaba que Raoden iba a cometer alguna tontería.

Tenía razón.

El desafortunado recién llegado contempló malhumorado la puerta. Raoden esperó a que diera un paso, a que tomara la inconsciente decisión que determinaría quién tenía el privilegio de robarle. El hombre se quedó donde estaba, observando el patio con ojos nerviosos, su fina estructura acurrucada dentro de su túnica como si estuviera tratando de esconderse en ella. Al cabo de unos minutos de espera dio por fin su primer paso, vacilante. A la derecha, el mismo camino que había elegido Raoden.

—Vamos —indicó Raoden saliendo rápidamente del callejón. Galladon gruñó, murmurando algo en duladen.

—¿Teoren? —llamó Raoden, eligiendo un nombre aónico corriente. El flaco recién llegado alzó sorprendido la cabeza y luego miró por encima del hombro.

—¡Teoren, eres tú! —dijo Raoden, poniendo la mano en el hombro del recién llegado. Entonces, en voz baja, continuó—. Ahora mismo tienes dos opciones, amigo. O haces lo que te digo o dejas que esos hombres que hay en las sombras te persigan y te golpeen hasta dejarte sin sentido.

El hombre se volvió a escrutar las sombras con aprensión. Afortunadamente, en ese momento, los hombres de Shaor decidieron moverse y sus formas a oscuras emergieron a la luz, sus ojos ávidos miraron codiciosos al nuevo hombre con voracidad. Fue todo el acicate que el recién llegado necesitó.

—¿Qué hago? —preguntó con voz temblorosa.

—¡Corre! —ordenó Raoden, y luego se dirigió hacia uno de los callejones a toda prisa.

No hizo falta que se lo dijera dos veces. El hombre corrió tan rápido que Raoden temió que se desviara por un callejón lateral y se perdiera. Se oyó un grito ahogado de sorpresa cuando Galladon advirtió lo que estaba haciendo Raoden. El gran dula, obviamente, no hubiese tenido ninguna dificultad para seguirlos. Incluso teniendo en cuenta el tiempo que llevaba en Elantris, Galladon estaba en mucha mejor forma que Raoden.

—En nombre de Doloken, ¿qué crees que estás haciendo, idiota? —maldijo Galladon.

—Te lo diré dentro de un momento —dijo Raoden, conservando las fuerzas mientras corría. De nuevo, advirtió que no se quedaba sin aliento, aunque su cuerpo empezaba a cansarse. Una extraña sensación de fatiga empezó a crecer en su interior, y de los tres, Raoden pronto demostró ser el corredor más lento. Sin embargo, era el único que sabía adónde iban.

—¡A la derecha! —les gritó a Galladon y al recién llegado, y se desvió por un callejón. Los dos hombres lo siguieron, así como el grupo de matones, que ganaba terreno rápidamente. Por fortuna, Raoden no iba muy lejos.

—Rulo —maldijo Galladon, reconociendo hacia dónde iban. Era una de las casas que le había mostrado a Raoden el día anterior, la que tenía la escalera desvencijada. Raoden cruzó corriendo la puerta y subió las escaleras, casi a punto de caerse dos veces porque los escalones cedían bajo su peso. Una vez en el terrado, usó sus últimas fuerzas para empujar un montón de ladrillos, los restos de lo que antaño había sido una maceta, e hizo que se desplomara sobre la escalera justo cuando Galladon y el hombre llegaban a su lado. Los debilitados escalones no fueron capaces de soportar el peso y se hundieron con un furioso estrépito.

Galladon se acercó y observó el agujero con ojo crítico. Los hombres de Shaor estaban congregados en los escalones caídos de abajo, su ferocidad un poco apagada por la comprensión.

Galladon alzó una ceja.

—¿Y ahora qué, genio?

Raoden se acercó al recién llegado, que se había desplomado después de subir las escaleras, tomó con cuidado cada una de las ofrendas de comida del hombre y, después de guardarse una en el cinturón, arrojó el resto a la manada de individuos que esperaban abajo como sabuesos. Se oyeron sonidos de lucha cuando estos empezaron a pelearse por la comida.

Raoden se apartó del agujero.

—Esperemos que se den cuenta de que no van a conseguir nada más de nosotros y decidan marcharse.

—¿Y si no lo hacen? —preguntó Galladon. Raoden se encogió de hombros.

—Podemos vivir eternamente sin comida ni agua, ¿no?

—Sí, pero preferiría no pasarme el resto de la eternidad en el terrado de este edificio. —Después, tras echar un vistazo al nuevo hombre, Galladon se llevó a Raoden aparte y exigió en voz baja—: Sule, ¿qué sentido tenía eso? Podrías haberles arrojado la comida allá en el patio. De hecho, ¿por qué «salvarlo»? Por lo que sabemos, los hombres de Shaor tal vez ni siquiera le hubiesen hecho daño.

—Eso no lo sabemos. Además, de esta forma cree que me debe la vida.

Galladon bufó.

—Así que ahora tienes otro seguidor, al barato precio del odio de un tercio del elemento criminal de Elantris.

Raoden sonrió.

—Y esto es solo el principio.

Sin embargo, a pesar de las valientes palabras, no estaba tan seguro. Todavía le sorprendía lo mucho que le dolía el dedo del pie y se había arañado las manos al empujar los ladrillos. Aunque no tanto como el pie, los arañazos seguían doliéndole, amenazando con desviar su atención de sus planes.

«Tengo que seguir moviéndome —se repitió Raoden—. Seguir trabajando. No dejes que el dolor tome el control».

—SOY JOYERO —explicó el hombre—. Mareshe es mi nombre.

—Un joyero —dijo Raoden decepcionado, los brazos cruzados mientras observaba a Mareshe—. Eso no nos servirá de mucho. ¿Qué más sabes hacer?

Mareshe lo miró indignado, como si hubiera olvidado que, apenas unos momentos antes, lo vencía el miedo.

—La fabricación de joyas es una habilidad enormemente útil, señor.

—No en Elantris, sule —dijo Galladon, mirando por el agujero para ver si los matones habían decidido marcharse. Al parecer, no lo habían hecho, pues dirigió a Raoden una seca mirada. Haciendo caso omiso del dula, Raoden le habló otra vez a Mareshe.

—¿Qué más sabes hacer?

—Cualquier cosa.

—Eso es mucho, amigo mío —dijo Raoden—. ¿Puedes ser más específico?

Mareshe alzó su mano hasta la altura de su cabeza en un gesto dramático.

—Yo... soy artesano. Puedo hacer cualquier cosa, pues el mismísimo Domi me ha concedido el alma de un artista.

Galladon bufó desde su asiento junto al hueco de la escalera.

—¿Qué tal zapatos? —preguntó Raoden.

—¿Zapatos? —replicó Mareshe, con un tono levemente ofendido.

—Sí, zapatos.

—Supongo que podría, aunque eso difícilmente requiere toda la capacidad de un auténtico artesano.

—Y un auténtico id... —empezó a decir Galladon antes de que Raoden lo hiciera callar.

—Artesano Mareshe —continuó Raoden con el más diplomáticos de sus tonos—, los elantrinos son arrojados a la ciudad llevando solo una mortaja arelena. Un hombre que pudiera hacer zapatos sería aquí muy apreciado.

—¿Qué clase de zapatos?

—De cuero. No será tarea fácil, Mareshe. Verás, los elantrinos no pueden permitirse el lujo de encontrar las soluciones mediante el método de prueba y error. Si el primer par de zapatos no se adapta al pie, causará ampollas. Ampollas que no desaparecerán nunca.

—¿Qué quieres decir con que no desaparecerán nunca? —preguntó Mareshe, incómodo.

—Ahora somos elantrinos, Mareshe —le explicó Raoden—. Nuestras heridas ya no sanan.

—¿Ya no sanan...?

—¿Quieres un ejemplo, artesano? —ofreció Galladon amable—. Puedo darte uno muy fácilmente. ¿Kolo?

Mareshe se puso pálido y miró a Raoden.

—Parece que no le gusto mucho —dijo en voz baja.

—Tonterías —dijo Raoden, pasándole un brazo a Mareshe por los hombros y apartándolo del rostro sonriente de Galladon—. Así es como demuestra su afecto.

—Si tú lo dices, maestro... —Raoden se lo pensó.

—Llámame Espíritu —decidió, usando la traducción de aon Rao.

—Maestro Espíritu. —Mareshe entornó los ojos—. Me resulta familiar por algún motivo.

—No me has visto en tu vida. Ahora, respecto a esos zapatos...

—¿Tienen que adaptarse al pie perfectamente, sin ejercer ningún roce ni presión alguna? —preguntó Mareshe.

—Sé que parece difícil. Si está por encima de tus capacidades...

—Nada está por encima de *mis* capacidades —dijo Mareshe—. Lo haré, maestro Espíritu.

—Excelente.

—No se marchan —dijo Galladon tras ellos. Raoden se volvió a mirar al grandullón dula.

—¿Qué importa? No es que tengamos nada urgente que hacer. De hecho, aquí se está muy bien. Deberías sentarte y disfrutar.

En las nubes se produjo entonces un ominoso estallido y Raoden sintió una gota húmeda golpearle la cabeza.

—Fantástico —gruñó Galladon—. Ya estoy disfrutando.

Capítulo 8

SARENE decidió no aceptar la oferta de su tío para quedarse con él. Por tentador que fuese mudarse con su familia, tenía miedo de perder su puesto en el palacio. La corte era un caudal de información y la nobleza arelena una fuente de chismes e intrigas. Si iba a combatir a Hrathen, necesitaba estar al día.

Así que al día siguiente de su encuentro con Kiin, Sarene se procuró un caballete y pinturas, y se plantó directamente en el centro del salón del trono de Iadon.

—En nombre de Domi, ¿qué estás haciendo, muchacha? —exclamó el rey cuando entró en el salón esa mañana con un grupo de aprensivos ayudantes a su lado.

Sarene apartó la mirada de su lienzo, fingiendo sorpresa.

—Estoy pintando, padre —dijo, alzando con un arrebato su pincel, que roció gotas de pintura roja por toda la cara del canciller de justicia.

Iadon suspiró.

—Ya veo que estás pintando. Quiero decir por qué lo estás haciendo precisamente *aquí*.

—Ah —dijo inocentemente Sarene—. Estoy pintando tus cuadros, padre. Me gustan mucho.

—¿Estás pintando mis...? —preguntó Iadon. Su expresión era de estupor—. Pero... —Sarene giró el lienzo con una sonrisa orgullosa, mostrando al rey una pintura que se parecía solo remotamente a unas flores.

—¡Por el amor de Domi! —gritó Iadon—. Pinta si quieres, muchacha. ¡Pero no lo hagas en *medio* de mi *salón del trono*!

Sarene abrió mucho los ojos, parpadeó unas cuantas veces y luego acercó el caballete y la silla a una pared del salón, junto a las columnas, se sentó, y continuó pintando.

Iadon gruñó.

—Quería decir... ¡Bah, Domi la maldiga! No vale la pena esforzarse contigo.

Con eso, el rey se dio media vuelta, se dirigió con firmeza hasta su trono y ordenó a su secretario que anunciara el primer asunto del día, una pugna entre dos nobles menores.

Ashe se acercó flotando al lienzo de Sarene y le habló en voz baja.

—Creía que iba a echarte, mi señora.

Sarene negó con la cabeza, con una sonrisita de satisfacción en los labios.

—Iadon es de temperamento fuerte, y se frustra con facilidad. Cuanto más lo convenza de mi falta de inteligencia, menos órdenes me dará. Sabe que, simplemente, lo malinterpretaré y acabará aún más irritado.

—Estoy empezando a preguntarme cómo alguien así pudo hacerse con el trono —advirtió Ashe.

—Buena pregunta —admitió Sarene, dándose golpecitos en la mejilla con el dedo, pensativa—. Tal vez no le estamos dando el crédito suficiente. Puede que no sea un buen rey, pero al parecer fue un hombre de negocios muy bueno. Para él, soy una inversión finalizada, ya tiene su tratado. Ya no le preocupo más.

—No estoy convencido, mi señora. Parece demasiado cegato para continuar siendo rey mucho tiempo.

—Probablemente, perderá el trono —dijo Sarene—. Sospecho que esa es la causa de la presencia del gyorn aquí.

—Bien pensado, mi señora —recalcó Ashe con su voz grave. Flotó delante del cuadro un momento, estudiando sus manchas irregulares y sus líneas torcidas—. Estás mejorando, mi señora.

—No seas condescendiente conmigo.

—No, en serio, Alteza. Cuando empezaste a pintar hace cinco años nunca era capaz de ver qué intentabas representar. Y esto es un cuadro de... —Ashe se detuvo—. ¿Un cuenco de fruta? —preguntó esperanzado.

Sarene suspiró, frustrada. Normalmente, era buena en todo lo que se proponía, pero los secretos de la pintura se le escapaban por completo. Al principio se había frustrado por su falta de talento, y había insistido con determinación para demostrarse que podía hacerlo. No obstante, la técnica artística se había negado por completo a plegarse a su real voluntad. Se consideraba una experta en política, una líder incuestionable, e incluso podía comprender con facilidad las matemáticas jinDo. También era una pintora horrible. Eso no la frenaba. También era innegablemente testaruda.

—Un día de estos, Ashe, algo encajará en su sitio y descubriré cómo hacer que las imágenes de mi cabeza aparezcan en el lienzo.

—Por supuesto, mi señora. —Sarene sonrió.

—Hasta entonces, finjamos que me instruyó alguien perteneciente a una escuela de abstraccionismo extremo svordisano.

—Ah, sí. La escuela de la desviación creativa. Muy bien, mi señora. —Dos hombres entraron en el salón del trono para presentar su caso ante el rey. Había poco que los distinguiera. Ambos llevaban chalecos a la moda sobre pintorescas camisas de organdí y pantalones de pernera ancha. Mucho más interesante para Sarene fue el tercer hombre que entró en la sala acompañado por un guardia de palacio. Era un campesino corriente, de pelo claro y sangre aónica, vestido con una simple saya marrón. Era obvio que estaba tremendamente desnutrido, y en sus ojos había una expresión de desesperación que a Sarene le pareció inquietante.

La disputa se refería al campesino. Al parecer, había escapado de uno de los nobles hacía unos tres años, pero lo había capturado el segundo. En vez de devolver al hombre, el segundo noble se lo quedó y lo puso a trabajar. Sin embargo, la discusión no trataba sobre el campesino, sino sobre sus hijos. Se había casado hacía dos años y había engendrado a dos hijos durante su estancia con el segundo noble. Ambos nobles reclamaban la propiedad de los bebés.

—Creía que la esclavitud era ilegal en Arelon —dijo Sarene en voz baja.

—Lo es, mi señora —respondió Ashe con una voz que dejaba ver su confusión—. No lo comprendo.

—Hablan de propiedad en sentido figurado, prima —dijo una voz ante ella. Sarene se asomó por un lado de su lienzo, sorprendida. Lukel, el hijo mayor de Kiin, sonreía tras el caballete.

—¡Lukel! ¿Qué estás haciendo aquí?

—Soy uno de los mercaderes con más éxito de la ciudad, prima —explicó, rodeando el lienzo para observar la pintura con una ceja alzada—. Tengo libre acceso a la corte. Me sorprende que no me vieras al entrar.

—¿Estabas aquí? —Lukel asintió.

—Estaba al fondo, retomando algunos de los viejos contactos. He estado algún tiempo fuera de la ciudad.

—¿Por qué no has dicho nada?

—Estaba demasiado interesado en lo que hacías —dijo él con una sonrisa—. Creo que nadie ha decidido jamás ocupar el centro del salón del trono de Iadon para usarlo como estudio de arte.

Sarene advirtió que se ruborizaba.

—Ha funcionado, ¿no?

—Maravillosamente... lo cual es más de lo que puedo decir de la pintura. —Calló un instante—. Es un caballo, ¿verdad?

Sarene frunció el ceño.

—¿Una casa?

—Tampoco es un cuenco de fruta, mi señor —dijo Ashe—. Ya he probado eso.

—Bueno, ella dijo que era uno de los cuadros de la sala. Todo lo que tenemos que hacer es seguir suponiendo hasta que encontremos el adecuado.

—Brillante deducción, maestro Lukel —dijo Ashe.

—Ya basta, vosotros dos —gruñó Sarene—. Es ese de enfrente. El que tenía delante cuando empecé a pintar.

—¿Ese? —preguntó Lukel—. Pero es un cuadro de flores.

—¿Y?

—¿Qué es esa mancha oscura en el centro de tu pintura?

—Flores —dijo Sarene a la defensiva.

—Oh. —Lukel miró una vez más el cuadro de Sarene, luego el modelo—. Lo que tú digas, prima.

—Tal vez puedas explicarme el pleito de Iadon antes de que me ponga violenta, primo —dijo Sarene con amenazadora dulzura.

—De acuerdo. ¿Qué quieres saber?

—Hemos estudiado que la esclavitud es ilegal en Arelon, pero esos hombres siguen refiriéndose al campesino como posesión suya.

Lukel frunció el ceño, volviendo la mirada hacia los dos nobles enfrentados.

—La esclavitud es ilegal, aunque probablemente no por mucho tiempo. Hace diez años no había nobles ni campesinos en Arelon, solo elantrinos y todos los demás. A lo largo de la última década, la gente común ha pasado de ser familias dueñas de sus propias tierras a ser campesinado al servicio de los señores feudales, siervos sometidos, y algo parecido a los antiguos siervos fjordell. Dentro de poco no serán más que propiedades.

Sarene frunció el ceño. El simple hecho de que el rey escuchara un caso semejante, que considerara quitarle a un hombre sus hijos por salvar el honor de un noble, era atroz. Se suponía que la sociedad había progresado más allá de ese punto. El campesino observaba el desarrollo de los hechos con ojos sombríos de los que sistemática y deliberadamente habían apagado la luz a golpes.

—Esto es peor de lo que me temía —dijo Sarene.

Lukel asintió.

—Lo primero que hizo Iadon cuando ocupó el trono fue abolir los derechos de propiedad individual de las tierras. Arelon no tenía ejército, pero Iadon pudo permitirse contratar mercenarios para obligar a la gente a acatar su decreto. Declaró que todas las tierras pertenecían a la corona, y luego recompensó con títulos y propiedades a aquellos mercaderes que habían apoyado su ascenso al trono. Solo unos pocos hombres, como mi padre, tenían suficiente tierra y dinero para que Iadon no se atreviera a intentar quedarse con sus propiedades.

Sarene sintió que el disgusto hacia su nuevo padre aumentaba. Hubo un tiempo en que Arelon había alardeado de ser la sociedad más feliz y avanzada del mundo. Iadon había aplastado esa sociedad, transformándola en un sistema que ni siquiera Fjorden usaba ya.

Sarene miró a Iadon, luego se volvió hacia Lukel.

—Ven —dijo, empujando a su primo hacia un lado de la sala, donde podían escuchar un poco mejor. Estaban lo bastante cerca como para poder ver a Iadon, pero lo bastante lejos de otros grupos de personas para que nadie pudiera oír una conversación en voz baja.

—Ashe y yo estábamos discutiendo esto antes —dijo—. ¿Cómo consiguió llegar al trono un hombre así?

Lukel se encogió de hombros.

—Iadon es... un hombre complejo, prima. Es notablemente obtuso en algunas áreas, pero puede ser enormemente hábil cuando trata con la gente. Eso es parte de lo que lo convierte en un buen mercader. Era jefe de la cofradía de mercaderes locales antes del Reod... cosa que probablemente lo convertía en el hombre más poderoso de la zona que no estaba directamente emparentado con los elantrinos.

»La cofradía de mercaderes era una organización autónoma... y muchos de sus miembros no se llevaban demasiado bien con los elantrinos. Verás, Elantris proporcionaba comida gratis a todo el mundo en la zona, algo que hacía feliz al populacho pero era terrible para los mercaderes.

—¿Por qué no importaban otras cosas? Cosas que no fueran comida.

—Los elantrinos podían hacer casi cualquier cosa, prima. Y aunque no todo lo daban gratis, podían proporcionar muchos materiales a precios mucho más baratos que los mercaderes... sobre todo si tenemos en cuenta los costes de exportación. Al cabo del tiempo, la cofradía de mercaderes hizo un trato con los elantrinos y consiguió la promesa de que solo proporcionarían gratis artículos «básicos» al pueblo. Eso permitía que la cofradía de mercaderes importara los artículos de lujo más caros para los más ricos de la zona, que resultaron ser otros miembros de la cofradía de mercaderes.

—Y entonces se produjo el Reod —dijo Sarene, que empezaba a comprender.

Lukel asintió.

—Elantris cayó, y la cofradía de mercaderes, de la que Iadon era presidente, se convirtió en la organización más grande y poderosa de las cuatro ciudades exteriores. El hecho de que la cofradía tuviera una historia de desacuerdos con Elantris no hizo sino mejorar su reputación a los ojos del pueblo. Iadon era la opción lógica para ser elegido rey. Aunque eso no significa que sea un monarca particularmente bueno.

Sarene asintió. Sentado en su trono, Iadon finalmente tomó su decisión respecto al caso. Declaró en voz alta que el campesino fugitivo pertenecía en efecto al primer noble, pero que sus hijos permanecerían con el segundo.

—Pues —recalcó Iadon— los hijos han sido alimentados todo este tiempo por su actual amo.

El campesino no lloró al escuchar la decisión. Simplemente agachó la cabeza, y Sarene sintió una puñalada de pesar. Cuando el hombre alzó la cabeza, había algo en sus ojos, algo por debajo del sometimiento forzado. Odio. Todavía quedaba suficiente espíritu en él para esa poderosa emoción.

—Esto no durará mucho más —dijo ella en voz baja—. El pueblo no lo soportará.

—La clase trabajadora vivió durante siglos bajo el sistema feudal fjordell —señaló Lukel—. Y los trataban peor que a animales de granja.

—Sí, pero estaban educados de esa forma —dijo Sarene—. En la antigua Fjorden la gente no conocía nada mejor. Para ellos, el sistema feudal era el único sistema existente. Esta gente es distinta. Diez años no es tanto tiempo. El campesinado areleno puede recordar una época en que los hombres que ahora llaman amos eran simples tenderos y comerciantes. Saben que hay una vida mejor. Es más, saben que un gobierno puede caer, convirtiendo en amos a aquellos que antes fueron siervos. Iadon les ha puesto demasiada carga encima, y demasiado rápidamente.

Lukel sonrió.

—Hablas como el príncipe Raoden.

Sarene se detuvo, considerando lo que había dicho.

—¿Lo conocías bien?

—Era mi mejor amigo —dijo Lukel, asintiendo con la cabeza apesadumbrado—. El mejor hombre que he conocido jamás.

—Háblame de él, Lukel —solicitó ella, en voz baja.

Lukel pensó un momento, luego habló con voz soñadora.

—Raoden hacía feliz a la gente. Podías haber tenido un día amargo como el invierno, y entonces llegaban el príncipe y su optimismo y, con unas pocas palabras amables, te hacía darte cuenta de lo estúpidamente que te estabas comportando. Era además inteligente. Conocía cada aon, y podía dibujarlos perfectamente, y siempre se le ocurría alguna nueva filosofía extraña que nadie más que mi padre podía comprender. Ni siquiera yo, con mi formación en la Universidad de Svorden, podía seguir la mitad de sus teorías.

—Parece que era perfecto.

Lukel sonrió.

—En todo menos en las cartas. Siempre perdía cuando jugábamos al tuledú, aunque después me convencía para que yo pagara la cena. Habría sido un mercader horrible. No le importaba nada el dinero. Perdía una partida de tuledú solo porque sabía que a mí me entusiasmaba ganar. Nunca lo vi triste, ni enfadado... excepto cuando estuvo en una de las plantaciones exteriores, visitando a la gente. Lo hacía a menudo, luego volvía a la corte y expresaba sus pensamientos sobre el asunto de manera bastante franca.

—Apuesto a que al rey no le hacía mucha gracia —dijo Sarene con una leve sonrisa.

—Lo odiaba. Iadon intentó todo menos desterrar a Raoden para hacerle callar, pero no funcionaba nada. El príncipe siempre encontraba un modo de hacerle llegar su opinión sobre cualquier decisión real. Era el príncipe heredero, y por eso las leyes de la corte, escritas por el propio Iadon, le daban la oportunidad de expresar ante el rey su opinión sobre cualquier asunto. Y déjame que te diga, princesa, que uno no sabía lo que es una reprimenda hasta que Raoden te echaba una. Podía ser tan severo que incluso las paredes de piedra se achicaban ante su lengua.

Sarene se acomodó, disfrutando de la imagen de Iadon siendo denunciado por su propio hijo ante la corte entera.

—Lo echo de menos —dijo Lukel—. Este país necesitaba a Raoden. Estaba empezando a crear algunas diferencias importantes. Había reunido a un buen grupo de seguidores entre los nobles. Ahora, sin su liderazgo, el grupo se está fragmentando. Padre y yo intentamos mantenerlos unidos, pero he estado fuera tanto tiempo que he perdido el contacto. Y, por supuesto, pocos confían en mi padre.

—¿Qué? ¿Por qué no?

—Tiene fama de ser un pícaro. Además, no ostenta ningún título. Ha rechazado todos los que ha intentado concederle el rey.

Sarene frunció el ceño.

—Espera un momento... creía que el tío Kiin se oponía al rey. ¿Por qué querría Iadon concederle un título?

Lukel sonrió.

—Iadon no podía evitarlo. El modo de gobierno del rey se basa en la idea de que el éxito económico es la justificación para gobernar. Padre tiene mucho éxito en los negocios, la ley dice que el dinero equivale a nobleza. Verás, el rey fue tan estúpido como para pensar que todos los ricos pensarían igual que él, y que no tendría ninguna oposición mientras diera títulos a todos los adinerados. La negativa de padre de aceptar un título es, en realidad, una forma de socavar la soberanía de Iadon, y el rey lo sabe. Mientras haya un solo rico que no sea técnicamente noble, la aristocracia arelena será defectuosa. Al viejo Iadon casi le da un ataque cada vez que padre aparece por la corte.

—Entonces, debería venir más a menudo —dijo Sarene con malicia.

—Padre encuentra montones de oportunidades para hacerse ver. Raoden y él se reunían aquí casi cada tarde para jugar al shinDa. Para Iadon era una fuente inacabable de incomodidad que decidieran hacerlo en su propio salón del trono, pero de nuevo sus propias leyes proclamaban que la corte estaba abierta a todo aquel a quien su hijo invitara, así que no podía expulsarlos.

—Parece que el príncipe tenía talento para usar las leyes del propio rey en su contra.

—Era una de sus mejores cualidades —dijo Lukel con una sonrisa—. De algún modo Raoden era capaz de darle la vuelta a cada uno de los nuevos decretos de Iadon hasta restregárselos al rey por la cara. Iadon se ha pasado casi cada momento de los últimos cinco años intentando hallar un modo de desheredar a Raoden. Resulta que Domi al final le resolvió el problema.

«O bien Domi, o un asesino enviado por Iadon...», pensó Sarene con creciente sospecha.

—¿Quién es ahora el heredero? —preguntó.

—No es seguro. Creo que Iadon planea tener otro hijo. Eshen es bastante joven. Uno de los duques más poderosos sería el siguiente en la línea de sucesión hasta que eso suceda. Lord Telrii o lord Roial.

—¿Están aquí? —preguntó Sarene, escrutando la multitud.

—Roial no, pero ese de allí es el duque Telrii.

Lukel señaló a un hombre de aspecto pomposo que estaba de pie al otro lado de la sala. Esbelto y fornido, podría haber sido guapo de no mostrar signos de repugnante indolencia. Su traje relucía con joyas bordadas y sus dedos destellaban llenos de oro y plata. Cuando se dio la vuelta, Sarene vio que la parte izquierda de su rostro estaba marcada por una enorme mancha de nacimiento púrpura.

—Esperemos que el trono nunca caiga en sus manos —dijo Lukel—. Iadon es desagradable, pero al menos es fiscalmente responsable. Es un mísero. Telrii, sin embargo, es un manirroto. Le gusta el dinero y le gustan quienes se lo dan. Probablemente sería el hombre más rico de Arelon si no fuera tan malgastador... en este momento es el tercero, tras el rey y el duque Roial.

Sarene frunció el ceño.

—¿El rey habría desheredado a Raoden dejando al país sin ningún heredero claro? ¿No conoce nadie las guerras de sucesión?

Lukel se encogió de hombros.

—Al parecer, prefería no tener ningún heredero a arriesgarse a dejarle el poder a Raoden.

—No podía dejar que cosas como la libertad y la compasión estropearan su pequeña monarquía perfecta —dijo Sarene.

—Exactamente.

—Esos nobles que seguían a Raoden. ¿Se reúnen alguna vez?

—No —dijo Lukel con el ceño fruncido—. Tienen demasiado miedo de continuar sin la protección del príncipe. Estamos convencidos de que algunos de los más decididos se reunirán pasado mañana por última vez, pero dudo que de ahí salga algo.

—Quiero estar presente.

—A esos hombres no les gustan los recién llegados, prima —advirtió Lukel—. Se han puesto muy nerviosos... saben que sus reuniones podrían ser consideradas traición.

—Es la última vez que planean reunirse, de todas formas. ¿Qué van a hacer si yo aparezco? ¿Negarse a seguir viéndose?

Lukel guardó silencio un momento, y luego sonrió.

—Muy bien, se lo diré a padre, y él encontrará un modo de que asistas.

—Podemos decírselo los dos en el almuerzo —propuso Sarene, dirigiendo una última mirada insatisfecha a su lienzo, y disponiéndose a recoger sus pinturas.

—Entonces ¿al final vendrás a almorzar?

—Bueno, el tío Kiin prometió que iba a preparar revoltillo fjordell. Además, después de lo que he descubierto hoy, creo que no puedo seguir aquí sentada escuchando mucho más tiempo las decisiones de Iadon. Es posible que empiece a arrojarle pinturas si me sigue enfadando.

Lukel se echó a reír.

—Eso no sería buena idea, seas princesa o no. Vamos, a Kaise le va a encantar tu presencia. Papá siempre cocina mejor cuando tenemos compañía.

LUKEL TENÍA RAZÓN.

—¡Ella está *aquí*! —chilló Kaise entusiasmada cuando vio a Sarene entrar por la puerta—. ¡Papá, tienes que traer el almuerzo ya!

Jalla apareció por una puerta cercana para recibir a su esposo con un abrazo y un breve beso. La mujer svordisana le susurró algo a Lukel en fjordell, y él sonrió, acariciándole afectuosamente el hombro. Sarene los observó con envidia y luego apretó los dientes. Era una princesa real teo, no era cosa suya quejarse de la necesidad de los matrimonios de estado. Si Domi se había llevado a su marido antes de conocerlo, entonces estaba claro que quería que tuviera la mente despejada para otras preocupaciones.

El tío Kiin salió de la cocina, se metió un libro en el delantal, y luego le dio a Sarene uno de sus aplastantes abrazos.

—Así que no has podido negarte. El atractivo de la cocina mágica de Kiin es demasiado para ti, ¿eh?

—No, padre, solo tiene *hambre* —anunció Kaise.

—Ah, eso era. Bien, pues siéntate, Sarene. El almuerzo estará listo enseguida.

La comida fue igual que la cena la noche anterior, Kaise quejándose por la lentitud, Daorn tratando de actuar de manera más madura que su hermana y Lukel burlándose implacablemente de ambos, como era el solemne deber de todo hermano mayor. Adien llegó tarde, con expresión distraída murmurando números para sí. Kiin sirvió varios humeantes platos de comida, pidiendo disculpas por la ausencia de su esposa a causa de un compromiso previo.

La comida fue deliciosa, los platos buenos, la conversación excelente. Es decir, hasta que Lukel decidió hablar a la familia del talento pictórico de Sarene.

—Estaba enzarzada en algún tipo de cuadro neoabstracto —contó su primo completamente serio.

—¿Ah, sí? —preguntó Kiin.

—Sí —dijo Lukel—. Aunque no comprendo qué intentaba dejar patente representando un cúmulo de flores con una mancha marrón que parece vagamente un caballo.

Sarene se ruborizó mientras todos los que estaban a la mesa se reían. Sin embargo, la cosa no acabó ahí, Ashe eligió ese momento para traicionarla también.

—Dice que pertenece a la escuela de la desviación creativa —dijo el seon solemne, con su voz firme y grave—. Creo que la princesa se siente empoderada al crear arte que desconcierta por completo la capacidad de uno para distinguir cuál podría ser el sujeto de su obra.

Esto fue demasiado para Kiin, que casi se cayó de risa. Sin embargo, el tormento de Sarene terminó pronto, cuando el tema de conversación experimentó un ligero cambio, y su fuente resultó de cierto interés para la princesa.

—No existe la escuela de la desviación creativa —les informó Kaise.

—¿Ah, no? —preguntó su padre.

—No. Están la escuela impresionista, la escuela neorrepresentativa, la escuela derivativa abstracta y la escuela revivacionista. Nada más.

—¿Ah, sí? —preguntó Lukel, divertido.

—Sí —declaró Kaise—. Existía el movimiento realista, pero es lo mismo que la escuela neorrepresentativa. Solo cambió de nombre para parecer más importante.

—Deja de intentar alardear ante la princesa —murmuró Daorn.

—Pero si no alardeo —replicó Kaise—. Me limito a ser *educada*.

—Te gusta alardear —dijo Daorn—. Además, la escuela realista no es lo mismo que la escuela neorrepresentativa.

—Daorn, deja de discutir con tu hermana —ordenó Kiin—. Kaise, deja de alardear.

Kaise frunció el ceño, se sentó con una expresión hosca en el rostro y empezó a murmurar incoherencias.

—¿Qué está haciendo? —preguntó Sarene, confundida.

—Nada, maldecirnos en jinDo —dijo Daorn sin darle importancia—. Siempre lo hace cuando pierde en una discusión.

—Cree que puede disimular hablando en otras lenguas —dijo Lukel—. Como si eso demostrara que es más inteligente que el resto del mundo.

Al oír eso, el torrente de palabras que salía de la boca de la niñita rubia varió de dirección. Con un sobresalto, Sarene advirtió que Kaise despotricaba ahora en fjordell. Sin embargo, Kaise no había terminado, acabó la andanada con una breve pero mordiente acusación en lo que parecía ser duladen.

—¿Cuántos idiomas habla? —preguntó Sarene sorprendida.

—No sé, cuatro o cinco, a menos que haya aprendido uno nuevo mientras yo no estaba atento —respondió Lukel—. Aunque va a tener que dejarlo pronto. Los científicos svordisanos dicen que la mente humana solo puede dominar seis lenguajes antes de empezar a mezclarlos.

—Una de las misiones de la vida de la pequeña Kaise es demostrar que se equivocan —dijo Kiin con su voz grave y rasposa—. Eso, y comerse toda la comida que pueda haber en Arelon.

Kaise alzó la barbilla con gesto despectivo, y luego continuó comiendo.

—Los dos están tan... bien informados —reconoció Sarene con sorpresa.

—No te impresiones tanto —dijo Lukel—. Sus tutores han estado dándoles últimamente historia del arte, y los dos se esfuerzan por demostrar que pueden superar al otro.

—Incluso así.

Kaise, todavía molesta, murmuró algo.

—¿Qué has dicho? —preguntó Kiin en tono firme.

—He dicho: «Si el príncipe estuviera aquí, me hubiese escuchado». Siempre se ponía de mi parte.

—Parecía que estaba de acuerdo contigo —dijo Daorn—. Eso se llama sarcasmo, Kaise.

Kaise le sacó la lengua a su hermano.

—Pensaba que yo era preciosa, y me amaba. Estaba esperando a que creciera para casarse conmigo. Entonces yo habría sido reina y os hubiese encerrado a todos en los calabozos hasta que hubieseis admitido que tengo razón.

—No se habría casado contigo, estúpida —dijo Daorn con mala cara—. Se casó con Sarene.

Kiin seguramente reparó en la cara de Sarene cuando se citó el nombre del príncipe, pues rápidamente hizo callar a los dos niños con una dura mirada. Sin embargo, el daño estaba hecho. Cuantas más cosas sabía de él, más recordaba Sarene la suave y animosa voz del príncipe recorriendo cientos de kilómetros a través del seon para hablar con ella. Pensó en la manera en que sus cartas le hablaban de la vida en Arelon, explicando cómo estaba preparando un lugar para ella. Había tenido muchas ganas de sorprenderlo llegando antes de lo previsto, pero no llegó lo suficientemente pronto, al parecer.

Tal vez tendría que haber escuchado a su padre. Él se había mostrado reacio al matrimonio, aunque sabía que Teod necesitaba una sólida alianza con el nuevo gobierno areleno. A pesar de que los dos países poseían la misma herencia racial y cultural, había habido poco contacto entre Teod y Arelon durante la última década. Los tumultos tras el Reod amenazaban a todo el que se asociara con los elantrinos, y eso desde luego incluía a la realeza teo. Pero con Fjorden forzando de nuevo los límites de su influencia, esta vez instigando la caída de la república duladen, quedó claro que Teod necesitaba volver a relacionarse con su antiguo aliado, o enfrentarse solo a las hordas del wyrn.

Y por eso Sarene había sugerido el matrimonio. Su padre se había opuesto al principio, pero luego había cedido a su sentido práctico. No había ningún lazo más fuerte que el de la sangre, sobre todo cuando el matrimonio implicaba a un príncipe heredero. No importaba que el matrimonio real impidiera a Sarene volver a casarse. Raoden era joven y fuerte. Todos habían supuesto que viviría décadas.

Kiin le estaba hablando.

—¿Qué decías, tío?

—Solo preguntaba si había algo que quisieras ver en Kae. Llevas aquí un par de días. Probablemente es hora de que alguien te lo muestre. Estoy seguro de que a Lukel le encantará enseñarte las principales vistas.

El delgado joven alzó las manos.

—Lo siento, padre. Me encantaría enseñarle la ciudad a nuestra preciosa prima, pero Jalla y yo tenemos que discutir la compra de un cargamento de seda para Teod.

—¿Los dos? —preguntó Sarene con sorpresa.

—Por supuesto —dijo Lukel, dejando la servilleta sobre la mesa—. Jalla es una regateadora feroz.

—Esa es la única razón por la que se casó conmigo —confesó la mujer svordisana con su cargado acento y una leve sonrisa—. Lukel es mercader. Beneficio en todo, incluso en el matrimonio.

—Así es —dijo Lukel con una carcajada, sujetando la mano de su esposa cuando esta se levantaba—. El hecho de que sea inteligente y hermosa no tuvo nada que ver. Gracias por la comida, padre. Estaba deliciosa. Buenos días a todos.

Con eso la pareja se marchó, mirándose a los ojos mientras se retiraba. Su salida fue seguida por una serie de sonidos repulsivos de Daorn.

—Uf. Papá, tendrías que hablar con ellos. Son tan melosos que la comida se me atraganta.

—La mente de nuestro querido hermano se ha convertido en puré —concordó Kaise.

—Sed pacientes, niños —dijo Kiin—. Lukel solo lleva un mes casado. Dadle un poco más y volverá a la normalidad.

—Eso espero —dijo Kaise—. Me pone enferma.

A Sarene no le parecía muy enferma, seguía engullendo comida con ansia.

Junto a Sarene, Adien continuaba murmurando para sí. No parecía decir otra cosa que números, eso, y de vez en cuando una palabra que sonaba a «Elantris».

Eso recordó algo a Sarene.

—Me gustaría ver la ciudad, tío. Sobre todo Elantris... Quiero saber a qué se debe tanto furor.

Kiin se frotó la barbilla.

—Bueno, supongo que los gemelos podrán enseñártela. Saben cómo llegar a Elantris, y eso me mantendrá libre de ellos durante un rato.

—¿Gemelos? —Kiin sonrió.

—Es como Lukel los llama.

—Un nombre que odiamos —dijo Daorn—. No somos gemelos. Ni siquiera nos parecemos.

Sarene estudió a los dos niños, con sus rizos similares de pelo rubio y sus expresiones decididas e idénticas, y sonrió.

—En absoluto —reconoció.

LA MURALLA DE Elantris se alzaba sobre Kae como un centinela ceñudo. Caminando por su base, Sarene finalmente apreció lo formidable que era. Había visitado una vez Fjorden, y le habían impresionado muchas de las ciudades fortificadas de esa nación, pero ni siquiera ellas podían competir con Elantris. La muralla era tan alta, sus muros tan lisos, que obviamente no había sido levantada por manos humanas normales. Había enormes e intrincados aones tallados en sus sillares, muchos de los cuales Sarene desconocía, y le gustaba creer que tenía una buena educación.

Los niños la condujeron a un enorme conjunto de escaleras de piedra en la cara exterior de la muralla. Magníficamente talladas, con arcos y frecuentes plataformas a modo de miradores, las propias escaleras estaban esculpidas con cierta majestuosidad. Daban también una sensación de... arrogancia en las escaleras escalonadas. Formaban parte del diseño original de la ciudad de Elantris, sin duda, y demostraban que las enormes murallas habían sido construidas no como defensa, sino como un medio de separación. Solo una gente supremamente segura de sí misma podía crear una fortificación tan sorprendente y luego colocar un amplio tramo de escaleras en el exterior, hasta la cima.

Esa confianza había resultado injustificada, pues Elantris había caído. Sin embargo, se recordó Sarene, no habían sido los invasores quienes se habían apoderado de la ciudad, sino otra cosa. Algo que todavía no se comprendía. El Reod.

Sarene se detuvo en una balaustrada de piedra, a medio camino de la parte superior de la muralla, y se asomó a la ciudad de Kae. La ciudad más pequeña se alzaba como una hermana menor de la gran Elantris, tratando con fuerza de demostrar su importancia, pero junto a tan enorme ciudad solo podía parecer inferior. Sus edificios hubiesen sido impresionantes en cualquier otro lugar, pero parecían diminutos, incluso insignificantes, cuando se comparaban con la majestuosidad de Elantris.

«Insignificante o no —se dijo Sarene—, Kae tendrá que ser mi centro de atención. Los días de Elantris han pasado».

Varias pequeñas burbujas de luz flotaban en el exterior a lo largo de la pared, los primeros seones que Sarene veía en la zona. Se sintió emocionada al principio, pero luego recordó las historias. Al principio, los seones no se habían visto afectados por la shaod, pero eso cambió con la caída de Elantris. Cuando una persona resultaba afectada por la shaod ahora, su seon (si lo tenía) adquiría cierto grado de locura. Los seones que había junto a la muralla flotaban sin rumbo, como niños perdidos. Sarene supo sin preguntar que allí era donde los enloquecidos seones se reunían después de que sus amos hubieran caído.

Apartó la mirada de los seones, asintió a los niños, y continuó su ascenso por el enorme tramo de escaleras. Kae sería su centro de atención, cierto, pero seguía queriendo ver Elantris. Había algo en la ciudad, su tamaño, sus aones, su reputación, que tenía que experimentar por sí misma.

Mientras caminaba, alzó la mano y acarició la marca de un aon tallado en la muralla. La línea era tan ancha como su mano. No había juntas donde la piedra se encontraba con la piedra. Era tal como había leído, toda la muralla era de una sola pieza de roca, sin fisuras.

Pero ya no era perfecta. Trozos del enorme monolito se desmoronaban y resquebrajaban, sobre todo cerca de la cima. Cuando llegaron al final de su escalada, había sitios donde grandes pedazos de muralla se habían caído dejando heridas abiertas en la piedra que parecían marcas de mordiscos. A pesar de todo, la muralla era impresionante, desde lo alto podía contemplarse el terreno circundante.

—Cielos —dijo Sarene, notando que se mareaba.

Daorn agarró apresuradamente la parte posterior de su vestido.

—No te acerques demasiado, Sarene.

—Me encuentro bien —dijo ella un poco mareada. Sin embargo, permitió que el niño la apartara de allí.

Ashe flotó a su lado, brillando lleno de preocupación.

—Tal vez no haya sido buena idea, mi señora. Ya sabes lo que te pasa con las alturas.

—Tonterías —dijo Sarene, recuperándose. Entonces advirtió por primera vez la gran multitud reunida en la cima de la muralla, a poca distancia. Una voz penetrante se alzaba por encima del grupo, una voz que no podía distinguir del todo—. ¿Qué es eso?

Los gemelos intercambiaron mutuos gestos de confusión, encogiéndose de hombros.

—No lo sé —dijo Daorn.

—Este lugar suele estar vacío, excepto por los guardias —añadió Kaise.

—Vamos a echar un vistazo —dijo Sarene. No estaba segura, pero le pareció reconocer el acento de la voz. Cuando se acercaban a la multitud, Sarene confirmó su sospecha.

—¡Es el gyorn! —exclamó Kaise, emocionada—. Quería verlo.

Y se marchó corriendo, en dirección hacia la multitud. Sarene oyó gritos ahogados de sorpresa y malestar mientras la niña se abría paso hasta la parte delantera del grupo. Daorn dirigió a su hermana una mirada ansiosa y avanzó un paso, pero entonces miró a Sarene y decidió quedarse junto a ella, como un guía diligente.

Sin embargo, Daorn no tendría que haberse preocupado por ver al gyorn. Sarene fue un poco más reservada que su prima, pero estaba igual de decidida a acercarse lo suficiente para oír a Hrathen. Así, acompañada por su pequeño guardián, amablemente (pero con resolución), Sarene se abrió paso entre la multitud hasta llegar a la primera fila.

Hrathen se encontraba de pie en un pequeño saliente construido en la muralla de Elantris. Daba la espalda a la multitud, pero estaba colocado de manera que sus palabras la alcanzaban. Su discurso iba obviamente destinado a sus oídos y no a los de aquellos que había abajo. Sarene apenas miró Elantris. La estudiaría más tarde.

—¡Miradlos! —ordenó Hrathen, señalando hacia la ciudad—. Han perdido el derecho a ser hombres. Son animales que no tienen ninguna voluntad ni deseo de servir al reino de nuestro señor Jaddeth. No conocen ningún dios, y solo pueden seguir sus instintos.

Sarene frunció el ceño. La doctrina de que la única diferencia entre los hombres y los animales era la capacidad de la humanidad para adorar a Dios, o «Jaddeth» en fjordell, no resultaba una novedad para ella. Su padre se había asegurado de incluir en su educación un amplio conocimiento del shu-dereth. Lo que no podía comprender era por qué todo un gyorn perdía el tiempo con los elantrinos. ¿Qué ganaba denunciando a un grupo que ya había sido tan fuertemente golpeado?

Sin embargo, una cosa estaba clara. Si el gyorn veía motivos para predicar contra Elantris, entonces el deber de Sarene era defenderla. Era posible bloquear los planes de su enemigo antes de conocerlos por completo.

—Como todos saben, los animales están muy por debajo de los hombres a los ojos del señor Jaddeth —estaba diciendo Hrathen, llegando a la conclusión de su discurso.

Sarene vio su oportunidad y la aprovechó. Abrió mucho los ojos, fingió confusión y, con su voz más aguda e inocente, preguntó una sola cosa:

—¿Por qué?

Hrathen calló. Ella había calculado la pregunta para que cayera directamente en la pausa entre dos frases. El gyorn vaciló al oír la sagaz pregunta, intentando obviamente recuperar su ímpetu. Pero la disposición de Sarene había sido maestra, y el discurso del gyorn había perdido fuerza. Se dio media vuelta con mirada feroz para buscar a quien lo había interrumpido de manera tan estúpida. Todo lo que encontró fue a una tímida y perpleja Sarene.

—¿Por qué, qué? —exigió saber Hrathen.

—¿Por qué están los animales por debajo de los humanos a los ojos de maese Jaddeth? —preguntó.

El gyorn rechinó los dientes al oírla usar el término «maese Jaddeth».

—Porque, al contrario que los hombres, ellos no pueden hacer otra cosa sino seguir sus instintos.

La respuesta de rigor a semejante declaración hubiese sido que «los hombres también siguen sus instintos», lo que habría dado a Hrathen la oportunidad de explicar la diferencia entre un hombre de dios y un hombre carnal y pecaminoso. Sarene no la formuló.

—Pero he oído que maese Jaddeth recompensaba la arrogancia —dijo Sarene, dejando entrever confusión en su voz.

Los ojos del gyorn se volvieron recelosos. La frase era demasiado oportuna para provenir de alguien tan simple como pretendía ser Sarene. Sabía, o al menos sospechaba, que estaba jugando con él. Sin embargo, todavía tenía que responder a la pregunta... si no para ella, para el resto de la multitud.

—El *señor* Jaddeth recompensa la ambición, no la arrogancia —dijo cuidadosamente.

—No lo comprendo —dijo Sarene—. ¿No es ambición satisfacer nuestros propios instintos? ¿Por qué recompensa eso maese Jaddeth?

Hrathen estaba perdiendo a su público y lo sabía. La pregunta de Sarene era un argumento teológico de un siglo de antigüedad contra el shu-dereth, pero la multitud no sabía nada de antiguas disputas o de disquisiciones intelectuales. Todo lo que sabía era que alguien estaba haciendo unas preguntas que Hrathen no podía responder con suficiente rapidez, ni de manera suficientemente interesante para mantener su atención.

—La ambición no es lo mismo que la carnalidad —declaró Hrathen cortante, haciendo uso de su posición dominante para tomar el control de la conversación—. Quienes están al servicio del imperio de Jaddeth son rápidamente recompensados aquí y en la otra vida.

Fue un intento magistral, no solo conseguía cambiar de tema, sino que llevaba la atención de la multitud hacia otra idea. A todo el mundo le fascinaban las recompensas. Desgraciadamente para él, Sarene no había terminado todavía.

—Entonces, si servimos a Jaddeth, ¿nuestros instintos se satisfacen?

—Nadie sirve a Jaddeth más que el wyrn —dijo Hrathen superficialmente mientras consideraba cómo responder mejor a sus objeciones.

Sarene sonrió: había estado esperando que cometiera ese error. Una regla básica del shu-dereth era que solo un hombre podía servir directamente a Jaddeth. La religión estaba muy reglamentada y su estructura recordaba el gobierno feudal que en otros tiempos regía en Fjorden. Uno servía a aquellos que estaban por encima de él, que a su vez servían a quienes estaban por encima, y así hasta llegar al wyrn, que servía directamente a Jaddeth. Todos servían al imperio de Jaddeth, pero solo un hombre era lo bastante sagrado para servir directamente a dios. Había mucha confusión respecto a la distinción, y era corriente que el sacerdocio derethi la corrigiera tal como había hecho Hrathen. Por desgracia, también le había dado a Sarene otra oportunidad.

—¿Nadie puede servir a Jaddeth? —preguntó confundida—. ¿Ni siquiera vos?

Era un argumento tonto, una malinterpretación de lo dicho por Hrathen, no un verdadero ataque al shu-dereth. En un debate de puro mérito religioso, Sarene nunca hubiese podido enfrentarse a un gyorn plenamente formado. Sin embargo, Sarene no pretendía desacreditar las enseñanzas de Hrathen, sino tan solo estropear su discurso.

Hrathen alzó la cabeza al oír su comentario, y aparentemente advirtió su error. Todos sus planes y pensamientos anteriores eran ahora inútiles, y la multitud empezaba a dudar ante esta nueva pregunta.

Noblemente, el gyorn trató de enmendar su error, intentando llevar la conversación a terrenos más familiares, pero Sarene ya tenía a la multitud de su parte y se agarró a ella con la fuerza que solo una mujer al borde de la histeria logra ejercer.

—¿Qué le vamos a hacer? —preguntó, sacudiendo la cabeza—. Me temo que esas cosas de los sacerdotes están fuera del alcance de la gente corriente como yo.

Y se acabó. La gente empezó a hablar entre sí y a alejarse. La mayoría se reía de las excentricidades de los sacerdotes y lo obtuso de los razonamientos teológicos. Sarene advirtió que la mayoría eran nobles. Al gyorn debía de haberle costado un gran esfuerzo traerlos hasta la muralla de Elantris. Sonrió perversamente por haber frustrado tantos planes y acciones.

Hrathen vio cómo su reunión cuidadosamente congregada se dispersaba. No trató de volver a hablar, probablemente sabía que si gritaba o se enfadaba haría más mal que bien.

Sorprendentemente, el gyorn se volvió e hizo un gesto de asentimiento a Sarene, apreciativo. No era una reverencia, pero sí el gesto más respetuoso que le había dedicado jamás un sacerdote derethi. Era el reconocimiento a una batalla justamente ganada, una concesión a un oponente digno.

—Jugáis a un juego peligroso, princesa —dijo en voz baja con su voz levemente cargada de acento.

—Descubrirás que soy muy buena jugando, gyorn —repuso ella.

—Hasta la próxima ronda, pues —dijo él, indicando a un sacerdote más bajo y de pelo claro que lo siguiera mientras empezaba a bajar de la muralla. En los ojos del otro hombre no había ningún atisbo de respeto ni de tolerancia siquiera. Ardían de odio, y Sarene se estremeció cuando se centraron en ella. El hombre apretaba con fuerza la mandíbula, y Sarene tuvo la sensación de que poco faltaba para que la agarrara por el cuello y la lanzara por encima de la muralla. Se mareó solo de pensarlo.

—Ese me preocupa —comentó Ashe a su lado—. He visto antes a hombres así, y mi experiencia no ha sido favorable. Una presa tan pobremente construida acaba por reventar.

Sarene asintió.

—Era aónico, no fjordell. Parece un paje o un ayudante de Hrathen.

—Bueno, esperemos que el gyorn sepa mantener a su mascota bajo control, mi señora.

Ella asintió, pero su respuesta quedó interrumpida por una súbita carcajada a su lado. Se volvió y vio a Kaise rodando por el suelo muerta de risa. Al parecer, había conseguido contener su estallido hasta que el gyorn se perdió de vista.

—Sarene —dijo sin aliento—, ¡eso ha sido *maravilloso*! ¡Has sido tan estúpida! Y su cara... se ha puesto más colorado que padre cuando descubre que me he comido todos sus dulces. ¡Casi tenía el mismo color que su armadura!

—No me gusta nada ese tipo —dijo Daorn solemnemente al lado de Sarene. Estaba junto a una parte descubierta del parapeto, mirando cómo Hrathen y el otro hombre bajaban el enorme tramo de escaleras de vuelta hacia Kae—. Era demasiado... duro. ¿No se ha dado cuenta de que te estabas haciendo la tonta?

—Probablemente. —Sarene se acercó para ayudar a Kaise a levantarse y sacudió el vestido rosa de la niña—. Pero no había forma de demostrarlo, así que ha tenido que fingir que yo hablaba en serio.

—Padre dice que el gyorn está aquí para convertirnos a todos al shu-dereth —dijo Daorn.

—¿Ah, sí? —Daorn asintió.

—También dice que tiene miedo de que Hrathen lo consiga. Dice que las cosechas no fueron buenas el año pasado y que hay mucha gente sin comida. Si la siembra de este mes no sale bien, el próximo invierno será aún más duro, y los tiempos difíciles hacen que la gente esté dispuesta a aceptar a un hombre que predica el cambio.

—Tu padre es un hombre sabio, Daorn —dijo Sarene. Su confrontación con Hrathen había sido poco más que un deporte. La gente era inconstante y no tardaría en olvidar aquel debate. Lo que quiera que Hrathen estuviera haciendo era parte de algo mucho mayor, algo que tenía que ver con Elantris, y Sarene necesitaba descubrir cuáles eran sus intenciones. Al recordar por fin su motivo original para visitar la muralla, Sarene echó su primer vistazo a la ciudad.

Antaño había sido hermosa. El aspecto de la ciudad, el modo en que los edificios encajaban entre sí, la manera en que las calles se cruzaban, todo en conjunto era... intencionado. Arte a gran escala. La mayoría de los arcos se había desplomado, muchos de los techos en cúpula se habían caído e incluso a alguna de las murallas parecía que le quedaba ya poco tiempo. A pesar de todo, se podía decir una cosa: Elantris había sido hermosa, una vez.

—Son tan tristes —dijo Kaise junto a ella, de puntillas para ver por encima de la muralla de piedra.

—¿Quiénes?

—Ellos —dijo Kaise, señalando hacia las calles.

Había gente allá abajo, formas agazapadas que apenas se movían. Estaban camufladas en las calles oscuras. Sarene no oía sus gemidos, pero los sentía.

—Nadie cuida de ellos —dijo Kaise.

—¿Cómo comen? —preguntó Sarene—. Alguien debe darles de comer.

No distinguía con detalle a la gente de abajo, solo veía que eran seres humanos. O, al menos, tenían forma de humanos. Había leído muchas cosas confusas respecto a los elantrinos.

—Nadie —dijo Daorn desde el otro lado—. Nadie les da de comer. Deberían estar todos muertos... no tienen nada que comer.

—Conseguirán comida en alguna parte —dijo Sarene. Kaise negó con la cabeza.

—Están muertos, Sarene. No necesitan comer.

—Puede que no se muevan mucho, pero obviamente no están muertos —repuso Sarene con desdén—. Mirad, aquellos están de pie.

—No, Sarene. También están muertos. No necesitan comer, no necesitan dormir y no envejecen. Están todos muertos. —La voz de Kaise era extrañamente solemne.

—¿Cómo sabes tanto sobre ello? —dijo Sarene, tratando de descartar las palabras como producto de la imaginación de la niña. Por desgracia, esos críos habían demostrado estar notablemente bien informados.

—Lo sé —contestó Kaise—. Créeme. Están muertos.

Sarene sintió que el vello de los brazos se le erizaba y se dijo resuelta que no debía ceder al misticismo. Los elantrinos eran extraños, cierto, pero no estaban muertos. Tenía que haber otra explicación.

Escrutó la ciudad una vez más, tratando de apartar de su mente los turbadores comentarios de Kaise. Al hacerlo, su mirada se posó en un trio de figuras en concreto, unas figuras que no parecían tan penosas como el resto. Las observó. Elantrinos, pero uno parecía tener la piel más oscura que los otros dos. Estaban agazapados en el terrado de un edificio y parecían capaces de moverse, al contrario de la mayoría de los otros elantrinos que había visto. Había algo... distinto en aquellos tres.

—¿Mi señora? —La voz preocupada de Ashe sonó en su oído, y ella advirtió que había empezado a inclinarse sobre el parapeto de piedra.

Con un sobresalto, miró hacia abajo, advirtiendo lo alto que se hallaban. La mirada se le nubló y empezó a perder el equilibrio, mareada por el ondulante suelo de allá abajo...

—¡Mi señora! —repitió la voz de Ashe, sacándola de su estupor. Sarene se apartó de la muralla, se sentó y se abrazó las rodillas. Respiró profundamente durante un momento.

—Me pondré bien, Ashe.

—Nos marcharemos de aquí en cuanto recuperes el equilibrio —ordenó el seon, firme.

Sarene asintió, distraída. Kaise bufó.

—Sabes, considerando lo alta que es, tendría que estar acostumbrada a las alturas.

Capítulo 9

S I DILAF hubiera sido un perro, habría estado gruñendo. Y probablemente echando espuma por la boca también, decidió Hrathen. Después de visitar la muralla de Elantris, el arteth se encontraba aún peor que de costumbre.

Hrathen se volvió a mirar la ciudad. Casi habían llegado a su capilla, pero la enorme muralla que rodeaba Elantris era todavía visible a sus espaldas. En lo alto estaba la irritante muchacha que de algún modo había podido con él aquel día.

—Estuvo magnífica —dijo Hrathen a su pesar. Como cualquiera de su clase, tenía prejuicios acerca de los teo. Teod había desterrado a los sacerdotes derethi del país hacía cincuenta años, después de un pequeño malentendido, y nunca había consentido volverlos a admitir. El rey de Teod había estado a punto de desterrar también a los embajadores de Fjorden. No había ni un solo miembro teo conocido del shu-dereth, y la casa real teo era célebre por sus mordaces denuncias de todo lo derethi.

Sin embargo, era estimulante conocer a una persona capaz de estropear tan fácilmente uno de sus sermones. Hrathen había predicado tanto tiempo el shu-dereth, había logrado tal maestría en la manipulación de la opinión pública, que apenas le resultaba ya un desafío. Su éxito en Duladel hacía medio año había demostrado que alguien capaz podía derribar naciones.

Por desgracia, en Duladel había habido poca oposición. Los

dulas eran demasiado abiertos, demasiado francos para representar un verdadero desafío. Al final, con los restos del gobierno muertos a sus pies, Hrathen se había sentido decepcionado. Casi había resultado demasiado fácil.

—Sí, es impresionante —dijo.

—Está maldita por encima de todos los demás —susurró Dilaf—. Una miembro de la única raza odiada por nuestro señor Jaddeth.

Así que eso era lo que le molestaba. Muchos fjordell asumían que no había ninguna esperanza para los teo. Era una tontería, naturalmente, una simple justificación que llenaba de odio teológico a los enemigos históricos de Fjorden. Sin embargo, mucha gente así lo creía, y al parecer Dilaf se contaba entre ellos.

—Jaddeth no odia a nadie más que a quienes lo odian —dijo Hrathen.

—Ellos lo odian.

—La mayoría nunca ha oído pronunciar su nombre en predicación, arteth —dijo Hrathen—. Su rey, sí, probablemente está maldito por su edicto contra los sacerdotes derethi. Sin embargo, el pueblo ni siquiera ha tenido una oportunidad. Cuando Arelon caiga ante nuestro señor Jaddeth, entonces podrá preocuparse porque entremos en Teod. El país no durará mucho con el resto del mundo civilizado en su contra.

—Será destruido —profetizó Dilaf con los ojos desbordantes de furia—. Jaddeth no esperará mientras nuestros arteths predican su nombre contra los impenetrables muros de los corazones teo.

—El señor Jaddeth solo puede venir cuando todos los hombres estén unidos bajo el dominio fjordell, arteth —dijo Hrathen, dejando de contemplar Elantris y disponiéndose a entrar en la capilla—. Eso incluye a los que habitan Teod.

Dilaf respondió en voz baja, pero cada palabra que dijo resonó en los oídos de Hrathen.

—Tal vez —susurró el sacerdote areleno—. Pero hay otro modo. Nuestro señor Jaddeth se alzará cuando todas las almas *vivientes* estén unidas. Los teo no supondrán ningún obstáculo si los destruimos. Cuando el último teo exhale su último suspiro, cuando los elantrinos hayan sido borrados de la faz de Scyla, entonces todos los hombres seguirán al wyrn. Entonces Jaddeth vendrá.

Las palabras eran preocupantes. Hrathen había venido a salvar Arelon, no a quemarlo. Tal vez fuese necesario derrocar la monarquía, y tal vez tuviese que derramar un poco de sangre noble, pero el resultado final sería la redención de toda una nación. Para Hrathen, unir a toda la humanidad significaba convertirla al shu-dereth, no asesinar a aquellos que no creían.

Pero tal vez estuviera equivocado. La paciencia del wyrn no parecía mucho mayor que la de Dilaf. El plazo de tres meses así lo demostraba. De pronto Hrathen sintió una súbita prisa. El wyrn hablaba en serio: a menos que Hrathen convirtiera Arelon, el país podría ser destruido.

—Gran Jaddeth bajo los... —susurró Hrathen, invocando el nombre de su deidad. Acertado o equivocado, no quería la sangre de todo un reino en sus manos, ni siquiera de un reino hereje. *Debía* tener éxito.

AFORTUNADAMENTE, SU DERROTA ante la muchacha teo no había sido tan completa como había supuesto. Cuando Hrathen llegó al punto de reunión, una gran sala en una de las mejores posadas de Kae, muchos de los hombres que había invitado lo estaban esperando. El discurso en la muralla de Elantris había sido solo una parte de su plan para convertir a esos hombres.

—Saludos, señores —dijo Hrathen, con un gesto de cabeza.

—No hagas ver que todo va bien entre nosotros, sacerdote —dijo Idan, uno de los nobles más jóvenes y vocingleros—. Prometiste que tus palabras traerían poder. Parece que lo único que produjeron fue una buena confusión.

Hrathen agitó las manos con desdén.

—Mi discurso ha confundido a una muchacha de mente simple. Se dice que a la bella princesa le cuesta recordar cuál es su mano derecha y cuál la izquierda. No esperaba que comprendiera mi discurso. No me digáis que vos, lord Idan, os perdisteis también.

Idan se ruborizó.

—Por supuesto que no, mi señor. Es solo que... no veo cómo la conversión podría aportarnos poder.

—El poder, milord, viene de la percepción de vuestro enemigo. —Hrathen paseó por la sala, con el omnipresente Dilaf a su lado, y eligió un asiento. Algunos gyorns preferían permanecer de pie como forma de intimidación, pero a Hrathen le resultaba más útil sentarse. Con frecuencia hacía que sus oyentes, sobre todo aquellos que estaban de pie, se sintieran incómodos. Uno parecía tener más el control si podía cautivar a un público sin alzarse sobre él.

Naturalmente, Idan y los demás pronto tomaron asiento. Hrathen apoyó los codos en los reposabrazos, luego unió las manos y observó en silencio a su audiencia. Frunció levemente el ceño cuando sus ojos se posaron sobre un rostro situado casi al fondo de la sala. El hombre era mayor, tal vez de cuarenta y tantos años, e iba ricamente vestido. Lo más revelador de su aspecto era una marca de nacimiento de color púrpura en el lado derecho de su cara y su cuello.

Hrathen no había invitado al duque Telrii a la reunión. El duque era uno de los hombres más poderosos de Arelon, y Hrathen había limitado sus invitaciones a los nobles más jóvenes. Había supuesto que tenía pocas posibilidades de convencer a los poderosos de que le siguieran; los jóvenes impacientes por ascender en el escalafón aristocrático solían ser más fáciles de manipular. Hrathen tendría que hablar con cuidado esa noche, una poderosa alianza podía ser su recompensa.

—¿Bien? —preguntó por fin Idan, vacilando ante la mirada de Hrathen—. ¿Quiénes son entonces? ¿A quiénes consideras nuestro enemigo?

—A los elantrinos —dijo Hrathen simplemente. Notó que Dilaf se envaraba a su lado cuando mencionó la palabra.

La incomodidad de Idan desapareció mientras se echaba a reír y miraba a varios de sus compañeros.

—Los elantrinos llevan muertos una década, fjordell. Difícilmente son una amenaza.

—No, mi joven señor. Siguen vivos.

—Si puedes llamarlo así.

—No me refiero a esos pobres despojos de la ciudad —dijo Hrathen—. Me refiero a los elantrinos que viven en las mentes de la gente. Decidme, Idan, ¿habéis conocido alguna vez a un hombre que piense que los elantrinos regresarán algún día?

Las risitas de Idan se apagaron mientras reflexionaba sobre la pregunta.

—Iadon dista mucho de ser un monarca absoluto —dijo Hrathen—. Es más bien un regente que un rey. El pueblo no espera que sea monarca durante mucho tiempo. Está esperando que los benditos elantrinos regresen. Muchos dicen que el Reod es falso, una especie de «prueba» para ver quién permanece fiel a la antigua religión pagana. Habréis visto que la gente habla de Elantris entre susurros.

Las palabras de Hrathen tenían su peso. Solo llevaba en Kae unos cuantos días pero había escuchado e investigado a fondo durante ese tiempo. Estaba exagerando, pero sabía que tal rumor corría por ahí.

—Iadon no ve el peligro —continuó Hrathen con voz tranquila—. No ve que su liderazgo es soportado, más que aceptado. Mientras el pueblo tenga un recordatorio físico del poder de Elantris, temerá. Y mientras tema a algo más de lo que teme a su rey, ninguno de *vosotros* tendrá poder. Vuestros títulos vienen del rey, vuestro poder está unido a él. Si él es impotente, entonces vosotros lo sois también.

Ya le estaban escuchando. En el corazón de cada noble había una inseguridad incurable. Hrathen no había conocido a un solo aristócrata que no estuviera al menos convencido en parte de que los campesinos se reían de él a sus espaldas.

—El shu-korath no reconoce el peligro —continuó Hrathen—. Los korathi no hacen nada para denunciar a los elantrinos, y por tanto perpetúan la esperanza de la gente. Por irracional que pueda ser, el pueblo *quiere* creer que Elantris será restaurada. Sueña en lo grandiosa que era, sus recuerdos embellecidos por una década de historias. Es propio de la naturaleza humana creer que otros lugares y otras épocas han sido mejores que el aquí y el ahora. Si alguna vez queréis dominar verdaderamente Arelon, mis queridos amigos nobles, entonces debéis acabar con las tontas esperanzas de vuestro pueblo. Debéis encontrar un modo de liberarlo de la tenaza de Elantris.

El joven Idan asintió entusiasmado. Hrathen frunció los labios con insatisfacción. El joven noble se había dejado convencer demasiado fácilmente. Como sucedía a menudo, el hombre más lenguaraz era el que menos discernía. Ignorando a Idan, Hrathen juzgó las expresiones de los otros. Parecían pensativos, pero no convencidos. El más maduro Telrii permanecía sentado al fondo, en silencio, frotándose el gran rubí que llevaba en un dedo y observando a Hrathen con expresión dubitativa.

Su incertidumbre era buena. Los hombres tan inconstantes como Idan no le servían de nada. Lo que se ganaba fácilmente se podía perder con la misma facilidad.

—Decidme, hombres de Arelon —dijo Hrathen, cambiando sutilmente de tema—, ¿habéis viajado a los países del este?

Varios asintieron. Durante los últimos años, el este había recibido un tropel de visitantes de Arelon que recorrían el antiguo imperio de Fjorden. Hrathen sospechaba que la nueva aristocracia de Arelon, aún más insegura que la mayoría de los nobles, sentía el deseo de demostrar su grado de refinamiento relacionándose en reinos como Svorden, el epicentro cultural del este.

—Si habéis visitado los poderosos países del este, amigos míos, entonces sabéis la influencia que tienen aquellos que se alían con el sacerdocio derethi.

«Influencia» era, tal vez, una forma suave de expresarlo. Ningún rey gobernaba al este de las montañas Dathreki a menos que profesara su adhesión al shu-dereth, y los puestos gubernamentales más deseables y lucrativos siempre recaían en aquellos que eran diligentes en su fervor por Jaddeth.

Había una promesa implícita en las palabras de Hrathen y, no importaba qué otra cosa pudiera discutirse esa noche, no importaba qué otros argumentos pudiera exponer Hrathen, eso era lo que le valdría su apoyo. No era ningún secreto que los sacerdotes derethi tenían un gran interés en la política, y la mayoría de la gente sabía que ganarse el apoyo de la iglesia solía bastar para asegurarse la victoria en ese terreno. Esta era la promesa que los nobles esperaban oír, y por eso las quejas de la muchacha teo no los habían afectado. Las disputas teológicas estaban lejos de las mentes de estos hombres. Shu-dereth o shu-korath, a ellos les importaba poco. Todo lo que necesitaban era la confirmación de que un súbito brote de piedad por su parte sería a su vez recompensado con bendiciones temporales... muy tangibles y consumibles.

—Basta de jugar con las palabras, sacerdote —dijo Ramear, uno de los nobles más jóvenes. Era el aguileño hijo segundo de un barón sin importancia, un hombre con una afilada nariz aónica y reputación de sinceridad, una reputación al parecer merecida—. Quiero promesas. ¿Estás diciendo que si nos convertimos al shu-dereth, nos garantizarás mayores posesiones?

—Jaddeth recompensa a sus seguidores —dijo Hrathen sin inmutarse.

—¿Y cómo nos recompensará? —preguntó Ramear—. El shu-dereth no tiene ningún poder en *este* reino, sacerdote.

—Nuestro señor Jaddeth ostenta el poder en todas partes, amigo —señaló Hrathen. Luego, para evitar más preguntas, continuó—: Es cierto que todavía tiene pocos seguidores en Arelon. El mundo, sin embargo, es dinámico, y pocos pueden enfrentarse al imperio de Jaddeth. Recordad Duladel, amigos míos. Arelon ha permanecido intacto tanto tiempo porque no nos hemos molestado en hacer el esfuerzo necesario para convertirlo —una mentira, aunque modesta—. El primer problema es Elantris. Eliminadla de la mente del pueblo y gravitará hacia el shu-dereth. El shu-korath es demasiado tranquilo, demasiado indolente. Jaddeth crecerá en la conciencia del pueblo, y cuando lo haga, el pueblo buscará modelos en la aristocracia, hombres que tengan sus mismas ideas.

—¿Y entonces recibiremos nuestra recompensa? —insistió Ramear.

—El pueblo nunca tolerará gobernantes que no crean en lo que él cree. Como ha demostrado la historia reciente, amigos míos, los reyes y las monarquías difícilmente son eternos.

Ramear volvió a sentarse mientras reflexionaba sobre las palabras del sacerdote. Hrathen tenía que ser cuidadoso todavía. Era posible que solo unos pocos de esos hombres acabaran apoyándolo, y no quería dar a los otros pruebas en su contra. Por indulgente que pudiera ser en materia de religión, el rey Iadon no toleraría las prédicas de Hrathen mucho tiempo si las consideraba sediciosas.

Más adelante, cuando Hrathen sintiera una firme convicción entre aquellos inexpertos nobles, les haría promesas más concretas. Y, no importaba lo que pudieran decir sus oponentes, las promesas de Hrathen eran veraces. Por poco que le gustara trabajar con hombres cuya alianza podía comprar, era una firme regla del shu-dereth que la ambición debía ser recompensada. Además, era beneficioso tener reputación de honestidad, aunque solo fuera para poder mentir en momentos cruciales.

—Hará falta tiempo para acabar con una religión e instaurar una nueva en su lugar —murmuró Waren, un hombre delgado de pelo casi platino. Waren era conocido por su estricta piedad. Hrathen se había sorprendido al ver que acompañaba a la reunión a su primo Idan. Parecía que la renovada fe de Waren no era tanto cuestión de fervor religioso como de ventaja política. Ganárselos a él y a su reputación sería de gran ayuda para la causa de Hrathen.

—Os sorprendería, joven lord Waren —dijo Hrathen—. Hasta hace muy poco, Duladel era la sede de una de las religiones más antiguas del mundo. Ahora, según nos dicen los registros fjordell, esa religión ha sido eliminada por completo... al menos en su forma pura.

—Sí —contestó Waren—, pero el derrumbamiento de la religión jesker y la república de Duladel son hechos que llevan incubándose años, quizá siglos.

—Pero no podéis negar que, cuando se produjo, el cambio de poder fue rápido.

Waren se quedó pensativo antes de replicar.

—Cierto —dijo lentamente.

—La caída de los elantrinos fue igualmente rápida —dijo Hrathen—. El cambio puede producirse a velocidad de vértigo, lord Waren... pero aquellos que están preparados pueden beneficiarse mucho de él. Os hago ver que la religión korathi lleva en declive una cantidad similar de tiempo. Antes tenía mucho empuje en el este. Ahora, su ámbito de influencia se limita a Teod y Arelon.

Waren se recostó, pensativo. Parecía un hombre inteligente y obstinado, y la lógica de Hrathen lo sorprendía. Era posible que Hrathen hubiera juzgado mal a la nobleza arelena. Muchos nobles eran un caso perdido, como su rey, pero un número sorprendente de ellos parecían prometedores. Tal vez se daban cuenta de lo precaria que era su situación. Su pueblo hambriento, su aristocracia sin experiencia y toda la atención del imperio fjordell centrada en ellos. Cuando llegara la tormenta, la mayor parte de Arelon se sorprendería como un ratón deslumbrado por una luz repentina. No obstante, tal vez esos pocos lores merecieran ser salvados.

—Mis señores, espero que atendáis mis ofertas con más sabiduría que vuestro rey —dijo Hrathen—. Son tiempos difíciles y quienes no cuenten con el apoyo de la iglesia tendrán dificultades en los meses venideros. Recordad a quién y a qué represento.

—Recordad Elantris —siseó una voz, la de Dilaf, junto a Hrathen—. No olvidéis el pozo de desacralización que contamina nuestra tierra. Ellos duermen y esperan, listos como siempre. Esperan capturaros, a todos vosotros, y arrastraros a su abrazo. Debéis limpiar al mundo de su ponzoña antes de que os eliminen a vosotros.

Se produjo un incómodo silencio. Finalmente, dado que la súbita intervención del arteth había arruinado su ritmo, Hrathen se acomodó en su asiento y cruzó los dedos ante sí para indicar que la reunión había terminado. Los nobles se marcharon. Por sus caras de preocupación se veía que comprendían la difícil decisión que les había planteado Hrathen. El gyorn los estudió para decidir con cuáles merecería la pena volver a entrar en contacto. Idan era suyo, y con él vendrían inevitablemente algunos de sus seguidores. Probablemente tenía a Ramear también, suponiendo que se reuniera en privado con él y le hiciera una sólida promesa de apoyo. Había otro par como Ramear, y además estaba Waren, cuyos ojos estaban teñidos de lo que parecía respeto. Sí, podía hacer grandes cosas con ese.

Formaban un grupo políticamente débil y relativamente poco importante, pero por algo se empieza. A medida que el shu-dereth fuera ganando seguidores, nobles cada vez más importantes irían apoyando a Hrathen. Entonces, cuando el país se desplomara por fin bajo el peso de la inquietud política, la incertidumbre económica y las amenazas bélicas, Hrathen recompensaría a sus seguidores con puestos en el nuevo gobierno.

La clave para conseguir ese éxito seguía estando todavía al fondo de la sala, observando en silencio. El aire del duque Telrii era tranquilo, su rostro calmo, pero su reputación de extravagancia indicaba un gran potencial.

—Mi señor Telrii, un momento, por favor —solicitó Hrathen, poniéndose en pie—. Tengo una propuesta especial que podría interesaros.

CAPÍTULO 10

S ULE, no creo que sea una buena idea —susurró Galladon sin entusiasmo mientras se agachaba junto a Raoden.

—Calla —ordenó Raoden, mirando el patio desde el recodo. Las bandas se habían enterado de que Raoden había reclutado a Mareshe y estaban convencidas de que planeaba fundar su propia banda rival. Cuando Raoden y Galladon habían llegado el día anterior en busca de recién llegados, encontraron a un grupo de hombres de Aanden esperándolos. La recepción no había sido agradable. Por fortuna, escaparon sin ningún hueso roto ni ningún dedo torcido, pero esta vez Raoden pretendía ser más sutil.

—¿Y si nos están esperando otra vez? —preguntó Galladon.

—Probablemente lo estarán. Y por eso debes hablar en voz baja. Vamos.

Raoden se deslizó alejándose de la esquina en dirección al callejón. Le dolía el dedo al andar, igual que los arañazos de las manos y un hematoma que tenía en el brazo. Además, el hambre lo acuciaba, una pasión fantasmagórica, desde dentro.

Galladon suspiró.

—No estoy tan aburrido con la muerte como para querer abandonarla en favor de una existencia de puro dolor. ¿Kolo?

Raoden se volvió y lo miró, tolerante.

—Galladon, algún día vas a superar ese pesimismo tuyo y toda Elantris se desplomará por la sorpresa.

—¿Pesimismo? —preguntó Galladon mientras Raoden recorría el callejón—. ¿Pesimismo? ¿Yo? ¡Los dulas son el pueblo más tranquilo y animoso de Opelon! Miramos cada día con... ¿Sule? ¡No te atrevas a dejarme cuando me estoy defendiendo!

Raoden ignoró al gran dula. También trató de ignorar sus dolores, por agudos que fueran. Sus nuevos zapatos de cuero lo ayudaban muchísimo. A pesar de las reservas de Galladon, Mareshe había creado un producto a la altura de su considerable ego. Los zapatos eran recios, con una suela fuerte y protectora, pero el suave cuero, hecho con las cubiertas de los libros de Galladon, se amoldaba a la perfección sin causar rozaduras.

Tras asomarse con cuidado a la esquina, Raoden estudió el patio. Los hombres de Shaor no estaban a la vista, pero probablemente se escondían cerca. Raoden alzó la cabeza cuando vio que la puerta de la ciudad se abría. El día había traído una nueva llegada. Sin embargo, se sorprendió cuando la guardia de Elantris empujó no a una, sino a tres formas blancas a través de la puerta.

—¿*Tres?* —dijo Raoden.

—La shaod es impredecible, sule —dijo Galladon, arrastrándose tras él.

—Esto lo cambia todo —dijo Raoden, molesto.

—Bien. Vámonos, que los otros se queden con las ofrendas de hoy. ¿Kolo?

—¿Qué? ¿Y perder una oportunidad así? Galladon, me decepcionas. —El dula gruñó algo que Raoden no pudo entender, y Raoden tendió la mano para apoyarla en el hombro del grandullón en un gesto reconfortante.

—No te preocupes, tengo un plan.

—¿Ya?

—Tenemos que movernos con rapidez. En cualquier momento uno de esos tres va a dar un paso y entonces nuestra oportunidad se habrá esfumado.

—Doloken —murmuró Galladon—. ¿Qué vas a hacer?

—Nada. Tú, sin embargo, vas a dar una buena carrerita hasta el patio.

—¿*Qué?* Sule, otra vez te has vuelto kayana. ¡Si salgo ahí, las bandas me verán!

—Exactamente —sonrió Raoden—. Asegúrate de correr muy rápido, amigo mío. No queremos que te cojan.

—Hablas en serio —dijo Galladon mientras su aprensión crecía visiblemente.

—Desgraciadamente. Ahora ponte en marcha. Desvíalos a la izquierda y yo haré el resto. Volveremos a reunirnos donde dejamos a Mareshe.

Galladon rezongó algo sobre «ni por toda la carne seca del mundo» pero dejó que Raoden lo empujara al patio. Un momento después una serie de gruñidos de sobresalto llegaron procedentes del edificio donde solían esconderse los hombres de Shaor. Los feroces bandidos salieron corriendo, olvidando a los tres recién llegados en su odio por el hombre que los había burlado apenas unos días antes.

Galladon dirigió una última mirada de enfado en dirección a Raoden, y luego echó a correr, eligiendo una calle al azar y desviando hacia allí a los hombres de Shaor. Raoden le dio un momento de ventaja, luego corrió hasta el centro del patio, haciendo la pantomima de respirar profundamente, como agotado.

—¿Por qué camino ha seguido? —preguntó bruscamente a los tres confusos recién llegados.

—¿Quién? —se atrevió a decir por fin uno de ellos.

—¡El dula grandote! Rápido, hombre, ¿por dónde se ha ido? ¡Tiene la cura!

—¿La cura? —preguntó el hombre con sorpresa.

—Ya me has oído. Es muy rara, pero debería haber suficiente para todos nosotros, si me dices qué camino ha tomado. ¿No quieres salir de aquí?

El recién llegado alzó una mano temblorosa y señaló el camino que había tomado Galladon.

—¡Vamos! —instó Raoden—. ¡Si no nos movemos rápido, lo perderemos para siempre!

Y después de eso, echó a correr.

Los tres recién llegados vacilaron un instante. Luego, llevados por la prisa de Raoden, lo siguieron. Sus primeros pasos, por tanto, fueron hacia el norte, la dirección que los hubiese convertido en propiedad de los hombres de Shaor. Las otras dos bandas solo podían observar llenas de frustración cómo los tres se perdían.

—¿QUÉ SABES HACER? —preguntó Raoden. La mujer se encogió de hombros.

—Me llamo Maare, mi señor. Era una simple ama de casa. No tengo ninguna habilidad especial.

Raoden bufó.

—Si eres como cualquier otra ama de casa, entonces probablemente tienes más habilidades que todos los que estamos aquí. ¿Sabes coser?

—Por supuesto, mi señor. —Raoden asintió, pensativo.

—¿Y tú? —preguntó al siguiente hombre.

—Riil, peón, mi señor. Me he pasado casi toda la vida construyendo en la plantación de mi amo.

—¿Cargando ladrillos?

—Al principio, mi señor —dijo el hombre. Tenía las manos grandes y el rostro ingenuo de un obrero, pero sus ojos eran agudos e inteligentes—. Me pasé años aprendiendo con los oficiales. Esperaba que mi amo me enviara a ser aprendiz.

—Eres muy viejo para ser aprendiz —advirtió Raoden.

—Lo sé, mi señor, pero era una esperanza. No muchos campesinos pueden esperar gran cosa ya, ni siquiera cosas sencillas.

Raoden volvió a asentir. El hombre no hablaba como un campesino, pero pocas personas en Arelon lo hacían. Diez años antes, Arelon había sido una tierra de oportunidades y la mayor parte de sus habitantes tenían algunos estudios. Muchos en la corte de su padre se quejaban de que la educación había estropeado definitivamente al campesinado, olvidando oportunamente que ellos también formaban parte de aquel mismo «campesinado» una década antes.

—Muy bien, ¿y tú? —le preguntó Raoden al siguiente hombre. El tercer recién llegado, un hombre musculoso con una nariz que parecía haber sufrido al menos una docena de roturas, observó a Raoden con ojos vacilantes.

—Antes de responder, quiero saber por qué debería escucharte.

—Porque acabo de salvarte la vida.

—No lo comprendo. ¿Qué le pasó a ese otro hombre?

—Aparecerá dentro de unos minutos.

—Pero...

—En realidad no lo estábamos persiguiendo —dijo Raoden—. Os estábamos apartando a los tres del peligro. Mareshe, explícaselo, por favor.

El artesano aprovechó la oportunidad. Con grandes aspavientos describió su huida por los pelos dos días antes, haciendo que pareciera que había estado al borde de la muerte antes de que Raoden apareciera y lo ayudara a llegar a sitio seguro. Raoden sonrió. Mareshe tenía un temperamento melodramático. La voz del artista se alzaba y caía como una sinfonía bien escrita. Escuchando la narración del hombre, incluso Raoden estuvo a punto de creer que había hecho algo increíblemente noble.

Mareshe terminó proclamando que Raoden era digno de confianza, y los animó a todos a escucharlo. Al final, incluso el hombretón hosco de nariz ganchuda se mostró atento.

—Me llamo Saolin, lord Espíritu —dijo el hombre— y fui soldado de la legión personal del conde Eondel.

—Conozco a Eondel —asintió Raoden—. Es un buen hombre... él mismo era soldado antes de que le concedieran el título. Probablemente estés bien entrenado.

—Somos los mejores soldados del país, señor —dijo Saolin con orgullo.

Raoden sonrió.

—No es difícil ser los mejores soldados de nuestro pobre país, Saolin. Sin embargo, enfrentaría a la legión de Eondel contra los soldados de cualquier nación. Sé que son hombres de honor, disciplinados y hábiles. Igual que su líder. Darle a Eondel un título es una de las pocas cosas inteligentes que Iadon ha hecho últimamente.

—Tal como yo lo entiendo, mi señor, el rey no tuvo otra opción —dijo Saolin con una sonrisa, mostrando una boca donde faltaban un par de dientes—. Eondel ha amasado una gran fortuna alquilando sus fuerzas personales a la corona.

—Es verdad —rio Raoden—. Bien, Saolin, me alegro de contar contigo. Un soldado profesional con tu habilidad, sin duda, hará que nos sintamos mucho más seguros.

—Lo que su señoría necesite —dijo Saolin, el rostro serio—. Te ofrezco mi espada. Sé poco de religión aparte de mis oraciones, y, en realidad, no comprendo qué está pasando aquí, pero un hombre que habla bien de lord Eondel es un buen hombre en mi estima.

Raoden dio una palmada a Saolin en el hombro, ignorando el hecho de que el fornido soldado no tenía ninguna espada que ofrecer.

—Aprecio y agradezco tu protección, amigo mío. Pero te advierto, no es una tarea fácil la que te encomiendo. Me estoy ganando enemigos rápidamente, y va a hacer falta una gran cantidad de vigilancia para asegurarnos de que no nos ataquen por sorpresa.

—Entiendo, mi señor —dijo Saolin fervientemente—. ¡Pero, por Domi, no te defraudaré!

—¿Y nosotros, mi señor? —preguntó Riil, el constructor.

—Tengo un gran proyecto en mente para vosotros dos también —dijo Raoden—. Alza la cabeza y dime qué ves.

Riil elevó la mirada al cielo, confundido.

—No veo nada, mi señor. ¿Debería? —Raoden se echó a reír.

—Nada, Riil. Ese es el problema, el techo de este edificio debió de caerse hace años. A pesar de eso, es uno de los edificios más grandes y menos estropeados que he encontrado. Supongo que tu formación no incluirá alguna experiencia con los tejados de los edificios.

Riil sonrió.

—Pues sí, mi señor. ¿Tienes los materiales?

—Eso va a ser lo más difícil, Riil. Toda la madera de Elantris está podrida o rota.

—Es un problema —reconoció Riil—. Tal vez si secamos la madera y luego la mezclamos con barro...

—No es tarea fácil, Riil, Maare —dijo Raoden.

—Lo haremos lo mejor posible, mi señor —le aseguró Maare.

—Bien —dijo Raoden, haciendo un gesto de aprobación con la cabeza. Su porte, unido a la inseguridad de los demás, los hacía atender a sus palabras. No era lealtad, todavía no. Era de esperar que con el tiempo se ganara su confianza además de sus palabras.

—Ahora, Mareshe —continuó Raoden—, explícales por favor a nuestros nuevos amigos lo que significa ser elantrino. No quiero que Riil se caiga de lo alto de un edificio antes de darse cuenta de que romperse el cuello no significará necesariamente el final del dolor.

—Sí, mi señor —dijo Mareshe, mirando la comida de los recién llegados, que estaba colocada en una zona relativamente limpia del suelo. El hambre le estaba afectando ya.

Raoden escogió con cuidado algunas cosas entre las ofrendas y luego asintió al resto.

—Dividilo entre vosotros y comedlo. Guardarlo no servirá de nada. El hambre empezará inmediatamente y bien podéis consumir esto antes de que os volváis ansiosos.

Los cuatro asintieron y Mareshe empezó a explicar las limitaciones de la vida en Elantris mientras dividía la comida. Raoden los estuvo observando un momento, luego se apartó para pensar.

—Sule, mi hama te amaría. Siempre se quejaba de que no hacía suficiente ejercicio.

Raoden alzó la mirada y vio a Galladon entrar en la habitación.

—Bienvenido, amigo mío —dijo Raoden con una sonrisa—. Estaba empezando a preocuparme.

Galladon resopló.

—No te he visto preocuparte cuando me has echado a ese patio. He visto gusanos en los anzuelos tratados con más amabilidad. ¿Kolo?

—Ah, pero has sido un cebo magnífico —dijo Raoden—. Además, ha funcionado. Hemos conseguido traer a los recién llegados y tú pareces notablemente libre de magulladuras.

—Un estado que probablemente sea fuente de gran descontento para los perros de Shaor.

—¿Cómo has escapado de ellos? —preguntó Raoden, tendiéndole a Galladon la hogaza de pan que había escogido para el dula. Galladon la miró, luego la partió por la mitad y ofreció una parte a Raoden, quien alzó la mano rechazándola.

Galladon se encogió de hombros, como diciendo «de acuerdo, pasa hambre si quieres» y empezó a mordisquear la hogaza.

—Me he metido en un edificio con las escaleras desvencijadas, luego he salido por la puerta de atrás —explicó entre bocados—. He lanzado algunas piedras al techo cuando entraban los hombres de Shaor. Después de lo que les hiciste el otro día, han supuesto que yo estaba allí arriba. Probablemente estén todavía sentados, esperándome.

—Muy astuto.

—Alguien no me ha dejado otro remedio.

Galladon continuó comiendo en silencio, escuchando a los recién llegados discutir sobre sus diversos «deberes importantes».

—¿Vas a decirles a todos lo mismo? —preguntó en voz baja.

—¿El qué?

—Los recién llegados, sule. Les has hecho creer a todos que

son de importancia vital, igual que a Mareshe. Los zapatos están bien, pero no son una cuestión de vida o muerte.

Raoden se encogió de hombros.

—La gente trabaja mejor cuando cree que es importante.

Galladon guardó silencio durante otro instante antes de volver a hablar.

—Tienen razón.

—¿Quiénes?

—Las otras bandas. Estás formando tu propia banda.

Raoden negó con la cabeza.

—Galladon, esto es solo una pequeña parte. Nadie consigue nada en Elantris. Todos están demasiado ocupados peleando por la comida o contemplando su propia miseria. La ciudad necesita una sensación de propósito.

—Estamos muertos, sule. ¿Qué propósito puede haber además de sufrir?

—Ese es exactamente el problema. Todo el mundo está convencido de que su vida se ha acabado porque su corazón ha dejado de latir.

—Esa suele ser una indicación bastante buena, sule —dijo Galladon secamente.

—No en nuestro caso, amigo mío. Tenemos que convencernos a nosotros mismos de que podemos seguir adelante. La shaod no está causando todo el dolor aquí. He visto gente en el exterior perder también la esperanza y sus almas acaban tan extenuadas como esos pobres despojos de la plaza. Si podemos devolverle a esa gente aunque sea un trocito diminuto de esperanza, entonces su vida mejorará drásticamente. —Puso énfasis en la palabra «vida», mirando a Galladon directamente a los ojos.

—Las otras bandas no van a quedarse sentadas mirando cuando les robes todas sus ofrendas, sule —dijo Galladon—. Van a cansarse de ti muy rápidamente.

—Entonces tendré que estar preparado. —Raoden indicó el gran edificio que los rodeaba—. Esto será una base de operaciones bastante buena, ¿no te parece? Tiene esta habitación despejada en el centro, con todas esas otras pequeñas detrás.

Galladon miró hacia arriba.

—Podrías haber escogido un edificio con techo.

—Sí, lo sé —respondió Raoden—. Pero este se adapta a mis planes. Me pregunto qué sería.

—Una iglesia —dijo Galladon—. Korathi.

—¿Cómo lo sabes? —preguntó Raoden con sorpresa.

—Tiene toda la pinta, sule.

—Pero ¿por qué iba a haber una iglesia korathi en Elantris? —argumentó Raoden—. Los elantrinos eran sus propios dioses.

—Pero eran dioses muy permisivos. Se suponía que había una gran capilla korathi aquí, en Elantris, la más hermosa de su clase. Se construyó como ofrenda de amistad al pueblo de Teod.

—Eso me parece muy extraño —dijo Raoden, sacudiendo la cabeza—. Dioses de una religión construyendo un monumento a Domi.

—Como te decía, a los elantrinos no les importaba que la gente los adorara o no, estaban seguros en su divinidad. Hasta que llegó el Reod. ¿Kolo?

—Pareces saber mucho, Galladon.

—¿Y desde cuándo eso es pecado? —rezongó el otro—. Tú has vivido en Kae toda tu vida, sule. Tal vez en lugar de preguntar por qué sé todas estas cosas, deberías preguntarte por qué tú *no*.

—Argumento aceptado —dijo Raoden, mirando hacia un lado. Mareshe seguía explicando la vida cuajada de peligros de los elantrinos—. Todavía le falta un buen rato para terminar. Ven, hay algo que quiero hacer.

—¿Hay que correr? —preguntó Galladon quejoso.

—Solo si nos ven.

RAODEN RECONOCIÓ A Aanden. Resultaba difícil, la shaod provocó profundos cambios, pero Raoden era buen fisonomista. El llamado barón de Elantris era un hombre bajo, de panza apreciable y largo bigote caído, evidentemente falso. Aanden no tenía aspecto de noble. Naturalmente, pocos nobles que Raoden conociera tenían un aspecto muy aristocrático.

En cualquier caso, Aanden no era barón. El hombre que Raoden tenía delante, sentado en un trono de oro y presidiendo una corte de elantrinos de aspecto enfermizo, se llamaba Taan. Había sido uno de los mejores escultores de Kae antes de que la shaod lo alcanzara, aunque no tenía sangre noble. De todas formas, el propio padre de Raoden no era más que un simple mercader hasta que la oportunidad lo convirtió en rey. En Elantris, Taan al parecer se había aprovechado de una oportunidad similar.

Los años transcurridos en aquella ciudad no habían sido amables con Taan. El hombre farfullaba incoherencias ante su corte de despojos.

—¿Está loco? —preguntó Raoden, agazapado ante la ventana que utilizaban para espiar la corte de Aanden.

—Cada uno de nosotros tiene su propia manera de enfrentarse a la muerte, sule —susurró Galladon—. Según los rumores, la locura de Aanden fue una decisión consciente. Dicen que después de ser arrojado a Elantris echó un vistazo alrededor y dijo: «Es imposible que pueda enfrentarme a esto cuerdo». Después se nombró a sí mismo barón Aanden de Elantris y empezó a dar órdenes.

—¿Y la gente lo sigue?

—Algunos sí —susurró Galladon encogiéndose de hombros—. Puede que esté loco, pero lo mismo le pasa al resto del mundo. Al menos a los ojos de uno que haya sido arrojado aquí. ¿Kolo? Aanden es una fuente de autoridad. Además, tal vez fuese barón en el exterior.

—No. Era escultor.

—¿Lo conocías?

—Coincidí con él una vez —asintió Raoden. Entonces miró a Galladon con ojos inquisidores—. ¿Dónde oíste los rumores acerca de él?

—¿No podemos marcharnos primero, sule? —preguntó Galladon—. Preferiría no acabar siendo partícipe de uno de esos falsos juicios y ejecuciones de Aanden.

—¿Falsos?

—Todo es falso menos el hacha.

—Ah. Buena idea. He visto todo lo que necesitaba ver.

Los dos hombres retrocedieron y, en cuanto estuvieron a unas cuantas calles de distancia de la universidad, Galladon respondió a la pregunta de Raoden.

—Hablo con la gente, sule, de ahí saco mi información. Cierto, la gran mayoría de la gente que hay en la ciudad está hoed, pero hay suficientes conscientes para poder hablar con ellos. Naturalmente, mi boca es lo que me metió en líos contigo. Tal vez si la hubiera mantenido cerrada todavía estaría sentado en aquellos escalones y disfrutando, en vez de espiar a uno de los hombres más peligrosos de la ciudad.

—Tal vez —dijo Raoden—. Pero no te estarías divirtiendo ni la mitad. Estarías encadenado a tu aburrimiento.

—Me alegro muchísimo de que me liberaras, sule.

—No hay de qué.

Raoden pensó mientras caminaban, tratando de establecer un plan de acción para el caso de que Aanden decidiera ir alguna vez por él. Raoden no había tardado mucho en adaptarse a caminar por las calles irregulares y cubiertas de mugre de Elantris. Su dedo aún dolorido era un motivador maravilloso. Estaba empezando a considerar que las paredes de colores pardos cubiertas de suciedad eran normales, cosa que le molestaba mucho más que la suciedad de la ciudad.

—Sule —preguntó Galladon al cabo de un rato—. ¿Por qué querías ver a Aanden? No podías saber que ibas a reconocerlo.

Raoden negó con la cabeza.

—Si Aanden hubiera sido un barón del exterior, lo hubiese reconocido inmediatamente.

—¿Estás seguro? —Raoden asintió, ausente.

Galladon guardó silencio a lo largo de unas cuantas calles más, y luego habló con súbita comprensión.

—Bien, sule, no soy muy bueno con esos aones que los arelenos tenéis en tanta estima, pero a menos que esté completamente equivocado, el aon para «espíritu» es Rao.

—Sí —dijo Raoden, vacilante.

—¿Y no tiene el rey de Arelon un hijo llamado Raoden?

—Lo tenía.

—Y aquí estás tú, sule, diciendo conocer a todos los barones de Arelon. Eres obviamente un hombre con educación y das órdenes con facilidad.

—Podríamos decir que sí.

—Luego, para remate, te haces llamar «Espíritu». Bastante sospechoso. ¿Kolo?

Raoden suspiró.

—Tendría que haber elegido un nombre diferente, ¿eh?

—¡Por Doloken, muchacho! ¿Me estás diciendo que eres el príncipe heredero de Arelon?

—*Fui* el príncipe heredero de Arelon, Galladon —corrigió Raoden—. Perdí el título al morir.

—No me extraña que seas tan frustrante. Me he pasado toda la vida intentando evitar a la realeza, y acabo aquí contigo. ¡Ardiente Doloken!

—Bah, cierra el pico —dijo Raoden—. No es que sea verdaderamente de la realeza. Es cosa de familia desde hace menos de una generación.

—Eso es tiempo suficiente, sule —dijo Galladon, hosco.

—Si te sirve de algo, mi padre no creía que estuviese capacitado para gobernar. Trató por todos los medios de apartarme del trono.

Galladon resopló.

—Miedo me da ver qué hombre consideraba Iadon apto para el puesto. Tu padre es un necio. Lo digo sin ánimo de ofender.

—No me ofendes —dijo Raoden—. Y confío en que mantengas mi identidad en secreto.

—Si así lo quieres... —dijo Galladon con un suspiro.

—Lo quiero. Si voy a hacer algo bueno por Elantris, necesito ganar seguidores porque les gusta lo que hago, no porque sientan una obligación patriótica.

Galladon asintió.

—Al menos podrías habérmelo dicho, sule.

—Dijiste que no debíamos hablar de nuestro pasado.

—Cierto.

Raoden se quedó callado un momento.

—Naturalmente, sabes lo que esto significa. —Galladon lo miró, receloso.

—¿Qué?

—Ahora que sabes quién era yo, tienes que decirme quién eras tú. Es lo justo.

La respuesta de Galladon tardó en llegar. Casi habían llegado a la iglesia antes de que hablara. Raoden redujo el paso, pues no quería interrumpir la narración de su amigo llegando a su destino. No tendría que haberse preocupado, pues la declaración de Galladon fue breve y precisa.

—Era granjero —dijo, cortante.

—¿Granjero? —Raoden esperaba algo distinto.

—Cuidaba un huerto. Vendí mis campos y compré un manzanal porque pensaba que sería más fácil. No hay que replantar los árboles cada año.

—¿Y lo fue? ¿Más fácil?

Galladon se encogió de hombros.

—Yo creía que sí, aunque conozco a un par de granjeros que plantaban trigo que lo discutirían hasta la puesta de sol. ¿Kolo? —El hombretón miró a Raoden con expresión meditabunda—. Crees que te estoy mintiendo acerca de mi pasado, ¿no?

Raoden sonrió, extendiendo las manos.

—Lo siento, Galladon, pero no me cuadras como granjero. Tienes la constitución necesaria, pero pareces demasiado...

—¿Inteligente? —preguntó Galladon—. Sule, he visto a algunos granjeros con una mente tan aguda que podrías usar su cabeza para cortar heno.

—No lo dudo. Pero inteligentes o no, esos tipos tienden a no tener educación. Tú eres un hombre culto, Galladon.

—Los libros, sule, son una cosa maravillosa. Un granjero sabio tiene tiempo de estudiar, suponiendo que viva en un país como Duladel, donde los hombres son libres.

Raoden alzó una ceja.

—¿Entonces vas a aferrarte a esta historia del granjero?

—Es la verdad, sule. Antes de convertirme en elantrino, fui granjero.

Raoden se encogió de hombros. Quizá. Galladon había sido capaz de predecir la lluvia, además de hacer varias cosas prácticas. Sin embargo, había algo más, algo que todavía no estaba dispuesto a compartir.

—Muy bien —dijo Raoden, agradecido—. Te creo.

Galladon asintió cortante, diciendo con su expresión que se alegraba de zanjar el asunto. Fuera lo que fuese que estaba escondiendo, no saldría a la luz todavía. Así que Raoden aprovechó la oportunidad para hacer una pregunta que le molestaba desde el día en que llegó a Elantris.

—Galladon, ¿dónde están los niños?

—¿Los niños, sule?

—Sí. La shaod golpea al azar, tanto a los niños como a los adultos.

Galladon asintió.

—Así es. He visto arrojar por esas puertas a bebés que apenas sabían andar.

—Entonces ¿dónde están? Solo veo adultos.

—Elantris es un sitio duro, sule —dijo Galladon en voz baja mientras atravesaban las puertas de la iglesia derruida de Raoden—. Aquí los niños no duran mucho tiempo.

—Sí, pero... —Raoden se interrumpió cuando con el rabillo del ojo vio moverse algo. Se volvió sorprendido.

—Un seon —dijo Galladon, advirtiendo la bola brillante.

—Sí —contestó Raoden, viendo al seon flotar lentamente y atravesar el techo despejado y girar en un perezoso círculo alrededor de los dos hombres—. Es triste ver cómo vagan por la ciudad de esta forma, yo...

Guardó silencio, entornando levemente los ojos, tratando de distinguir qué aon brillaba en el centro del extraño y silencioso seon.

—¿Sule? —preguntó Galladon.

—Idos Domi —susurró Raoden—. Es Ien.

—¿El seon? ¿Lo reconoces?

Raoden asintió, extendiendo la mano con la palma hacia arriba. El seon se acercó flotando y se posó en la palma ofrecida un momento. Luego se puso a revolotear por la habitación como una mariposa descuidada.

—Ien era mi seon —dijo Raoden—. Antes de que me arrojaran aquí. Ahora puedo ver el aon en el centro de Ien. —El carácter parecía... débil, de algún modo. Brillaba de forma irregular y tenía secciones muy oscuras, como...

«Como las manchas de la piel de un elantrino», advirtió Raoden, viendo cómo Ien se marchaba flotando. El seon se acercó a la pared de la iglesia hasta que chocó contra ella. La pequeña bola de luz se detuvo un instante, contemplando la pared, y luego giró para seguir flotando en otra dirección. Había torpeza en los movimientos del seon, como si Ien apenas pudiera mantenerse recto en el aire. Se sacudía de vez en cuando, y continuamente se movía con giros lentos y vacilantes.

A Raoden se le encogió el corazón al ver lo que quedaba de su amigo. Había evitado pensar mucho en Ien durante su estancia en Elantris. Sabía lo que les sucedía a los seones cuando sus amos eran afectados por la shaod. Había supuesto, quizá esperado, que Ien hubiera sido destruido por la shaod, como los rumores indicaban que sucedía a veces.

Raoden sacudió la cabeza.

—Ien era sabio. No he conocido a ninguna criatura, seon u hombre, más reflexiva que él.

—Yo... lo siento, sule —dijo Galladon solemnemente.

Raoden volvió a extender la mano y el seon se acercó diligente, como había hecho antaño para el niño Raoden, un niño que aún no había aprendido que los seones eran más valiosos como amigos que como sirvientes.

«¿Me reconoce? —se preguntó Raoden, viendo al seon temblar levemente en el aire ante sí—. ¿O solo reconoce el gesto familiar?»

Probablemente Raoden no lo supiera nunca. Después de flotar sobre la palma un segundo, el seon perdió interés y se marchó de nuevo flotando.

—Ay, mi querido amigo —susurró Raoden—. Y yo que pensaba que la shaod había sido despiadada conmigo.

Capítulo 11

SOLO cinco hombres respondieron a la invitación de Kiin. Lukel frunció el ceño en vista del escaso resultado.

—Raoden llegó a tener hasta treinta hombres en sus reuniones antes de morir —dijo el guapo mercader—. No esperaba que vinieran todos, pero ¿*cinco*? Ni siquiera merece la pena que les dediquemos nuestro tiempo.

—Es suficiente, hijo —dijo Kiin, pensativo, asomándose a la puerta de la cocina—. Puede que sean pocos, pero son los mejores. Esos son cinco de los hombres más poderosos de la nación, por no mencionar los más inteligentes. Raoden tenía el don de atraer a su lado a personas listas.

—Kiin, viejo oso —llamó uno de los hombres desde el comedor. Era un individuo fornido con vetas de pelo plateado que llevaba uniforme militar—. ¿Vas a darnos de comer o no? Domi sabe que solo he venido porque me enteré de que ibas a prepararnos ketathum asado.

—El cerdo está dando vueltas mientras hablamos, Eondel —respondió Kiin—. Y me he asegurado de preparar una ración doble para ti. Ten listo el estómago para dentro de unos momentos.

El hombre se rio con ganas, palpándose la panza, que era, por lo que Sarene veía, tan plana y dura como la de un hombre muchos años más joven.

—¿Quién es? —preguntó.

—El conde de la Plantación de Eon —dijo Kiin—. Lukel, ve a mirar el cerdo mientras tu prima y yo cotilleamos sobre nuestros invitados.

—Sí, padre —dijo Lukel, aceptando el atizador y acercándose al horno situado al fondo de la cocina.

—Eondel es el único hombre aparte de Raoden a quien he visto oponerse abiertamente al rey y salirse con la suya —dijo Kiin—. Es un genio militar, dueño de un pequeño ejército personal. Solo cuenta con un par de cientos de hombres, pero están muy bien entrenados.

A continuación, Kiin señaló por la puerta entreabierta a un hombre de piel oscura y rasgos delicados.

—El que está junto a Eondel es el barón Shuden.

—¿JinDo? —preguntó Sarene. Su tío asintió.

—Su familia se estableció en Arelon hace cosa de un siglo, y han amasado una fortuna dirigiendo las rutas de comercio jin-Do por todo el país. Cuando Iadon llegó al poder, les ofreció una baronía para que sus caravanas siguieran en marcha. El padre de Shuden murió hace cinco años, y el hijo es mucho más tradicional de lo que fuera jamás el padre. Cree que el método de gobierno de Iadon contradice el espíritu del shu-keseg, y por eso está dispuesto a reunirse con nosotros.

Sarene se dio golpecitos en la mejilla con el dedo, pensativa, mientras estudiaba a Shuden.

—Si su corazón es tan jinDo como su piel, tío, entonces podríamos tener a un poderoso aliado.

—Eso es lo que pensaba tu marido.

Sarene apretó los labios.

—¿Por qué sigues refiriéndote a Raoden como «tu marido»? Sé que estoy casada. No hace falta recalcarlo.

—Tú lo sabes —dijo Kiin con su voz rasposa—, pero todavía no lo crees.

O bien Kiin no vio la interrogación en su rostro o simplemente la ignoró, pues continuó con sus explicaciones como si no acabara de hacer un juicio dolorosamente injusto.

—Junto a Shuden se encuentra el duque Roial de la Plantación de Ial —dijo Kiin, indicando al más viejo de los presentes—. Sus posesiones incluyen el puerto de Iald, una ciudad que solo está por debajo de Kae en riqueza. Es el hombre más poderoso de la sala y probablemente también el más sabio. Sin embargo, le repugna emprender acciones contra el rey. Iadon y Roial son amigos desde antes del Reod.

Sarene alzó una ceja.

—¿Por qué viene, entonces?

—Roial es un buen hombre —dijo Kiin—. Amigo de Iadon o no, sabe que el gobierno de Iadon ha sido catastrófico para esta nación. Eso, y sospecho que también viene por aburrimiento.

—¿Acude a reuniones clandestinas simplemente porque está aburrido? —preguntó Sarene, incrédula.

Su tío se encogió de hombros.

—Cuando se vive tanto tiempo como Roial, cuesta encontrar cosas que te interesen. La política está tan dentro del duque que probablemente no puede dormir por las noches a menos que esté implicado en al menos cinco planes descabellados diferentes. Era gobernador de Iald antes del Reod y fue el único cargo nombrado por Elantris que permaneció en el poder después del levantamiento. Es fabulosamente rico... Iadon lo supera en riqueza solo porque incluye una recaudación nacional de impuestos en sus propias ganancias.

Sarene estudió al duque mientras el grupo de hombres reía uno de los comentarios de Roial. Parecía diferente a los otros ancianos estadistas que había conocido. Roial era bullicioso en vez de reservado, casi más malicioso que distinguido. A pesar de su aspecto sencillo y su complexión pequeña y larguirucha, el duque dominaba la conversación, y sus finos mechones de pelo blanco como el talco se agitaban cuando reía. Sin embargo, había un hombre que no parecía cautivado por la compañía del duque.

—¿Quién está sentado al lado del duque Roial?

—¿El rellenito?

—¿Rellenito?

El hombre era tan grueso que su estómago rebosaba por los lados de su sillón.

—Así es como los gordos nos referimos unos a otros —dijo Kiin con una sonrisa.

—Pero tío —dijo Sarene con una dulce sonrisa—, tú no estás gordo. Tú eres... robusto.

Kiin soltó una risa rasposa.

—Muy bien, pues. El caballero «robusto» que está junto a Roial es el conde Ahan. No lo dirías al verlos, pero él y el duque son muy buenos amigos. O enemigos muy antiguos. Nunca recuerdo qué.

—Hay una pequeña diferencia, tío —señaló Sarene.

—En realidad no. Los dos llevan discutiendo y peleando tanto tiempo que ninguno de los dos sabría qué hacer sin el otro. Tendrías que haber visto sus caras cuando se dieron cuenta de que ambos estaban en el mismo bando en este asunto concreto... Raoden se estuvo riendo durante días después de la primera reunión. Al parecer, se había reunido con cada uno por separado y se había ganado su apoyo, y ambos asistieron a la primera reunión creyendo que estaban venciendo al otro.

—Y entonces ¿por qué siguen viniendo?

—Bueno, ambos parecen estar de acuerdo con nuestro punto de vista... por no mencionar el hecho de que disfrutan de la compañía mutua. Eso, o quieren echarle un ojo al otro. —Kiin se encogió de hombros—. De cualquier forma, nos ayudan, así que no nos quejamos.

—¿Y el último hombre? —preguntó Sarene, estudiando al último ocupante de la mesa. Era delgado, con la cabeza calva y los ojos nerviosos. Los otros no dejaban que su nerviosismo se notara, reían y hablaban como si hubieran ido a discutir del vuelo de los pájaros y no de traición. Aquel hombre, sin embargo, se rebullía en su asiento, incómodo, los ojos en constante movimiento, como si estuviera intentando decidir cuál era la forma más fácil de escapar.

—Edan —dijo Kiin, mientras sus labios se fruncían hacia abajo—. Barón de la plantación de Tii, al sur. Nunca me ha gustado, pero probablemente sea uno de nuestros más fuertes partidarios.

—¿Por qué está tan nervioso?

—El sistema de gobierno de Iadon potencia la avaricia: cuanto mejor le va a un noble desde un punto de vista financiero, más probable es que le concedan un título mejor. Por eso los nobles menores se retuercen como niños, cada uno intentando hallar nuevos modos de ordeñar a sus súbditos y aumentar sus posesiones. El sistema también fomenta las apuestas financieras. La fortuna de Edan nunca fue demasiado impresionante. Sus posesiones bordean el Abismo y las tierras cercanas no son muy fértiles. Al tratar de incrementar un poco más su categoría, Edan hizo algunas inversiones arriesgadas, pero las perdió. Ahora no tiene riqueza que respalde su nobleza.

—¿Podría perder su título?

—«Podría» no. Va a perderlo en cuanto llegue la hora de pagar los impuestos e Iadon se dé cuenta de lo pobre que se ha vuelto el barón. O bien descubre una mina de oro en su patio trasero o derroca el sistema de Iadon de concesión de títulos nobiliarios antes de que eso suceda. —Kiin se rascó la cara, como si intentara mesarse la barba. Sarene sonrió: hacía diez años que el hombretón no llevaba, pero cuesta erradicar las viejas costumbres.

—Edan está desesperado —continuó Kiin— y las personas desesperadas hacen cosas fuera de lugar. No me fío de él, pero de todos los hombres de esa sala, probablemente es el que más ansioso está por que triunfemos.

—¿Y eso qué significaría? ¿Qué esperan exactamente conseguir esos hombres?

Kiin se encogió de hombros.

—Harán cualquier cosa por deshacerse de este absurdo sistema que requiere que demuestren su riqueza. Los nobles serán nobles, Ene... les preocupa mantener su puesto en la sociedad.

La discusión fue interrumpida por una voz que llamaba desde el comedor.

—Kiin —comentó el duque Roial—, podríamos haber criado a nuestros propios cerdos y haberlos sacrificado en el tiempo que estás tardando.

—La buena comida lleva su tiempo, Roial —rezongó Kiin, asomando la cabeza por la puerta—. Si crees que puedes hacerlo mejor, te invito a que cocines tú mismo.

El duque le aseguró que eso no sería necesario. Por fortuna, no tuvo que esperar mucho más. Kiin no tardó en anunciar que el cerdo estaba en su punto y ordenó a Lukel que empezara a trincharlo. El resto de la comida pronto estuvo servida, un festín tan grande que hubiese satisfecho incluso a Kaise, si su padre no les hubiera ordenado a ella y a los otros niños que fueran a casa de su tía para pasar la velada.

—¿Sigues decidida a reunirte con nosotros? —le preguntó Kiin a Sarene cuando volvió a entrar en la cocina para recoger el último plato.

—Sí —respondió Sarene con firmeza.

—Esto no es Teod, Sarene. Estos hombres son mucho más... tradicionales. No consideran adecuado que una mujer se meta en política.

—¿Y eso lo dice un hombre que ha preparado la cena? —preguntó Sarene.

Kiin sonrió.

—Buen argumento —dijo con su voz rasposa. Algún día Sarene tendría que averiguar qué le había pasado a su garganta.

—Puedo apañármelas, tío. Roial no es el único a quien le gustan los buenos desafíos.

—Muy bien, pues —dijo Kiin sosteniendo un gran plato humeante de habichuelas—. Vamos.

Su tío la condujo a través de las puertas de la cocina y entonces, después de soltar el plato, señaló a Sarene.

—Estoy seguro de que todos conocéis a mi sobrina, Sarene, princesa de nuestro reino.

Sarene hizo una reverencia al duque Roial y saludó con la cabeza a los demás antes de tomar asiento.

—Me preguntaba para quién era el cubierto sobrante —murmuró el anciano Roial—. ¿Sobrina, Kiin? ¿Estás emparentado con el trono de Teod?

—¡Venga ya! —rio alegremente el grueso Ahan—. ¡No me digas que no sabes que Kiin es hermano del viejo Eventeo! Mis espías me lo dijeron hace años.

—Estaba siendo amable, Ahan —dijo Roial—. No está bien estropear la sorpresa de un hombre solo porque tus espías son eficaces.

—Bueno, tampoco está bien traer a una desconocida a una reunión de esta naturaleza —recalcó Ahan. Su voz seguía siendo alegre, pero sus ojos eran serios.

Todos los rostros se volvieron hacia Kiin, pero fue Sarene quien respondió.

—Cabría suponer que después de tan drástica reducción en vuestro número, mi señor, agradeceríais cierto apoyo adicional... independientemente de lo desconocido, o lo femenino, que sea.

Los comensales guardaron silencio, diez ojos estudiándola a través del vapor que brotaba de varias de las obras maestras de Kiin. Sarene notó que se envaraba bajo sus intolerantes miradas. Esos hombres sabían que el menor error podía significar la destrucción de sus casas. Uno no se toma la traición a la ligera en un país donde los tumultos civiles son un recuerdo fresco.

Finalmente, el duque Roial se echó a reír, y su carcajada resonó levemente en su delgado cuerpo.

—¡Lo sabía! —proclamó—. Querida, nadie podría ser tan estúpido como aparentasteis ser... Ni siquiera la reina tiene la cabeza tan hueca.

Sarene disfrazó con una sonrisa su nerviosismo.

—Creo que os equivocáis respecto a la reina Eshen, excelencia. Es simplemente... enérgica.

Ahan hizo una mueca.

—Si así es como queréis llamarlo.

Luego, como parecía que nadie iba a empezar, se encogió de hombros y empezó a servirse la comida. Roial, sin embargo, no siguió el ejemplo de su rival. La risa no había aliviado sus preocupaciones. Cruzó las manos y dirigió a Sarene una mirada evaluadora.

—Puede que seáis buena actriz, querida —dijo el duque, mientras Ahan extendía la mano ante él para tomar una cesta de pan—, pero no veo ningún motivo para que asistáis a esta cena. Aunque no es culpa vuestra, sois joven y os falta experiencia. Las cosas que digamos esta noche serán muy peligrosas de oír y aún más peligrosas de recordar. Unas orejas innecesarias, no importa lo bonita que sea la cabeza que las acompaña, no convienen nada.

Sarene entornó los ojos tratando de decidir si el duque estaba intentando provocarla o no. Roial era de los hombres más difíciles de leer que había conocido.

—Descubriréis que no carezco de experiencia, mi señor. En Teod no escondemos a nuestras mujeres bajo una barrera de tejidos y bordados. He pasado años sirviendo como diplomática.

—Puede que sea así —dijo Roial—, pero no estáis familiarizada con la delicada situación política que tenemos aquí en Arelon.

Sarene alzó una ceja.

—A menudo he descubierto, mi señor, que una opinión fresca y no mediatizada es una herramienta de valor incalculable en cualquier discusión.

—No seas tonta, muchacha —escupió el aún nervioso Edan mientras llenaba su plato—. No voy a arriesgar mi seguridad simplemente porque quieres reivindicar tu naturaleza liberada.

Una docena de réplicas mordaces acudieron a los labios de Sarene. Sin embargo, mientras decidía cuál era la más fuerte, una nueva voz entró en el debate.

—Os lo suplico, mis señores —dijo el joven jinDo, Shuden, en voz muy baja pero muy clara—. Respondedme a una pregunta. ¿Es «muchacha» el título adecuado para alguien que, si las cosas hubieran sido un poco distintas, podría haber sido nuestra reina?

Los tenedores se detuvieron camino de las bocas y, una vez más, Sarene se vio convertida en el centro de atención de la sala. Esta vez, sin embargo, las miradas eran levemente más apreciativas. Kiin asintió, y Lukel le dirigió una sonrisa de ánimo.

—Os lo advierto, mis señores —continuó Shuden—, prohibidla o aceptadla, como os plaza, pero no la tratéis de manera irrespetuosa. Su título arelénico no es más ni menos importante que los nuestros. Cuando ignoramos uno, debemos ignorar todos los demás.

Sarene se avergonzó interiormente, castigándose a sí misma. Había pasado por alto su activo más valioso, su matrimonio con Raoden. Había sido una princesa teo toda la vida, el título era su piedra angular. Por desgracia, eso allí no era válido. Ya no era solo Sarene, hija de Teod. También era Sarene, esposa del príncipe heredero de Arelon.

—Aplaudo vuestra cautela, mis señores —dijo—. Tenéis buenos motivos para ser cuidadosos... Habéis perdido a vuestro patrón, el único hombre que podría haberos dado cierta protección. Recordad, sin embargo, que yo soy su esposa. No soy ninguna sustituta del príncipe, pero sigo estando relacionada con el trono. Tanto con este como con el de Teod.

—Esto está muy bien, Sarene —dijo Roial—, pero «relaciones» y promesas nos servirán de muy poco contra la ira del rey.

—De poco no es lo mismo que nada, mi señor —replicó Sarene. Entonces, en un tono más suave y menos ácido, continuó—: Mi señor duque, nunca conoceré al hombre que ahora llamo mi marido. Todos respetasteis y, si he de creer a mi tío, amasteis a Raoden... pero yo, que debería haberlo amado más que nadie, nunca podré siquiera conocerlo en persona. Este asunto en el que estáis implicados era su pasión. Quiero participar en él. Si no puedo conocer a Raoden, dejadme al menos compartir sus sueños.

Roial la observó un segundo y ella supo que estaba midiendo su sinceridad. El duque no era un hombre que se dejara engañar por el sentimentalismo. Al cabo de un rato, asintió y empezó a cortarse un trozo de cerdo.

—No tengo ningún inconveniente en que se quede.

—Ni yo —dijo Shuden.

Sarene miró a los otros. Lukel celebraba abiertamente su discurso, sonriente, y el robusto mercenario lord Eondel estaba al borde de las lágrimas.

—Doy mi aprobación a la dama.

—Bueno, si Roial la quiere aquí, yo tengo que oponerme por principio —dijo Ahan con una carcajada—. Pero, felizmente, parece que estoy en franca minoría. —Le hizo un guiño y le dirigió una ancha sonrisa—. De todas formas, estoy cansado de mirar siempre las mismas viejas caras arrugadas.

—Entonces ¿se queda? —preguntó sorprendido Edan.

—Se queda —dijo Kiin. Su tío aún no había tocado la comida. No era el único. Ni Shuden ni Eondel habían empezado a comer todavía. En cuanto el debate concluyó, Shuden inclinó la cabeza para orar brevemente y luego se dispuso a comer. Eondel, sin embargo, esperó a que Kiin tomara el primer bocado, un hecho que Sarene observó con interés. A pesar del rango superior de Roial, la reunión tenía lugar en casa de Kiin. Según las tradiciones más antiguas, tendría que haber sido privilegio suyo comer primero. Solo Eondel, sin embargo, había esperado. Los otros estaban probablemente tan acostumbrados a ser la persona más importante de sus mesas respectivas que no pensaban cuándo debían comer.

Después de la intensidad del debate que rodeó el derecho de Sarene a estar presente, o la ausencia de tal derecho, los lores se apresuraron a tratar un tema menos controvertido.

—Kiin —declaró Roial—, esta es con diferencia la mejor comida que he tomado en décadas.

—Me sonrojas, Roial —dijo Kiin. Al parecer evitaba llamar a los demás por sus títulos, pero extrañamente, a ninguno parecía importarle.

—Estoy de acuerdo con lord Roial, Kiin —dijo Eondel—. Ningún cocinero de este país puede superarte.

—Arelon es grande, Eondel —respondió Kiin—. Ten cuidado y no me animes mucho, no vaya a ser que encuentres a alguien mejor y me des un chasco.

—Tonterías —dijo Eondel.

—No creo que hayas hecho todo esto tú solo —dijo Ahan, sacudiendo su gran cabeza redonda—. Estoy absolutamente convencido de que tienes a una flota de cocineros jaadorianos escondidos debajo de uno de esos fogones.

Roial bufó.

—El hecho de que haga falta un ejército de hombres para alimentarte, Ahan, no significa que un solo cocinero no sea suficiente para todos los demás. De todas formas, Kiin, es muy extraño que insistas en hacer todo esto tú solo. ¿No podrías al menos contratar a un ayudante?

—Me gusta, Roial. ¿Por qué tendría que dejar que otra persona me robara ese placer?

—Además, mi señor —añadió Lukel—, al rey le da un sofoco cada vez que oye que un hombre tan rico como mi padre hace algo tan mundano como cocinar.

—Muy astuto —reconoció Ahan—. Disidencia por el hecho de rebajarse.

Kiin alzó las manos con gesto inocente.

—Todo lo que sé, mis señores, es que un hombre puede cuidar de sí mismo y de su familia bastante fácilmente sin ninguna ayuda, no importa lo rico que supuestamente sea.

—¿Supuestamente, amigo mío? —Sonrió Eondel—. Lo poco que nos dejas entrever es suficiente para conseguirte al menos un título de barón. Quién sabe, tal vez si le dijeras a todo el mundo lo que realmente posees no tendríamos que preocuparnos por Iadon... Tú serías el rey.

—Tus cálculos están un poco inflados, Eondel —dijo Kiin—. Yo solo soy un hombre sencillo a quien le gusta cocinar.

Roial sonrió.

—Un hombre sencillo a quien le gusta cocinar... y cuyo hermano es el rey de Teod, cuya sobrina es hija de *dos* reyes y cuya esposa es de la alta nobleza de nuestra propia corte.

—No puedo evitar estar emparentado con gente importante —dijo Kiin—. Domi el Misericordioso nos pone a cada uno pruebas distintas.

—Hablando de pruebas —dijo Eondel, volviendo la mirada hacia Sarene—. ¿Ha decidido su alteza qué va a hacer en su prueba?

Sarene frunció el ceño, confundida.

—¿Prueba, mi señor?

—Sí, esto, la... —el digno soldado desvió la mirada, un poco cohibido.

—Está hablando de vuestra prueba de viudedad —explicó Roial.

Kiin negó con la cabeza.

—No me digas que esperáis que se someta a eso, Roial. Ni siquiera llegó a conocer a Raoden... Es ridículo esperar incluso que guarde luto, mucho menos una prueba.

Sarene notó que empezaba a molestarse. No importaba lo mucho que dijera que le gustaban las sorpresas, no le agradaba el rumbo que estaba tomando esa conversación.

—¿Quiere alguien por favor explicarme de qué prueba se trata? —preguntó con voz firme.

—Cuando una mujer arelena enviuda, mi señora —explicó Shuden—, se espera de ella que pase por una prueba.

—¿Y qué se supone que tengo que hacer? —preguntó Sarene, frunciendo el ceño. No le gustaba tener deberes pendientes.

—Ah, nadie espera que os intereséis de verdad por el asunto —dijo Ahan, agitando con desdén una mano—. Es solo una de las tradiciones de los viejos tiempos que Iadon decidió mantener. Nunca me gustó la costumbre. Me parece que no deberíamos animar al pueblo a esperar nuestra muerte. No favorece mucho la popularidad de un aristócrata que esta se halle en su punto más alto justo después de su muerte.

—Creo que es una buena tradición, lord Ahan —dijo Eondel.

Ahan se echó a reír.

—Claro, Eondel. Eres tan conservador que incluso tus calcetines son más tradicionales que el resto de tu persona.

—No puedo creer que nadie me haya hablado de eso —dijo Sarene, todavía molesta.

—Bueno, quizá alguien os lo hubiese mencionado si no os pasarais todo el tiempo metida en el palacio o en casa de Kiin —dijo Ahan.

—¿Y qué otra cosa se supone que debo hacer?

—Arelon tiene una bonita corte, princesa —dijo Eondel—. Creo que ha habido dos bailes desde vuestra llegada, y ahora mismo se está celebrando otro.

—Bueno, ¿y por qué no me ha invitado nadie?

—Porque estáis de luto —explicó Roial—. Además, las invitaciones solo se cursan a los hombres, quienes traen a sus hermanas y esposas.

Sarene frunció el ceño.

—Mira que sois retrógrados.

—Retrógrados no, alteza—dijo Ahan—. Solo tradicionales. Si queréis, podemos encargarnos de que algún hombre os invite.

—¿No estaría mal? —preguntó Sarene—. ¿Yo, que ni siquiera llevo una semana viuda, acompañando a algún joven soltero a una fiesta?

—Tiene razón —advirtió Kiin.

—¿Por qué no me lleváis todos? —preguntó Sarene.

—¿Nosotros? —dijo Roial.

—Sí, vosotros. Sus señorías son lo bastante mayores para que la gente no hable demasiado. Tan solo estaréis introduciendo a una joven amiga en las diversiones de la vida cortesana.

—Muchos de estos hombres están casados, alteza—dijo Shuden.

Sarene sonrió.

—Qué coincidencia. Yo también.

—No os preocupéis por nuestro honor, Shuden —dijo Roial—. Haré conocer las intenciones de la princesa y, mientras no vaya con ninguno de nosotros muy a menudo, nadie hará comentarios.

—Entonces está decidido —dijo Sarene con una sonrisa—. Espero oír noticias de cada uno de vosotros, señores. Es esencial que vaya a esas fiestas. Si quiero encajar alguna vez en Arelon, necesitaré conocer a la aristocracia.

Hubo consenso general y la conversación derivó hacia otros temas, como el inminente eclipse lunar. Mientras hablaban, Sarene advirtió que sus preguntas sobre la misteriosa «prueba» no habían obtenido demasiada respuesta. Tendría que acorralar a Kiin más tarde.

Solo un hombre no disfrutaba de la conversación ni, al parecer, de la comida. Lord Edan se había llenado el plato, pero apenas había dado unos cuantos bocados. Hurgaba la comida con insatisfacción, mezclando los diferentes preparados en una adulterada masa que solo se parecía vagamente a las exquisiteces que Kiin había cocinado.

—Creía que habíamos decidido no volver a reunirnos —farfulló finalmente Edan, abriéndose paso con su comentario en la conversación como un alce en mitad de una manada de lobos. Los otros callaron y se volvieron a mirarlo.

—Habíamos decidido no reunirnos durante un tiempo, lord Edan —dijo Eondel—. Nunca pretendimos dejar de reunirnos definitivamente.

—Pensé que estarías contento, Edan —dijo Ahan, agitando un tenedor rematado por un trozo de cerdo—. Tú, sobre todo, tendrías que desear con toda tu alma que estas reuniones continuaran. ¿Cuánto falta para el próximo pago de impuestos?

—Creo que es el primer día de eostek, lord Ahan —intervino servicial Eondel—. O sea, dentro de tres meses.

Ahan sonrió.

—Gracias, Eondel... es muy útil tenerte cerca. Siempre sabes las cosas que son adecuadas y todo lo demás. En cualquier caso...

tres meses, Edan. ¿Cómo van las arcas? Ya sabes lo escrupulosos que son los auditores del rey...

Edan se rebulló aún más bajo la brutal burla del conde. Era consciente de que se le acababa el tiempo. Sin embargo, parecía tratar de olvidar sus problemas con la esperanza de que desaparecieran. El conflicto era visible en su rostro, y claramente Ahan encontraba gran placer contemplándolo.

—Caballeros —dijo Kiin—, no hemos venido aquí a discutir. Recordad que tenemos mucho que ganar con la reforma, incluyendo la estabilidad de nuestro país y la libertad de nuestro pueblo.

—No obstante, el buen barón saca a colación una preocupación legítima —dijo el duque Roial, acomodándose en su asiento—. A pesar de la promesa de ayuda de esta joven, estamos completamente desamparados sin Raoden. El pueblo amaba al príncipe. Aunque Iadon hubiera descubierto nuestras reuniones, nunca habría emprendido una acción contra Raoden.

Ahan asintió.

—Ya no tenemos ningún poder para oponernos al rey. Antes estábamos ganando fuerza. Probablemente habríamos tenido pronto de nuestra parte a suficientes miembros de la nobleza para hacerlo público. Ahora, sin embargo, no tenemos nada.

—Todavía tenéis un sueño, mi señor —dijo Sarene con voz tranquila—. Eso no es no tener nada.

—¿Un sueño? —rio Ahan—. El sueño era de Raoden, mi señora. Nosotros solo mirábamos a ver adónde nos llevaba.

—No puedo creerlo, lord Ahan —dijo Sarene, frunciendo el ceño.

—Tal vez su alteza quiera decirnos cuál es ese sueño —solicitó Shuden, con voz inquisitiva pero no imperativa.

—Sois hombres inteligentes, mis queridos señores —repuso Sarene—. Tenéis la inteligencia y la experiencia para saber que un país no puede soportar la presión que Iadon está ejerciendo sobre él. Arelon no es un negocio que dirigir con mano de acero. Es mucho más que su producción menos sus costes. El sueño, milores, es un Arelon cuyo pueblo trabaje con su rey en vez de contra él.

—Una buena observación, princesa —dijo Roial. Su tono, sin embargo, era categórico. El tema estaba cerrado. Se volvió hacia los demás y siguieron hablando todos, ignorando amablemente a Sarene. Le habían permitido asistir a la reunión, pero estaba claro que no pretendían dejar que se uniera a la discusión. Ella se echó hacia atrás en su silla, molesta.

—Tener un objetivo no es lo mismo que tener los medios para conseguirlo —estaba diciendo Roial—. Creo que deberíamos esperar, dejar que mi viejo amigo se arrincone él solo antes de intervenir para ayudar.

—Pero Iadon destruirá Arelon en el proceso, excelencia —objetó Lukel—. Cuanto más tiempo le demos, más difícil será recuperarlo.

—No veo otra opción —dijo Roial alzando las manos—. No podemos seguir actuando contra el rey como hacíamos antes.

Edan se agitó levemente ante el comentario, con la frente cubierta de sudor. Por fin empezaba a darse cuenta de que, peligroso o no, seguir reuniéndose era una opción mucho mejor que esperar a que Iadon lo despojara de su título.

—Tienes razón, Roial —admitió Ahan a regañadientes—. El plan original del príncipe nunca hubiese funcionado. No podremos presionar al rey a menos que tengamos de nuestra parte al menos a la mitad de la nobleza, y sus fortunas.

—Hay otro medio, mis señores —dijo Eondel vacilante.

—¿Cuál, Eondel? —preguntó el duque.

—Yo tardaría menos de dos semanas en traer a la legión de sus puestos en las carreteras de la nación. El poder económico no es el único poder existente.

—Tus mercenarios nunca podrían enfrentarse a los ejércitos de Arelon —despreció Ahan—. El poder militar de Iadon puede que sea pequeño comparado con el de otros reinos, pero supera ampliamente la capacidad de tus pocos cientos de hombres, sobre todo si el rey recurre a la guardia de Elantris.

—Sí, lord Ahan, tienes razón —reconoció Eondel—. Sin embargo, si golpeamos con rapidez, mientras Iadon sigue ignorante de nuestras intenciones, podríamos situar a mi legión en el palacio y tomar al rey como rehén.

—Tus hombres tendrían que abrirse paso combatiendo hasta los aposentos del rey —dijo Shuden—. El nuevo gobierno nacería de la sangre del antiguo, igual que el de Iadon surgió de la muerte de Elantris. Iniciarías de nuevo el ciclo para otra caída, lord Eondel. En cuanto una revolución consigue su objetivo, otra empieza a planearse. La sangre, la muerte y los golpes de estado solo conducen a más caos. Debe de haber un medio de persuadir a Iadon sin provocar la anarquía.

—Lo hay —dijo Sarene. Todos los ojos, molestos, se volvieron hacia ella. Seguían dando por supuesto que estaba allí solamente para escuchar. Tendrían que haberla conocido mejor.

—Estoy de acuerdo —dijo Roial, volviéndose e ignorando a Sarene—, y ese medio es esperar.

—No, mi señor —replicó Sarene—. Lo siento, pero esa no es la respuesta. He visto al pueblo de Arelon, y aunque todavía hay esperanza en sus ojos, es cada vez más débil. Dadle tiempo a Iadon y creará los campesinos sometidos que desea.

Roial frunció los labios. Probablemente su intención era controlar el grupo ahora que Raoden ya no estaba. Sarene ocultó su sonrisa de satisfacción. Roial había sido el primero en dejarla quedarse, y por tanto tendría que permitirle hablar. Negándose a escuchar ahora demostraría que se había equivocado al concederle su apoyo.

—Hablad, princesa —dijo el anciano, reacio.

—Mis señores —dijo Sarene con voz sincera—, habéis intentado encontrar un medio de acabar con el sistema de gobierno de Iadon, un sistema que iguala riqueza con habilidad para dirigir. Sostenéis que es inflexible e injusto, que es una tontería torturar al pueblo de Arelon.

—Sí —dijo Roial, cortante—. ¿Y?

—Bueno, si el sistema de Iadon es tan malo, ¿por qué molestarse en derrocarlo? ¿Por qué no dejar que el sistema caiga por su propio peso?

—¿Qué queréis decir, lady Sarene? —preguntó interesado Eondel.

—Volved la creación de Iadon contra él y obligadle a reconocer sus defectos. Es de esperar que entonces podáis elaborar un sistema más estable y satisfactorio.

—Interesante, pero imposible —dijo Ahan, meneando la cara y sacudiendo sus muchas papadas—. Tal vez Raoden lo hubiese conseguido, pero nosotros somos demasiado pocos.

—No, sois perfectos —dijo Sarene, levantándose de su asiento y rodeando la mesa—. Lo que queremos hacer, mis señores, es poner celosos a los otros aristócratas. Eso no funcionará si tenemos demasiados de nuestra parte.

—Continuad —dijo Eondel.

—¿Cuál es el mayor problema del sistema de Iadon? —preguntó Sarene.

—Anima a los señores a tratar brutalmente a su pueblo —dijo Eondel—. El rey Iadon amenaza a los nobles, quitando los títulos a aquellos que no producen. Así que, a su vez, los lores se desesperan y cargan el esfuerzo sobre su pueblo.

—Es un arreglo inadmisible, basado en el miedo y la avaricia en vez de en la lealtad —reconoció Shuden.

Sarene continuó su recorrido.

—¿Ha mirado alguien las gráficas de producción de Arelon en los últimos diez años?

—¿Existe una cosa así? —preguntó Ahan.

Sarene asintió.

—Las tenemos en Teod. ¿Os sorprendería encontrar, mis señores, que la tasa de producción de Arelon ha caído considerablemente desde que Iadon se hizo con el control?

—En absoluto —dijo Ahan—. Hemos tenido toda una década de desgracias.

—Los reyes labran su propia desgracia, lord Ahan —dijo Sarene, haciendo un movimiento cortante con la mano—. Lo más triste del sistema de Iadon no es lo que le hace al pueblo, ni el hecho de que destruye la moral del país. No, lo más penoso es que hace ambas cosas sin enriquecer más a los nobles.

»En Teod no tenemos esclavos, mis señores, y nos va bien. De hecho, ni siquiera Fjorden usa ya el sistema basado en los siervos. Encontraron algo mejor: descubrieron que un hombre trabaja mucho más productivamente cuando trabaja para sí mismo.

Sarene dejó que las palabras flotaran en el aire un instante. Los lores permanecieron en silencio, pensativos.

—Continuad —dijo Roial por fin, interesado.

—Tenemos encima la estación de la siembra, mis señores. Quiero que dividáis vuestra tierra entre vuestros campesinos. Dad a cada uno una parcela de terreno y luego decidle que puede quedarse con un diez por ciento de lo que la tierra produzca. Decidles que incluso les permitiréis comprar sus casas y la tierra que ocupan.

—Sería muy difícil hacer eso, joven princesa.

—Todavía no he terminado. Quiero que alimentéis bien a vuestro pueblo, milores. Dadles ropa y suministros.

—No somos bestias, Sarene —le advirtió Ahan—. Algunos lores tratan mal a sus campesinos, pero nosotros nunca los aceptaríamos en nuestra hermandad. La gente de nuestras tierras tiene comida que llevarse a la boca y ropa para abrigarse.

—Puede que sea cierto, mi señor —continuó Sarene—, pero el pueblo debe sentir que lo amáis. No comerciéis con ellos con otros nobles ni discutáis por ellos. Que los campesinos sepan que os preocupáis, y entonces os entregarán sus corazones y su trabajo. La prosperidad no tiene por qué limitarse a un pequeño porcentaje de la población.

Sarene llegó a su asiento y se detuvo. Los lores estaban pensando. Eso era bueno. Pero también estaban preocupados.

—Es arriesgado —aventuró Shuden.

—¿Tan arriesgado como atacar a Iadon con el ejército de lord Eondel? —preguntó Sarene—. Si esto no funciona, perderéis un poco de dinero y orgullo. Si el plan del honorable general no funciona, perderéis vuestras cabezas.

—Es un buen argumento —reconoció Ahan.

—Es cierto —dijo Eondel. Había alivio en sus ojos; soldado o no, no quería atacar a sus compatriotas—. Lo haré.

—Para ti es fácil decirlo, Eondel —dijo Edan, rebulléndose en su asiento—. Puedes ordenar a tu legión que trabaje en los campos cuando los campesinos se vuelvan perezosos.

—Mis hombres están patrullando los caminos del país, lord Edan —rezongó Eondel—. Su servicio allí no tiene precio.

—Y tú eres bien recompensado por ello —escupió Edan—. Yo no tengo más ingresos que los de mis granjas. Y aunque mis tierras *parezcan* tan grandes, las atraviesa esa maldita grieta. No tengo espacio para la pereza. Si mis patatas no se plantan, crecen y se recolectan, perderé mi título.

—Probablemente lo perderás de todas formas —dijo Ahan con una sonrisa.

—Basta, Ahan —ordenó Roial—. Edan tiene razón. ¿Cómo podemos estar seguros de que los campesinos producirán más si les damos tanta libertad?

Edan asintió.

—He descubierto que los campesinos arelenos son perezosos e improductivos. El único modo de hacerlos trabajar es por la fuerza.

—No son perezosos, mi señor —dijo Sarene—. Están furiosos. Diez años no es demasiado tiempo y esta gente no ha olvidado lo que es ser amo de uno mismo. Prometedles autonomía y trabajarán duro por conseguirla. Os sorprenderá lo mucho más que rinde un hombre libre que un esclavo que no piensa más que en su próxima comida. A fin de cuentas, ¿qué situación haría que *vosotros* fuerais más productivos?

Los nobles reflexionaron sobre sus palabras.

—Mucho de lo que dices tiene lógica —comentó Shuden.

—Pero las pruebas de lady Sarene son vagas —dijo Roial—. Los tiempos eran distintos antes del Reod. Los elantrinos proporcionaban comida y la tierra podía sobrevivir sin un campesinado. Ya no tenemos ese lujo.

—Entonces ayudadme a encontrar pruebas, milord —dijo Sarene—. Dadme unos meses y crearemos nuestra propia prueba.

—Nosotros... consideraremos tus palabras —dijo Roial.

—No, lord Roial, tomaréis una decisión. Por encima de todo, creo que sois un patriota. Sabéis qué está bien y esto lo está. No me digáis que nunca os habéis sentido culpable por lo que le habéis hecho a este país.

Sarene miró a Roial ansiosa por dentro. El anciano duque la había impresionado, pero no sabía si se sentía avergonzado por Arelon. Dependía de su impresión de que su corazón era bueno, y que en su larga vida había visto y comprendido hasta dónde había caído su país. El colapso de Elantris había sido un catalizador, pero la avaricia de la nobleza había sido el auténtico destructor de aquella nación antaño grande.

—A todos, en un momento u otro, nos han cegado las promesas de riqueza de Iadon —dijo Shuden con su voz suave y sabia—. Haré lo que pide su alteza.

Entonces el hombre de piel oscura volvió los ojos hacia Roial y asintió. Su aceptación le había dado al duque la oportunidad de estar de acuerdo sin quedar en evidencia.

—Muy bien —dijo el anciano duque con un suspiro—. Eres un hombre sabio, Shuden. Si encuentras que este plan lo merece, entonces yo también lo seguiré.

—Supongo que no tenemos otro remedio —dijo Edan.

—Es mejor que esperar, lord Edan —observó Eondel.

—Cierto. Yo también estoy de acuerdo.

—Solo quedo yo —dijo Ahan, comprendiendo—. En fin. ¿Qué debo hacer?

—Lord Roial ha mostrado su acuerdo a regañadientes, mi señor —dijo Sarene—. No me digáis que vais a hacer lo mismo.

Ahan soltó una carcajada que lo hizo estremecer de arriba abajo.

—¡Qué muchacha tan encantadora sois! Bien, pues, supongo que debo aceptar de todo corazón, con la advertencia de que he sabido todo el tiempo que ella tenía razón. Ahora, Kiin, por favor, dime que no te has olvidado del postre. He oído cosas maravillosas sobre tus creaciones.

—¿Olvidar el postre? —respondió su tío—. Ahan, me ofendes. —Sonrió mientras se levantaba de su asiento y se marchaba a la cocina.

—ES BUENA EN esto, Kiin... tal vez mejor que yo.

Era la voz del duque Roial. Sarene se detuvo. Había ido al cuarto de baño después de despedirse de todos y esperaba que se hubieran marchado ya.

—Es una joven muy especial —reconoció Kiin. Sus voces llegaban desde la cocina. En silencio, Sarene avanzó y escuchó ante la puerta.

—Me ha arrebatado limpiamente el control, y sigo sin saber qué hice mal. Tendrías que haberme advertido.

—¿Y dejarte escapar, Roial? —rio Kiin—. Ha pasado mucho tiempo sin que nadie, incluido Ahan, haya podido contigo. Viene bien que uno se dé cuenta de que pueden sorprenderlo de vez en cuando.

—Pero ha estado a punto de perderlo al final —dijo Roial—. No me gusta que me acorralen, Kiin.

—Fue un riesgo calculado, mi señor —dijo Sarene, abriendo la puerta y entrando.

Su aparición no detuvo al duque ni un instante.

—Casi me has amenazado, Sarene. Esa no es forma de ganarse un aliado... sobre todo a un viejo refunfuñón como yo. —El duque y Kiin compartían una botella de vino fjordell, y sus modales eran aún más relajados que en la cena—. Unos cuantos días no habrían perjudicado nuestra postura y, desde luego, yo te hubiese dado mi apoyo. He descubierto que un compromiso bien meditado es mucho más productivo que una adhesión irreflexiva.

Sarene asintió, tomó un vaso de las alacenas de Kiin y se sirvió un poco de vino antes de sentarse.

—Comprendo, Roial —Si él podía olvidar las formalidades, también ella—. Pero los otros te miran. Confían en tu juicio. Necesitaba más que tu apoyo, que, por cierto, sabía que acabarías dándome. Necesitaba tu apoyo abierto. Los otros tenían que ver que aceptabas el plan antes de que ellos estuvieran de acuerdo en hacerlo. No habría tenido el mismo impacto dentro de unos días.

—Tal vez —dijo Roial—. Una cosa es segura, Sarene: vuelves a darnos esperanza. Raoden era nuestra unidad antes. Ahora tú ocuparás su lugar. Ni Kiin ni yo podíamos hacerlo. Kiin ha rechazado a la nobleza durante demasiado tiempo y, no importa lo que digan, el pueblo todavía quiere a un líder con título. Y yo... todos saben que ayudé a Iadon a empezar esta monstruosidad que ha matado lentamente a nuestro país.

—Eso fue hace mucho tiempo, Roial —dijo Kiin, dando una palmada en el hombro del viejo duque.

—No —Roial negó con la cabeza—. Como ha dicho la bella princesa, diez años no son demasiado tiempo en la vida de una nación. Soy culpable de un grave error.

—Lo enmendaremos, Roial —dijo Kiin—. El plan es bueno... quizá incluso mejor que el de Raoden.

Roial sonrió.

—Hubiese sido una buena esposa, Kiin.

Kiin asintió.

—Muy buena... y una reina aún mejor. Domi actúa de maneras que a veces resultan extrañas para nuestras mentes mortales.

—No estoy segura de que fuera Domi quien nos lo arrebató, tío —dijo Sarene mientras bebía—. ¿Se ha preguntado alguno de vosotros si, tal vez, pudiera haber alguien tras la muerte del príncipe?

—La respuesta a esa pregunta bordea la traición, Sarene —advirtió Kiin.

—¿Y las otras cosas que hemos dicho esta noche no?

—Solo acusábamos al rey de avaricia, Sarene —dijo Roial—. El asesinato de su hijo es otra cuestión completamente distinta.

—No obstante, pensadlo —dijo Sarene, agitando la mano en un amplio gesto que estuvo a punto de derramar su vino—. El príncipe adoptaba una posición contraria a todo lo que hacía su padre. Ridiculizaba a Iadon en la corte, urdía planes a espaldas del rey y tenía el amor del pueblo. Más todavía, todo lo que decía sobre Iadon era verdad. ¿Es ese el tipo de persona que un monarca puede permitir que vaya por ahí libre?

—De acuerdo, pero ¿su propio hijo? —dijo Roial, sacudiendo incrédulo la cabeza.

—No sería la primera vez que ocurre una cosa así —comentó Kiin.

—Cierto. Pero no sé si el príncipe era para Iadon un problema tan grande como supones. Raoden era más un crítico que un rebelde. Nunca dijo que Iadon no debiera ser rey, simplemente sostenía que el gobierno de Arelon tenía problemas... y los tiene.

—¿Ninguno de los dos receló un poco cuando se enteró de que el príncipe había muerto? —preguntó Sarene, sorbiendo pensativa su vino—. Sucedió en un momento muy conveniente. Iadon obtenía el beneficio de una alianza con Teod pero sin tener que preocuparse de que Raoden tuviera ningún heredero.

Roial miró a Kiin, quien se encogió de hombros.

—Creo que al menos tenemos que considerar la posibilidad, Roial.

El viejo duque asintió, apenado.

—¿Qué hacemos entonces? ¿Tratar de hallar pruebas de que Iadon ejecutó a su hijo?

—El conocimiento traerá fuerza —dijo Sarene simplemente.

—De acuerdo —contestó Kiin—. Sin embargo, tú eres la única de nosotros que tiene acceso libre al palacio.

—Husmearé y veré qué puedo descubrir.

—¿Es posible que no haya muerto? —preguntó Roial—. Habría sido muy fácil encontrar a alguien parecido para el ataúd... los estertores tusivos son una enfermedad que desfigura mucho.

—Es posible —dijo Sarene, dubitativa.

—Pero no lo crees.

Sarene negó con la cabeza.

—Cuando un monarca decide destruir a un rival, suele asegurarse de hacerlo de manera permanente. Hay demasiadas historias sobre herederos perdidos que vuelven a aparecer después de veinte años en la selva para reclamar su legítimo trono.

—Con todo, tal vez Iadon no sea tan brutal como supones —dijo Roial—. Una vez fue un hombre mejor... No es que diga que era un buen hombre, pero tampoco era malo. Solo avaricioso. Algo le ha pasado en estos años, algo que... lo ha cambiado. De todas maneras, creo que queda suficiente compasión en Iadon para impedirle asesinar a su propio hijo.

—De acuerdo —dijo Sarene—. Enviaré a Ashe a investigar en los calabozos reales. Es tan meticuloso que sabrá el nombre de cada rata que hay allí antes de quedar satisfecho.

—¿Tu seon? —dijo Roial—. ¿Dónde está?

—Lo he enviado a Elantris.

—¿A Elantris? —preguntó Kiin.

—Ese gyorn fjordell está interesado en Elantris por algún motivo —dijo Sarene—. Y suelo tener por norma no ignorar nunca lo que un gyorn encuentra interesante.

—Pareces bastante preocupada por un simple sacerdote, Ene —dijo Kiin.

—Un sacerdote no, tío —corrigió Sarene—. Un gyorn.

—Sigue siendo un solo hombre. ¿Cuánto daño puede hacer?

—Pregúntalo en la república duladen. Creo que es el mismo gyorn que estuvo implicado en ese desastre.

—No hay ninguna prueba concluyente de que Fjorden estuviera detrás del colapso —advirtió Roial.

—La hay en Teod, pero nadie más lo creería. Creedme cuando digo que este gyorn, él solo, puede ser más peligroso que Iadon.

El comentario provocó que se interrumpiera la conversación. El tiempo pasó en silencio, con los tres nobles bebiendo vino pensativos hasta que Lukel volvió de recoger a su madre y sus hermanos. Saludó con la cabeza a Sarene e hizo una reverencia ante el duque antes de servirse una copa de vino.

—Mírate —le dijo Lukel a Sarene mientras tomaba asiento—. Una confiada miembro del club de los chicos.

—Líder, más bien —observó Roial.

—¿Y tu madre? —preguntó Kiin.

—De camino. No habían terminado, y ya sabes cómo es madre. Todo hay que hacerlo en el orden adecuado. No se permiten las prisas.

Kiin asintió y apuró su vino.

—Entonces tú y yo deberíamos ponernos a limpiar antes de que regrese. No querremos que vea el desastre en el que han convertido el comedor nuestros tranquilos amigos nobles.

Lukel suspiró y dirigió a Sarene una mirada que sugería que a veces deseaba vivir en una casa tradicional, una casa con sirvientes, o al menos mujeres que hicieran esas cosas. No obstante, Kiin ya se había puesto en marcha y su hijo no tuvo más remedio que seguirlo.

—Interesante familia —dijo Roial, viéndolos salir.

—Sí. Un poco extraña incluso para los cánones teo.

—Kiin ha vivido una larga vida por su cuenta —observó el duque—. Se acostumbró a hacer las cosas él solo. Una vez contrató a una cocinera, he oído decir, pero los métodos de la mujer lo frustraban. Creo recordar que ella dimitió antes de que él tuviera valor para despedirla. Dijo que no podía trabajar en un entorno tan exigente.

Sarene se echó a reír.

—No me extraña.

Roial sonrió, pero continuó en tono más serio.

—Sarene, somos afortunados. Bien podrías ser nuestra última oportunidad para salvar Arelon.

—Gracias, excelencia —dijo Sarene, ruborizándose a su pesar.

—Este país no durará mucho. Unos cuantos meses, tal vez, medio año si tenemos suerte.

Sarene frunció el ceño.

—Pero pensaba que queríais esperar. Al menos, eso es lo que les dijiste a los otros.

Roial hizo un gesto despectivo.

—Me había convencido a mí mismo de que poco podía conseguirse con su ayuda. Edan y Ahan son demasiado opuestos, y Shuden y Eondel son ambos demasiado inexperimentados. Quería entretenerlos mientras Kiin y yo decidíamos qué hacer. Temo que nuestros planes podrían haberse centrado en métodos más... peligrosos.

»Ahora, sin embargo, hay otra oportunidad. Si tu plan funciona, aunque aún no estoy convencido de que vaya a ser así, podríamos detener el colapso un poco más. No estoy seguro. Diez años de dominio de Iadon han acumulado impulso. Será difícil cambiarlo en solo unos pocos meses.

—Creo que podemos hacerlo, Roial —dijo Sarene.

—Asegúrate de no adelantarte, jovencita —dijo Roial, mirándola—. No corras si solo tienes fuerzas para andar, y no pierdas el tiempo empujando puertas que no cederán. Y lo que es más importante: no atropelles cuando una palmadita sea suficiente. Me has acorralado hoy. Sigo siendo un viejo orgulloso. Si Shuden no me hubiera echado un cable, sinceramente, no sé si hubiera tenido la humildad suficiente para reconocer mi error delante de todos esos hombres.

—Lo siento —dijo Sarene, ruborizándose ahora por otro motivo. Había algo en ese poderoso duque con un cierto aire de abuelo que de pronto la hizo anhelar su respeto.

—Tú ten cuidado. Si ese gyorn es tan peligroso como dices, entonces hay fuerzas muy poderosas moviéndose en Kae. No dejes que Arelon quede aplastado entre ambas.

Sarene asintió, y el duque se arrellanó, sirviendo en su copa los restos del vino.

CAPÍTULO 12

AL PRINCIPIO de su carrera, a Hrathen le había resultado difícil aceptar otros idiomas. El fjordell era la lengua elegida del mismísimo Jaddeth, era sagrada, mientras que las otras lenguas eran profanas. ¿Cómo, entonces, se convertía a aquellos que no hablaban fjordell? ¿Se les hablaba en su propia lengua o se obligaba a todos los verdaderos suplicantes a que estudiaran fjordell primero?

Parecía una tontería exigir a toda una nación que aprendiera un lenguaje nuevo antes de permitirle oír hablar del imperio de Jaddeth. Así pues, cuando se vio obligado a elegir entre lo profano y un retraso infinito, Hrathen eligió lo profano. Había aprendido a hablar aónico y duladen, e incluso sabía un poco de jinDo. Cuando enseñaba, enseñaba a la gente en su propia lengua, aunque, cierto, todavía le molestaba hacerlo. ¿Y si nunca aprendían? ¿Y si sus acciones hacían pensar a la gente que no necesitaban el fjordell, ya que podían aprender acerca de Jaddeth en su lengua materna?

Estos pensamientos, y muchos parecidos, pasaban por la mente de Hrathen mientras predicaba al pueblo de Kae, no por falta de dedicación. Simplemente, había pronunciado tantas veces los mismos discursos que se habían anquilosado. Hablaba mecánicamente, alzando y bajando la voz con el ritmo del sermón, ejecutando el antiguo arte que era un híbrido de la oración y el teatro.

Cuando los instaba a hacerlo, respondían con aplausos. Cuando condenaba, se miraban con rubor. Cuando alzaba la voz, prestaban atención y, cuando la reducía a un mero susurro, quedaban aún más cautivados. Era como si controlara a las mismísimas olas del mar, y la emoción recorría la multitud como las orlas de espuma.

Terminaba con una severa admonición para que sirvieran en el reino de Jaddeth, para que juraran ser odiv o krondet de uno de los sacerdotes que había en Kae, convirtiéndose así en parte de la cadena que los enlazaba directamente con el señor Jaddeth. La gente corriente servía a los arteths y los dorven, los arteths y los dorven servían a los gradors, los gradors servían a los ragnats, los ragnats servían a los gyorns, los gyorns servían al wyrn y el wyrn servía a Jaddeth. Solo los gradgets, líderes de los monasterios, no estaban directamente en la cadena. Era un sistema organizado de manera soberbia. Todo el mundo sabía a quién tenía que servir. La mayoría no tenía que preocuparse por las órdenes de Jaddeth, que a menudo escapaban a su comprensión. Todo lo que tenían que hacer era seguir a su arteth, servirlo lo mejor que pudieran, y Jaddeth estaría satisfecho con ellos.

Hrathen se bajó del estrado, satisfecho. Solo llevaba unos cuantos días predicando en Kae, pero la capilla estaba ya tan repleta que la gente tenía que ponerse en fila al fondo cuando los asientos estaban ocupados. Solo unos pocos de los recién llegados estaban interesados en convertirse. La mayoría acudía porque Hrathen era una novedad. Sin embargo, regresarían. Podían decirse que solo sentían curiosidad, que su interés no tenía nada que ver con la religión... pero *regresarían*.

Cuando el shu-dereth se hiciera más popular en Kae, la gente de estas primeras reuniones se sentiría importante por asociación. Alardearían de haber descubierto al shu-dereth mucho antes que sus vecinos, y como consecuencia seguirían asistiendo. Su orgullo, mezclado con los convincentes sermones de Hrathen, acabaría con las dudas y pronto se encontrarían jurando servir a uno de los arteths.

Hrathen tendría que nombrar pronto a un nuevo arteth jefe. Había pospuesto la decisión, esperando ver cómo se enfrentaban a sus tareas los sacerdotes que quedaban en la capilla. Sin embargo, el tiempo empezaba a agotarse, y los miembros locales serían pronto demasiados para que Hrathen los localizara y organizara él solo, sobre todo teniendo en cuenta todos los planes y las prédicas que tenía que hacer.

La gente del fondo empezaba a salir de la capilla. Sin embargo, un sonido los detuvo. Hrathen miró hacia el estrado con sorpresa. La reunión tendría que haber terminado tras su sermón, pero alguien pensaba diferente. Dilaf había decidido hablar.

El bajo areleno gritó sus palabras con fiera energía. En apenas unos segundos, la multitud guardó silencio y la mayoría de la gente regresó a sus asientos. Habían visto a Dilaf siguiendo a Hrathen, y probablemente sabían que era un arteth, pero Dilaf nunca se había dirigido a ellos hasta entonces. Ahora, sin embargo, era imposible ignorarlo.

No respetó ninguna ley de la oratoria. No varió el tono de voz ni miró a los ojos a nadie de la multitud. No mantuvo una postura digna y erguida de control. En cambio, saltó por el estrado enérgicamente, gesticulando como un loco. Su cara estaba cubierta de sudor. Sus ojos, muy abiertos, miraban acosadores.

Y le escuchaban.

Le escuchaban con más atención que a Hrathen. Seguían con los ojos los locos saltos de Dilaf, transfigurados por cada uno de sus poco ortodoxos movimientos. El discurso de Dilaf giraba alrededor de un solo tema: el odio hacia Elantris. Hrathen pudo sentir que la atención del público crecía. La pasión de Dilaf era como un catalizador, como un moho que se extendía sin control cuando encontraba un sitio húmedo donde crecer. Pronto todo el público compartió su aversión y coreó sus denuncias.

Hrathen lo observó todo con preocupación y, lo admitía, con celos. A diferencia de Hrathen, Dilaf no había recibido formación en las grandes escuelas del este. Sin embargo, el bajo sacerdote tenía algo de lo que carecía Hrathen: pasión.

Hrathen había sido siempre un hombre calculador. Era organizado, cuidadoso y estaba atento a cada detalle. Esas mismas cualidades del shu-dereth, su método estandarizado y ordenado de gobernar junto con su filosofía lógica, eran más que nada lo que le había atraído al sacerdocio. Nunca había dudado de la iglesia. Algo tan perfectamente organizado no podía sino ser correcto.

A pesar de esa lealtad, Hrathen nunca había sentido lo que Dilaf expresaba ahora. No tenía odios tan intensos que le hicieran llorar, ni amores tan profundos para arriesgarlo todo en su nombre. Siempre había creído ser el perfecto seguidor de Jaddeth, y que su señor necesitaba calma más que ardor desatado. Ahora, sin embargo, dudaba.

Dilaf tenía más poder sobre su público de lo que Hrathen había tenido jamás. El odio de Dilaf por Elantris no era lógico, sino irracional y salvaje, pero a ellos no les importaba. Hrathen podía pasarse años explicándoles los beneficios del shu-dereth sin conseguir jamás una reacción como esa. Una parte de él hervía, tratando de convencerse a sí mismo de que el poder de las palabras de Dilaf no duraría, que la pasión del momento se perdería en lo mundano de la vida... pero otra parte más sincera se mostraba simplemente envidiosa. ¿Qué había de malo en Hrathen que, en treinta años de servicio al reino de Jaddeth, no había sentido ni una sola vez lo que Dilaf parecía sentir continuamente?

Al cabo de un rato, Dilaf guardó silencio. La sala permaneció completamente en silencio tras el discurso. Luego empezaron todos a discutir, acalorados, mientras salían en fila de la capilla. Dilaf se bajó del estrado y se desplomó en uno de los bancos delanteros.

—Bien hecho —comentó una voz junto a Hrathen. El duque Telrii escuchaba los sermones desde un cubículo privado, en un lateral de la capilla—. Que ese bajito hablara después de vos ha sido una maniobra astuta por vuestra parte, Hrathen. Me he preocupado cuando he visto que la gente se aburría. El joven sacerdote ha vuelto a atraer la atención de todos.

Hrathen ocultó su molestia porque Telrii usaba su nombre y no su título. Ya habría tiempo más adelante para cambiar esa falta de respeto. También se abstuvo de hacer ningún comentario sobre el supuesto aburrimiento del público durante su sermón.

—Dilaf es un joven poco común —dijo en cambio—. Hay dos caras en cada discurso, lord Telrii, la lógica y la apasionada. Tenemos que lanzar nuestro ataque desde ambas direcciones si queremos vencer. —Telrii asintió—. Así pues, mi señor, ¿habéis considerado mi propuesta?

Telrii vaciló un momento, y luego volvió a asentir.

—Es tentadora, Hrathen. Muy tentadora. No creo que haya ningún hombre en Arelon que pudiera rehusarla, y mucho menos yo.

—Bien. Contactaré con Fjorden. Deberíamos poder comenzar esta misma semana.

Telrii asintió. La marca de nacimiento de su cuello parecía en la penumbra un gran moratón. Luego, tras hacer un gesto a sus numerosos ayudantes, el duque salió por la puerta lateral de la capilla y desapareció en el crepúsculo. Hrathen vio cerrarse la puerta y se acercó a Dilaf, quien todavía estaba tendido en el banco.

—Eso ha sido inesperado, arteth. Tendrías que haber hablado conmigo antes.

—No lo había planeado, mi señor —dijo Dilaf—. De repente he sentido la necesidad de hablar. Solo lo he hecho en vuestro servicio, mi hroden.

—Por supuesto —dijo Hrathen, insatisfecho. Telrii tenía razón. La intervención de Dilaf había sido valiosa. Por mucho que Hrathen quisiera reprender al arteth, no podía hacerlo. Sería negligente en su servicio al wyrn si no usaba cada herramienta disponible para convertir al pueblo de Arelon, y Dilaf había demostrado ser una muy útil. Hrathen necesitaría al arteth para que hablara en encuentros posteriores. Una vez más, Dilaf lo había dejado sin muchas opciones.

»Bien, está hecho —dijo Hrathen con calculado menosprecio—. Y parece que les ha gustado. Tal vez te haga hablar de nuevo alguna vez. Sin embargo, debes recordar cuál es tu lugar, arteth. Eres mi odiv. No actúas a menos que yo te lo indique específicamente. ¿Comprendido?

—Perfectamente, mi señor Hrathen.

HRATHEN CERRÓ SILENCIOSAMENTE la puerta de sus aposentos personales. Dilaf no estaba allí. Hrathen no podía permitirle ver lo que estaba a punto de ocurrir. En eso Hrathen podía aún sentirse superior al joven sacerdote areleno. Dado que Dilaf nunca llegaría a las filas más altas del sacerdocio, no podría hacer jamás lo que Hrathen iba a hacer, algo que solo conocían los gyorns y el wyrn.

Hrathen permaneció sentado en silencio, preparándose. Solo después de media hora de meditación se sintió lo suficientemente controlado para actuar. Tras inspirar cuidadosamente, se levantó de su asiento y se acercó al gran arcón que aguardaba en un rincón de su habitación. Encima de él había unos cuantos tapices doblados, cuidadosamente dispuestos para disimular. Hrathen retiró con reverencia los tapices y luego rebuscó bajo su camisa para sacar la cadena de oro que llevaba colgada al cuello. De la cadena pendía una pequeña llave con la que abrió el arcón, revelando su contenido, una cajita metálica.

La caja tenía aproximadamente el tamaño de cuatro libros apilados, y Hrathen notó su peso en las manos cuando la sacó del arcón. Sus lados habían sido construidos con el mejor acero, y en su parte delantera había un pequeño dial y varias delicadas palancas. El mecanismo había sido diseñado por los mejores cerrajeros de Svorden. Solo Hrathen y el wyrn conocían la manera adecuada de girar y tirar para abrir la caja.

Hrathen giró el dial y tiró de las palancas siguiendo una secuencia que había memorizado poco después de ser nombrado gyorn. La combinación no se había escrito nunca. Habría sido extremadamente embarazoso para el shu-dereth que alguien ajeno al sacerdocio descubriera el contenido de la caja.

El cerrojo chasqueó y Hrathen abrió la tapa con mano firme. Una pequeña bola brillante esperaba paciente en su interior.

—¿Me necesitáis, mi señor? —preguntó el seon con suave voz femenina.

—¡Calla! —ordenó Hrathen—. Sabes que no debes hablar.

La bola de luz se balanceó, sumisa. Habían pasado meses desde la última vez que Hrathen había abierto la caja, pero la seon no mostraba ningún signo de rebeldía. Las criaturas (o lo que fueran) parecían ser fielmente obedientes.

Los seones habían supuesto la mayor sorpresa de Hrathen tras su nombramiento como gyorn. No es que le sorprendiera descubrir que las criaturas eran reales, aunque muchos en el este las consideraban un mito aónico. Para entonces Hrathen ya había aprendido que había... cosas en el mundo que la gente normal no comprendía. Los recuerdos de sus primeros años entrenando en el monasterio de Dakhor todavía hacían que temblara de miedo.

No, la sorpresa para Hrathen fue descubrir que el wyrn consentía en usar magia pagana para ampliar el imperio de Jaddeth. El propio wyrn había explicado la necesidad de usar seones, pero Hrathen había tardado años en aceptar la idea. Al final, la lógica se impuso. Igual que en ocasiones era necesario hablar en lenguas paganas para predicar el imperio de Jaddeth, había casos en los que las artes del enemigo demostraban ser valiosas.

Naturalmente, solo aquellos con más autocontrol y santidad podían usar los seones sin ser tentados. Los gyorns los usaban para contactar con el wyrn cuando estaban en un país lejano, y lo hacían pocas veces. La comunicación instantánea a través de distancias tan grandes era un recurso cuyo precio merecía la pena.

—Ponme con el wyrn —ordenó Hrathen. La seon obedeció, alzándose un poco, buscando con sus habilidades hablar con el seon que el propio wyrn tenía oculto y que era atendido en todo momento por un sirviente mudo cuyo sagrado deber era vigilar a la criatura.

Hrathen miró a la seon mientras esperaba. La seon flotaba, paciente. Siempre *se mostraba* obediente, al menos en apariencia. De hecho, los otros gyorns ni siquiera parecían cuestionarse la lealtad de las criaturas. Decían que cra parte de la magia de los seones ser fieles a sus amos, aunque esos amos los detestaran.

Hrathen no estaba tan seguro. Los seones podían contactar con otros de su clase, y al parecer no necesitaban dormir ni la mitad que los hombres. ¿Qué hacían los seones, mientras sus amos dormían? ¿Qué secretos discutían? En un momento dado, la mayoría de los nobles de Duladel, Arelon, Teod e incluso Jin-Do habían tenido seones. Durante esos días, ¿de cuántos secretos habían sido testigos aquellas bolas flotantes, de cuántos habían tal vez chismorreado?

Sacudió la cabeza. Menos mal que aquellos días habían pasado. Perdido su apoyo a causa de su asociación con la caída de Elantris, e incapaces de seguir reproduciéndose por la pérdida de la magia elantrina, los seones eran cada vez más escasos. Cuando Fjorden conquistara occidente, Hrathen dudaba que volvieran a verse seones flotando libremente.

Su seon empezó a gotear como agua y tomó la forma del orgulloso rostro del wyrn. Sus rasgos nobles y cuadrados observaron a Hrathen.

—Estoy aquí, hijo mío. —La voz del wyrn flotó a través de la seon.

—Oh, gran señor y maestro, uncido de Jaddeth y emperador de la luz de su favor —dijo Hrathen, agachando la cabeza.

—Habla, mi odiv.

—Tengo una propuesta de uno de los lores de Arelon, magnífico...

CAPÍTULO 13

E STO es! —exclamó Raoden—. ¡Galladon, ven aquí!

El gran dula alzó las cejas, soltó su libro y se levantó con su característico estilo relajado para acercarse a Raoden.

—¿Qué has encontrado, sule?

Raoden señaló el libro sin cubiertas que tenía delante. Estaba sentado en la antigua iglesia korathi que se había convertido en su centro de operaciones. Galladon, todavía decidido a mantener en secreto su pequeño estudio lleno de libros, había insistido en que transportaran a la capilla los volúmenes necesarios en vez de dejar entrar a nadie en su santuario.

—Sule, no puedo leer eso —protestó Galladon, mirando el libro—. Está escrito completamente con aones.

—Eso es lo que me hizo sospechar.

—¿Puedes leerlo tú?

—No —dijo Raoden con una sonrisa—. Pero tengo esto. —Extendió la mano y sacó un volumen similar sin cubiertas, sus guardas manchadas con la mugre de Elantris—. Un diccionario de aones.

Galladon estudió el primer libro con ojo crítico.

—Sule, ni siquiera conozco la décima parte de los aones de esta página. ¿Tienes idea de cuánto tiempo vas a tardar en traducirlo?

Raoden se encogió de hombros.

—Es mejor que buscar pistas en los otros libros. Galladon, si tengo que leer una palabra más sobre el paisaje de Fjorden, acabaré por vomitar.

Galladon expresó su acuerdo con un gruñido. El anterior dueño de los libros debía de ser experto en geografía, pues al menos la mitad de los volúmenes trataba de ese tema.

—¿Estás seguro de que esto es lo que queremos? —preguntó Galladon.

—He recibido un poco de formación en la lectura de textos aónicos puros, amigo mío —dijo Raoden, señalando un aon de una página, al principio del libro—. Este dice AonDor.

Galladon asintió.

—Muy bien, sule. Sin embargo, no te envidio la tarea. La vida sería mucho más sencilla si tu pueblo no hubiera tardado tanto en inventar un alfabeto. ¿Kolo?

—Los aones eran un alfabeto —dijo Raoden—, pero increíblemente complejo. No tardaré tanto como crees. Iré recordando mi formación conforme avance.

—Sule, a veces eres tan optimista que da asco. Supongo que entonces podemos devolver los demás libros adonde los encontramos, ¿no? —Había cierta ansiedad en la voz de Galladon. Los libros eran preciosos para él. Raoden había tardado una hora entera para convencerlo de que les quitaran las cubiertas, y se daba cuenta de cuánto le molestaba que los libros quedaran expuestos a la mugre y la suciedad de Elantris.

—No hay inconveniente —dijo Raoden. Ninguno de los otros libros trataba del AonDor, y aunque algunos eran diarios o registros que podían contener pistas, Raoden sospechaba que ninguno sería tan útil como el que tenía delante. Suponiendo que pudiera traducirlo con éxito.

Galladon asintió y empezó a recoger los libros. Luego miró con aprensión hacia arriba cuando oyó un roce en el tejado. Galladon estaba convencido de que, tarde o temprano, todo se vendría abajo e, inevitablemente, caería sobre su brillante cabeza oscura.

—No te preocupes tanto, Galladon —dijo Raoden—. Maare y Riil saben lo que están haciendo.

Galladon frunció el ceño.

—No, no lo saben, sule. Creo recordar que ninguno de ellos tenía ni idea de lo que hacer antes de que tú se lo encargaras.

—Quería decir que son competentes. —Raoden alzó la cabeza, satisfecho. En seis días de trabajo habían cubierto buena parte del tejado. Mareshe había ideado una pasta parecida al barro mezclando trozos de madera, tierra y el omnipresente lodo de Elantris. Esta mixtura, cuando se aplicaba a las vigas de apoyo caídas y a algunas secciones menos podridas de tela formaba un techo que era, si no excelente, al menos adecuado.

Raoden sonrió. El dolor y el hambre estaban siempre presentes, pero las cosas iban tan bien que casi podía olvidar su media docena de chichones y cortes. Por la ventana que tenía a su derecha veía al nuevo miembro de su banda, Loren. El hombre trabajaba en una gran zona junto a la iglesia, lo que antes había sido probablemente un jardín. Siguiendo las órdenes de Raoden y equipado con un par de nuevos guantes de cuero, Loren movía piedras y quitaba escombros para dejar al descubierto la suave tierra de debajo.

—¿De qué va a servir esto? —preguntó Galladon, siguiendo la mirada de Raoden.

—Ya lo verás —contestó Raoden con una mirada misteriosa. Galladon rezongó mientras recogía un puñado de libros y salía de la capilla. El dula tenía razón en una cosa: no podían contar con que arrojaran nuevos elantrinos a la ciudad tan rápidamente como Raoden había previsto al principio. Antes de la llegada de Loren, el día anterior, habían pasado cinco días enteros sin que se produjera siquiera un temblor en las puertas de la ciudad. Raoden había tenido mucha suerte de encontrar a Mareshe y los demás en tan poco tiempo.

—¿Lord Espíritu? —preguntó una voz vacilante.

Raoden se volvió hacia la puerta de la capilla, donde un hombre desconocido esperaba a ser atendido. Era delgado, de aspecto encogido y aire de sometimiento. Raoden no podía asegurar su edad: la shaod tendía a hacer que todo el mundo pareciera mucho más viejo de lo que era en realidad. Sin embargo, tuvo la impresión de que la edad de aquel hombre no era ninguna ilusión. Si en su cabeza hubiera habido algo de pelo, habría sido blanco, y su piel se había arrugado mucho antes de que la shaod lo alcanzara.

—¿Sí? —preguntó Raoden con interés—. ¿Qué puedo hacer por ti?

—Mi señor... —empezó a decir el hombre.

—Adelante —lo instó Raoden.

—Bueno, señoría, he oído algunas cosas, y me preguntaba si podría unirme a vosotros.

Raoden sonrió. Se levantó y se acercó al hombre.

—Desde luego, puedes unirte a nosotros. ¿Qué has oído?

—Bueno... —El hombre vaciló, nervioso—. En las calles se dice que quienes te siguen no tienen hambre. Dicen que tienes un secreto que hace que el dolor desaparezca. Llevo en Elantris casi un año ya, mi señor, y mis heridas son casi insoportables. Me he dicho que podría daros una oportunidad, o ir a buscarme un rincón y unirme a los hoed.

Raoden asintió, dándole una palmada en el hombro. Seguía notando el ardor en su dedo del pie. Se estaba acostumbrando al dolor, pero seguía allí. Lo acompañaba el gruñido de su estómago.

—Me alegro de que hayas venido. ¿Cómo te llamas?

—Kahar, mi señor.

—Muy bien, Kahar, ¿qué hacías antes de que la shaod te alcanzara?

Los ojos de Kahar se nublaron, como si estuviera retrocediendo mucho en el tiempo.

—Era una especie de limpiador, mi señor. Creo que limpiaba las calles.

—¡Perfecto! Estaba esperando a alguien con tus habilidades. Mareshe, ¿estás por ahí?

—Sí, mi señor —respondió el flaco artesano desde una de las habitaciones del fondo. Asomó la cabeza un momento después.

—¿Por casualidad alguna de las trampas que colocaste capturaron algo de la lluvia de anoche?

—Por supuesto, mi señor —dijo Mareshe, indignado.

—Bien. Enséñale a Kahar dónde está el agua.

—Por supuesto —Mareshe le indicó a Kahar que le siguiera.

—¿Qué tengo que hacer con el agua, mi señor? —preguntó Kahar.

—Es hora de que dejemos de vivir en la inmundicia, Kahar —dijo Raoden—. Esta mugre que cubre Elantris puede ser limpiada, he visto un sitio donde se ha hecho. Tómate tu tiempo y no te deslomes, pero limpia este edificio por dentro y por fuera. Rasca cada pedazo de mugre y limpia cada mota de suciedad.

—Entonces ¿me enseñarás el secreto? —preguntó Kahar, esperanzado.

—Confía en mí.

Kahar asintió y siguió a Mareshe. La sonrisa de Raoden desapareció en cuanto el hombre se marchó. Estaba descubriendo que lo más difícil del liderazgo, allí en Elantris, era mantener la actitud de optimismo de la que se burlaba Galladon. Estas personas, incluso los recién llegados, estaban peligrosamente al borde de perder la esperanza. Pensaban que estaban condenados y suponían que nada podía salvar sus almas de pudrirse como la propia Elantris. Raoden tenía que vencer años de condicionamiento además de las siempre presentes fuerzas del dolor y el hambre.

Nunca se había considerado a sí mismo un hombre especialmente alegre. No obstante, en Elantris se había visto reaccionando a la desesperación con retador optimismo. Cuanto más empeoraban las cosas, más decidido estaba a enfrentarse a ellas sin quejas. Pero la alegría forzada se cobraba su precio. Podía sentir que los otros, incluso Galladon, se apoyaban en él. De toda la gente de Elantris, solo Raoden no podía mostrar su dolor. El hambre roía su pecho como una horda de insectos que intentara escapar de sus entrañas, y el dolor de varias heridas golpeaba su resolución con implacable determinación.

No estaba seguro de cuánto tiempo aguantaría. Después de apenas semana y media en Elantris, ya sentía tanto dolor que a veces le resultaba difícil concentrarse. ¿Cuánto tiempo pasaría antes de que estuviera incapacitado? ¿O cuánto hasta que quedara reducido al estado infrahumano de los hombres de Shaor? Una pregunta era más aterradora que todas las demás: cuando cayera, ¿cuánta gente caería con él?

Y, sin embargo, tenía que soportar aquel peso. Si no aceptaba la responsabilidad, nadie más lo haría, y aquellas personas se volverían esclavas de su propia agonía o de los matones de las calles. Elantris lo necesitaba. Si lo agotaba, que así fuera.

—¡Lord Espíritu! —llamó una voz frenética.

Raoden se volvió mientras un preocupado Saolin entraba atropelladamente en la habitación. El mercenario de nariz ganchuda había fabricado una lanza con un trozo de madera medio podrida y una piedra afilada, y patrullaba por los alrededores de la capilla. El rostro cubierto de cicatrices del elantrino mostraba preocupación.

—¿Qué ocurre, Saolin? —preguntó Raoden, alarmado. El hombre era un guerrero experimentado y no se inquietaba fácilmente.

—Un grupo de hombres armados viene hacia aquí, mi señor. He contado doce, y traen armas de acero.

—¿Acero? ¿En Elantris? No sabía que pudiera encontrarse.

—Se acercan rápidamente, mi señor —dijo Saolin—. ¿Qué hacemos...? Casi están aquí.

—*Están* aquí —dijo Raoden mientras un grupo de hombres se abría paso por la puerta abierta de la capilla. Saolin tenía razón. Varios llevaban armas de acero, aunque las hojas estaban melladas y herrumbrosas. Era un grupo de aspecto sombrío y desagradable, y los lideraba una figura familiar... o, al menos, familiar desde lejos.

—Karata —dijo Raoden. Loren habría sido suyo el día anterior, pero Raoden se lo había robado. Al parecer, había venido a presentar una queja. Solo era cuestión de tiempo.

Raoden miró a Saolin, que avanzaba despacio como si estuviera ansioso por probar su improvisada lanza.

—Quieto, Saolin —ordenó Raoden.

Karata era completamente calva, un regalo de la shaod, y llevaba tanto tiempo en la ciudad que su piel había empezado a arrugarse. Sin embargo, su porte era orgulloso y sus ojos decididos, los ojos de una persona que no había cedido al dolor y que no iba a hacerlo pronto. Llevaba un atuendo oscuro de cuero gastado. Para Elantris, estaba bien hecho.

Karata contempló la capilla, estudiando el nuevo techo, y luego a los miembros de la banda de Raoden, que se habían congregado ante la ventana para observar con aprensión. Mareshe y Kahar se encontraban de pie, inmóviles, al fondo de la habitación. Finalmente, Karata clavó su mirada en Raoden.

Hubo un tenso silencio. Al cabo de un rato, Karata se volvió hacia uno de sus hombres.

—Destruid el edificio, expulsadlos y romped algunos huesos. —Se volvió para marcharse.

—Puedo hacerte llegar al palacio de Iadon —dijo Raoden suavemente.

Karata se detuvo.

—Eso es lo que quieres, ¿no? —preguntó Raoden—. Los guardias de la ciudad de Elantris te capturaron en Kae. No te tolerarán eternamente. Queman a los elantrinos que se escapan demasiadas veces. Si realmente quieres llegar al palacio, puedo llevarte allí.

—Nunca saldremos de la ciudad —dijo Karata, volviendo sus ojos escépticos hacia él—. Han doblado la guardia recientemente. Por lo visto para guardar las apariencias por una boda real. No puedo salir desde hace un mes.

—También puedo sacarte de la ciudad —prometió Raoden.

Karata entornó los ojos, recelosa. No hablaron de precio.

Ambos sabían que Raoden solo podía exigir una cosa: que lo dejaran en paz.

—Estás desesperado —concluyó ella finalmente.

—Cierto. Pero también soy un oportunista.

Karata asintió despacio.

—Regresaré al anochecer. Harás lo prometido o mis hombres les romperán las piernas a todos los que hay aquí y los dejarán pudriéndose en agonía.

—Comprendido.

—SULE, YO...

—No crees que sea una buena idea —terminó Raoden con una leve sonrisa—. Sí, Galladon, lo sé.

—Elantris es una ciudad grande. Hay sitios donde esconderse, donde ni siquiera Karata podría encontrarnos. No puede disgregar demasiado sus fuerzas, o de lo contrario Shaor y Aanden la atacarán. ¿Kolo?

—Sí, pero ¿entonces qué? —preguntó Raoden, probando la fuerza de una cuerda que Mareshe había fabricado con unos harapos. Parecía capaz de soportar su peso—. Karata no podría encontrarnos, pero tampoco lo haría nadie más. La gente empieza a darse cuenta de que estamos aquí. Si nos movemos ahora, no creceremos nunca.

Galladon parecía dolido.

—Sule, ¿tenemos que crecer? ¿Tienes que fundar otra banda? ¿No son suficientes tres caudillos?

Raoden se detuvo y miró con preocupación al gran dula.

—Galladon, ¿eso crees que estoy haciendo?

—No lo sé, sule.

—No tengo ningún deseo de poder, Galladon —dijo Raoden llanamente—. Me preocupa la vida. No solo la supervivencia, Galladon, *la vida.* Esta gente está muerta porque se ha rendido, no porque sus corazones ya no latan. Voy a cambiar eso.

—Sule, es imposible.

—También lo es introducir a Karata en el palacio de Iadon —dijo Raoden, enroscando la cuerda en su brazo—. Te veré cuando vuelva.

—¿QUÉ ES ESTO? —preguntó Karata, recelosa.

—Nuestra salida —explicó Raoden, asomándose al brocal del único pozo de Elantris. Era profundo, pero podía oír el agua moviéndose en la oscuridad de abajo.

—¿Esperas que vayamos nadando?

—No —dijo Raoden, atando la cuerda de Mareshe a una herrumbrosa vara de hierro que sobresalía a un lado del pozo—. Dejaremos que nos lleve la corriente. Será más flotar que nadar.

—Eso es una locura. El río fluye bajo tierra. Nos ahogaremos.

—No podemos ahogarnos. Como suele decir mi amigo Galladon, «ya estamos muertos, ¿kolo?».

Karata no parecía convencida.

—El río Aredel fluye directamente bajo Elantris, y luego continúa hasta Kae —explicó Raoden—. Rodea la ciudad y pasa bajo el palacio. Todo lo que tenemos que hacer es dejar que nos lleve. Ya he intentado contener la respiración. He aguantado media hora y mis pulmones ni siquiera lo han acusado. Nuestra sangre ya no corre, así que para lo único que necesitamos el aire es para hablar.

—Esto podría destruirnos a ambos —advirtió Karata. Raoden se encogió de hombros.

—El hambre acabaría con nosotros dentro de unos meses, de todas formas.

Karata sonrió levemente.

—De acuerdo, Espíritu. Tú primero.

—Con mucho gusto —dijo Raoden, sin sentir un ápice de alegría por ello. Con todo, era idea suya. Sacudiendo tristemente la cabeza, Raoden se encaramó a la pared y empezó a descender. La cuerda se acabó antes de que llegara al agua y, tras tomar aire profunda pero inútilmente, se soltó.

Cayó al río, que estaba sorprendentemente frío. La corriente amenazaba con arrastrarlo, pero se aferró a una roca y se mantuvo allí, esperando a Karata. Su voz resonó en la oscuridad, desde arriba.

—¿Espíritu?

—Estoy aquí. Estás a unos tres metros sobre el río. Tendrás que dejarte caer el resto.

—¿Y luego?

—El río continúa bajo tierra, puedo sentirlo tirando de mí. Esperemos que sea lo bastante ancho todo el tiempo, o de lo contrario acabaremos convertidos en eternos tapones subterráneos.

—Podrías haber mencionado eso antes de que bajara —dijo Karata, nerviosa. Sin embargo, sonó un chapoteo seguido de un gemido que acabó en borboteo cuando algo grande pasó junto a Raoden arrastrado por la corriente.

Murmurando una oración a Domi el Misericordioso, Raoden soltó la roca y dejó que el río lo arrastrara bajo su superficie invisible.

RAODEN TUVO QUE nadar. El truco era mantenerse en el centro del río, para no chocar contra las paredes del túnel de roca. Hizo cuanto pudo mientras se movía en la oscuridad, usando los brazos extendidos para situarse. Por fortuna, el tiempo había pulido las rocas, que magullaban más que cortaban.

Pasó una eternidad en aquel mundo subterráneo. Era como si flotara a través de la misma oscuridad, incapaz de hablar, completamente solo. Tal vez eso era la muerte, su alma flotando en un vacío interminable y sin luz.

La corriente cambió, tirando de él hacia arriba. Raoden movió los brazos para amortiguar el choque contra el techo de piedra, pero no encontraron ninguna resistencia. Poco más tarde su cabeza salió al aire libre y su rostro mojado sintió el frío viento. Parpadeó inseguro mientras el mundo se enfocaba, las luces de las estrellas y la ocasional linterna callejera ofrecían solo una tenue iluminación. Fue suficiente para que recuperara la orientación y, tal vez, la cordura.

Flotó letárgico. El río se ensanchaba tras subir a la superficie, y la corriente se redujo de manera considerable. Sintió una forma acercarse en el agua y trató de hablar, pero tenía los pulmones llenos de agua. Solo consiguió desencadenar un fuerte e incontrolable arrebato de tos.

Una mano se cerró sobre su boca, cortando su tos con un borboteo.

—¡Calla, idiota! —susurró Karata.

Raoden asintió, luchando por controlar la tos. Tal vez tendría que haberse concentrado menos en las metáforas teológicas del viaje y más en mantener la boca cerrada.

Karata le soltó la boca, pero siguió agarrándolo por el hombro, manteniéndolos juntos mientras dejaban atrás la ciudad de Kae. Como era de noche las tiendas estaban cerradas, pero algún guardia ocasional patrullaba las calles. Los dos continuaron flotando en silencio hasta llegar al extremo noroeste de la ciudad, donde el palacio de Iadon se alzaba en la noche. Entonces, todavía sin hablar, nadaron hasta la orilla cercana al palacio.

El palacio era un edificio oscuro y hosco, la manifestación de la única inseguridad de Iadon. El padre de Raoden no era miedoso. De hecho, a menudo era beligerante cuando tendría que haber sido prudentemente aprensivo. Esa tendencia le había reportado riquezas cuando era un hombre de negocios que comerciaba con los fjordell, pero había causado su fracaso como rey. Iadon era paranoico únicamente respecto a una cosa, dormir. Al rey le aterraba que unos asesinos pudieran colarse y asesinarlo mientras dormía. Raoden recordaba bien los murmullos irracionales que profería su padre sobre el tema cada noche antes de acostarse. Las preocupaciones del reinado solo habían empeorado el temor de Iadon, haciendo que reforzara su casa, que ya parecía una fortaleza, con un batallón de guardias. Los soldados vivían cerca de los aposentos de Iadon para facilitar una rápida respuesta.

—Muy bien —susurró Karata, viendo cómo los guardias paseaban por las almenas—, nos has hecho salir. Ahora, haznos entrar.

Raoden asintió, tratando de vaciar sus pulmones empapados de la manera más silenciosa posible, algo que no consiguió sin una buena cantidad de arcadas ahogadas.

—Trata de no toser tanto —le aconsejó Karata—. Te irritarás la garganta y te lastimarás el pecho, y luego te pasarás toda la eternidad sintiéndote resfriado.

Raoden gruñó, poniéndose en pie.

—Tenemos que llegar al ala oeste —dijo, la voz rasposa.

Karata asintió. Caminó silenciosa y rápidamente, mucho más de lo que Raoden era capaz, como una persona acostumbrada al peligro. Varias veces alzó la mano en gesto de advertencia, deteniendo el avance justo antes de que un pelotón de guardias surgiera de la oscuridad. Su destreza les permitió llegar al ala oeste del palacio de Iadon sin tropiezos, a pesar de la falta de habilidad de Raoden.

—¿Y ahora qué? —preguntó en voz baja.

Raoden se detuvo. Se enfrentaba a una duda. ¿Por qué quería Karata acceder al palacio? Por lo que Raoden había oído de ella, no parecía de las que buscaban venganza. Era brutal, pero no vengativa. Pero ¿y si estaba equivocado? ¿Y si quería la sangre de Iadon?

—¿Bien? —preguntó Karata.

«No dejaré que mate a mi padre —decidió Raoden—. No importa lo mal rey que sea, no le permitiré hacerlo».

—Tendrás que responderme a algo primero.

—¿Ahora? —preguntó ella, claramente molesta. Raoden asintió.

—Necesito saber por qué quieres entrar en el palacio.

En la oscuridad, ella frunció el ceño.

—No estás en posición de plantear exigencias.

—Ni tú de rehusarlas. Todo lo que tengo que hacer es dar la alarma, y los guardias nos detendrán a los dos.

Karata esperó en la oscuridad, decidiendo obviamente si él iba a hacerlo o no.

—Mira —dijo Raoden—. Dime solo una cosa. ¿Pretendes hacer daño al rey?

Karata lo miró a los ojos, luego negó con la cabeza.

—Mi pugna no es con él.

«¿La creo o no? —pensó Raoden—. ¿Tengo elección?».

Apartó con la mano unos matorrales que cubrían el muro y apoyó todo su peso en una de las piedras. Esta se hundió con un suave rechinar, y una sección del suelo se abrió ante ellos.

Karata alzó las cejas.

—¿Un pasadizo secreto? Qué pintoresco.

—Iadon es muy paranoico respecto a sus horas de sueño —dijo Raoden, colándose por el estrecho hueco entre el muro y el suelo—. Hizo construir este pasadizo para tener un último medio de huida si alguien atacaba el palacio.

Karata resopló mientras lo seguía a través del agujero.

—Creía que este tipo de cosas solo existían en los cuentos infantiles.

—A Iadon le gustan bastante ese tipo de cuentos.

El pasadizo se ensanchaba después de unos cuatro metros, y Raoden palpó la pared hasta que encontró un farol, con yesca y acero. Mantuvo la pantalla casi cerrada, dejando que escapara solo una rendija de luz, suficiente para revelar un pasadizo estrecho y lleno de polvo.

—Parece que conoces bastante bien el palacio —observó Karata. Raoden no respondió, incapaz de pensar una respuesta que no fuera demasiado comprometida. Su padre le había mostrado el pasadizo cuando apenas era un adolescente, y a Raoden y sus amigos les había parecido una atracción irresistible. Ignorando las advertencias de que el pasadizo era solo para emergencias, Raoden y Lukel se habían pasado horas jugando allí dentro.

Naturalmente, ahora le parecía más pequeño. Apenas había espacio para que Raoden y Karata maniobraran.

—Ven —dijo él, alzando la linterna y caminando de lado. El trayecto hasta los aposentos de Iadon era más breve de lo que recordaba. En realidad, como pasadizo no era gran cosa, a pesar de lo que decía su imaginación. Ascendía hasta el primer piso en pronunciado ángulo, directo a las habitaciones del rey.

—Ya estamos —dijo Raoden cuando llegaron al final—. Los aposentos reales. Iadon debería estar en la cama ya, y a pesar de su paranoia tiene el sueño profundo. Tal vez una cosa lleva a la otra.

Abrió la puerta, que del otro lado quedaba oculta tras un tapiz. La enorme cama de Iadon estaba oscura y tranquila, aunque la ventana abierta proporcionaba suficiente luz para ver que el rey estaba, de hecho, presente.

Raoden se envaró, mirando a Karata. La mujer, sin embargo, cumplió su palabra. Apenas dirigió al rey dormido una mirada mientras atravesaba la habitación y salía al pasillo. Raoden suspiró aliviado, siguiéndola con poco sigilo.

El oscurecido pasillo exterior conectaba las habitaciones de Iadon con las de sus guardias. El de la derecha conducía a los barracones de los hombres. El de la izquierda a un puesto de guardia y al resto del palacio. Karata continuó por el pasillo de la derecha hasta el anexo de los barracones sin que sus pies descalzos hicieran ningún ruido en el suelo de piedra.

Raoden la siguió hasta los barracones, cada vez más nervioso. Ella había decidido no matar a su padre, pero se estaba internando en la parte más peligrosa del palacio. Un solo sonido despertaría a docenas de soldados.

Por fortuna, desplazarse por un pasillo de piedra no requería mucha habilidad. Karata abría con cuidado las puertas que iba encontrando y Raoden se deslizaba por ellas siguiéndola.

El pasillo a oscuras desembocó en otro, flanqueado de puertas. Las habitaciones de los suboficiales y de aquellos guardias a quienes se concedía vivienda para criar una familia. Karata escogió una puerta. Dentro había una sola habitación, la concedida a la familia de un guardia casado. La luz de las estrellas iluminaba una cama junto a una pared y un aparador junto a la otra.

Raoden vaciló, nervioso, preguntándose si todo aquello había sido para que Karata pudiera agenciarse las armas de un guardia dormido. Si era así, estaba loca. Naturalmente, colarse en el palacio de un rey paranoico no era exactamente un signo de estabilidad mental.

Mientras Karata entraba en la habitación, Raoden advirtió que no podía haber ido a robar las armas del guardia. Él no estaba allí. La cama estaba vacía, las sábanas arrugadas. Karata se detuvo junto a algo que Raoden no había advertido al principio, un colchón en el suelo, ocupado por un bultito que solo podía ser un niño dormido cuyos rasgos y sexo se perdían en la oscuridad. Karata se arrodilló junto a la criatura durante un silencioso instante.

Cuando terminó, indicó a Raoden que saliera de la habitación y cerró la puerta tras ella. Raoden alzó las cejas y ella asintió. Estaban listos para marcharse.

Iniciaron la huida en orden inverso a la incursión. Raoden se deslizó primero por las puertas aún abiertas y Karata lo siguió, cerrándolas. En conjunto, Raoden se sintió aliviado por lo fácilmente que se desarrollaba todo... o al menos así fue hasta el momento en que atravesó la puerta del último pasillo, ante la cámara de Iadon.

Había un hombre al otro lado de la puerta, la mano detenida en el acto de agarrar el pomo. Los observó sobresaltado.

Karata adelantó a Raoden. Pasó el brazo por el cuello del hombre y le cerró la boca con un suave movimiento antes de agarrarlo por la muñeca mientras intentaba hacerse con la espada que llevaba al cinto. El hombre, sin embargo, era más grande y más fuerte que la debilitada forma elantrina de Karata y se zafó, bloqueando su pierna con la suya propia cuando ella intentaba hacerle una zancadilla.

—¡Alto! —ordenó Raoden en voz baja, alzando la mano con gesto amenazador.

Ambos lo miraron molestos, pero dejaron de debatirse cuando vieron lo que estaba haciendo.

El dedo de Raoden se movió en el aire, y una estela de luz lo siguió. Raoden continuó escribiendo, curvando la línea y estirándola hasta que terminó un carácter. Aon Sheo, el símbolo de la muerte.

—Si te mueves —dijo en voz baja—, morirás.

Los ojos del guardia se abrieron de par en par, horrorizados. El aon brilló sobre su pecho, arrojando una dura luz a la habitación por lo demás en penumbra y proyectando sombras en las paredes. El carácter destelló, como hacía siempre, y luego desapareció. Sin embargo, la luz fue suficiente para iluminar el elantrino rostro manchado de negro de Raoden.

—Sabes lo que somos.

—Domi Misericordioso... —susurró el hombre.

—El aon permanecerá aquí durante la siguiente hora —mintió Raoden—. Quedará flotando donde lo he dibujado, invisible, esperando siquiera a que tiembles. Si lo haces, te destruirá. ¿Comprendes?

El hombre no se movió. El sudor perlaba su rostro aterrorizado. Raoden extendió la mano, desabrochó el cinturón del hombre, y luego se ciñó la espada a la cintura.

—Vamos —le dijo a Karata.

La mujer estaba todavía agazapada junto a la pared contra la que la había empujado el guardia, observando a Raoden con expresión indescifrable.

—Vamos —repitió Raoden, con algo más de urgencia.

Karata asintió, recuperando la compostura. Abrió la puerta de la habitación del rey, y los dos desaparecieron por donde habían entrado.

—**NO ME HA** reconocido —dijo Karata para sí, con una voz que sonaba divertida pero apenada.

—¿Quién? —preguntó Raoden. Los dos estaban agazapados en la puerta de una tienda, cerca del centro de Kae, descansando un momento antes de continuar el viaje de vuelta a Elantris.

—Ese guardia. Fue mi marido, en otra vida.

—¿Tu *marido*?

Karata asintió.

—Vivimos juntos durante doce años, y ahora me ha olvidado.

Todo encajó de golpe.

—Entonces el niño en esa habitación...

—Era mi hija. Dudo que nadie le haya dicho lo que me sucedió. Solo... quería que lo supiera.

—¿Le has dejado una nota?

—Una nota y un recuerdo. —La voz de Karata era triste, aunque no asomó ninguna lágrima a sus ojos elantrinos—. Mi collar. Conseguí colarlo y burlar a los sacerdotes hace un año. Quería que ella lo tuviera... siempre fue mi intención dárselo. Me atraparon tan rápidamente... no tuve oportunidad de decir adiós.

—Lo sé —dijo Raoden, rodeando a la mujer con un brazo para reconfortarla—. Lo sé.

—Nos arrebata a todos. Nos lo quita todo y no nos deja nada. —Su voz estaba cargada de vehemencia.

—Como desea Domi.

—¿Cómo puedes decir eso? —le espetó ella bruscamente—. ¿Cómo puedes invocar su nombre después de todo lo que nos ha hecho?

—No lo sé —confesó Raoden, sintiéndose fuera de lugar—. Solo sé que tenemos que seguir adelante, como hace todo el mundo. Al menos has vuelto a verla.

—Sí —dijo Karata—. Gracias. Me has hecho un gran servicio esta noche, mi príncipe.

Al oírlo, Raoden se quedó petrificado.

—Sí, te conozco. Viví en el palacio durante años, con mi marido, protegiendo a tu padre y a tu familia. Te he visto desde la infancia, príncipe Raoden.

—¿Lo has sabido todo el tiempo?

—No todo el tiempo. Pero el suficiente. Cuando lo descubrí, no pude decidir si odiarte por estar emparentado con Iadon, o alegrarme de que la justicia te llevara también.

—¿Y tu decisión?

—No importa —dijo ella, secándose por reflejo los ojos secos—. Has cumplido tu trato de manera admirable. Mi gente os dejará en paz.

—Eso no es suficiente, Karata —dijo Raoden, poniéndose en pie.

—¿Exiges más aparte de nuestro trato?

—No exijo nada, Karata —dijo Raoden, ofreciéndole la mano para ayudarla a levantarse—. Pero sabes quién soy, y puedes imaginar qué intento hacer.

—Eres como Aanden —dijo Karata—. Planeas dominar Elantris como tu padre domina el resto de esta tierra maldita.

—La gente me juzga rápidamente hoy —dijo Raoden con una sonrisa triste—. No, Karata, no pretendo «dominar» Elantris. Pero quiero ayudarla. Veo una ciudad llena de gente que siente lástima de sí misma, gente resignada a verse como el resto del mundo la ve. Elantris no tiene que ser el pozo que es.

—¿Cómo se puede cambiar eso? Mientras la comida escasee, la gente luchará y destruirá para saciar su hambre.

—Entonces tendremos que darle de comer.

Karata bufó.

Raoden buscó en el interior del bolsillo que había formado en sus ajadas ropas.

—¿Reconoces esto, Karata? —preguntó, mostrándole una bolsita de tela. Estaba vacía, pero la guardaba como recordatorio de su propósito.

Los ojos de Karata ardieron de deseo.

—Contenía comida.

—¿De qué tipo?

—Es una de las bolsas de maíz que forma parte de la ofrenda que se envía con cada nuevo elantrino —dijo Karata.

—No solo grano, Karata —dijo Raoden, alzando un dedo—. Semillas de *maíz*. La ceremonia requiere que el grano ofrecido pueda plantarse.

—¿Semillas de maíz? —susurró Karata.

—Se las he estado recogiendo a los recién llegados —dijo Raoden—. El resto de las ofrendas no me interesa, solo el grano. Podemos plantarlo, Karata. No hay tanta gente en Elantris. No tendría que ser difícil dar de comer a todos. Dios sabe que tenemos suficiente tiempo libre para cuidar un huerto o dos.

Los ojos de Karata se abrieron de par en par.

—Nadie ha intentado eso antes —dijo, anonadada.

—Eso pensaba. Hace falta previsión, y la gente de Elantris está demasiado concentrada en su hambre inmediata para preocuparse por el mañana. Pretendo cambiar eso.

La mirada de Karata pasó de la pequeña bolsa al rostro de Raoden.

—Sorprendente —murmuró.

—Vamos —dijo Raoden, guardando la bolsa y escondiendo luego la espada robada entre sus harapos—. Casi hemos llegado a las puertas.

—¿Cómo pretendes que volvamos a entrar?

—Espera y verás.

Mientras caminaban, Karata se detuvo junto a una casa a oscuras.

—¿Qué? —preguntó Raoden.

Karata señaló. Junto a la ventana, al otro lado del cristal, había una hogaza de pan.

De repente, Raoden sintió que su propia hambre le apuñalaba bruscamente las entrañas. No podía reprocharle nada a Karata. Incluso dentro del palacio, él había estado buscando algo que llevarse.

—No podemos correr ese riesgo, Karata.

Karata suspiró.

—Lo sé. Es que... estamos tan cerca.

—Todas las tiendas están cerradas, y las casas —dijo Raoden—. Jamás encontraríamos lo suficiente como para suponer una diferencia.

Karata asintió y, como aletargada, volvió a ponerse en movimiento. Doblaron una esquina y se acercaron a las grandes puertas de Elantris. A su lado había un edificio bajo de cuyas ventanas surgía luz. Dentro había varios guardias, cuyos uniformes marrones y amarillos destacaban a la luz de la lámpara. Raoden se acercó al edificio y llamó a una ventana con los nudillos.

—Disculpadme —dijo educadamente—, ¿os importaría abrir las puertas, por favor?

Los guardias, que estaban jugando a las cartas, se levantaron alarmados de sus sillas, gritando y maldiciendo al reconocer los rasgos elantrinos de Raoden.

—Daos prisa —dijo Raoden como quien no quiere la cosa—. Me estoy cansando.

—¿Qué estás haciendo fuera? —preguntó exigente uno de los guardias, un oficial según parecía, mientras sus hombres salían del edificio. Varios apuntaron con sus lanzas al pecho de Raoden.

—Intentando volver dentro —dijo Raoden, impaciente. Uno de los guardias alzó su lanza—. Yo no haría eso si fuera tú —añadió—. No a menos que quieras explicar cómo conseguiste matar a un elantrino *al otro lado* de las puertas. Se supone que tenéis que mantenernos dentro de la ciudad... será bastante embarazoso si la gente descubre que nos escapamos ante vuestras narices.

—¿Cómo habéis escapado? —preguntó el oficial.

—Os lo diré más tarde. Ahora deberíais devolvernos a la ciudad antes de que despertemos a todo el barrio y cunda el pánico. Ah, y no os acerquéis demasiado a mí. La shaod, al fin y al cabo, es altamente contagiosa.

Los guardias se apartaron al oír sus palabras. Vigilar Elantris era una cosa, enfrentarse a un cadáver ambulante, otra. El oficial, sin saber qué otra cosa hacer, ordenó abrir las puertas.

—Gracias, buen hombre —sonrió Raoden—. Estás haciendo un trabajo maravilloso. Tendremos que ver si podemos conseguirte un ascenso.

Con eso, le tendió el brazo a Karata y cruzó las puertas de Elantris como si los soldados fueran sus criados personales en vez de los guardias de su prisión.

Karata no pudo evitar reír mientras las puertas se cerraban tras ellos.

—Haces que parezca que *queremos* estar aquí dentro. Como si fuera un privilegio.

—Y eso es exactamente lo que deberíamos sentir. En fin, puestos a estar confinados en Elantris, bien podríamos actuar como si fuera el mejor palacio del mundo entero.

Karata sonrió.

—Te gustan los retos, mi príncipe. Me gusta.

—La nobleza está tanto en los modales como en la educación. Si *actuamos* como si vivir aquí fuera una bendición, entonces tal vez empecemos a olvidar lo patéticos que creemos que somos. Ahora, Karata, quiero que hagas algunas cosas por mí.

Ella alzó una ceja.

—No le digas a nadie quién soy. Quiero lealtad en Elantris basada en el respeto, no en mi título.

—Muy bien.

—Segundo, no le hables a nadie del pasadizo del río que lleva a la ciudad.

—¿Por qué no?

—Es demasiado peligroso. Conozco a mi padre. Si la guardia empieza a descubrir a demasiados elantrinos fuera de la ciudad, vendrá y nos destruirá. El único modo de que Elantris progrese es que se convierta en autosuficiente. No podemos arriesgarnos a tener que ir a la ciudad para mantenernos.

Karata escuchó antes de asentir.

—Muy bien. —Se detuvo pensativa un instante—. Príncipe Raoden, hay algo que quiero enseñarte.

LOS NIÑOS ERAN felices. Aunque la mayoría dormía, unos pocos estaban despiertos y reían y jugaban unos con otros. Todos eran calvos, naturalmente, y llevaban las marcas de la shaod. No parecía importarles.

—Así que aquí es donde van todos —dijo Raoden con interés. Karata lo condujo a la sala, oculta en las profundidades del palacio de Elantris. En otra época aquel edificio había alojado a los líderes electos por los ancianos elantrinos. Ahora escondía un recreo para bebés.

Varios hombres vigilaban a los niños. Miraron a Raoden con recelo. Karata se volvió hacia él.

—Cuando llegué a Elantris, vi a los niños agazapados en las sombras, asustados de todo lo que pasaba, y pensé en mi propia pequeña Opais. Algo en mi corazón sanó cuando empecé a ayudarlos... los reuní, les demostré un poco de amor, y ellos se aferraron a mí. Cada uno de los hombres y mujeres que ves aquí dejó a un niño en el exterior.

Karata se detuvo, y acarició afectuosamente la cabeza de un niño elantrino.

—Los niños nos unen, impiden que cedamos al dolor. La comida que reunimos es para ellos. De algún modo, podemos soportar el hambre un poco mejor si sabemos que se debe, en parte, a que les dimos a los niños lo que teníamos.

—Nunca hubiese dicho... —empezó Raoden en voz baja, viendo a dos niñas pequeñas jugar a las palmas.

—¿Que pudieran ser felices? —terminó por él Karata. Indicó a Raoden que la siguiera y retrocedieron, apartándose de los niños para que no los oyeran—. Nosotros tampoco lo comprendemos, mi príncipe. Parece que soportan mejor el hambre que el resto de nosotros.

—La mente de un niño es algo sorprendentemente resistente.

—Parecen capaces de soportar también cierta cantidad de dolor —continuó Karata—, chichones y magulladuras y esas cosas. Sin embargo, acaban por romperse, como todo el mundo. En un momento un niño es feliz y juguetón. Luego se cae o se corta demasiadas veces, y su mente cede. Tengo otra sala, lejos de estos pequeños, llena de docenas de niños que no hacen más que gimotear todo el día.

Raoden asintió.

—¿Por qué me enseñas esto? —preguntó al cabo de un momento. Karata no respondió de inmediato.

—Porque quiero unirme a ti. Una vez serví a tu padre, a pesar de lo que pensaba de él. Ahora serviré a su hijo *por* lo que pienso de él. ¿Aceptarás mi lealtad?

—Será un honor, Karata.

Ella asintió y se volvió hacia los niños con un suspiro.

—No me queda mucho, lord Raoden —susurró—. Me preocupa lo que les sucederá a mis niños cuando me pierda. El sueño que tienes, esa loca idea de una Elantris donde cultivemos comida e ignoremos nuestro dolor... quiero verte intentar crearlo. No creo que lo consigas, pero pienso que nos convertirás en algo mejor en el proceso.

—Gracias —dijo Raoden, advirtiendo que acababa de asumir una responsabilidad monumental. Karata había vivido más de un año con la carga que él empezaba a sentir en esos momentos. Se le veía en los ojos que estaba cansada. Ahora, llegado el momento, podría descansar. Le había traspasado su carga.

—Gracias —dijo Karata, mirando a los niños.

—Dime, Karata —preguntó tras pensarlo un momento—. ¿De verdad les habrías roto las piernas a los míos?

Karata no respondió al principio.

—Dime tú, mi príncipe. ¿Qué habrías hecho si hubiera intentado matar a tu padre esta noche?

—Son preguntas que será mejor que queden sin respuesta.

Karata asintió. En sus ojos cansados había una tranquila sabiduría.

RAODEN SONRIÓ AL reconocer la figura voluminosa que se encontraba de pie ante la capilla, esperando su regreso. El rostro preocupado de Galladon quedaba iluminado por la diminuta llama de su linterna.

—¿Una luz para guiarme a casa, amigo mío? —preguntó Raoden desde la oscuridad mientras se acercaba.

—¡Sule! —exclamó Galladon—. Por Doloken, ¿no estás muerto?

—Por supuesto que sí —rio Raoden, dando una palmada a su amigo en el hombro—. Todos lo estamos... o al menos, eso es lo que te gusta decirme.

Galladon sonrió.

—¿Dónde está la mujer?

—La he acompañado a casa, como haría cualquier caballero —dijo Raoden, entrando en la capilla. Dentro, Mareshe y los demás se despertaron con el sonido de sus voces.

—¡Lord Espíritu ha vuelto! —dijo Saolin con entusiasmo.

—Toma, Saolin, un regalo —dijo Raoden, sacando la espada de debajo de sus harapos y arrojándosela al soldado.

—¿Qué es esto, mi señor?

—Esa lanza es una maravilla si tenemos en cuenta el material de partida —dijo Raoden—, pero creo que deberías tener algo un poco más fuerte si pretendes luchar de verdad.

Saolin sacó la hoja de su vaina. La espada, nada especial en el mundo exterior, era una maravillosa obra de arte dentro de los confines de Elantris.

—Ni una mancha de óxido —dijo Saolin con asombro—. ¡Y tiene grabado el símbolo de la guardia personal de Iadon!

—¿Entonces el rey está muerto? —preguntó ansioso Mareshe.

—Nada de eso. Nuestra misión era de naturaleza personal, Mareshe, y no hizo falta matar a nadie... aunque el guardia dueño de esa espada probablemente está furioso.

—Apuesto a que sí —bufó Galladon—. ¿Entonces ya no tenemos que preocuparnos más por Karata?

—No —dijo Raoden con una sonrisa—. De hecho, su banda se unirá a nosotros.

Hubo unos cuantos murmullos de sorpresa por el anuncio, y Raoden esperó a que se apagaran antes de continuar.

—Mañana vamos a visitar el sector del palacio. Karata tiene algo que quiero que veáis todos... algo que todo el mundo en Elantris debería ver.

—¿Qué es, sule? —preguntó Galladon.

—La prueba de que el hambre puede ser derrotada.

Capítulo 14

SARENE tenía casi tanto talento para bordar como para la pintura. No por eso se desanimaba. No importaba cuánto se esforzara para participar en actividades consideradas tradicionalmente masculinas, Sarene sentía la intensa necesidad de demostrar que podía ser tan femenina y elegante como cualquiera. No era culpa suya que se le diera tan mal.

Alzó su aro de bordar. Se suponía que representaba un sorlino carmesí en su rama con el pico abierto, cantando. Por desgracia, ella misma había dibujado el patrón... lo que implicaba que no tenía una buena base de inicio. Eso, sumado a su sorprendente incapacidad para seguir las líneas, había dado como resultado algo que parecía más bien un tomate aplastado que un pájaro.

—Muy bonito, querida —dijo Eshen. Solo la irremediablemente jovial reina podía hacer un cumplido semejante sin sarcasmo.

Sarene suspiró, dejó caer el aro sobre su regazo y tomó un poco de hilo marrón para la rama.

—No te preocupes, Sarene —dijo Daora—. Domi da a cada uno diferentes talentos, pero siempre recompensa la diligencia. Sigue practicando y mejorarás.

«Y lo dices tan tranquila», pensó Sarene con pesar. El aro de Daora contenía una detallada obra maestra con bandadas enteras de pájaros, cada uno diminuto pero intrincado, volando y girando entre las ramas de un roble estatuesco. La esposa de Kiin era la personificación de las virtudes aristocráticas.

Daora no andaba, flotaba, y cada gesto suyo era suave y gracioso. Su maquillaje era sorprendente, los labios rojo brillante y los ojos misteriosos, pero había sido aplicado con magistral sutileza. Era lo bastante mayor para ser señorial, pero lo suficientemente joven para ser conocida por su notable belleza. En resumen, era el tipo de mujer que Sarene normalmente odiaría... de no ser porque también era la mujer más amable e inteligente de la corte.

Tras un instante de silencio, Eshen empezó a hablar, como de costumbre. La reina parecía asustada del silencio y hablaba constantemente o instaba a los demás a hacerlo. Las otras mujeres del grupo se conformaban con dejarse llevar, aunque tampoco es que alguna hubiera querido disputar el control de una conversación a Eshen.

El grupo de bordado de la reina estaba formado por unas diez mujeres. Al principio, Sarene había evitado sus reuniones, concentrándose en cambio en la política. Sin embargo, pronto se había dado cuenta de que las mujeres eran tan importantes como cualquier otro órgano civil. Con los chismes y las charlas ociosas se difundían noticias que no podían discutirse en un ambiente oficial. Sarene no podía permitirse quedar fuera de la cadena, solo deseaba no tener que revelar su ineptitud para formar parte de ella.

—He oído que lord Waren, hijo del barón de la Plantación de Kie, ha tenido toda una experiencia religiosa —dijo Eshen—. Conocí a su madre, era una mujer muy decente. Muy buena costurera. El año que viene, cuando las almillas vuelvan a ponerse de moda, voy a obligar a Iadon a ponerse una... No está bien que un rey parezca no saber nada de la moda. Lleva el pelo demasiado largo.

Daora tiró de un hilo tenso.

—He oído los rumores sobre el joven Waren. Me parece extraño que ahora, después de años de ser un devoto korathi, de repente se convierta al shu-dereth.

—La religión es la misma, de todas formas. —Atara quitó importancia al asunto. La esposa del duque Telrii era una mujer pequeña, incluso para ser arelena, con rizos castaños que le caían hasta los hombros. Sus ropas y joyas eran con diferencia las más ricas de la sala, un complemento a la extravagancia de su esposo, y sus bordados eran siempre conservadores y poco imaginativos.

—No les digas eso a los sacerdotes —le advirtió Seaden, la esposa del conde Ahan. Era la mujer más gorda de la sala, con una cintura casi tan ancha como la de su esposo—. Actúan como si tu alma dependiera de que llames Dios a Domi o a Jaddeth.

—Entre los dos hay algunas diferencias notables —dijo Sarene, tratando de ocultar su destrozado bordado de los ojos de sus compañeras.

—Tal vez si eres sacerdote —dijo Atara con una suave risita—. Pero esas cosas no suponen ninguna diferencia para *nosotras*.

—Por supuesto —dijo Sarene—. A fin de cuentas, solo somos mujeres. —Alzó la cabeza de su bordado discretamente, sonriente por la reacción que provocó su declaración. Tal vez las mujeres de Arelon no eran tan sumisas como suponían sus maridos.

El silencio continuó solo un momento antes de que Eshen volviera a hablar.

—Sarene, ¿qué hacen las mujeres de Teod para pasar el tiempo? —Sarene la miró sorprendida. Nunca había oído a la reina hacer una pregunta tan directa.

—¿Qué quieres decir, majestad?

—¿Qué hacen? —repitió Eshen—. He oído cosas, ya entiendes... igual que sobre Fjorden, donde dicen que hace tanto frío en invierno que los árboles a veces se congelan y explotan. Una manera fácil de conseguir leña, supongo. Me pregunto si pueden conseguirlo a voluntad.

Sarene sonrió.

—Encontramos cosas que hacer, majestad. A algunas mujeres les gusta bordar, aunque otras buscamos cosas diferentes.

—¿Como qué? —preguntó Torena, la hija soltera de lord Ahan, aunque a Sarene seguía resultándole difícil creer que una persona de constitución tan débil pudiera proceder de una pareja tan enorme como la formada por Ahan y Seaden. Torena, normalmente, guardaba silencio durante esas reuniones, observando con sus grandes ojos castaños cuya chispa insinuaba una inteligencia enterrada.

—Bueno, para empezar, la corte del rey está abierta a todo el mundo —dijo Sarene sin darle importancia. Su corazón, sin embargo, cantaba. Esta era la oportunidad que había estado esperando.

—¿Y acudes a escuchar los casos? —preguntó Torena, su voz aguda y tranquila cada vez más interesada.

—A menudo —contestó Sarene—. Luego hablo de ellos con mis amigas.

—¿Lucháis unas con otras con espadas? —preguntó la gruesa Seaden, el rostro ansioso.

Sarene se detuvo, un poco sorprendida. Alzó la cabeza y se encontró con que casi todas la estaban mirando.

—¿Por qué preguntas eso?

—Es lo que dicen de las mujeres de Teod, querida —dijo Daora tranquilamente, la única mujer que seguía trabajando en su bordado.

—Sí —dijo Seaden—. Siempre hemos oído decir... Dicen que las mujeres de Teod se matan entre sí por deporte, para los hombres.

La ceja de Sarene tembló.

—Lo llamamos esgrima, lady Seaden. Lo practicamos por nuestra propia diversión, no la de nuestros hombres... y decididamente *no* nos matamos unas a otras. Usamos espadas, pero las puntas tienen botón, y llevamos ropa gruesa. Nunca he sabido de nadie que haya sufrido una herida más grave que un esguince de tobillo.

—¿Entonces es cierto? —suspiró la menuda Torena, entusiasmada—. Sí que usáis espadas.

—Algunas de nosotras. Personalmente, me gustaba bastante. La esgrima era mi deporte favorito.

Los ojos de las mujeres brillaban con un ansia sorprendente, como los de sabuesos que han estado encerrados en una habitación pequeña demasiado tiempo. Sarene había esperado insuflar cierto grado de interés político en aquellas mujeres, animarlas a desempeñar un papel activo en la dirección del país, pero al parecer aquella era una empresa demasiado sutil. Necesitaban algo más directo.

—Podría enseñaros, si queréis —ofreció.

—¿A luchar? —preguntó Atara, sorprendida.

—Así es. No es tan difícil. Y por favor, lady Atara, lo llamamos esgrima. Incluso los hombres más comprensivos se inquietan un poco cuando piensan en mujeres «luchando».

—Nosotras no podríamos... —empezó a decir Eshen.

—¿Por qué no? —preguntó Sarene.

—Al rey no le gustan los juegos de espadas, querida —explicó Daora—. Probablemente, te habrás dado cuenta de que ningún noble lleva espada.

Sarene frunció el ceño.

—Iba a preguntaros acerca de eso.

—Iadon considera que es demasiado vulgar —dijo Eshen—. Para él, luchar es cosa de campesinos. Los ha estudiado bastante... es un buen líder, ya sabes, y un buen líder tiene que saber mucho de muchas cosas. Vaya, es capaz de decir cómo es el tiempo en Svorden en cualquier época del año. Sus naves son las más firmes y rápidas del negocio.

—Entonces ¿ninguno de los hombres sabe pelear? —preguntó Sarene, sorprendida.

—Ninguno excepto lord Eondel y tal vez lord Shuden —dijo Torena, y puso expresión soñadora cuando mencionó el nombre de Shuden. El joven noble de piel oscura era el favorito de las mujeres de la corte. Sus rasgos delicados y sus modales impecables conquistaban incluso los corazones más duros.

—No te olvides del príncipe Raoden —añadió Atara—. Creo que hizo que Eondel le enseñara a pelear solo para fastidiar a su padre. Siempre estaba haciendo ese tipo de cosas.

—Bueno, tanto mejor —dijo Sarene—. Si ninguno de los hombres lucha, entonces el rey Iadon no puede poner pegas a nuestro aprendizaje.

—¿Qué quieres decir? —preguntó Torena.

—Bueno, dice que es indigno de él —dijo Sarene—. Si eso es cierto, entonces debe ser perfecto para nosotras. Al fin y al cabo, no somos más que mujeres.

Sarene sonrió maliciosa, una expresión que se repitió en la mayoría de los rostros de la sala.

—ASHE, ¿DÓNDE PUSE mi espada? —dijo Sarene, de rodillas junto a la cama, palpando debajo.

—¿Tu espada, mi señora?

—No importa, la buscaré más tarde. ¿Qué has descubierto?

Ashe latió suavemente, como preguntándose antes de responder en qué lío iba a meterse ella.

—Me temo que no tengo mucho acerca de lo que informar, mi señora. Elantris es un tema muy delicado, y he podido aprender muy poco.

—Cualquier cosa ayudará —dijo Sarene, volviéndose hacia su armario. Tenía que asistir a un baile esa noche.

—Bien, mi señora, la mayoría de la gente de Kae no quiere hablar de la ciudad. Los seones de Kae no sabían mucho, y los seones locos de dentro de Elantris parecen incapaces de pensar lo suficiente para responder a mis preguntas. Incluso intenté abordar a los propios elantrinos, pero muchos parecían asustados de mí, y los otros solo me suplicaron comida... como si yo pudiera llevársela. Al final, encontré la mejor fuente de información en los soldados que patrullan las murallas de la ciudad.

—He oído hablar de ellos —dijo Sarene, examinando sus vestidos—. Se supone que son el grupo de élite de Arelon.

—Ellos son los primeros en decirlo, mi señora. Dudo que muchos sepan qué hacer en la batalla, aunque parecen muy eficaces bebiendo y jugando a las cartas. No obstante, tienden a mantener el uniforme bien planchado.

—Típico de una guardia de honor —dijo Sarene, escogiendo de la fila de ropa negra, con la piel de gallina por tener que ponerse otra monstruosidad de vestido lisa y sin color. Por mucho que respetara la memoria de Raoden, no podía volver a vestir de negro.

Ashe flotó en el aire al oír su comentario.

—Me temo, mi señora, que el grupo militar de «élite» de Arelon apenas hace nada por el país. Sin embargo, son los expertos más informados de la ciudad en lo referente a Elantris.

—¿Y qué dijeron?

Ashe se acercó al armario, observándola mientras ella rebuscaba entre su ropa.

—No mucho. La gente de Arelon no habla con los seones tan fácilmente como antes. Hubo una época, apenas lo recuerdo, en que la población nos amaba. Ahora se muestran... reservados, casi asustados.

—Os asocian con Elantris —dijo Sarene, contemplando con añoranza los vestidos que había traído de Teod.

—Lo sé, mi señora. Pero nosotros no tuvimos nada que ver con la caída de la ciudad. No hay nada que temer de un seon. Desearía... Pero bueno, eso es irrelevante. A pesar de su reticencia, conseguí cierta información. Parece ser que los elantrinos pierden algo más que su aspecto humano cuando los alcanza la shaod. Los guardias parecen pensar que el individuo olvida por completo lo que era, convirtiéndose en algo más parecido a un animal que a un hombre. Este al menos parece ser el caso de los seones elantrinos con los que hablé.

Sarene se estremeció.

—Pero los elantrinos pueden hablar... algunos te pidieron comida.

—Lo hicieron. Los pobrecillos no parecían animales. La mayoría gemía o murmuraba. Más bien pienso que han perdido la cabeza.

—Así que la shaod es mental además de física —especuló Sarene.

—Eso parece, mi señora. Los guardias también hablaron de varios lores despóticos que gobiernan la ciudad. La comida es tan valiosa que los elantrinos atacan con ferocidad a todo el que la tiene.

Sarene frunció el ceño.

—¿Cómo alimentan a los elantrinos?

—No lo hacen, que yo sepa.

—¿Entonces cómo sobreviven?

—No lo sé, mi señora. Es posible que la ciudad exista en estado salvaje, con los poderosos viviendo de los débiles.

—Ninguna sociedad podría mantenerse así.

—No creo que tengan ninguna sociedad, mi señora —dijo Ashe—. Son un grupo de miserables individuos malditos que parecen haber sido olvidados por vuestro dios, y el resto del país intenta con todas sus fuerzas seguir su ejemplo.

Sarene asintió, pensativa. Entonces, decidida, se quitó el vestido negro y rebuscó entre las prendas colgadas al fondo del armario. Se presentó para que Ashe la aprobara unos minutos más tarde.

—¿Qué te parece? —preguntó, dándose la vuelta. El vestido estaba hecho con una tela gruesa y dorada de brillo casi metálico. Estaba adornada con encaje negro y tenía un cuello alto y abierto, como el de un hombre, de un material duro, igual que los puños. Las mangas eran muy anchas, como el cuerpo del vestido, cuyo vuelo aumentaba progresivamente hasta el suelo, ocultando sus pies. Era el tipo de vestido que hacía que una se sintiera regia. Incluso una princesa necesitaba esos recordatorios de vez en cuando.

—No es negro, mi señora —señaló Ashe.

—Por aquí lo es —objetó Sarene, señalando la larga capa que cubría su espalda. La capa era en realidad parte del vestido. Iba cosida en el cuello y los hombros tan cuidadosamente que parecía surgir del encaje.

—No creo que esa capa sea suficiente para que parezca un vestido de viuda, mi señora.

—Tendrá que valer —dijo Sarene, estudiándose en el espejo—. Si llevo uno más de esos vestidos que me ha dado Eshen, entonces tendréis que arrojarme a Elantris por loca.

—¿Estás segura de que la parte delantera es... adecuada?

—¿Qué?

—Es bastante escotado, mi señora.

—Los he visto mucho peores, incluso aquí, en Arelon.

—Sí, mi señora, pero eran todas mujeres solteras.

Sarene sonrió. Ashe era siempre tan sensible, sobre todo en lo referente a ella.

—Tengo que llevarlo al menos una vez. Nunca he tenido ocasión. Lo compré en Duladel la semana antes de partir de Teod.

—Si tú lo dices, mi señora —dijo Ashe, latiendo levemente—. ¿Hay algo más que quieras que intente averiguar?

—¿Visitaste los calabozos?

—Lo hice. Lo siento, mi señora. No encontré ningún recoveco secreto donde se escondan príncipes medio muertos de hambre. Si Iadon ha mandado encerrar a su hijo, no habrá sido tan tonto como para hacerlo en su propio palacio.

—Bueno, había que echarle un vistazo —suspiró Sarene—. No esperaba que encontraras nada. Probablemente deberíamos buscar al asesino que empuñó el cuchillo.

—Cierto. ¿No deberías intentar sonsacarle información a la reina? Si de verdad al príncipe lo asesinó un intruso, puede que ella sepa algo.

—Lo he intentado, pero Eshen es... Bueno, no es difícil sonsacarle información, pero conseguir que se ciña al tema... Sinceramente, no comprendo cómo una mujer así acabó casándose con Iadon.

—Sospecho, mi señora, que el acuerdo fue más financiero que social. Gran parte de los fondos originales del gobierno de Iadon procedieron del padre de Eshen.

—Eso tiene lógica —dijo Sarene, sonriendo levemente y preguntándose qué opinaría ahora Iadon del acuerdo. Había conseguido su dinero, cierto, pero había acabado pasándose una década escuchando la cháchara de Eshen. Tal vez por eso parecía tan frustrado con las mujeres en general.

—De todas formas —continuó—, no creo que la reina sepa nada de Raoden... pero seguiré intentándolo.

Ashe flotó.

—¿Y yo qué hago?

—Bueno, he estado pensando últimamente en el tío Kiin. Padre nunca lo menciona. Me estaba preguntando... ¿Sabes si Kiin fue desheredado oficialmente?

—No lo sé, mi señora. Dio podría saberlo, ya que trabaja mucho más cerca de tu padre.

—Mira a ver si puedes averiguar algo. Quizá aquí en Arelon haya algunos rumores sobre lo que sucedió. Kiin es, como bien sabes, una de las personas más influyentes de Kae.

—Sí, mi señora. ¿Algo más?

—Sí. —Sarene arrugó la nariz—. Busca a alguien que se lleve estos vestidos negros. He decidido que ya no los necesitaré más.

—Por supuesto, mi señora —dijo Ashe, sufrido.

SARENE MIRÓ POR la ventanilla del carruaje mientras se acercaba a la mansión del duque Telrii. Según los informes, Telrii había sido muy generoso con las invitaciones al baile, y el número de carruajes en el camino esa noche parecía confirmarlo. Las antorchas flanqueaban el sendero y los terrenos de la mansión estaban profusamente iluminados con una combinación de linternas, antorchas y extrañas llamas coloridas.

—El duque no ha escatimado gastos —comentó Shuden.

—¿Qué son, lord Shuden? —preguntó Sarene, indicando una de las brillantes llamas que ardían en lo alto de un poste metálico.

—Rocas especiales importadas del sur.

—¿Rocas que arden? ¿Como el carbón?

—Arden mucho más rápidamente que el carbón —explicó el joven lord jinDo—. Y son enormemente caras. A Telrii debe de haberle costado una fortuna iluminar este camino —Shuden frunció el ceño—. Resulta extravagante, incluso para él.

—Lukel mencionó que el duque es un tanto manirroto —dijo Sarene, recordando su conversación en la sala del trono de Iadon.

Shuden asintió.

—Pero es mucho más listo de lo que la mayoría está dispuesta a reconocer. El duque derrocha su dinero, pero suele haber un propósito detrás de su frivolidad.

Sarene veía que la mente del joven barón trabajaba mientras el carruaje se detenía, como si intentara discernir la naturaleza exacta del mencionado propósito.

La mansión estaba abarrotada. Mujeres con vestidos brillantes acompañaban a hombres con los trajes de chaqueta recta que eran la moda masculina del momento. Los invitados solo superaban levemente en número a los sirvientes ataviados de blanco que se abrían paso entre la multitud trayendo comida y bebida o cambiando linternas. Shuden ayudó a Sarene a bajar del carruaje, y luego la condujo al salón principal con un paso acostumbrado a navegar entre multitudes.

—No tienes ni idea de lo mucho que me alegra que te ofrecieras a venir conmigo —confesó Shuden cuando entraban en la sala. Una gran banda de música tocaba al fondo y las parejas giraban en el centro de la pista de baile o conversaban en su periferia. La sala estaba iluminada con luces de colores, las rocas que habían visto fuera ardían intensamente, colocadas en postes o apliques. Había incluso ristras de diminutas velas envolviendo varias de las columnas, artilugios que probablemente tenían que ser repuestos cada media hora.

—¿Por qué, mi señor? —preguntó Sarene, contemplando la pintoresca escena. Incluso siendo princesa, nunca había visto tanta belleza y opulencia. Luz, sonido y color se mezclaban, embriagadores.

Shuden siguió su mirada, sin oír en realidad su pregunta.

—Uno no diría que este país está bailando al borde de la destrucción —murmuró.

La declaración sonó como un solemne redoble de muerte. Había un motivo por el que Sarene nunca había visto tanto lujo. Por maravilloso que fuera, también era un despilfarro increíble. Su padre era un gobernante prudente, nunca permitiría tanto derroche.

—Así es siempre, ¿no? —preguntó Shuden—. Los que menos pueden permitirse extravagancias parecen ser los más decididos a gastar lo que les queda.

—Eres un hombre sabio, lord Shuden.

—No, solo un hombre que intenta ver el corazón de las cosas —dijo él, conduciéndola a una galería lateral para encontrar bebidas.

—¿Qué estabas diciendo antes?

—¿Qué? —preguntó Shuden—. Ah, te estaba explicando cómo vas a ahorrarme esta noche un poco de inquietud.

—¿Y eso? —preguntó Sarene mientras él le ofrecía una copa de vino. Shuden sonrió levemente y dio un sorbo a su bebida.

—Hay quienes, por un motivo u otro, me consideran bastante... elegible. Muchas no se darán cuenta de quién eres y se mantendrán apartadas, tratando de juzgar a su nueva competidora. De hecho, puede que incluso tenga tiempo de disfrutar un poco esta noche.

Sarene alzó una ceja.

—¿Tan malo es?

—Normalmente tengo que espantarlas con un palo —respondió Shuden, ofreciéndole el brazo.

—Alguien podría llegar a pensar que no tienes ninguna intención de casarte, mi señor —dijo Sarene, aceptando con una sonrisa el brazo ofrecido.

Shuden se echó a reír.

—No, no es eso, mi señora. Deja que te asegure que me interesa bastante la idea, o al menos, en teoría. Sin embargo, encontrar a una mujer en esta corte cuyos tontos parloteos no me revuelvan el estómago es otra cuestión muy distinta. Vamos. Si tengo razón, podemos encontrar un sitio mucho más interesante que el salón de baile principal.

Shuden la condujo a través de las masas de asistentes al baile. A pesar de sus anteriores comentarios, fue muy atento, incluso agradable, con las mujeres que se acercaban a saludarlo. Shuden las conocía a todas por su nombre, una hazaña diplomática, o de buena educación.

El respeto de Sarene por Shuden creció cuando vio las reacciones de aquellos que lo saludaban. Ningún rostro se ensombrecía cuando se acercaba, y nadie le dirigió las miradas arrogantes que eran tan corrientes en las llamadas sociedades elegantes. Shuden era apreciado, aunque distaba de ser el más simpático de los hombres. Ella consideraba que su popularidad se debía no a su habilidad para entretener, sino a su refrescante honestidad. Cuando Shuden hablaba, siempre era amable y considerado, pero completamente sincero. Su exótico origen le daba licencia para decir cosas a otros vedadas.

Por fin llegaron a una sala pequeña en lo alto de unas escaleras.

—Hemos llegado —dijo Shuden con satisfacción, cruzando con ella la puerta. Dentro encontraron a una orquesta más pequeña, pero más hábil, de cuerda. La decoración de aquella sala era más sutil, pero los sirvientes sostenían platos de comida de aspecto aún más exótico que los de abajo. Sarene reconoció muchas de las caras de la corte, incluida la más importante.

—El rey —dijo, advirtiendo a Iadon en un rincón lejano. Eshen se hallaba a su lado, ataviada con un ajustado vestido verde.

Shuden asintió.

—Iadon no se perdería una fiesta como esta, aunque la celebre lord Telrii.

—¿No se llevan bien?

—Lo hacen. Es solo que se dedican al mismo negocio. Iadon dirige una flota mercante, sus barcos surcan el mar de Fjorden, igual que los de Telrii. Eso los convierte en rivales.

—Me parece extraño que esté aquí, de todas formas —dijo Sarene—. Mi padre nunca acude a este tipo de celebraciones.

—Eso es porque ha madurado, lady Sarene. Iadon sigue enamorado de su poder, y aprovecha cada oportunidad para disfrutarlo. —Shuden miró alrededor con ojos agudos—. Mira esta sala, por ejemplo.

—¿Esta sala? —Shuden asintió.

—Cada vez que Iadon asiste a una fiesta, elige una sala apartada de la principal y deja que la gente importante gravite hacia él. Los nobles están acostumbrados. El hombre que celebra el baile suele contratar una segunda orquesta, y sabe que tiene que celebrar una segunda fiesta más exclusiva apartada del salón principal. Iadon ha hecho saber que no quiere relacionarse con gente que está demasiado por debajo de él. Esta reunión es solo para duques y condes bien situados.

—Pero tu título es de barón —señaló Sarene mientras los dos entraban en la sala.

Shuden sonrió, sorbiendo su vino.

—Yo soy un caso especial. Mi familia obligó a Iadon a concedernos el título, mientras que la mayoría de los otros se lo ganaron con riquezas y súplicas. Yo puedo tomarme ciertas libertades que ningún otro barón se toma, pues Iadon y yo sabemos que una vez fui superior a él. Normalmente, paso un rato breve en la sala interior, una hora como máximo. De lo contrario pongo a prueba la paciencia del rey. Naturalmente, todo esto no tiene importancia hoy.

—¿Y eso?

—Porque estoy contigo —dijo Shuden—. No lo olvides, lady

Sarene. Tú eres superior a todos los presentes en esta sala excepto a la pareja real.

Sarene asintió. Aunque como hija de un rey estaba acostumbrada a la idea de ser importante, no lo estaba a la costumbre arelena de alardear del título.

—La presencia de Iadon cambia las cosas —dijo en voz baja cuando el rey reparó en ella. Sus ojos observaron su vestido, advirtiendo obviamente que no era negro, y su cara se ensombreció.

«Tal vez el vestido no haya sido tan buena idea», admitió Sarene para sí. Sin embargo, otra cosa llamó su atención.

—¿Qué está haciendo *él* aquí? —susurró cuando advirtió una brillante forma de pie que destacaba como una cicatriz roja entre los asistentes.

Shuden siguió su mirada.

—¿El gyorn? Ha estado acudiendo a los bailes de la corte desde el día que llegó aquí. Se presentó en el primero sin invitación, dándose tantos aires de grandeza que nadie se atreve a no invitarlo desde entonces.

Hrathen hablaba con un pequeño grupo de hombres, su brillante peto rojo y su capa contrastando con los colores más claros de los nobles. El gyorn era al menos una cabeza más alto que cualquiera de la sala, y sus hombreras se extendían treinta centímetros de ancho por cada lado. En conjunto, era muy difícil no advertir su presencia.

Shuden sonrió.

—No importa lo que yo piense de él, me impresiona su confianza. Entró sin más en la fiesta privada del rey aquella primera noche y se puso a hablar con un duque. Apenas saludó al rey. Al parecer Hrathen considera que el título de gyorn equivale al de cualquiera de esta sala.

—Los reyes se inclinan ante los gyorns en el este —dijo Sarene—. Prácticamente besan el suelo cuando el wyrn los visita.

—Y todo por un viejo jinDo —comentó Shuden, deteniéndose para sustituir sus copas en la bandeja de un criado que pasaba. El vino era de una cosecha mucho mejor—. Siempre me resulta interesante ver qué ha hecho tu pueblo con las enseñanzas de Keseg.

—¿«Tu pueblo»? —preguntó Sarene—. Yo soy korathi... No me compares con el gyorn.

Shuden alzó una mano.

—Disculpa. No pretendía ofender.

Shuden hablaba aónico como un nativo y vivía en Arelon, y por eso había supuesto que era korathi. Se había equivocado. Shuden seguía siendo jinDo. Su familia había creído en el shu-keseg, la religión de la que derivaban tanto el korath como el dereth.

—Pero —dijo, pensando en voz alta—, la tierra natal de tu pueblo ahora es derethi.

El rostro de Shuden se ensombreció levemente, mirando al gyorn.

—Me pregunto qué pensó el gran maestro cuando sus dos estudiantes, Korath y Dereth, se marcharon a predicar a las tierras del norte. Keseg predicaba la unidad. Pero ¿a qué se refería? ¿Unidad de mente, como asume mi pueblo? ¿Unidad de amor, como dicen vuestros sacerdotes? ¿O la unidad de la obediencia, como creen los derethi? En el fondo, me pregunto cómo ha conseguido la humanidad complicar un concepto tan sencillo —se interrumpió y sacudió la cabeza—. En cualquier caso, sí, mi señora, JinDo es ahora derethi. Mi pueblo permitió al wyrn que creyera que los jinDo se habían convertido porque era mejor que luchar. No obstante, muchos se cuestionan ahora esa decisión. Los arteths se vuelven cada vez más exigentes.

Sarene asintió.

—Estoy de acuerdo. Hay que detener el shu-dereth. Es una perversión de la verdad.

Shuden se quedó pensativo.

—No he dicho eso, lady Sarene. El alma del shu-keseg es la aceptación. Hay lugar para todas las enseñanzas. Los derethi creen estar haciendo lo correcto —Shuden miró hacia Hrathen antes de continuar—. Ese, sin embargo, es peligroso.

—¿Por qué él y no los otros?

—Asistí a uno de los sermones de Hrathen. No predica con el corazón, lady Sarene, sino calculadamente. Busca números en sus conversiones, sin prestar atención a la fe de sus seguidores. Eso es peligroso —Shuden estudió a los acompañantes de Hrathen—. Ese me preocupa también —dijo, señalando a un hombre cuyo cabello era tan rubio que parecía casi blanco.

—¿Quién es? —preguntó Sarene con interés.

—Waren, el primogénito del barón Diolen —contestó Shuden—. No debería estar en esta sala, pero al parecer utiliza su relación con el gyorn como invitación. Waren era un korathi notablemente piadoso, pero dice haber tenido una visión de Jaddeth ordenándole que se convierta al shu-dereth.

—Las damas hablaron de él antes —dijo Sarene, mirando a Waren—. ¿No le crees?

—Siempre he sospechado que la piedad de Waren era pura fachada. Es un oportunista, y su extrema devoción le dio notoriedad.

Sarene estudió al hombre de pelo blanco, preocupada. Era muy joven, pero se comportaba como un hombre de éxito y control. Su conversión era un signo peligroso. Cuanta más gente así congregara Hrathen, más difícil sería detenerlo.

—No debería haber esperado tanto —dijo ella.

—¿A qué?

—A venir a estos bailes. Hrathen me lleva una semana de ventaja.

—Actúas como si hubiera una pugna personal entre los dos —comentó Shuden con una sonrisa.

Sarene no se tomó el comentario a la ligera.

—Una pugna personal con el destino de naciones en juego.

—¡Shuden! —llamó una voz—. Veo que te falta tu círculo habitual de admiradoras.

—Buenas noches, lord Roial —dijo Shuden, inclinando levemente la cabeza mientras el anciano se acercaba—. Sí, gracias a mi compañía he podido evitar a la mayoría esta noche.

—Ah, la encantadora princesa Sarene —dijo Roial, besándole la mano—. Al parecer, tu tendencia al negro ha desaparecido.

—Nunca me atrajo demasiado, mi señor —dijo ella con una reverencia.

—Me lo imagino —respondió Roial con una sonrisa. Entonces se volvió hacia Shuden—. Esperaba que no fueras consciente de tu buena fortuna, Shuden. Así te habría robado a la princesa y mantenido a raya a unas cuantas sanguijuelas yo también.

Sarene miró con sorpresa al anciano. Shuden se echó a reír.

—Lord Roial es, quizá, el único soltero de Arelon cuyo afecto es más perseguido que el mío. No es que esté celoso. Su señoría desvía parte de la atención de mí.

—¿Tú? —preguntó Sarene mirando al alto anciano—. ¿Las mujeres quieren casarse *contigo*? —Entonces, recordando los modales, añadió un tardío «mi señor», roja hasta las orejas por su falta de tacto.

Roial se echó a reír.

—No te preocupe ofenderme, joven Sarene. Ningún hombre de mi edad atrae en ese aspecto. Mi querida Eoldess lleva veinte años muerta y no tengo ningún hijo. Mi fortuna tiene que pasar a alguien, y todas las muchachas solteras del reino se dan cuenta de ese hecho. Solo tendrían que seguirme la corriente unos cuantos años, enterrarme, y luego encontrar a un joven amante lujurioso que las ayudara a gastar mi dinero.

—Mi señor es demasiado cínico —comentó Shuden.

—Mi señor es demasiado realista —dijo Roial resoplando—. Aunque lo admito, la idea de meter a una de esas jóvenes en mi cama es tentadora. Sé que todas piensan que soy demasiado viejo para obligarlas a cumplir sus deberes de esposa, pero se equivocan. Si fuera a dejarles robar mi fortuna, al menos tendrían que ganárselo a pulso.

Shuden se ruborizó por el comentario, pero Sarene se echó a reír.

—Lo sabía. No eres más que un viejo verde.

—Cautivo y confeso —reconoció Roial con una sonrisa. Entonces, tras mirar a Hrathen, continuó—: ¿Cómo anda nuestro acorazado amigo?

—Molestándome con su nociva mera presencia, mi señor.

—Cuidado con él, Sarene —dijo Roial—. He oído decir que la súbita buena fortuna de nuestro querido lord Telrii no es cuestión de pura suerte.

Los ojos de Shuden mostraron recelo.

—El duque Telrii no ha declarado lealtad al shu-dereth.

—Abiertamente, no —reconoció Roial—. Pero según mis fuentes hay algo entre esos dos. Una cosa es segura, rara vez ha habido una fiesta como esta en Kae, y el duque la celebra sin ningún motivo concreto. Uno empieza a preguntarse qué está anunciando Telrii, y por qué quiere que sepamos lo rico que es.

—Una idea interesante, mi señor —dijo Sarene.

—¿Sarene? —llamó la voz de Eshen desde el otro lado de la sala—. Querida, ¿quieres acercarte?

—Oh, no —dijo Sarene mirando a la reina, que le hacía señas para que se aproximase—. ¿De qué crees que va esto?

—Me intriga averiguarlo —dijo Roial con una chispa en los ojos.

Sarene respondió al gesto de la reina, se acercó a la pareja real e hizo una educada reverencia. Shuden y Roial la siguieron más discretamente, situándose cerca para poder escuchar.

Eshen sonrió.

—Querida, le estaba explicando a mi esposo la idea que se nos ocurrió esta mañana. Ya sabes, lo de ejercitarnos —Eshen le asintió entusiasmada al rey.

—¿Qué es esta tontería, Sarene? —exigió saber el rey—. ¿Mujeres jugando con espadas?

—Su Majestad no querrá que nos pongamos gordas, ¿no? —preguntó Sarene inocentemente.

—No, por supuesto que no. Pero podríais comer menos.

—Pero me gusta hacer ejercicio, Majestad.

—Habrá otro tipo de ejercicio que podáis hacer las mujeres —dijo Iadon, exhalando un largo suspiro.

Sarene parpadeó, tratando de dar a entender que estaba a punto de echarse a llorar.

—Pero, Majestad, he hecho esto desde que era una niña. Sin duda, el rey no puede tener nada en contra de un tonto pasatiempo femenino.

El rey se detuvo y la miró. Sarene pensó que tal vez la última vez se había extralimitado. Puso su mejor expresión de estupidez sin remedio y sonrió.

Finalmente, sacudió la cabeza.

—Bah, haz lo que quieras, mujer. No quiero que me eches a perder la velada.

—El rey es muy sabio —dijo Sarene. Hizo una reverencia y se marchó.

—Me había olvidado de eso —le susurró Shuden cuando volvió a reunirse con él—. Fingir debe de ser toda una carga.

—A veces es útil —dijo Sarene. Estaban a punto de marcharse cuando Sarene advirtió que un cortesano se acercaba al rey. Posó su mano en el brazo de Shuden, indicando que quería esperar un momento donde aún pudiera oír a Iadon.

El mensajero susurró algo al oído del rey y los ojos de Iadon destellaron de frustración.

—¡Qué!

El hombre se acercó para volver a susurrar, y el rey lo rechazó.

—Dilo, hombre. No puedo soportar tantos susurros.

—Ha sucedido esta misma semana, Majestad —dijo el hombre. Sarene se acercó un poco más.

—Qué extraño —dijo de pronto una voz con un leve acento. Hrathen se encontraba un poco más allá. No los estaba mirando, pero de algún modo se dirigía al rey, como si permitiera intencionadamente que se oyeran sus palabras—. No sabía que el rey discutiera asuntos importantes al alcance de los oídos de los bobos. Esas personas tienden a confundirse tanto por los acontecimientos que es hacerles un flaco favor permitirles la oportunidad de enterarse de ellos.

La mayoría de la gente que le rodeaba ni siquiera parecía haber oído el comentario del gyorn. Pero el rey sí. Iadon miró a Sarene un momento, y entonces agarró al mensajero por el brazo y salió rápidamente de la sala, dejando a una sorprendida Eshen plantada. Mientras Sarene veía al rey marcharse, sus ojos se encontraron con los de Hrathen, quien sonrió levemente antes de volverse hacia sus acompañantes.

—¡Es increíble! —dijo Sarene, airada—. ¡Lo ha hecho a propósito!

Shuden asintió.

—A menudo, mi señora, nuestros engaños se vuelven contra nosotros.

—El gyorn es bueno —dijo Roial—. Siempre es un golpe maestro aprovechar el disfraz de alguien para tu ventaja.

—A menudo me he encontrado con que no importa cuál sea la circunstancia, es más útil ser uno mismo —dijo Shuden—. Cuantos más rostros llevamos, más confusos se vuelven.

Roial asintió levemente, sonriendo.

—Cierto. Aburrido, tal vez, pero cierto.

Sarene apenas escuchaba. Había supuesto que era la única manipuladora. No se le había ocurrido que eso la pusiera en desventaja.

—Mantener la fachada es un incordio —admitió. Entonces suspiró y se volvió hacia Shuden—. Pero tengo que cargar con ella, al menos ante el rey. Sinceramente, dudo que me hubiera considerado de otra manera, no importa cómo hubiera actuado.

—Probablemente, tienes razón —dijo Shuden—. El rey es bastante cegato en lo referente a mujeres.

Iadon regresó unos instantes más tarde, el rostro sombrío, su humor obviamente agriado por la noticia que había recibido. El correo escapó con expresión de alivio y, cuando salía, Sarene vio una nueva figura que entraba en la sala. El duque Telrii, pomposo como de costumbre, vestido de rojo vivo y dorado, los dedos cargados de anillos. Sarene lo observó con atención, pero el duque no se unió ni dio muestras de haber reparado en el gyorn Hrathen. De hecho, parecía empeñado en ignorar al sacerdote, dedicado en cambio a sus deberes de anfitrión, visitando a cada grupo de invitados por turnos.

—Tienes razón, lord Roial —dijo Sarene por fin. Roial interrumpió su conversación con Shuden.

—¿Sí?

—El duque Telrii —dijo Sarene, indicando al hombre—. Hay algo entre el gyorn y él.

—Telrii es problemático. Nunca he podido comprender sus motivaciones. En ocasiones, parece que no quiere más que dinero para sus arcas. Y en otras...

Roial se calló mientras Telrii, como si advirtiera que lo estaban estudiando, se volvía hacia el grupo de Sarene. Sonrió y se acercó a ellos, con Atara a su lado.

—Lord Roial —dijo, con afectación, casi con descuido—. Bienvenido. Ah, alteza. Creo que no hemos sido presentados.

Roial hizo los honores. Sarene hizo una reverencia mientras Telrii sorbía su vino e intercambiaba galanterías con Roial. Había en él un sorprendente grado de indiferencia. Aunque pocos nobles se interesaban por los temas de conversación, la mayoría tenía la decencia de fingir interés. Telrii no hacía esas concesiones. Era impertinente, aunque no llegaba al insulto, tanto en las palabras como en los modales. Tras el saludo inicial, ignoró por completo a Sarene, obviamente satisfecho de que ella no tuviera ningún peso.

Al cabo de un rato, el duque se marchó, y Sarene lo observó molesta. Si había algo que aborrecía era ser ignorada. Finalmente suspiró y se volvió hacia su acompañante.

—Muy bien, lord Shuden, quiero relacionarme. Hrathen ha tenido una semana de ventaja, pero que Domi me maldiga si voy a dejar que me siga llevando la delantera.

ERA TARDE. SHUDEN quería marcharse desde hacía horas, pero Sarene se mostró decidida a continuar, conociendo a cientos de personas, haciendo contactos como una loca. Hizo que Shuden le presentara a todos sus conocidos, y las caras y los nombres se volvieron rápidamente un borrón. Sin embargo, la repetición produciría familiaridad.

Al cabo de un rato, dejó que Shuden la llevara de vuelta al palacio, satisfecha con los acontecimientos del día. Shuden le deseó las buenas noches, diciendo que se alegraba de que Ahan fuera el siguiente que tendría que llevarla a un baile.

—Tu compañía ha sido deliciosa —dijo—, ¡pero no puedo seguir tu ritmo!

A Sarene le resultaba difícil seguir su *propio* ritmo en ocasiones. Prácticamente recorrió dando tumbos el palacio, tan mareada por la fatiga y el vino que apenas podía mantener los ojos abiertos.

Unos gritos resonaron en el pasillo.

Sarene frunció el ceño, dobló una esquina y encontró a los guardias del rey gritándose unos a otros, armando un gran alboroto.

—¿Qué ocurre? —preguntó, alzando la cabeza.

—Alguien ha entrado en el palacio esta noche —explicó un guardia—. Han llegado a los aposentos del rey.

—¿Hay alguien herido? —preguntó Sarene, súbitamente alerta. Iadon y Eshen habían dejado la fiesta horas antes que Shuden y ella.

—No, gracias a Domi —dijo el guardia. Se volvió hacia dos soldados—. Llevad a la princesa a sus habitaciones y vigilad la puerta —ordenó—. Buenas noches, alteza. No os preocupéis, ya se han marchado.

Sarene suspiró resignada a los gritos y el bullicio de los guardias, cuyas armas y armaduras resonaban cuando corrían periódicamente por los pasillos. Dudaba pasar una buena noche con tanto alboroto, por muy cansada que estuviera.

CAPÍTULO 15

DE NOCHE, cuando todo se fundía en una negrura uniforme, Hrathen casi podía ver la grandeza de Elantris. Recortados contra el cielo cuajado de estrellas, los edificios caídos proyectaban su manto de desesperación y se convertían en recuerdos. Recuerdos de una ciudad forjada con habilidad y cuidado, una ciudad donde cada piedra era una obra de arte funcional. Recuerdos de torres que se alzaban hasta el cielo, como dedos que hacían cosquillas a las estrellas, y cúpulas que se hinchaban como venerables colinas.

Y todo había sido una ilusión. Bajo la grandeza había podredumbre, una llaga sucia ahora expuesta. Qué fácil era ver más allá de herejías revestidas de oro. Qué sencillo había sido asumir que la fuerza exterior indicaba una fuerza benigna interna.

—Sigue soñando, Elantris —susurró Hrathen, volviéndose para seguir caminando por la gran muralla que rodeaba la ciudad—. Recuerda lo que fuiste e intenta esconder tus pecados bajo el manto de la oscuridad. Mañana saldrá el sol y todo quedará revelado una vez más.

—¿Mi señor? ¿Decías algo?

Hrathen se giró. Apenas había advertido al guardia que patrullaba por la muralla, con la pesada lanza al hombro y la débil antorcha casi apagada.

—No. Solo susurraba para mí.

El guardia asintió y continuó su ronda. Se estaban acostumbrando a Hrathen, que había visitado Elantris casi todas las noches esa semana, recorriendo sus murallas sumido en sus cavilaciones. Aunque había un propósito añadido a su visita de entonces, la mayoría de las noches simplemente iba allí para estar solo y pensar. No estaba seguro de qué lo atraía a la ciudad. En parte era la curiosidad. No había visto Elantris en la cima de su poder, y no podía comprender cómo algo, ni siquiera una ciudad tan grandiosa, había resistido repetidas veces el poder de Fjorden, primero militarmente, luego teológicamente.

También se sentía responsable de la gente, o lo que quiera que fuese, que vivía en Elantris. Los estaba utilizando, mostrándolos como enemigos para unir a sus seguidores. Se sentía culpable. Los elantrinos que había visto no eran diablos, sino despojos, víctimas de una enfermedad terrible. Merecían compasión, no condena. Con todo, se convertirían en sus diablos, pues sabía que era la forma más fácil y menos dañina de unificar Arelon. Si volvía al pueblo contra el gobierno, como había hecho en Duladel, habría muertes. Esta fórmula conduciría también a un baño de sangre, pero esperaba que mucho menor.

«Oh, qué cargas debemos aceptar en el servicio a tu imperio, Jaddeth», pensó Hrathen. No importaba que actuara en nombre de la iglesia ni que hubiera salvado a miles y miles de almas. La destrucción que Hrathen había causado en Duladel le pesaba como una piedra de molino. Gente que había confiado en él estaba muerta, y toda una sociedad se había sumido en el caos.

Pero Jaddeth requería sacrificios. ¿Qué era la conciencia de un hombre cuando se la comparaba con la gloria de su dominio? ¿Qué era un poco de culpa cuando una nación estaba ahora unida bajo la atenta mirada de Jaddeth? Hrathen soportaría por siempre las cicatrices de lo que había hecho, pero era mejor que un hombre sufriera a que una nación entera continuara viviendo en la herejía.

Hrathen se dio la vuelta, mirando hacia las chispeantes luces de Kae. Jaddeth le había dado una oportunidad más. Esta vez haría las cosas de forma diferente. No habría ninguna peligrosa revolución, ningún baño de sangre causado por una clase volviéndose contra otra. Hrathen aplicaría cuidadosamente la presión hasta que Iadon se plegara y un hombre más flexible ocupara su lugar. Entonces, la nobleza de Arelon se convertiría fácilmente. Los únicos que sufrirían de verdad, los chivos expiatorios de su estrategia, serían los elantrinos.

Era un buen plan. Estaba seguro de que aplastaría sin mucho esfuerzo la monarquía arelena, dado que ya estaba resquebrajada y debilitada. El pueblo de Arelon estaba tan oprimido que podría instaurar un nuevo gobierno rápidamente, antes de que se enteraran siquiera de la caída de Iadon. Sin revoluciones. Limpiamente.

A menos que cometiera un error. Había visitado las granjas y ciudades de los alrededores de Kae. Sabía que el pueblo estaba sometido más allá de su capacidad de aguante. Si les daba la ocasión, se alzarían y matarían a toda la clase noble. Esa posibilidad lo ponía nervioso, sobre todo porque sabía que, si eso sucedía, lo aprovecharía. El gyorn lógico que había en su interior cabalgaría la destrucción como si fuera un hermoso corcel, usándola para crear seguidores derethi en toda una nación.

Hrathen suspiró, se dio la vuelta y continuó su camino. La guardia mantenía limpio el paseo en aquella sección de la muralla, pero si se alejaba demasiado llegaría a un lugar cubierto de mugre oscura y aceitosa. No estaba seguro de a qué se debía, pero cubría por completo la muralla cuando se alejaba de la zona central de las puertas.

Sin embargo, antes de llegar a la mugre localizó a un grupo de hombres de pie en el paseo. Iban con capa, aunque la noche no era lo bastante fría. Tal vez pensaban que así nadie los reconocería. Sin embargo, si esa era su intención, entonces el duque Telrii no debería haber elegido una lujosa capa color lavanda con bordados de plata.

Hrathen sacudió la cabeza viendo tanto materialismo. «Los

hombres con los que tenemos que trabajar para conseguir los objetivos de Jaddeth...».

El duque Telrii no se quitó la capucha ni hizo la adecuada reverencia mientras Hrathen se acercaba. Aunque, por supuesto, Hrathen tampoco lo esperaba. No obstante, el duque hizo un gesto a sus guardias, quienes se apartaron para permitirles intimidad.

Hrathen se acercó al duque, se apoyó en el parapeto y contempló la ciudad de Kae. Las luces titilaban. Había tanta gente rica en la ciudad que las lámparas de aceite y las velas abundaban. Hrathen había visitado algunas grandes ciudades que quedaban tan a oscuras como Elantris cuando caía la noche.

—¿No vas a preguntarme por qué he querido reunirme contigo? —preguntó Telrii.

—Tienes dudas respecto a nuestro plan —dijo Hrathen simplemente.

Telrii enmudeció por unos instantes, aparentemente sorprendido de que Hrathen lo hubiera entendido tan rápido.

—Sí, bueno. Si ya lo sabes, entonces es que a lo mejor tienes tus dudas también.

—En absoluto —dijo Hrathen—. Tu manera furtiva de organizar el encuentro es lo que te ha delatado.

Telrii frunció el ceño. Era un hombre acostumbrado a dominar cualquier conversación. ¿Por eso vacilaba? ¿Lo había ofendido Hrathen? No, estudiando sus ojos, Hrathen pudo ver que no. Al principio, Telrii se había mostrado ansioso por entrar en el trato con Fjorden, y desde luego parecía haber disfrutado dando su fiesta aquella noche. ¿Qué había cambiado?

«No puedo permitirme dejar pasar esta oportunidad —pensó Hrathen—. Si al menos tuviera más tiempo...». Quedaban menos de ochenta días para que finalizaran sus tres meses de plazo. Si le hubieran concedido un año podría haber trabajado con más delicadeza y precisión. Por desgracia, no disponía de ese lujo, y un ataque directo usando a Telrii era su mejor posibilidad para conseguir una transición fluida en el liderazgo.

—¿Por qué no me dices qué es lo que te molesta? —dijo Hrathen.

—Simplemente no estoy seguro de querer trabajar con Fjorden —dijo Telrii con cautela.

Hrathen alzó una ceja.

—Antes no dudabas.

Telrii miró a Hrathen desde debajo de su capucha. A la débil luz de la luna su marca de nacimiento parecía simplemente una continuación de las sombras y daba a sus rasgos un aspecto ominoso... o así habría sido si sus extravagantes ropajes no hubiesen estropeado el efecto.

Telrii se limitó a fruncir el ceño.

—He oído algunas cosas interesantes en la fiesta de esta noche, gyorn. ¿Eres de verdad el que fue asignado a Duladel antes de su caída?

«Ah, así que es eso», pensó Hrathen.

—Estuve allí.

—Y ahora estás aquí —dijo Telrii—. ¿Te preguntas por qué un noble se inquieta por esa noticia? ¡Toda la clase republicana que dirigía Duladel fue masacrada en esa revolución! Y según mis fuentes, *tú* tuviste mucho que ver con eso.

Tal vez el hombre no era tan tonto como había pensado Hrathen. Tendría que hablar con tacto. Hizo un gesto con la cabeza, señalando a los guardias de Telrii, que se encontraban un poco más abajo en la muralla.

—¿Dónde conseguiste a esos soldados, mi señor? —Telrii tardó en contestar.

—¿Qué tiene eso que ver?

—Compláceme —dijo Hrathen.

Telrii se volvió, mirando a los soldados.

—Los recluté entre la guardia de la ciudad de Elantris. Los contraté como guardaespaldas.

Hrathen asintió.

—¿Y a cuántos guardias empleas?

—A quince.

—¿Cómo juzgarías sus habilidades? —Telrii se encogió de hombros.

—Bastante buenas, supongo. Nunca los he visto combatir.

—Eso es probablemente porque no han combatido nunca —dijo Hrathen—. Ninguno de los soldados de Arelon ha entrado nunca en combate.

—¿Adónde quieres ir a parar, gyorn? —preguntó Telrii irritado. Hrathen se volvió y señaló hacia el puesto de guardia de Elantris, iluminado en la distancia por las antorchas situadas en la base de la muralla.

—¿Cuántos hombres componen la guardia, unos quinientos? ¿Setecientos, tal vez? Si se incluyen las fuerzas policiales locales y las guardias personales, como la suya, tal vez haya unos mil soldados en la ciudad de Kae. Sumándole la legión de lord Eondel, sigue habiendo menos de mil quinientos soldados profesionales en las inmediaciones.

—¿Y? —preguntó Telrii. Hrathen se volvió.

—¿De verdad crees que el wyrn necesita una revolución para hacerse con el control de Arelon?

—El wyrn no tiene ningún ejército —dijo Telrii—. Fjorden solo cuenta con una fuerza de defensa básica.

—No hablaba de Fjorden. Hablaba del wyrn, Regente de Toda la Creación, líder del shu-dereth. Vamos, lord Telrii. Seamos sinceros. ¿Cuántos soldados hay en Hrovell? ¿En Jaador? ¿En Svorden? ¿En las otras naciones del este? Esa gente que ha jurado ser derethi, ¿no crees que se alzará a una orden del wyrn?

Telrii dudó.

Hrathen asintió al ver que la comprensión crecía en los ojos del duque. El hombre estaba perdidísimo. La verdad era que el wyrn ni siquiera necesitaba un ejército de extranjeros para conquistar Arelon. Pocos que no formaran parte del sumo sacerdocio comprendían la segunda y más poderosa fuerza que el wyrn tenía a sus órdenes, los monasterios. Durante siglos, el sacerdocio derethi había estado entrenando a sus monjes para la guerra, el asesinato y... otras artes. Las defensas de Arelon eran tan débiles que los monjes de un solo monasterio podían probablemente conquistar el país.

Hrathen se estremeció imaginando a los... monjes entrenados en el monasterio de Dakhor accediendo a la indefensa Arelon. Se miró el brazo, el lugar donde, bajo su armadura, llevaba las marcas de su estancia allí. Sin embargo, no eran cosas que pudiera explicar a Telrii.

—Mi señor —dijo Hrathen sinceramente—, estoy aquí en Arelon porque el wyrn quiere darle al pueblo la oportunidad de adoptar pacíficamente el shu-dereth. Si quisiera aplastar el país, podría hacerlo. En cambio, me envió a mí. Mi única intención es encontrar un modo de convertir al pueblo de Arelon.

Telrii asintió lentamente.

—El primer paso para convertir este país —continuó Hrathen— es asegurarse de que el gobierno sea favorable a la causa derethi. Esto requiere un cambio en el liderazgo. Requiere poner a un nuevo rey en el trono.

—¿Tengo tu palabra, entonces?

—Tendrás el trono —dijo Hrathen.

Telrii asintió. Obviamente, esto era lo que había estado esperando. Las promesas anteriores de Hrathen habían sido vagas, pero ya no se podía permitir seguir sin comprometerse. Sus garantías daban a Telrii prueba verbal de que Hrathen intentaba acabar con el reinado de Iadon. Un riesgo calculado, pero Hrathen era muy bueno en ese tipo de cálculos.

—Habrá quienes se opongan a ti —le advirtió Telrii.

—¿Como quiénes?

—Esa mujer, Sarene —dijo Telrii—. Su supuesta idiotez es obviamente fingida. Mis informadores dicen que siente un insano interés por tus actividades y ha estado preguntando por ti en mi fiesta, esta noche.

La astucia de Telrii sorprendió a Hrathen. El hombre parecía tan pretencioso, tan petulante... y, sin embargo, era bastante competente. Eso podía ser una ventaja, o una desventaja.

—No te preocupes por la muchacha —dijo Hrathen—. Toma

el dinero que te hemos proporcionado y espera. Tu oportunidad vendrá pronto. ¿Has oído la noticia que el rey ha recibido esta noche?

Telrii se detuvo, luego asintió.

—Las cosas se desarrollan según lo prometido —dijo Hrathen—. Ahora solo tenemos que ser pacientes.

—Muy bien —dijo Telrii. Todavía tenía sus reservas, pero la lógica de Hrathen, unida a la promesa firme del trono, había bastado para hacerlo flaquear. El duque asintió, con raro respeto hacia Hrathen. Luego llamó a sus guardias, dispuesto a marcharse.

—Duque Telrii —dijo Hrathen. Se le había ocurrido una idea.

Telrii redujo el paso y se dio media vuelta.

—¿Siguen teniendo tus soldados amigos en la guardia de Elantris? —Telrii se encogió de hombros.

—Supongo que sí.

—Dóblales la paga —dijo Hrathen, en voz baja para que los guardaespaldas de Telrii no lo oyeran—. Habla bien a tus hombres de la guardia de Elantris y déjales tiempo libre para que lo pasen con sus antiguos camaradas. Podría ser... beneficioso para tu futuro que se sepa en la guardia que eres un hombre que recompensa a aquellos que le son leales.

—¿Me proporcionarás lo necesario para pagar ese extra a mis hombres? —preguntó Telrii cuidadosamente.

Hrathen puso los ojos en blanco.

—Muy bien.

Telrii asintió y se marchó para reunirse con sus guardias.

Hrathen se dio media vuelta, se apoyó contra la muralla y contempló Kae. Tendría que esperar un poco antes de volver a las escaleras y bajarlas. A Telrii le preocupaba todavía que se supiera su fidelidad derethi y no había querido que lo vieran con Hrathen. El hombre era demasiado ansioso, pero tal vez fuese mejor para él parecer en este momento un conservador religioso.

A Hrathen le molestaba que hubiera mencionado a Sarene. Por alguna razón, la atrevida princesa teo había decidido oponerse a Hrathen, aunque él no le había dado en apariencia ningún motivo para hacerlo. En cierto sentido, era irónico. Ella no lo sabía, pero Hrathen era su mayor aliado, no su enemigo acérrimo. Su pueblo se convertiría de un modo u otro: o bien responderían a las instancias humanas de Hrathen o serían aplastados por los ejércitos fjordell.

Hrathen dudaba de poder convencerla de esa verdad. Veía el recelo en sus ojos: ella tomaría inmediatamente todo lo que él dijera por una mentira. Lo aborrecía con el odio irracional de quien sabe inconscientemente que su propia fe es inferior. Las enseñanzas korathi se habían marchitado en todas las naciones importantes del este, igual que lo harían en Arelon y Teod. El shu-korath era demasiado débil, carecía de virilidad. El shu-dereth era fuerte y poderoso. Como dos plantas que competían por el mismo terreno, el shu-dereth estrangularía al shu-korath.

Hrathen sacudió la cabeza, esperó un tiempo prudencial y, finalmente, regresó a las escalinatas que conducían hasta Kae. Cuando llegaba escuchó un golpe abajo y se detuvo sorprendido. Parecía que las puertas de la ciudad acababan de cerrarse.

—¿Qué ha sido eso? —preguntó Hrathen, acercándose a varios guardias que formaban un círculo de antorchas.

Los guardias se encogieron de hombros, aunque uno señaló a dos formas que atravesaban el patio a oscuras.

—Deben de haber capturado a alguien que intentaba escapar.

Hrathen frunció el ceño.

—¿Sucede a menudo?

El guardia negó con la cabeza.

—La mayoría son de mente demasiado débil para intentar escapar. De vez en cuando alguno intenta escabullirse, pero siempre los pillamos.

—Gracias —dijo Hrathen, dejando a los guardias atrás mientras iniciaba el largo descenso hacia la ciudad. Al pie de las escaleras encontró la garita principal. El capitán estaba dentro, los ojos adormilados, como si acabara de despertarse.

—¿Problemas, capitán?

El capitán se volvió, sorprendido.

—Ah, eres tú, gyorn. No, ningún problema. Uno de mis tenientes, que ha hecho algo que no debía.

—¿Dejando regresar a algunos elantrinos a la ciudad?

El capitán frunció el ceño, pero asintió. Hrathen había visto al hombre varias veces, y en cada uno de los encuentros había avivado la codicia del capitán con unas cuantas monedas. Tenía al hombre prácticamente en el bolsillo.

—La próxima vez, capitán —dijo Hrathen, acercando la mano al cinturón para sacar una bolsa—, puedo ofrecerte una opción diferente.

Los ojos del capitán brillaron cuando Hrathen empezó a sacar de la bolsa wyrnings de oro acuñados con la efigie del wyrn Wulfden.

—Quiero estudiar de cerca a uno de esos elantrinos, por motivos teológicos —dijo Hrathen, colocando un montoncito de monedas sobre la mesa—. Agradecería que el próximo elantrino capturado llegue a mi capilla antes de ser devuelto a la ciudad.

—Probablemente pueda arreglarse, mi señor —dijo el capitán, retirando las monedas de la mesa con mano ansiosa.

—Nadie tendría que saberlo, por supuesto —dijo Hrathen.

—Por supuesto, mi señor.

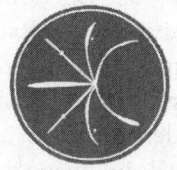

CAPÍTULO 16

RAODEN había intentado una vez liberar a Ien. Era un niño entonces, simple de mente pero puro de intención. Uno de sus tutores le estaba enseñando cosas sobre la esclavitud, y de algún modo se le metió en la cabeza que los seones eran retenidos contra su voluntad. Había acudido a Ien entre lágrimas ese día, exigiendo que el seon aceptara su libertad.

—Pero yo soy libre, joven amo —le respondió Ien al lloroso chiquillo.

—¡No, no lo eres! —discutió Raoden—. Eres un esclavo... haces lo que se te dice.

—Lo hago porque quiero, Raoden.

—¿Por qué? ¿No quieres ser libre?

—Quiero servir, joven amo —explicó Ien, latiendo tranquilizador—. Mi libertad es estar aquí, contigo.

—No comprendo.

—Miras las cosas como humano, joven amo —dijo Ien con su voz sabia e indulgente—. Ves rango y distinción. Intentas ordenar el mundo para que todo ocupe un sitio por encima de ti o por debajo. Para un seon, no hay encima ni debajo, solo aquellos a quienes amamos. Y servimos a quienes amamos.

—¡Pero ni siquiera se os paga! —Fue la indignada respuesta de Raoden.

—Sí que se me paga, joven amo. Mi paga es el orgullo de un

padre y el amor de una madre. Mi salario procede de la satisfacción de verte crecer.

Pasaron muchos años hasta que Raoden comprendió aquellas palabras, pero siempre habían permanecido en su mente. A medida que crecía y aprendía, escuchando incontables sermones korathi sobre el poder unificador del amor, Raoden había llegado a ver a los seones de un nuevo modo. No como servidores, o incluso amigos, sino como algo mucho más profundo y más poderoso. Era como si los seones fueran una expresión del propio Domi, reflejos del amor de Dios por su pueblo. A través de su servicio, estaban mucho más cerca del cielo de lo que sus supuestos amos podrían comprender jamás.

—Finalmente eres libre, amigo mío —dijo Raoden con una sonrisa triste mientras veía a Ien flotar y agitarse. Desde la shaod no había sido capaz de captar más que un leve atisbo de reconocimiento por parte del seon, aunque Ien parecía quedarse en las inmediaciones, cerca de Raoden.

—Creo que sé lo que le pasa —le dijo Raoden a Galladon, que estaba sentado a la sombra, un poco apartado. Estaban en un terrado a unos cuantos edificios de la capilla, expulsados de su habitual lugar de estudio por un apurado Kahar. El anciano había estado limpiando frenéticamente desde su llegada, y había llegado el momento del pulido general. Por la mañana temprano, a duras penas pero con insistencia, los había expulsado a todos para poder terminar.

Galladon dejó de leer su libro.

—¿A quién? ¿Al seon?

Raoden asintió, tendido boca abajo cerca del borde de lo que antaño fuera la pared de un jardín, todavía contemplando a Ien.

—Su aon no está completo.

—Ien —dijo Galladon, pensativo—. Eso significa curación. ¿Kolo?

—Así es. Pero su aon ya no está completo. Hay diminutas fisuras en sus líneas, y manchas descoloridas.

Galladon gruñó, pero no dijo nada más, no estaba tan interesado como Raoden en los aones y seones. Raoden observó a Ien unos instantes más, y luego volvió a estudiar el libro sobre el AonDor. Sin embargo, no llegó muy lejos antes de que Galladon sacara a colación un tema nuevo.

—¿Qué es lo que echas más de menos, sule? —preguntó el dula, reflexivo.

—¿Lo que más echo de menos? ¿Del exterior?

—Kolo —dijo Galladon—. ¿Qué cosa traerías a Elantris si pudieras?

—No lo sé. Tengo que pensarlo. ¿Y tú?

—Mi casa —contestó Galladon soñador—. La construí yo mismo, sule. Talé cada árbol, trabajé cada tabla y clavé cada clavo. Era hermosa... ninguna mansión ni palacio puede competir con el trabajo de tus propias manos.

Raoden asintió, imaginando la cabaña. ¿Qué había poseído que echara de menos con más fuerza? Era hijo de un rey, y por tanto había tenido muchas cosas. La respuesta que encontró, sin embargo, le sorprendió.

—Cartas —dijo—. Me traería un fajo de cartas.

—¿Cartas, sule? —Obviamente no era la respuesta que él esperaba—. ¿De quién?

—De una chica.

Galladon se echó a reír.

—¿Una mujer, sule? Jamás pensé que fueras de los románticos.

—El que no lloriquee dramáticamente como un personaje de uno de vuestros romances duladen no significa que no piense en esas cosas.

Galladon alzó las manos a la defensiva.

—No te pongas DeluseDoo conmigo, sule. Solo estoy sorprendido. ¿Quién era esa chica?

—Iba a casarme con ella.

—Debe de haber sido toda una mujer.

—Debe de haberlo sido —reconoció Raoden—. Ojalá la hubiera conocido.

—¿No llegaste a conocerla?

Raoden negó con la cabeza.

—De ahí las cartas, amigo mío. Ella vivía en Teod... Era la hija del rey, por cierto. Empezó a enviarme cartas hace cosa de un año. Era una magnífica escritora y sus palabras estaban cargadas de tanta inteligencia que no pude sino responder. Continuamos escribiéndonos durante casi cinco meses. Luego ella se me declaró.

—¿Que *ella* se te declaró a *ti*?

—Descaradamente —sonrió Raoden—. Fue, naturalmente, por motivos políticos. Sarene quería una unión firme entre Teod y Arelon.

—¿Y tú aceptaste?

—Era una buena oportunidad —explicó Raoden—. Desde el Reod, Teod ha mantenido sus distancias respecto a Arelon. Además, esas cartas eran embriagadoras. Este último año ha sido... difícil. Mi padre parece decidido a llevar Arelon a su ruina, y no es un hombre que sufra con paciencia las disensiones. Pero, cada vez que parecía que mis cargas eran demasiado grandes, recibía una carta de Sarene. Ella también tenía un seon, y después de que se formalizara el compromiso empezamos a hablar regularmente. Llamaba por la noche, y su voz surgía de Ien para cautivarme. A veces dejábamos el enlace abierto durante horas.

—¿Qué era eso que decías de no ir por ahí lloriqueando como un personaje de un romance? —dijo Galladon con una sonrisa.

Raoden bufó y regresó a su libro.

—Bueno, pues ya lo sabes. Si pudiera tener cualquier cosa, querría esas cartas. La verdad es que estaba ilusionado con el matrimonio, aunque la unión solo fuera una reacción a la invasión derethi de Duladel.

Se produjo el silencio.

—¿Qué es lo que acabas de decir, Raoden? —preguntó por fin Galladon en voz baja.

—¿Qué? Ah, ¿sobre las cartas?

—No. Sobre Duladel.

Raoden se quedó callado. Galladon decía haber entrado en Elantris hacía unos pocos meses, pero los dulas tenían fama de redondear a la baja. La república duladen había caído hacía unos seis meses.

—Creía que lo sabías.

—¿Qué, sule? —exigió Galladon—. ¿Creías que sabía *qué*?

—Lo siento, Galladon —dijo Raoden con la voz llena de compasión, dándose la vuelta y sentándose—. La república duladen cayó.

—No —jadeó Galladon, los ojos muy abiertos.

Raoden asintió.

—Hubo una revolución, como la de Arelon hace diez años, pero aún más violenta. La clase republicana fue destruida por completo y se instauró una monarquía.

—Imposible. La república era *fuerte*. Todos creíamos fielmente en ella.

—Las cosas cambian, amigo mío —dijo Raoden, poniéndose en pie y acercándose para posar una mano en el hombro de Galladon.

—No la república, sule —dijo Galladon con la mirada perdida—. Todos podíamos *elegir* quién gobernaba, sule. ¿Por qué alzarse contra eso?

Raoden negó con la cabeza.

—No lo sé. No se filtró mucha información. Fue un momento caótico en Duladel, y por eso los sacerdotes fjordell pudieron hacerse con el poder.

Galladon alzó la cabeza.

—Eso significa que Arelon tiene problemas. Siempre estábamos allí para alejar a los derethi de vuestras fronteras.

—Soy consciente de eso.

—¿Qué le pasó al jesker? —preguntó—. Mi religión, ¿qué le pasó?

Raoden se limitó a negar con la cabeza.

—¡Tienes que saber algo!

—El shu-dereth es la religión estatal en Duladel, ahora —dijo Raoden en voz baja—. Lo siento.

Galladon bajó la mirada.

—Se ha perdido, entonces.

—Todavía quedan los misterios —dijo Raoden débilmente.

Galladon frunció el ceño, la mirada dura.

—Los misterios no son lo mismo que el jesker, sule. Son una burla de cosas sagradas. Una perversión. Solo los forasteros, los que no comprenden la verdad del dor, practican los misterios.

Raoden dejó la mano en el hombro de su apenado amigo, sin saber cómo consolarlo.

—Creía que lo sabías —repitió, sintiéndose impotente. Galladon se limitó a gruñir y lo miró sin verlo, con los ojos tristes.

RAODEN DEJÓ A Galladon en la azotea. El gran dula quería estar solo con su pena. Sin saber qué otra cosa hacer, Raoden regresó a la capilla, absorto en sus pensamientos. No permaneció así mucho tiempo.

—¡Kahar, es precioso! —exclamó, mirando asombrado a su alrededor.

El anciano alzó la cabeza del rincón que estaba limpiando. Había una expresión de profundo orgullo en su rostro. La capilla estaba limpia de mugre, todo lo que quedaba era mármol limpio, gris claro. La luz del sol entraba a raudales por las ventanas del oeste, reflejándose en el suelo brillante e iluminando toda la capilla con un fulgor casi divino. Los bajorrelieves cubrían casi todas las superficies. Las detalladas esculturas, de tan solo medio dedo de grosor, habían estado ocultas por la suciedad. Raoden pasó los dedos por una de las diminutas obras maestras, sus rostros eran tan detallados y expresivos que parecían vivos.

—Son sorprendentes —susurró.

—Ni siquiera sabía que estuvieran ahí, mi señor —dijo Kahar, acercándose cojeando—. No las he visto hasta que he empezado a limpiar, y luego han quedado a oscuras hasta que he terminado el suelo. El mármol es tan liso como un espejo y las ventanas están situadas en el sitio justo para captar la luz.

—¿Y los bajorrelieves cubren toda la sala?

—Sí, mi señor. Y este no es el único edificio que los tiene. De vez en cuando se topa uno con una pared o un mueble con grabados. Probablemente eran comunes en Elantris antes del Reod.

Raoden asintió.

—Era la ciudad de los dioses, Kahar.

El anciano sonrió. Sus manos estaban negras de mugre y media docena de trapos hechos jirones colgaban de su cinto. Pero era feliz.

—¿Y ahora qué, mi señor? —preguntó ansiosamente.

Raoden pensó rápidamente. Kahar había atacado la mugre de la capilla con la misma santa indignación que un sacerdote usaba para destruir el pecado. Por primera vez en meses, tal vez en años, Kahar se había sentido necesario.

—Nuestra gente ha empezado a vivir en los edificios cercanos, Kahar —dijo Raoden—. ¿De qué servirá toda esta limpieza que has hecho aquí si traen mugre cada vez que nos reunamos?

Kahar asintió, pensativo.

—El empedrado es un problema —murmuró—. Este es un proyecto grande, mi señor. —En sus ojos, sin embargo, no había temor.

—Lo sé. Pero es un proyecto desesperado. La gente que vive en la mugre se sentirá mugrienta... si alguna vez vamos a mejorar la opinión que tenemos de nosotros mismos, tendremos que estar limpios. ¿Puedes hacerlo?

—Sí, mi señor.

—Bien. Te asignaré algunos ayudantes para acelerar el proceso.

La banda de Raoden había crecido enormemente en los últimos días, ya que la gente de Elantris se había enterado de que Karata se había unido a ellos. Muchos de los elantrinos errantes y fantasmales que deambulaban solos por las calles habían empezado a acercarse a la banda de Raoden, buscando la compañía como un último y desesperado intento de evitar la locura.

Kahar se volvió para marcharse, su rostro arrugado contempló la capilla una última vez, admirándola con satisfacción.

—Kahar —llamó Raoden.

—¿Sí, mi señor?

—¿Sabes cuál es? El secreto, quiero decir.

Kahar sonrió.

—Hace días que no paso hambre, mi señor. Es la sensación más sorprendente del mundo... ni siquiera noto ya el dolor.

Raoden asintió, y Kahar se marchó. El hombre había venido en busca de una solución mágica a sus pesares, pero había encontrado una respuesta mucho más simple. El dolor perdía su poder cuando otras cosas se volvían más importantes. Kahar no necesitaba una poción ni un aon que lo salvara. Solo necesitaba algo que hacer.

Raoden recorrió la resplandeciente habitación, admirando las esculturas. Se detuvo, no obstante, cuando llegó al final de un bajorrelieve concreto. La piedra estaba libre de relieves, su superficie blanca pulida por la cuidadosa mano de Kahar. Estaba tan limpia, de hecho, que Raoden vio su reflejo.

Se quedó anonadado. El rostro que lo miraba desde el mármol le resultaba desconocido. Se había preguntado por qué tan poca gente lo reconocía. Había sido príncipe de Arelon, su rostro era conocido en muchas de las plantaciones exteriores. Había supuesto que los elantrinos, simplemente, no esperaban encontrar a un príncipe en Elantris, y que por eso no se les ocurría asociar a «Espíritu» con Raoden. Sin embargo, ahora que veía los cambios de su cara, advirtió que había otro motivo por el que la gente no lo reconocía.

Había restos en sus rasgos, pistas de lo que había sido. Pero los cambios eran drásticos. Solo habían pasado dos semanas, pero ya se le había caído el pelo. Tenía las manchas elantrinas comunes en la piel, pero incluso las zonas que unas semanas antes eran de color carne se habían vuelto uniformemente grises. Su piel se arrugaba levemente, sobre todo alrededor de los labios, y sus ojos empezaban a adquirir un aire hundido.

Una vez, antes de su propia transformación, había imaginado a los elantrinos como cadáveres vivientes cuya piel se pudría y desgajaba. No era ese el caso. Los elantrinos conservaban la carne y casi toda su figura, aunque su piel se arrugaba y oscurecía. Eran más carcasas arrugadas que cadáveres en descomposición. Sin embargo, aunque la transformación no era tan drástica como había supuesto entonces, seguía siendo traumático verla en uno mismo.

—Damos lástima, ¿no? —preguntó Galladon desde la puerta. Raoden se volvió y sonrió, animoso.

—Podría ser peor, amigo mío. Puedo acostumbrarme a los cambios.

Galladon gruñó y entró en la capilla.

—Tu hombre de la limpieza hace bien su trabajo, sule. Este sitio casi parece libre del Reod.

—Lo más hermoso, amigo mío, es la manera en que liberó a su limpiador en el proceso.

Galladon asintió, se reunió con Raoden junto a la pared y contempló la multitud de gente que estaba limpiando la zona del huerto de la capilla.

—Han estado viniendo a puñados, ¿no, sule?

—Se han enterado de que ofrecemos algo más que vivir en un callejón. Ni siquiera tenemos que seguir vigilando las puertas. Karata nos trae a todos los que puede rescatar.

—¿Cómo pretendes tenerlos ocupados a todos? El huerto es grande y ya casi está despejado.

—Elantris es una ciudad enorme, amigo mío. Encontraremos cosas para mantenerlos ocupados.

Galladon observó a la gente trabajar, los ojos inescrutables. Parecía haber superado su pena, por el momento.

—Hablando de trabajo —empezó a decir Raoden—. Hay algo que necesito que hagas.

—¿Algo para mantener mi mente apartada del dolor, sule?

—Podríamos decir que sí. Sin embargo, este proyecto es un poco más importante que el de limpiar basura.

Raoden le indicó a Galladon que lo siguiera mientras se dirigía al fondo de la sala y sacaba una piedra suelta de la pared. Rebuscó dentro y sacó una docena de bolsitas de maíz.

—Como granjero, ¿cómo juzgarías la calidad de esta semilla? —Galladon tomó con interés una y le dio vueltas en la mano unas cuantas veces, midiendo su color y su dureza.

—No está mal —dijo—. No es la mejor que he visto, pero no está mal.

—La temporada de siembra casi está aquí, ¿no?

—Considerando el calor que ha hecho últimamente, yo diría que ya está aquí.

—Bien —dijo Raoden—. Este maíz no durará mucho en este agujero, y no me fío de dejarlo a la vista.

Galladon meneó la cabeza.

—No funcionará, sule. La agricultura requiere tiempo antes de producir recompensas. Esta gente arrancará y se comerá los primeros retoños.

—No lo creo —contestó Raoden, haciendo saltar unos cuantos granos en la palma—. Están cambiando de mentalidad, Galladon. Ven que no tienen por qué seguir viviendo como animales.

—No hay suficiente espacio para una cosecha decente —argumentó Galladon—. Será poco más que un pequeño huerto.

—Hay espacio suficiente para plantar esta pequeña cantidad. El año que viene tendremos más grano, y entonces nos preocuparemos por el espacio. He oído decir que los jardines de palacio eran bastante grandes... probablemente podríamos utilizarlos.

Galladon negó con la cabeza.

—El error de esa frase, sule, es eso de «el año que viene». No habrá un «año que viene». ¿Kolo? La gente no dura tanto en Elantris.

—Elantris cambiará —dijo Raoden—. Si no, entonces quien venga aquí después de nosotros plantará la próxima cosecha.

—Dudo que salga bien.

—Dudarías que el sol sale si no te demostraran lo contrario cada día —dijo Raoden con una sonrisa—. Inténtalo.

—Muy bien, sule —contestó Galladon con un suspiro—. Supongo que tus treinta días no han terminado todavía.

Raoden sonrió, entregó el grano a su amigo y le puso una mano en el hombro.

—Recuerda, el pasado no tiene por qué ser también nuestro futuro. —Galladon asintió, guardando el grano en su escondite.

—No lo necesitaremos hasta dentro de unos cuantos días... Voy a pensar un modo de arar ese jardín.

—¡Lord Espíritu! —llamó débilmente la voz de Saolin desde abajo, donde se había construido una garita de guardia improvisada—. Viene alguien.

Raoden se levantó y Galladon colocó a toda prisa la piedra en su sitio. Al momento, un hombre de Karata entró corriendo en la sala.

—Mi señor —dijo el hombre—. ¡Lady Karata requiere tu presencia de inmediato!

—¡ERES IDIOTA, DASHE! —gritó Karata.

Dashe, el musculoso hombretón que era su segundo al mando, simplemente continuó abrochándose sus armas.

Raoden y Galladon se detuvieron confundidos en la puerta del palacio. Al menos diez de los hombres de la entrada, dos tercios de los seguidores de Karata, parecían estar preparándose para la inminente batalla.

—Puedes continuar soñando con tu nuevo amigo, Karata —replicó Dashe entre dientes—, pero yo no esperaré más. Sobre todo mientras ese hombre amenace a los niños.

Raoden se fue acercando a la conversación y se detuvo junto a un hombre delgado y ansioso llamado Horen. Era de los que evitan los conflictos, y Raoden supuso que era neutral en esa discusión.

—¿Qué está pasando? —preguntó Raoden en voz baja.

—Uno de los exploradores de Dashe se ha enterado de que Aanden planea atacar nuestro palacio esta noche —susurró Horen, observando con atención la discusión de sus líderes—. Dashe lleva meses queriendo golpear a Aanden, y esta es la excusa que necesitaba.

—Vas a llevar a esos hombres a algo peor que la muerte, Dashe —le advirtió Karata—. Aanden tiene más gente que tú.

—No tiene armas —replicó Dashe, envainando con un chasquido metálico su espada oxidada—. Todo lo que esa universidad tenía eran libros, y ya se los ha comido.

—Piensa en lo que estás haciendo.

Dashe se dio media vuelta, su pétreo rostro completamente sincero.

—Lo hago, Karata. Aanden está loco. No podremos descansar mientras comparta nuestra frontera. Si lo atacamos por sorpresa, entonces podremos detenerlo definitivamente. Solo entonces los niños estarán seguros.

Dicho esto, Dashe se volvió hacia su torva banda de aprendices de soldados y asintió. El grupo salió por la puerta con paso decidido.

Karata se volvió hacia Raoden, su rostro era una mezcla de frustración y dolor por la traición.

—Esto es peor que suicidarse, Espíritu.

—Lo sé —dijo Raoden—. Somos tan pocos que no podemos permitirnos perder un solo hombre... ni siquiera aquellos que siguen a Aanden. Tenemos que detener esto.

—Ya se ha ido —dijo Karata, apoyándose en la pared—. Conozco bien a Dashe. Ya no se le puede parar.

—Me niego a aceptar eso, Karata.

—SULE, SI NO te importa mi pregunta, ¿qué estás planeando, en nombre de Doloken?

Raoden trotaba junto a Galladon y Karata, apenas capaz de seguir su ritmo.

—No tengo ni idea —confesó—. Sigo trabajando esa parte.

—Eso pensaba —murmuró Galladon.

—Karata, ¿qué ruta seguirá Dashe?

—Hay un edificio que llega hasta la universidad —respondió ella—. Su pared se desmoronó hace tiempo y algunas de las piedras abrieron un agujero en su muralla. Estoy segura de que Dashe intentará entrar por ahí... Supone que Aanden no conoce la brecha.

—Llévanos —dijo Raoden—. Pero sigue una ruta diferente. No quiero toparme con Dashe.

Karata asintió, guiándolos por una calle lateral. El edificio que había mencionado era una estructura baja, de un solo piso. Una de las paredes había sido construida tan cerca de la universidad que Raoden no fue capaz de imaginar en qué pensaba el arquitecto. El edificio no había soportado bien el paso de los años. Aunque aún conservaba el tejado, en precario equilibrio, toda la estructura parecía a punto de derrumbarse.

Se acercaron con cautela y asomaron la cabeza por una puerta. El interior del edificio era diáfano. Se detuvieron en el centro de la estructura rectangular, con la pared desplomada a poca distancia a su izquierda, otra puerta un poco más a la derecha.

Galladon maldijo en voz baja.

—No me gusta esto.

—Ni a mí —dijo Raoden.

—No, peor que eso. Mira, sule. —Galladon señaló las vigas de sostén del edificio. Al mirarlas con atención, Raoden advirtió marcas de cortes recientes en la madera ya debilitada—. Todo el lugar está preparado para que se caiga.

Raoden asintió.

—Parece que Aanden está mejor informado de lo que supone Dashe. Tal vez se dé cuenta del peligro y use una entrada diferente.

Karata negó con la cabeza al instante.

—Dashe es un buen hombre, pero de mente muy simple. Entrará directamente por este edificio sin molestarse en examinarlo.

Raoden maldijo y se arrodilló junto a la puerta para pensar. Sin embargo, se le agotó enseguida el tiempo. Escuchó voces acercarse y, al cabo de un momento, Dashe apareció por la puerta del fondo, a la derecha de Raoden. Este, a medio camino entre Dashe y la pared caída, inspiró profundamente y gritó:

—¡Dashe, alto! ¡Es una trampa! ¡El edificio está preparado para desplomarse!

Dashe se detuvo, con la mitad de sus hombres dentro ya del edificio. Se dio la voz de alarma en la parte de la universidad y un grupo de hombres apareció tras los escombros. Uno, con el familiar rostro bigotudo de Aanden, sostenía una gastada hacha en las manos. Aanden saltó a la sala con un grito de desafío, el hacha levantada hacia la columna.

—¡Taan, alto! —gritó Raoden.

Aanden detuvo el hacha en el aire, sorprendido por el sonido de su propio nombre. Una mitad de su bigote colgó flácida, amenazando con caerse.

—¡No trates de razonar con él! —le advirtió Dashe, retirando a sus hombres de la sala—. Está loco.

—No, no lo creo —dijo Raoden, estudiando los ojos de Aanden—. Este hombre no está loco... solo confundido.

Aanden parpadeó unas cuantas veces, las manos tensas sobre el mango del hacha. Raoden buscó desesperadamente una solución, y sus ojos cayeron sobre los restos de una gran mesa de piedra situada cerca del centro de la sala. Apretando los dientes y murmurando una silenciosa plegaria a Domi, Raoden se puso en pie y entró en el edificio.

Karata jadeó y Galladon maldijo. El techo crujió ominosamente. Raoden miró a Aanden, que seguía dispuesto a golpear con el hacha. Sus ojos siguieron a Raoden al centro de la sala.

—Tengo razón, ¿verdad? No estás loco. Te oí farfullar como un loco en tu corte, pero cualquiera puede farfullar. A un loco no se le ocurre convertir los pergaminos en comida, ni tiene la previsión de preparar una trampa.

—No soy Taan —dijo Aanden finalmente—. ¡Soy Aanden, barón de Elantris!

—Si lo deseas —dijo Raoden, frotando con los restos de su manga la superficie de la mesa caída—. Aunque no entiendo por qué prefieres ser Aanden a ser Taan. Esto es Elantris, al fin y al cabo.

—¡Eso ya lo sé! —exclamó Aanden. No importaba lo que hubiera dicho Raoden, aquel hombre no estaba completamente cuerdo. El hacha podía caer en cualquier momento.

—¿Sí? —preguntó Raoden—. ¿De verdad comprendes lo que significa vivir en Elantris, la ciudad de los dioses? —Se volvió hacia la mesa, todavía frotándola, dando la espalda a Aanden—. Elantris, ciudad de belleza, ciudad de arte... y ciudad de esculturas. Dio un paso atrás, revelando el tablero ahora limpio de la mesa. Estaba cubierto de intrincadas tallas, igual que las paredes de la capilla.

Aanden abrió los ojos de par en par, y el hacha cayó de su mano.

—La ciudad es el sueño de un escultor, Taan —dijo Raoden—. ¿Cuántos artistas has oído ahí fuera quejarse por la belleza perdida de Elantris? Estos edificios son sorprendentes monumentos al arte de la escultura. Quiero saber quién, cuando se le presenta esa oportunidad, prefiere ser Aanden el barón en vez de Taan el escultor.

El hacha golpeó el suelo. La cara de Aanden mostraba su estupor.

—Mira la pared que tienes al lado, Taan —dijo Raoden en voz baja. El hombre se volvió, rozando con los dedos un bajorrelieve oculto por la suciedad. Se subió la manga y su brazo tembló cuando frotó la mugre.

—Domi Misericordioso —susurró—. Es precioso.

—Piensa en la oportunidad, Taan —dijo Raoden—. Solo tú, de todos los escultores del mundo, puedes ver Elantris. Solo tú puedes experimentar su belleza y aprender de sus maestros. Eres el hombre más afortunado de Opelon.

Una mano temblorosa arrancó el bigote.

—Y yo lo hubiese destruido —murmuró—. Lo hubiese derribado... —Y así, Aanden agachó la cabeza y se desplomó, llorando. Raoden resopló agradecido, y entonces advirtió que el peligro no había pasado todavía. Los hombres de Aanden iban armados con piedras y barras de hierro. Dashe y los suyos entraron en la sala de nuevo, convencidos de que no iba a desplomarse sobre ellos de momento.

Raoden se interpuso entre los dos grupos.

—¡Alto! —ordenó, alzando un brazo hacia cada uno. Se detuvieron, pero se mantuvieron en guardia.

—¿Qué estáis haciendo? —preguntó Raoden—. ¿No os ha enseñado nada lo que ha comprendido Taan?

—Hazte a un lado, Espíritu —le advirtió Dashe, blandiendo su espada.

—¡No! Os he hecho una pregunta. ¿No habéis aprendido nada de lo que acaba de suceder?

—Nosotros no somos escultores —dijo Dashe.

—Eso no importa —replicó Raoden—. ¿No comprendéis la oportunidad que os da vivir en Elantris? Aquí tenemos una oportunidad que nadie de fuera tendrá nunca: somos libres.

—¿Libres? —desdeñó alguien desde el grupo de Aanden.

—Sí, libres —dijo Raoden—. Durante una eternidad el hombre ha luchado por llenarse la boca. La comida es la búsqueda desesperada de la vida, el primer y último pensamiento de las mentes carnales. Antes de que una persona pueda soñar, tiene que comer, y antes de que pueda amar, tiene que llenar su estómago. Pero nosotros somos distintos. Al precio de un poco de hambre, podemos quedar libres de las ataduras que han sujetado a todo ser vivo desde el comienzo de los tiempos.

Las armas bajaron un poco, aunque Raoden no podía estar seguro de si estaban considerando sus palabras o si solo se sentían confundidos por ellas.

—¿Por qué luchar? —preguntó Raoden—. ¿Por qué preocuparse por matar? Fuera luchan por riquezas... riquezas que en el fondo se usan para comprar comida. Luchan por tierras... tierras para producir comida. Comer es la fuente de todas las pugnas. Pero nosotros no tenemos necesidades. Nuestros cuerpos son fríos, apenas necesitamos ropa o refugio para calentarnos, y siguen adelante aunque no comamos. ¡Es sorprendente!

Los grupos siguieron mirándose, recelosos. El debate filosófico no era rival para la vista de sus enemigos.

—Esas armas que tenéis en las manos —dijo Raoden— pertenecen al mundo exterior. No tienen ningún sentido en Elantris. Títulos y clases son ideas para otro lugar.

»¡Escuchadme! Somos tan pocos que no podemos permitirnos perder a uno solo de vosotros. ¿Realmente merece la pena? ¿Una eternidad de dolor a cambio de unos pocos instantes de odio liberado?

Las palabras de Raoden resonaron en la sala silenciosa. Finalmente, una voz rompió la tensión.

—Me uniré a ti —dijo Taan, poniéndose en pie. Su voz temblaba levemente, pero su rostro mostraba resolución—. Creía que tenía que estar loco para vivir en Elantris, pero la locura era lo que me impedía ver la belleza. Vosotros, soltad vuestras armas.

Los hombres se resistieron a obedecer la orden.

—He dicho que las soltéis. —La voz de Taan se volvió firme y su cuerpo pequeño y barrigudo se convirtió de pronto en imperioso—. Todavía mando aquí.

—El barón Aanden nos mandaba —dijo uno de los hombres.

—Aanden era un necio —dijo Taan con un suspiro—, igual que todos los que le seguían. Escuchad a este hombre. Hay más nobleza en su argumento de la que hubo jamás en mi supuesta corte.

—Olvidad vuestra ira —suplicó Raoden—. Y dejadme daros a cambio esperanza.

Algo resonó tras él, la espada de Dashe cayendo contra las piedras.

—No puedo matar hoy —decidió, volviéndose para marcharse. Sus hombres observaron durante un momento al grupo de Aanden, y luego se unieron a su líder. La espada quedó abandonada en el centro de la sala.

Aanden (Taan) sonrió a Raoden.

—Seas quien seas, gracias.

—Ven conmigo, Taan —dijo Raoden—. Hay un edificio que deberías ver.

Capítulo 17

SARENE entró en el salón de baile del palacio con una larga bolsa negra al hombro. Varias mujeres se quedaron boquiabiertas.

—¿Qué? —preguntó.

—Es por tu ropa, querida —respondió finalmente Daora—. Estas mujeres no están acostumbradas a estas cosas.

—¡Parece ropa de hombre! —exclamó Seaden, su doble papada agitándose, indignada.

Sarene miró sorprendida su traje gris de una pieza, y luego se volvió hacia el grupo de mujeres.

—Bueno, no esperaríais en serio que lucháramos con vestido, ¿no?

Sin embargo, después de estudiar las caras de las mujeres, vio que eso era exactamente lo que esperaban.

—Te queda un largo camino por recorrer, prima —le advirtió Lukel en voz baja, tras entrar después de ella y tomar asiento en el otro extremo de la sala.

—¿Lukel? —preguntó Sarene—. ¿Qué estás haciendo aquí?

—Espero de todo corazón que esta sea la experiencia más entretenida de la semana —dijo él, reclinándose en su asiento y colocándose las manos tras la cabeza—. No me lo perdería ni por todo el oro del wyrn.

—Yo tampoco —declaró la voz de Kaise. La niñita se abrió

paso hacia las sillas. Daorn, sin embargo, llegó corriendo de un lado y saltó a la silla que había elegido su hermana. Kaise dio un pisotón con enfado y entonces, al darse cuenta de que todos los asientos situados a lo largo de la pared eran exactamente iguales, escogió otro.

—Lo siento —dijo Lukel, encogiéndose de hombros, cohibido—. No me los he podido quitar de encima.

—Sé bueno con tus hermanos, querido —lo reprendió Daora.

—Sí, madre—respondió Lukel inmediatamente.

Levemente desconcentrada por el inesperado público, Sarene se volvió hacia sus potenciales estudiantes. Todas las mujeres del círculo de bordado habían venido, incluso la atolondrada reina Eshen. La ropa y el comportamiento de Sarene podían mortificarlas, pero su ansia de independencia era mayor que su indignación.

Sarene permitió que la bolsa resbalara por su hombro hasta llegar a sus manos. Abrió un lado y metió la mano para sacar una de sus espadas de práctica. La hoja, larga y fina, produjo un leve sonido metálico cuando la liberó, y el grupo de mujeres se apartó.

—Esto es un syre —dijo Sarene, haciendo unas cuantas fintas en el aire—. También se llama kmeer o jedaver, dependiendo de en qué país estemos. Estas espadas fueron creadas en Jaador como armas ligeras para los exploradores, pero cayeron en desuso al cabo de unas pocas décadas. Entonces, sin embargo, fueron adoptadas por la nobleza jaadoriana, dada su gracia y delicadeza. Los duelos son corrientes en Jaador, y el estilo rápido y limpio de la esgrima con syre requiere una gran habilidad.

Recalcó sus frases con unos cuantos mandobles y fintas, movimientos que nunca hubiese utilizado en un combate real, pero que de todas formas parecían buenos. Las mujeres quedaron cautivadas.

—Los dulas fueron los primeros en hacer de la esgrima un deporte en vez de un medio para matar al hombre que había decidido cortejar a la misma mujer —continuó Sarene—. Colocaron este pequeño botón en la punta y quitaron el filo de la hoja. El deporte pronto se hizo bastante popular entre los republicanos. La neutralidad de los dulas mantenía al país apartado de las guerras, y por eso una forma de combate que no tuviera aplicaciones marciales resultaba atrayente. Además de quitar la punta y el filo, establecieron la prohibición de golpear ciertas partes del cuerpo.

»La esgrima no llegó a Arelon, porque los elantrinos rechazaban cualquier cosa parecida a un combate, pero fue muy bien recibida en Teod, con un cambio notable. Se convirtió en deporte de mujeres. Los hombres teo prefieren competiciones más físicas, como las justas o los enfrentamientos con espadas anchas. Para una mujer, sin embargo, el syre es perfecto. La hoja ligera nos permite hacer pleno uso de nuestra destreza y —añadió, mirando a Lukel con una sonrisa— capitalizar nuestra inteligencia superior.

Dicho esto, Sarene sacó una segunda hoja y se la lanzó a la joven Torena, que estaba a la cabeza del grupo. La muchacha de cabello rojizo y dorado atrapó la espada con expresión confusa.

—Defiéndete —la desafió Sarene, alzando su hoja y adoptando una postura de ataque.

Torena empuñó el syre con torpeza, tratando de imitar la postura de Sarene. En cuanto esta atacó, Torena abandonó su posición con un gritito de sorpresa, blandiendo el syre de forma desenfrenada con las dos manos. Sarene le arrebató fácilmente la espada y golpeó directamente entre sus pechos.

—Estás muerta —informó Sarene—. La esgrima no depende de la fuerza. Requiere habilidad y precisión. Usando solo una mano, tendrás más control y alcance. Gira tu cuerpo un poco a un lado. Crear una mayor distancia hace que seas más difícil de alcanzar.

Mientras hablaba, Sarene sacó un puñado de palos finos que había mandado hacer. Eran, naturalmente, pobres sustitutos de una espada de verdad, pero tendrían que valer hasta que el armero terminara los syres de prácticas. Después de que cada mujer recibiera un arma, Sarene empezó a enseñarles cómo realizar una estocada.

Fue un trabajo difícil, mucho más difícil de lo que Sarene había esperado. Se consideraba una esgrimista decente, pero nunca se le había ocurrido que tener un conocimiento era completamente distinto a transmitir ese conocimiento a los demás. Las mujeres encontraban modos de sostener las armas que Sarene habría considerado físicamente imposibles. Ejecutaban estocadas de modo salvaje, se asustaban de las hojas que veían venir y tropezaban con el vestido.

Al cabo de un rato Sarene las dejó practicando sus movimientos, ya que no se fiaba de que probaran unas con otras hasta que tuvieran la ropa y las máscaras adecuadas. Se sentó junto a Lukel con un suspiro.

—Un trabajo agotador, ¿no, prima? —preguntó él, obviamente disfrutando del espectáculo de ver a su madre tratando de manejar una espada con un vestido.

—No tienes ni idea —contestó ella, secándose la frente—. ¿Estás seguro de que no quieres intentarlo?

Lukel alzó las manos.

—Puede que sea extravagante en ocasiones, prima, pero no soy estúpido. El rey Iadon pondría en la lista negra a cualquier hombre que tomara parte en una actividad supuestamente degradante. No estar de parte del rey está bien si eres Eondel, pero yo no soy más que un simple mercader. No puedo permitirme la enemistad real.

—Estoy segura —dijo Sarene, viendo a las mujeres que intentaban dominar sus movimientos—. Creo que no les he enseñado muy bien.

—Mejor de lo que habría podido hacerlo yo —respondió Lukel, encogiéndose de hombros.

—Yo sí que podría haberlo hecho mejor —informó Kaise desde su asiento. La pequeña obviamente se estaba aburriendo con tanta lucha repetitiva.

—¿Ah, sí? —preguntó Lukel secamente.

—Por supuesto. Ella no les ha enseñado los contraataques, ni la forma adecuada, y ni siquiera se ha molestado en explicarles las reglas de los torneos.

Sarene alzó una ceja.

—¿Entiendes de esgrima?

—Leí un libro —dijo Kaise, ufana. Luego dio un manotazo para apartar la mano de Daorn, que intentaba pincharla con un palo que había cogido del montón de Sarene.

—Lo triste es que probablemente lo ha leído de verdad —suspiró Lukel—. Solo para poder impresionarte.

—Creo que Kaise es la niña más inteligente que he conocido —confesó Sarene.

Lukel se encogió de hombros.

—Es lista, pero no dejes que eso te impresione demasiado, es solo una niña. Puede comprender lo mismo que una mujer, pero sigue reaccionando como una niña pequeña.

—Sigue pareciéndome sorprendente —dijo Sarene, viendo jugar a los niños.

—Oh, lo es —reconoció Lukel—. Kaise solo necesita unas cuantas horas para devorar un libro, y su habilidad para aprender idiomas es increíble. Lo siento por Daorn en ocasiones. Él lo intenta lo mejor que puede, pero creo que se siente en inferioridad de condiciones. Kaise puede ser muy dominante, por si no te has dado cuenta. Pero, listos o no, siguen siendo niños, y cuidarlos sigue siendo una lata.

Sarene observó a los dos niños jugar. Kaise, tras haberle robado el palo a su hermano, lo perseguía por toda la sala, haciendo fintas y mandobles que imitaban los métodos que Sarene había enseñado. Mientras los miraba, sus ojos se posaron en la puerta. Estaba abierta, y dos figuras observaban a las mujeres practicar.

Las damas se quedaron quietas cuando lord Eondel y lord Shuden, al advertir que habían reparado en ellos, entraron en la sala. Los dos hombres, aunque muy diferentes en edad, se estaban convirtiendo en buenos amigos. Ambos se encontraban un poco marginados en Arelon: Shuden, un extranjero de piel oscura, y Eondel, un antiguo soldado cuya presencia parecía ofender.

Si la presencia de Eondel era desagradable para las mujeres, la de Shuden, sin embargo, la compensaba con creces. Una oleada de sonrojos recorrió a las esgrimistas cuando se dieron cuenta de que el atractivo lord jinDo las había estado observando. Varias de las muchachas más jóvenes se agarraron a los brazos de sus amigas, susurrando excitadas. El propio Shuden se ruborizó por tanta atención.

Eondel, sin embargo, ignoró las reacciones de las mujeres. Caminó entre las alumnas con ojos reflexivos. Finalmente, tomó un palo, se colocó en posición e inició una serie de tiradas y fintas. Después de probar el arma, asintió, la descartó, y se acercó a una de las mujeres.

—Sostén la madera así —instruyó, colocándole bien los dedos—. La agarrabas demasiado fuerte y perdías flexibilidad. Ahora, coloca el pulgar en la parte superior de la empuñadura para mantenerla apuntando en la dirección correcta, da un paso atrás, y golpea.

La mujer, Atara, obedeció, nerviosa porque Eondel se había atrevido a tocarle la muñeca. Su ataque, sorprendentemente, fue recto y bien dirigido, un hecho que sorprendió a Atara más que a nadie.

Eondel se movió entre el grupo, corrigiendo con cuidado postura, sujeción y movimiento. Atendió a cada mujer, dando consejos personalizados acerca de los diferentes problemas individuales. Después de unos breves minutos de instrucción, los ataques de las mujeres se volvieron más concentrados y precisos de lo que Sarene hubiese creído posible.

Eondel se retiró con expresión satisfecha.

—Espero que no te haya ofendido mi intrusión, alteza.

—En absoluto, mi señor —le aseguró Sarene, aunque sentía una puñalada de celos. Había que ser toda una mujer para reconocer una habilidad superior cuando la veía, se dijo a sí misma.

—Obviamente, tienes talento —dijo el hombre—. Pero pareces tener poca experiencia enseñando a los demás.

Sarene asintió. Como comandante militar, Eondel probablemente había pasado décadas instruyendo a novatos en las reglas básicas de la lucha.

—Sabes mucho de esgrima, mi señor.

—Me interesa —dijo Eondel—, y he visitado Duladel en numerosas ocasiones. Los dulas se niegan a reconocer la habilidad guerrera de un hombre a menos que sepa esgrima, no importa cuántas batallas haya ganado.

Sarene se levantó y recogió sus syres de prácticas.

—¿Quieres entrenar entonces, mi señor? —preguntó, probando una de las hojas.

Eondel pareció sorprendido.

—Yo... Nunca me he enfrentado a una mujer, alteza. No creo que sea adecuado.

—Tonterías —dijo ella, lanzándole una espada—. En guardia.

Entonces, sin darle ninguna posibilidad de negarse, atacó. Eondel vaciló al principio, sorprendido por su súbita acción. No obstante, su adiestramiento como luchador se impuso pronto y empezó a detener los ataques de Sarene con sorprendente habilidad. Por lo que había dicho, Sarene había supuesto que su conocimiento de la esgrima sería superficial. Estaba equivocada.

Eondel se lanzó a la lucha con decisión. Su hoja hendía el aire tan rápidamente que era imposible seguirla, y solo años de entrenamiento y estrategia ayudaron a Sarene a detenerla. La sala resonó con los golpes del metal contra el metal, y las mujeres se detuvieron a mirar mientras sus dos instructores se enzarzaban en la intensa batalla.

Sarene no estaba acostumbrada a combatir con alguien tan bueno como Eondel. No solo era tan alto como ella, lo cual anulaba cualquier ventaja de alcance, sino que tenía los reflejos y el entrenamiento de un hombre que se ha pasado toda la vida luchando. Los dos se abrieron paso entre la multitud, usando mujeres, sillas y otros objetos al azar para contrarrestar el ataque del oponente. Sus espadas chasqueaban y se agitaban, se abalanzaban y se retiraban dispuestas a bloquear.

Eondel era demasiado bueno para ella. Podía contenerlo, pero estaba tan ocupada con la defensa que no tenía tiempo para atacar. Con el sudor corriéndole por el rostro, Sarene fue agudamente consciente de que todos en la sala la estaban observando. En ese momento, algo cambió en Eondel. Su postura se debilitó levemente y Sarene golpeó por instinto. La punta roma de su espada se abrió paso en sus defensas y lo alcanzó en el cuello. Eondel sonrió.

—No tengo más remedio que rendirme, mi señora —dijo.

De repente, Sarene se sintió muy avergonzada de haber puesto a Eondel en una situación en la que, obviamente, había tenido que dejarla ganar para que no quedara mal delante de las demás. Eondel hizo una reverencia, y Sarene se sintió como una tonta.

Se dirigieron a un lado de la sala y aceptaron las copas que les ofreció Lukel felicitándolos por su desempeño. Mientras Sarene bebía, advirtió algo. Había estado invirtiendo su tiempo en Arelon como si fuera una competición, cosa que hacía con la mayoría de sus empresas políticas, un juego complejo pero divertido.

Pero Eondel la había dejado ganar porque quería proteger su imagen. Para él, no se trataba de ningún juego. Arelon era su nación, su pueblo, y estaba dispuesto a hacer cualquier tipo de sacrificio para protegerlo.

«Esta vez es diferente, Sarene. Si fallas, no perderás un contrato comercial o unos derechos de construcción. Perderás vidas. Vidas de personas reales». El pensamiento la hizo reflexionar.

Eondel miró su copa y alzó las cejas, escéptico.

—¿Solo es agua? —preguntó, mirando a Sarene.

—El agua es buena para ti, mi señor.

—No estoy tan seguro de eso —dijo Eondel—. ¿De dónde la habéis sacado?

—La hice hervir y luego la colé entre dos cubos para restaurar su sabor —dijo Sarene—. No iba a dejar que las mujeres se cayeran unas sobre otras emborrachadas mientras intentaban practicar.

—El vino areleno no es tan fuerte, prima —recalcó Lukel.

—Es lo bastante fuerte —replicó Sarene—. Bebe, lord Eondel. No queremos que te deshidrates.

Eondel obedeció, aunque mantuvo su expresión de insatisfacción. Sarene se volvió hacia sus estudiantes, con intención de ordenarles que volvieran a sus prácticas. Pero llamó su atención otra cosa. Lord Shuden se encontraba al fondo de la sala. Tenía los ojos cerrados y se movía lentamente, realizando una delicada serie de gestos. Sus tensos músculos ondulaban y sus manos giraban trazando en el aire círculos controlados, mientras su cuerpo fluía en respuesta. Aunque sus movimientos eran lentos y precisos, el sudor brillaba en su piel.

Era como una danza. Shuden daba largos pasos, alzando las piernas en el aire, apuntando con los dedos, antes de colocarlos en el suelo. Sus brazos estaban siempre en movimiento, los músculos extendidos y tensos, como si luchara contra una fuerza invisible. Lentamente, Shuden aceleró. Como acumulando tensión, giró más y más rápido, sus pasos se convirtieron en saltos, sus brazos giraban.

Las mujeres observaban en silencio, los ojos muy abiertos, más de una boquiabierta. Los únicos sonidos eran los del viento que producían los movimientos de Shuden y el golpeteo de sus pies.

Se paró de repente, tras aterrizar con un último salto y golpear con ambos pies al unísono, los brazos extendidos, las manos abiertas. Dobló los brazos hacia dentro como si fueran dos pesadas puertas al cerrarse. Entonces inclinó la cabeza y exhaló profundamente.

Sarene dejó que el momento flotara en el aire antes de murmurar:

—Domi Misericordioso, ahora nunca conseguiré que se concentren.

Eondel se rio en voz baja.

—Shuden es un muchacho interesante. Se queja siempre de que las mujeres lo persiguen, pero no puede resistirse a alardear. A pesar de todo, sigue siendo un hombre, y es aún muy joven.

Sarene asintió mientras Shuden completaba su ritual y luego se volvía mansamente al advertir cuánta atención había atraído. Se abrió rápidamente paso entre las mujeres con la mirada gacha, reuniéndose con Sarene y Eondel.

—Eso ha sido... inesperado —dijo Sarene mientras Shuden aceptaba una copa de agua de Lukel.

—Pido disculpas, lady Sarene —respondió él entre sorbos—. Vuestro entrenamiento me ha dado ganas de ejercitarme. Pensaba que todo el mundo estaría tan ocupado practicando que no repararían en mí.

—Las mujeres siempre reparan en ti, amigo mío —dijo Eondel, sacudiendo su cabeza cana—. La próxima vez que te quejes de ser acosado por mujeres reverentes, señalaré este pequeño fiasco.

Shuden agachó la cabeza en señal de conformidad, ruborizándose de nuevo.

—¿De qué era ese ejercicio? —preguntó Sarene con curiosidad—. Nunca había visto nada parecido.

—Lo llamamos chayShan —explicó Shuden—. Es una especie de calentamiento, una forma de concentrar tu cuerpo y tu mente cuando te preparas para una batalla.

—Es impresionante —dijo Lukel.

—Solo soy un aficionado —dijo Shuden, inclinando modestamente la cabeza—. Me faltan velocidad y concentración. Hay hombres en JinDo que pueden moverse tan rápidamente que uno se marea al mirarlos.

—Muy bien, señoras —declaró Sarene, volviéndose hacia las mujeres, la mayoría de las cuales estaba todavía mirando a Shuden—. Dad las gracias a lord Shuden por su exhibición más tarde. Ahora tenéis algunos movimientos que practicar... ¡No penséis que voy a dejaros después de solo unos minutos de trabajo!

Hubo varios gemidos de queja cuando Sarene recogió su syre y empezó de nuevo la sesión de práctica.

—MAÑANA TODAS ESTARÁN molidas —dijo Sarene con una sonrisa.

—Lo dices con tanta pasión, mi señora, que parece que te gusta la perspectiva. —Ashe latió ligeramente mientras hablaba.

—Será bueno para ellas. La mayoría de esas mujeres están tan mimadas que nunca han sufrido nada peor que el pinchazo de una aguja de bordar.

—Lamento haberme perdido la clase —dijo Ashe—. Hace décadas que no veo un ejercicio de chayShan.

—¿Has visto alguno?

—He visto muchas cosas, mi señora —respondió Ashe—. La vida de un seon es muy larga.

Sarene asintió. Caminaban por una calle de Kae, con la enorme muralla de Elantris alzándose al fondo. Docenas de vendedores le ofrecían ansiosamente sus mercancías al pasar, reconociendo por su vestido que era miembro de la corte. Kae existía para mantener la nobleza arelena y satisfacer sus pomposos gustos. Copas bañadas en oro, especias exóticas y extravagantes vestidos, todo se exponía para llamar su atención, aunque casi todo le daba ganas de vomitar.

Por lo que sabía, estos mercaderes eran la única clase media de verdad que quedaba en Arelon. En Kae competían por el favor del rey Iadon, y esperaban conseguir un título... normalmente a expensas de sus competidores, unos cuantos campesinos y su dignidad. Arelon se estaba convirtiendo rápidamente en una nación de comerciantes fervientes, e incluso aterrorizado comercio. El éxito ya no aportaba solo riqueza, y el fracaso no solo pobreza: tus ingresos decidían lo cerca que estabas de ser vendido y convertirte prácticamente en un esclavo salvo de nombre.

Sarene rechazó a los mercaderes, aunque sus esfuerzos sirvieron de poco. Se sintió aliviada cuando dobló una esquina y vio la iglesia korathi. Resistió las ganas de echar a correr el resto del camino y mantuvo un paso firme hasta que llegó a las puertas del ancho edificio y entró.

Echó unas cuantas monedas, casi todo lo que le quedaba del dinero que había traído consigo de Teod, en la caja de donaciones, y luego fue a buscar al sacerdote. Sarene se sentía cómoda en la capilla. Al contrario que las capillas derethi, que eran austeras y formales, con escudos, lanzas y algún tapiz ocasional en las paredes, las capillas korathi eran más relajadas. Unos cuantos tapices de lana tejida colgaban de las paredes, probablemente donativos de antiguos feligreses, y había flores y plantas bajo ellos, sus capullos asomando con el clima primaveral. El techo era bajo y plano, pero las ventanas eran lo bastante grandes y anchas para impedir que el edificio pareciera opresivo.

—Hola, hija —dijo una voz desde un lado de la sala. Omin, el sacerdote, estaba de pie junto a una ventana, contemplando la ciudad.

—Hola, padre Omin —dijo ella con una reverencia—. ¿Os molesto?

—Por supuesto que no, hija —dijo Omin, indicándole que se acercara con un gesto—. Ven, ¿cómo te encuentras? Te eché de menos anoche en el sermón.

—Lo siento, padre Omin —dijo Sarene, ruborizándose un poco—. Hubo un baile al que tuve que asistir.

—Ah. No te sientas culpable, hija. Los contactos sociales no deben ser subestimados, sobre todo cuando se es nuevo en la ciudad.

Sarene sonrió y caminó entre los bancos para reunirse con el bajo sacerdote junto a la ventana. Su pequeña estatura no solía ser tan evidente. Omin había construido un púlpito al fondo de la capilla adecuado para su tamaño, y mientras daba sermones desde allí era difícil distinguir su altura. Sin embargo, de pie a su lado, Sarene no podía dejar de ver que se alzaba como una torre junto a él. Omin era bajísimo incluso para ser areleno, y su coronilla apenas le llegaba al pecho.

—¿Te preocupa algo, hija? —preguntó Omin. Era casi calvo y llevaba una túnica ancha sujeta a la cintura por un fajín blanco. Aparte de sus sorprendentes ojos azules, la única pincelada de color en su cuerpo la ponía un colgante de jade korathi que llevaba al cuello, tallado con la forma del aon Omi.

Era un buen hombre... algo que Sarene no podía decir de todo el mundo, ni siquiera de los sacerdotes. Había varios allá en Teod que la enfurecían por completo. Omin, sin embargo, era reflexivo y paternal, aunque tuviera la molesta costumbre de dejar volar sus pensamientos. A veces se distraía tanto que pasaban minutos sin que se diera cuenta de que esperaban que tomara la palabra.

—No estaba segura de a quién más consultar, padre —dijo Sarene—. Tengo que pasar la prueba de viudedad, pero nadie me ha explicado en qué consiste.

—Ah —dijo Omin, asintiendo con su brillante cabeza sin pelo—. Eso podría ser confuso para una recién llegada.

—¿Por qué nadie quiere explicármelo?

—Se trata de una ceremonia semirreligiosa, reminiscencia de los tiempos en que los elantrinos gobernaban —dijo Omin—. Todo lo que tiene que ver con esa ciudad es un tema tabú en Arelon, sobre todo para los fieles.

—Bueno, entonces ¿cómo voy a saber qué se espera de mí? —preguntó Sarene, exasperada.

—No te desesperes, hija —la aplacó Omin—. Es tabú, pero solo por costumbre, no por doctrina. No creo que Domi ponga ninguna objeción a que yo sacie tu curiosidad.

—Gracias, padre —dijo Sarene con un suspiro de alivio.

—Desde que murió tu esposo —dijo Omin—, se espera que muestres tu pena abiertamente, de lo contrario el pueblo pensará que no lo amabas.

—Pero es que no lo amaba, no de veras. Ni siquiera llegué a conocerlo.

—De todas formas, sería adecuado que te sometieras a una prueba. La severidad de la prueba de viudedad es una expresión de lo importante que consideraba la viuda su unión y de cuánto respetaba a su marido. Que no te sometieras a ella, incluso siendo extranjera, estaría mal visto.

—Pero ¿no es un ritual pagano?

—En realidad no —dijo Omin, negando con la cabeza—. Los elantrinos lo iniciaron, pero no tenía nada que ver con su religión. Era simplemente un acto de amabilidad que derivó en una tradición benévola y digna.

Sarene alzó las cejas.

—Sinceramente, me sorprende oíros hablar así de los elantrinos, padre.

Los ojos de Omin chispearon.

—El hecho de que los arteths derethi odien a los elantrinos no significa que Domi lo haga, niña. No creo que fueran dioses, y muchos de ellos tenían una opinión exagerada de su propia majestad, pero yo tenía varios amigos en sus filas. La shaod se llevó por igual a hombres buenos y malos, egoístas y desprendidos. Algunos de los hombres más nobles que haya conocido vivían en esa ciudad. Lamenté mucho lo que les sucedió.

—¿Fue Domi, padre? —preguntó Sarene, al cabo—. ¿Los maldijo como dicen?

—Todo sucede según la voluntad de Domi, hija —respondió Omin—. Sin embargo, no creo que «maldición» sea la palabra adecuada. En ocasiones, Domi ve adecuado enviar desastres al mundo. En otros momentos causa en los niños más inocentes una enfermedad mortal. No son maldiciones peores que lo que le sucedió a Elantris. Es simplemente la forma en que funciona el mundo. Todas las cosas deben progresar, y el progreso no es siempre un avance constante. A veces debemos caer, a veces debemos levantarnos... Algunos deben ser heridos mientras otros tienen fortuna, pues es la única forma en que podemos aprender a confiar unos en otros. Cuando uno es bendecido, es privilegio suyo ayudar a aquellos cuyas vidas no son tan fáciles. A menudo, la unidad surge del conflicto, hija.

Sarene consideró las palabras.

—¿Entonces no creéis que los elantrinos, lo que queda de ellos, sean demonios?

—¿Svrakiss, como los llaman los fjordell? —preguntó Omin divertido—. No, aunque he oído decir que eso es lo que predica el nuevo gyorn. Me temo que sus sermones solo despertarán el odio.

Sarene se golpeó con el dedo la mejilla, pensativa.

—Tal vez sea eso lo que quiere.

—¿Qué iba a conseguir con eso?

—No lo sé —admitió Sarene. Omin volvió a sacudir la cabeza.

—No puedo creer que ningún seguidor de dios, ni siquiera un gyorn, haga una cosa semejante. —Se abstrajo mientras consideraba la posibilidad, con el ceño levemente fruncido.

—¿Padre? —preguntó Sarene—. ¿Padre?

A la segunda llamada Omin sacudió la cabeza, como sobresaltado de descubrir que ella seguía todavía allí.

—Lo siento, hija. ¿De qué estábamos hablando?

—No habéis terminado de contarme qué es la prueba de viudedad —le recordó ella, como solía ser necesario al hablar con el diminuto sacerdote.

—Ah, sí. La prueba de viudedad. Dicho de manera sencilla, hija, se espera que hagas algo que favorezca al país. Cuanto más amaras a tu marido, y más desolada estés, más extravagante será tu prueba. La mayoría de las mujeres da comida o ropa a los campesinos. Cuanto más personalmente te impliques, mejor impresión causarás. La prueba es un modo de servir, un medio de inducir a la humildad.

—Pero ¿de dónde sacaré el dinero? —Sarene aún no había decidido cómo pedirle a su nuevo padre un estipendio.

—¿Dinero? —preguntó Omin con sorpresa—. Vaya, eres una de las personas más ricas de Arelon. ¿No lo sabías?

—¿Qué?

—Has heredado las posesiones del príncipe Raoden, niña —dijo Omin—. Era un hombre muy rico. Su padre se aseguró de eso. Con el sistema de gobierno del rey Iadon, no era aconsejable que el príncipe heredero fuera menos rico que un duque. Por el mismo motivo, sería una fuente de extremo embarazo para él si su nuera no fuera fabulosamente rica. Todo lo que tienes que hacer es hablar con el tesorero real, y estoy seguro de que se ocupará de ti.

—Gracias, padre —dijo Sarene, dando al hombrecito un afectuoso abrazo—. Tengo trabajo que hacer.

—Tus visitas son un placer, hija —dijo Omin, volviéndose hacia la ciudad con ojos reflexivos—. Para eso estoy aquí.

Sin embargo, Sarene se dio cuenta de que, poco después de hacer el comentario, él ya se había olvidado de su presencia y estaba viajando, una vez más, por los largos caminos de su mente.

ASHE LA ESPERABA fuera, flotando junto a la puerta con su paciencia característica.

—No comprendo por qué estás tan preocupado —le dijo Sarene—. A Omin le *gustaba* Elantris. No habría puesto objeciones a que entraras en su capilla.

Ashe latió levemente. No había entrado en una capilla korathi desde el día en que Seinalan, el patriarca del shu-korath, hacía muchos años, lo había expulsado de una.

—No pasa nada, mi señora. Tengo la sensación de que no importa lo que digan los sacerdotes, todos seremos más felices si no nos vemos.

—No estoy de acuerdo, pero no quiero discutir contigo. ¿Te enteraste de algo de nuestra conversación?

—Los seones tenemos muy buenas orejas, mi señora.

—No tenéis orejas para nada. ¿Qué piensas?

—Me parece una forma muy buena de que adquieras notoriedad en la ciudad, mi señora.

—Eso pensaba yo también.

—Otra cosa más, mi señora. Habéis hablado del gyorn derethi y de Elantris. La otra noche, cuando estaba inspeccionando la ciudad, vi al gyorn Hrathen caminando por la muralla. He vuelto varias noches, y lo he encontrado allí en un par de ocasiones. Habla de manera muy amigable con el capitán de la guardia.

—¿Qué intenta hacer con esa ciudad? —preguntó Sarene, frustrada.

—A mí también me tiene intrigado, mi señora.

Sarene frunció el ceño, tratando de conjugar lo que sabía de las acciones del gyorn con lo que sabía de Elantris. No pudo establecer ninguna conexión. Sin embargo, mientras pensaba, se le ocurrió otra cosa. Tal vez pudiera resolver uno de sus otros problemas y la inconveniencia del gyorn al mismo tiempo.

—Quizá no me haga falta saber qué se propone para impedírselo —dijo.

—Desde luego saberlo nos convendría, mi señora.

—No tengo ese lujo. Pero sabemos una cosa: si el gyorn quiere que la gente odie a los elantrinos, entonces mi trabajo es encargarme de que suceda lo contrario.

Ashe tardó en hablar.

—¿Qué estás planeando, mi señora?

—Ya lo verás —sonrió ella—. Primero, volvamos a mis aposentos. Hace tiempo que quiero hablar con mi padre.

—¿ENE? ME ALEGRA que hayas llamado. Me tenías preocupado. —La cabeza brillante de Eventeo flotaba ante ella.

—Podrías haberlo hecho tú en cualquier momento, padre —dijo Sarene.

—No quería molestar, cariño. Sé cómo valoras tu independencia.

—La independencia tiene ahora que ceder paso al deber, padre —dijo Sarene—. Están cayendo naciones... no tenemos tiempo de preocuparnos por los sentimientos mutuos.

—Disculpa, entonces —dijo su padre con una risa.

—¿Qué está ocurriendo en Teod, padre?

—Las cosas no van bien —advirtió Eventeo, con voz inusitadamente sombría—. Son tiempos peligrosos. He tenido que acabar con otra secta de los misterios jeskeri. Siempre parecen surgir cuando se acerca un eclipse.

Sarene se estremeció. Los seguidores del culto del misterio eran un grupo raro y a su padre no le gustaba tratar con ellos. No obstante, había reserva en su voz. Algo más le molestaba.

—Hay más, ¿verdad?

—Me temo que sí, Ene —admitió su padre—. Algo peor.

—¿Qué?

—¿Conoces a Ashgress, el embajador fjordell?

—Sí. —Sarene frunció el ceño—. ¿Qué ha hecho? ¿Te ha denunciado en público?

—No, algo peor. —Su padre parecía preocupado—. Se marchó.

—¿Se marchó? ¿Del país? ¿Después de todas las molestias que se tomó Fjorden para volver a tener representantes?

—Así es, Ene —dijo Eventeo—. Reunió a todo su séquito, dio un último discurso en los muelles y nos dejó. Había un aire de inquietante finalidad en el evento.

—Eso no es bueno —coincidió Sarene. Fjorden había sido inflexible respecto a mantener su presencia en Teod. Si Ashgress se había marchado, lo había hecho siguiendo una orden directa del wyrn. Parecía que habían renunciado a Teod definitivamente.

—Estoy asustado, Ene.

Las palabras la dejaron helada como no lo había hecho ninguna otra cosa. Su padre era el hombre más fuerte que conocía.

—No deberías decir esas cosas.

—Solo a ti, Ene. Quiero que comprendas lo seria que es la situación.

—Lo sé —dijo Sarene—. Comprendo. Hay un gyorn aquí, en Kae.

Su padre murmuró unas cuantas maldiciones que ella nunca le había oído decir.

—Creo que puedo manejarlo, padre —dijo Sarene rápidamente—. Nos estamos midiendo mutuamente.

—¿Quién es?

—Se llama Hrathen.

Su padre maldijo de nuevo, esta vez con mayor vehemencia.

—¡Idos Domi, Sarene! ¿Sabes de quién se trata? Hrathen es el gyorn que fue asignado a Duladel seis meses antes de su caída.

—Imaginaba que era él.

—Quiero que salgas de ahí, Sarene —dijo Eventeo—. Ese hombre es peligroso... ¿Sabes cuánta gente murió en la revolución duladen? Hubo decenas de miles de bajas.

—Lo sé, padre.

—Voy a enviar un barco por ti... Resistiremos aquí, donde ningún gyorn es bienvenido.

—No voy a marcharme, padre —dijo Sarene con resolución.

—Sarene, sé lógica. —Eventeo adoptó el tono tranquilo e insistente que usaba cada vez que quería que ella hiciera algo. Normalmente se salía con la suya. Era uno de los pocos que sabía cómo hacerla cambiar de opinión—. Todo el mundo sabe que el gobierno areleno es un caos. Si este gyorn derribó Duladel, entonces no tendrá ningún problema para hacer lo mismo con Arelon. No puedes esperar detenerlo cuando todo el país está en tu contra.

—Tengo que quedarme, padre, a pesar de la situación.

—¿Qué lealtad les debes, Sarene? —suplicó Eventeo—. ¿A un marido que nunca conociste? ¿A un pueblo que no es el tuyo?

—Soy la hija de su rey.

—También eres la hija del rey de aquí. ¿Cuál es la diferencia? Aquí el pueblo te conoce y te respeta.

—Me conoce, padre, pero respetarme... —Sarene se sentó, sintiéndose mareada. Los antiguos sentimientos regresaban, los sentimientos que la habían hecho desear abandonar su patria en primer lugar, dejando atrás a todos los que conocía en favor de una tierra extranjera.

—No lo comprendo, Ene. —La voz de su padre estaba cargada de dolor.

Sarene suspiró y cerró los ojos.

—Oh, padre, no lo comprenderías nunca. Para ti yo era un encanto, tu hermosa e inteligente hija. Nadie se atrevería a decirte lo que piensan realmente de mí.

—¿De qué estás hablando? —exigió saber él, con voz de rey.

—Padre, tengo veinticinco años, y soy directa, conspiradora y a veces ofensiva. Tienes que haber advertido que ningún hombre pidió jamás mi mano.

Su padre no respondió de inmediato.

—Lo había pensado —admitió por fin.

—Era la hija solterona del rey, una arpía que nadie quería tocar —dijo Sarene, tratando, sin conseguirlo, de mantener a raya la amargura de su voz—. Los hombres se reían de mí a mis espaldas. Nadie se atrevía a abordarme con intenciones románticas, pues era bien sabido que quien lo hiciera sería el blanco de las burlas de sus pares.

—Pensaba que considerabas que ninguno de ellos era digno de tu tiempo.

Sarene se rio amargamente.

—Tú me amas, padre. Ningún padre quiere admitir que su hija no es atractiva. La verdad del asunto es que ningún hombre quiere a una esposa inteligente.

—Eso no es cierto —objetó su padre de inmediato—. Tu madre es brillante.

—Tú eres una excepción, padre, y por eso no puedes verlo. Una mujer fuerte no es un activo en este mundo... ni siquiera en Teod, que siempre parece mucho más avanzado que el continente, como digo. En realidad no es tan distinto, padre. Dicen que dan a sus mujeres más libertad, pero sigue dando la impresión de que la libertad era suya para poder «darla» en primer lugar.

»En Teod soy una hija soltera. Aquí en Arelon soy una esposa viuda. Hay una enorme diferencia. Por mucho que ame Teod, tendría que vivir sabiendo todo el tiempo que ningún hombre me ama. Aquí, al menos, puedo intentar convencerme de que alguien estaba dispuesto a estar conmigo... aunque fuera por motivos políticos.

—Podemos encontrarte a otro.

—No lo creo, padre —dijo Sarene, negó con la cabeza y se reclinó en la silla—. Ahora que Teorn tiene hijos, ningún esposo mío acabaría en el trono... que es el único motivo por el que alguien de Teod consideraría casarse conmigo. Nadie bajo dominio derethi se casaría con una teo. Así que solo queda Arelon, donde mi contrato matrimonial me prohíbe volver a casarme. ¿Debería perseguir los rumores de tierras más allá de las impenetrables montañas al norte de Teod? No, ya no hay nadie para mí, padre. Lo mejor que puedo hacer es aprovecharme de mi situación aquí. Al menos en Arelon puedo aspirar a obtener un cierto respeto sin tener que preocuparme por cómo mis acciones afectarán a mis futuras posibilidades matrimoniales.

—Ya veo —dijo su padre. Ella pudo oír la insatisfacción en su voz.

—Padre, ¿tengo que recordarte que no te preocupes por mí? Tenemos problemas mucho más urgentes que resolver.

—No puedo dejar de preocuparme por ti, palo de leky. Eres mi única hija.

Sarene sacudió la cabeza, decidida a cambiar de tema antes de ponerse a llorar. Súbitamente avergonzada por haber destruido la versión idílica que su padre tenía de ella, Sarene buscó algo que decir para desviar la conversación.

—Tío Kiin está aquí, en Kae.

Eso bastó. Ella lo oyó tomar aire desde el otro lado del enlace seon.

—No menciones su nombre ante mí, Ene.

—Pero...

—No.

Sarene suspiró.

—Muy bien, pues, déjame que te hable sobre Fjorden. ¿Qué crees que está planeando el wyrn?

—Esta vez no tengo ni idea —dijo Eventeo, permitiéndole cambiar de tema—. Debe de ser algo grande. Se están cerrando las fronteras para los mercaderes teo al norte y al sur, y nuestros embajadores están empezando a desaparecer. Estoy a punto de llamarlos de vuelta.

—¿Y tus espías?

—Se desvanecen casi igual de rápidamente —dijo su padre—. No he podido contactar con nadie de Velding desde hace más de un mes, y solo Domi sabe qué están planeando el wyrn y los gyorns allí. Enviar espías a Fjorden hoy en día es casi igual que enviarlos a la muerte.

—Pero lo haces de todas formas —dijo Sarene en voz baja, comprendiendo la fuente del dolor en la voz de su padre.

—Tengo que hacerlo. Lo que descubramos podría acabar salvando a miles de personas, aunque eso no lo hace más fácil. Ojalá pudiera introducir a alguien en Dakhor.

—¿El monasterio?

—Sí. Sabemos lo que hacen en los otros monasterios: Rathbore entrena asesinos, Fjieldor espías y la mayoría de los otros simples guerreros. Dakhor, sin embargo, me preocupa. He oído algunas historias terribles sobre ese monasterio... y no logro entender por qué nadie, ni siquiera los derethi, haría tales cosas.

—¿Parece que Fjorden se prepara para la guerra?

—No lo sé... no lo parece, pero quién sabe. El wyrn podría enviar un ejército multinacional contra nosotros en cualquier momento. Un pequeño consuelo es que no creo que sepa que lo sabemos. Por desgracia, el hecho de saberlo me coloca en una posición difícil.

—¿Qué quieres decir?

La voz de su padre sonó vacilante.

—Si el wyrn declara la guerra santa contra nosotros, eso significará el final de Teod. No podemos resistir contra el poder unido de los países orientales, Ene. No me quedaré sentado viendo masacrar a mi pueblo.

—¿Considerarías la rendición? —preguntó Sarene, sintiendo cómo la indignación y la incredulidad asomaban a su voz.

—El deber de un rey es proteger a su pueblo. Entre la posibilidad de conversión o dejar que destruyan a mi pueblo, creo que tendría que elegir la conversión.

—Serías tan cobarde como los jinDo —dijo Sarene.

—Los jinDo son un pueblo sabio, Sarene —contestó su padre, cada vez más categórico—. Hicieron lo necesario para sobrevivir.

—¡Pero eso significaría rendirse!

—Significaría hacer lo que tenemos que hacer —dijo su padre—. No haré nada todavía. Mientras queden dos naciones, tenemos esperanza. Sin embargo, si Arelon cae, me veré obligado a rendirme. No podemos combatir contra el mundo entero, Ene, igual que un grano de arena no puede enfrentarse a todo un océano.

—Pero... —Sarene guardó silencio. Comprendía la posición de su padre. Luchar contra Fjorden en el campo de batalla sería completamente inútil. Convertirse o morir... Ambas opciones eran repugnantes, pero la conversión era obviamente la decisión más lógica. No obstante, una voz interior le decía que merecía la pena morir, si la muerte demostraba que la verdad era más poderosa que la fuerza física.

Tenía que asegurarse de que su padre nunca se viera en esa tesitura. Si podía detener a Hrathen, entonces podría detener al wyrn. Durante un tiempo, al menos.

—Decididamente, voy a quedarme, padre —declaró.

—Lo sé, Ene. Será peligroso.

—Comprendo. Sin embargo, si Arelon cae, entonces prefiero estar muerta a ver lo que sucede en Teod.

—Ten cuidado, y vigila a ese gyorn. Ah, por cierto... Si descubres por qué el wyrn está hundiendo las naves de Iadon, dímelo.

—¿Qué? —preguntó Sarene, sorprendida.

—¿No lo sabías?

—¿Saber qué?

—El rey Iadon ha perdido casi toda su flota mercante. Los informes oficiales dicen que los hundimientos son obra de piratas, algunos restos de la armada de Dreok Aplastagargantas. Sin embargo, mis fuentes relacionan los hundimientos con Fjorden.

—¡Así que era eso!

—¿Qué?

—Hace cuatro días estuve en una fiesta —explicó Sarene—. Un sirviente entregó un mensaje al rey, y fuera lo que fuese lo inquietó bastante.

—Debió de ser entonces, sí —dijo su padre—. Yo me enteré hace dos días.

—¿Por qué querría el wyrn hundir inofensivos barcos mercantes? —preguntó Sarene—. A menos que... ¡Idos Domi! ¡Si el rey pierde su fuente de ingresos, entonces estará en peligro de perder el trono!

—¿Es cierta toda esa tontería de que el rango está relacionado con el dinero?

—Absurdamente cierta —dijo Sarene—. Iadon le quita los títulos a una familia si no puede mantener sus ingresos. Si pierde su propia fuente de riqueza, perdería los cimientos de su gobierno. Hrathen podría sustituirlo por alguien... por un hombre más dispuesto a aceptar el shu-dereth, y sin molestarse siquiera en iniciar una revolución.

—Parece factible. Iadon se ha buscado esta situación al idear una base de gobierno tan inestable.

—Probablemente será Telrii —dijo Sarene—. Por eso gastó tanto dinero en el baile. El duque quiere demostrar que es financieramente solvente. Me sorprendería mucho que no hubiera una montaña de oro fjordell detrás de sus gastos.

—¿Qué vas a hacer?

—Detenerlo —dijo Sarene—. Aunque me duela. En realidad no me gusta Iadon, padre.

—Por desgracia, parece que Hrathen ha elegido a nuestros aliados por nosotros.

Sarene asintió.

—Me ha colocado en el bando de Iadon y Elantris... No es una posición muy envidiable.

—Haremos todo lo posible con lo que nos ha dado Domi.

—Hablas como un sacerdote.

—He encontrado motivos para volverme muy religioso últimamente.

Sarene pensó un momento antes de responder, dándose golpecitos en la mejilla con el dedo mientras reflexionaba sobre sus palabras.

—Una sabia elección, padre. Si Domi quisiera ayudarnos, tendría que ser ahora. El final de Teod significará el final del shu-korath.

—Durante algún tiempo, al menos —dijo su padre—. La verdad no podrá ser derrotada nunca, Sarene. Aunque la gente la olvide temporalmente.

SARENE ESTABA EN la cama, las luces bajas. Ashe flotaba al otro lado de la habitación, su luz tan tenue que apenas era un contorno de aon Ashe contra la pared.

La conversación con su padre había terminado hacía una hora, pero sus implicaciones probablemente acosarían su mente durante meses. Sarene nunca había considerado la rendición como alternativa, pero ahora parecía casi inevitable. La perspectiva la preocupaba. Sabía que era improbable que el wyrn permitiera a su padre continuar gobernando, aunque se convirtiera. También sabía que Eventeo ofrecería voluntariamente su vida si podía salvar a su pueblo.

Repasaba Sarene su propia vida y sus sentimientos confusos sobre Teod. En el reino estaba lo que más amaba: su padre, su hermano, su madre. Los bosques que rodeaban la ciudad portuaria de Teoras, la capital, eran otro recuerdo muy grato. Recordaba la forma en que la nieve se posaba sobre el paisaje. Una mañana, despertó y lo encontró todo cubierto por una hermosa película de hielo. Los árboles parecían joyas chispeando a la luz del día de invierno.

Sin embargo, Teod también le traía recuerdos de dolor y soledad. Representaba su exclusión de la sociedad y su humillación ante los hombres. Pronto en su vida se había hecho evidente que tenía una inteligencia rápida y una lengua aún más veloz. Ambas cosas la habían distanciado de las otras mujeres, no porque muchas de ellas no fueran inteligentes, sino porque sencillamente tenían la sabiduría para ocultarlo hasta que se casaban.

No todos los hombres querían una esposa estúpida, pero tampoco había montones de hombres que se sintieran cómodos con una mujer a la que consideraran superior intelectualmente. Cuando Sarene se dio cuenta de lo que se estaba haciendo a sí misma, los pocos hombres que podrían haberla aceptado ya estaban casados. Desesperada, trató de descubrir qué opinión tenían de ella los cortesanos, y se sintió mortificada al descubrir cuánto se burlaban. Después de aquello, la situación no hizo sino empeorar... y ella se iba haciendo mayor. En una tierra donde casi todas las mujeres estaban ya prometidas a la edad de dieciocho años, era una solterona de veinticinco. Una solterona muy alta, desgarbada y peleona.

Un ruido interrumpió sus recriminaciones. No procedía del pasillo ni de la ventana, sino del interior de su habitación. Se sentó en la cama sobresaltada, conteniendo la respiración, preparada para huir. Solo entonces se dio cuenta de que el ruido no procedía de su habitación, sino de la pared. Frunció el ceño, confundida. No había ninguna habitación al otro lado, estaba en la parte externa del palacio. Su ventana daba a la ciudad.

El ruido no se repitió y, decidida a dormir un poco a pesar de sus ansiedades, Sarene se dijo que habría sido solamente la estructura del edificio.

CAPÍTULO 18

DILAF entró por la puerta, con aspecto un poco distraído. Entonces vio al elantrino que temblaba sentado en la silla, a la mesa de Hrathen.

Estuvo a punto de morirse de la impresión. Hrathen sonrió al ver que Dilaf contenía el aliento de manera audible, con unos ojos como platos, y que la cara se le ponía de un color no muy distinto al de su armadura.

—¡Hrugath Ja! —gritó Dilaf sorprendido, la maldición fjordell asomando rápidamente a sus labios.

Hrathen alzó las cejas ante el improperio, no porque se ofendiera, sino porque le sorprendía que Dilaf lo pronunciara tan fácilmente. El arteth se había impregnado profundamente de la cultura de Fjorden.

—Saluda a Diren, arteth —dijo Hrathen, señalando al elantrino de rostro negro y ceniciento—. Y por favor, abstente de usar el nombre de nuestro señor Jaddeth como maldición. Es una costumbre fjordell que preferiría que no hubieras adoptado.

—¡Un elantrino!

—Sí. Muy bien, arteth. Y no, no puedes prenderle fuego.

Hrathen se echó ligeramente atrás en su asiento, sonriendo mientras Dilaf miraba con mala cara al elantrino. Hrathen lo había llamado sabiendo bien qué reacción tendría, y se sentía un poco ruin. Eso, sin embargo, no le impidió disfrutar del momento.

Finalmente, Dilaf le dirigió a Hrathen una mirada de odio... aunque rápidamente la enmascaró con otra de sumisión.

—¿Qué está haciendo aquí, mi hroden?

—Pensé que sería bueno conocer el rostro de nuestro enemigo, arteth —dijo Hrathen, poniéndose en pie y acercándose al elantrino. Los dos sacerdotes, naturalmente, conversaban en fjordell. Había confusión en los ojos del elantrino, y un miedo atroz.

Hrathen se agachó junto al hombre, estudiando a su demonio.

—¿Son todos calvos, Dilaf? —preguntó con interés.

—Al principio no —respondió con hosquedad el arteth—. Suelen tener la cabeza llena de pelo cuando los perros korathi los preparan para la ciudad. Su piel es también más pálida.

Hrathen alargó la mano y palpó la mejilla del hombre. La piel era dura y correosa. El elantrino lo miró con ojos ansiosos.

—Esas manchas negras... ¿son lo que distingue a un elantrino?

—Son la primera señal, mi hroden —dijo Dilaf, sumiso. O bien se estaba acostumbrando al elantrino, o simplemente había superado su inicial estallido de odio y había pasado a una forma más bien paciente de disgusto—. Suele ocurrir de la mañana a la noche. Cuando el maldito despierta, tiene manchas negras por todo el cuerpo. El resto de su piel se vuelve de un marrón grisáceo, como la de este, con el tiempo.

—Como la piel de un cadáver embalsamado —advirtió Hrathen. Había visitado la universidad de Svorden en alguna ocasión, y sabía cómo eran los cadáveres que allí guardaban para estudiarlos.

—Muy similar —reconoció Dilaf en voz baja—. La piel no es la única señal, mi hroden. También están podridos por dentro.

—¿Cómo lo sabes?

—Sus corazones no laten. Y sus mentes no funcionan. Corren historias de los primeros días, hace diez años, antes de que los encerraran a todos en esa ciudad. En cuestión de meses se vuelven comatosos, apenas son capaces de moverse excepto para gemir su dolor.

—¿Dolor?

—El dolor de su alma ardiendo con el fuego de nuestro señor Jaddeth —dijo Dilaf—. Crece dentro de ellos hasta que consume su conciencia. Es su castigo.

Hrathen asintió, apartándose del elantrino.

—No tendríais que haberlo tocado, mi hroden —dijo Dilaf.

—Creía que habías dicho que nuestro señor Jaddeth protegía a sus fieles —dijo Hrathen—. ¿Qué he de temer?

—Habéis invitado al mal a la capilla, mi hroden. —Hrathen hizo una mueca.

—No hay nada sagrado en este edificio, Dilaf, como bien sabes. No puede haber ningún suelo sagrado en un país que no se ha aliado con el shu-dereth.

—Por supuesto —dijo Dilaf. Por algún motivo, sus ojos se volvían ansiosos.

La expresión de los ojos de Dilaf incomodaba a Hrathen. Tal vez sería mejor reducir al mínimo el tiempo que el arteth pasara en la misma habitación que el elantrino.

—Te he llamado porque voy a necesitar que hagas los preparativos del sermón de esta tarde —dijo Hrathen—. Yo no puedo hacerlo, quiero pasar un rato interrogando a este elantrino.

—Como vos ordenéis, mi hroden —respondió Dilaf, todavía mirando al elantrino.

—Puedes marcharte, arteth —dijo Hrathen con firmeza.

Dilaf rezongó, y luego salió de la habitación obedeciendo la orden de Hrathen.

El gyorn se volvió hacia el elantrino. La criatura no parecía «carecer de mente», como había dicho Dilaf. El capitán de la guardia que había traído al elantrino incluso había mencionado el nombre de la criatura. Eso implicaba que podía hablar.

—¿Puedes entenderme, elantrino? —preguntó Hrathen en aónico. Diren dudó, luego afirmó con la cabeza.

—Interesante —musitó Hrathen.

—¿Qué quieres de mí?

—Solo hacerte unas preguntas —dijo Hrathen, volviendo a su mesa y sentándose. Continuó estudiando a la criatura con curiosidad. Nunca, en sus muchos viajes, había visto una enfermedad como esa.

—¿Tienes... tienes comida? —preguntó el elantrino. Había un leve matiz de salvajismo en sus ojos cuando mencionó la palabra «comida».

—Si respondes a mis preguntas, prometo enviarte de vuelta a Elantris con una cesta llena de pan y queso.

Esto atrajo la atención de la criatura. Asintió vigorosamente.

«Qué hambriento —pensó Hrathen con curiosidad—. ¿Y qué es lo que ha dicho Dilaf? ¿No le late el corazón? Tal vez la enfermedad le hace algo al metabolismo... ¿Hace que el corazón lata tan rápido que es difícil detectarlo y aumenta de algún modo el apetito?».

—¿Qué eras antes de que te arrojaran a la ciudad, Diren?

—Campesino, mi señor. Trabajaba los campos de la plantación de Aor.

—¿Y cuánto tiempo hace que eres elantrino?

—Me arrojaron en otoño —dijo Diren—. ¿Siete meses? ¿Ocho? Pierdo la cuenta...

Así que la otra afirmación de Dilaf, que los elantrinos se volvían «comatosos» en pocos meses era incorrecta. Hrathen reflexionó, tratando de decidir qué clase de información podía tener esta criatura que le resultase útil.

—¿Cómo es Elantris? —preguntó.

—Es... terrible, mi señor —respondió Diren, agachando la cabeza—. Están las bandas. Si vas al lugar equivocado, te persiguen, o te hacen daño. Nadie le cuenta a los recién llegados cómo son las cosas, así que si no tienes cuidado, te metes en el mercado... Eso no es bueno. Y ahora hay una nueva banda... eso dicen unos pocos elantrinos que conozco de las calles. Una cuarta banda, más poderosa que las otras.

Bandas. Eso implicaba una sociedad elemental, al menos. Hrathen frunció el ceño. Si las bandas eran tan duras como daba a entender Diren, entonces tal vez pudiera utilizarlas como ejemplo de svrakiss para sus seguidores. Sin embargo, al hablar con el complaciente Diren, Hrathen empezaba a pensar que tal vez debía continuar haciendo sus condenas desde lejos. Si un cierto porcentaje de elantrinos era tan inofensivo como ese hombre, entonces la gente de Kae probablemente se decepcionara con los elantrinos como «demonios».

A medida que continuaba el interrogatorio, Hrathen advirtió que Diren no sabía muchas más cosas que pudieran ser útiles. El elantrino no podía explicar cómo era la shaod, ya que le sucedió mientras dormía. Decía que estaba muerto, significara eso lo que significase, y que sus heridas ya no sanaban. Incluso le mostró a Hrathen un corte en la piel. No obstante, la herida no sangraba, así que Hrathen sospechó que los trozos de piel no habían cicatrizado bien al sanar. Diren no sabía nada de la «magia» elantrina. Decía haber visto a otros hacer dibujos mágicos en el aire, pero él no sabía hacerlos. Lo que sí sabía era que tenía hambre... mucha hambre. Insistió en ello varias veces, además de mencionar en otras dos ocasiones que le daban miedo las bandas.

Satisfecho de haberse enterado de lo que quería averiguar (que Elantris era una ciudad brutal, pero decepcionantemente humana en sus métodos de brutalidad), Hrathen mandó llamar al capitán de la guardia que había traído a Diren.

El capitán de la guardia de Elantris entró obsequiosamente. Llevaba guantes gruesos y levantó al elantrino de su asiento usando un largo palo. El capitán aceptó con ansia una bolsa de monedas de Hrathen y luego asintió cuando Hrathen le hizo prometer que le compraría a Diren una bolsa de comida. Mientras el capitán obligaba a su prisionero a salir de la habitación, Dilaf apareció en la puerta. El arteth observó marcharse a su presa con expresión decepcionada.

—¿Todo listo? —preguntó Hrathen.

—Sí, mi hroden —respondió Dilaf—. La gente empieza a llegar ya para la ceremonia.

—Bien —dijo Hrathen, acomodándose en su silla y entrelazando los dedos pensativo.

—¿Os preocupa algo, mi hroden? —Hrathen negó con la cabeza.

—Estaba planeando el discurso de esta noche. Creo que es hora de dar el siguiente paso en nuestros planes.

—¿El siguiente paso, mi hroden? —Hrathen asintió.

—Creo que hemos establecido con éxito nuestra postura contra Elantris. Las masas están siempre dispuestas a encontrar demonios a su alrededor, si se les da la motivación adecuada.

—Sí, mi hroden.

—No olvides, arteth, que hay un sentido en nuestro odio.

—Une a nuestros seguidores, les proporciona un enemigo común.

—Correcto —dijo Hrathen, apoyando los brazos en la mesa—. Sin embargo, hay otro propósito. Uno igual de importante. Ahora que le hemos dado a la gente alguien a quien odiar, necesitamos crear una asociación entre Elantris y nuestros rivales.

—El shu-korath —dijo Dilaf con una sonrisa siniestra.

—Correcto otra vez. Los sacerdotes korathi son los que preparan a los nuevos elantrinos... Son la motivación tras la piedad que este país muestra a sus dioses caídos. Si damos a entender que la tolerancia korathi convierte a sus sacerdotes en simpatizantes, la repulsa de la gente por Elantris se extenderá al shu-korath. Sus sacerdotes se enfrentarán a dos opciones: o bien aceptan su incriminación o se alían con nosotros contra Elantris. Si eligen lo primero, el pueblo se volverá contra ellos. Si eligen lo segundo, eso los dejará bajo nuestro control teológico. Después de eso, unas cuantas situaciones embarazosas y parecerán impotentes e irrelevantes.

—Es perfecto —dijo Dilaf—. Pero ¿sucederá lo bastante rápido? Hay muy poco tiempo.

Hrathen se sobresaltó y miró al todavía sonriente arteth. ¿Cómo se había enterado el hombre del plazo que tenía? No podía saberlo, tenía que estar haciendo conjeturas.

—Funcionará —dijo Hrathen—. Con su monarquía inestable y su religión tambaleándose, el pueblo buscará un nuevo liderazgo. El shu-dereth será como una roca en medio de arenas movedizas.

—Una buena analogía, mi hroden.

Hrathen nunca estaba seguro de si Dilaf se burlaba de él con esas declaraciones o no.

—Tengo un trabajo para ti, arteth. Quiero que establezcas la relación en tu sermón de esta noche... Vuelve al pueblo contra el shu-korath.

—¿No lo hará mi hroden?

—Hablaré después de ti, y mi discurso será lógico. Tú, sin embargo, eres más apasionado y su disgusto por el shu-korath debe proceder en primer lugar de sus corazones.

Dilaf asintió, inclinando la cabeza para indicar que cumpliría la orden. Hrathen agitó la mano, indicando que la conversación había terminado, y el arteth se marchó y cerró la puerta.

DILAF HABLÓ CON su fervor característico. Lo hizo frente a la capilla, desde un estrado que Hrathen había encargado cuando la multitud se hizo demasiado nutrida para caber en el edificio. Las cálidas tardes de primavera favorecían esas reuniones, y la luz del anochecer, con las antorchas, ofrecía la mezcla adecuada de visibilidad y sombra.

La gente contemplaba a Dilaf con embeleso, aunque la mayor parte de lo que decía era repetitivo. Hrathen se pasaba horas preparando sus sermones, cuidando de combinar la reiteración como refuerzo y la originalidad para provocar entusiasmo. Dilaf se limitaba a hablar. No importaba si farfullaba las mismas denuncias sobre Elantris y las mismas alabanzas redundantes al imperio de Jaddeth, la gente lo escuchaba de todas formas. Después de una semana de oír hablar al arteth, Hrathen había aprendido a ignorar su propia envidia. Hasta cierto grado, al menos. La sustituía por orgullo.

Mientras escuchaba, Hrathen se felicitaba por la efectividad del arteth. Dilaf hizo lo que Hrathen le había ordenado, comenzando con sus diatribas normales sobre Elantris, para pasar luego atrevidamente a una acusación en toda regla contra el shukorath. La multitud lo seguía, permitiendo que redirigiera sus emociones. Salió tal como Hrathen había planeado, no había ningún motivo para que sintiera celos de Dilaf. La furia del hombre era como un río que el propio Hrathen había desviado hacia la multitud. Dilaf podía tener un talento en bruto, pero Hrathen era quien movía los hilos.

Se dijo que de momento Dilaf no lo sorprendía. El sermón progresaba bien, Dilaf descargaba su furia sobre la multitud repudiando todo lo korathi. Pero la marea cambió cuando Dilaf puso el acento en Elantris. Hrathen no se inquietó al principio: Dilaf tenía una incorregible tendencia a divagar durante sus sermones.

—¡Y ahora, mirad! —ordenó Dilaf de pronto—. ¡Contemplad al svrakiss! ¡Mirad a la bestia a los ojos y dad forma a vuestro odio! ¡Alimentad el clamor de Hrathen que arde dentro de todos vosotros!

Hrathen se quedó de una pieza. Dilaf señaló con un gesto un extremo del estrado, donde un par de antorchas cobraron vida de repente. Diren el elantrino estaba atado a un poste, la cabeza gacha. Había cortes en su cara que no tenía antes.

—¡Contemplad al enemigo! —chilló Dilaf—. ¡Mirad! ¡No sangra! ¡No corre sangre por sus venas y ningún corazón late en su pecho! ¿No dijo el filósofo Grondkest que se puede juzgar la igualdad de todos los hombres con su unidad común de sangre? Pero ¿qué hay de quien no tiene sangre? ¿Cómo lo llamamos?

—¡Demonio! —gritó alguien de la multitud.

—¡Diablo!

—¡Svrakiss! —gritó Dilaf.

La multitud se enardeció, cada cual chillando su propia acusación al consumido reo. El elantrino gritó con salvaje y feral pasión. Algo había cambiado en aquel hombre. Cuando Hrathen había hablado con él, sus respuestas habían sido poco entusiastas, pero lúcidas. Ahora en sus ojos no quedaba cordura, solo había dolor. El sonido de la voz de la criatura alcanzó a Hrathen por encima de la furia de la congregación.

—¡Destruidme! —suplicó el elantrino—. ¡Acabad con el dolor! *¡Destruidme!*

La voz sacó a Hrathen de su estupor. Advirtió de inmediato que no podía permitir que Dilaf asesinara al elantrino en público. Visiones de la audiencia de Dilaf convirtiéndose en turba, quemando al elantrino en un arrebato de pasión colectiva, destellaron en la mente de Hrathen. Eso lo arruinaría todo. Iadon nunca consentiría algo tan violento como una ejecución pública, incluso si la víctima era un elantrino. Recordaba demasiado al caos de una década antes, un caos que había derrocado a un gobierno.

Hrathen se encontraba a un lado del estrado, entre un grupo de sacerdotes. Una multitud se apretujaba delante, y Dilaf se erguía directamente ante ellos, las manos extendidas mientras hablaba.

—¡Tienen que ser aniquilados! —chilló Dilaf—. ¡Todos ellos! ¡Purificados con el fuego sagrado!

Hrathen saltó al estrado.

—¡Y así será! —gritó, interrumpiendo al arteth.

Dilaf se detuvo un instante. Se volvió hacia un lado y le hizo un gesto con la cabeza a un sacerdote menor que sostenía una antorcha encendida. Dilaf suponía probablemente que Hrathen no podía hacer nada para impedir la ejecución, al menos, nada que no minara su propia credibilidad ante la multitud.

«No esta vez, arteth —pensó Hrathen—. No te dejaré hacer lo que se te antoje». No podía contradecir a Dilaf, no sin que pareciera que había una división en las filas derethi.

Podía, sin embargo, tergiversar lo que Dilaf había dicho. Esa particular hazaña verbal era una de las especialidades de Hrathen.

—Pero ¿de qué serviría? —exclamó Hrathen, esforzándose por hacerse oír por encima del griterío de la multitud. Se abalanzaban hacia delante, anticipando la ejecución, maldiciendo al elantrino.

Hrathen apretó los dientes, hizo a un lado a Dilaf y arrancó la antorcha de las manos del sacerdote. Hrathen oyó a Dilaf sisear irritado, pero ignoró al arteth. Si no controlaba a la multitud, simplemente continuaría avanzando y atacaría al elantrino por su cuenta.

Hrathen alzó la antorcha varias veces, provocando que la multitud lanzara exclamaciones de placer, entonando una especie de cántico rítmico.

Y en las pausas, se produjo el silencio.

—¡Os lo pregunto de nuevo! —gritó Hrathen cuando la multitud calló, preparada para volver a gritar—. ¿De qué servirá acabar con esta criatura?

—¡Es un demonio! —aulló un hombre de la multitud.

—¡Sí! —dijo Hrathen—. Pero ya está atormentado. El propio Jaddeth le dio a este demonio su maldición. ¡Escuchadlo suplicar la muerte! ¿Es eso lo que queremos hacer? ¿Darle a esta criatura lo que quiere?

Hrathen esperó, tenso. Aunque entre la muchedumbre hubo quien gritó que sí por hábito, otros se detuvieron. La confusión empezó a hacer mella, y cedió un poco la tensión.

—Los svrakiss son nuestros enemigos —dijo Hrathen, hablando ahora con aplomo, la voz firme en vez de apasionada. Sus palabras calmaron más a la gente—. Sin embargo, no somos nosotros quienes los debemos castigar. ¡Ese es el placer de Jaddeth! Nosotros tenemos otra tarea.

»¡Esta criatura, este demonio, es la cosa que según los sacerdotes korathi debéis compadecer! ¿Os preguntáis por qué Arelon es pobre en comparación con las naciones del este? Es porque sufrís la necedad korathi. Por eso carecéis de las riquezas y bendiciones de las que disfrutan naciones como JinDo y Svorden. Los korathi son demasiado indulgentes. ¡Puede que nuestra misión no sea destruir a estas criaturas, pero tampoco es cuidarlas! Y, desde luego, no deberíamos apiadarnos de ellas ni tolerar que vivan en una ciudad tan grandiosa y rica como Elantris.

Hrathen apagó la antorcha y luego indicó a un sacerdote que hiciera lo mismo con las luces que iluminaban al pobre elantrino. En cuanto esas antorchas se apagaron, el elantrino desapareció de la vista, y la multitud empezó a calmarse.

—Recordad —dijo Hrathen—. Son los korathi quienes cuidan a los elantrinos. Incluso ahora, todavía vacilan cuando se les pregunta si los elantrinos son demonios. Los korathi temen que la ciudad regrese a su gloria, pero nosotros sabemos algo más. Sabemos que Jaddeth pronunció su maldición. ¡No hay piedad para los condenados!

»El shu-korath es la causa de vuestros dolores. Es lo que apoya y protege a Elantris. Nunca os libraréis de la maldición elantrina mientras los sacerdotes korathi continúen dominando en Arelon. ¡Así pues, yo os digo, id! ¡Decidles a vuestros amigos lo que habéis aprendido, e instadlos a abandonar las herejías korathi!

Cayó el silencio. Después la gente comenzó a manifestar a gritos su convencimiento, su insatisfacción transferida con éxito. Hrathen los observó con atención mientras gritaban su aprobación y luego por fin empezaban a dispersarse. Su vengativo odio casi había desaparecido. Hrathen suspiró aliviado. No habría ningún ataque a medianoche a los sacerdotes o a los templos korathi. El discurso de Dilaf había sido demasiado disperso, demasiado rápido, para causar daños duraderos. El desastre se había evitado.

Hrathen se volvió y miró a Dilaf. El arteth había dejado el estrado poco después de que Hrathen se hiciera con el control, y ahora veía cómo su multitud desaparecía con furia petulante.

«Sería capaz de convertirlos en réplicas fanáticas de sí mismo», pensó Hrathen. Excepto que su pasión se quemaría rápidamente en cuanto pasara el momento. Necesitaban más. Necesitaban conocimiento, no solo histeria.

—Arteth —dijo Hrathen severamente, llamando la atención de Dilaf—. Tenemos que hablar.

El arteth le devolvió la mirada, y luego asintió. El elantrino seguía gritando, pidiendo la muerte. Hrathen se volvió hacia otro par de arteths y señaló al elantrino.

—Recoged a la criatura y reuníos conmigo en los jardines.

Hrathen se volvió hacia Dilaf, señalando cortante la puerta situada al fondo de la capilla derethi. Dilaf hizo lo que se le ordenaba y se marchó a los jardines. Hrathen lo siguió, pasando por el camino junto al confuso capitán de la guardia de Elantris.

—¿Mi señor? —preguntó el hombre—. El sacerdote joven me alcanzó antes de que volviera a la ciudad. Dijo que querías a la criatura de vuelta. ¿He hecho mal?

—Has hecho bien —dijo Hrathen, cortante—. Vuelve a tu puesto. Nosotros nos encargaremos del elantrino.

EL ELANTRINO PARECIÓ agradecer las llamas, a pesar del terrible dolor que debían causarle. Dilaf se agazapaba a un lado, observando con ansiedad, aunque había sido la mano de Hrathen, no la suya, la que había dejado caer la antorcha sobre el elantrino empapado de aceite. Hrathen contempló a la pobre criatura arder hasta que sus gritos de dolor fueron finalmente silenciados por el rugiente fuego. El cuerpo de la criatura ardió fácilmente, demasiado fácilmente, envuelto en llamas.

Hrathen sintió una punzada de culpa por haber traicionado a Diren, pero esa emoción era una tontería. El elantrino tal vez no fuera un auténtico diablo, pero era, sin duda, una criatura a la que Jaddeth había maldecido. Hrathen no le debía nada.

Con todo, lamentaba haber quemado a la criatura. Por desgracia, los cortes de Dilaf la habían enloquecido, obviamente, y no podía devolverla a la ciudad en su estado actual. Las llamas fueron la única opción.

Hrathen observó los ojos del penoso elantrino hasta que las llamas lo consumieron por completo.

—«Y el ardiente fuego de la insatisfacción de Jaddeth los purificará» —susurró Dilaf, citando el *Do-Dereth*.

—«El juicio corresponde solo a Jaddeth, y lo ejecuta su único sirviente, el wyrn» —citó Hrathen, usando un párrafo diferente del mismo libro—. No tendrías que haberme forzado a matar a esta criatura.

—Era inevitable —dijo Dilaf—. Tarde o temprano, todas las cosas deben inclinarse ante la voluntad de Jaddeth, y es su voluntad que toda Elantris arda. Simplemente he obedecido el destino.

—Has estado a punto de perder el control de esa multitud con tus desvaríos, arteth —replicó Hrathen—. Una algarada debe ser planeada y ejecutada con mucho cuidado, de lo contrario es probable que se vuelva también contra sus creadores.

—Yo... me he dejado llevar —dijo Dilaf—. Pero matar a un elantrino no habría provocado un tumulto.

—Eso no lo sabes. Además, ¿qué hay de Iadon?

—¿Cómo podría oponerse? Su propia orden dice que los elantrinos huidos pueden ser quemados. Nunca se pondría a favor de Elantris.

—¡Pero podría ponerse en nuestra contra! —dijo Hrathen—. Te has equivocado al traer a esta criatura a la reunión.

—El pueblo merece ver lo que tiene que odiar.

—El pueblo no está preparado todavía para eso —dijo Hrathen bruscamente—. Queremos mantener su odio desenfocado. Si empiezan a destruir la ciudad, Iadon pondrá fin a nuestras prédicas.

Los ojos de Dilaf se entornaron.

—Parece como si intentarais evitar lo inevitable, mi hroden. Cultiváis ese odio... ¿y no estáis dispuesto a aceptar la responsabilidad de las muertes que causará? El odio y la repulsa no pueden seguir «desenfocados» mucho tiempo. Encontrarán una vía de escape.

—Pero esa vía de escape se dará cuando yo lo decida —dijo Hrathen fríamente—. Soy consciente de mi responsabilidad, arteth, aunque cuestiono tu comprensión de la misma. Me dices que matar a este elantrino estuvo dictado por Jaddeth... que simplemente seguías el designio de Jaddeth forzando mi mano. ¿Qué, pues? ¿Las muertes que cause una algarada serían cosa mía, o simplemente la voluntad de dios? ¿Cómo puedes ser tú un siervo inocente mientras yo debo asumir la plena responsabilidad por la gente de esta ciudad?

Dilaf resopló bruscamente. Sabía, no obstante, cuándo había sido derrotado. Hizo una fría reverencia, se dio la vuelta y entró en la capilla.

Hrathen vio marcharse al arteth, rebulléndose por dentro. La acción de Dilaf de esta noche había sido estúpida e impulsiva. ¿Estaba tratando de minar la autoridad de Hrathen, o simplemente actuaba siguiendo sus fanáticas pasiones? Si era lo segundo, la algarada que había estado a punto de producirse era culpa del propio Hrathen. A fin de cuentas, se había sentido muy orgulloso de usar a Dilaf como herramienta efectiva.

Hrathen sacudió la cabeza, liberando un tenso suspiro. Había derrotado a Dilaf aquella noche, pero la tensión crecía entre ambos. No podían permitirse que hubiera abiertamente discusiones entre ellos. Los rumores de disensión en las filas derethi erosionarían su credibilidad.

«Tendré que hacer algo con el arteth», decidió Hrathen con resignación. Dilaf se estaba convirtiendo en un problema incómodo.

Tomada su decisión, Hrathen se dio la vuelta para marcharse. Sin embargo, al hacerlo, sus ojos volvieron a posarse en los restos calcinados del elantrino, y se estremeció a su pesar. El voluntario acatamiento de la inmolación del hombre traía recuerdos a la mente de Hrathen, recuerdos que hacía tiempo que intentaba desterrar. Imágenes de dolor, de sacrificio y de muerte.

Recuerdos de Dakhor.

Dejó atrás los huesos calcinados y se dirigió a la capilla. Todavía tenía una tarea de la que ocuparse esa noche.

EL SEON SALIÓ flotando de su caja, respondiendo a la orden de Hrathen, que se reprendió mentalmente. Era la segunda vez en una semana que usaba a la criatura. Depender del seon era algo que había que evitar. Sin embargo, no se le ocurría otra forma de conseguir su objetivo. Dilaf tenía razón, el tiempo se acababa. Ya habían transcurrido catorce días desde su llegada a Arelon y se había pasado una semana viajando antes de eso. Solo le quedaban setenta días de plazo, y a pesar de la multitud congregada esa noche, Hrathen únicamente había convertido a una diminuta fracción de Arelon.

Solo un hecho le daba esperanza: la nobleza arelena se concentraba en Kae. Estar lejos de la corte de Iadon era un suicidio político. El rey concedía y retiraba títulos a capricho, y era necesario un buen perfil para asegurarse un puesto firme en la aristocracia. Al wyrn no le importaba si Hrathen convertía a las masas o no. Mientras la nobleza se plegara, el país sería considerado derethi.

Así que Hrathen tenía una oportunidad, pero aún le faltaba mucho por hacer, buena parte de lo cual dependía del hombre al que estaba a punto de llamar. Su contacto no era un gyorn, lo cual hacía que el uso del seon fuera poco ortodoxo. No obstante, el wyrn nunca le había ordenado directamente que no llamara a otra gente con su seon, así que Hrathen podía racionalizar su uso.

El seon respondió al momento, y pronto el rostro ratonil de Forton apareció en su luz.

—¿Quién es? —preguntó en el áspero dialecto fjordell que se hablaba en el país de Hrovell.

—Soy yo, Forton.

—¿Mi señor Hrathen? —preguntó sorprendido Forton—. Mi señor, cuánto tiempo.

—Lo sé, Forton. Confío en que estés bien.

El hombre rio feliz, aunque la risa se convirtió rápidamente en un silbido. Forton tenía tos crónica, un estado causado, Hrathen estaba seguro, por las diversas sustancias que el hombre solía fumar.

—Por supuesto, mi señor —afirmó Forton entre toses—. ¿Cuándo no estoy bien? —Forton era un hombre completamente satisfecho con su vida... un estado que también era producto de las diversas sustancias que solía fumar—. ¿En qué puedo ayudaros?

—Necesito uno de tus elixires, Forton.

—Por supuesto, por supuesto. ¿Cuál sería su función?

Hrathen sonrió. Forton era un genio sin rival, y por eso Hrathen soportaba sus excentricidades. El hombre no solo tenía un seon, sino que era un devoto seguidor de los misterios, una degeneración de la religión jesker común en las zonas rurales. Aunque Hrovell era oficialmente una nación derethi, la mayor parte del país era primitiva y escasamente poblada, lo que dificultaba su supervisión. Muchos de los campesinos asistían con devoción a sus ceremonias derethi, y luego participaban con igual devoción en las ceremonias a medianoche del misterio. El propio Forton era considerado una especie de místico en su ciudad, aunque siempre se encargaba de mostrar su ortodoxia derethi cuando hablaba con Hrathen.

El gyorn le explicó lo que quería, y Forton lo repitió. Aunque a menudo estaba drogado, era muy bueno mezclando pociones, venenos y elixires. Hrathen no había conocido a ningún hombre en Sycla que pudiera igualar su habilidad. Uno de los brebajes de aquel hombre tan excéntrico había devuelto la salud a Hrathen después de que lo envenenara un enemigo político. Se decía que aquella sustancia de lentos efectos no tenía antídoto.

—No habrá ningún problema, mi señor —le prometió Forton a Hrathen con su marcado acento dialectal. Incluso después de años de tratar con los hroven, Hrathen tenía problemas para entenderlos. Estaba seguro de que la mayoría de ellos ni siquiera sabía que había una forma correcta y pura de su lengua, allá en Fjorden.

—Bien.

—Sí, todo lo que tengo que hacer es combinar dos fórmulas que ya tengo. ¿Cuánto queréis?

—Al menos dos dosis. Te pagaré el precio de costumbre.

—Mi verdadera paga es saber que he servido a nuestro señor Jaddeth —dijo el hombre piadosamente.

Hrathen contuvo las ganas de echarse a reír. Conocía lo arraigados que estaban los misterios en la gente de Hrovell. Era una forma de adoración repugnante, una combinación sincrética de una docena de fes diferentes, con algunas aberraciones añadidas, como sacrificios rituales y ritos de fertilidad, para hacerla más atractiva. Hrovell, sin embargo, era tarea para otro día. El pueblo hacía lo que ordenaba el wyrn, y era demasiado insignificante desde el punto de vista político para causar inquietud en Fjorden. Naturalmente, sus almas corrían serio peligro. Jaddeth no era famoso por su indulgencia con los ignorantes.

«En otra ocasión —se dijo Hrathen—. En otra ocasión».

—¿Cuándo necesitará mi señor esta poción? —preguntó el hombre.

—Esa es la cuestión, Forton. La necesito inmediatamente.

—¿Dónde estáis?

—En Arelon.

—Ah, bien. Mi señor ha decidido por fin convertir a esos paganos.

—Sí —dijo Hrathen con una leve sonrisa—. Los derethi hemos sido demasiado pacientes con los arelenos.

—Bueno, su señoría no podría haber elegido un lugar más lejano —dijo Forton—. Aunque prepare la poción esta noche y la envíe por la mañana, tardará al menos dos semanas en llegar.

A Hrathen le molestó el retraso, pero no había otra opción.

—Entonces hazlo, Forton. Te recompensaré por trabajar con tan escaso margen.

—Un verdadero seguidor de Jaddeth hará cualquier cosa para propiciar su imperio, mi señor.

«Bueno, al menos conoce su doctrina derethi», pensó Hrathen, encogiéndose mentalmente de hombros.

—¿Algo más, mi señor? —preguntó Forton, tosiendo un poco.

—No. Ponte a trabajar, y envía las pociones lo más rápidamente posible.

—Sí, mi señor. Empezaré de inmediato. Sed libre de rezarme siempre que lo necesitéis.

Hrathen frunció el ceño. Se había olvidado de esa pequeña imprecisión. Tal vez el dominio que Forton tenía de la doctrina derethi no resultara ser tan completo. Forton no sabía que Hrathen tuviera un seon. Simplemente había supuesto que un gyorn podía rezarle a Jaddeth y que el dios dirigía sus palabras a través de los seones. Como si el Señor Jaddeth fuera un empleado del servicio postal.

—Buenas noches, Forton —dijo Hrathen, disimulando su insatisfacción. Forton era un drogadicto, un hereje y un hipócrita... pero seguía siendo un recurso valiosísimo. Hacía tiempo que Hrathen había decidido que si Jaddeth consentía que sus gyorns usaran seones para comunicarse, entonces, sin duda, permitiría también que Hrathen usara a hombres como Forton.

Al fin y al cabo, Jaddeth había creado a todos los hombres... incluso a los herejes.

Capítulo 19

L A CIUDAD de Elantris resplandecía. Las mismas piedras brillaban, como si cada una de ellas contuviera un fuego interior. Las destrozadas cúpulas habían sido restauradas, sus superficies lisas como huevos florecían por todo el paisaje. Las finas torres apuñalaban el aire como lanzas de luz. La muralla ya no era una barrera, pues sus puertas estaban permanentemente abiertas, existía no para proteger, sino para dar cohesión. La muralla era de algún modo parte de la ciudad, un elemento esencial del conjunto, sin el cual Elantris no hubiese estado completa.

Y entre la belleza y la gloria estaban los elantrinos. Sus cuerpos brillaban con la misma luz interior que la ciudad, y su piel era de un luminoso y pálido plateado. No metálico, sino... puro. Su pelo era blanco, no gris apagado o amarillento como el de los ancianos. Era del mismo blanco centelleante del acero calentado a una temperatura extrema. Un color impoluto, un blanco poderoso, concentrado.

Su porte era igualmente sorprendente. Los elantrinos se movían por su ciudad con aire de completo control. Los hombres eran guapos y altos (incluso los bajos) y las mujeres innegablemente hermosas, incluso las más sencillas. No tenían prisa. Paseaban más que andaban, y saludaban a quienes encontraban con sonrisas prestas. Sin embargo, había poder en ellos. Irradiaba de sus ojos y subyacía en sus movimientos. Era fácil comprender por qué esos seres eran adorados como dioses.

Igualmente inconfundibles eran los aones. Los antiguos glifos cubrían la ciudad. Estaban grabados en las paredes, pintados en las puertas y escritos en los carteles. La mayoría eran inertes, simples marcas más que runas de propósito arcano. Otros, sin embargo, obviamente contenían energía. A través de la ciudad se alzaban grandes placas de metal talladas con el aon Tia, y de vez en cuando un elantrino se acercaba y colocaba una mano en el centro del carácter. El cuerpo del elantrino destellaba y desaparecía en un fogonazo circular, su cuerpo transportado instantáneamente a otra parte de la ciudad.

Entre la gloria había una pequeña familia de Kae. Sus ropas eran ricas y hermosas, sus palabras educadas, pero su piel no brillaba. Había otra gente corriente en la ciudad, no tantos como elantrinos, pero sí un buen número. Eso consolaba al niño, proporcionándole una referencia familiar.

El padre sostenía con fuerza a su hijo, mirando alrededor con desconfianza. No todo el mundo adoraba a los elantrinos, algunos eran recelosos. La madre del niño sujetaba el brazo de su marido con los dedos tensos. Nunca había estado en Elantris, aunque vivía en Kae desde hacía una década. A diferencia del padre, estaba más nerviosa que recelosa. Le preocupaba la herida de su hijo, ansiosa como cualquier madre cuyo hijo está a punto de morir.

De repente, el niño sintió el dolor de su pierna. Fue cegador e intenso, y corría por toda la herida infectada y el hueso roto de su muslo. Se había caído de un sitio alto, y su pierna chasqueó con tanta fuerza que el hueso roto atravesó la piel y asomaba.

Su padre había contratado a los mejores médicos y cirujanos, pero todos habían sido incapaces de detener la infección. Habían arreglado el hueso lo mejor posible, considerando que se había roto al menos por una docena de sitios. Incluso sin la infección, el niño cojearía el resto de sus días. Con la infección... la amputación parecía el único recurso. En secreto, los médicos temían que fuera demasiado tarde incluso para esa solución. La herida estaba bastante arriba de la pierna, y la infección probablemente se había extendido al torso. El padre había exigido saber la verdad. Sabía que su hijo se estaba muriendo. Y por eso había ido a Elantris, a pesar de su desconfianza de toda una vida hacia los dioses.

Llevaron al niño a un edificio abovedado. El pequeño casi se olvidó de su dolor cuando la puerta se abrió sola, deslizándose hacia dentro sin hacer ningún sonido. El padre se detuvo bruscamente en el umbral, como si reconsiderara sus acciones, pero la madre tiró insistente del brazo del hombre. El padre asintió, agachó la cabeza y entraron en el edificio.

La luz brillaba en los aones que resplandecían en las paredes. Una mujer se acercó, su cabello blanco largo y abundante, su rostro de plata sonriendo animoso. Ignoró la desconfianza del padre, los ojos compasivos mientras recogía al niño de sus brazos vacilantes. Lo colocó cuidadosamente en una suave esterilla, y luego alzó la mano en el aire sobre él, apuntando a la nada con su largo y fino dedo índice.

La elantrina movió la mano lentamente y el aire empezó a brillar. Un trazo de luz siguió al dedo. Fue una fisura en el aire, una línea que relucía con profunda intensidad. Fue como si un río de luz intentara abrirse camino a través de la pequeña grieta. El niño sintió el poder. Sintió que ansiaba liberarse pero que solo disponía de aquel pequeño espacio para escapar. Pero incluso esa cantidad brillaba tanto que casi no podía mirar la luz.

La mujer siguió ejecutando su gesto cuidadosamente hasta completar el dibujo del aon Ien... Pero no era solo el aon Ien, sino algo más complejo. El núcleo era el familiar aon de la curación, pero había docenas de líneas y curvas a los lados. El niño frunció el ceño. Sus tutores le habían enseñado los aones, y le extrañaba que la mujer cambiara aquel de manera tan drástica.

La hermosa elantrina hizo una última marca a un lado de su compleja construcción, y el aon se puso a brillar todavía con más intensidad. El niño sintió una quemazón primero en la pierna y luego en todo el torso. Empezó a gritar, pero la luz se desvaneció súbitamente. El pequeño abrió los ojos con sorpresa. La imagen residual del aon Ien todavía ardía en su retina. Parpadeó, mirando hacia abajo. La herida había desaparecido. Ni siquiera quedaba cicatriz.

Pero todavía notaba el dolor. Le quemaba, lo cortaba, hacía que su alma temblara. Tendría que haber desaparecido, pero no era así.

—Descansa ahora, pequeño —dijo la elantrina con voz cálida, empujándolo hacia atrás.

Su madre lloraba de alegría, e incluso su padre parecía satisfecho. El niño quiso gritarles, decirles que algo iba mal. Su pierna no se había curado. El dolor aún continuaba.

«¡No! ¡Algo va mal!», trató de decir, pero no pudo. No podía hablar...

—¡NO! —GRITÓ RAODEN, incorporándose con un súbito movimiento. Parpadeó unas cuantas veces, desorientado, en la oscuridad. Finalmente, inspiró hondo y se llevó las manos a la cabeza. El dolor persistía. Se hacía tan fuerte que incluso corrompía sus sueños. Ya tenía docenas de pequeñas heridas y magulladuras, aunque solo llevaba tres semanas en Elantris. Podía sentir claramente cada una de ellas, y juntas formaban un asalto frontal unificado contra su cordura.

Raoden gimió, se inclinó hacia delante y se agarró las piernas mientras combatía al dolor. Su cuerpo ya no podía sudar, pero lo notaba temblar. Apretó la mandíbula y los dientes le rechinaron con el arrebato de agonía. Lenta, trabajosamente, recuperó el control. Combatió el dolor, calmando su cuerpo torturado hasta que, por fin, se soltó las piernas y se levantó.

Estaba empeorando. Sabía que no tendría que haber sido tan terrible todavía. También sabía que el dolor tenía que ser continuo, o eso decía todo el mundo, pero a él lo asaltaba en oleadas. Siempre estaba allí, siempre dispuesto a golpearlo en un momento de debilidad.

Suspirando, Raoden abrió la puerta de su habitación. Todavía le resultaba extraño que los elantrinos tuvieran que dormir.

Sus corazones ya no latían, ya no necesitaban respirar. ¿Por qué necesitaban dormir? Los otros, sin embargo, no sabían darle ninguna respuesta. Los únicos verdaderos expertos habían muerto hacía diez años.

Así que Raoden dormía, y llegaban los sueños. Tenía ocho años cuando se había roto la pierna. Su padre no había querido traerlo a la ciudad. Incluso antes del Reod, Iadon recelaba de Elantris. La madre de Raoden, fallecida hacía ya unos doce años, había insistido.

El niño Raoden no había comprendido lo cerca que estuvo de la muerte. Sin embargo, había sentido el dolor y la gozosa paz de su eliminación. Recordaba la belleza tanto de la ciudad como de sus habitantes. Iadon dijo pestes de Elantris cuando se marcharon, y Raoden contradijo sus palabras con vehemencia. Era la primera vez que Raoden recordaba haberse opuesto a su padre. Después de aquella hubo muchas otras.

Cuando Raoden entró en la capilla principal, Saolin dejó su puesto de guardia junto a la habitación de Raoden y lo siguió. A lo largo de la semana anterior, el soldado había reunido a un grupo de hombres dispuestos y los había convertido en un escuadrón de guardias.

—Sabes que me halagan tus atenciones, Saolin —dijo Raoden—. Pero ¿de verdad es esto necesario?

—Un señor requiere una guardia de honor, lord Espíritu —dijo Saolin—. No sería adecuado que fueras solo.

—No soy ningún lord, Saolin. Solo soy un líder, no hay nobleza en Elantris.

—Entiendo, milord —asintió Saolin, obviamente sin notar la contradicción de sus propias palabras—. Sin embargo, la ciudad sigue siendo un sitio peligroso.

—Como desees, Saolin. ¿Cómo va la siembra?

—Galladon ha terminado de arar. Ya ha organizado los equipos de sembradores.

—No tendría que haber dormido tanto —dijo Raoden, asomándose a la ventana de la capilla para ver lo alto que estaba ya el sol en el cielo. Salió del edificio, seguido de cerca por Saolin, y recorrió un limpio camino de piedras hasta los jardines. Kahar y su cuadrilla habían limpiado las piedras, y luego Dahad (uno de los seguidores de Taan) había empleado sus habilidades como cantero para volver a colocarlas.

La siembra ya estaba en marcha. Galladon supervisaba el trabajo con ojo atento, su lengua refunfuñona dispuesta siempre a señalar cualquier error. No obstante, había paz en el dula. Algunos hombres eran granjeros porque no tenían más remedio, pero Galladon parecía disfrutar de verdad con esa actividad.

Raoden recordó claramente aquel primer día, cuando había tentado a Galladon con el trozo de carne seca. El dolor de su amigo apenas estaba entonces bajo control, y Raoden había tenido miedo del dula varias veces durante aquellos primeros días. Ahora ya no se lo tenía. Raoden lo veía en los ojos de Galladon y en su porte: había descubierto el «secreto», como lo había expresado Kahar. Galladon había recuperado el control. Ahora el único a quien Raoden tenía que temer era a sí mismo.

Sus teorías estaban funcionando mejor de lo que esperaba... pero solo en los demás. Había traído paz y objetivos a las docenas de personas que lo seguían, pero no podía hacer lo mismo por él. El dolor seguía quemándolo. Lo amenazaba cada mañana cuando despertaba y lo acompañaba cada momento de conciencia. Tenía más determinación que los demás y era el más decidido a ver el triunfo de Elantris. Llenaba sus días, sin dejar ningún hueco para reflexionar sobre su sufrimiento. Nada funcionaba. El dolor continuaba acumulándose.

—¡Mi señor, cuidado! —gritó Saolin.

Raoden se giró de un salto cuando un elantrino desnudo de cintura para arriba cargó corriendo y gruñendo hacia él desde un callejón oscuro. Raoden apenas tuvo tiempo de dar un paso atrás mientras el salvaje alzaba una oxidada barra de hierro y la blandía directamente ante su cara.

Un destello de acero desnudo surgió de ninguna parte, y la espada de Saolin detuvo el golpe. El bestial recién llegado se detuvo, reorientándose para luchar contra un nuevo enemigo. Se movía demasiado despacio. La mano experta de Saolin lanzó una estocada directa al abdomen del loco. Entonces, sabiendo que un golpe así no detendría a un elantrino, Saolin descargó un potente revés que separó la cabeza del hombre de su cuerpo. No hubo sangre.

El cadáver se desplomó, y Saolin saludó a Raoden con su hoja, dirigiéndole una mellada sonrisa tranquilizadora. Luego se volvió para enfrentarse a un grupo de salvajes que corrían hacia ellos desde una calle cercana.

Aturdido, Raoden retrocedió.

—¡Saolin, no! —gritó—. ¡Son demasiados!

Por fortuna, los hombres de Saolin habían oído el barullo. En cuestión de segundos, había cinco de ellos (Saolin, Dashe y otros tres soldados) repeliendo el ataque. Lucharon en una línea, con eficacia, bloqueando el camino del enemigo, trabajando con la coordinación de soldados entrenados.

Los hombres de Shaor eran más numerosos, pero su ira no podía competir con la eficacia marcial. Atacaban cada cual por su cuenta y su fervor los volvía estúpidos. La batalla terminó enseguida y los pocos atacantes que quedaron huyeron en desbandada.

Saolin limpió su hoja con eficiencia y luego se volvió con los demás. Saludaron a Raoden coordinadamente.

La refriega había tenido lugar de manera tan rápida que Raoden apenas pudo seguirla.

—Buen trabajo —consiguió decir por fin.

Oyeron un gruñido a un lado, donde Galladon estaba arrodillado junto al cuerpo decapitado del primer atacante.

—Deben de haberse enterado de que teníamos maíz —murmuró el dula—. Pobres rulos.

Raoden asintió solemne, contemplando a los locos caídos. Cuatro yacían en el suelo, sujetándose diversas heridas. Todas ellas hubiesen resultado mortales de no ser elantrinos. Solo podían gemir, atormentados. Raoden sintió una punzada familiar. Sabía cómo era ese dolor.

—Esto no puede continuar —dijo en voz baja.

—No veo cómo vas a detenerlo, sule —replicó Galladon, a su lado—. Son hombres de Shaor, ni siquiera él tiene mucho control sobre ellos.

Raoden negó con la cabeza.

—No salvaré a la gente de Elantris y la dejaré para que luche todos los días el resto de su vida. No construiré una sociedad sobre la muerte. Los seguidores de Shaor tal vez hayan olvidado que son hombres, pero yo no.

Galladon frunció el ceño.

—Karata y Aanden eran posibilidades, aunque lejanas. Shaor es otra historia, sule. No queda ni rastro de humanidad en estos hombres, no se puede razonar con ellos.

—Entonces tendré que devolverles la razón.

—¿Y cómo, sule, pretendes hacer eso?

—Encontraré un modo.

Raoden se arrodilló junto al loco caído. Un cosquilleo en el fondo de su mente le advirtió que reconocía a aquel hombre de una experiencia reciente. Raoden no estaba seguro, pero le pareció que era uno de los seguidores de Taan, uno de los hombres a quienes se había enfrentado durante el intento de incursión de Dashe.

«Así que es cierto», pensó Raoden con un calambre en el estómago. Muchos de los seguidores de Taan se habían unido a él, pero no la mayoría. Se murmuraba que muchos de ellos se habían marchado al sector del mercado de Elantris y se habían unido a los salvajes de Shaor. No era tan improbable, supuso Raoden. Al fin y al cabo, aquellos hombres habían estado dispuestos a seguir al desequilibrado Aanden. La banda de Shaor estaba solo a un paso.

—¿Lord Espíritu? —preguntó Saolin, vacilante—. ¿Qué debemos hacer con ellos?

Raoden volvió sus ojos apenados hacia los caídos.

—Ahora ya no suponen ningún peligro para nosotros, Saolin. Pongámoslos con los demás.

POCO DESPUÉS DE su éxito con la banda de Aanden, y del subsiguiente aumento de su número de seguidores, Raoden había hecho lo que quería hacer desde el principio. Empezó a recoger a los caídos de Elantris.

Los apartó de las calles y los arroyos, buscando en edificios derruidos y en pie, tratando de hallar a cada hombre, mujer y niño en Elantris que hubiera cedido al dolor. La ciudad era grande y la capacidad de Raoden limitada, pero ya habían recogido a cientos de personas. Ordenó que las instalaran en el segundo edificio que había limpiado Kahar, una estructura grande y abierta que originalmente había querido que fuese un punto de reunión. Los hoed aún sufrían, pero al menos podían hacerlo con un poco de decencia.

Y no tendrían que hacerlo solos. Raoden había pedido a la gente de su banda que los visitaran. Habitualmente había un par de elantrinos caminando entre ellos, hablando de manera tranquilizadora y tratando de hacer que se sintieran lo más cómodos posible dadas las circunstancias. No era mucho (y nadie tenía estómago para pasar mucho tiempo entre los hoed), pero Raoden se había convencido a sí mismo de que ayudaba. Seguía su propio consejo y visitaba la Sala de los Caídos al menos una vez al día, y le parecía que estaban mejorando. Los hoed todavía gemían, murmuraban o se quedaban con la mirada perdida, pero los más ruidosos parecían más tranquilos. Si la Sala de los Caídos era al principio un lugar de terribles gritos y ecos, ahora era un reino de suaves murmullos y desesperación.

Raoden caminó entre ellos con gravedad, ayudando a transportar a uno de los salvajes caídos. Solo quedaban cuatro. Había ordenado que enterraran al quinto, el hombre al que Saolin había decapitado. Que ellos supieran, los elantrinos morían cuando se les decapitaba por completo... o al menos sus ojos no se movían, ni sus labios trataban de hablar si la cabeza estaba completamente separada del cuerpo.

Mientras caminaba entre los hoed, Raoden escuchaba sus suaves murmullos.

—Tan hermosa, una vez fue tan hermosa…

—Vida, vida, vida, vida, vida...

—Ay, Domi, ¿dónde estás? ¿Cuándo se acabará? Ay, Domi...

Normalmente tenía que ignorar lo que decían al cabo de un rato, para no volverse loco. O peor, para que no volviera a despertar el dolor de su propio cuerpo. Ien estaba allí, flotando alrededor de las cabezas ciegas y oscilando entre los cuerpos caídos. El seon pasaba mucho tiempo en la habitación. Era extrañamente adecuado.

Dejaron la sala solemnes, silenciosos y sumidos en sus propios pensamientos. Raoden solo habló cuando advirtió el desgarro en la ropa de Saolin.

—¡Estás herido! —dijo con sorpresa.

—No es nada, mi señor —contestó Saolin, indiferente.

—Esa clase de modestia está bien ahí fuera, Saolin, pero aquí no. Tienes que aceptar mis disculpas.

—Mi señor —dijo Saolin muy serio—, ser elantrino solo me hace sentirme más orgulloso de llevar esta herida. La he recibido protegiendo a nuestra gente.

Raoden dirigió una mirada atormentada hacia la sala.

—Solo te acerca un paso más...

—No, mi señor, no lo creo. Esa gente cedió a su dolor porque no pudo encontrar ningún propósito. Su tortura carecía de significado, y cuando no puedes encontrar ninguna razón para vivir, tiendes a rendirte. Esta herida dolerá, pero cada puñalada de dolor me recordará que la gané con honor. No es mala cosa, creo.

Raoden miró con respeto al antiguo soldado. Probablemente, en el exterior habría estado cercano al retiro. En Elantris, con la shaod como igualadora, parecía igual que todos los demás. Allí no se podía deducir la edad de nadie por su aspecto, aunque sí tal vez por su erudición.

—Hablas con sabiduría, amigo mío. Acepto tu sacrificio con humildad.

La conversación fue interrumpida por el roce de pies contra el empedrado. Un momento después apareció Karata, los pies cubiertos de suciedad reciente de la zona exterior de la capilla. Kahar se pondría furioso: la mujer se había olvidado de limpiarse los pies y estaba dejando un rastro de mugre sobre las limpias piedras.

A Karata obviamente no le importaba la suciedad en ese momento. Escrutó al grupo con rapidez, asegurándose de que no faltaba nadie.

—Me he enterado del ataque de Shaor. ¿Alguna baja?

—Cinco. Todas de su bando —dijo Raoden.

—Tendría que haber estado aquí —maldijo ella. Durante los últimos días, la decidida mujer había estado supervisando el traslado de su gente a la zona de la capilla. Reconocía que un grupo central y unificado sería más efectivo, y la zona de la capilla estaba más limpia. Extrañamente, la idea de limpiar el palacio no se le había ocurrido nunca. La mayoría de los elantrinos aceptaba la mugre como parte inherente de la vida.

—Tienes cosas importantes que hacer —dijo Raoden—. No podías prever que Shaor atacaría.

A Karata no le gustó la respuesta, pero se colocó a su lado sin más quejas.

—Míralo, sule —dijo Galladon, sonriendo junto a él—. Nunca lo hubiese dicho.

Raoden alzó la cabeza y siguió la mirada del dula. Taan estaba arrodillado junto al camino, inspeccionando las tallas de una pared baja con asombro infantil. El achaparrado antiguo barón se había pasado toda la semana catalogando cada talla, escultura o bajorrelieve de la zona de la capilla. Ya había descubierto, según sus propias palabras, «al menos una docena de nuevas técnicas». Los cambios en Taan eran notables, igual que su súbita falta de interés en el liderazgo. Karata aún mantenía cierto grado de interés en dirigir el grupo, aceptaba a Raoden como la voz definitiva pero conservaba la mayor parte de su autoridad. Taan, sin embargo, no se molestaba en dar órdenes, estaba demasiado ocupado con sus estudios.

A su gente, los que habían decidido unirse a Raoden, no parecía importarle. Taan calculaba que un treinta por ciento de su «corte» se había pasado a la banda de Raoden, acercándose en pequeños grupos. Raoden esperaba que casi todos los demás hubieran escogido seguir en solitario. La idea de que el setenta por ciento de la gran banda de Taan se uniera a Shaor le preocupaba mucho. Raoden tenía a toda la gente de Karata, pero su grupo siempre había sido el más pequeño (y también el más eficiente) de los tres. El de Shaor había sido siempre el más grande, pero sus miembros carecían de cohesión y motivación para atacar a las otras bandas. Los recién llegados a los que ocasionalmente recibían los hombres de Shaor habían saciado su sed de sangre.

Ya no. Raoden no estaba dispuesto a dar cuartel a los locos, ni iba a permitirles atormentar a los inocentes recién llegados. Karata y Saolin recuperaban a todos los que llegaban a la ciudad y los llevaban a la seguridad de la banda de Raoden. Hasta el momento la reacción de los hombres de Shaor no había sido buena... y Raoden temía que no haría más que empeorar.

«Tendré que hacer algo con ellos», pensó. Ese, sin embargo, era un problema del que debería ocuparse otro día. Había estudios que necesitaba hacer por el momento.

Cuando llegaron a la capilla, Galladon volvió a la siembra. Los hombres de Saolin se dispersaron para patrullar y Karata decidió (a pesar de sus anteriores protestas) que debía regresar al palacio. Pronto solo quedaron Raoden y Saolin.

Después de la batalla y de dormir hasta tan tarde, había perdido más de la mitad de la luz del día, y Raoden atacó sus estudios con decisión. Galladon plantaba y Karata evacuaba el palacio. El deber que Raoden se había impuesto era el de descifrar cuanto fuera posible del AonDor. Cada vez estaba más convencido de que la antigua magia de los caracteres encerraba el secreto de la caída de Elantris.

Palpó a través de una de las ventanas de la capilla y sacó el grueso tomo del AonDor que había en una mesa interior. No había resultado tan valioso como esperaba, de momento. No era un manual de instrucciones, sino una serie de estudios acerca de acontecimientos extraños o interesantes relacionados con el AonDor. Por desgracia, era muy avanzado. La mayor parte del libro daba ejemplos de lo que se suponía que no debía suceder, y por eso Raoden tenía que razonar al contrario para descifrar la lógica del AonDor.

Hasta el momento había podido deducir muy poco. Quedaba claro que los aones eran solo puntos de partida, las figuras más básicas que podían dibujarse para producir un efecto. Igual que el aon curador expandido de su sueño, el AonDor avanzado consistía en dibujar un aon base en el centro y luego continuar dibujando otras figuras, a veces solo puntos y líneas, a su alrededor. Los puntos y líneas eran estipulaciones que estrechaban o ensanchaban el foco de poder. Dibujando con cuidado, por ejemplo, un sanador podía especificar qué miembro había que curar, qué había que hacerle exactamente y cómo había que limpiar una infección.

Cuanto más leía Raoden, menos veía los aones como símbolos místicos. Parecían más bien cómputos matemáticos. Aunque la mayoría de los elantrinos sabía dibujar los aones (todo lo que hacía falta era una mano firme y el conocimiento básico de cómo escribir los caracteres), los maestros del AonDor eran aquellos capaces de delinear con rapidez y precisión docenas de modificaciones más pequeñas alrededor del aon central. Por desgracia, el libro era para lectores con un conocimiento exhaustivo del AonDor y se saltaba la mayoría de los principios básicos. Las pocas ilustraciones disponibles eran tan increíblemente complejas que por lo general Raoden ni siquiera podía decir qué carácter era el aon base sin consultar el texto.

—¡Si al menos explicara lo que significa «canalizar el dor»! —exclamó Raoden, releyendo un párrafo particularmente críptico que seguía usando esa frase.

—¿Dor, sule? —preguntó Galladon, abandonando su siembra—. Parece un término duladen.

Raoden se irguió. El carácter utilizado en el libro para representar «dor» era poco corriente. En realidad no se trataba de un aon, sino simplemente de una representación fonética. Como si la palabra hubiera sido traducida de un lenguaje distinto.

—¡Galladon, tienes razón! —dijo Raoden—. No es aónico en absoluto.

—Por supuesto que no, no puede ser un aon, solo tiene una vocal.

—Esa es una forma sencilla de expresarlo, amigo mío.

—Pero es verdad. ¿Kolo?

—Sí, supongo que sí —dijo Raoden—. Eso no importa ahora... Lo que importa es «dor». ¿Sabes lo que significa?

—Bueno, si es la misma palabra, se refiere a algo en jesker.

—¿Qué tienen que ver los misterios con esto? —preguntó Raoden, suspicaz.

—¡Doloken, sule! —maldijo Galladon—. ¡Ya te he dicho que el jesker y los misterios no son lo mismo! Lo que Opelon llama «misterios jeskeri» no está más relacionado con la religión de Duladel que el shu-keseg.

—Comprendido —dijo Raoden, alzando las manos—. Ahora, háblame del dor.

—Es difícil de explicar, sule —dijo Galladon, apoyándose en una azada improvisada que había hecho con un palo y unas piedras—. Dor es el poder invisible... Está en todo, pero no puede tocarse. No afecta a nada y, sin embargo, lo controla todo. ¿Por qué fluyen los ríos?

—Porque el agua corre hacia abajo, igual que todo lo demás. El hielo se derrite en las montañas y tiene que ir a alguna parte.

—Correcto. Ahora, una pregunta diferente. ¿Qué hace que el agua *quiera* fluir?

—No era consciente de que quisiera hacerlo.

—Lo hace, y el dor es su motivación —dijo Galladon—. Jesker enseña que solo los humanos tienen la habilidad, o la maldición, de ser ajenos al dor. ¿Sabías que si apartas un pájaro de sus padres y lo crías en tu casa aprende igualmente a volar?

Raoden se encogió de hombros.

—¿Cómo aprende, sule? ¿Quién le enseña a volar?

—¿El dor? —dijo Raoden, vacilante.

—Así es.

Raoden sonrió. La explicación parecía demasiado religiosamente misteriosa para ser útil. Pero entonces pensó en su sueño, en sus recuerdos de lo que había pasado hacía tanto tiempo. Cuando la curandera elantrina había dibujado su aon, parecía como si un desgarro apareciera en el aire tras su dedo. Raoden todavía sentía el poder caótico ardiendo tras aquel desgarrón, la enorme fuerza intentando abrirse paso a través del aon para alcanzarlo. Buscaba abrumarlo, romperlo hasta que formara parte de ella. Sin embargo, el aon cuidadosamente construido por la sanadora había canalizado el poder con el fin de utilizarlo, y había curado la pierna de Raoden en vez de destruirla.

Esa fuerza, fuera lo que fuese, era real. Estaba detrás de los aones que él dibujaba, por débiles que parecieran.

—Eso debe de ser... Galladon. ¡Por eso estamos todavía vivos!

—¿Qué estás farfullando, sule? —dijo Galladon, interrumpiendo su trabajo.

—¡Por eso seguimos vivos, aunque nuestros cuerpos ya no funcionen! —dijo emocionado Raoden—. ¿No lo ves? No comemos, y, sin embargo, conseguimos la energía para seguir moviéndonos. Debe de haber alguna relación entre los elantrinos y el dor... Alimenta nuestros cuerpos, proporcionándonos la energía que necesitamos para sobrevivir.

—Entonces ¿por qué no nos da suficiente para que nuestros corazones se muevan y nuestra piel no se vuelva gris? —preguntó Galladon, sin convencerse.

—Porque apenas es suficiente —dijo Raoden—. El AonDor ya no funciona. El poder que una vez impulsaba la ciudad ha sido reducido a un tenue hilillo. Lo importante es que *no ha desaparecido por completo*. Todavía podemos dibujar aones, aunque son débiles y no hacen nada, y nuestras mentes continúan viviendo, aunque nuestros cuerpos hayan cedido. Lo que necesitamos es encontrar un modo de restaurar su pleno poder.

—Anda, ¿eso es todo? ¿Quieres decir que tenemos que arreglar lo que está roto?

—Supongo que sí. Lo importante es comprender que hay una relación entre nosotros y el dor, Galladon. No solo eso, sino que debe de haber algún tipo de relación entre esta tierra y el dor.

Galladon frunció el ceño.

—¿Por qué dices eso?

—Porque el AonDor se desarrolló en Arelon y en ningún otro sitio —dijo Raoden—. El texto dice que cuanto más se alejaba uno de Elantris, más débiles se volvían los poderes del Aon-Dor. Además, solo la gente de Arelon es alcanzada por la shaod. Puede alcanzar a teos, pero solo si llevan viviendo un tiempo en Arelon. Ah, y también alcanza a algún dula ocasionalmente.

—No me había dado cuenta.

—Hay una relación entre esta tierra, los arelenos y el dor, Galladon —dijo Raoden—. Nunca he oído que un fjordell fuera alcanzado por la shaod, no importa cuánto tiempo viva en Arelon. Los dulas son un pueblo mixto, medio jinDo, medio aónico. ¿Dónde estaba tu granja en Duladel?

Galladon frunció el ceño.

—En el norte, sule.

—La zona fronteriza con Arelon —dijo Raoden, triunfante—. Tiene algo que ver con la tierra, y con nuestra sangre aónica.

Galladon se encogió de hombros.

—Parece que tenga sentido, sule, pero no soy más que un simple granjero, ¿qué sé yo de esas cosas?

Raoden bufó, sin molestarse en responder al comentario.

—Pero ¿por qué? ¿Cuál es la conexión? Tal vez los fjordell tengan razón. Tal vez Arelon esté maldito.

—Deja de hacer hipótesis, sule —dijo Galladon, volviendo a su trabajo—. No le veo el beneficio empírico.

—De acuerdo. Bien, dejaré de teorizar en cuanto me digas dónde un *simple granjero* aprendió la palabra «empírico».

Galladon no respondió, pero a Raoden le pareció oír que el dula se reía entre dientes.

CAPÍTULO 20

A VER si te comprendo, querida princesa —dijo Ahan, alzando un grueso dedo—. ¿Quieres que ayudemos a Iadon? Debo de ser tonto... Creía que no nos gustaba ese tipo.

—No nos gusta —reconoció Sarene—. Ayudar financieramente al rey no tiene nada que ver con nuestros sentimientos personales.

—Me temo que he de estar de acuerdo con Ahan, princesa —dijo Roial, extendiendo las manos—. ¿A qué se debe este cambio tan repentino? ¿De qué servirá ayudar ahora al rey?

Sarene apretó los dientes, molesta. Entonces captó un chisporroteo en los ojos del viejo duque. Lo sabía. El duque tenía una red de espías tan extensa como la del rey. Había descubierto lo que estaba intentando hacer Hrathen. Había hecho la pregunta no para provocarla a ella, sino para darle una oportunidad de explicarse. Sarene resopló lentamente, agradecida por la acción del duque.

—Alguien está hundiendo los barcos del rey —dijo Sarene—. El sentido común confirma plenamente lo que dicen los espías de mi padre. Las flotas de Dreok Aplastagargantas no podrían estar hundiendo los barcos, la mayoría de las naves de Dreok fueron destruidas hace quince años cuando intentó apoderarse del trono de Teod, y cualquier resto ha desaparecido hace tiempo. El wyrn debe de estar detrás de los hundimientos.

—Muy bien, eso lo aceptamos —dijo Ahan.

—Fjorden está también dando apoyo financiero al duque Telrii —continuó Sarene.

—No tienes pruebas de eso, Alteza —recalcó Eondel.

—No, no las tengo —admitió Sarene, caminando entre los asientos de los hombres, el suelo suave por la nueva hierba de la primavera. Habían decidido celebrar esta reunión en los jardines de la capilla korathi de Kae, y por eso no había ninguna mesa a la que dar vueltas. Sarene había conseguido permanecer sentada durante la primera parte de la reunión, pero había acabado por levantarse. Le resultaba más fácil dirigirse a los demás cuando estaba de pie. Una costumbre nerviosa, lo sabía, pero también sabía que su altura le concedía un aire de autoridad.

—Hago, sin embargo, una lógica conjetura —continuó. Eondel respondería bien a todo lo que siguiera la palabra «lógica»—. Todos asistimos a la fiesta de Telrii hace una semana. Debe de haber gastado más dinero en ese baile de lo que la mayoría de los hombres gana en un año.

—La extravagancia no es siempre signo de riqueza —señaló Shuden—. He visto a hombres tan pobres como campesinos hacer muestras deslumbrantes para mantener una ilusión de seguridad ante el desplome. —Las palabras de Shuden sonaban a ciertas. Un hombre de aquella misma reunión, el barón Edan, estaba haciendo justo lo que acababa de describir.

Sarene frunció el ceño.

—He hecho algunas comprobaciones. Tuve un montón de tiempo libre la semana pasada, ya que ninguno de vosotros consiguió organizar esta reunión, a pesar de su urgencia. —Ninguno de los nobles quiso mirarla a los ojos después de ese comentario. Al final había conseguido que se reunieran, pero por desgracia Kiin y Lukel no pudieron asistir debido a un compromiso anterior—. Sea como sea, según los rumores los ingresos de Telrii han aumentado de forma estratosférica durante las dos últimas semanas, y sus envíos a Fjorden producen beneficios enormes sin importar lo que decida enviar, ya sean finas especias o mierda de vaca.

—Sigue en pie el hecho de que el duque no se ha pasado al shu-dereth —recalcó Eondel—. Continúa asistiendo piadosamente a sus reuniones korathi.

Sarene se cruzó de brazos dándose toquecitos con el dedo en la mejilla, pensativa.

—Si Telrii se alineara abiertamente con Fjorden, sus ganancias serían sospechosas. Hrathen es demasiado habilidoso como para ser tan transparente. Es mucho más inteligente que Fjorden permanezca al margen del duque y permita a Telrii parecer piadosamente conservador. A pesar de los recientes avances de Hrathen, sería mucho más fácil que usurpara el trono un korathi tradicional que un derethi.

—Se hará con el trono, y solo *entonces* anunciará su pacto con el wyrn —reconoció Roial.

—Por eso tenemos que asegurarnos de que Iadon empiece a ganar dinero de nuevo muy rápidamente —dijo Sarene—. La nación se está agotando... es muy posible que Telrii gane más en este nuevo periodo fiscal que Iadon, incluso con los impuestos incluidos. Dudo que el rey abdique. Sin embargo, si Telrii fuera a dar un golpe, los otros nobles podrían apoyarlo.

—¿Qué te parece eso, Edan? —preguntó Ahan con una risotada al ansioso barón—. Tal vez no seas el único que pierda su título dentro de unos cuantos meses... El viejo Iadon podría unirse a ti.

—Por favor, conde Ahan —dijo Sarene—. Es nuestro deber asegurarnos de que eso no suceda.

—¿Qué quieres que hagamos? —preguntó Edan, nervioso—. ¿Que le enviemos regalos al rey? No tengo dinero de sobra.

—Ninguno de nosotros lo tiene, Edan —respondió Ahan, las manos sobre su voluminosa barriga—. Si fuera «de sobra» no sería valioso, ¿no?

—Sabes a qué se refiere, Ahan —le reprendió Roial—. Y dudo que los regalos sean lo que la princesa tiene en mente.

—Lo cierto es que estoy abierta a sugerencias, caballeros —dijo Sarene, extendiendo las manos—. Soy política, no comerciante. Soy una aficionada confesa en asuntos de ganar dinero.

—Los regalos no servirían —dijo Shuden, las manos unidas ante su barbilla en gesto reflexivo—. El rey es un hombre orgulloso que se ha labrado la fortuna con sudor, trabajo e intrigas. Nunca aceptaría dádivas, ni siquiera para salvar su trono. Además, los mercaderes suelen recelar de los regalos.

—Podríamos acudir a él con la verdad —sugirió Sarene—. Tal vez entonces acepte nuestra ayuda.

—No nos creería —dijo Roial, sacudiendo su anciana cabeza—. El rey es un hombre muy literal, Sarene, aún más que nuestro querido lord Eondel. Los generales tienden al pensamiento abstracto para anticiparse a sus oponentes, pero Iadon... Dudo seriamente que haya tenido un solo pensamiento abstracto en toda su vida. El rey acepta las cosas tal como aparentan ser, sobre todo si son como él cree que deberían ser.

—Y por eso Sarene engañó a Su Majestad con su aparente falta de sesera —convino Shuden—. Esperaba que fuera tonta, y cuando pareció encajar con sus expectativas la descartó... aunque su actuación sea terriblemente exagerada.

Sarene decidió no responder a esa observación.

—Los piratas son algo que para Iadon tiene sentido —dijo Roial—. Tienen sentido en el mundo del transporte marítimo. En cierto modo, todo mercader se considera a sí mismo un pirata. Sin embargo, los gobiernos son otra cosa. A los ojos del rey, no tendría sentido que un gobierno hundiera barcos llenos de mercancías valiosas. El rey nunca atacaría a los mercaderes, no importa lo tensa que fuera la situación bélica. Por lo que él sabe, Arelon y Fjorden son buenos amigos. Él fue el primero en dejar que los sacerdotes derethi vinieran a Kae, y le ha dado a ese gyorn, Hrathen, toda la libertad de un noble de visita. Dudo seriamente de que lo convenzamos de que el wyrn está tratando de derrocarlo.

—Podríamos intentar involucrar a Fjorden —sugirió Eondel—. Dejar claro que los hundimientos son obra del wyrn.

—Requeriría demasiado tiempo, Eondel —dijo Ahan, sacudiendo sus papadas—. Además, a Iadon no le quedan tantos barcos, dudo que los arriesgue en las mismas aguas.

Sarene asintió.

—También sería muy difícil para nosotros establecer una conexión con el wyrn. Probablemente, estará empleando naves de guerra svordisanas para la tarea, Fjorden no tiene una marina muy grande.

—¿Era svordisano Dreok Aplastagargantas? —preguntó Eondel con el ceño fruncido.

—He oído decir que era fjordell —dijo Ahan.

—No —contestó Roial—. Creo que se suponía que era aónico, ¿no?

—Da igual —dijo Sarene, impaciente, tratando de no perder el rumbo de la reunión mientras recorría el suelo arenoso del jardín—. Lord Ahan dijo que el rey no arriesgaría sus barcos en esas aguas otra vez, pero está claro que tendrá que enviarlos a alguna parte.

Ahan asintió.

—No puede permitirse parar ahora... La primavera es una de las mejores estaciones para comprar. La gente está harta de pasarse el invierno con colores apagados y parientes más apagados todavía. En cuanto las nieves se derriten, están dispuestos a gastar un poco. Esta es la temporada en que las caras sedas de colores están en auge, y ese es uno de los mejores productos de Iadon.

»Esos hundimientos son un desastre. Iadon no solo ha perdido los barcos, sino los beneficios que habría ganado con esas sedas, por no mencionar con el resto del cargamento. Muchos mercaderes se endeudan hasta las cejas en esta época del año acumulando artículos que saben que podrán vender con el tiempo.

—Su Majestad se volvió avaricioso —dijo Shuden—. Compró más y más barcos, y los llenó con tanta seda como pudo permitirse.

—Todos somos avariciosos, Shuden —dijo Ahan—. No olvides que tu familia hizo fortuna organizando la ruta de las especias de JinDo. Ni siquiera exportasteis nada, solo construisteis las carreteras y cobráis a los mercaderes por utilizarlas.

—Déjame que vuelva a expresarlo, lord Ahan —dijo Shuden—. El rey permite que su avaricia nuble su juicio. Los desastres son algo que todo mercader tendría que tener previsto. Nunca envíes lo que no puedes permitirte perder.

—Bien dicho —reconoció Ahan.

—De todas formas, si al rey solo le quedan un par de barcos —dijo Sarene—, entonces tiene que conseguir un beneficio considerable.

—«Considerable» no es la palabra adecuada, querida —dijo Ahan—. Más bien «extraordinario». Hará falta un milagro para que Iadon se recupere de esta pequeña catástrofe, sobre todo antes de que Telrii lo humille de manera irreparable.

—¿Y si llegara a un acuerdo con Teod? —preguntó Sarene—. ¿Un acuerdo extremadamente lucrativo para la seda?

—Tal vez —dijo Ahan, encogiéndose de hombros—. Es una jugada inteligente.

—Pero imposible —dijo el duque Roial.

—¿Por qué? —quiso saber Sarene—. Teod puede permitírselo.

—Porque Iadon nunca aceptaría un contrato semejante —explicó el duque—. Es un mercader demasiado experimentado para hacer un trato demasiado fabuloso para ser realista.

—Coincido —asintió Shuden—. El rey no se opondría a ganar enormes beneficios a costa de Teod, pero solo si pensara que os está engañando.

Los otros asintieron. Aunque el jinDo era el más joven del grupo, Shuden demostraba ser tan astuto como Roial, quizá aún más. Esa capacidad, mezclada con su merecida reputación de honestidad, le valía un respeto que iba más allá de su edad. Era un hombre poderoso que podía mezclar integridad con sabiduría.

—Tendremos que reflexionar un poco más sobre esto —dijo

Roial—. Pero no demasiado. Debemos resolver el problema para el día de los impuestos, o de lo contrario tendremos que tratar con Telrii en vez de con Iadon. Por malo que sea mi viejo amigo, sé que tendríamos menos suerte con Telrii, sobre todo si Fjorden lo respalda.

—¿Está todo el mundo haciendo lo que pedí con sus plantaciones? —dijo Sarene mientras los nobles se preparaban para marcharse.

—No ha sido fácil —admitió Ahan—. Mis supervisores y nobles menores se opusieron todos a la idea.

—Pero lo hicisteis.

—Yo sí —dijo Ahan.

—Y yo también —dijo Roial.

—No tuve más remedio —murmuró Edan. Shuden y Eondel asintieron en silencio.

—Empezamos a sembrar la semana pasada —dijo Edan—. ¿Cuánto tiempo pasará antes de que veamos los resultados?

—Esperemos, por vuestro bien, que no mucho más de dos meses, mi señor —dijo Sarene.

—Eso suele ser suficiente para obtener una estimación de qué tan buena va a ser la cosecha —dijo Shuden.

—Sigo sin ver en qué afecta que la gente crea que es libre o no —comentó Ahan—. Se siembra la misma semilla y debería obtenerse la misma cosecha.

—Te sorprenderás, mi señor —prometió Sarene.

—¿Podemos irnos ya? —preguntó Edan. Todavía le molestaba la idea de que Sarene dirigiera esas reuniones.

—Una pregunta más, mis señores. He estado pensando en mi prueba de viudedad, y me gustaría escuchar lo que pensáis.

Los hombres se agitaron incómodos y se miraron.

—Oh, venga —dijo Sarene, frunciendo el ceño, insatisfecha—, que ya sois mayorcitos. Superad vuestro miedo infantil a Elantris.

—Es un tema muy delicado en Arelon, Sarene —dijo Shuden.

—Bueno, parece que a Hrathen no le preocupa. Todos sabéis lo que ha empezado a hacer.

—Está trazando un paralelismo entre el shu-korath y Elantris —asintió Roial—. Está intentando volver al pueblo contra los sacerdotes korathi.

—Y va a tener éxito si no lo detenemos —dijo Sarene—, lo cual requiere que superéis vuestros remilgos y dejéis de pretender que Elantris no existe. La ciudad es parte importante de los planes del gyorn.

Los hombres se miraron significativamente. Pensaban que ella prestaba demasiada atención al gyorn. Veían el modo de gobierno de Iadon como un problema importante, pero la religión no les parecía una amenaza tangible. No comprendían que en Fjorden, al menos, la religión y la guerra eran casi lo mismo.

—Vais a tener que confiar en mí, mis señores —dijo Sarene—. Los planes de Hrathen son ambiciosos. Decís que el rey ve las cosas de manera concreta... bueno, este Hrathen es todo lo contrario. Lo ve todo por su potencial, y su objetivo es convertir Arelon en otro protectorado fjordell. Si va a usar a Elantris contra nosotros, debemos responder.

—Que ese sacerdote korathi bajito se ponga de acuerdo con él —sugirió Ahan—. Ponedlos en el mismo bando, para que nadie pueda usar la ciudad contra nadie.

—Omin no hará eso, mi señor —dijo Sarene, negando con la cabeza—. No tiene nada en contra de los elantrinos y no consentiría etiquetarlos como diablos.

—¿No podría...? —dijo Ahan.

—Domi Misericordioso, Ahan —dijo Roial—. ¿No acudís nunca a sus sermones? Ese hombre nunca haría eso.

—Asisto —dijo Ahan, indignado—. Solo que pensaba que tal vez estuviera dispuesto a servir a su reino. Podríamos recompensarlo.

—No, mi señor —insistió Sarene—. Omin es un hombre de fe... y bueno y sincero, además. Para él la verdad no es tema de debate... ni está en venta. Me temo que no nos queda alternativa. Tenemos que alinearnos con Elantris.

Varios rostros, incluyendo los de Eondel y Edan, palidecieron al oír sus palabras.

—No será fácil llevar eso a cabo, Sarene —le advirtió Roial—. Tal vez nos consideres infantiles, pero estos cuatro hombres se cuentan entre los más inteligentes y receptivos de Arelon. Si te parece que Elantris los pone nerviosos, verás que el resto de Arelon lo está aún más.

—Tenemos que cambiar ese sentimiento, mi señor. Y mi prueba de viudedad es nuestra oportunidad. Voy a llevar comida a los elantrinos.

Esta vez consiguió suscitar una reacción incluso en Shuden y Roial.

—¿Te he oído bien, querida? —preguntó Ahan con voz temblorosa—. ¿Vas a entrar en Elantris?

—Sí.

—Necesito beber algo —dijo Ahan, destapando su petaca.

—El rey no lo permitirá nunca —dijo Edan—. Ni siquiera permite la entrada a los guardias de Elantris.

—Tiene razón —reconoció Shuden—. Nunca atravesarás esas puertas, alteza.

—Dejadme hablar con el rey —dijo Sarene.

—Tu subterfugio no funcionará esta vez, Sarene —le advirtió Roial—. Ninguna estupidez, por grande que sea, convencerá al rey de que te deje entrar en la ciudad.

—Ya se me ocurrirá algo —dijo Sarene, tratando de parecer más segura de lo que estaba—. No es cosa tuya, mi señor. Solo quiero vuestra palabra de que me ayudaréis.

—¿Ayudarte? —preguntó Ahan, vacilante.

—Ayudadme a distribuir comida en Elantris.

Los ojos de Ahan estuvieron a punto de salírsele de las órbitas.

—¿Ayudarte? —repitió—. ¿Allí dentro?

—Mi objetivo es desmitificar la ciudad —dijo Sarene—. Para

conseguirlo, necesitaré convencer a la nobleza de que entre y vea por sí misma que no hay nada aterrador en los elantrinos.

—Lamento poner tantas pegas —empezó a decir Eondel—, pero, lady Sarene, ¿y si lo hay?¿Y si todo lo que dicen sobre Elantris es verdad?

Sarene reflexionó en silencio antes de responder.

—No creo que sean peligrosos, lord Eondel. He observado la ciudad y sus habitantes. No hay nada aterrador en Elantris. Bueno, nada aparte de la forma en que se trata a su gente. No me creo las historias de monstruos o caníbales elantrinos. Solo veo a un grupo de hombres y mujeres que han sido maltratados y mal juzgados.

Eondel no parecía convencido, ni tampoco los otros.

—Mirad, yo entraré primero y lo comprobaré —dijo Sarene—. Quiero que os unáis a mí al cabo de unos días.

—¿Por qué nosotros? —dijo Edan con un gruñido.

—Porque necesito empezar por alguna parte —explicó Sarene—. Si los lores acudís valientemente a la ciudad, entonces los demás se sentirán como unos tontos si se niegan. Los aristócratas tienen mentalidad grupal. Si puedo ganar impulso, entonces probablemente conseguiré que la mayoría me acompañe al menos una vez. Así verán que no hay nada horrible en Elantris, que sus habitantes no son más que pobres despojos que quieren comer. Podemos derrotar a Hrathen con la sencilla verdad. Es difícil demonizar a un hombre después de haber visto lágrimas en sus ojos cuando te da las gracias por alimentarlo.

—Todo esto no tiene sentido, de todas formas —dijo Edan. Se retorcía las manos al pensar en Elantris—. El rey nunca lo permitirá.

—¿Y si lo hace? —preguntó Sarene rápidamente—. ¿Irás entonces, Edan?

El barón parpadeó sorprendido, advirtiendo que había caído en la trampa. Ella esperó que contestara pero, testarudamente, él se negó a responder la pregunta.

—Yo lo haré —declaró Shuden.

Sarene sonrió al jinDo. Por segunda vez era el primero en ofrecerle su apoyo.

—Si Shuden va a hacerlo, entonces dudo que el resto tenga la humildad de decir que no —dijo Roial—. Consigue ese permiso, Sarene, y luego seguiremos discutiéndolo.

—TAL VEZ HE sido demasiado optimista —admitió Sarene, de pie ante las puertas del estudio de Iadon. Una pareja de guardias, a poca distancia, la observaba con recelo.

—¿Sabes lo que vas a hacer, mi señora? —preguntó Ashe. El seon se había pasado la reunión flotando fuera de la capilla, donde podía oír lo que se decía y asegurarse de que nadie más lo hacía.

Sarene sacudió la cabeza. Se había mostrado confiada cuando se enfrentó a Ahan y los otros, pero ahora se daba cuenta de lo equivocado que era aquel sentimiento. No tenía ni idea de cómo conseguir que Iadon le permitiera entrar en Elantris... mucho menos de cómo lograr que aceptara su ayuda.

—¿Hablaste con mi padre? —preguntó.

—Lo hice, mi señora —respondió Ashe—. Dijo que te daría toda la ayuda financiera que necesitases.

—Muy bien. Vamos.

Sarene tomó aliento y se dirigió a los soldados.

—Quiero hablar con mi padre —anunció. Los guardias se miraron.

—Humm, nos han dicho que no...

—Eso no se aplica a la familia, soldado —insistió Sarene—. Si la reina viniera a hablar con su esposo, ¿la rechazaríais?

Los guardias fruncieron el ceño, confundidos. Eshen probablemente no iba a visitar a Iadon. Sarene había advertido que la parlanchina reina tendía a mantener las distancias con Iadon. Ni siquiera a las mujeres tontas les gusta que las tachen de tales en su cara.

—Abre la puerta, soldado —dijo Sarene—. Si el rey no quiere hablar conmigo, me echará, y la próxima vez sabrás que no tienes que dejarme entrar.

Los guardias vacilaron y Sarene, simplemente, pasó entre ellos y abrió la puerta ella misma. Los guardias, obviamente desacostumbrados a mujeres decididas, sobre todo en la familia real, la dejaron pasar.

Iadon dejó lo que estaba leyendo, con un par de gafas que ella no le había visto antes en equilibrio en la punta de la nariz. Se las quitó rápidamente y se levantó, dando un golpe con las manos sobre la mesa para expresar su malestar y desordenando varias montañas de facturas en el proceso.

—¿No estás contenta con molestarme en público y ahora tienes que seguirme también a mi estudio? Si hubiera sabido lo tonta y larguirucha que eres, nunca habría firmado ese tratado. ¡Márchate, mujer, y déjame trabajar!

—Voy a decirte una cosa, padre —dijo Sarene con franqueza—. Fingiré ser un ser humano inteligente capaz de entablar una conversación semilúcida, y tú fingirás lo mismo.

Iadon abrió unos ojos como platos al escuchar el comentario y se puso muy rojo.

—¡Rag Domi! —despotricó Iadon, usando una maldición tan vil que Sarene solo la había escuchado dos veces—. Me has engañado, mujer. Podría ordenar que te decapitaran por hacerme quedar como un idiota.

—Empieza a decapitar a tus hijos, padre, y el pueblo empezará a hacer preguntas. —Sarene observó su reacción atentamente, esperando sonsacarle algo sobre la desaparición de Raoden, pero quedó decepcionada. Iadon descartó el comentario prestándole solo atención de pasada.

—Debería enviarte de vuelta con Eventeo ahora mismo —dijo.

—Bien, me encantará marcharme —mintió ella—. Sin embargo, date cuenta de que si me marcho, perderás tu acuerdo de comercio con Teod. Eso podría ser un problema considerando la suerte que has tenido comerciando con tus sedas en Fjorden últimamente.

Iadon apretó la mandíbula.

—Cuidado, mi señora —susurró Ashe—. No lo irrites demasiado. Los hombres suelen colocar el orgullo por delante de la razón.

Sarene asintió.

—Puedo ofrecerte una salida, padre. He venido a proponerte un trato.

—¿Qué motivo tengo para aceptar ninguna oferta tuya, mujer? —replicó él—. Llevas aquí tres semanas y ahora descubro que me has estado engañando todo el tiempo.

—Confiarás en mí, padre, porque has perdido el setenta y cinco por ciento de tu flota a manos de los piratas. Dentro de unos meses podrías perder tu trono a menos que me escuches.

Iadon traicionó su sorpresa.

—¿Cómo sabes esas cosas?

—Lo sabe todo el mundo, padre —dijo Sarene ligeramente—. Se comenta en la corte... Esperan que caigas en el próximo periodo fiscal.

—¡Lo sabía! —dijo Iadon, abriendo ampliamente los ojos. Empezó a sudar y a maldecir a los cortesanos, acusándolos de querer expulsarlo del trono.

Sarene parpadeó sorprendida. Había hecho el comentario a la ligera para desequilibrar a Iadon, pero no esperaba una reacción tan fuerte. «¡Está paranoico! ¿Cómo nadie se ha dado cuenta?». Sin embargo, la rapidez con la que Iadon recuperó el control le dio la respuesta: era un paranoico, pero lo ocultaba bien. La forma en que ella sacudía sus emociones debía de haberle pillado desprevenido.

—¿Propones un trato? —exigió el rey.

—Sí. La seda tiene mucha demanda en Teod en esta época, padre. Podrías obtener unos buenos beneficios vendiéndosela al rey. Y, considerando ciertas relaciones familiares, podrías convencer a Eventeo para que te concediera el monopolio de los derechos mercantiles en su país.

Iadon comenzó a sospechar, pero su ira se enfrió cuando advirtió las posibilidades de hacer un trato. Sin embargo, el mercader que había en él inmediatamente empezó a buscar inconvenientes. Sarene apretó los dientes, frustrada. Era tal como los otros le habían dicho. Iadon nunca aceptaría su oferta, apestaba demasiado a engaño.

—Una propuesta interesante —admitió él—. Pero me temo que...

—Yo, naturalmente, pido algo a cambio —lo interrumpió Sarene, pensando con rapidez—. Considéralo una tarifa por establecer el trato entre Eventeo y tú.

Iadon sopesó en silencio esas palabras.

—¿De qué clase de tarifa estamos hablando? —preguntó, con cautela. Un intercambio no era lo mismo que un regalo, podía pesarse, medirse y, hasta cierto grado, se podía confiar en él.

—Quiero entrar en Elantris —declaró Sarene.

—¿*Qué?*

—Tengo que realizar una prueba de viudedad —dijo Sarene—. Así pues, voy a llevar comida a los elantrinos.

—¿Qué posible motivación podrías tener para hacer eso, mujer?

—Motivos religiosos, padre —dijo Sarene—. El shu-korath nos enseña a ayudar a los más humildes, y te desafío a encontrar a alguien más bajo que los elantrinos.

—Está fuera de discusión. Entrar en Elantris está prohibido por ley.

—Una ley que tú impusiste, padre —señaló Sarene—. Y, por tanto, puedes hacer excepciones. Piensa con cuidado, tu fortuna, y tu trono, podrían depender de tu respuesta.

Iadon hizo rechinar los dientes con fuerza mientras consideraba el trato.

—¿Quieres entrar en Elantris con comida? ¿Durante cuánto tiempo?

—Hasta que quede convencida de haber cumplido mi deber como esposa del príncipe Raoden.

—¿Irías sola?

—Llevaría a quien estuviera dispuesto a acompañarme.

Iadon resopló.

—Tendrás problemas para encontrar a alguien que cumpla ese requerimiento.

—Es problema mío, no tuyo.

—Primero ese demonio fjordell empieza a soliviantar a mi pueblo y ahora tú quieres hacer lo mismo —murmuró el rey.

—No, padre —lo corrigió Sarene—. Quiero todo lo contrario. El caos solo beneficiaría al wyrn. Cree lo que quieras, pero mi única preocupación es ver un Arelon estable.

Iadon continuó pensando un instante.

—No más de diez cada vez, aparte de los guardias —dijo por fin—. No quiero peregrinaciones en masa a Elantris. Entrarás una hora antes de mediodía y saldrás una hora después de mediodía. Sin excepciones.

—Hecho —accedió Sarene—. Puedes usar mi seon para llamar al rey Eventeo y ultimar los detalles del acuerdo.

—HE DE ADMITIR, mi señora, que has sido muy astuta —dijo Ashe flotando junto a ella en el pasillo, camino de su habitación.

Sarene se había quedado mientras Iadon hablaba con Eventeo, mediando entre los dos mientras formalizaban el trato. La voz de su padre decía en buena medida: «Espero que sepas lo que estás haciendo, Ene». Eventeo era un rey bueno y amable, pero un comerciante espantoso. Tenía un equipo de contables para que se encargaran de las finanzas reales. En cuanto Iadon advirtió la falta de experiencia de su padre, golpeó con el entusiasmo de un depredador, y solo la presencia de Sarene había impedido que Iadon sonsacara a Teod todos sus datos fiscales en un arrebato de fervor comercial. De esa forma, Iadon había conseguido convencerlos para que compraran su seda al cuádruple de su precio. El rey sonreía tan feliz cuando Sarene se marchó que casi parecía haber olvidado su farsa.

—¿Astuta? —preguntó inocentemente Sarene en respuesta al comentario de Ashe—. ¿Yo?

El seon gravitó, riendo en voz baja.

—¿Hay alguien a quien no puedas manipular, mi señora?

—A mi padre. Ya sabes que me vence tres de cada cinco veces.

—Él dice lo mismo de ti, mi señora —aclaró Ashe.

Sarene sonrió y abrió la puerta de su habitación, dispuesta a acostarse.

—En realidad no he sido tan lista, Ashe. Tendríamos que habernos dado cuenta de que nuestros problemas eran en realidad la solución el uno del otro, uno una oferta sin pegas, el otro una petición sin subterfugios.

Ashe hizo sonidos de descontento mientras flotaba por la habitación, como si chasqueara la lengua por el desorden.

—¿Qué? —preguntó Sarene, soltando el lazo negro que llevaba atado en el brazo, el único signo restante de su duelo.

—Han vuelto a olvidar limpiar la habitación, mi señora —explicó Ashe.

—Bueno, no puede decirse que la dejara sucia de base —dijo Sarene, encogiéndose de hombros.

—No, su alteza es una mujer muy ordenada —reconoció Ashe—. Sin embargo, las doncellas de palacio se han relajado en sus deberes. Una princesa merece la estima adecuada. Si les permites ser negligentes en su trabajo, no pasará mucho tiempo antes de que dejen de respetarte.

—Creo que estás exagerando, Ashe —dijo Sarene sacudiendo la cabeza. Se quitó el vestido y se dispuso a acostarse—. Se supone que la recelosa soy yo, ¿recuerdas?

—Es un asunto de sirvientes, no de lores, mi señora —dijo Ashe—. Eres una mujer brillante y una buena política, pero tienes una debilidad común en los de tu clase: ignoras las opiniones de los criados.

—¡Ashe! —objetó Sarene—. Siempre he tratado a los sirvientes de mi padre con respeto y amabilidad.

—Tal vez debería expresarlo de otra forma, mi señora. Sí, no tienes prejuicios. Sin embargo, no prestas atención a lo que los criados piensan de ti... no del mismo modo en que eres consciente de lo que piensa la aristocracia.

Sarene se pasó el camisón por encima de la cabeza, negándose a mostrar siquiera una chispa de petulancia.

—Siempre he intentado ser justa.

—Sí, mi señora, pero eres hija de la nobleza, has sido educada para ignorar a aquellos que trabajan a tu alrededor. Solo te sugiero que recuerdes que si las doncellas te tratan sin respeto, eso podría ser tan nocivo como si lo hacen los señores.

—Muy bien —suspiró Sarene—. Comprendido. Llama a Meala. Le preguntaré si sabe qué ha sucedido.

—Sí, mi señora.

Ashe se dirigió flotando hacia la ventana. Sin embargo, antes de que se marchara, Sarene le hizo un último comentario.

—¿Ashe? El pueblo amaba a Raoden, ¿verdad?

—Mucho, mi señora. Era conocido por prestar una atención muy personal a sus opiniones y necesidades.

—Era mejor príncipe que yo princesa, ¿no? —preguntó ella, con voz débil.

—Yo no diría eso, mi señora —respondió Ashe—. Eres una mujer muy amable, y siempre tratas bien a tus doncellas. No te compares con Raoden. Es importante recordar que no te preparabas para dirigir un país, y tu popularidad nunca fue un asunto importante. El príncipe Raoden era el heredero del trono y resultaba vital que comprendiera los sentimientos de sus súbditos.

—Dicen que le daba esperanza al pueblo —musitó Sarene—. Que los campesinos soportaban las escandalosas cargas de Iadon porque sabían que tarde o temprano Raoden llegaría al trono. El país se habría venido abajo hace años si el príncipe no se hubiera unido a él, animándolo y confortando su espíritu.

—Y ahora ha muerto —dijo Ashe en voz baja.

—Sí, ha muerto —reconoció Sarene, con desapego—. Tenemos que darnos prisa, Ashe. Sigo pensando que no estoy haciendo ningún bien, que el país se encamina al desastre no importa lo que haga. Me parece estar al pie de una colina observando un enorme peñasco caer hacia mí, lanzando piedrecitas para desviarlo.

—Sé fuerte, mi señora —dijo Ashe con voz grave y seria—. Tu dios no se quedará sentado viendo cómo Arelon y Teod se desmoronan bajo el talón del wyrn.

—Espero que el príncipe esté mirando también —dijo Sarene—. ¿Estaría orgulloso de mí, Ashe?

—Muy orgulloso, mi señora.

—Solo quiero que me acepten — dijo, dándose cuenta de lo tonta que debía de parecer. Se había pasado casi tres décadas amando a un país sin sentir que ese amor fuera correspondido. Teod la había respetado, pero estaba cansada de respeto. Quería algo diferente de Arelon.

—Lo harán, Sarene —prometió Ashe—. Dales tiempo. Lo harán.

—Gracias, Ashe —respondió Sarene con un suave suspiro—. Gracias por soportar los lamentos de una niña tonta.

—Podemos ser fuertes ante los reyes y los sacerdotes, mi señora, pero vivir es tener preocupaciones e inseguridades. Si te las guardas te destruirán con certeza, te harán una persona tan encallecida que las emociones no echarán raíces en tu corazón.

Dicho esto, el seon salió por la ventana en busca de la criada Meala.

PARA CUANDO LLEGÓ Meala, Sarene se había recuperado. No había habido lágrimas, solo un tiempo de reflexión. A veces la situación la desbordaba y su inseguridad, simplemente, tenía que salir por alguna parte. Ashe y su padre habían estado siempre cerca para sostenerla en esos momentos.

—Ay, cielos —dijo Meala, observando el estado de la habitación. Era delgada y bastante joven, decididamente no lo que Sarene esperaba cuando se mudó al palacio. Meala parecía más una de las contables de su padre que una jefa de doncellas.

—Lo siento, mi señora —se disculpó Meala, ofreciendo a Sarene una débil sonrisa—. Ni siquiera me he acordado. Hemos perdido a otra chica esta tarde, y no se me ha ocurrido que tu habitación estaba en su lista de deberes.

—¿«Perdido», Meala? —preguntó Sarene con preocupación.

—Se ha escapado, mi señora —explicó Meala—. Se supone que no pueden marcharse, estamos contratadas como el resto de los campesinos. Por algún motivo, sin embargo, tenemos problemas para conservar a las doncellas en el palacio. Domi sabe por qué. Ningún criado en todo el país es tratado mejor que aquí.

—¿A cuántas habéis perdido? —preguntó Sarene con curiosidad.

—Es la cuarta este año. Enviaré a alguien inmediatamente.

—No, no te molestes esta noche. Pero asegúrate de que no vuelva a suceder.

—Por supuesto, mi señora —dijo Meala con una reverencia.

—Gracias.

—¡AHÍ ESTÁ OTRA vez! —exclamó Sarene con emoción, levantándose de un salto de la cama.

Ashe se iluminó inmediatamente, flotando inseguro junto a la pared.

—¿Mi señora?

—Calla —ordenó Sarene, colocando la oreja contra la pared de piedra bajo su ventana y escuchando el sonido de roce—. ¿Qué te parece?

—Creo que lo que fuera que hayas tomado para cenar no te ha sentado bien —respondió Ashe, cortante.

—Ha habido un ruido ahí fuera, clarísimo —dijo Sarene, ignorando la pulla. Aunque Ashe siempre estaba despierto por las mañanas cuando ella se levantaba, no le gustaba que lo molestaran después de haberse dormido.

Ella tendió la mano hacia la mesita de noche y tomó un trozo de pergamino. Hizo una marca empleando un trocito de carbón, pues no quería molestarse a hacerlo con tinta y pluma.

—Mira —declaró, alzando el papel para que Ashe lo viera—. El patrón ha comenzado a repetirse

Ashe se acercó flotando y miró el papel, su brillante aon era la única iluminación de la habitación aparte de la luz de las estrellas.

—Lo has oído dos veces en maeDal y una en opeDal, tres veces en total —replicó, escéptico—. Dista mucho de ser la evidencia de un patrón que se repite, mi señora.

—Ya veo, te crees que me imagino las cosas —dijo Sarene, dejando el pergamino sobre la mesa—. Creía que los seones teníais un excelente sentido del oído.

—No cuando estamos durmiendo, mi señora —dijo Ashe, dando a entender que eso era exactamente lo que tendría que haber estado haciendo en ese momento.

—Debe de haber un pasadizo aquí —dijo Sarene, golpeando sin resultado la pared de piedra.

—Si tú lo dices, mi señora.

—Sí —dijo ella, levantándose y estudiando la ventana—. Mira lo gruesa que es la piedra alrededor de esta ventana, Ashe.

Se apoyó contra la pared y sacó el brazo por la ventana. Las yemas de sus dedos apenas llegaban al exterior del alféizar.

—¿De verdad que esta pared tiene que ser tan ancha?

—Ofrece mucha protección, mi señora.

—También ofrece espacio para un pasadizo.

—Un pasadizo muy estrecho.

—Cierto —dijo Sarene, arrodillándose para ver el borde inferior de la ventana en horizontal—. Debe de ascender. El pasadizo se construyó para ir subiendo, pasando entre el pie de las ventanas en este nivel y la primera planta.

Visualizó el palacio desde fuera. La habitación contigua a la suya tenía una ventana más pequeña, más alta en la pared.

—Pero lo único que hay hacia allí es...

—Los aposentos del rey —terminó de decir Sarene—. ¿Adónde si no conduciría un pasadizo?

—¿Estás sugiriendo que el rey hace excursiones secretas dos veces por semana en plena noche, mi señora?

—Exactamente a las once —dijo Sarene, mirando el gran reloj de pared en una esquina de la habitación—. Siempre a la misma hora.

—¿Qué motivo podría tener para hacer una cosa así?

—No lo sé —dijo Sarene, dándose toquecitos en la mejilla pensativa.

—Ay, cielos —murmuró Ashe—. Mi señora está ideando algo, ¿verdad?

—Siempre —dijo Sarene dulcemente, volviendo a la cama—. Apaga tu luz, que la gente quiere dormir.

Capítulo 21

HRATHEN estaba sentado en su silla con una túnica roja derethi en lugar de armadura, como hacía a menudo cuando se encontraba en sus aposentos.

Llamaron a la puerta, como esperaba.

—Adelante —dijo.

El arteth Thered entró. Hombre de buena raza fjordell, Thered era alto y fuerte, de pelo oscuro y rasgos cuadrados. Todavía conservaba la musculatura desarrollada en sus días en el monasterio.

—Excelencia —dijo el hombre, inclinándose y cayendo de rodillas en adecuado signo de respeto.

—Arteth —dijo Hrathen, cruzando los dedos—. Durante mi estancia aquí he estado observando a los sacerdotes locales. Me he sentido impresionado por tu servicio al reino de Jaddeth, y he decidido ofrecerte el puesto de arteth jefe de esta capilla.

Thered alzó la cabeza, sorprendido.

—¿Excelencia?

—Suponía que tendría que esperar para nombrar un nuevo arteth a que llegara una nueva hornada de sacerdotes de Fjorden —dijo Hrathen—. Pero, como decía, me has impresionado. He decidido ofrecerte ese puesto.

«Y, por supuesto —añadió mentalmente—, no tengo tiempo para esperar. Necesito a alguien que administre de inmediato la capilla para poder centrarme en otras tareas».

—Mi señor... —dijo el arteth, obviamente abrumado—. No puedo aceptar este puesto.

Hrathen se quedó de piedra.

—¿*Qué?*

Ningún sacerdote derethi hubiese rechazado un cargo de tal poder.

—Lo siento, mi señor —repitió el hombre, agachando la cabeza.

—¿Qué motivo tienes para esta decisión, arteth? —exigió saber Hrathen.

—No puedo daros ninguno, excelencia. Es que... no estaría bien que yo aceptara ese puesto. ¿Puedo retirarme?

Hrathen agitó la mano, turbado. La ambición era un atributo fjordell esencial, ¿cómo había perdido su orgullo tan rápidamente un hombre como Thered? ¿Tanto había debilitado Fjon a los sacerdotes de Kae?

¿O... había algo más en la negativa de ese hombre? Una acuciante voz interior le susurró a Hrathen que el desterrado Fjon no tenía la culpa. Dilaf... Dilaf tenía algo que ver con la respuesta de Thered.

La idea probablemente era paranoica, pero acicateó a Hrathen para ocuparse de su siguiente asunto del día. Había que tratar con Dilaf. A pesar de su metedura de pata con el elantrino, el arteth cada vez tenía más influencia sobre los otros sacerdotes. Hrathen rebuscó en un cajón de la mesa y sacó un pequeño sobre. Había cometido un error con Dilaf. Aunque fuera posible canalizar el ardor del fanático, Hrathen no tenía tiempo ni energía para hacerlo. El futuro de todo un reino dependía de su capacidad de concentración, y no había advertido cuánta atención requería Dilaf.

Era algo que no debía continuar. El mundo de Hrathen era controlado y predecible, su religión un ejercicio lógico. Dilaf era como una olla de agua hirviente vertida sobre el hielo de Hrathen. Al final, ambos acabarían debilitados y consumidos, como vaharadas de vapor al viento. Y cuando desaparecieran, Arelon moriría.

Hrathen se puso la armadura, salió de la habitación y entró en la capilla. Varios suplicantes estaban arrodillados rezando en silencio, mientras los sacerdotes iban y venían ocupados. Los techos abovedados de la capilla y su inspirada arquitectura eran familiares. Allí era donde tendría que haberse sentido más cómodo. Sin embargo, demasiado a menudo, Hrathen huía a las murallas de Elantris. Aunque se decía que solo iba allí porque su altura le proporcionaba un punto de observación sobre Kae, sabía que había otro motivo. Iba, en parte porque sabía que Elantris era un sitio donde Dilaf nunca iría voluntariamente.

La cámara de Dilaf era una pequeña alcoba muy parecida a la que el propio Hrathen había ocupado cuando era arteth, muchos años antes. Dilaf alzó la cabeza cuando Hrathen empujó la sencilla puerta de madera de la habitación.

—¿Mi hroden? —dijo el arteth, poniéndose en pie, sorprendido. Hrathen rara vez visitaba sus aposentos.

—Tengo una tarea importante para ti, arteth —dijo Hrathen—. Una tarea que no puedo confiar a nadie más.

—Por supuesto, mi hroden —dijo Dilaf, obediente, inclinando la cabeza. Sin embargo, entornó los ojos, receloso—. Sirvo con devoción, sabiendo que soy parte de la cadena que enlaza con nuestro señor Jaddeth.

—Sí —dijo Hrathen, ignorándolo—. Arteth, necesito que entregues una carta.

—¿Una carta? —Dilaf alzó la cabeza, confundido.

—Sí. Es vital que el wyrn conozca nuestros progresos aquí. Le he escrito un informe, pero los asuntos de los que trata son muy delicados. Si se perdiera, podría causar un daño irreparable. Te he elegido a ti, mi odiv, para que lo entregues en persona.

—¡Eso requerirá semanas, mi hroden!

—Lo sé. Tendré que apañármelas sin tus servicios un tiempo, pero me consolará saber que realizas una misión vital.

Dilaf bajó la mirada y dejó reposar las manos sobre la mesa.

—Iré como ordena mi hroden.

Hrathen frunció el ceño. Era imposible que Dilaf escapara:

la unión entre un hroden y su odiv era un vínculo irrevocable. Cuando el amo daba una orden, el vasallo la obedecía. A pesar de ello, Hrathen había esperado más por parte de Dilaf, una estratagema de algún tipo, algún intento de escabullirse de la misión.

Dilaf aceptó la carta con aparente sometimiento. «Tal vez esto era lo que ha querido todo el tiempo —pensó Hrathen—. Un medio para llegar a Fjorden». Por su posición como odiv de un gyorn, en el este tendría poder y sería respetado. Tal vez el único propósito de Dilaf para enfrentarse a Hrathen había sido salir de Arelon.

Hrathen se dio media vuelta y regresó al vacío salón de sermones de la capilla. El episodio había sido más indoloro de lo que esperaba. Contuvo un suspiro de alivio y caminó con un poco más de confianza de regreso a sus aposentos.

Una voz sonó a sus espaldas. La voz de Dilaf. Hablaba bajo aunque con suficiente fuerza para ser oído.

—Enviad mensajeros —ordenó el arteth a uno de los dorvens—. Partimos hacia Fjorden por la mañana.

Hrathen estuvo a punto de seguir caminando. Poco le importaba lo que Dilaf estuviera planeando o lo que hiciera, siempre y cuando se marchara. Sin embargo, Hrathen había pasado demasiado tiempo en puestos de mando, demasiado tiempo dedicado a la política para pasar por alto una declaración así. Sobre todo de Dilaf.

Se dio media vuelta.

—¿Partimos? Te lo he ordenado solo a ti, arteth.

—Sí, mi señor —dijo Dilaf—. Sin embargo, no esperaréis que deje a mis odivs.

—¿Odivs? —preguntó Hrathen. Como miembro oficial del sacerdocio derethi, Dilaf podía hacer jurar a odivs igual que había hecho Hrathen, continuando la cadena que unía a todos los hombres con Jaddeth. Hrathen ni siquiera había considerado que el hombre pudiera tener odivs propios. ¿De dónde había sacado tiempo?

—¿A quiénes, Dilaf? —preguntó Hrathen bruscamente—. ¿A quiénes nombraste tus odivs?

—A varias personas, mi hroden —respondió Dilaf evasivo.

—Nombres, arteth.

Y empezó a nombrarlos. La mayoría de los sacerdotes nombraba a uno o dos odivs, y varios de los gyorns tenían hasta diez. Dilaf tenía más de treinta. Hrathen se quedó anonadado mientras escuchaba. Sin habla y furioso. Dilaf había nombrado odivs a todos los seguidores más útiles de Hrathen... incluyendo a Waren y muchos otros aristócratas.

Dilaf terminó su lista, volviendo una mirada traiceramente humilde hacia el suelo.

—Una lista interesante —dijo lentamente Hrathen—. ¿Y quién pretendías que te acompañara, arteth?

—Bueno, todos, mi señor —contestó Dilaf, inocente—. Si esta carta es tan importante como mi señor da a entender, entonces debo darle la protección adecuada.

Hrathen cerró los ojos. Si Dilaf se llevaba a toda la gente que había mencionado, entonces dejaría a Hrathen sin seguidores... suponiendo, claro, que lo acompañaran. La llamada de un odiv tenía mucho peso. Casi todos los creyentes derethi normales, incluso muchos sacerdotes, juraban el cargo menos restrictivo de krondet. Un krondet escuchaba el consejo de su hroden, pero no estaba moralmente atado a hacer lo que le decía.

Dilaf tenía poder para hacer que sus odivs lo acompañaran a Fjorden. Hrathen no tenía control sobre lo que hacía el arteth con sus seguidores jurados, hubiese sido una grave falta de protocolo ordenarle a Dilaf que los dejara allí. Sin embargo, si Dilaf intentaba llevárselos, sería un verdadero desastre. Esos hombres eran nuevos en el shu-dereth: no sabían cuánto poder le habían dado a Dilaf. Si el arteth intentaba arrastrarlos a Fjorden, era improbable que lo siguieran.

Y si eso sucedía, Hrathen se vería obligado a excomulgarlos a todos. El shu-dereth quedaría arruinado en Arelon.

Dilaf continuó sus preparativos como si no hubiera advertido la batalla interna de Hrathen. No era un gran conflicto. Hrathen sabía lo que tenía que hacer. Dilaf era inestable. Era posible que estuviera tirándose un farol, pero también era probable que destruyera los esfuerzos de Hrathen por venganza.

Hrathen apretó las mandíbulas hasta que le dolieron. Había detenido el intento de Dilaf de quemar al elantrino, pero el arteth había previsto cuál iba a ser su siguiente movimiento. No, Dilaf no quería ir a Fjorden. Podía ser inestable, pero estaba mucho mejor preparado de lo que Hrathen había supuesto.

—Espera —ordenó Hrathen cuando el mensajero de Dilaf se daba la vuelta para marcharse. Si aquel hombre salía de la capilla, todo se habría perdido—. Arteth, he cambiado de opinión.

—¿Mi hroden? —preguntó Dilaf, asomando la cabeza a su cuarto.

—No irás a Fjorden, Dilaf.

—Pero, mi señor...

—No, no puedo apañármelas sin ti. —La mentira hizo que el estómago de Hrathen se contrajera con fuerza—. Busca a otro que entregue el mensaje.

Dicho esto, Hrathen se dio media vuelta y se marchó a sus aposentos.

—Soy, como siempre, el humilde servidor de mi hroden —susurró Dilaf, y la acústica de la sala llevó directamente sus palabras a los oídos de Hrathen.

HRATHEN HUYÓ DE NUEVO.

Necesitaba pensar, despejar su mente. Había pasado varias horas en su despacho, ansioso, furioso con Dilaf y consigo mismo. Finalmente, sin poder soportarlo más, había escapado a las calles oscuras de Kae.

Como de costumbre, encaminó sus pasos hacia la muralla de Elantris. Buscaba las alturas, como si alzarse sobre los habitáculos del hombre pudiera darle una perspectiva mejor de la vida.

—¿Unas monedas, señor? —suplicó una voz.

Hrathen se detuvo, sorprendido; estaba tan distraído que ni siquiera había advertido al mendigo harapiento que tenía a sus pies. El hombre era viejo y, obviamente, tenía mala vista, porque entornaba los ojos tratando de ver a Hrathen en la oscuridad. Este frunció el ceño, advirtiendo por primera vez que nunca había visto un mendigo en Kae.

Un joven, vestido con ropa no mucho mejor que las del anciano, dobló cojeando una esquina. El muchacho se detuvo y se puso pálido.

—¡A él no, viejo idiota! —susurró. Entonces se volvió rápidamente hacia Hrathen—. Lo siento, mi señor. Mi padre pierde el seso a veces y cree que es un mendigo. Por favor, perdónanos.

Se dispuso a agarrar al viejo por el brazo, pero Hrathen alzó una mano imperiosa y el joven se detuvo, aún más pálido que antes. Hrathen se arrodilló junto al anciano, que sonreía con expresión medio senil.

—Dime, anciano, ¿por qué veo tan pocos mendigos en la ciudad?

—El rey prohíbe la mendicidad en su ciudad, buen señor —cró el hombre—. Es un signo de falta de prosperidad tenernos en sus calles. Si nos encuentra, nos envía de vuelta a las granjas.

—Hablas demasiado —le advirtió el joven. Por su cara de susto se veía que estaba a punto de abandonar al anciano y salir corriendo.

El viejo aún no había terminado.

—Sí, buen señor, no podemos permitir que nos capture. Nos ocultamos fuera de la ciudad.

—¿Fuera de la ciudad? —insistió Hrathen.

—Kae no es la única ciudad de aquí, ¿sabes? Había cuatro, todas alrededor de Elantris, pero las otras se agotaron. No había comida suficiente para tanta gente en una zona tan pequeña, dijeron. Nos escondemos en las ruinas.

—¿Sois muchos?

—No, no muchos. Solo los que han tenido valor para escapar de las granjas. —Los ojos del hombre adquirieron un aire soñador—. No siempre he sido mendigo, buen señor. Solía trabajar en Elantris, era carpintero, uno de los mejores. Pero no era buen granjero. El rey se equivocó ahí, señor. Me envió a los campos, pero yo era demasiado viejo para trabajar en ellos, así que me escapé. Vine aquí. Los mercaderes de la ciudad nos dan dinero a veces. Pero solo podemos mendigar cuando cae la noche, y nunca a los miembros de la alta nobleza. No, señor, se lo dirían al rey.

El anciano entornó de nuevo los ojos mirando a Hrathen, como si advirtiera por primera vez por qué el muchacho se mostraba tan aprensivo.

—No parecéis un mercader, buen señor —dijo, vacilante.

—No lo soy —respondió Hrathen, dejando caer una bolsa de monedas en la mano del hombre—. Esto es para ti. —Dejó caer una segunda bolsa junto a la primera—. Esto para los demás. Buenas noches, anciano.

—¡Gracias, buen señor!

—Da las gracias a Jaddeth —dijo Hrathen.

—¿Quién es Jaddeth, buen señor? —Hrathen agachó la cabeza.

—Pronto lo sabrás, anciano. De un modo u otro, lo sabrás.

EL VIENTO SOPLABA a fuertes ráfagas en lo alto de la muralla de Elantris y azotaba la capa de Hrathen como si le gustara ensañarse. Era un frío viento oceánico que traía el aroma del agua salada y la vida marina. Hrathen se encontraba entre dos antorchas encendidas, apoyado contra el bajo parapeto y contemplando Kae.

La ciudad no era muy grande comparada con la enorme Elantris, pero podría haber estado mucho mejor fortificada. Hrathen sintió que su antigua insatisfacción regresaba. Odiaba encontrarse en un lugar que no podía protegerse a sí mismo. Tal vez en parte de ahí provenía la tensión que le causaba aquella misión.

Las luces chispeaban por todo Kae, la mayoría de ellas de farolas, una hilera de las cuales corría a lo largo de una muralla baja que marcaba la frontera de la ciudad. La muralla trazaba un círculo perfecto. Tan perfecto, de hecho, que Hrathen lo hubiese notado de haberse hallado en otra ciudad. Era otro resto de la gloria caída de Elantris. Kae se había desparramado más allá de esa muralla interior, pero la antigua frontera permanecía, un anillo de llamas que corría por el centro de la ciudad.

—Era mucho más rica antes —dijo una voz junto a él.

Hrathen se volvió, sorprendido. Había oído los pasos acercándose, pero había supuesto que se trataba de uno de los guardias que hacía una de sus rondas. En cambio se encontró con un areleno bajito y grueso vestido con una sencilla túnica gris. Omin, el líder de la religión korathi en Kae.

Omin se acercó al borde, se detuvo junto a Hrathen y contempló la ciudad.

—Naturalmente, eso era antes, cuando los elantrinos aún gobernaban. La caída de la ciudad probablemente fue buena para nuestras almas. Con todo, no puedo dejar de recordar con asombro aquellos días. ¿Sabéis que nadie en todo Arelon carecía de comida? Los elantrinos podían convertir la piedra en grano y la tierra en carne. En virtud de esos recuerdos no puedo sino cuestionarme. ¿Podrían los demonios hacer tanto bien en este mundo? ¿Querrían siquiera hacerlo?

Hrathen no respondió. Simplemente se quedó de pie, apoyado en el parapeto con los brazos cruzados, el viento revolviéndole el pelo. Omin guardó silencio.

—¿Cómo me habéis encontrado? —preguntó Hrathen por fin.

—Es bien sabido que pasáis las noches aquí —dijo el rechoncho sacerdote. Apenas podía apoyar los brazos en el parapeto. Hrathen consideraba bajo a Dilaf, pero al lado de aquel hombre el arteth parecía un gigante—. Vuestros seguidores dicen que venís aquí y planeáis derrotar a los viles elantrinos —continuó Omin—, y vuestros oponentes dicen que venís porque os sentís culpable de condenar a una gente que ya ha sido condenada.

Hrathen se giró y bajó la mirada buscando los ojos del hombrecito.

—¿Y qué decís vos?

—Yo no digo nada. No me importa por qué subís estas escaleras, Hrathen. Sin embargo, sí que me pregunto por qué predicáis el odio hacia los elantrinos cuando vos mismo solo los compadecéis.

Hrathen no respondió inmediatamente, sino que golpeó repetidas veces con su dedo forrado de acero el parapeto de piedra.

—No es tan difícil cuando te acostumbras —dijo finalmente—. Un hombre puede obligarse a odiar si lo desea, sobre todo si se convence de que es por un bien superior.

—¿La opresión de unos pocos trae la salvación a muchos? —preguntó Omin, con una leve sonrisa en el rostro, como si la idea le pareciera ridícula.

—No te burles, areleno —le advirtió Hrathen—. Tienes pocas opciones, y los dos sabemos que la menos dolorosa será que hagas lo que yo hago.

—¿Optar por el odio declarado cuando no siento ningún odio? Nunca haré eso, Hrathen.

—Entonces te volverás irrelevante.

—¿Es así como debe ser, entonces?

—El shu-korath es dócil y modesto, sacerdote —dijo Hrathen—. El shu-dereth es vibrante y dinámico. Os barrerá como una riada barre un charco estancado.

Omin volvió a sonreír.

—Actúas como si la verdad fuera algo que dependiera de la persistencia, Hrathen.

—No estoy hablando de verdad ni de falsedad. Me refiero simplemente a la incapacidad física. No podréis resistir contra Fjorden... y donde Fjorden gobierna, el shu-dereth se enseña.

—No se puede separar la verdad de la acción, Hrathen —dijo

Omin, sacudiendo su calva cabeza—. Físicamente incapaz o no, la verdad se alza sobre todas las cosas. Es independiente de quién tenga el mejor ejército, quién pueda dar los sermones más largos o incluso quién tenga más sacerdotes. Puede ser empujada al fondo, pero siempre saldrá a la superficie. La verdad es la única cosa a la que nunca se puede intimidar.

—¿Y si el shu-dereth es la verdad? —preguntó Hrathen.

—Entonces prevalecerá. Pero no he venido a discutir contigo.

—¿No? —dijo Hrathen, alzando las cejas.

—No —respondió Omin—. He venido a hacerte una pregunta.

—Entonces pregunta, sacerdote, y déjame con mis pensamientos.

—Quiero saber qué sucedió —empezó a decir Omin, especulativo—. ¿Qué sucedió, Hrathen? ¿Qué sucedió con tu fe?

—¿Mi fe? —preguntó Hrathen, sorprendido.

—Sí —dijo Omin con palabras suaves, casi sibilinas—. Debes haber creído en algún momento, de lo contrario no hubieses continuado en el sacerdocio el tiempo suficiente para llegar a ser gyorn. Pero perdiste la fe, en algún momento. He escuchado tus sermones. Capto en ellos lógica y profundo conocimiento... por no mencionar determinación. Pero no capto fe alguna, y me pregunto qué le ocurrió.

Hrathen inspiró siseando con lentitud, tomando profundamente aire entre dientes.

—Vete —ordenó por fin, sin molestarse en mirar al sacerdote. Omin no respondió, y Hrathen se dio la vuelta. El areleno se había marchado ya y bajaba de la muralla tan tranquilo, como si hubiera olvidado que Hrathen estaba allí.

Hrathen permaneció en la muralla mucho tiempo esa noche.

Capítulo 22

RAODEN avanzó poco a poco y se asomó lentamente a la esquina. Tendría que haber estado sudando. De hecho, no paraba de secarse la frente, aunque el movimiento no hacía más que extender la negra mugre de Elantris por su cara. Le temblaban las rodillas cuando se apoyó en la decrépita verja de madera, escrutando ansiosamente el cruce, atento al peligro.

—¡Sule, detrás de ti!

Raoden se volvió sorprendido de la advertencia de Galladon, resbaló en el empedrado mugriento y cayó al suelo. La caída lo salvó. Mientras intentaba sujetarse, sintió que algo cortaba el aire sobre él. El loco que le atacaba aulló de frustración al ver que fallaba y su golpe alcanzó la verja, esparciendo trozos de madera podrida por el aire.

Raoden trató de ponerse en pie. El loco se movía mucho más rápidamente. Calvo y casi desnudo, el hombre aulló mientras se abría paso por lo que quedaba de la verja, gruñendo y destrozando la madera como un sabueso rabioso.

El tablón de Galladon lo alcanzó directamente en la cara. Entonces, mientras estaba aturdido, Galladon agarró un adoquín y lo aplastó contra su sien. El loco se desplomó y no volvió a levantarse.

Galladon se enderezó.

—Parece que cada vez son más fuertes, sule —dijo, dejando caer la piedra—. Casi parecen ajenos al dolor. ¿Kolo?

Raoden asintió, tranquilizándose.

—No han podido capturar a un recién llegado desde hace semanas. Se están desesperando, y cada vez se hunden más en su brutalidad. He oído hablar de guerreros que se enfervorizan tanto durante el combate que ignoran incluso las heridas mortales.

Raoden se detuvo mientras Galladon empujaba el cuerpo de su atacante con un palo para asegurarse de que no estaba fingiendo.

—Tal vez han descubierto el secreto definitivo para calmar el dolor —dijo Raoden en voz baja.

—Todo lo que tienen que hacer es renunciar a su humanidad —respondió Galladon, sacudiendo la cabeza mientras continuaban caminando por lo que antes fuera el mercado de Elantris. Dejaron atrás montañas de metal oxidado y baldosas rotas cubiertas de aones. Una vez aquellos restos habían producido efectos maravillosos, y su poderosa magia valía precios desorbitados. Ahora eran poco más que obstáculos que Raoden tenía que esquivar para que no se astillaran ruidosos bajo sus pies.

—Tendríamos que haber traído a Saolin —murmuró Galladon. Raoden negó con la cabeza.

—Saolin es un guerrero maravilloso y un buen hombre, pero carece completamente de sigilo. Incluso yo puedo oírlo acercarse. Además, hubiese insistido en traer a un grupo de guardias. Se niega a creer que puedo protegerme solo.

Galladon miró al loco caído y luego a Raoden con una mirada sardónica.

—Lo que tú digas, sule. —Raoden sonrió levemente.

—Muy bien —admitió—, tal vez hubiese sido útil. Sin embargo, sus hombres habrían insistido en mimarme. Sinceramente, creía haber dejado atrás ese tipo de cosas, en el palacio de mi padre.

—Los hombres protegen lo que consideran importante —dijo

Galladon, encogiéndose de hombros—. Si no querías que lo hicieran no tendrías que haberte vuelto tan imprescindible. ¿Kolo?

—De acuerdo —dijo Raoden con un suspiro—. Vamos.

Guardaron silencio mientras continuaban su incursión. Galladon había protestado durante horas cuando Raoden le explicó su plan de infiltrarse y enfrentarse a Shaor. El dula había dicho que era una locura, una insensatez peligrosa y completamente estúpida. Sin embargo, no estuvo dispuesto a dejar que Raoden fuera solo.

Raoden sabía que el plan era, probablemente, una insensatez peligrosa y todo lo demás que había dicho Galladon. Los hombres de Shaor los harían pedazos sin pensárselo dos veces... posiblemente sin pensárselo ni una vez, dado su estado mental. Sin embargo, durante la última semana, los hombres de Shaor habían intentado invadir el huerto tres veces. Los guardias de Saolin recibían más y más heridas a medida que los hombres de Shaor se volvían más salvajes y feroces.

Raoden sacudió la cabeza. Aunque su grupo crecía, la mayoría de sus seguidores eran físicamente débiles. Los hombres de Shaor, sin embargo, eran aterradoramente fuertes, y todos eran guerreros. Su ira les daba fuerza, y los seguidores de Raoden no podrían resistir mucho más.

Raoden tenía que encontrar a Shaor. Si conseguía hablar con el hombre, estaba seguro de que llegarían a un acuerdo. Se decía que el propio Shaor nunca participaba en las incursiones. Todos se referían a la banda como la de «los hombres de Shaor», pero nadie recordaba haber visto al propio Shaor. Era bastante posible que no fuera más que otro maniaco, indistinguible del resto. También era posible que se hubiera unido a los hoed hacía tiempo y el grupo continuara sin liderazgo.

Pero algo le decía a Raoden que Shaor estaba vivo. O tal vez simplemente quería creerlo. Necesitaba un adversario al que enfrentarse, los locos estaban demasiado dispersos para que fuese posible derrotarlos de manera definitiva, y superaban por bastante en número a los soldados de Raoden. A menos que Shaor existiera, a menos que Shaor pudiera ser convencido, y a menos que Shaor pudiera controlar a sus hombres, la banda de Raoden estaba en serios problemas.

—Ya estamos cerca —susurró Galladon cuando se aproximaban a una última calle. Había movimiento a un lado y esperaron aprensivos hasta que pareció remitir.

—El banco —dijo Galladon, señalando una gran estructura del otro lado de la calle. Era grande y cuadrada, de paredes más oscuras incluso que la mugre normal—. Los elantrinos tenían el lugar para que los mercaderes locales guardaran su riqueza. Un banco dentro de Elantris se consideraba mucho más seguro que en Kae.

Raoden asintió. Algunos mercaderes, como su padre, no se fiaban de los elantrinos. Su insistencia en guardar sus fortunas fuera de la ciudad había resultado una actitud inteligente.

—¿Crees que Shaor está ahí dentro? —preguntó. Galladon se encogió de hombros.

—Si yo tuviera que escoger una base de operaciones, sería esa. Grande, impresionante, defendible. Perfecta para un caudillo.

Raoden asintió.

—Vamos, pues.

El banco estaba en efecto ocupado. La mugre alrededor de la puerta principal estaba marcada por el paso frecuente de pies, y oyeron voces procedentes de la parte posterior de la estructura. Galladon miró dubitativo a Raoden y este asintió. Entraron.

El interior estaba tan sucio como el exterior, rancio y fétido incluso para la caída Elantris. La puerta de la bóveda, un gran círculo marcado con un grueso aon Edo, estaba abierta y las voces procedían del interior. Raoden inspiró profundamente, dispuesto a enfrentarse al último de los jefes de bandas.

—¡Traedme comida! —chilló una voz aguda.

Raoden se detuvo. Estiró el cuello hacia un lado, se asomó a la bóveda y luego retrocedió. Al fondo de la cámara, sentada encima de lo que parecían lingotes de oro, había una niña pequeña vestida con un limpio y prístino traje rosa. Tenía largos cabellos de un rubio aónico, pero su piel era negra y gris como la de cualquier otro elantrino. Ocho hombres cubiertos de harapos se arrodillaban ante ella, los brazos extendidos en gesto de adoración.

—¡Traedme comida! —repitió la niña con voz imperiosa.

—Bueno, que me decapiten y nos volvamos a ver en Doloken —maldijo Galladon tras Raoden—. ¿Qué es eso?

—Shaor —dijo Raoden, asombrado. Entonces volvió la mirada hacia la bóveda, y advirtió que la niña lo estaba mirando.

—¡Matadlos! —gritó Shaor.

—¡Idos Domi! —exclamó Raoden, dándose media vuelta y corriendo hacia la puerta.

—SI NO ESTUVIERAS muerto ya, sule, te mataría —dijo Galladon. Raoden asintió, apoyándose agotado contra una pared. Estaba cada vez más débil. Galladon le había advertido de que eso sucedería. Los músculos de los elantrinos se atrofiaban más al final del primer mes. El ejercicio no podía impedirlo. Aunque la mente aún funcionaba y la carne no se deterioraba, el cuerpo estaba convencido de que estaba muerto.

Los viejos trucos eran los que funcionaban mejor. Al final despistaron a los hombres de Shaor subiendo por una pared caída y escondiéndose en una azotea. Los locos podían actuar como sabuesos, pero desde luego no habían adquirido el sentido del olfato de los perros. Pasaron junto al escondite de Raoden y Galladon media docena de veces, y nunca se les ocurrió mirar hacia arriba. Los hombres eran apasionados, pero no muy inteligentes.

—Shaor es una niña pequeña —dijo Raoden, todavía conmocionado.

Galladon se encogió de hombros.

—Yo tampoco lo comprendo, sule.

—Bueno, yo sí lo comprendo, lo que me cuesta es creerlo.

¿No los has visto arrodillados ante ella? Esa niña, Shaor, es como su diosa, un ídolo viviente. Han retrocedido a un modo de vida más primitivo, y han adoptado también una religión primitiva.

—Cuidado, sule, mucha gente consideraba al jesker una religión «primitiva».

—De acuerdo —dijo Raoden, indicando que debían empezar a moverse de nuevo—. Tal vez tendría que haber dicho «simplista». Encontraron algo extraordinario, una niña de largo pelo dorado, y decidieron que era digna de adoración. La colocaron en un altar, y ella les plantea exigencias. La niña quiere comida, así que se la traen. Luego, ostensiblemente, ella los bendice.

—¿Y ese pelo?

—Es un tipo de peluca permanente —dijo Raoden—. La he reconocido. Era hija de uno de los duques más ricos de Arelon. Nunca le creció el pelo, así que su padre le mandó hacer una peluca. Supongo que a los sacerdotes no se les ocurrió quitársela antes de arrojarla aquí dentro.

—¿Cuándo la alcanzó la shaod?

—Hace más de dos años. Su padre, el duque Telrii, trató de echar tierra sobre el asunto. Siempre dijo que había muerto de dionia, pero hubo muchos rumores.

—Al parecer, todos ciertos.

—Al parecer —dijo Raoden, sacudiendo la cabeza—. Solo la había visto unas cuantas veces. Ni siquiera recuerdo su nombre... Estaba basado en el aon Soi, Soine o algo por el estilo. Solo recuerdo que era la niña más malcriada e insoportable que he conocido.

—Probablemente sea una diosa perfecta, entonces —dijo Galladon con una mueca sarcástica.

—Bueno, tenías razón en una cosa. Hablar con Shaor no va a servir de nada. Era irracional fuera, ahora probablemente es diez veces peor. Todo lo que sabe es que tiene mucha hambre y esos hombres le traen comida.

—Buenas tardes, mi señor —dijo un centinela cuando doblaron una esquina y se acercaron a su zona de Elantris, o Nueva Elantris, como empezaba a llamarla la gente. El centinela, un joven fornido llamado Dion, se puso firme cuando Raoden se aproximó, sujetando con fuerza una lanza improvisada—. El capitán Saolin estaba preocupado por tu desaparición.

Raoden asintió.

—Le pediré disculpas, Dion.

Raoden y Galladon se quitaron los zapatos y los colocaron junto a la pared, con otras docenas de pares de zapatos sucios, y luego se pusieron los limpios que habían dejado. También había un cubo de agua, que usaron para lavarse cuanta mugre pudieron. Su ropa seguía sucia, pero no había nada más que pudieran hacer. La tela era escasa, a pesar de las numerosas partidas de búsqueda que Raoden había organizado.

Era sorprendente cuánto habían encontrado. Cierto, la mayor parte de las cosas estaban oxidadas o podridas, pero Elantris era enorme. Con un poco de organización (y de motivación) habían descubierto gran número de artículos útiles, desde puntas de lanza de metal a muebles que todavía podían sostener peso. Con la ayuda de Saolin, Raoden había escogido una zona parcialmente defendible de la ciudad para que fuera Nueva Elantris. Solo once calles desembocaban en esa zona, e incluso una pequeña muralla (cuyo uso original era un misterio) cubría casi la mitad del perímetro. Raoden había colocado centinelas en cada intersección para vigilar la llegada de posibles intrusos.

El sistema impedía que fueran arrollados. Por fortuna, los hombres de Shaor tendían a atacar en pequeñas bandas. Mientras los guardias de Raoden dispusieran de tiempo suficiente, podrían unirse y derrotar a cualquier grupo. Sin embargo, si Shaor organizaba un ataque más grande y desde varios frentes, el resultado sería desastroso. La banda de mujeres, niños y hombres debilitados de Raoden no podría enfrentarse a aquellas feroces criaturas. Saolin había empezado a enseñar sencillas técnicas de combate a aquellos que eran capaces de aprenderlas, pero solo podía usar los métodos de entrenamiento más elementales y seguros, no fuera a ser que las heridas producidas durante los entrenamientos resultaran más peligrosas que los ataques de Shaor. La gente, sin embargo, no esperaba que la lucha llegara tan lejos. Raoden sabía lo que decían de él. Estaban seguros de que «lord Espíritu» encontraría algún modo de atraer a su bando a Shaor, como había hecho con Aanden y Karata.

Raoden empezó a sentirse enfermo mientras caminaban hacia la capilla. Los dolores acumulados de una docena de magulladuras y cortes de repente lo acuciaron con sofocante presión. Era como si su cuerpo estuviera rodeado por un fuego ardiente y su carne, sus huesos y su alma fueran consumidos por el calor.

—Les he fallado —dijo en voz baja. Galladon negó con la cabeza.

—No siempre podemos conseguir lo que queremos al primer intento. ¿Kolo? Encontrarás un modo... Nunca hubiese dicho que llegarías tan lejos.

«Fui afortunado. Un loco afortunado», pensó Raoden mientras el dolor le golpeaba.

—¿Sule? —preguntó Galladon, mirando a Raoden con preocupación—. ¿Te encuentras bien?

«Debo ser fuerte. Necesitan que sea fuerte». Con un gemido interno de desafío, Raoden se abrió paso a través de la bruma de agonía y consiguió esbozar una débil sonrisa.

—Me encuentro bien.

—Nunca te había visto así, sule.

—Me pondré bien.

Raoden agitó la cabeza mientras se recostaba contra la pared de piedra de un edificio cercano.

—Me estaba preguntando qué vamos a hacer con Shaor. No podemos razonar con ella, ni podemos derrotar a sus hombres por la fuerza...

—Ya se te ocurrirá algo —dijo Galladon, su pesimismo habitual superado por un claro deseo de animar a su amigo.

«O moriremos todos —pensó Raoden, las manos tensas mientras agarraba la esquina de la pared—. Esta vez de verdad».

Con un suspiro, Raoden se apartó de la pared, y la piedra se desmoronó bajo sus dedos. Se dio la vuelta y observó sorprendido aquel muro. Kahar lo había limpiado recientemente y su mármol blanco brillaba al sol... excepto allí donde los dedos de Raoden lo habían aplastado.

—¿Más fuerte de lo que creías? —preguntó Galladon con una sonrisa de suficiencia.

Raoden alzó las cejas y rozó la piedra rota. Se desmoronó.

—¡Este mármol es más blando que el jabón de sastre!

—Esto es Elantris —dijo Galladon—. Las cosas aquí se deterioran rápido.

—Sí, pero ¿la piedra?

—Todo. Las personas también.

Raoden golpeó el trozo roto de piedra con otra roca. Pequeñas motas y pedacitos cayeron en cascada al suelo tras el impacto.

—Todo está conectado de algún modo, Galladon. El dor está unido a Elantris, igual que está unido al mismo Arelon.

—Pero ¿por qué haría esto el dor, sule? —preguntó Galladon, sacudiendo la cabeza—. ¿Por qué destruir la ciudad?

—Tal vez no sea el dor. Tal vez sea la súbita ausencia del dor. La magia, el dor, formaba parte de esta ciudad. Cada piedra ardía con su propia luz. Cuando ese poder fue eliminado, la ciudad quedó hueca. Como la concha descartada de un pequeño trepador de río que se ha vuelto demasiado grande para su piel. Las piedras están vacías.

—¿Cómo puede estar vacía una piedra? —preguntó Galladon, escéptico.

Raoden arrancó otro trozo de mármol y lo desmenuzó entre los dedos.

—Así, amigo mío. La roca pasó demasiado tiempo imbuida del dor y quedó debilitada irreparablemente por el Reod. Esta ciudad es en realidad un cadáver... Su espíritu ha huido.

La discusión fue interrumpida por la llegada de un agotado Mareshe.

—¡Mi señor Espíritu! —dijo urgentemente conforme se acercaba.

—¿Qué pasa? —preguntó Raoden, aprensivo—. ¿Otro ataque? —Mareshe negó con la cabeza, los ojos confundidos.

—No. Algo diferente, mi señor. No sabemos cómo interpretarlo. Nos invaden.

—¿Quiénes?

Mareshe sonrió a medias, luego se encogió de hombros.

—Creemos que es una princesa.

RAODEN ESTABA AGACHADO en la azotea, con Galladon a su lado. Habían transformado el edificio en una zona de observación para vigilar las puertas y las nuevas llegadas. Desde aquel lugar, podía ver bien lo que sucedía en el patio.

Una multitud se había congregado en lo alto de la muralla de la ciudad de Elantris. Las puertas estaban abiertas. Ese hecho era ya de por sí bastante sorprendente. Por lo general, después de arrojar a los recién llegados, las puertas se cerraban de inmediato, como si los guardias tuvieran miedo de dejarlas abiertas siquiera un momento.

Sin embargo, ante las puertas abiertas había algo aún más sorprendente. Un gran carro tirado por caballos se encontraba en mitad del patio, con un puñado de hombres bien vestidos a su alrededor. Solo una persona no parecía tener miedo de lo que veía, una mujer alta con largo pelo rubio enmarcando un rostro afilado. Llevaba un vestido marrón liso con un pañuelo negro atado en el brazo derecho, que alzaba para acariciar el cuello de un caballo, tranquilizando al nervioso animal. Estudió el sucio patio enfangado con ojos calculadores.

Raoden exhaló.

—Solo la había visto a través de seon —murmuró—. No me había dado cuenta de que fuera tan hermosa.

—¿La reconoces, sule? —preguntó Galladon, sorprendido.

—Yo... creo que estoy casado con ella. Solo puede ser Sarene, la hija del rey Eventeo de Teod.

—¿Qué está haciendo aquí?

—Sobre todo, ¿qué está haciendo aquí con una docena de los nobles más influyentes de Arelon? Ese hombre mayor del fondo es el duque Roial... según algunos el segundo hombre más poderoso del reino.

Galladon asintió.

—Y supongo que el joven jinDo es Shuden, el barón de la plantación de Kaa.

Raoden sonrió.

—Creía que eras un simple granjero.

—La ruta de las caravanas de Shuden atraviesa directamente el centro de Duladel, sule. No hay un dula vivo que no conozca su nombre.

—Ah —dijo Raoden—. Los condes Ahan y Eondel están ahí también. En nombre de Domi, ¿qué planea esta mujer?

Como en respuesta a la pregunta de Raoden, la princesa Sarene terminó de contemplar Elantris. Se dio media vuelta y se acercó a la parte trasera del carro, apartando a los aprensivos nobles con mano intolerante. Entonces descorrió la tela del carro y reveló su contenido.

El carro estaba lleno de comida.

—¡Idos Domi! —maldijo Raoden—. Galladon, tenemos problemas.

Galladon lo miró con el ceño fruncido. Había hambre en sus ojos.

—¿En nombre de Doloken, qué tonterías dices, sule? Eso es comida, y mi intuición me dice que nos la va a dar. ¿Qué puede tener eso de malo?

—Debe de estar realizando su prueba de viudedad —dijo Raoden—. Solo a una extranjera se le ocurriría venir a Elantris.

—Sule —dijo Galladon al instante—, dime en qué estás pensando.

—Es un mal momento, Galladon —dijo Raoden—. Nuestra

gente empieza a tener sensación de independencia. Empiezan a concentrarse en el futuro y a olvidar su dolor. Si alguien les entrega comida ahora, se olvidarán de todo lo demás. Durante poco tiempo estarán alimentados, pero las pruebas de viudedad solo duran unas semanas. Después volverán al dolor, al hambre y a la autocompasión. Mi princesa podría destruir todo aquello por lo que hemos estado trabajando.

—Tienes razón —dijo Galladon—. Casi me había olvidado del hambre que tengo hasta que he visto esa comida.

Raoden gruñó.

—¿Qué?

—¿Qué pasará cuando Shaor se entere de esto? Sus hombres atacarán ese carro como una manada de lobos. Es imposible saber qué clase de daño causaría el que uno de ellos matara a un conde o un barón. Mi padre solo tolera Elantris porque no tiene que pensar en ella. Sin embargo, si un elantrino mata a uno de sus nobles, bien podría decidir exterminarnos a todos.

La gente empezaba a aparecer en los callejones que rodeaban el patio. Ninguno pertenecía al grupo de Shaor. Eran las formas cansadas y vencidas de aquellos elantrinos que todavía vivían por su cuenta, deambulando como sombras por la ciudad. Cada vez se habían ido uniendo más a Raoden, pero ahora, con comida gratis a su alcance, nunca conseguiría al resto. Continuarían sin pensamiento o propósito, perdidos en su dolor y sus maldiciones.

—Ay, mi querida princesa —susurró Raoden—. Seguro que lo haces con la mejor intención, pero entregar comida a esta gente es la peor idea que se te podría haber ocurrido.

MARESHE ESPERABA AL pie de las escaleras.

—¿La habéis visto? —preguntó ansioso.

—La hemos visto —dijo Raoden.

—¿Qué quiere?

Antes de que Raoden pudiera responder, una voz firme y femenina llamó desde el patio.

—Quiero hablar con los tiranos de esta ciudad... los que se hacen llamar Aanden, Karata y Shaor. Presentaos ante mí.

—¿Dónde...? —preguntó sorprendido Raoden.

—Notablemente bien informada, ¿eh? —comentó Mareshe.

—Un poco anticuada —añadió Galladon.

Raoden apretó los dientes, pensando rápidamente.

—Mareshe, manda llamar a Karata. Dile que se reúna con nosotros en la universidad.

—Sí, mi señor —dijo el hombre, llamando a un mensajero.

—Ah, y que Saolin traiga a la mitad de sus hombres y se reúna con nosotros aquí —añadió Raoden—. Va a tener que echarles un ojo a los hombres de Shaor.

—Puedo ir a llamarlo yo mismo, si mi señor lo quiere —se ofreció Mareshe, siempre atento a cualquier oportunidad de impresionar.

—No —dijo Raoden—. Tú vas a ser Aanden.

CAPÍTULO 23

ONDEL y Shuden habían insistido en acompañarla. Eondel mantenía una mano en la espada, solía llevar el arma sin importarle lo que dijera la ley arelena al respecto, y observaba a su guía y al séquito de guardias de Elantris con igual recelo. A su favor, los guardias hacían un buen trabajo tratando de parecer tranquilos, como si ir a Elantris fuera algo cotidiano. Sin embargo, Sarene notaba su ansiedad.

Todo el mundo había puesto objeciones al principio. Era impensable que ella misma se dejara llevar a las entrañas de Elantris para reunirse con sus déspotas. No obstante, Sarene estaba decidida a demostrar que la ciudad era inofensiva. No podía quejarse de recorrer un breve trayecto por el interior de la ciudad si quería persuadir a los otros nobles de que atravesaran aquellas puertas.

—Ya casi hemos llegado —dijo el guía. Era un hombre alto, casi de la misma altura que Sarene con tacones. Las zonas grises de su piel eran un poco más claras que las de los otros elantrinos que había visto, aunque no sabía si eso significaba que antes era de piel pálida, o simplemente que llevaba en Elantris menos tiempo que los demás. Tenía un rostro ovalado que bien podría haber sido hermoso antes de que la shaod lo destruyera. No era un criado, caminaba con paso demasiado orgulloso. Sarene imaginaba que, aunque actuaba como simple mensajero, era un subordinado de confianza de algún jefe de las bandas de Elantris.

—¿Cómo te llamas? —preguntó, cuidando de mantener un tono neutral. Él pertenecía a uno de los grupos que, según las fuentes de Ashe, acaudillaban la ciudad y esclavizaban a aquellos que eran arrojados al interior.

El hombre no respondió inmediatamente.

—Me llaman Espíritu —acabó diciendo.

«Un nombre adecuado —pensó Sarene—, pues este hombre es casi un espectro de lo que ha sido».

Se acercaron a un gran edificio que, según le había contado Espíritu, antes era la universidad de Elantris. Sarene observó el edificio con ojo crítico. Estaba cubierto de la misma extraña mugre marrón verdosa que cubría el resto de la ciudad, y aunque la estructura tenía que haber sido grandiosa, ya no era más que otra ruina. Sarene vaciló mientras su guía entraba en el edificio. Calculó que el piso superior amenazaba seriamente con derrumbarse.

Dirigió una mirada a Eondel. El hombre parecía aprensivo y se frotaba la barbilla, dudoso. Por fin se encogió de hombros y asintió, como si dijera, «Ya que hemos llegado hasta aquí...».

Así que, intentando no pensar en el desvencijado techo, Sarene condujo a su grupo de amigos y soldados a la estructura. Por fortuna, no tuvieron que ir muy lejos. Un grupo de elantrinos esperaba al fondo de la primera sala, sus rostros oscuros apenas visibles a la tenue luz. Dos estaban subidos a lo que parecían los restos de una mesa caída, y sus cabezas destacaban unos palmos por encima de los otros.

—¿Aanden? —preguntó Sarene.

—Y Karata —respondió la segunda forma, al parecer una mujer, aunque su cabeza calva y su rostro arrugado eran prácticamente indistinguibles de los de un hombre—. ¿Qué quieres de nosotros?

—Creía que erais enemigos —dijo Sarene, recelosa.

—Hace poco que nos hemos dado cuenta de los beneficios de una alianza —respondió Aanden. Era un hombre bajo de ojos cautelosos y rostro pequeño y encogido como el de un roedor. Su pomposa actitud de superioridad era lo que Sarene esperaba.

—¿Y el hombre conocido como Shaor? —preguntó Sarene.

—Uno de los mencionados beneficios.

—¿Muerto? —Aanden asintió.

—Nosotros gobernamos ahora en Elantris, princesa. ¿Qué quieres?

Sarene no contestó inmediatamente. Había previsto que los tres líderes de las bandas estuvieran enfrentados. Tendría que presentarse de manera diferente a un enemigo unificado.

—Quiero sobornaros —dijo claramente.

La mujer alzó una ceja, interesada, pero el hombre resopló.

—¿Qué necesidad tenemos de sobornos, mujer?

Sarene había jugado a aquel juego demasiado a menudo. Aanden usaba los modales desinteresados del hombre que no está acostumbrado a la política seria. Ella se había reunido con hombres como él docenas de veces mientras servía en el cuerpo diplomático de su padre, y estaba muy cansada de ellos.

—Mirad, seamos sinceros. Obviamente no sois buenos en esto, y por eso prolongar las negociaciones sería una pérdida de tiempo. Quiero traer comida a la gente de Elantris, y vosotros vais a resistiros porque pensáis que debilitará vuestro poder sobre ella. Ahora mismo probablemente estáis intentando pensar cómo controlar quién se beneficia de mi ofrecimiento y quién no.

El hombre se rebulló, incómodo, y Sarene sonrió.

—Por eso voy a sobornaros. ¿Qué hace falta para que dejéis que la gente venga y reciba comida libremente?

Aanden vaciló, claramente inseguro de cómo continuar. La mujer, sin embargo, habló con firmeza.

—¿Tienes un escriba para anotar nuestras demandas?

—Sí —dijo Sarene, indicando a Shuden que sacara papel y carboncillo.

La lista era larga, más incluso de lo que Sarene había supuesto, e incluía muchos artículos extraños. Había supuesto que pedirían armas, tal vez incluso oro. Sin embargo, las peticiones de Karata fueron, para empezar, tela, luego diversos tipos de grano, algunas láminas de metal, cargas de madera y paja y, por último, aceite. El mensaje era claro: gobernar Elantris no dependía de la fuerza ni de la riqueza, sino de quién controlaba las necesidades básicas.

Sarene accedió a las demandas. De haber negociado solo con Aanden hubiese llegado a un acuerdo por menos, pero aquella Karata era una mujer directa e implacable, de las que no tienen mucha paciencia para regatear.

—¿Es todo? —preguntó Sarene mientras Shuden anotaba la última petición.

—Eso bastará los primeros días —dijo Karata. Sarene entornó los ojos.

—Bien. Pero tengo una regla que quiero que sigáis. No podéis prohibir a nadie que se acerque al patio. Gobernad como déspotas si queréis, pero al menos dejad que la gente sufra con el estómago lleno.

—Tienes mi palabra —dijo Karata—. No retendré a nadie.

Sarene asintió, indicando que la reunión había terminado. Karata asignó a un guía para que los condujera de vuelta a las puertas. Esta vez no era Espíritu. Él se quedó y se acercó a los tiranos de la ciudad cuando Sarene abandonaba el edificio.

—¿HA ESTADO BIEN, mi señor? —preguntó Mareshe ansiosamente.

—Mareshe, has estado perfecto —repuso Raoden, viendo satisfecho cómo la princesa se marchaba.

Mareshe sonrió con modestia.

—Bueno, mi señor, hago lo que puedo. No he tenido mucha experiencia actuando, pero creo que he interpretado a un líder decidido y capaz de intimidar.

Raoden miró a Karata a los ojos. La hosca mujer intentaba por todos los medios no echarse a reír. El pomposo artesano había estado perfecto, ni decidido ni intimidatorio. La gente de fuera de Elantris veía la ciudad como un reino sin ley dirigido por duros déspotas ladrones. Juntos, Mareshe y Karata habían interpretado exactamente lo que la princesa y sus acompañantes esperaban ver.

—Sospechaba algo, sule —le advirtió Galladon, saliendo de las sombras de la sala.

—Sí, pero no sabe qué —respondió Raoden—. Que sospeche que «Aanden» y Karata están jugando con ella. Eso no hará ningún daño.

Galladon sacudió levemente la cabeza, su calvo cráneo brillando a la mortecina luz.

—¿Qué sentido tiene? ¿Por qué no llevarla a la capilla y dejarla ver lo que somos realmente?

—Me gustaría, Galladon. Pero no podemos permitirnos revelar nuestro secreto. El pueblo de Arelon tolera Elantris porque los elantrinos son penosos. Si descubren que hemos establecido una sociedad civilizada, sus temores saldrán a la superficie. Una masa de despojos gimoteantes es una cosa, una legión de monstruosidades imposibles de matar es otra.

Karata asintió, sin decir nada. Galladon, el eterno escéptico, simplemente negó con la cabeza, como si no supiera qué pensar.

—Bueno, desde luego es decidida. ¿Kolo? —preguntó por fin, refiriéndose a Sarene.

—Bastante decidida —reconoció Raoden. Entonces, divertido, continuó—. Y no creo que le caiga muy bien.

—Piensa que eres el lacayo de un tirano —señaló Karata—. ¿Se supone que tienes que gustarle?

—Cierto —dijo Raoden—. Sin embargo, creo que deberíamos añadir una cláusula a nuestro acuerdo que diga que yo puedo asistir a todos sus repartos. Quiero vigilar de cerca a nuestra benévola princesa. No me parece de las que hacen nada sin varios motivos, y me pregunto qué la ha llevado a hacer su prueba aquí en Elantris.

—HA IDO BIEN —dijo Eondel, viendo cómo su guía regresaba a Elantris.

—Te has salido fácilmente con la tuya —coincidió Shuden—. Las cosas que exigen pueden conseguirse sin mucho gasto.

Sarene asintió levemente, pasando los dedos por la madera de los lados del carro.

—Odio tratar con gente así.

—Quizá los juzgas demasiado a la ligera —dijo Shuden—. No parecían tanto tiranos como personas intentando conseguir lo mejor de una vida muy difícil.

Sarene negó con la cabeza.

—Tendrías que oír algunas de las historias que me ha contado Ashe, Shuden. Los guardias dicen que cuando arrojan nuevos elantrinos a la ciudad, las bandas caen sobre ellos como tiburones. Los pocos recursos que entran van a parar a los jefes de las bandas, que mantienen al resto de la gente en un estado de práctica inanición.

Shuden alzó una ceja y miró a los guardias de la ciudad, la fuente de información de Sarene. El grupo observaba a los nobles que descargaban el carro con ojos desinteresados, apoyados perezosamente en sus lanzas.

—Muy bien —admitió Sarene, subiendo al carro y tendiendo a Shuden una caja de hortalizas—. Tal vez no sean la fuente más digna de confianza, pero tenemos la prueba delante de nosotros. —Abarcó con el brazo las formas decrépitas que se arracimaban en las callejas laterales—. Mirad sus ojos vacíos y su andar aprensivo. Esta gente vive atemorizada, Shuden. Lo he visto antes en Fjorden, en Hrovell y en otra media docena de sitios. Sé qué aspecto tiene la gente oprimida.

—Cierto —admitió Shuden, recogiendo la caja—, pero los «líderes» no me han parecido mucho mejor. Tal vez no son opresores, sino que están igualmente oprimidos.

—Tal vez.

—Mi señora —protestó Eondel cuando Sarene levantó otra caja y se la tendía a Shuden—, desearía que te bajaras de ahí y nos dejaras a nosotros hacer esto. No es adecuado.

—No me pasará nada, Eondel —dijo Sarene, tendiéndole una caja—. Hay un motivo por el que no he traído a ningún criado. Quiero que todos nosotros formemos parte de esto. Eso te incluye a ti, mi señor —añadió Sarene, haciendo un gesto a Ahan, que había encontrado un sitio a la sombra, cerca de las puertas, donde descansar.

Ahan suspiró, se levantó y salió a la luz. Estaban a principios de primavera pero el día era muy caluroso y el sol ardía en el cielo, aunque ni siquiera aquel calor había conseguido secar la omnipresente mugre viscosa de Elantris.

—Espero que aprecies mi sacrificio, Sarene —exclamó el grueso Ahan—. Esta mugre va a estropear por completo mi capa.

—Te está bien empleado —dijo Sarene, entregando al conde una caja de patatas cocidas—. Te dije que te pusieras algo que no fuera caro.

—No tengo nada que no sea caro, querida —contestó Ahan, aceptando la caja con expresión hosca.

—¿Quieres decir que de verdad pagaste dinero por esa túnica que llevaste en la boda de Neoden? —preguntó Roial, acercándose entre risas—. Hasta entonces yo ni siquiera era consciente de que existía esa tonalidad de naranja, Ahan.

El conde hizo una mueca y arrastró su caja hasta la parte delantera del carro. Sarene no le entregó a Roial ninguna caja, ni él se acercó a recogerla. Unos cuantos días antes había sido muy comentado en la corte el hecho de que el duque cojeaba. Según los rumores, se había caído de la cama una mañana. La actitud vivaz de Roial a veces hacía olvidar que era un hombre muy anciano.

Sarene empezó a pillar el ritmo y a repartir cajas a medida que iban apareciendo manos para recogerlas, y por eso al principio no advirtió que una nueva figura se había unido a las demás. Casi al final, alzó la cabeza y vio al hombre que aceptaba la carga. Estuvo a punto de dejarla caer sorprendida cuando reconoció su rostro.

—¡Tú! —dijo asombrada.

El elantrino conocido como Espíritu sonrió, tomando la caja de sus dedos aturdidos.

—Me preguntaba cuánto tiempo pasaría hasta que te dieras cuenta de que estaba aquí.

—¿Cuánto...?

—No sé, unos diez minutos —respondió él—. He llegado justo después de que empezarais a descargar.

Espíritu se llevó la caja y la apiló junto a las otras. Sarene se quedó estupefacta en la parte trasera del carro. Seguramente había confundido sus manos oscuras con las marrones de Shuden.

Alguien se aclaró la garganta ante ella y Sarene advirtió con un sobresalto que Eondel estaba esperando una caja. Se apresuró a entregársela.

—¿Por qué está *él* aquí? —preguntó mientras dejaba caer la caja en brazos de Eondel.

—Dice que su amo le ha ordenado que vigilara la distribución. Al parecer, Aanden se fía de ti casi tanto como tú de él.

Sarene repartió las dos últimas cajas y luego bajó de un salto del carro. Sin embargo, golpeó el empedrado en el ángulo equivocado y resbaló en el lodo. Cayó de espaldas, agitando los brazos y gritando.

Por fortuna, un par de manos la agarraron y la ayudaron a enderezarse.

—Ten cuidado —le advirtió Espíritu—. Caminar por Elantris requiere cierto esfuerzo.

Sarene se zafó de su servicial sujeción.

—Gracias —murmuró, con voz muy poco digna de una princesa. Espíritu alzó una ceja, luego se situó junto a los lores arelenos. Sarene suspiró, frotándose el codo en el sitio por donde Espíritu la había agarrado. Algo en su contacto parecía extrañamente tierno. Sacudió la cabeza para expulsar semejantes imaginaciones. Cosas más importantes exigían su atención. Los elantrinos no se acercaban.

Ahora había más, quizá unos cincuenta, agrupados vacilantes en las sombras, como pajarillos. Algunos eran niños, pero la mayoría tenía la misma edad indeterminada. Su arrugada piel elantrina hacía que todos parecieran tan viejos como Roial. Ninguno se acercó a la comida.

—¿Por qué no vienen? —preguntó Sarene, confusa.

—Están asustados —dijo Espíritu—. E incrédulos. Tanta comida debe de parecerles una ilusión, un truco diabólico que, sin duda, sus mentes les habrán jugado cientos de veces. —Hablaba en voz baja, incluso compasiva. Sus palabras no eran las de un caudillo despótico.

Espíritu tomó en la mano un nabo de una caja. Lo alzó, mirándolo como si él mismo estuviera inseguro de su realidad. Había ansia en sus ojos, el hambre de un individuo que no ha visto una buena comida durante semanas. Sorprendida, Sarene advirtió que aquel hombre estaba tan famélico como todos los demás, a pesar de su posición de privilegio. Y había ayudado pacientemente a descargar docenas de cajas llenas de comida.

Espíritu finalmente alzó el nabo y le dio un bocado. La hortaliza crujió en su boca y Sarene imaginó cómo debía de saber, cruda y amarga. Sin embargo, reflejada en sus ojos parecía un festín.

El hecho de que Espíritu aceptara el alimento pareció alentar a los otros, pues la masa de gente avanzó. Los guardias de la ciudad reaccionaron por fin y, rápidamente, rodearon a Sarene y los demás, blandiendo sus largas lanzas con gesto amenazador.

—Dejad un espacio aquí, ante las cajas —ordenó Sarene.

Los guardias se apartaron, permitiendo que los elantrinos se acercaran en pequeños grupos. Sarene y los lores se colocaron detrás de las cajas para repartir comida a los cansados suplicantes. Incluso Ahan dejó de quejarse mientras se ponía a trabajar y repartía comida en solemne silencio. Sarene lo vio darle una bolsa a lo que debía de haber sido una niña pequeña, aunque su cabeza era calva y sus labios estaban arrugados. La niña sonrió con incongruente inocencia y luego se marchó rápidamente. Ahan se detuvo un momento antes de continuar su labor.

«Está funcionando», pensó Sarene con alivio. Si podía afectar a Ahan, entonces podría hacer lo mismo con el resto de la corte.

Mientras trabajaba, Sarene reparó en que el hombre llamado Espíritu estaba detrás de la multitud, con la mano en la barbilla, pensativo, mientras la estudiaba. Parecía... preocupado. Pero ¿por qué? ¿De qué tenía que preocuparse? Fue entonces, al mirarle a los ojos, cuando Sarene supo la verdad. Aquel hombre no era ningún lacayo. Era el líder, y por algún motivo sentía la necesidad de ocultarle ese hecho.

Así pues, Sarene hizo lo que hacía siempre cuando descubría que alguien le ocultaba cosas. Trató de averiguar qué.

—HAY ALGO EN él, Ashe —dijo Sarene, de pie ante el palacio, viendo cómo se llevaban el carro vacío. Costaba creer que, pese a todo el trabajo de esa tarde, solo hubiesen distribuido tres comidas. Todo habría desaparecido al día siguiente al mediodía, si no lo había hecho ya.

—¿Quién, mi señora? —preguntó Ashe. Había visto el reparto de alimentos desde lo alto de la muralla, cerca de donde estaba Iadon. Había querido acompañarla, naturalmente, pero ella lo había prohibido. El seon era su principal fuente de información sobre Elantris y sus líderes, y no quería que hubiera una conexión obvia entre ambos.

—En el guía —dijo Sarene, mientras se daba la vuelta y cruzaba la ancha entrada cubierta de tapices del palacio real. A Iadon le gustaban demasiado los tapices para su gusto.

—¿El hombre llamado Espíritu? —Sarene asintió.

—Fingía seguir las órdenes de los demás, pero no era ningún sirviente. Aanden no paraba de mirarlo durante las negociaciones, como buscando su conformidad. ¿Crees que tal vez nos enteramos mal de los nombres de los líderes?

—Es posible, mi señora —admitió Ashe—. Sin embargo, los elantrinos con los que hablé parecían muy seguros. Karata, Aanden y Shaor fueron los nombres que oí al menos una docena de veces. Nadie mencionó a un hombre llamado Espíritu.

—¿Has hablado recientemente con esa gente?

—Últimamente he estado centrando mis esfuerzos en los guardias —dijo Ashe, haciéndose a un lado cuando un mensajero pasó corriendo. La gente tenía tendencia a ignorar a los seones con un grado de indiferencia que hubiese ofendido a cualquier ayudante humano. Ashe lo aceptaba todo sin quejarse, sin interrumpir siquiera su diálogo—. Los elantrinos vacilaron en dar algo más que nombres, mi señora... Los guardias, sin embargo, se mostraron muy libres en sus opiniones. Tienen poco que hacer todo el día aparte de vigilar la ciudad. Uní sus observaciones a los nombres que recogí, y elaboré lo que te dije.

Sarene se detuvo un momento, apoyándose contra una columna de mármol.

—Está ocultando algo.

—Ay, cielos —murmuró Ashe—. Mi señora, ¿no crees que podrías estar extralimitándote? Has decidido enfrentarte al gyorn, liberar a las mujeres de la corte de la opresión masculina, salvar la economía de Arelon y alimentar Elantris. Tal vez deberías dejar sin explorar el subterfugio de ese hombre.

—Tienes razón. Estoy demasiado ocupada para tratar con Espíritu. Por eso *tú* vas a averiguar qué pretende.

Ashe suspiró.

—Vuelve a la ciudad —dijo Sarene—. No deberías tener que internarte demasiado en ella... muchos elantrinos viven cerca de las puertas. Pregúntales por Espíritu y mira a ver si puedes descubrir algo sobre el tratado entre Karata y Aanden.

—Sí, mi señora.

—Me pregunto si no habremos juzgado mal Elantris.

—No lo sé, mi señora. Es un lugar muy bárbaro. Fui testigo

de varios actos atroces yo mismo, y vi las consecuencias en muchos otros. Todos en la ciudad tienen heridas de algún tipo... y por sus gemidos imagino que muchas son graves. Las luchas deben de ser habituales.

Sarene asintió, ausente. Sin embargo, no podía dejar de pensar en Espíritu y lo sorprendentemente poco bárbaro que se había mostrado. Había tranquilizado a los lores, conversado con ellos afablemente como si no estuviera maldito ni ellos lo hubieran expulsado. Al final Sarene había descubierto que le caía bien, aunque le preocupaba que estuviera jugando con ella.

Así que se había mostrado indiferente, incluso fría, con Espíritu, recordándose que muchos asesinos y tiranos podían parecer muy amistosos si querían. Su corazón, sin embargo, le decía que aquel hombre era auténtico. Estaba ocultando cosas, como hacían todos los hombres, pero sinceramente quería mejorar Elantris. Por algún motivo, parecía particularmente preocupado por la opinión que Sarene tuviera de él.

Mientras recorría el pasillo camino de sus aposentos, Sarene tuvo que esforzarse para convencerse de que no le importaba lo que *él* pensara de *ella*.

CAPÍTULO 24

HRATHEN tenía calor con su armadura rojo sangre, expuesto como estaba al ardiente sol. Le consolaba saber lo imponente que debía verse allí de pie en lo alto de la muralla con la armadura brillando a la luz. Naturalmente, nadie lo miraba, todos tenían los ojos puestos en la alta princesa teo que repartía alimentos.

Su decisión de entrar en Elantris había sorprendido a la ciudad, y el subsiguiente permiso del rey lo había vuelto a hacer. Las murallas de Elantris se habían llenado temprano, nobles y mercaderes abarrotaban el paseo abierto de su parte alta. Habían venido como si fueran a ver una lucha de tiburones svordisanos y se asomaban al parapeto para contemplar mejor lo que muchos pensaban que sería un excitante desastre. Todos creían que los salvajes de Elantris harían pedazos a la princesa a los pocos minutos de su entrada y luego la devorarían.

Hrathen observó con resignación cómo los monstruos de Elantris acudían plácidamente, sin intención de devorar a un solo guardia y mucho menos a la princesa. Sus demonios se negaban a actuar, y él pudo ver la decepción en los rostros de la gente. El gesto de la princesa había sido magistral, había castrado a los diablos de Hrathen con un movimiento de la brutal guadaña que era la verdad. Ahora que los aristócratas personales de Sarene habían demostrado su valor al entrar en Elantris, el orgullo obligaría a los demás a hacerlo también. El odio por Elantris se evaporaría, pues la gente no podía temer lo que compadecía.

En cuanto quedó claro que la princesa no sería devorada ese día, la gente perdió interés y empezó a bajar los largos tramos de escalones de la muralla en un goteo constante e insatisfecho. Hrathen se unió a los que regresaban al centro de Kae y la capilla derethi. Mientras caminaba, un carruaje pasó a su lado. Hrathen reconoció el aon que llevaba en su costado, el aon Rii.

El carruaje se detuvo y la puerta se abrió. Hrathen subió y se sentó frente al duque Telrii.

El duque, obviamente, no estaba satisfecho.

—Te había advertido acerca de esa mujer. Ahora el pueblo nunca odiará Elantris y, si no odian a Elantris, no odiarán el shukorath tampoco.

Hrathen agitó una mano.

—Los esfuerzos de la muchacha son irrelevantes.

—No veo por qué dices eso.

—¿Cuánto tiempo podrá seguir haciendo esto? —preguntó Hrathen—. ¿Unas pocas semanas, un mes como mucho? Ahora mismo, sus excursiones son una novedad, pero eso no durará. Dudo que muchos nobles estén dispuestos a acompañarla en el futuro, aunque intente seguir con esas entregas de alimento.

—El daño está hecho —insistió Telrii.

—Difícilmente. Lord Telrii, apenas han pasado unas semanas desde que llegué a Arelon. Sí, la mujer nos ha causado un contratiempo, pero menor. Sabes, como yo, que los nobles son inconstantes. ¿Cuánto tiempo crees que tardarán en olvidar sus visitas a Elantris?

Telrii no parecía convencido.

—Además —Hrathen probó otra táctica—, mi trabajo con Elantris era solo una pequeña parte del plan. La inestabilidad del trono de Iadon, la vergüenza que sufrirá en el próximo periodo fiscal, en eso deberíamos concentrarnos.

—El rey ha entablado algunos nuevos contactos en Teod —dijo Telrii.

—Insuficientes para recuperarse de sus pérdidas —descartó Hrathen—. Sus finanzas están tocadas. La nobleza nunca aceptará a un rey que insiste en que todos mantengan su grado de riqueza pero que no se aplica a sí mismo la medida.

»Pronto podremos empezar a difundir rumores sobre las pérdidas del rey. La mayor parte de los miembros de la alta nobleza son también mercaderes. Tienen medios para descubrir cómo les va a sus competidores. Descubrirán lo mal que está Iadon y empezarán a quejarse.

—Las quejas no me pondrán en el trono —dijo Telrii.

—Te sorprenderías —contestó Hrathen—. Además, paralelamente empezaremos a insinuar que, si el trono fuera tuyo, harías que Arelon firmara un lucrativo tratado comercial con el este. Puedo proporcionarte los documentos precisos. Habrá dinero suficiente para todos... y eso es algo que Iadon no ha podido conseguir. Tu pueblo sabe que este país está al borde de la quiebra financiera. Fjorden puede sacaros de ella.

Telrii asintió lentamente.

«Sí, Telrii —pensó Hrathen, suspirando para sí—, eso es algo que puedes comprender, ¿no? Si no podemos convertir a la nobleza, siempre podemos comprarla».

La táctica no era tan segura como Hrathen había dado a entender, pero la explicación convencería a Telrii mientras Hrathen ideaba otros planes. Cuando se supiera que el rey estaba en quiebra y Telrii era rico, con otras... presiones efectuadas sobre el gobierno, se conseguiría un fácil, aunque brusco, traspaso de poderes.

La princesa había respondido al plan equivocado. El trono de Iadon se desmoronaría aunque ella entregara comida a los elantrinos, creyéndose tan lista por haber desbaratado las maquinaciones de Hrathen.

—Te lo advierto, Hrathen —dijo Telrii de pronto—, no creas que soy un peón derethi. Me atengo a tus planes porque has podido aportarme la riqueza que me prometiste. Pero no dejaré que me empujes en cualquier dirección que desees.

—Ni se me ocurriría, señoría —dijo Hrathen tranquilamente. Telrii asintió y ordenó parar al cochero. Ni siquiera habían recorrido la mitad del trayecto a la capilla derethi.

—Mi mansión está en esa dirección —dijo Telrii, indiferente, señalando una calle lateral—. Puedes ir andando hasta tu capilla el resto del camino.

Hrathen apretó las mandíbulas. Algún día aquel hombre tendría que aprender a tratar con el debido respeto a los oficiales derethi. Por el momento, no obstante, Hrathen simplemente se bajó del carruaje.

Dada la compañía, prefería caminar, de todas formas.

—NUNCA HABÍA VISTO este tipo de respuesta en Arelon —declaró un sacerdote.

—Desde luego —dijo su compañero—. Llevo sirviendo al imperio en Kae hace más de una década y nunca habíamos tenido más de unas cuantas conversiones al año.

Hrathen pasó ante los sacerdotes mientras entraba en la capilla derethi. Eran acólitos menores, de poca importancia; reparó en ellos solo a causa de Dilaf.

—Ha pasado mucho tiempo —reconoció Dilaf—. Aunque reconozco que en una época, justo después de que el pirata Dreok Aplastagargantas atacara Teod, hubo una oleada de conversiones en Arelon.

Hrathen frunció el ceño. Algo en el comentario de Dilaf lo molestó. Se obligó a continuar caminando, pero se volvió a mirar al arteth. Dreok Aplastagargantas había atacado Teod hacía quince años. Era posible que Dilaf recordara una cosa así de su infancia, pero ¿cómo sabía las cifras de conversiones en arelenas?

El arteth tenía que ser mayor de lo que Hrathen había supuesto. Mucho mayor. Hrathen abrió los ojos de par en par mientras estudiaba mentalmente el rostro de Dilaf. Había supuesto que no tenía más de veinticinco años, pero ahora detectó signos de edad en la cara del arteth. Solo atisbos, no obstante. Probablemente era uno de esos raros individuos que parecen mucho más jóvenes de lo que en realidad son. El «joven» sacerdote areleno fingía falta de experiencia, pero sus planes y esquemas revelaban un alto grado de madurez, por lo demás oculto. Dilaf era mucho más curtido de lo que permitía suponer a la gente.

Pero ¿qué significaba eso? Hrathen sacudió la cabeza, abrió la puerta y entró en sus habitaciones. El poder de Dilaf sobre la capilla crecía mientras Hrathen se afanaba por encontrar un apropiado y dispuesto nuevo arteth jefe. Tres hombres más habían rechazado el cargo. Eso era más que sospechoso ya. Hrathen estaba seguro de que Dilaf tenía algo que ver con el asunto.

«Es mayor de lo que habías supuesto —pensó Hrathen—. También lleva mucho tiempo ejerciendo su influencia sobre los sacerdotes de Kae».

Dilaf sostenía que muchos de los primeros seguidores derethi de Kae procedían de su capilla personal del sur de Arelon. ¿Cuánto tiempo había pasado desde su llegada a Kae? Fjon era el arteth jefe cuando llegó Dilaf, pero el liderazgo de Fjon en la ciudad había durado mucho tiempo.

Dilaf probablemente llevaba años en la ciudad. Seguramente se había relacionado con los otros sacerdotes, había aprendido a influir en ellos y adquirido autoridad todo ese tiempo. Y, dado el ardor de Dilaf por el shu-dereth, sin duda había escogido a los arteths más conservadores y efectivos de Kae como asociados suyos.

Y esos eran exactamente los hombres que Hrathen había hecho quedarse en la ciudad a su llegada. Había despedido a los hombres menos devotos, precisamente los que se hubieran sentido insultados o alarmados por el extremo ardor de Dilaf. Sin quererlo, el propio Hrathen había reducido el número de sacerdotes de la capilla en favor de Dilaf.

Hrathen se sentó a su mesa, preocupado por esta nueva revelación. No era extraño que tuviera problemas para encontrar un nuevo arteth jefe. Los que quedaban conocían bien a Dilaf. O bien tenían miedo de ocupar un puesto por encima de él, o los había sobornado para que se retirasen.

«No puede tener tanta influencia sobre todos ellos —se dijo Hrathen, convencido—. Tendré que seguir buscando. Tarde o temprano, uno de los sacerdotes aceptará el puesto».

Con todo, seguía preocupándole la sorprendente efectividad de Dilaf. El arteth tenía dos firmes agarres sobre Hrathen. Primero, aún tenía poder sobre muchos de los más convencidos conversos de Hrathen a través de sus juramentos de odiv. Segundo, el liderazgo oficioso del arteth sobre la capilla cobraba más y más fuerza. Sin un arteth jefe, y con Hrathen dando sermones o reuniéndose con los nobles todo el tiempo, Dilaf había ido apoderándose poco a poco del control del funcionamiento diario de la iglesia derethi en Arelon.

Y, por encima de todo, había un problema aún más acuciante, algo a lo que Hrathen no quería enfrentarse, algo aún más aplacador que la prueba de Sarene o las maniobras de Dilaf. Hrathen podía encarar ese tipo de fuerzas externas, y salir victorioso.

Su vacilación interior, sin embargo, era algo completamente diferente.

Buscó en su mesa un librito. Recordaba haberlo desempaquetado y guardado en el cajón, como había hecho en otras incontables mudanzas. Hacía años que no lo miraba, pero tenía muy pocas pertenencias y por eso nunca había tenido la necesidad de abandonarlo.

Al final, lo localizó. Hojeó las ajadas páginas y seleccionó la que estaba buscando.

«He encontrado un sentido», decía el libro. «Antes, vivía, pero no sabía por qué. Ahora tengo dirección. Sirvo al imperio de nuestro señor Jaddeth y mi servicio está unido directamente a él. Soy importante».

Los sacerdotes de la fe derethi recibían formación para registrar experiencias espirituales, pero Hrathen nunca había sido diligente en esa área concreta. Su registro personal contenía solo unas pocas entradas, incluida esta, que había escrito unas semanas después de decidir unirse al sacerdocio, hacía muchos años. Justo antes de ingresar en el monasterio Dakhor.

«¿Qué sucedió con tu fe, Hrathen?».

Las preguntas de Omin plagaban la mente de Hrathen. Oía al sacerdote korathi susurrar, exigiendo saber qué había sido de las creencias de Hrathen, exigiendo conocer el propósito de sus prédicas. ¿Se había vuelto cínico Hrathen y cumplía con sus deberes simplemente porque eran familiares? ¿Sus sermones se habían convertido en un desafío lógico y dejado de ser una búsqueda espiritual?

Sabía, en parte, que así había sido. Le gustaban la planificación, la confrontación y la reflexión que hacían falta para convertir a toda una nación de herejes. Incluso con Dilaf distrayéndolo, el desafío de Arelon era estimulante.

Pero ¿qué había sido del muchacho Hrathen? ¿Qué había sido de la fe, de aquella increíble pasión que había sentido una vez? Apenas podía recordarla. Esa parte de su vida había pasado rápidamente, y su fe había pasado de ser una llama ardiente a un calor confortable.

¿Por qué quería Hrathen tener éxito en Arelon? ¿Por la fama? El hombre que convirtiera Arelon sería largamente recordado en los anales de la iglesia derethi. ¿Era el deseo de obedecer? Tenía, a fin de cuentas, una orden directa del wyrn. ¿Era porque creía de verdad que la conversión ayudaría al pueblo? Había decidido tener éxito en Arelon sin una matanza como la que había instigado en Duladel. Pero, una vez más, ¿era de verdad porque quería salvar vidas? ¿O era porque sabía que una conquista limpia era más difícil y, por tanto, un desafío mayor?

Su corazón le resultaba tan turbio como una habitación llena de humo.

Dilaf se estaba haciendo poco a poco con el control. Eso en sí mismo no era tan aterrador como la propia sensación de presagio. ¿Y si Dilaf hacía bien en intentar desposeer a Hrathen?

¿Y si Arelon estuviera mejor con Dilaf al mando? Dilaf no se hubiese preocupado por las muertes causadas por una sangrienta revolución. Hubiese estado convencido de que el pueblo estaría mejor bajo el shu-dereth, aunque su conversión requiriera una masacre.

Dilaf tenía fe. Dilaf creía en lo que estaba haciendo. ¿La tenía Hrathen? Ya no estaba seguro.

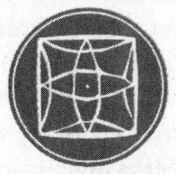

CAPÍTULO 25

CREO que, quizá, ella necesita estos alimentos casi tanto como nosotros —dijo Raoden, observando escéptico a la delgada Torena. La hija de Ahan se había recogido el pelo rojizo y dorado bajo un pañuelo protector y llevaba un sencillo vestido azul, que probablemente había tenido que pedir prestado a una de sus criadas, considerando el extravagante guardarropa que solían tener las nobles arelenas.

—Sé amable con ella —ordenó Sarene, tendiendo a Raoden una caja del carro—. Es la única mujer que ha tenido el valor de venir. Aunque solo consintió porque hice que Shuden se lo pidiera. Si asustas a esa muchacha, ninguna otra vendrá.

—Sí, alteza —dijo Raoden, inclinando levemente la cabeza. Parecía que una semana de repartir alimentos juntos había suavizado un poco su odio por él, pero seguía mostrándose fría. Respondía a sus comentarios, incluso conversaba con él, pero no se permitía ser su amiga.

La semana había sido enervante para Raoden de un modo surrealista. Había pasado su estancia en Elantris acostumbrándose a lo extraño y a lo nuevo. Esa semana, sin embargo, se había visto obligado a reencontrarse con lo familiar. Era peor, en cierto sentido. Podía aceptar Elantris como una fuente de dolor. Pero era completamente distinto ver a sus amigos del mismo modo.

Incluso entonces Shuden permanecía junto a Torena, sosteniéndola por el codo mientras la animaba a acercarse a la fila de alimentos. Shuden era uno de los mejores amigos de Raoden. El solemne jinDo y él habían pasado horas discutiendo sus puntos de vista sobre los problemas civiles de Arelon. Ahora Shuden apenas reparaba en él. Había pasado lo mismo con Eondel, Kiin, Roial e incluso Lukel.

Habían sido compañeros del guapo príncipe Raoden, pero no de la criatura maldita conocida como Espíritu.

Sin embargo, a Raoden le resultaba difícil sentirse amargado. No podía echarles la culpa por no reconocerlo. Él mismo apenas se reconocía ya, con su piel arrugada y su cuerpo maltrecho. Incluso su voz era diferente. En cierto modo, su propio subterfugio le dolía aún más que la ignorancia de sus amigos. No podía decirles quién era, pues la noticia de su supervivencia hubiese podido destruir Arelon. Raoden sabía muy bien que su popularidad era mayor que la de su padre. Habría quienes le seguirían, con Elantris o sin ella. La guerra civil no beneficiaría a nadie, y al final Raoden probablemente acabaría decapitado.

No, definitivamente tenía que permanecer oculto. Conocer su destino tan solo produciría en sus amigos dolor y confusión. Sin embargo, ocultar su identidad requería vigilancia. Su cara y su voz habían cambiado, pero no sus modales. Se esforzaba en mantenerse apartado de cualquiera que lo hubiese conocido demasiado bien, intentando ser alegre y amistoso, pero no abierto.

Por ese motivo, se encontraba gravitando hacia Sarene. Ella no lo había conocido con anterioridad y por eso no tenía que actuar estando cerca de ella. En cierto modo, era una especie de prueba. Sentía curiosidad por ver cómo se hubiesen llevado como marido y mujer, sin que sus distintas necesidades políticas se inmiscuyeran.

Sus impresiones iniciales habían sido acertadas. Le gustaba. Lo que las cartas habían dado a entender, Sarene lo cumplía. No era como las mujeres a las que estaba acostumbrado en la corte arelena. Era fuerte y decidida. No agachaba la mirada cada vez que un hombre se dirigía a ella, no importaba lo noble que fuera su rango. Daba órdenes de manera sencilla, y nunca fingía debilidad para atraer la atención de un hombre.

Sin embargo, los lores la seguían. Eondel, Shuden e incluso el duque Roial confiaban en su juicio y respondían a sus órdenes como si fuera rey. Tampoco había nunca un atisbo de amargura en sus ojos. Ella daba órdenes con amabilidad y ellos respondían naturalmente. Raoden solo podía sonreír asombrado. A él le había costado años ganarse la confianza de aquellos hombres. Sarene lo había logrado en cuestión de semanas.

Era impresionante en todo, inteligente, bella y fuerte. Si al menos hubiese podido convencerla de que no lo odiara...

Raoden suspiró y volvió al trabajo. A excepción de Shuden, todos los nobles de aquel día eran nuevos en la experiencia. La mayoría eran nobles menores o sin importancia, pero había un par de incorporaciones notables. El duque Telrii, por ejemplo, se hallaba a un lado, viendo el proceso de descarga con ojos perezosos. No participaba, pero había traído a un criado para que ocupara su lugar. Obviamente, Telrii prefería evitar cualquier tipo de ejercicio.

Raoden sacudió la cabeza. Nunca le había caído bien el duque. Había abordado a aquel hombre una vez, con la esperanza de persuadir a Telrii para que se uniera a su oposición al rey. Telrii había bostezado y preguntado cuánto estaba dispuesto Raoden a pagar por su apoyo, y luego se había reído cuando Raoden se retiraba. Raoden nunca había sido capaz de decidir si había hecho la pregunta por verdadera avaricia o si simplemente sabía cómo iba a reaccionar Raoden a la exigencia.

Raoden se volvió hacia los otros nobles. Como de costumbre, los recién llegados formaban un pequeño círculo asustado alrededor del carro que habían descargado. Ahora le tocaba el turno a Raoden. Se acercó con una sonrisa, presentándose y estrechando manos... casi siempre contra la voluntad de los otros. Sin embargo, su tensión empezó a ceder después de unos minutos de conversación. Veían que al menos había un elantrino que no iba a devorarlos, y ninguno de los otros repartidores de comida había caído ante la shaod, así que podían descartar sus temores de contagiarse.

El grupo de gente se relajó, siguiendo los afables comentarios de Raoden. Acostumbrar a los nobles era una tarea que había reservado para sí. El segundo día quedó claro que Sarene no tenía ninguna influencia con la mayoría de los aristócratas, como la tenía con Shuden y los otros de su antiguo círculo. Si Raoden no hubiera intervenido, el segundo grupo probablemente se habría quedado cruzado de brazos en el carro. Sarene no le dio las gracias por sus esfuerzos, pero asintió, levemente apreciativa. Después, se dio por supuesto que Raoden ayudaría con cada nueva hornada de nobles como había hecho con la segunda.

Le resultaba extraño participar en el acontecimiento que estaba destruyendo todo lo que había pretendido construir en Elantris. Sin embargo, aparte de provocar un enorme incidente, poco podía hacer para detener a Sarene. Además, Mareshe y Karata estaban recibiendo artículos vitales por su «cooperación». Raoden tendría que reconstruir mucho cuando terminara la prueba de Sarene, pero superar los contratiempos merecía la pena. Suponiendo, claro, que viviera el tiempo suficiente.

Aquel pensamiento fortuito lo hizo súbitamente consciente de sus dolores. Lo acompañaban siempre, quemando su carne y royendo su determinación. Ya no los contaba, aunque cada uno aportaba su propia sensación, un nombre sin forma, una agonía individual. Por lo que parecía, su dolor aumentaba mucho más rápidamente que el de los demás. Un arañazo en el brazo parecía un tajo que corriera desde el hombro hasta los dedos, y el dedo lastimado de su pie ardía con un fuego que le llegaba hasta la rodilla. Era como si llevara un año en Elantris y no solo un solitario mes.

O tal vez su dolor no era más fuerte. Tal vez él era más débil que los demás. En cualquier caso, no podría soportarlo mucho más. Pronto llegaría un día, al cabo de un mes o quizá dos, en que no despertaría de su dolor y tendrían que llevarlo a la Sala de los Caídos. Allí podría por fin dedicarse plenamente a su vigilante agonía.

Descartó esos pensamientos, obligándose a empezar a repartir alimentos. Trató de dejar que el trabajo le distrajera y eso le ayudó un poco. Sin embargo, el dolor seguía acechando en su interior, como una bestia oculta en las sombras, sus ojos rojos observando con intensa hambre.

Cada elantrino recibía un saquito con diversos productos listos para comer. Las raciones de aquel día eran como las de cualquier otro, aunque, sorprendentemente, Sarene había encontrado algunos melones agrios jinDo. Las frutas rojas, del tamaño de un puño, brillaban en la caja junto a Raoden, desafiando el hecho de que se suponía que no estaban en temporada. Él servía una fruta en cada bolsa, con grano hervido, diversas verduras y una pequeña hogaza de pan. Los elantrinos aceptaban la limosna agradecidos, pero ansiosos. La mayoría se alejaba del carro en cuanto recibía los alimentos, para comérselos a solas. Seguían sin poder creer que nadie iba a quitárselos.

Mientras Raoden trabajaba, un rostro familiar apareció ante él. Galladon llevaba sus harapos elantrinos y una capa ajada que se había hecho con lo que habían podido ir encontrando por la ciudad. El dula tendió su saco, y Raoden, cuidadosamente, se lo cambió por uno que contenía cinco veces la ración normal, tan lleno que resultaba difícil alzarlo con una debilitada mano elantrina. Galladon lo recibió con el brazo extendido y lo ocultó con un lado de su capa. Luego desapareció entre la multitud.

Saolin, Mareshe y Karata acudieron también, y cada uno recibió una bolsa como la de Galladon. Guardarían los artículos que pudieran y luego darían el resto a los hoed. Algunos de los caídos eran capaces de reconocer la comida, y Raoden esperaba que comer regularmente los ayudara a recuperar la cordura.

Hasta el momento, no había funcionado.

LA PUERTA RETUMBÓ al cerrarse, un sonido que recordó a Raoden su primer día en Elantris. Su dolor entonces solo había sido emocional y relativamente débil. Si hubiera comprendido de verdad adónde iba, probablemente se habría encogido en el suelo y se habría unido a los hoed allí y entonces.

Se dio la vuelta, dando la espalda a las puertas. Mareshe y Galladon se encontraban en el centro del patio, examinando varias cajas que Sarene había dejado en cumplimiento de las exigencias más recientes de Karata.

—Por favor, decidme que habéis ideado un medio para transportar todo eso —dijo Raoden, reuniéndose con sus amigos. Las últimas veces habían acabado llevando las cajas a Nueva Elantris una a una, y sus debilitados músculos elantrinos se resentían por el esfuerzo.

—Claro que sí —dijo Mareshe, con una mueca de desdén—. Al menos debería funcionar.

El hombrecito sacó una fina lámina de metal de detrás de un montón de basura. Sus cuatro lados se curvaban levemente hacia arriba, y había tres cuerdas sujetas a la parte delantera.

—¿Un trineo? —preguntó Galladon.

—Cubierto con grasa por debajo —explicó Mareshe—. No he podido encontrar ruedas en Elantris que no estuvieran herrumbrosas o podridas, pero esto tendría que funcionar. La mugre de estas calles proporcionará el lubricante para mantenerlo en movimiento.

Galladon gruñó, reprimiendo, sin duda, algún comentario sarcástico. No importaba lo mal que funcionara el trineo de Mareshe, no podía ser peor que hacer una docena de viajes entre las puertas de la ciudad y la capilla.

De hecho, el trineo funcionó bastante bien. Al cabo de un rato la grasa se consumió y las calles eran demasiado estrechas para evitar las zonas con el empedrado levantado. Y, por supuesto, arrastrarlo por las calles libres de mugre de Nueva Elantris resultó aún más difícil. Pero incluso Galladon tuvo que admitir que el trineo les había ahorrado bastante tiempo.

—Por fin ha hecho algo útil —gruñó el dula después de que se detuvieran ante la capilla.

Mareshe bufó, indiferente, pero Raoden le notó la satisfacción en los ojos. Galladon se negaba tozudamente a reconocer el ingenio del hombrecito. El dula se justificaba diciendo que no quería inflar el ego de Mareshe, algo que Raoden consideraba casi imposible.

—Vamos a ver qué ha decidido enviar la princesa esta vez —dijo Raoden, abriendo la primera caja.

—Cuidado con las serpientes —le advirtió Galladon.

Raoden se echó a reír, dejando caer la tapa al suelo. La caja contenía varias piezas de tela... todas de un mareante color naranja vivo.

Galladon frunció el ceño.

—Sule, ese es el color más repugnante que he visto en toda mi vida.

—Estoy de acuerdo —dijo Raoden con una sonrisa.

—No pareces muy decepcionado.

—No, si estoy completamente asqueado —dijo él—. Pero es que me gusta ver las formas que ella encuentra de fastidiarnos.

Galladon gruñó y se acercó a la segunda caja mientras Raoden alzaba un pico de la tela, estudiándolo con mirada especulativa. Galladon tenía razón, era un color particularmente chillón. El intercambio de exigencias y artículos entre Sarene y los «jefes de bandas» se había convertido en algo parecido a un juego. Mareshe y Karata se pasaban horas decidiendo cómo expresar sus demandas, pero Sarene siempre parecía encontrar un modo de volver las órdenes contra ellos.

—Anda, te va a encantar esto —dijo Galladon, asomándose a la segunda caja y sacudiendo la cabeza.

—¿Qué?

—Es nuestro acero —dijo el dula. La última vez habían pedido veinte planchas de acero, y Sarene había entregado diligentemente veinte planchas de metal tan finas que casi flotaban cuando se las dejaba caer. Esta vez habían pedido su acero al peso.

Galladon metió la mano en la caja y sacó un puñado de clavos. Clavos torcidos.

—Debe de haber miles aquí dentro.

Raoden se echó a reír.

—Bueno, estoy seguro de que se nos ocurrirá algo que hacer con ellos. —Por fortuna, Eonic el herrero había sido uno de los pocos elantrinos que había permanecido fiel a Raoden.

Galladon dejó caer los clavos en la caja, encogiéndose de hombros. El resto de los suministros no era tan malo. La comida estaba rancia, pero Karata había estipulado que tenía que ser comestible. El aceite desprendía un fuerte olor cuando se quemaba (Raoden no tenía ni idea de dónde podría haberlo encontrado la princesa) y los cuchillos estaban afilados, pero no tenían mango.

—Al menos no ha descubierto por qué exigimos cajas de madera —dijo Raoden, inspeccionando los receptáculos. El grano era bueno y fuerte. Podrían romper las cajas y usar la madera para una multitud de cosas.

—No me sorprendería que las dejara sin lijar para que nos pinchemos con las astillas —dijo Galladon, rebuscando en un montón de cuerda para ver dónde estaba el extremo—. Si esa mujer era tu destino, sule, entonces tu Domi te bendijo enviándote a este lugar.

—No es tan mala —dijo Raoden, levantándose mientras Mareshe empezaba a catalogar las adquisiciones.

—Lo encuentro raro, mi señor —dijo Mareshe—. ¿Por qué se toma tantas molestias en agraviarnos? ¿No teme estropear nuestro trato?

—Creo que sospecha el poco poder que, en realidad, tenemos, Mareshe —dijo Raoden, sacudiendo la cabeza—. Cumple nuestras exigencias porque no quiere retractarse de su promesa, pero no siente la necesidad de mantenernos contentos. Sabe que no podemos impedir que la gente acepte su comida.

Mareshe asintió y volvió a su lista.

—Vamos, Galladon —dijo Raoden, tomando las bolsas de comida para los hoed—. Busquemos a Karata.

NUEVA ELANTRIS PARECÍA vacía ahora. Una vez, justo antes de la llegada de Sarene, habían congregado a más de cien personas. Ahora apenas quedaban veinte, sin contar los niños y los hoed. La mayoría de los que se habían quedado eran recién llegados a Elantris, gente como Saolin y Mareshe, a los que Raoden había «rescatado». No conocían otra vida más allá de Nueva Elantris, y dudaban en dejarla atrás. Los demás, los que habían acudido a Nueva Elantris por su cuenta, solo habían sido relativamente leales a la causa de Raoden. Se marcharon en cuanto Sarene les ofreció algo que aportaba un beneficio más inmediato y la mayoría deambulaba por las calles próximas a la puerta, esperando la siguiente entrega.

—Triste. ¿Kolo? —Galladon contempló las calles ahora limpias, pero vacías.

—Sí —dijo Raoden—. Tuvo posibilidades, aunque solo fuera durante una semana.

—Volveremos a conseguirlo, sule.

—Trabajamos tanto para ayudarlos a volver a ser humanos y han abandonado lo que aprendieron. Esperan con la boca abierta. Me pregunto si Sarene es consciente de que sus bolsas de tres comidas solo duran unos minutos. La princesa está intentando detener el hambre, pero la gente devora la comida tan rápidamente que acaban sintiéndose mal unas horas y luego pasan hambre el resto del día. El cuerpo de los elantrinos no funciona igual que el de una personas común.

—Fuiste tú el que lo dijo, sule. El hambre es psicológica. Nuestros cuerpos no necesitan comida, el dor nos sustenta.

Raoden asintió.

—Bueno, al menos no los hace explotar.

Le había preocupado que comer demasiado hiciera que los estómagos de los elantrinos estallaran. Por fortuna, cuando la barriga estaba llena, el sistema digestivo empezaba a funcionar. Como los músculos elantrinos, todavía respondía a los estímulos.

Continuaron caminando, y pasaron ante Kahar, que frotaba complacido una pared con un cepillo que le habían conseguido en la última entrega. Su rostro era pacífico y sereno, apenas parecía darse cuenta de que sus ayudantes se habían marchado. Sin embargo, miró a Raoden y Galladon con ojos críticos.

—¿Por qué no se ha cambiado, mi señor? —señaló. Raoden se miró los harapos elantrinos.

—No he tenido tiempo todavía, Kahar.

—¿Después de todo el trabajo que se tomó la señora Maare para coserte un traje adecuado, mi señor? —preguntó Kahar críticamente.

—Muy bien —sonrió Raoden—. ¿Has visto a Karata?

—Está en la Sala de los Caídos, mi señor, con los hoed.

SIGUIENDO LAS INDICACIONES del viejo limpiador, Raoden y Galladon se cambiaron de ropa antes de seguir buscando a Karata. Raoden se alegró inmediatamente de haberlo hecho. Casi había olvidado lo que era vestir ropa limpia, ropa que no olía a suciedad y abandono, y que no estuviera cubierta por una capa de mugre marrón. Naturalmente, los colores dejaban mucho que desear, Sarene era bastante astuta con sus selecciones.

Raoden se contempló en un pequeño pedazo de acero pulido. Su camisa era amarilla con franjas azules, sus pantalones de un rojo vivo y el chaleco de un verde vomitivo. En conjunto, parecía una especie de confuso pájaro tropical. Su único consuelo era que, por tonto que pareciera, Galladon estaba mucho peor.

El gran dula se miró la ropa rosa y verde claro con expresión resignada.

—No pongas esa cara, Galladon —rio Raoden—. ¿No se supone que a los dulas os gusta la ropa llamativa?

—Eso es a la aristocracia, los ciudadanos y los republicanos. Yo soy granjero, no considero el rosa exactamente un color atractivo. ¿Kolo? —Entonces miró a Raoden con ojos entornados—. Si haces un solo comentario acerca de que parezco una fruta kathari, me quitaré esta túnica y te ahorcaré con ella.

Raoden se echó a reír.

—Algún día voy a encontrar a ese erudito que me dijo que todos los dulas son de temperamento tranquilo y le obligaré a pasarse una semana encerrado en una habitación contigo, amigo mío.

Galladon gruñó, sin molestarse en responder.

—Vamos —dijo Raoden, abriendo camino hacia la habitación trasera de la capilla. Encontraron a Karata sentada en el exterior de la Sala de los Caídos, con hilo y una aguja en las manos. Saolin estaba sentado ante ella, arremangado. Un tajo largo y profundo le recorría el brazo. No sangraba, pero la carne estaba oscura y viscosa. Karata cosía la herida con eficacia.

—¡Saolin! —exclamó Raoden—. ¿Qué ha pasado?

El soldado agachó la cabeza, cohibido. No parecía dolorido, aunque el corte era tan profundo que un hombre normal se hubiera desmayado a causa del dolor y de la pérdida de sangre.

—Resbalé, mi señor, y uno de ellos me alcanzó.

Raoden miró al herido con insatisfacción. Los soldados de Saolin no habían disminuido tanto como el resto de los habitantes de Nueva Elantris. Eran un grupo serio, no tan dispuesto a abandonar la responsabilidad recién hallada. Sin embargo, su número nunca había sido grande, y apenas tenían suficientes hombres para vigilar las calles que llevaban del territorio de Shaor hasta el patio. Cada día, mientras el resto de los elantrinos se atiborraba con las limosnas de Sarene, Saolin y sus hombres libraban una guerra amarga para impedir que las bestias de Shaor atacaran los patios. A veces, se podían oír aullidos en la distancia.

—Lo siento, Saolin —dijo Raoden mientras Karata cosía.

—No importa, mi señor —respondió con valentía el soldado. Sin embargo, aquella herida no era como las anteriores. La tenía en el brazo con el que manejaba la espada.

—Mi señor... —empezó a decir, sin querer mirar a Raoden a los ojos.

—¿Qué ocurre?

—Hemos perdido otro hombre hoy. Apenas hemos podido mantenerlos a raya. Ahora, sin mí... bueno, vamos a pasarlo mal, mi señor. Mis chicos son buenos luchadores y están bien equipados, pero no podremos contenerlos mucho tiempo.

Raoden movió la cabeza en gesto apreciativo.

—Pensaré en algo. —El hombre asintió, esperanzado, y Raoden, sintiéndose culpable, continuó—: Saolin, ¿cómo te hiciste un corte así? Nunca he visto a ninguno de los hombres de Shaor empuñar nada que no fueran palos y piedras.

—Han cambiado, mi señor —respondió Saolin—. Algunos tienen espadas ahora, y cada vez que uno de mis hombres cae le quitan sus armas.

Raoden alzó las cejas, sorprendido.

—¿De verdad?

—Sí, mi señor. ¿Es importante?

—Mucho. Significa que los hombres de Shaor no son tan bestiales como nos han hecho creer. Hay margen en sus mentes para la adaptación. Parte de su salvajismo, al menos, es fingido.

—Por Doloken con el fingimiento —dijo Galladon con un bufido.

—Bueno, tal vez no sea fingido —dijo Raoden—. Se comportan así porque les resulta más fácil soportar el dolor. Sin embargo, si les damos otra opción, puede que la acepten.

—Podríamos dejarles llegar al patio, mi señor —sugirió Saolin, vacilante, gruñendo un poco mientras Karata terminaba de coser. La mujer era eficaz. Había conocido a su marido mientras trabajaba de enfermera para un pequeño grupo de mercenarios.

—No —contestó Raoden—. Aunque no maten a algunos de los nobles, los guardias de la ciudad los masacrarán.

—¿No es eso lo que queremos, sule? —preguntó Galladon con un brillo malévolo en la mirada.

—Por supuesto que no. Creo que la princesa Sarene tiene un propósito oculto para esta prueba suya. Trae a nobles diferentes cada día, como si quisiera acostumbrarlos a Elantris.

—¿De qué puede servir eso? —preguntó Karata, hablando por primera vez mientras guardaba sus útiles de coser.

—No lo sé —respondió Raoden—. Pero para ella es importante. Si los hombres de Shaor atacaran a los nobles, destruirían lo que la princesa está intentando conseguir. He intentado advertirla de que no todos los elantrinos son tan dóciles como los que ha visto, pero me parece que no me cree. Tendremos que mantener a raya a los hombres de Shaor hasta que Sarene termine.

—¿Cuándo será eso? —preguntó Galladon.

—Solo Domi lo sabe —respondió Raoden, sacudiendo la cabeza—. No me lo quiere decir... Recela cada vez que intento sonsacarle información.

—Bueno, sule —dijo Galladon, mirando el brazo herido de Saolin—, será mejor que encuentres un modo de detenerla pronto... eso, o prepárate a vértelas con varias docenas de maniacos hambrientos. ¿Kolo?

Raoden asintió.

UN PUNTO EN el centro, una línea horizontal corriendo unos pocos centímetros por encima y otra hacia abajo por un lado, aon Aon, el punto de partida de cualquier otro aon. Raoden siguió dibujando, moviendo los dedos delicada y rápidamente, dejando rastros luminosos tras ellos. Completó la caja central y luego dibujó dos círculos más grandes alrededor: aon Tia, el símbolo para viajar.

Raoden no se detuvo ahí tampoco. Dibujó dos líneas largas que partían de las esquinas de la caja (una orden para que el aon solo lo afectara a él) y luego cuatro aones más pequeños por el lado para determinar la distancia exacta que iba a enviarle. Una serie de líneas cruzando la parte superior instruían al aon para que no surtiera efecto hasta que pulsara su centro, indicando que estaba preparado.

Hizo cada línea o punto con precisión. La longitud y el tamaño eran muy importantes para los cálculos. Seguía siendo un aon relativamente sencillo, sin nada que ver con los aones extremadamente complejos que describía el libro. A pesar de todo, Raoden estaba orgulloso de su cada vez mayor habilidad. Había tardado días en perfeccionar la serie de cuatro aones que instruía al Tia de que lo transportara exactamente a diez cuerpos de distancia.

Contempló el brillante dibujo con una sonrisa de satisfacción hasta que destelló y desapareció, completamente ineficaz.

—Estás mejorando, sule —dijo Galladon, apoyado en el alféizar y asomado a la capilla.

Raoden negó con la cabeza.

—Todavía me queda mucho, Galladon.

El dula se encogió de hombros. Galladon había dejado de intentar convencer a Raoden de que practicar el AonDor era inútil. No importaba qué sucediera, Raoden siempre pasaba unas cuantas horas al día dibujando sus aones. Le consolaba. Sentía menos dolor cuando dibujaba aones y se notaba más en paz durante esas pocas horas de lo que se había sentido en mucho tiempo.

—¿Cómo van las cosechas? —preguntó Raoden.

Galladon se dio media vuelta y contempló el huerto. Los brotes de cereal eran aún pequeños, apenas retoños. Raoden veía que sus tallos empezaban a crecer. La semana anterior había visto la desaparición de la mayoría de los trabajadores de Galladon, y ahora solo quedaba el dula para trabajar en la diminuta granja. Cada día hacía varios viajes para llevar agua a sus plantas, pero no podía cargar mucha, y el cubo que Sarene les había dado tenía una grieta.

—Vivirán —dijo Galladon—. Acuérdate de que Karata pida fertilizante en la próxima orden.

Raoden sacudió la cabeza.

—No podemos hacer eso, amigo mío. El rey no debe descubrir que estamos cultivando nuestra propia comida.

Galladon hizo una mueca.

—Bueno, supongo que podrías pedir estiércol.

—Demasiado obvio.

—Bueno, pues pídele pescado, entonces. Di que de pronto te han entrado unas ganas enormes de comer trike.

Raoden suspiró, asintiendo. Tendría que haber pensado un poco más antes de colocar el jardín en su propia casa. El olor de pescado podrido no era algo que le entusiasmara.

—¿Aprendiste ese aon en el libro? —preguntó Galladon, asomado cómodamente a la ventana—. ¿Qué se supone que hace?

—¿El aon Tia? Es un aon de transporte. Antes del Reod, ese aon podía trasladar a una persona de Elantris al otro extremo del mundo. El libro lo menciona porque era uno de los aones más peligrosos.

—¿Peligroso?

—Hay que ser muy preciso respecto a la distancia a la que te envía. Si le dices que te transporte exactamente un metro, lo hará... sin importar lo que haya a un metro de distancia. Podrías materializarte en medio de una pared de piedra.

—Entonces ¿estás aprendiendo mucho del libro?

Raoden se encogió de hombros.

—Algunas cosas. Pistas, principalmente. —Volvió a una página del libro que había marcado—. Como este caso. Unos diez años antes del Reod, un extranjero trajo a su esposa a Elantris para que trataran su parálisis. Sin embargo, el curador elantrino dibujó el aon Ien ligeramente equivocado... y en vez de desaparecer, el carácter destelló y bañó a la pobre mujer en una luz rojiza. Se llenó toda de manchas negras y el pelo se le cayó al poco tiempo. ¿Te suena familiar?

Galladon alzó una ceja.

—Murió poco después —dijo Raoden—. Se arrojó desde lo alto de un edificio, gritando que el dolor era insoportable.

Galladon frunció el ceño.

—¿Qué hizo mal el curador?

—No fue tanto un error como una omisión. Se dejó una de las tres líneas básicas. Un error tonto, pero no tendría que haber tenido un efecto tan drástico. —Raoden estudió la página, pensativo—. Es casi como si...

—¿Como qué, sule?

—Bueno, el aon no estaba terminado, ¿no?

—Kolo.

—Así que tal vez la curación empezó, pero no pudo terminar porque sus instrucciones no estaban completas —dijo Raoden—. ¿Y si el error creó un aon viable... un aon capaz de acceder al dor pero sin suficiente energía para terminar lo que había empezado?

—¿Qué estás dando a entender, sule? —Raoden abrió mucho los ojos.

—Que no estamos muertos, amigo mío.

—No nos late el corazón. No respiramos. No sangramos. No podría estar más de acuerdo contigo.

—No, en serio —dijo Raoden, entusiasmado—. ¿No lo ves? Nuestros cuerpos están atrapados en una especie de transformación a medias. El proceso comenzó, pero algo lo bloqueó... igual que en la curación de esa mujer. El dor está aún dentro de nosotros, esperando la dirección y la energía para terminar lo que había empezado.

—No sé si te entiendo, sule —dijo Galladon, vacilante. Raoden no le estaba escuchando.

—Por eso nuestros cuerpos nunca sanan... es como si estuvieran atascados en el mismo momento del tiempo. Detenidos, como un pez en un bloque de hielo. El dolor no se va porque nuestros cuerpos piensan que el tiempo no pasa. Están atrapados, esperando el final de su transformación. Se nos cae el pelo y no crece de nuevo. Nuestra piel se vuelve negra en los puntos donde empezó la shaod y luego se detuvo al quedarse sin fuerza.

—Me parece una hipótesis descabellada, sule.

—Lo es. Pero estoy seguro de que es la verdad. Algo está bloqueando el dor... puedo sentirlo a través de mis aones. La energía intenta pasar, pero hay algo en medio. Como si las pautas de los aones estuvieran cambiadas.

Raoden miró a su amigo.

—No estamos muertos, Galladon, y no estamos condenados. Estamos sin terminar.

—Magnífico, sule —dijo Galladon—. Ahora solo tienes que averiguar por qué.

Raoden asintió. Comprendían un poco más, pero el auténtico misterio, la razón tras la caída de Elantris, permanecía sin descifrar.

—Pero me alegro de que el libro te sirviera de ayuda —continuó el dula, volviéndose para ocuparse de sus plantas.

Raoden ladeó la cabeza mientras Galladon se marchaba.

—Espera un momento, Galladon.

El dula se volvió con una mirada interrogante.

—No te importan nada mis estudios, ¿verdad? Solo querías saber si tu libro era útil.

—¿Por qué habría de importarme eso? —rezongó Galladon.

—No lo sé. Pero siempre has protegido mucho tu estudio. No se lo has enseñado a nadie, y ni siquiera vas allí. ¿Qué hay tan sagrado en ese sitio y sus libros?

—Nada —dijo Galladon, encogiéndose de hombros—. Es que no quiero que se estropeen.

—¿Cómo encontraste ese sitio, por cierto? —preguntó Raoden, acercándose a la ventana y apoyándose en el alféizar—. Dices que solo llevas unos meses en Elantris, pero pareces conocer cada callejón y cada calle. Me llevaste directamente al banco de Shaor, y el mercado no es exactamente el tipo de lugar que habrías explorado por casualidad.

El dula se fue incomodando cada vez más a medida que Raoden hablaba.

—¿Es que un hombre no puede guardarse nada para sí mismo, Raoden? —murmuró por fin—. ¿Tienes que sonsacármelo todo?

Raoden se echó hacia atrás, sorprendido por la súbita intensidad de su amigo.

—Lo siento —tartamudeó, advirtiendo lo mucho que sus palabras habían parecido una acusación. Galladon no le había dado más que apoyo desde su llegada. Avergonzado, Raoden se dio la vuelta para dejar tranquilo al dula.

—Mi padre era elantrino —dijo Galladon en voz baja.

Raoden se detuvo. De reojo, pudo ver a su amigo. El gran dula se había sentado en el suelo recién regado y estaba mirando un pequeño tallo de grano que tenía delante.

—Viví con él hasta que fui lo bastante mayor para marcharme —dijo Galladon—. Siempre pensé que no estaba bien que un dula viviera en Arelon, lejos de su pueblo y su familia. Supongo que por eso el dor decidió echarme la misma maldición.

»Decían que Elantris era la más bendita de las ciudades, pero mi padre nunca fue feliz aquí. Supongo que incluso en el paraíso hay quienes no encajan. Se convirtió en un erudito. De hecho, el estudio que te enseñé era suyo. Sin embargo, Duladel nunca abandonó su mente. Estudiaba métodos de labranza y agricultura, aunque ambas cosas eran inútiles en Elantris. ¿Por qué cultivar cuando podías convertir la basura en comida?

Galladon suspiró y extendió la mano para tomar una pizca de tierra entre los dedos. La frotó un momento, dejando que volviera a caer al suelo.

—Deseó haber estudiado curación cuando encontró a mi madre muriéndose junto a él en la cama una mañana. Algunas enfermedades golpean tan rápidamente que ni siquiera el AonDor puede detenerlas. Mi padre se convirtió en el único elantrino deprimido que he conocido. Fue entonces cuando comprendí por fin que no eran dioses, pues un dios nunca podría sentir semejante agonía. Mi padre no podía regresar a casa. Los elantrinos de antaño estaban tan exiliados como nosotros hoy, no importa lo hermosos que pudieran haber sido. La gente no quiere vivir con alguien superior... no soporta un signo tan visible de su propia inferioridad.

»Se alegró cuando regresé a Duladel. Me dijo que fuera granjero. Lo dejé siendo un dios pobre y solitario en una ciudad divina, deseando únicamente la libertad de ser de nuevo un hombre sencillo. Murió un año después de que me marchara. ¿Sabías que los elantrinos podían morir de cosas sencillas, como una enfermedad del corazón, por ejemplo? Vivían mucho más tiempo que la gente ordinaria, pero podían morir. Sobre todo si querían. Mi padre conocía los signos de la muerte del corazón. Podría haber ido a que lo curaran, pero prefirió quedarse en su estudio y desaparecer. Igual que esos aones que pasas tanto tiempo dibujando.

—Entonces ¿odias Elantris? —preguntó Raoden, saliendo cuidadosamente por la ventana abierta para acercarse a su amigo. Se sentó también, y contempló a Galladon desde el otro lado de la pequeña planta.

—¿Odiar? —preguntó Galladon—. No, no odio. No es propio de los dula. Naturalmente, crecer en Elantris con un padre amargado hizo de mí un pobre dula. Ya te habrás dado cuenta. No me tomo las cosas a la ligera como hace mi pueblo. Le veo la pega a todo. Como la porquería de Elantris. Los otros dulas me evitaban por mi conducta, y casi me alegré cuando la shaod me alcanzó. No encajaba en Duladel, no importaba cuánto disfrutara de mi granja. Me merezco esta ciudad y ella me merece a mí. ¿Kolo?

Raoden no estaba seguro de qué responder.

—Supongo que un comentario optimista no serviría de mucho ahora mismo.

Galladon sonrió levemente.

—Definitivamente no. Los optimistas no podéis comprender que una persona deprimida no quiere que intentéis alegrarla. Eso nos pone enfermos.

—Entonces déjame decirte una verdad, amigo mío. Te aprecio. No sé si encajas aquí, dudo que ninguno de nosotros lo haga. Pero valoro tu ayuda. Si Nueva Elantris tiene éxito, será porque estuviste ahí para evitar que me tirase desde el terrado de un edificio.

Galladon inspiró profundamente. Su cara no mostraba alegría, pero su gratitud era evidente. Asintió, luego se levantó y le ofreció a Raoden una mano para ayudarlo a levantarse.

RAODEN SE VOLVIÓ, incómodo. No tenía cama sino un conjunto de mantas en la habitación trasera de la capilla. Sin embargo, no era la incomodidad lo que lo mantenía despierto. Tenía otro problema, una preocupación en el fondo de su mente. Se le escapaba algo importante. Había estado a punto de caer en la cuenta y su subconsciente lo acuciaba, exigiendo que estableciera la relación.

Pero ¿qué era? ¿Qué pista, apenas registrada, lo acosaba?

Después de su conversación con Galladon, Raoden había continuado practicando sus aones. Luego había echado un breve vistazo a la ciudad. Todo estaba tranquilo. Los hombres de Shaor habían dejado de atacar Nueva Elantris, concentrados en el potencial más prometedor que suponían las visitas de Sarene.

Decidió que era algo que tenía que estar relacionado con lo que había discutido con Galladon. Algo referido a los aones, o tal vez al padre de Galladon. ¿Cómo habría sido ser elantrino entonces? ¿Podía haberse deprimido de verdad un hombre entre aquellas sorprendentes murallas? ¿Quién, capaz de maravillosos portentos, estaría dispuesto a cambiarlos por la sencilla vida de un granjero? Debía de ser hermosa entonces, tan hermosa...

—¡Domi Misericordioso! —gritó Raoden, incorporándose de golpe encima de sus mantas.

Unos segundos más tarde, Saolin y Mareshe, que dormían en la habitación principal de la capilla, entraron corriendo por la puerta. Galladon y Karata venían detrás. Encontraron a Raoden sentado, estupefacto.

—¿Sule? —preguntó Galladon con cuidado.

Raoden se levantó y salió de la habitación. Un perplejo séquito lo siguió. Raoden apenas se detuvo a encender una linterna, y el fuerte olor del aceite de Sarene ni siquiera lo molestó. Se internó en la noche, camino de la Sala de los Caídos.

El hombre estaba allí, todavía murmurando para sí como hacían muchos de los hoed, incluso de noche. Pequeño y encorvado, tenía tantas arrugas que parecía un anciano milenario. Su voz susurraba un mantra.

—Hermosa. Una vez fue tan hermosa...

No había captado la pista durante su conversación con Galladon, sino durante sus breves visitas para repartir comida a los hoed. Raoden había oído los murmullos del hombre una docena de veces, pero nunca había caído en la cuenta.

Raoden colocó las manos sobre los hombros del individuo.

—¿Qué era tan hermosa?

—Hermosa... —murmuró el hombre.

—Anciano —suplicó Raoden—, si queda alma en ese cuerpo tuyo, aunque sea una pizca de pensamiento racional, por favor, dímelo. ¿De qué estás hablando?

—Una vez fue tan hermosa... —repitió el hombre, con la mirada perdida.

Raoden alzó una mano y empezó a dibujar ante la cara del hombre. Apenas había completado el aon Rao cuando el hombre alzó la mano y jadeó mientras la introducía en el centro del carácter.

—Éramos tan hermosos, antes —susurró el hombre—. Mi pelo era tan brillante, mi piel tan luminosa. Los aones fluían de mis dedos. Eran tan hermosos...

Raoden oyó varias exclamaciones ahogadas de sorpresa desde atrás.

—¿Quieres decir que todo este tiempo...? —preguntó Karata, acercándose.

—Diez años —dijo Raoden, todavía sosteniendo el débil cuerpo del hombre—. Este hombre era elantrino antes del Reod.

—Imposible —dijo Mareshe—. Ha pasado demasiado tiempo.

—¿Dónde, si no, habrían ido? —preguntó Raoden—. Sabemos que algunos elantrinos sobrevivieron a la caída de la ciudad y el gobierno. Quedaron encerrados en Elantris. Algunos tal vez se incinerasen a sí mismos, otros pudieron haber escapado, pero el resto deberían de estar aún aquí. Se habrían convertido en hoed, perdidas la razón y la fuerza después de unos cuantos años... olvidados en las calles.

—Diez años —susurró Galladon—. Diez años de sufrimiento.

Raoden miró al hombre a los ojos. Estaban llenos de grietas y arrugas, y parecían deslumbrados, como si hubiera recibido un gran golpe. Los secretos del AonDor estaban ocultos en algún lugar de la mente de aquel hombre.

La presión sobre el brazo de Raoden aumentó casi imperceptiblemente y el cuerpo del hombre tembló de pies a cabeza por el esfuerzo. Dos palabras brotaron susurrantes de sus labios, mientras sus ojos cargados de agonía se enfocaban en la cara de Raoden.

—Llévame. Fuera.

—¿Adónde? —preguntó Raoden, confundido—. ¿Fuera de la ciudad?

—Al. Lago.

—No sé a qué te refieres, anciano —susurró Raoden.

Los ojos del hombre se movieron levemente, mirando la puerta.

—Karata, lleva esa luz —ordenó Raoden, sosteniendo al anciano—. Galladon, ven con nosotros. Mareshe y Saolin, quedaos aquí. No quiero que ninguno de los otros se despierte y descubra que nos hemos ido.

—Pero... —empezó a decir Saolin, pero sus palabras se apagaron. Reconocía una orden directa.

Era una noche luminosa, con la luna llena colgada en el cielo, y la linterna casi no era necesaria. Raoden llevó con cuidado al viejo elantrino. Estaba claro que el hombre ya no tenía fuerzas para levantar el brazo y señalar, así que Raoden tenía que detenerse en cada cruce y mirarlo a los ojos en busca de alguna seña que indicara hacia dónde seguir.

Fue un proceso lento, y casi había amanecido cuando llegaron a un edificio caído en la esquina suroeste de Elantris. La estructura parecía igual que cualquier otra, aunque su techo estaba intacto.

—¿Alguna idea de qué era? —preguntó Raoden.

Galladon pensó un momento, buscando en su memoria.

—Creo que sí, sule. Era una especie de centro de reuniones para los elantrinos. Mi padre venía de vez en cuando, aunque a mí nunca me permitieron acompañarlo.

Karata dirigió una sorprendida mirada a Galladon por la explicación, pero dejó las preguntas para otro momento. Raoden acompañó al viejo elantrino al edificio desértico. Estaba vacío y revuelto. Raoden estudió el rostro del hombre. Estaba mirando el suelo.

Galladon se arrodilló y despejó los escombros mientras buscaba.

—Aquí hay un aon.

—¿Cuál?

—Rao, creo.

Raoden frunció el ceño. El significado del aon Rao era sencillo. Quería decir «espíritu» o «energía espiritual». Sin embargo, el libro del AonDor lo mencionaba pocas veces y nunca explicaba qué efecto mágico debía producir el aon.

—Empújalo —sugirió Raoden.

—Lo estoy intentando, sule —dijo Galladon con un gruñido—. No creo que consiga nada...

El dula se interrumpió cuando una sección del suelo empezó a retirarse. Gritó y saltó hacia atrás porque un gran bloque de piedra se hundió rechinando. Karata se aclaró la garganta y señaló un aon que había empujado en la pared: aon Tae, el antiguo símbolo que significaba «abierto».

—Aquí dentro hay unos escalones, sule —dijo Galladon, asomando la cabeza por el agujero. Bajó, y Karata lo siguió sujetando la lámpara. Después de bajar al viejo hoed, Raoden se unió a ellos.

—Inteligente mecanismo —comentó Galladon, estudiando la serie de engranajes que hacían bajar el enorme bloque de piedra—. Mareshe se volverá loco. ¿Kolo?

—Me interesan más estas paredes —dijo Raoden, contemplando los hermosos murales. La sala era rectangular y bajita, de apenas dos metros y medio de altura, pero maravillosamente decorada con murales y una fila doble de columnas esculpidas—. Alza la linterna.

Figuras de pelo blanco y piel plateada cubrían las paredes, sus formas bidimensionales dedicadas a diversas actividades. Algunas estaban arrodilladas ante aones enormes, otras caminaban en fila, la cabeza gacha. Había un aire de formalidad en las figuras.

—Este lugar es sagrado —dijo Raoden—. Una especie de santuario.

—¿Religión entre los elantrinos? —preguntó Karata.

—Deben de haber tenido algo —respondió Raoden—. Tal vez no estaban tan convencidos de su propia divinidad como el resto de Arelon. —Dirigió una mirada interrogante a Galladon.

—Mi padre nunca habló de religión —dijo el dula—. Pero los de su pueblo guardaban muchos secretos, incluso a sus familias.

—Por allí —dijo Karata, señalando hacia el fondo de la sala rectangular.

La pared contenía un único mural. Describía un gran óvalo azul parecido a un espejo. Un elantrino contemplaba el óvalo, con las manos extendidas y los ojos cerrados. Parecía volar hacia el disco azul. El resto de la pared era negra, aunque había una gran esfera blanca al otro lado del óvalo.

—Lago. —La voz del viejo elantrino era suave pero insistente.

—Está pintado de lado —dijo Karata—. Mirad, está cayendo al lago.

Raoden asintió. El elantrino del dibujo no volaba, caía. El óvalo era la superficie de un lago, y las líneas de sus lados representaban una orilla.

—Es como si el agua fuera algún tipo de puerta —dijo Galladon con la cabeza ladeada.

—Y quiere que lo arrojemos a ella —se percató Raoden—. Galladon, ¿viste alguna vez un funeral elantrino?

El dula sacudió la cabeza.

—Nunca.

—Vamos —dijo Raoden, mirando al anciano a los ojos, que indicaban insistentemente un pasadizo lateral.

Tras la puerta había una sala aún más sorprendente que la primera. Karata alzó la linterna con mano temblorosa.

—Libros —susurró Raoden entusiasmado. La luz iluminaba filas y filas de estantes que se perdían en la oscuridad. Los tres entraron en la enorme sala, sintiendo una increíble sensación de temporalidad. El polvo cubría los estantes, y sus pisadas dejaban huellas.

—¿Notas algo extraño en este sitio, sule? —preguntó Galladon en voz baja.

—No hay mugre —señaló Karata.

—No hay mugre —convino Galladon.

—Tenéis razón —dijo Raoden, sorprendido. Se había acostumbrado tanto a las calles limpias de Nueva Elantris que casi había olvidado cuánto trabajo había costado que estuvieran así.

—No he encontrado un solo lugar en esta ciudad que no esté cubierto de mugre, sule —dijo Galladon—. Incluso el estudio de mi padre estaba cubierto de ella antes de que lo limpiara.

—Hay algo más —dijo Raoden, volviéndose hacia la pared de piedra de la sala—. Mirad ahí arriba.

—Una linterna —dijo Galladon, sorprendido.

—Flanquean las paredes.

—Pero ¿por qué no utilizar aones? —preguntó el dula—. Lo hacían en todas partes.

—No lo sé —contestó Raoden—. Me he preguntado lo mismo en la entrada. Si podían hacer aones que los transportaran instantáneamente por la ciudad, entonces podrían haber hecho uno que bajara una roca.

—Tienes razón.

—El AonDor debe de haber estado prohibido aquí por algún motivo —dedujo Karata mientras llegaban al fondo de la biblioteca.

—No hay aones, no hay mugre. ¿Coincidencia? —preguntó Galladon.

—Tal vez —dijo Raoden, mirando al anciano a los ojos. Este señaló insistentemente una puerta pequeña en la pared. Estaba tallada con una escena similar al mural de la primera sala.

Galladon la abrió a un pasadizo aparentemente interminable abierto en la roca.

—Por Doloken, ¿adónde conduce esto?

—Afuera —dijo Raoden—. El hombre pide que lo saquemos de Elantris.

Karata se internó en el pasadizo, pasando los dedos por sus paredes finamente talladas. Raoden y Galladon la siguieron. El camino era muy empinado y se vieron obligados a hacer pausas frecuentes para que sus débiles cuerpos elantrinos descansaran. Cargaron al anciano por turnos cuando la pendiente se convirtió en escalones. Tardaron casi una hora en llegar al final del pasadizo, una simple puerta de madera, sin tallas ni adornos.

Galladon la abrió y salió a la débil luz del amanecer.

—Estamos en la montaña —exclamó sorprendido.

Raoden salió junto a su amigo y se encontró en una breve plataforma tallada en la ladera de la montaña. La pendiente, más allá de la plataforma, era pronunciada, pero Raoden distinguió indicios de caminos que conducían abajo. Colindando con la ladera al norte estaba la ciudad de Kae, y al noroeste se alzaba el enorme monolito que era Elantris.

Raoden nunca había advertido lo enorme que era Elantris. A su lado Kae parecía una aldea. Rodeando Elantris estaban los restos fantasmales de las otras tres ciudades exteriores, poblaciones que, como Kae, se habían desarrollado a la sombra de la gran ciudad. Todas estaban abandonadas. Sin la magia de Elantris, era imposible que Arelon soportara una concentración de gente tan grande. Los habitantes de la ciudad habían sido trasladados a la fuerza, para convertirse en los peones y granjeros de Iadon.

—Sule, creo que nuestro amigo se impacienta.

Raoden miró al elantrino. Los ojos del hombre se movían con insistencia de un lado a otro, señalando un ancho camino que subía desde la plataforma.

—Mas escalada —dijo Raoden con un suspiro.

—No mucho —comentó Karata desde el extremo del camino—. Acaba aquí mismo.

Raoden asintió y recorrió la corta distancia hasta reunirse con Karata en el risco, sobre la plataforma.

—Lago —susurró el hombre con agotada satisfacción.

Raoden frunció el ceño. El «lago» tenía poco más de un metro de profundidad. Más bien parecía una charca. Sus aguas eran de un azul cristalino y Raoden no veía ninguna cala ni desembocadura.

—¿Y ahora qué? —preguntó Galladon.

—Lo metemos ahí —supuso Raoden, arrodillándose para bajar al elantrino a la charca. El hombre flotó un momento en las aguas de vivo color zafiro oscuro, y luego soltó un suspiro de felicidad. El sonido llenó de ansia a Raoden, de un intenso deseo de liberarse de sus dolores físicos y mentales. El rostro del viejo elantrino pareció suavizarse y sus ojos cobraron vida de nuevo.

Aquellos ojos miraron a los de Raoden un instante, brillando de agradecimiento. Entonces el hombre se disolvió.

—¡Doloken! —maldijo Galladon mientras el viejo elantrino se disolvía como azúcar en una taza de té adolis. En apenas un segundo el hombre desapareció, sin que quedara rastro de carne, huesos ni sangre.

—Yo tendría cuidado en tu lugar, mi príncipe —sugirió Karata.

Raoden bajó la cabeza y advirtió lo cerca que estaba del borde de la charca. El dolor gritaba, su cuerpo se estremecía, como si supiera lo cerca que estaba del alivio. Todo lo que tenía que hacer era caer...

Se levantó, tambaleándose levemente mientras se alejaba de la charca. No estaba preparado. No estaría preparado hasta que el dolor pudiera con él; mientras le quedara voluntad, lucharía.

Puso una mano en el hombro de Galladon.

—Cuando sea un hoed, tráeme aquí. No me dejes vivir con el dolor.

—Todavía eres joven para Elantris, sule —le reprendió Galladon—. Durarás años.

El dolor ardía dentro de Raoden, haciendo que sus rodillas temblaran.

—Prométemelo, amigo mío. Júrame que me traerás aquí.

—Lo juro, Raoden —dijo Galladon solemnemente, mirándolo preocupado.

Raoden asintió.

—Vamos, nos espera un largo viaje de vuelta a la ciudad.

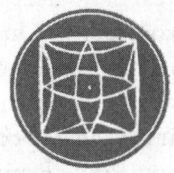

CAPÍTULO 26

LAS PUERTAS se cerraron de golpe cuando el carro de Sarene inició el regreso a Kae.

—¿Estás seguro de que él es quien está al mando? —preguntó ella.

Ashe flotó.

—Tenías razón, mi señora. Mi información sobre los jefes de bandas estaba desfasada. Llaman a este recién llegado lord Espíritu. Su ascenso es reciente, la mayoría no había oído hablar de él hace un mes, aunque un hombre dice que lord Espíritu y Shaor son la misma persona. Los informes coinciden en que derrotó a Karata y a Aanden. Al parecer, la segunda confrontación implicó una terrible batalla.

—Entonces esos con los que me estoy reuniendo son impostores —dijo Sarene.

Se dio unos toquecitos en la mejilla con el dedo mientras el carro traqueteaba. No era un transporte demasiado adecuado para una princesa, pero ningún noble de aquel día se había ofrecido a llevarla en su carruaje. Su intención era pedírselo a Shuden, pero había desaparecido. La joven Torena se lo había arrebatado.

—Al parecer sí, mi señora. ¿Estás enfadada? —Ashe hizo la pregunta con cuidado. Había dejado claro que seguía pensando que su preocupación por Espíritu era una distracción innecesaria.

—No, en realidad no. Cabe esperar ciertos subterfugios en cualquier relación política.

O al menos eso dijo. Necesidad política o no, quería que Espíritu fuera sincero con ella. Estaba empezando a fiarse de él, y eso la preocupaba.

Él había decidido confiar en ella por algún motivo. Con los otros era brillante y alegre, pero ningún hombre podía ser tan optimista. Cuando hablaba a solas con Sarene era más sincero. Ella veía el dolor en sus ojos, las penas y preocupaciones ocultas. Aquel hombre, caudillo o no, se preocupaba por Elantris.

Como todos los elantrinos, era más cadáver que hombre, con la piel ajada y seca, la cabeza completamente calva y sin cejas. Sin embargo, la repulsión de Sarene menguaba día a día, a medida que se iba acostumbrando a la ciudad. No había llegado al punto de encontrar bellos a los elantrinos, pero al menos ya no se sentía asqueada por ellos.

Con todo, se obligaba a rechazar los intentos de Espíritu por entablar amistad. Había dedicado demasiado tiempo a la política para permitirse estar emocionalmente abierta a un oponente. Y él era decididamente un oponente, no importaba lo afable que fuera. Jugaba con ella, presentando falsos jefes de banda para distraerla mientras él mismo supervisaba sus repartos. No podía estar segura de que estuviera cumpliendo sus acuerdos. Por lo que sabía, los únicos que podían recibir alimentos eran los seguidores de Espíritu. Tal vez parecía tan optimista porque ella le estaba ayudando inadvertidamente a reinar sin oposición sobre la ciudad.

El carro pilló un bache especialmente grande, y Sarene chocó contra el suelo de madera. Un par de cajas vacías se desplomaron de la pila y estuvieron a punto de caerle encima.

—La próxima vez que veamos a Shuden —murmuró hosca, frotándose el trasero—, recuérdame que le dé una patada.

—Sí, mi señora —dijo Ashe, complaciente.

NO TUVO QUE esperar mucho. Por desgracia, tampoco tuvo oportunidad de dar muchas patadas. Probablemente, podría haber empalado a Shuden si lo hubiera querido, pero eso no la habría hecho muy popular entre las mujeres de la corte. Aquel era casualmente uno de los días que las mujeres habían elegido para practicar esgrima, y Shuden asistía a la clase, como de costumbre, aunque rara vez participaba. Por fortuna, también se abstuvo de practicar el chayShan. Las mujeres ya lo molestaban lo suficiente sin necesidad de eso.

—Lo cierto es que están mejorando —aprobó Eondel, viendo competir a las mujeres.

Cada una tenía una espada de prácticas, de acero, además de una especie de uniforme, un traje de una sola pieza muy parecido al que llevaba Sarene, pero con un corto vuelo de tela desde la cintura, a modo de falda. La tela era fina e inútil, pero hacía que las mujeres se sintieran cómodas, así que Sarene no decía nada, por estúpido que fuese su aspecto.

—Pareces sorprendido, Eondel —dijo—. ¿Tan poco te fiabas de mi habilidad para enseñar?

El recio guerrero se envaró.

—No, alteza, nunca...

—Te está tomando el pelo, mi señor —dijo Lukel, dando un golpe a Sarene en la cabeza con un papel enrollado mientras se acercaba—. No tendrías que dejar que se saliera con la suya en cosas como esta. No haces más que animarla.

—¿Qué es eso? —dijo Sarene, arrancando el papel de las manos de Lukel.

—La cifra de ingresos de nuestro querido rey —dijo Lukel mientras sacaba un brillante y rojo melón agrio de su bolsillo y le daba un bocado. Aún no había revelado cómo había conseguido un cargamento de fruta un mes antes de que empezara la estación, un hecho que hacía que el resto de la comunidad mercantil estuviera rabiosa de envidia.

Sarene estudió las cifras.

—¿Va a conseguirlo?

—Por los pelos —dijo Lukel con una sonrisa—. Pero sus ganancias en Teod, junto con sus ingresos por impuestos, deberían ser lo suficientemente respetables para salvarlo de la vergüenza. Enhorabuena, prima, has salvado la monarquía.

Sarene volvió a enrollar el papel.

—Bueno, una cosa menos de la que preocuparnos.

—Dos —la corrigió Lukel mientras un poco de jugo rosado le corría por la barbilla—. Nuestro querido amigo Edan ha huido del país.

—¿Qué?

—Es cierto, mi señora —dijo Eondel—. He oído la noticia esta misma mañana. Porque las tierras del barón Edan lindan con el Abismo, al sur de Arelon, y las lluvias recientes han provocado algunos corrimientos de tierra en sus campos. Edan ha decidido atajar sus pérdidas. La última vez que se le vio se dirigía a Duladel.

—Donde pronto descubrirá que a la nueva monarquía no le impresionan nada los títulos arelenos —añadió Lukel—. Creo que Edan será un buen granjero, ¿no te parece?

—Borra esa sonrisa de tu cara—le dijo Sarene, con una mirada de reproche—. No está bien burlarse de la desgracia de otra persona.

—La desgracia viene según desea Domi —dijo Lukel.

—Nunca te cayó bien Edan.

—Era cobarde, arrogante y nos habría traicionado si hubiera tenido el valor de hacerlo. ¿Qué tenía digno de aprecio?

Lukel continuó mordiendo su fruta con una sonrisa de autosatisfacción.

—Bueno, desde luego alguien está orgulloso de sí mismo esta tarde —comentó Sarene.

—Siempre se porta así después de hacer un buen negocio, alteza —dijo Eondel—. Será insufrible durante otra semana al menos.

—Ah, espera al mercado areleno —dijo Lukel—. Voy a hacer una fortuna. Por cierto, Iadon está muy ocupado buscando a alguien lo bastante rico para comprar la baronía de Edan, así que no tendrías que preocuparte de que te moleste durante una temporada.

—Ojalá pudiera decir lo mismo de ti —respondió Sarene, devolviendo la atención a sus alumnas, que seguían combatiendo. Eondel tenía razón, estaban mejorando. Incluso las mayores parecían rebosar energía. Sarene alzó la mano llamando su atención e interrumpieron sus ejercicios.

—Lo estáis haciendo muy bien —dijo Sarene mientras la sala guardaba silencio—. Estoy impresionada, algunas sois ya mejores que muchas de las mujeres que conocí en Teod.

Hubo un aire general de satisfacción en las mujeres mientras escuchaban las alabanzas de Sarene.

—Pero, hay una cosa que me molesta —dijo Sarene, empezando a caminar—. Creía que las mujeres pretendíais demostrar vuestra fuerza, que sois buenas para algo más que para bordar de vez en cuando alguna funda de almohada. Sin embargo, hasta ahora solo una de vosotras ha demostrado de verdad que quiere que cambien las cosas en Arelon. Torena, cuéntales lo que has hecho hoy.

La delgada muchacha dejó escapar un gritito cuando Sarene pronunció su nombre, y luego miró tímidamente a sus compañeras.

—¿Que fui a Elantris contigo?

—Exactamente —dijo Sarene—. He invitado a todas las mujeres de esta sala varias veces, pero solo Torena ha tenido el valor de acompañarme a Elantris.

Sarene dejó de caminar para mirar a las incómodas mujeres. Ninguna quería mirarla, ni siquiera Torena, que parecía sentirse culpable por asociación.

—Mañana volveré a Elantris, y esta vez no me acompañará ningún hombre aparte de los guardias de rigor. Si de verdad queréis demostrarle a esta ciudad que sois tan fuertes como vuestros maridos, me acompañaréis.

Sarene permaneció quieta, mirando a las mujeres. Las cabezas se alzaron vacilantes, los ojos se concentraron en ella. Irían. Estaban mortalmente asustadas, pero irían. Sarene sonrió.

La sonrisa, sin embargo, era solo sincera a medias. Allí de pie, ante ellas, como un general ante sus tropas, advirtió algo. Volvía a suceder.

Era igual que en Teod. Veía respeto en sus ojos, incluso la propia reina acudía ahora a Sarene en busca de consejo. Sin embargo, por mucho respeto que le tuvieran, nunca la aceptarían. Cuando Sarene entraba en una habitación, se hacía el silencio. Cuando se marchaba, las conversaciones volvían a empezar. Era como si la consideraran por encima de sus simples discusiones. Al servir de modelo de aquello en lo que querían convertirse, Sarene se había distanciado de ellas.

Sarene se volvió, dejando que las mujeres continuaran sus prácticas. Los hombres eran igual. Shuden y Eondel la respetaban, incluso la consideraban una amiga, pero nunca se interesarían sentimentalmente por ella. A pesar de su declarado desagrado por los juegos corteses del matrimonio, Shuden reaccionaba favorablemente a los avances de Torena, y ni una sola vez había mirado a Sarene. Eondel era mucho mayor que ella, pero Sarene percibía sus sentimientos hacia ella. Respeto, admiración y la disposición a servirla. Era como si no se diera cuenta de que era una mujer.

Sarene sabía que ya estaba casada y que no debía pensar en esas cosas, pero le resultaba difícil considerarse desposada. No había habido ninguna ceremonia, y no había conocido marido alguno. Anhelaba algo, un signo de que al menos algunos hombres la encontraban atractiva, aunque no fuera a responder nunca a sus avances. El asunto era irrelevante: los hombres de Arelon la temían tanto como la respetaban.

Había crecido sin otro afecto que el de su familia, y parecía que iba a continuar siendo así. Al menos tenía a Kiin y los suyos. Con todo, si había venido a Arelon buscando ser aceptada, había fracasado. Tendría que contentarse con el respeto.

Una voz grave y rasposa sonó tras ella, y Sarene se dio la vuelta y vio que Kiin se había unido a Lukel y Eondel.

—¿Tío? —preguntó ella—. ¿Qué estás haciendo aquí?

—Llegué a casa y la encontré vacía —respondió Kiin—. Solo hay una persona que se atrevería a robarle a un hombre su familia entera.

—No nos robó, padre —bromeó Lukel—. Es que nos enteramos de que ibas a hacer otra vez sopa de algas hraggisa.

Kiin miró un instante a su jovial hijo, frotándose la barbilla allá donde una vez crecía la barba.

—¿Ha hecho una buena venta, entonces?

—Muy lucrativa —contestó Eondel.

—Domi nos proteja —gruñó Kiin, sentando su grueso corpachón en una silla cercana.

Sarene tomó asiento a su lado.

—¿Te has enterado de las ganancias del rey, Ene?

—Sí, tío.

Kiin asintió.

—Nunca creí que llegaría el día en que me alegraría del éxito de Iadon. Tu plan para salvarlo ha funcionado, y por lo que he oído, se espera que Eondel y los demás obtengan cosechas inmejorables.

—Entonces ¿por qué pareces tan preocupado? —preguntó Sarene.

—Me estoy haciendo viejo, Ene, y los viejos tienden a preocuparse. Últimamente me preocupan tus excursiones a Elantris. Tu padre no me lo perdonaría nunca si te pasara algo allí.

—No parece dispuesto a perdonarte en el futuro cercano, de todas formas —dijo Sarene con desenfado.

Kiin gruñó.

—Es verdad. —Entonces calló y la miró suspicaz—. ¿Qué sabes tú de eso?

—Nada —admitió Sarene—. Pero espero que rectifiques mi ignorancia.

Kiin negó con la cabeza.

—Algunas cosas están mejor sin rectificar. Tu padre y yo éramos mucho más alocados de jóvenes. Eventeo puede que sea un gran rey, pero es un hermano patético. Naturalmente, yo tampoco ganaré ningún premio por mi afecto fraternal hacia él.

—Pero ¿qué ocurrió?

—Tuvimos un... desacuerdo.

—¿Qué tipo de desacuerdo?

Kiin se rio con aquella risa rasposa suya.

—No, Ene, no soy tan fácil de manipular como esas palomitas que tienes aquí. Sigue en la duda. Y no hagas pucheros.

—Yo nunca hago pucheros —dijo Sarene, intentando con todas sus fuerzas que su voz no pareciera infantil. Cuando tuvo claro que su tío no iba a darle más información, cambió por fin de tema—. Tío Kiin, ¿hay algún pasadizo secreto en el palacio de Iadon?

—Me sorprendería tanto como las Tres Vírgenes si no lo hubiera —respondió él—. Iadon es el hombre más paranoico que he conocido. Debe de tener al menos una docena de rutas de escape en esa fortaleza que tiene por hogar.

Sarene resistió el deseo de señalar que la casa de Kiin era una fortaleza igual que la del rey. Mientras su conversación languidecía, Kiin se volvió a preguntarle a Eondel por el trato de los melones agrios de Lukel. Al cabo de un rato, Sarene se levantó, recogió su syre y se acercó a la pista de prácticas. Se puso en posición y empezó a hacer ejercicios en solitario.

Su hoja chasqueaba y cortaba el aire con movimientos ya rutinarios, y su mente no tardó en divagar. ¿Tenía razón Ashe? ¿Estaba permitiendo que Elantris y su enigmático gobernante la distrajeran? No podía perder de vista las tareas más importantes. Hrathen estaba planeando algo, y Telrii no podía ser tan indiferente como aparentaba. Había muchas cosas que ella tenía que vigilar, y su experiencia en política era suficiente para que reconociera lo fácil que es intentar abarcar demasiado.

Sin embargo, cada vez le interesaba más Espíritu. Era raro encontrar a alguien que tuviera la suficiente habilidad política para llamar su atención, pero en Arelon había encontrado a dos personas. En cierto sentido, Espíritu resultaba aún más fascinante que el gyorn. Aunque Hrathen y ella eran muy francos respecto a su enemistad, Espíritu de algún modo la manipulaba y la engañaba mientras al mismo tiempo actuaba como si fuera un viejo amigo. Lo más alarmante de todo era que a ella casi no le importaba.

En vez de enfadarse cuando satisfacía sus demandas con artículos inútiles, él parecía impresionado. Incluso le había hecho un cumplido sobre su frugalidad, comentando que la tela que enviaba debía de haber sido adquirida con descuento, dado su color. En todas las cosas permanecía amistoso, indiferente a su sarcasmo.

Y ella respondía. Allí, en el centro de la ciudad maldita, había por fin una persona que parecía dispuesta a aceptarla. Deseaba poder reírse con sus agudos comentarios, estar de acuerdo con sus observaciones y compartir sus preocupaciones. Cuanto más trataba de enfrentarse a Espíritu, menos amenazado se mostraba él. Parecía aceptar su desafío.

—¿Sarene, querida? —La tranquila voz de Daora interrumpió sus reflexiones. Sarene hizo una última finta con la espada y se irguió, mareada. El sudor le caía por la cara y se le colaba por dentro del cuello del traje. No se había dado cuenta de lo vigoroso que se había vuelto su entrenamiento.

Se relajó y apoyó la punta del syre en el suelo. Daora llevaba el pelo recogido en un firme moño y su uniforme no estaba sudado. Como de costumbre, la mujer lo hacía todo con gracia... incluso el ejercicio físico.

—¿Quieres hablar de ello, querida? —preguntó Daora, presionándola. Se encontraban a un lado de la sala, y el sonido de los pies y el entrechocar de las espadas enmascaraba su conversación.

—¿De qué? —preguntó Sarene, confundida.

—He visto esa expresión antes, niña —la consoló Daora—. Él no es para ti. Pero, claro, ya te has dado cuenta, ¿no?

Sarene se puso pálida. ¿Cómo podía saberlo Daora? ¿Podía leer sus pensamientos? Entonces Sarene siguió la mirada de su tía. Daora estaba contemplando a Shuden y Torena, que reían juntos mientras la joven enseñaba a Shuden algunos movimientos básicos.

—Sé que debe de ser duro, Sarene —dijo Daora—, estar atrapada en un matrimonio sin ninguna posibilidad de afecto... sin haber conocido a tu marido ni sentir el consuelo de su amor. Tal vez dentro de unos cuantos años, cuando tu sitio aquí en Arelon esté más seguro, puedas permitirte una relación... clandestina. Pero es demasiado pronto para eso.

Los ojos de Daora se suavizaron cuando vio a Shuden dejar caer torpemente la espada. El jinDo, normalmente reservado, se reía incontrolablemente de su error.

—Además, niña —continuó Daora—, ese es para otra.

—¿Tú crees...? —empezó a decir Sarene.

Daora colocó una mano sobre el brazo de Sarene, lo apretó levemente y sonrió.

—He visto esa expresión en tus ojos estos últimos días, y también he notado tu frustración. Las dos emociones van juntas con más frecuencia de lo que esperan los corazones jóvenes.

Sarene negó con la cabeza y soltó una risita.

—Te aseguro, tía —dijo afectuosamente, pero con firmeza—, que no tengo ningún interés en lord Shuden.

—Por supuesto, querida —contestó Daora, palmeándole el brazo antes de marcharse.

Sarene sacudió la cabeza y se acercó a beber algo. ¿Qué eran esos «signos» que Daora decía haber visto en ella? La mujer era muy observadora, ¿qué la había hecho equivocarse tan gravemente en este caso? A Sarene le gustaba Shuden, por supuesto, pero no en el aspecto sentimental. Era demasiado callado y, como Eondel, un poco demasiado rígido para su gusto. Sarene era muy consciente de que necesitaba a un hombre que supiera cuándo darle espacio, pero que tampoco le permitiera manipularlo a su antojo.

Encogiéndose de hombros, Sarene apartó de su mente las erradas conclusiones de Daora y se sentó a meditar acerca de cómo iba a tergiversar la última y más detallada lista de demandas de Espíritu.

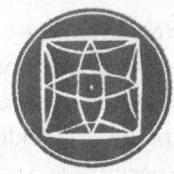

Capítulo 27

HRATHEN contempló el papel durante un largo, larguísimo rato. Eran los datos financieros del rey Iadon, calculados por espías derethi. De algún modo, Iadon se había recuperado de la pérdida de sus barcos y su cargamento. Telrii no sería rey.

Hrathen estaba sentado a su mesa, todavía ataviado con la armadura que llevaba al entrar y encontrar la nota. El papel permanecía inmóvil en sus dedos rígidos. Tal vez si no lo hubiesen acuciado otras preocupaciones la noticia no lo hubiese sorprendido tanto. Había sufrido montones de contratiempos en su vida. Debajo del papel, sin embargo, estaba su lista de arteths locales. Había ofrecido a cada uno de ellos el puesto de arteth jefe, y todos lo habían rechazado. Solo quedaba un hombre que pudiera ocupar el puesto.

La recuperación de Iadon era solo un ladrillo caído más en el desplome del muro que era la sensación de control de Hrathen. Dilaf gobernaba en la capilla, ni siquiera le informaba de la mitad de las reuniones y los sermones que organizaba. Había algo vengativo en la manera en que Dilaf le estaba arrebatando el control. Tal vez el arteth seguía furioso por el incidente con el prisionero elantrino, o tal vez estaba descargando en Hrathen su frustración por la humanización que Sarene había hecho de los elantrinos.

Fuera por lo que fuese, Dilaf se estaba haciendo poco a poco con el poder. Era sutil pero implacable. El astuto arteth decía que los detalles organizativos menores «no merecían la atención de mi señor hroden», una afirmación hasta cierto punto fundada. Los gyorns rara vez se ocupaban demasiado del día a día de las capillas, y Hrathen no podía hacerlo todo personalmente. Dilaf intervenía para cubrir los huecos. Aunque Hrathen no cediera en nombrar a Dilaf arteth jefe, el resultado sería el mismo.

Hrathen estaba perdiendo su control sobre Arelon. Los nobles acudían a Dilaf en vez de a él, y aunque los derethi crecían en número, no lo hacían de un modo suficientemente rápido. Sarene había frustrado de alguna manera su plan para poner a Telrii en el trono... y, después de visitar Elantris, el pueblo de Kae nunca consideraría demonios a los elantrinos. Hrathen estaba sentando un mal precedente con sus actividades en Arelon.

Para remate, la fe de Hrathen vacilaba. No era el momento oportuno de poner en duda sus creencias. Hrathen lo comprendía. Sin embargo, la comprensión, en oposición al sentimiento, era la raíz de su problema. Ahora que la semilla de la incertidumbre se había abierto paso en su corazón, no podía arrancarla fácilmente.

Era demasiado. De repente, le pareció que la habitación se le caía encima. Las paredes y el techo se encogían cada vez más, dispuestos a aplastarlo bajo su peso. Hrathen se tambaleó, tratando de escapar, y cayó al suelo de mármol. Nada funcionaba, nada podía ayudarlo.

Gimió, dolorido por los extraños ángulos de la armadura contra la piel. Se puso de rodillas y empezó a rezar.

Como sacerdote del shu-dereth, Hrathen pasaba horas orando cada semana. Sin embargo, esas oraciones eran diferentes, más una forma de meditación que de comunicación, un medio de organizar sus pensamientos. Esta vez, suplicó.

Por primera vez en años se encontró suplicando ayuda. Hrathen se dirigió a ese dios al que había servido tanto tiempo que casi lo había olvidado. El dios que había descartado en una nube de lógica y comprensión, un dios que había encontrado impotente en su vida, aunque buscara ampliar su influencia.

Por una vez, Hrathen se sintió incapacitado para seguir solo. Por una vez, admitía que necesitaba ayuda.

No supo cuánto tiempo permaneció arrodillado, rezando fervientemente en busca de ayuda, compasión y piedad. Al cabo de un buen rato, una llamada insistente a la puerta lo sacó de su trance.

—Adelante —dijo, distraído.

—Lamento molestaros, mi señor —se disculpó un acólito menor, abriendo la puerta—. Pero acaba de llegar esto para vos.

El sacerdote dejó una cajita en la habitación y cerró la puerta.

Hrathen se puso en pie, tambaleándose. Fuera estaba oscuro, aunque había iniciado sus oraciones antes de mediodía. ¿Había pasado tanto tiempo suplicando? Un poco mareado, Hrathen colocó la caja sobre su mesa y usó una daga para levantar la tapa. Dentro había una nota y, embaladas en paja, cuatro ampollas.

> Mi señor Hrathen,
> Aquí tenéis el veneno que pedisteis. Todos los efectos son exactamente como especificasteis. El líquido debe ser ingerido, y la víctima no manifestará ningún síntoma hasta ocho horas más tarde.
> En todas las cosas rezo a nuestro señor Jaddeth.
>
> FORTON, boticario y leal súbdito del wyrn

Hrathen tomó una ampolla y observó con asombro su contenido. Casi había olvidado aquella llamada a altas horas de la noche a Forton. Recordaba vagamente haber tenido la intención de administrar el veneno a Dilaf. Ese plan ya no funcionaría. Necesitaba algo más espectacular.

Hrathen agitó el veneno en su recipiente un instante, luego quitó el tapón y lo apuró de un trago.

SEGUNDA PARTE

LA
LLAMADA
DE
ELANTRIS

Capítulo 28

LO MÁS difícil era decidir por dónde empezar a leer. Las estanterías se extendían hasta perderse de vista y la información que contenían parecía infinita. Raoden estaba seguro de que las pistas que necesitaba se hallaban en alguna parte de aquel vasto mar de páginas, pero encontrarlas parecía una tarea verdaderamente titánica.

Fue Karata quien hizo el descubrimiento. Localizó un estante bajo de un lado de la sala, frente a la entrada. Ahí había unos treinta volúmenes colocados a presión, cubiertos de polvo. Indicaban un sistema de catalogación, con números asignados a las diversas columnas e hileras de la biblioteca. Gracias a él, Raoden localizó fácilmente los libros sobre el AonDor. Seleccionó el volumen menos complicado que pudo encontrar, y se puso a trabajar.

Raoden restringió el conocimiento de la existencia de la biblioteca a sí mismo, Galladon y Karata. No solo temía que Aanden volviera a hervir libros, sino que sentía que había algo sagrado en aquel edificio. No era un lugar para ser invadido por visitantes que desorganizarían los libros por ignorancia y destrozarían la calma.

Mantuvieron también la charca en secreto. A Mareshe y Saolin les dieron una explicación simplificada. Su propia ansiedad advertía a Raoden lo peligrosa que era la charca. Una parte de él deseaba su mortal abrazo, el descanso de la destrucción. Si la gente se enteraba de que había una forma fácil e indolora de escapar del sufrimiento, muchos la aceptarían sin vacilación. La ciudad quedaría despoblada en cuestión de meses.

Permitirles hacerlo era una opción, por supuesto. ¿Qué derecho tenía a negarles a los otros la paz? Con todo, Raoden sentía que era demasiado pronto para renunciar a Elantris. En las semanas anteriores, en los repartos de comida de Sarene, había visto que Elantris podía olvidar el dolor y el hambre. Los elantrinos podían sobreponerse a sus necesidades: había para ellos otra vía de escape aparte de la destrucción.

Pero no para él. El dolor aumentaba cada día. Extraía fuerzas del dor, acercándolo un poco más al sometimiento con cada asalto. Por fortuna, tenía los libros para distraerse. Los estudiaba con hipnótica fascinación, hasta que por fin descubrió las explicaciones sencillas que buscaba desde hacía tanto tiempo.

Leyó cómo funcionaban en conjunto las complejas ecuaciones aónicas. Dibujar una línea más larga en proporción al resto del aon podía surtir efectos drásticos. Dos ecuaciones aónicas podían empezar igual, pero (como dos piedras que caían montaña abajo siguiendo caminos levemente diferentes) acabar haciendo cosas completamente distintas. Todo por cambiar la longitud de unas pocas líneas.

Empezó a comprender la teoría del AonDor. El dor era tal como lo había descrito Galladon, una poderosa reserva situada más allá de los sentidos normales. Su único deseo era escapar. Los libros explicaban que el dor existía en un lugar sometido a presión, y que por eso la energía se abría paso a través de cualquier salida viable, pasando de una zona de concentración alta a otra de concentración baja.

Sin embargo, dada la naturaleza del dor, podía entrar en el mundo físico solo a través de puertas del tamaño y la forma adecuados. Los elantrinos podían crear grietas con sus dibujos, ofreciendo un medio para que el dor escapara, y esos dibujos decidían qué forma debía tomar la energía cuando apareciera. No obstante, si una sola línea tenía la proporción equivocada, el dor sería incapaz de entrar, como un cuadrado que intenta abrirse paso a través de un agujero redondo. Algunos teóricos describían el proceso usando palabras desconocidas como «frecuencia» y «longitud de pulso». Raoden solo empezaba a comprender cuánto genio científico había contenido en las páginas mohosas de la biblioteca.

Pero a pesar de todos sus estudios era frustrantemente incapaz de descubrir qué había hecho que el AonDor dejara de funcionar, lo cual resultaba decepcionante. Solo podía deducir que el dor había cambiado de algún modo. Quizá, en vez de un cuadrado, el dor era un triángulo y, no importaba cuántos aones cuadrados dibujara Raoden, la energía no podía pasar. Qué habría provocado el súbito cambio del dor era algo que se le escapaba.

—¿Cómo ha llegado eso aquí? —preguntó Galladon, interrumpiendo los pensamientos de Raoden. El dula señaló al seon Ien, que flotaba encima de un estante, proyectando con su luz sombras sobre los libros.

—No lo sé —dijo Raoden, mirando a Ien girar unas cuantas veces.

—Tengo que admitirlo, sule. Tu seon da miedo.

Raoden se encogió de hombros.

—Todos los seones locos son así.

—Sí, pero los otros, normalmente, se mantienen alejados de la gente.

Galladon miró a Ien y se estremeció levemente. El seon, como de costumbre, no prestaba atención a Galladon, aunque parecía gustarle estar cerca de Raoden.

—Bueno, sea como sea, Saolin pregunta por ti —dijo Galladon.

Raoden asintió, cerró el libro y dejó la mesita, una de las muchas que había al fondo de la biblioteca. Se reunió con Galladon en la puerta. El dula dirigió una última mirada incómoda a Ien antes de cerrar la puerta y dejar al seon en la oscuridad.

—NO SÉ, SAOLIN —dijo Raoden, vacilante.

—Mi señor, tenemos pocas opciones —respondió el solda-do—. Mis hombres tienen demasiadas heridas. Sería absurdo que nos enfrentáramos hoy a Shaor... Los salvajes apenas se de-tendrían para echarse a reír mientras nos apartan.

Raoden asintió con un suspiro. El soldado tenía razón, no podían seguir alejando a los hombres de Shaor de Sarene. Aun-que Saolin había aprendido a pelear bastante bien con la mano izquierda, no quedaban suficientes guerreros para proteger el patio. Además, parecía que los hombres de Shaor se volvían más y más feroces. Obviamente, saber que había comida en el patio y no poder alcanzarla los había empujado a un estado aún más profundo de locura.

Raoden había intentado dejar comida para ellos, pero la dis-tracción funcionó poco tiempo. Se atracaban y luego volvían, aún más furiosos que antes. Los impulsaba un único y obsesivo objetivo: llegar a los carros de alimentos del patio.

«¡Si al menos tuviéramos más soldados!», pensó Raoden con frustración. Había perdido a muchos de los suyos con los re-partos de Sarene, mientras que el número de Shaor al parecer continuaba siendo el mismo. Raoden y Galladon se habían ofre-cido a unirse a los luchadores de Saolin, pero el curtido capitán no había querido hablar del tema.

—Los líderes no luchan —dijo simplemente el hombre de la nariz rota—. Sois demasiado valiosos.

Raoden sabía que el hombre tenía razón. Raoden y Galla-don no eran soldados. No harían más que estorbar a la tropa cuidadosamente entrenada de Saolin. Les quedaban pocas opcio-nes, y parecía que el plan de Saolin era la mejor entre un montón de malas opciones.

—De acuerdo —dijo Raoden—. Hazlo.

—Muy bien, mi señor —respondió Saolin, inclinando leve-mente la cabeza—. Iniciaré los preparativos... solo faltan unos minutos para que llegue la princesa.

Raoden despidió a Saolin con un gesto. El plan del soldado

era un último intento a la desesperada por tender una trampa. Los hombres de Shaor solían seguir el mismo camino cada día antes de dividirse para intentar llegar al patio, y Saolin planeaba tenderles una emboscada mientras se aproximaban. Era arriesgado, pero posiblemente fuera su única oportunidad. Los soldados no podían continuar luchando como hasta entonces.

—Supongo que deberíamos irnos, pues —dijo Raoden.

Galladon asintió. Mientras se volvían para ir al patio, Raoden no pudo dejar de sentirse incómodo por la decisión que había tomado. Si Saolin perdía, los salvajes se abrirían paso. Si Saolin ganaba, eso significaría la muerte o la incapacitación de docenas de elantrinos... gente de ambos bandos, que Raoden tendría que haber podido proteger.

«Sea como sea, soy un fracaso», pensó Raoden.

SARENE NOTABA QUE algo iba mal, pero no estaba segura de qué. Espíritu estaba nervioso y sus modales amistosos parecían apagados. No tenía que ver con ella, sino con otra cosa. Tal vez con la carga del liderazgo.

Quiso preguntarle qué era. Realizó la ya familiar rutina del reparto de comida. La preocupación de Espíritu la ponía nerviosa. Cada vez que él se acercaba para aceptar un artículo del carro, ella lo miraba a los ojos y veía su tensión. No era capaz de preguntarle cuál era el problema. Había pasado demasiado tiempo fingiendo frialdad, ignorando sus intentos de entablar amistad. Igual que en Teod, se había encasillado a sí misma en un papel. Y, al igual que antes, se maldijo a sí misma por no saber escapar de su indiferencia autoimpuesta.

Por fortuna, Espíritu no compartía sus inhibiciones. Cuando los nobles se congregaron para empezar el reparto, la apartó andando para alejarse un poco del grupo principal.

Ella lo miró con curiosidad.

—¿Qué?

Espíritu miró al grupo de nobles, algunos de ellos mujeres,

que esperaban a que los elantrinos se acercaran para recibir su comida. Finalmente, se volvió hacia Sarene.

—Hoy ha pasado algo —dijo él.

—¿Qué? —preguntó ella frunciendo el ceño.

—¿Recuerdas que te dije que no todos los elantrinos son tan dóciles como los que había aquí?

—Sí —dijo Sarene lentamente. «¿Cuál es el truco, Espíritu? ¿A qué juego estás jugando?». Parecía tan honrado, tan digno. Sin embargo, Sarene no podía dejar de pensar que estaba jugando con ella.

—Bueno, pues... —dijo Espíritu—. Estate preparada. Mantén a tus guardias cerca.

Sarene frunció el ceño. Leyó una nueva emoción en sus ojos, algo que no había visto antes. Culpa.

Mientras Espíritu se volvía hacia el grupo dejando el eco de sus ominosas palabras en su mente, una parte de Sarene agradeció de pronto haber permanecido distante. Él le estaba ocultando algo... algo importante. Su sentido de la política la advertía de que tuviera cautela.

Fuera lo que fuese lo que él estaba esperando, no se produjo. Cuando empezaron a repartir comida, Espíritu se había relajado un poco y hablaba alegremente. Sarene empezó a pensar que había hecho una montaña de un grano de arena, y sin motivo.

Entonces empezaron los gritos.

RAODEN SOLTÓ UNA maldición y dejó caer su bolsa de comida cuando oyó el aullido. Estaba cerca... demasiado cerca. Un momento después vio aparecer la silueta de Saolin en la boca de un callejón. El apurado soldado blandía la espada locamente contra cuatro oponentes distintos. Uno de los salvajes golpeó con un palo las piernas de Saolin, y el soldado cayó.

Los hombres de Shaor habían llegado.

Salieron de todos los callejones casi dos docenas de locos aulladores. Los guardias de la ciudad reaccionaron al unísono, arrancados de su letargo junto a las puertas, pero fueron demasiado lentos. Los hombres de Shaor saltaron hacia el grupo de aristócratas y elantrinos, las bocas salvajemente abiertas.

Entonces apareció Eondel. Por un quiebro de la fortuna, había decidido acompañar a Sarene en aquella visita y, como siempre, llevaba espada, desafiando las costumbres en favor de la seguridad. En este caso, su previsión estuvo justificada.

Los hombres de Shaor no esperaban ninguna resistencia y se atropellaron ante la hoja del general. A pesar de sus años, Eondel luchaba con enorme destreza y decapitó a dos salvajes en un instante. El arma de Eondel, impulsada por sus sanos músculos, cortaba con facilidad la carne elantrina. Su ataque retuvo a los salvajes el tiempo suficiente para que los guardias se unieran a la batalla y formaran una línea tras él.

Comprendiendo por fin que corrían peligro, los nobles empezaron a gritar. Por fortuna solo estaban a unos pasos de las puertas y huyeron fácilmente de aquel caos. Pronto solo quedaron Raoden y Sarene, mirándose el uno a la otra por encima de la batalla.

Uno de los seguidores de Shaor cayó a sus pies, agarrando un cartón de gachas de grano. El vientre de la criatura estaba abierto de la cintura hasta el cuello y sus brazos se agitaban torpemente, mezclando la blanca pasta con la mugre del empedrado. Sus labios temblaban mientras miraba hacia arriba.

—Comida. Solo queríamos un poco de comida. Comida... —dijo el loco, iniciando el mantra de los hoed.

Sarene contempló a la criatura y retrocedió un paso. Cuando miró de nuevo a Raoden, sus ojos brillaban con la fría ira de la traición.

—No les has dado comida, ¿verdad? —lo acusó.

Raoden asintió lentamente, sin poner ninguna excusa.

—Así es.

—¡Tirano! —siseó ella—. ¡Déspota sin corazón!

Raoden se volvió a mirar a los desesperados hombres de Shaor. En cierto modo, ella tenía razón.

—Sí. Lo soy.

Sarene dio otro paso atrás. Sin embargo, tropezó con algo. Raoden intentó sujetarla, pero se detuvo al darse cuenta de qué la había hecho tropezar. Era un saco de comida, uno de los sacos llenos a reventar que Raoden había preparado para los hoed. Sarene lo vio también, y comprendió.

—Casi había empezado a confiar en ti —dijo Sarene amargamente. Luego se marchó corriendo hacia las puertas mientras los soldados se replegaban. Los hombres de Shaor no los siguieron. Cayeron sobre el botín que los nobles habían abandonado.

Raoden se apartó. Los hombres de Shaor ni siquiera parecían reparar en él mientras atacaban los suministros dispersos, atiborrándose con manos sucias. Raoden los observó con ojos cansados. Se había terminado. Los nobles no volverían a entrar en Elantris. Al menos no había muerto ninguno.

Entonces se acordó de Saolin y cruzó corriendo el patio para arrodillarse junto a su amigo. El viejo soldado miraba el cielo sin verlo, moviendo la cabeza de un lado a otro mientras murmuraba:

—Le he fallado a mi señor. Le he fallado a mi lord Espíritu. Fallado, fallado, fallado...

Raoden gimió, inclinando la cabeza desesperado. «¿Qué he hecho?», se preguntó, meciendo inútilmente al nuevo hoed.

Raoden se quedó allí, perdido en su pesar hasta mucho después de que los hombres de Shaor se llevaran los restos de comida y huyeran. Al cabo de un rato, un sonido incongruente lo sacó de su pena.

Las puertas de Elantris volvían a abrirse.

CAPÍTULO 29

MI SEÑORA, ¿estás herida? —la grave voz de Ashe estaba cargada de preocupación.

Sarene trató de secarse los ojos, pero las lágrimas seguían brotando.

—No —dijo, entre sollozos apagados—. Estoy bien.

Sin dejarse convencer, el seon flotó a su alrededor trazando un lento semicírculo, en busca de algún signo de heridas externas. Las casas y las tiendas quedaban atrás rápidamente al otro lado de la ventanilla del carruaje mientras el vehículo regresaba al palacio. Eondel, el propietario del vehículo, se había quedado en las puertas de Elantris.

—Mi señora —dijo Ashe con sinceridad—. ¿Qué ocurre?

—Yo tenía razón, Ashe —contestó ella, intentando reírse de su estupidez a través de las lágrimas—. Tendría que estar contenta. Acerté con él desde el principio.

—¿Espíritu?

Sarene asintió, apoyó la cabeza contra el respaldo del asiento y contempló el techo del carruaje.

—Estaba quedándose la comida de la gente. Tendrías que haberlos visto, Ashe... el hambre los había vuelto locos. Los guerreros de Espíritu los mantenían alejados del patio, pero el hambre debió por fin de ser tan grande que contraatacaron. No entiendo cómo lo han logrado... No tenían armaduras ni espadas, solo su hambre. Él ni siquiera se ha molestado en negarlo. Se ha quedado allí, viendo sus planes irse al traste, con un saco de comida caído a sus pies.

Sarene se llevó las manos a la cara, sujetándose la cabeza, llena de frustración.

—¿Por qué seré tan rematadamente imbécil?

Ashe latió, preocupado.

—Sabía lo que estaba haciendo. ¿Por qué me molesta averiguar que tenía razón? —Sarene inspiró profundamente, pero el aliento se le quedó atascado en la garganta. Ashe tenía razón: se había involucrado demasiado con Espíritu y Elantris. Se había implicado demasiado emocionalmente para hacer caso a sus recelos.

El resultado había sido un desastre. La nobleza había respondido al dolor y la ignominia elantrinos. Los prejuicios largamente mantenidos se habían debilitado y las enseñanzas korathi de moderación habían demostrado tener su influencia. Ahora, sin embargo, los nobles solo recordarían que los habían atacado. Sarene daba gracias a Domi de que ninguno hubiese resultado herido.

Sacó a Sarene de su ensimismamiento el sonido de armaduras entrechocando ante su ventanilla. Recuperando la compostura como pudo, asomó la cabeza para ver qué causaba el jaleo. Una doble fila de hombres con cota de malla y cuero marchaba junto a su carruaje, la librea negra y roja. La guardia personal de Iadon se dirigía a Elantris.

Sarene sintió un escalofrío cuando vio a los guerreros de rostro sombrío.

—Idos Domi —susurró. Había dureza en los ojos de aquellos hombres, estaban dispuestos a matar. A exterminar.

AL PRINCIPIO, EL cochero se resistió a obedecer las órdenes de Sarene de conducir más rápido, pero pocos hombres podían resistirse a una decidida princesa teo. Llegaron al palacio poco después, y Sarene saltó del carruaje sin esperar a que el cochero le bajara los escalones.

Su reputación entre el personal de palacio estaba creciendo, y la mayoría había aprendido a apartarse de su camino cuando recorría los pasillos. Los guardias del estudio de Iadon también se estaban acostumbrando a ella, así que suspiraron resignados y le abrieron las puertas.

La expresión del rostro del rey cambió visiblemente cuando ella entró.

—Sea lo que sea, esperará. Tenemos una crisis...

Sarene golpeó con las palmas de las manos la mesa de Iadon, sacudiendo la madera y derribando el posaplumas.

—En el bendito nombre de Domi, ¿qué crees que estás haciendo?

Iadon se ruborizó de frustración y furia y se puso en pie.

—¡Han atacado a miembros de mi corte! Mi deber es responder.

—No me hables de deberes, Iadon —le replicó Sarene—. Llevas diez años buscando una excusa para destruir Elantris, solo las supersticiones de la gente te han detenido.

—¿Y tu protesta es...? —preguntó él fríamente.

—¡No voy a ser yo quien te dé esa excusa! Retira a tus hombres.

Iadon resopló.

—Tú más que nadie tendrías que agradecer la rapidez de mi respuesta, princesa. Es tu honor lo que ese ataque ha mancillado.

—Soy perfectamente capaz de proteger mi honor, Iadon. Esas tropas actúan en directa oposición a todo lo que he conseguido estas últimas semanas.

—Era un proyecto estúpido de todas formas —declaró Iadon, dejando caer un fajo de papeles sobre la mesa. La hoja superior se agitó con el movimiento y Sarene pudo leer las órdenes escritas. Las palabras «Elantris» y «exterminio» destacaban, sombrías e imponentes.

—Vuelve a tus aposentos, Sarene —dijo el rey—. Esto quedará resuelto en cuestión de horas.

Por primera vez Sarene fue consciente del aspecto que debía

de tener, el rostro colorado y sucio por las lágrimas, su vestido monocromo manchado de sudor y de mugre de Elantris, y el pelo despeinado recogido hacia atrás en una trenza suelta.

El momento de inseguridad pasó cuando miró de nuevo al rey y vio la satisfacción en sus ojos. Masacraría a todos los hambrientos e indefensos elantrinos. Mataría a Espíritu. Todo por su culpa.

—Escúchame, Iadon —dijo Sarene, con voz nítida y fría. Sostuvo la mirada del rey, alzando su casi metro ochenta de altura sobre el hombre, más pequeño—. Retirarás a tus soldados de Elantris. Dejarás a esa gente en paz. De lo contrario, empezaré a contarle a la gente lo que sé de ti.

Iadon bufó.

—¿Me desafías, Iadon? Creo que cambiarás de opinión cuando todo el mundo sepa la verdad. Sabes que ya piensan que eres un cretino. Fingen obedecerte, pero sabes, sabes en el fondo susurrante de tu corazón que se burlan de ti con su obediencia. ¿Crees que no se han enterado de que perdiste tus barcos? ¿Crees que no se reían diciendo que su rey pronto sería tan pobre como un barón? Vaya si lo sabían.

»¿Cómo te enfrentarás ahora a ellos, Iadon, cuando se enteren de cómo sobreviviste, *en realidad*? Cuando les demuestre cómo rescaté tus ingresos, cómo te facilité los contratos con Teod, cómo salvé tu corona.

Mientras hablaba, fue recalcando cada frase marcándole el pecho con un dedo. Perlas de sudor aparecieron en la frente de Iadon mientras empezaba a ceder bajo su mirada implacable.

—Eres un necio, Iadon —siseó ella—. Yo lo sé, tus nobles lo saben y el mundo lo sabe. Has tomado una gran nación y la has aplastado en tus manos ansiosas. Has esclavizado al pueblo y has manchado el honor de Arelon. Y, a pesar de todo, tu país se empobrece. Incluso tú, el rey, eres tan pobre que solo un regalo de Teod te permite conservar la corona.

Iadon retrocedió. El rey pareció encogerse, su arrogancia cedía ante la furia de Sarene.

—¿Cómo será, Iadon? —susurró ella—. ¿Cómo te sentirás sabiendo que toda la corte sabe que estás en deuda con una mujer? ¿Y una niña tonta, además? Quedarás en evidencia. Todo el mundo sabrá lo que eres: nada más que un inútil inseguro, trivial e incapaz.

Iadon se desplomó en su asiento. Sarene le tendió una pluma.

—Retira la orden —exigió.

Los dedos de Iadon temblaban mientras escribía una contraorden al pie de la página y estampaba su sello personal.

Sarene agarró el papel y salió de la habitación.

—¡Ashe, detén a esos soldados! Diles que llegan nuevas órdenes.

—Sí, mi señora —respondió el seon, corriendo por el pasillo hacia una ventana, más rápido que un caballo al galope.

—¡Tú! —ordenó Sarene, golpeando, con la hoja de papel enrollada, el peto de un guardia—. Lleva esto a Elantris.

El hombre aceptó el papel, inseguro.

—¡Corre! —ordenó Sarene.

Lo hizo.

Sarene se cruzó de brazos y contempló al hombre precipitarse pasillo abajo. Luego se volvió hacia el segundo guardia. Este empezó a retorcerse nervioso bajo su mirada.

—Humm, voy a asegurarme de que llegue —tartamudeó el hombre, y echó a correr tras su compañero.

Sarene esperó allí un momento, luego volvió al estudio del rey y cerró las puertas. Se quedó mirando a Iadon, desmoronado en su silla, los codos sobre la mesa y la cabeza entre las manos. El rey sollozaba en silencio.

PARA CUANDO SARENE llegó a Elantris, las nuevas órdenes habían sido entregadas hacía rato. La guardia de Iadon esperaba insegura ante las puertas. Ella dijo a los hombres que se fueran a casa, pero el capitán se negó, aduciendo que había recibido órdenes de no atacar, pero que no tenía ninguna de retirarse. Poco después llegó un correo que traía órdenes para que hiciera justamente eso. El capitán le dirigió una mirada irritada a Sarene y mandó a sus hombres volver al palacio.

Sarene esperó un poco más y emprendió la agotadora subida hasta lo alto de la muralla para contemplar el patio. Su carro de alimentos estaba abandonado en el centro de la plaza, volcado y con cajas rotas alrededor. Había también cuerpos: los miembros caídos del grupo atacante, cuyos cadáveres se pudrían en la mugre. Sarene se detuvo, tensando los músculos. Uno de los cadáveres se movía todavía. Sarene se apoyó en la balaustrada de piedra, contemplando al caído. La distancia era grande, pero vio la silueta de las piernas del hombre... a una docena de palmos de su pecho. Un poderoso golpe lo había cortado por la cintura. Era imposible que hubiera podido sobrevivir a una herida semejante. Sin embargo, en una visión demencial, sus brazos se agitaban en el aire con desesperado azar.

—Domi Misericordioso —susurró Sarene, llevándose la mano al pecho, buscando con los dedos su pequeño colgante korathi. Escrutó incrédula el patio. Algunos de los otros cuerpos se movían también, a pesar de sus horribles heridas.

«Dicen que los elantrinos están muertos —se recordó—. Que son difuntos cuyas mentes se niegan a descansar».

Por primera vez Sarene advirtió cómo sobrevivían los elantrinos sin comida. No necesitaban comer. Pero entonces ¿por qué lo hacían?

Sarene sacudió la cabeza, tratando de despejar su mente tanto de la confusión como de los cadáveres que se agitaban allá abajo. Al hacerlo, sus ojos se posaron sobre otra figura. Estaba arrodillada a la sombra de la muralla y su postura denotaba una pena inenarrable. Sarene avanzó por el paseo en dirección a la forma, arrastrando la mano por la balaustrada de piedra. Se detuvo cuando llegó a su altura.

De alguna manera, supo que la figura pertenecía a Espíritu. Sujetaba un cuerpo en sus brazos, meciéndolo adelante y atrás, con la cabeza gacha. El mensaje estaba claro: incluso un tirano podía amar a aquellos que le seguían.

«Te he salvado —pensó Sarene—. El rey podría haberte destruido, pero te he salvado la vida. No lo he hecho por ti, Espíritu. Lo he hecho por toda esa gente sobre la que gobiernas».

Espíritu no reparó en su presencia.

Sarene trató de seguir furiosa con él. Sin embargo, al contemplarlo y sentir su agonía, no pudo ni siquiera mentirse a sí misma. Los acontecimientos del día la perturbaban por diversos motivos. Estaba furiosa porque sus planes se habían frustrado. Lamentaba no poder seguir alimentando a los esforzados elantrinos. No estaba contenta con la forma en que los aristócratas verían Elantris.

Pero también la entristecía no poder volver a verlo. Tirano o no, le había parecido un buen hombre. Tal vez... tal vez solo un tirano podía gobernar en un lugar como Elantris. Tal vez era lo mejor que la gente tenía.

De todas formas, probablemente nunca más volvería a verlo. Nunca más miraría aquellos ojos, a pesar del cuerpo deforme, tan vibrantes y vivos. Había en ellos una complejidad que ella nunca podría desentrañar.

Se había terminado.

BUSCÓ REFUGIO EN el único lugar de Kae donde se sentía a salvo. Kiin la dejó pasar, y luego la sostuvo cuando cayó en sus brazos. Fue un final perfectamente humillante para un día muy emotivo. No obstante, el abrazo mereció la pena. De niña, había decidido que su tío era muy bueno dando abrazos, sus anchos brazos y su enorme pecho eran suficientes para envolver incluso a una muchacha alta y larguirucha.

Sarene finalmente lo soltó, se secó los ojos y se sintió decepcionada consigo misma por echarse a llorar de nuevo. Kiin simplemente colocó una mano enorme sobre su hombro y la condujo al comedor, donde toda la familia, incluso Adien, estaba sentada alrededor de la mesa.

Lukel charlaba animadamente, pero se interrumpió al ver a Sarene.

—Pronuncia el nombre del león —dijo, citando un proverbio jinDo—, y vendrá al festín.

Los ojos perturbadores y levemente desenfocados de Adien encontraron su rostro.

—Dos mil ciento treinta y siete pasos desde aquí a Elantris —susurró.

Guardaron silencio un momento. Entonces Kaise saltó a su silla.

—¡Sarene! ¿De verdad intentaron comerte?

—No, Kaise —respondió Sarene, tomando asiento—. Solo querían nuestra comida.

—Kaise, deja a tu prima en paz —ordenó Daora con firmeza—. Ha tenido un día completo.

—Y yo me lo he perdido —dijo Kaise hoscamente, desplomándose en su asiento. Entonces dirigió una mirada furiosa a su hermano—. ¿Por qué tuviste que ponerte enfermo?

—No fue culpa mía —protestó Daorn, todavía un poco débil. No parecía muy decepcionado por haberse perdido la batalla.

—Silencio, niños —insistió Daora.

—No pasa nada —dijo Sarene—. Puedo hablar de ello.

—Bueno, entonces ¿es cierto? —preguntó Lukel.

—Sí. Algunos elantrinos nos atacaron, pero nadie resultó herido... al menos nadie de nuestro bando.

—No —dijo Lukel—. No me refería a eso, sino al rey. ¿Es cierto que lo has sometido a gritos?

Sarene se puso pálida.

—¿Eso se sabe?

Lukel se echó a reír.

—Dicen que tu voz llegaba hasta el salón principal. Iadon aún no ha salido de su estudio.

—Puede que me haya dejado llevar un poco.

—Has hecho lo adecuado, querida —le aseguró Daora—. Iadon está demasiado acostumbrado a que la corte salte cuando él estornuda. Probablemente no ha sabido qué hacer cuando alguien se le ha enfrentado.

—No ha sido tan difícil —dijo Sarene, sacudiendo la cabeza—. A pesar de esa fachada es muy inseguro.

—La mayoría de los hombres lo son, querida.

Lukel se echó a reír.

—Prima, ¿qué hacíamos sin ti? La vida era muy aburrida antes de que decidieras venir aquí y complicarlo todo por nosotros.

—Preferiría haberlo complicado un poco menos —murmuró Sarene—. Iadon no va a reaccionar bien cuando se recupere.

—Si se sale de la fila, puedes volver a gritarle.

—No —dijo Kiin, solemne—. Ella tiene razón. Los monarcas no pueden permitir que los reprendan en público. Puede que nos esperen tiempos más difíciles cuando esto termine.

—Eso, o debería abdicar en favor de Sarene. —Lukel sonrió.

—Tal como temía tu padre —recalcó la grave voz de Ashe mientras entraba flotando por la ventana—. Siempre le preocupó que Arelon no pudiera contigo, mi señora.

Sarene sonrió débilmente.

—¿Han vuelto?

—Lo han hecho —dijo el seon. Ella lo había enviado tras los guardias de Iadon, por si decidían ignorar sus órdenes—. El capitán ha ido inmediatamente a ver al rey. Se ha marchado cuando Su Majestad se ha negado a abrirle la puerta.

—No estaría bien que un soldado viera a su rey lloriqueando como un niño —dijo Lukel.

—De todas formas —continuó el seon—, yo...

Lo interrumpió una insistente llamada a la puerta. Kiin desapareció y luego regresó con un ansioso lord Shuden.

—Mi señora —dijo este, inclinando levemente la cabeza ante Sarene. Luego se volvió hacia Lukel—. He oído una noticia muy interesante.

—Todo es cierto —respondió Lukel—. Se lo hemos preguntado a Sarene.

Shuden negó con la cabeza.

—No se trata de eso. —Sarene alzó la cabeza, preocupada.

—¿Qué más puede haber sucedido hoy?

Los ojos de Shuden chispearon.

—Nunca adivinaréis a quién alcanzó la shaod anoche.

CAPÍTULO 30

HRATHEN no trató de ocultar su transformación. Salió solemnemente de sus aposentos, revelando su condena a toda la capilla. Dilaf estaba a mitad del oficio de la mañana. Merecía la pena perder el pelo y el color de la piel por ver al bajo sacerdote areleno retroceder dando tumbos, horrorizado de sorpresa.

Los sacerdotes korathi vinieron por Hrathen poco después. Le dieron una gran túnica blanca para esconder su desfiguración y se lo llevaron de la capilla vacía. Hrathen sonrió para sus adentros viendo al confuso Dilaf observarlo con odio desde su alcoba, abiertamente por primera vez.

Los sacerdotes korathi lo llevaron a su capilla, lo desnudaron y lavaron su cuerpo ahora cubierto de manchas negras con agua del río Aredel. Luego lo envolvieron en una saya blanca hecha con gruesas tiras de tela parecidas a harapos. Después de lavarlo y vestirlo, los sacerdotes se retiraron y permitieron a Omin acercarse. El pequeño y calvo líder del shu-korath areleno bendijo a Hrathen en silencio, trazando el símbolo del aon Omi sobre su pecho. Los ojos del areleno traicionaban un pequeño atisbo de satisfacción.

Después de eso, lo condujeron por las calles de la ciudad, cantando. Sin embargo, se encontraron con un escuadrón de soldados de Iadon que bloqueaba el paso. Los soldados montaban guardia y hablaban con voz apagada. Hrathen los observó sorprendido: reconoció a hombres preparándose para la batalla. Omin discutió con el capitán de la guardia de Elantris durante un rato mientras los otros sacerdotes llevaban a Hrathen a un edificio bajo situado junto a la garita, un centro de detención, marcado con el aon Omi.

Hrathen observó por la ventana de la habitación cómo dos apurados guardias llegaban al galope y entregaban a los soldados de Iadon un papel enrollado. El capitán lo leyó, frunció el ceño y se puso a discutir con el mensajero. Después de esto, Omin regresó y explicó que tendrían que esperar.

Y esperaron, durante casi dos horas.

Hrathen había oído que los sacerdotes solo arrojaban a la gente a Elantris a una hora determinada del día, pero al parecer se trataba de un margen de tiempo y no de un momento específico. Al final, los sacerdotes le pusieron en los brazos una cestita de comida, ofrecieron una última oración a su penoso dios y lo empujaron al otro lado de las puertas.

Hrathen se encontró en la ciudad, la cabeza calva, la piel con grandes manchas negras. Ahora era un elantrino. La ciudad era igual vista desde dentro que desde la muralla: putrefacta, sucia, impía. No tenía nada que ofrecerle. Se dio media vuelta, tiró al suelo la exigua cesta de comida y se puso de rodillas.

—Oh, Jaddeth, señor de toda la creación —empezó a decir con voz fuerte y firme—. Oye ahora la petición de un siervo de tu imperio. Quita esta mancha de mi sangre. Devuélveme la vida. Te lo imploro con todo el poder de mi puesto como santo gyorn.

No hubo ninguna respuesta. Así que repitió la oración. Una vez, y otra, y otra...

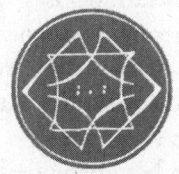

CAPÍTULO 31

S AOLIN no abrió los ojos cuando se hundió en la charca, pero dejó de murmurar. Flotó un momento, y entonces tomó aliento y extendió las manos hacia los cielos. Después de eso, se fundió en el líquido azul.

Raoden observó solemnemente el proceso. Habían esperado dos días que, contra todo pronóstico, el recio soldado recuperara la razón. No lo había hecho. Lo llevaron a la charca en parte porque su herida era terrible y en parte porque Raoden sabía que nunca podría entrar en la Sala de los Caídos si Saolin estaba allí. El mantra «le he fallado a mi lord Espíritu» hubiese sido insoportable.

—Vamos, sule —dijo Galladon—. Ya se ha ido.

—Sí —dijo Raoden. «Y es culpa mía». Por una vez, las cargas y agonías de su cuerpo le parecieron insignificantes comparadas con las de su alma.

REGRESARON CON ÉL. Primero un hilillo, luego como un torrente. Tardaron días en darse cuenta, y en convencerse, de que Sarene no iba a volver. No hubo más repartos, no más comer, esperar y volver a comer. Entonces regresaron, como si salieran de pronto de su estupor, recordando que una vez, no hacía mucho, había habido propósitos en sus vidas.

Raoden los devolvió a sus antiguas tareas de limpiar, sembrar y construir. Con herramientas y materiales adecuados, el trabajo dejó de ser un ejercicio para perder intencionadamente el tiempo y se convirtió en un medio productivo de reconstruir Nueva Elantris. Los tejados improvisados fueron sustituidos con obras más duraderas y funcionales. Las semillas adicionales de maíz proporcionaron la oportunidad de una segunda siembra, mucho más ambiciosa que la primera. La pequeña muralla que rodeaba Nueva Elantris fue reforzada y aumentada, aunque los hombres de Shaor permanecían temporalmente tranquilos. Raoden sabía, no obstante, que la comida del carro de Sarene no les duraría mucho. Los salvajes regresarían.

La cantidad de seguidores que se le unieron tras la llegada de Sarene era mucho mayor que los que le habían seguido antes. Raoden se vio obligado a reconocer que, a pesar del retraso temporal que habían causado, las excursiones de Sarene a Elantris habían sido beneficiosas. Ella había demostrado a la gente que, no importaba cuánto doliera el hambre, con llenar la barriga no era suficiente. La dicha era más que la simple ausencia de incomodidad.

Así que, cuando regresaron con él, ya no trabajaron por comida. Trabajaron porque temían en qué se convertirían si no lo hacían.

—ÉL NO DEBERÍA estar aquí, Galladon —dijo Raoden mientras estudiaba al sacerdote fjordell desde su puesto de observación en el techo del jardín.

—¿Estás seguro de que es el gyorn? —preguntó Galladon.

—Así lo dice en esa oración suya. Además, definitivamente, es fjordell. Es demasiado alto para ser aónico.

—La shaod no alcanza a los fjordell —dijo Galladon, obstinado—. Solo a la gente de Arelon, Teod y, ocasionalmente, Duladel.

—Lo sé —dijo Raoden sentándose, lleno de frustración—.

Tal vez sea solo cuestión de porcentajes. No hay muchos fjordell en Arelon... quizá por eso no han sido alcanzados nunca.

Galladon negó con la cabeza.

—¿Entonces por qué a los jinDo no los afecta jamás? Hay muchos viviendo en la ruta de las especias.

—No lo sé.

—Escúchalo rezar, sule —se burló Galladon—. Como si los demás no lo hubiéramos intentado ya.

—Me pregunto cuánto tiempo esperará.

—Lleva tres días ya —dijo Galladon—. Debe de estar empezando a tener hambre. ¿Kolo?

Raoden asintió. Incluso después de tres días de oración casi continua, la voz del gyorn era firme. Considerando todo lo demás, Raoden tenía que respetar la determinación del hombre.

—Bueno, cuando por fin se dé cuenta de que no va a llegar a ninguna parte, le invitaremos a unirse a nosotros —dijo Raoden.

—Problemas, sule —le advirtió Galladon. Raoden siguió el gesto del dula y captó unas cuantas formas agazapadas en las sombras, a la izquierda del gyorn.

Raoden maldijo al ver a los hombres de Shaor salir del callejón. Al parecer, se les había acabado la comida antes de lo que él esperaba. Probablemente, habían regresado al patio en busca de restos, pero habían encontrado algo aún más prometedor: la cesta todavía llena de comida a los pies del gyorn.

—Vamos —lo instó Raoden, disponiéndose a bajar de la azotea. Antes los hombres de Shaor hubiesen ido directamente por la comida. Sin embargo, los recientes acontecimientos habían cambiado a los salvajes. Habían empezado a herir indiscriminadamente, como si hubieran advertido que cuantas menos bocas se opusieran a ellos, más probable sería que consiguieran comida.

—Que Doloken me queme por ayudar a un gyorn —murmuró Galladon, siguiendo a Raoden. Por desgracia, se movieron demasiado despacio. Llegaron demasiado tarde... para salvar a los hombres de Shaor.

Raoden rodeaba el edificio cuando el primer salvaje saltó sobre la espalda del gyorn. El fjordell se puso en pie de un salto, girando con velocidad casi inhumana, y agarró al hombre de Shaor por la cabeza. Se oyó un chasquido cuando el gyorn quebró el cuello de su oponente, y luego lo arrojó contra la puerta de madera. Los otros dos atacaron conjuntamente. Uno recibió una patada giratoria que lo lanzó al otro lado del patio como si fuera un montón de harapos. El otro recibió tres puñetazos sucesivos en la cara y luego una patada en el abdomen. El aullido de rabia del loco se convirtió en un gemido cuando el gyorn descargó otra patada contra la cabeza del hombre.

Raoden se detuvo, boquiabierto. Galladon soltó un bufido.

—Tendríamos que habernos dado cuenta. Los sacerdotes derethi saben cuidar de sí mismos. ¿Kolo?

Raoden asintió lentamente, viendo cómo el sacerdote volvía a ponerse de rodillas y continuaba sus oraciones. Raoden había oído que todos los sacerdotes derethi se formaban en los infames monasterios de Fjorden, donde se sometían a un estricto entrenamiento físico. Sin embargo, no había pensado que un gyorn de mediana edad conservara sus habilidades.

Los dos salvajes que todavía podían moverse se marcharon a rastras, mientras que el otro yacía donde el gyorn lo había lanzado, gimiendo penosamente con el cuello roto.

—Es un desperdicio —susurró Raoden—. Podríamos haber empleado a esos hombres en Nueva Elantris.

—No sé qué podemos hacer —dijo Galladon, sacudiendo la cabeza. Raoden se levantó y se volvió hacia la zona del mercado de Elantris.

—Yo sí —dijo con determinación.

PENETRARON EN EL territorio de Shaor tan rápidamente que casi llegaron al banco antes de que los localizaran. Raoden no respondió cuando los hombres de Shaor empezaron a aullar; continuó andando, resuelto, concentrado en su objetivo. Galladon, Karata y Dashe, el antiguo segundo de Karata y uno de los pocos luchadores experimentados que quedaban en el campamento de Raoden, lo acompañaban. Cada uno llevaba nerviosamente en brazos un saco de tamaño medio.

Los hombres de Shaor los siguieron, cortando su vía de escape. Después de las pérdidas que habían tenido en las últimas semanas, podían quedar un par de docenas de hombres en la banda de Shaor, pero esos pocos parecían multiplicarse y cambiar en las sombras.

Galladon dirigió a Raoden una mirada de temor. Raoden sabía lo que estaba pensando. «Será mejor que estés seguro por Doloken de que sabes lo que estás haciendo, sule...».

Raoden apretó los dientes. Solo tenía una esperanza, su fe en la naturaleza racional del alma humana.

Shaor estaba igual que antes. Aunque sus hombres debían de haberle traído algunos de sus despojos, por sus gritos nadie lo hubiese dicho.

—¡Traedme comida! —chillaba, la voz audible mucho antes de que entraran en el banco—. ¡Quiero comida!

Raoden condujo a su pequeño grupo al banco. Los restantes seguidores de Shaor los siguieron, caminando despacio, esperando de su diosa la inevitable orden de matar a los intrusos.

Raoden se movió primero. Asintió a los demás, y todos dejaron caer sus sacos. El maíz se desparramó por el suelo irregular del banco, mezclándose con la mugre y cayendo por las grietas y rendijas. Sonaron aullidos tras ellos, y Raoden llamó a sus hombres para que se apartaran mientras los seguidores de Shaor se abalanzaban sobre el grano.

—¡Matadlos! —chilló Shaor tardíamente, pero sus hombres estaban demasiado ocupados llenándose la boca.

Raoden y los demás se marcharon tan tranquilamente como habían llegado.

EL PRIMERO SE acercó a Nueva Elantris apenas unas horas más tarde. Raoden se encontraba junto a la gran hoguera que habían encendido en el terrado de uno de los edificios más altos. Alimentar las llamas requería muchos trozos de preciosa madera, y Galladon se había mostrado en contra desde el principio. Raoden había hecho caso omiso de las objeciones. Los hombres de Shaor tenían que ver el fuego para hacer la conexión y dar el salto que los devolvería a la sensatez.

El primer salvaje salió de la oscuridad de la noche. Se movía furtivamente, con actitud nerviosa y bestial. Acunaba un saco roto que contenía un par de puñados de grano.

Raoden indicó a sus guerreros que se retiraran.

—¿Qué quieres? —le preguntó al loco.

El hombre lo miró, aturdido.

—Sé que me comprendes —prosiguió—. No puedes llevar aquí mucho tiempo... seis meses como máximo. Eso no es suficiente para olvidar el lenguaje, aunque quieras convencerte a ti mismo de que así es.

El hombre alzó el saco, las manos brillantes de mugre.

—¿Qué? —insistió Raoden.

—Cocina —dijo el hombre por fin.

El grano que habían dejado era semilla de maíz, endurecida durante el invierno para plantarse en primavera. Aunque lo habían intentado, sin duda, los hombres de Shaor no habían podido masticarlo ni tragarlo sin sufrir un gran dolor.

Y así, Raoden esperaba que del fondo de sus mentes abandonadas esos hombres rescataran la idea de que una vez fueron humanos. Esperaba que recordaran la civilización y la habilidad para cocinar. Esperaba que se enfrentaran a su humanidad.

—No cocinaré tu comida para ti —dijo Raoden—. Pero dejaré que lo hagas tú mismo.

CAPÍTULO 32

ASÍ QUE ¿has vuelto a vestir de negro, querida? —preguntó el duque Roial mientras la ayudaba a subir al carruaje.

Sarene se miró el vestido. No era de los que le había enviado Eshen, sino uno que le había pedido a Shuden que le trajera de una de sus caravanas que cubrían la ruta de Duladel. Con menos vuelo que la mayoría de lo que dictaba la moda arelena, se ceñía a sus formas. El suave terciopelo estaba bordado con un diminuto estampado de plata, y en vez de capa tenía un corto manto que le cubría los hombros y la parte superior de los brazos.

—En realidad es azul, excelencia —dijo ella—. Nunca visto de negro.

—Ah. —El anciano llevaba un traje blanco con chaleco granate oscuro. El conjunto armonizaba su cabeza canosa cuidadosamente peinada.

El cochero cerró la puerta y ocupó su puesto. Poco después, se pusieron de camino al baile.

Sarene contempló las calles oscuras de Kae, su estado de ánimo tolerante, pero triste. No podía, naturalmente, negarse a asistir al baile. Roial había accedido a celebrarlo siguiendo su sugerencia. Sin embargo, había hecho esos planes hacía una semana, antes de los acontecimientos acaecidos en Elantris. Había dedicado los tres últimos días a la reflexión, intentando ordenar sus sentimientos y rehacer sus planes. No quería perder tiempo con una noche de frivolidades, aunque hubiera una lógica tras ellas.

—Pareces inquieta, alteza —dijo Roial.

—No me he recuperado del todo de lo que sucedió el otro día, excelencia —contestó ella, acomodándose en su asiento.

—Fue un día terrible —reconoció él. Entonces, asomando la cabeza por la ventanilla del carruaje, miró al cielo—. Hace una noche preciosa para nuestros propósitos.

Sarene asintió, ausente. Ya no le importaba que el eclipse fuera visible o no. Desde su enfrentamiento con Iadon, la corte entera había empezado a ignorarla. En vez de enfurecerse como había predicho Kiin, Iadon simplemente la evitaba. Cada vez que Sarene entraba en una sala, las cabezas se volvían y los ojos buscaban el suelo, como si fuera un monstruo, un vengativo svrakiss enviado a atormentarlos.

Los criados no se comportaban mejor. Si antes eran serviciales, ahora temblaban. Le servían la cena tarde, y aunque la cocinera insistía en que era debido a que una de las criadas había vuelto a escaparse, Sarene estaba segura de que era simplemente porque nadie quería enfrentarse a la ira de la temible princesa. La situación empezaba a irritar a Sarene. «¿Por qué, en nombre del bendito Domi —se preguntaba—, se siente todo el mundo en este país tan amenazado por una mujer segura de sí misma?».

Naturalmente, esta vez tenía que admitir que, mujer o no, lo que le había hecho al rey había sido demasiado atrevido. Sarene estaba pagando el precio de perder los estribos.

—Muy bien, Sarene —declaró Roial—. Ya es suficiente.

Sarene se sobresaltó y miró el rostro severo del viejo duque.

—¿Cómo decías, excelencia?

—Decía que ya es suficiente. Según todos los informes, te has pasado los tres últimos días abatida en tus aposentos. No me importa lo emocionalmente perturbador que fuera el ataque en Elantris, tienes que superarlo... y rápido. Casi hemos llegado a mi mansión.

—¿Cómo? —repitió ella, sorprendida.

—Sarene —continuó Roial, suavizando el tono de voz—, no pedimos tu liderazgo. Te abriste paso y te hiciste con el control. Ahora que lo has hecho, no puedes dejarnos porque hayan herido tus sentimientos. Cuando se acepta la autoridad, hay que estar dispuesto a aceptar la responsabilidad en todo momento, incluso cuando no te apetece demasiado.

Avergonzada de pronto por la sabiduría del duque, Sarene bajó la mirada.

—Lo siento.

—Ah, princesa, hemos confiado mucho en ti en estas últimas semanas. Te colaste en nuestros corazones e hiciste lo que nadie, ni siquiera yo, había hecho: nos uniste. Shuden y Eondel te adoran, Lukel y Kiin permanecen a tu lado como dos piedras inamovibles, yo apenas puedo desentrañar tus delicados planes, e incluso Ahan te describe como la joven más encantadora que ha conocido jamás. No nos dejes ahora, te necesitamos.

Ruborizándose, Sarene sacudió la cabeza mientras el carruaje entraba en el camino de acceso a la mansión de Roial.

—Pero ¿qué queda, excelencia? El gyorn derethi ha sido neutralizado, aunque no por ninguna astucia mía, y parece que Iadon se ha aplacado. Yo diría que el momento de peligro ha pasado.

Roial alzó una tupida ceja blanca.

—Tal vez. Pero Iadon es mucho más listo de lo que creemos. El rey tiene algunos abrumadores puntos ciegos, pero fue capaz de hacerse con el control hace diez años, y ha conseguido que los aristócratas peleen entre ellos todo este tiempo. Y en cuanto al gyorn...

Roial se asomó a la ventanilla y vio un vehículo que se detenía junto a ellos. Dentro iba un hombre bajo completamente vestido de rojo. Sarene reconoció al joven sacerdote aónico que servía como ayudante de Hrathen.

Roial frunció el ceño.

—Creo que hemos cambiado a Hrathen por un enemigo igualmente peligroso.

—¿Él? —preguntó sorprendida Sarene. Había visto al joven con Hrathen, por supuesto... incluso había advertido su aparente fervor. Sin embargo, difícilmente podía ser tan peligroso como el calculador gyorn, ¿no?

—Lo he estado vigilando —dijo el duque—. Se llama Dilaf... Es areleno, lo cual significa que probablemente recibió educación korathi. He advertido que quienes se desvían de la fe suelen sentir más odio hacia ella que cualquier extraño.

—Tal vez tengas razón, excelencia —admitió Sarene—. Tendremos que cambiar nuestros planes. No podemos tratar a este como hicimos con Hrathen.

Roial sonrió, con un ligero chispeo en los ojos.

—Esa es la muchacha que yo recordaba. Vamos, no estaría bien que llegase tarde a mi propia fiesta.

Roial había decidido celebrar la fiesta para contemplar el eclipse en los terrenos situados detrás de su casa, una decisión favorecida por la relativa modestia de su hogar. Para ser el tercer hombre más rico de Arelon, el duque era notablemente poco ostentoso.

—Solo hace diez años que soy duque —le había dicho Roial la primera vez que ella visitó su casa—, pero he sido comerciante toda la vida. No se gana dinero siendo manirroto. Esta casa va conmigo, me temo que me perdería en algo más grande.

Los terrenos que rodeaban la mansión, sin embargo, eran extensos, un lujo que Roial admitía un poco extravagante. Al duque le encantaban los jardines, y se pasaba más tiempo paseando por ellos que en casa.

Afortunadamente, el tiempo había decidido acompañar los planes del duque, proporcionando una cálida brisa del sur y un cielo completamente despejado de nubes. Las estrellas salpicaban el firmamento como manchitas de pintura en un lienzo negro, y Sarene descubrió que sus ojos seguían las constelaciones de los principales aones. Rao brillaba directamente en lo alto, un gran cuadrado con cuatro círculos a los lados y un punto en el centro. Su propio aon, Ene, apenas era visible en el horizonte.

La luna llena se alzaba lentamente hacia su cenit. En solo unas horas desaparecería por completo... o al menos eso era lo que decían los astrónomos.

—Bueno —dijo Roial, caminando a su lado, ambos del brazo—, ¿vas a decirme de qué va todo esto?

—¿De qué va el qué?

—El baile. No me irás a decir que me pediste que lo organizara por un capricho. Fuiste demasiado específica en cuanto a la fecha y el emplazamiento. ¿Qué estás planeando?

Sarene sonrió, recordando los planes para esa noche. Casi se había olvidado de la fiesta, pero cuanto más lo consideraba, más se entusiasmaba. Antes de que terminara la noche, esperaba encontrar la respuesta a un problema que la había estado molestando desde su llegada a Arelon.

—Digamos que quería ver el eclipse en compañía —dijo con una sonrisa traviesa en los labios.

—Ah, Sarene, siempre tan dramática. Has perdido tu oportunidad en la vida, querida. Tendrías que haber sido actriz.

—De hecho, llegué a considerarlo —dijo ella recordando—. Por supuesto, entonces tenía once años. Una compañía de actores vino a Teoras. Después de verlos, comuniqué a mis padres que había decidido no ser princesa, sino actriz.

Roial se echó a reír.

—Me gustaría haber visto la cara de Eventeo cuando su hija querida le dijo que quería convertirse en cómica.

—¿Conoces a mi padre?

—Vamos, querida —dijo Roial con indignación—. No he sido viejo y senil toda la vida. Hubo una época en que viajé, y los buenos mercaderes tenían unos cuantos contactos en Teod. Tuve dos audiencias con tu padre, y las dos veces se mofó de mi vestuario.

Sarene se rio.

—Es implacable con los mercaderes extranjeros.

Los terrenos de Roial se centraban alrededor de un gran espacio de césped despejado sobre el que se había erigido un pabellón temporal de baile hecho de madera. Senderos flanqueados por setos conducían a parterres, estanques con puentes y exhibiciones de esculturas. Unas antorchas rodeaban el pabellón iluminándolo. Las apagarían antes del eclipse. Sin embargo, si las cosas salían como había planeado Sarene, ella no estaría allí para verlo.

—¡El rey! —exclamó—. ¿Está aquí?

—Por supuesto —respondió Roial, señalando un jardín de estatuas cubierto a un lado del pabellón. Sarene apenas pudo distinguir la silueta de Iadon, con Eshen a su lado.

Sarene se relajó. Iadon era el objetivo central de las actividades de esa noche. Naturalmente, el orgullo del rey no le permitiría perderse un baile ofrecido por uno de sus duques. Si había asistido a la fiesta de Telrii, sin duda acudiría también a la de Roial.

—¿Qué puede tener que ver el rey con los planes de la pequeña Sarene? —murmuró Roial—. Tal vez ha enviado a alguien a registrar sus aposentos mientras está fuera. A su seon, ¿tal vez?

Sin embargo, en ese momento Ashe apareció flotando un poco más allá. Sarene dirigió a Roial una mirada pícara.

—De acuerdo, tal vez no sea el seon —dijo Roial—. Eso sería demasiado obvio.

—Mi señora —saludó Ashe mientras se acercaba flotando.

—¿Qué has averiguado?

—La cocinera, en efecto, perdió a una criada esta tarde, mi señora. Dicen que se escapó con su hermano, que ha sido trasladado recientemente a una de las mansiones provinciales del rey. El hombre, sin embargo, jura que no sabe nada de ella.

Sarene frunció el ceño. Tal vez había juzgado demasiado rápidamente a la cocinera y sus ayudantes.

—Muy bien. Buen trabajo.

—¿De qué va todo esto? —preguntó Roial, receloso.

—No es nada —dijo Sarene, ahora completamente sincera.

Roial, sin embargo, asintió.

«El problema de ser lista —pensó Sarene con un suspiro—, es que todo el mundo cree que siempre planeas algo».

—Ashe, no le quites la vista de encima al rey —dijo Sarene, consciente de la sonrisa de curiosidad de Roial—. Probablemente, pasará casi todo el tiempo en su zona exclusiva de la fiesta. Si decide irse, avísame de inmediato.

—Sí, mi señora —dijo Ashe, colocándose en un lugar próximo a las antorchas, donde la luz de las llamas enmascaraba la suya propia.

Roial volvió a asentir. Obviamente se lo estaba pasando la mar de bien intentando descifrar los planes de Sarene.

—Bien, ¿te apetece unirte a la reunión del rey? —preguntó Sarene, intentando desviar la atención del duque.

Roial negó con la cabeza.

—No. Me gustaría mucho ver a Iadon ponerse histérico en tu presencia, pero nunca he aprobado la manera en que se mantiene al margen. Soy el anfitrión, gracias a ti, y un anfitrión debe relacionarse con sus invitados. Además, estar cerca de Iadon esta noche será intolerable... Está buscando a alguien que sustituya al barón Edan, y todos los nobles menores de la fiesta intentarán conseguir el título.

—Como desees —dijo Sarene, permitiendo que Roial la condujera al pabellón sin paredes, donde un grupo de músicos tocaba y algunas parejas bailaban, aunque la mayoría charlaba fuera de la pista.

Roial se echó a reír y Sarene siguió su mirada. Shuden y Torena bailaban en el centro de la pista, completamente cautivados el uno con el otro.

—¿De qué te ríes? —preguntó Sarene, contemplando a la muchacha del pelo de fuego y al joven jinDo.

—Uno de los grandes placeres de mi vejez es ver cómo los hombres jóvenes demuestran ser unos hipócritas redomados —dijo Roial con una sonrisa maligna—. Después de todos esos años jurando que nunca se dejaría atrapar, después de interminables bailes quejándose de que las mujeres lo agobiaban, su corazón y su mente se han convertido en gachas igual que los de cualquier otro hombre.

—Eres un viejo malvado, excelencia.

—Y es así como debe ser —dijo Roial—. Los hombres jóvenes malvados son triviales, y los ancianos amables son aburridos. Venga, deja que vaya a buscar algo de beber para ambos.

El duque se alejó y Sarene se quedó contemplando a la joven pareja bailar. La expresión de los ojos de Shuden era tan enfermizamente soñadora que ella tuvo que darse la vuelta. Tal vez las palabras de Daora habían sido más acertadas de lo que Sarene estaba dispuesta a admitir. Sarene estaba celosa, aunque no porque hubiera tenido ninguna esperanza de un romance con Shuden. Sin embargo, desde su llegada a Arelon, Shuden había sido uno de sus valedores más fervientes. Era duro verlo dirigir su atención a otra mujer, aunque fuera para un propósito completamente diferente.

Había también otro motivo, un motivo más profundo y sincero. Estaba celosa de aquella expresión en los ojos de Shuden. Envidiaba su oportunidad de cortejar, de enamorarse y de dejarse envolver en la aturdidora alegría del enamoramiento.

Había ideales con los que Sarene había soñado desde la adolescencia. A medida que fue creciendo, reconoció que esas cosas nunca serían para ella. Al principio se rebeló, maldiciendo su ofensiva personalidad. Sabía que intimidaba a los hombres de la corte, y por eso, durante una breve temporada, se obligó a fingir un temperamento más dócil y amable. Su compromiso, y casi matrimonio, con un joven conde llamado Graeo fue el resultado.

Todavía recordaba al hombre (más bien un muchacho) con piedad. Solo Graeo había estado dispuesto a aprovechar la oportunidad de una nueva Sarene de temperamento medido... lo que le había valido las burlas de sus iguales. La unión no se debió al amor, pero a ella le gustaba Graeo a pesar de su débil voluntad. Había una especie de vacilación infantil en él, una compulsión exagerada por hacer lo que estaba bien, para lograr el éxito en un mundo donde la mayoría comprendía las cosas mucho mejor que él.

Al final, ella rompió el compromiso, no porque supiera que vivir con el aburrido Graeo la hubiese vuelto loca, sino porque comprendió que estaba siendo injusta. Se había aprovechado de la ingenuidad de Graeo, sabiendo perfectamente que él se estaba metiendo en algo que lo superaba con creces. Era mejor que soportara las burlas por haber sido rechazado en el último momento a que viviera el resto de su vida con una mujer que lo anularía.

La decisión selló su destino como solterona. Corrieron los rumores de que ella le había dado cuerda a Graeo solamente para burlarse de él, y el avergonzado joven dejó la corte y vivió los tres años siguientes sin salir de sus tierras, como un ermitaño. Después de aquello ningún hombre se había atrevido a rondar a la hija del rey.

Ella había huido de Teod en ese punto, dedicada por completo al cuerpo diplomático de su padre. Había servido como embajadora en las principales ciudades de Opelon, desde Trono del Wyrn en Fjorden hasta la capital svordisana de Seraven. La perspectiva de ir a Arelon la intrigaba, por supuesto, pero su padre se había mantenido inflexible en su prohibición. Apenas permitía que sus espías fueran a ese país, mucho menos su hija.

Con todo, al final lo había conseguido. Había merecido la pena, decidió. Su compromiso con Raoden había sido una buena idea, al margen de su espantoso resultado. Durante un tiempo, mientras intercambiaban cartas, ella se había permitido volver a sentir esperanza. Con el tiempo, la promesa acabó aplastada, pero todavía conservaba el recuerdo de aquella esperanza. Era más de lo que jamás había esperado conseguir.

—Parece como si tu mejor amiga hubiera muerto —comentó Roial, regresando para entregarle una copa de vino azul jaadoriano.

—No, solo mi marido —respondió Sarene con un suspiro.

—Ah —dijo Roial, asintiendo comprensivo—. Tal vez debe-ríamos irnos a otra parte... a un lugar donde no tengamos una visión tan clara del embeleso de nuestro joven barón.

—Una sugerencia maravillosa, excelencia.

Recorrieron el perímetro exterior del pabellón. Roial salu-daba a aquellos que le felicitaban por tan hermosa fiesta, Sarene acompañaba al anciano, cada vez más confusa por las sombrías miradas que ocasionalmente le dedicaban algunas mujeres no-bles que se cruzaban con ellos. Pasaron unos minutos antes de que se diera cuenta del motivo de aquella hostilidad. Había ol-vidado por completo el estatus de Roial como el hombre más co-diciado de Arelon. Muchas de las invitadas de aquella noche es-peraban que el duque no estuviera acompañado. Probablemente llevaban tiempo planeando cómo acorralar al anciano, intentan-do ganarse su favor. Sarene les había estropeado cualquier opor-tunidad de conseguirlo.

Roial se echó a reír, estudiando su rostro.

—Lo has deducido ya, ¿no?

—¿Es por esto por lo que nunca celebras fiestas? —El du-que asintió.

—Difícil como resulta tratar con ellas en el baile de otro, es casi imposible ser un buen anfitrión con todas esas arpías mor-disqueándome la piel.

—Ten cuidado, excelencia —dijo Sarene—. Shuden se que-jaba exactamente de lo mismo la primera vez que me llevó a un baile, y mira dónde ha acabado.

—Shuden lo hizo al revés. Corrió huyendo de ellas... y todo el mundo sabe que no importa cuánto corras, siempre habrá al-guien más rápido. Yo, por el contrario, no corro. Me divierte mucho más jugar con sus pequeñas mentes codiciosas.

La respuesta de Sarene fue interrumpida por la llegada de una pareja familiar. Lukel iba como siempre a la moda, con chaleco azul bordado de oro y pantalones marrones, mientras que Jalla, su morena esposa, llevaba un sencillo vestido lavanda, jinDo, por el aspecto de su cuello alto.

—Esta sí que es una pareja discordante si alguna vez he visto una —dijo Lukel con una franca sonrisa mientras saludaba al duque con una reverencia.

—¿Qué? —preguntó Roial—. ¿Un viejo duque gruñón y su encantadora y joven acompañante?

—Más bien me refería a la diferencia de altura, excelencia —sonrió Lukel.

Roial alzó una ceja y la miró: Sarene era una cabeza más alta.

—A mi edad, uno se contenta con lo que puede.

—Creo que eso es cierto a cualquier edad, excelencia —dijo Lukel, mirando a su hermosa esposa de ojos negros—. Tenemos que aceptar lo que las mujeres decidan concedernos, y sentirnos afortunados por el ofrecimiento.

Sarene se sintió enferma; primero Shuden, ahora Lukel. Decididamente, no estaba de humor para tratar con parejas felices aquella noche.

Sintiendo su disposición, el duque se despidió de Lukel, argumentando la necesidad de comprobar la comida en otras partes del jardín. Lukel y Jalla volvieron a bailar mientras Roial sacaba a Sarene del pabellón iluminado y salían al jardín bajo el cielo oscuro y entre las antorchas titilantes.

—Vas a tener que superarlo, Sarene —dijo el duque—. No puedes salir corriendo cada vez que te encuentres con alguien que tenga una relación estable.

Sarene decidió no recalcar que el amor de la juventud rara vez era estable.

—No siempre me pasa esto, excelencia. Es solo que he tenido una semana difícil. Dame unos cuantos días y recuperaré mi personalidad pétrea de costumbre.

Quizá notando su amargura, Roial decidió sabiamente no responder a esa observación. En cambio, miró hacia un lado, siguiendo el sonido de una risa familiar.

El duque Telrii al parecer había elegido no unirse a la fiesta privada del rey. Todo lo contrario, en realidad. Conversaba con un gran grupo de nobles en un pequeño patio en el lado opuesto al pabellón de la reunión privada de Iadon. Era casi como si estuviera iniciando su propia fiesta exclusiva.

—No es buena señal —dijo Roial en voz baja, expresando los pensamientos de Sarene.

—En efecto —contestó ella. Contó rápidamente los aduladores de Telrii, tratando de distinguir su rango, y luego miró hacia la parte de la fiesta que dominaba Iadon. Las cifras eran aproximadas, pero Iadon se rodeaba de la nobleza de más rango... por el momento.

—Otro efecto imprevisto de tu enfrentamiento con el rey —dijo Roial—. Cuanto más inestable se vuelve Iadon, más tentadoras parecen las otras opciones.

Sarene frunció el ceño mientras Telrii volvía a reírse, su voz era melodiosa y despreocupada. No parecía en absoluto un hombre cuyo principal apoyo, el gyorn Hrathen, acababa de caer.

—¿Qué está planeando? —preguntó Sarene—. ¿Como podría ahora hacerse con el trono?

Roial meneó la cabeza en silencio. Después de un instante de reflexión, alzó la mirada y se dirigió al aire despejado.

—¿Sí?

Sarene se volvió mientras Ashe se acercaba. Entonces, con asombro, se dio cuenta de que no era Ashe, sino un seon diferente.

—Los jardineros dicen que uno de tus invitados se ha caído en el estanque, mi señor —dijo el seon, flotando casi a ras de suelo. Su voz era fría y carente de emoción.

—¿Quién? —preguntó riendo lord Roial.

—Lord Redeen, excelencia —dijo el seon—. Parece que el vino ha podido con él.

Sarene entornó los ojos, buscando en el interior de la bola de luz para tratar de distinguir el brillante aon. Le pareció que era Opa.

Roial suspiró.

—Probablemente habrá asustado tanto a los peces que han salido del agua. Gracias, Opa. Asegúrate de que le den toallas a

Redeen y lo lleven a casa, si es necesario. La próxima vez tal vez no mezcle estanques y alcohol.

El seon flotó formalmente una vez más, y luego se marchó a cumplir la orden de su amo.

—Nunca me habías dicho que tuvieras un seon, mi señor.

—Muchos de los nobles lo tienen, princesa —dijo Roial—, pero ya no está bien visto que los llevemos con nosotros a todas partes. Los seones recuerdan a Elantris.

—¿Solo lo tienes aquí, en tu casa?

—Opa supervisa a los jardineros de la mansión. Creo que es adecuado. Al fin y al cabo, su nombre significa «flor».

Sarene se dio toquecitos en la mejilla, preguntándose por la severa formalidad de la voz de Opa. Los seones que conocía en Teod eran mucho más cálidos con sus amos, independientemente de su personalidad. Tal vez era que aquí, en la supuesta tierra de su creación, los seones eran vistos con recelo y disgusto.

—Vamos —dijo Roial, tomándola del brazo—. Hablaba en serio cuando he dicho que quería ver cómo estaban las mesas de comida.

Sarene permitió que la guiara.

—Roial, viejo cascarrabias —llamó una voz atronadora cuando se acercaron a las mesas—. Estoy sorprendido. ¡Sabes dar una fiesta! Temía que intentaras meternos a todos en esa caja que llamas casa.

—Ahan —dijo Roial—. Tendría que haber imaginado que te encontraría junto a la comida.

El grueso conde vestía una túnica amarilla y sostenía un plato de canapés y marisco. El plato de su esposa, sin embargo, solo contenía unas cuantas rodajas de fruta. Durante las semanas en que Seaden había estado asistiendo a las lecciones de esgrima de Sarene había perdido un peso considerable.

—¡Por supuesto! ¡Lo mejor de la fiesta! —rio el conde. Entonces, tras saludar a Sarene con la cabeza, continuó—: Alteza. Te advertiría de que no dejaras que este viejo carcamal te corrompiera, pero me preocupa que hagas lo mismo con él.

—¿Yo? —dijo Sarene, fingiendo indignación—. ¿Qué peligro podría ser yo?

Ahan bufó.

—Pregúntaselo al rey —dijo, metiéndose un canapé en la boca—. En realidad, puedes preguntármelo a mí... Mira lo que le estás haciendo a mi pobre esposa. ¡Se niega a comer!

—Estoy disfrutando de mi fruta, Ahan —dijo Seaden—. Creo que deberías probarla.

—Tal vez me coma un plato cuando termine con esto —rezongó Ahan—. ¿Ves lo que estás haciendo, Sarene? Nunca habría estado de acuerdo con esa «esgrima» si hubiera sabido cómo iba a estropear la figura de mi esposa.

—¿Estropear? —preguntó Sarene con sorpresa.

—Soy del sur de Arelon, princesa —dijo Ahan, sirviéndose unas almejas—. Para nosotros, lo redondo es hermoso. No todo el mundo quiere que sus mujeres parezcan escolares muertos de hambre. —Entonces, advirtiendo que tal vez había metido la pata, Ahan se mordió la lengua—. Sin ánimo de ofender, por supuesto.

Sarene frunció el ceño. Ahan era un hombre encantador, pero a menudo hablaba (y actuaba) sin pensar. Como no sabía qué responder, Sarene vaciló.

El maravilloso duque Roial acudió al rescate.

—Bueno, Ahan, tenemos que seguir moviéndonos... Hay un montón de invitados a los que tengo que saludar. Ah, por cierto... tal vez quieras decirle a tu caravana que se apresure.

Ahan alzó la cabeza mientras Roial empezaba a llevarse a Sarene.

—¿Caravana? —preguntó, súbitamente muy serio—. ¿Qué caravana?

—Vaya, la que tienes transportando melones agrios desde Duladel hasta Svorden, por supuesto —dijo el duque con desenfado—. Yo mismo envié una partida hace una semana. Debería llegar mañana por la mañana. Me temo, amigo mío, que tu caravana llegará a un mercado saturado... por no mencionar el hecho de que tus melones estarán ligeramente pasados.

Ahan maldijo, el plato olvidado en la mano, y el marisco cayó al suelo sin que se diera cuenta.

—¿Cómo, en nombre de Domi, lo has conseguido?

—Vaya, ¿no lo sabías? —preguntó Roial—. Iba a medias con el joven Lukel en su aventura. Me he quedado con toda la fruta sin madurar de su cargamento de la semana pasada... Deberían estar en su punto cuando llegue a Svorden.

Ahan sacudió la cabeza y rio en voz baja.

—Me has pillado otra vez, Roial. Pero ten cuidado, ¡un día de estos finalmente te venceré, y te quedarás tan sorprendido que no podrás mirarte a la cara durante una semana!

—Eso espero —dijo Roial alejándose de las mesas.

Sarene se echó a reír mientras oía a Seaden reprender a su marido.

—Eres tan buen hombre de negocios como dicen, ¿no?

Roial se encogió humildemente de hombros.

—Sí. Bastante bueno.

Sarene se rio.

—Sin embargo —continuó Roial—, ese joven primo tuyo me deja en pañales. No tengo ni idea de cómo mantuvo en secreto ese cargamento de melones agrios... Se supone que mis agentes en Duladel me mantienen al corriente de esas cosas. Si he participado en el trato ha sido solo porque Lukel vino a mí en busca de capital.

—Entonces es buena cosa que no fuera a ver a Ahan.

—Bastante buena —reconoció Roial—. Me lo estaría restregando toda la vida por la cara si así hubiera sido. Ahan lleva dos décadas intentando superarme... Un día de estos se dará cuenta de que solo me hago el listo para ponerlo en evidencia, y entonces la vida no será ni la mitad de divertida.

Continuaron caminando, hablando con los invitados y disfrutando de los excelentes jardines de Roial. Los parterres, que habían empezado a florecer, estaban inteligentemente iluminados con antorchas, linternas e incluso velas. Lo más impresionante eran los cruzárboles, cuyas ramas (engalanadas de capullos rosas y blancos) estaban iluminadas desde atrás por lámparas que recorrían el tronco. Sarene estaba disfrutando tanto que perdió el sentido del tiempo. Solo la súbita aparición de Ashe le recordó el verdadero propósito de la velada.

—¡Mi señora! —exclamó—. ¡El rey se marcha!

—¿Estás seguro? —preguntó ella, apartando su atención de las cruzaflores.

—Sí, mi señora. Se ha marchado con la excusa de que tenía que ir al baño, pero ha pedido su carruaje.

—Discúlpame, excelencia. Tengo que marcharme.

—¿Sarene? —preguntó Roial sorprendido mientras Sarene se encaminaba hacia la casa. Luego, con más vehemencia, volvió a llamarla—. ¡Sarene! No puedes irte.

—¡Pido disculpas, excelencia, pero esto es importante!

Él trató de seguirla, pero las piernas de Sarene eran más largas. Además, el duque tenía invitados que atender. No podía desaparecer en plena fiesta.

Sarene rodeó la casa de Roial a tiempo de ver al rey subiendo a su carruaje. Soltó una maldición... ¿Por qué no había previsto un medio de transporte propio? Miró frenéticamente alrededor, buscando un vehículo que requisar. Escogió un candidato probable mientras el carruaje del rey arrancaba y los cascos de los caballos resonaban contra el empedrado.

—¡Mi señora! —le advirtió Ashe—. El rey no va en ese carruaje.

Sarene se detuvo.

—¿Qué?

—Se ha escabullido por la otra puerta y desaparecido en la oscuridad, al otro lado del camino. El carruaje es un señuelo.

Sarene no se molestó en cuestionar al seon, sus sentidos eran mucho más agudos que los de los humanos.

—Vamos —dijo, encaminándose en la dirección adecuada—. No voy vestida para ir a espiar, tendrás que vigilarlo y decirme adónde va.

—Sí, mi señora —respondió Ashe, reduciendo su luz a un nivel casi imperceptible y volando tras el rey.

Sarene lo siguió a ritmo más lento.

Continuaron de esa forma, Ashe cerca del rey y Sarene a una distancia prudencial. Cubrieron rápidamente los terrenos que rodeaban la mansión de Roial, y luego entraron en la ciudad de Kae. Iadon se movía solo por callejones, y Sarene advirtió por primera vez que podía estar poniéndose en peligro. Las mujeres no viajaban solas de noche, ni siquiera en Kae, una de las ciudades más seguras de Opelon. Pensó en dar la vuelta media docena de veces, y una vez casi estuvo a punto de echar a correr presa del pánico cuando un borracho tropezó en la oscuridad a su lado. Sin embargo, continuó adelante. Solo iba a tener una oportunidad para averiguar qué pretendía Iadon, y su curiosidad era más fuerte que su miedo... por el momento, al menos.

Sintiendo el peligro, Ashe aconsejó a Sarene que le permitiera seguir al rey en solitario, pero ella siguió adelante con decisión. El seon, acostumbrado a la forma de funcionar de Sarene, no puso más objeciones. Revoloteaba de un lado a otro entre ella y el rey, haciendo todo lo que podía para no perder de vista a Sarene sin dejar de seguir a Iadon.

Al cabo de un rato el seon se detuvo y se volvió hacia Sarene, flotando temeroso.

—Acaba de meterse en las alcantarillas, mi señora.

—¿Las alcantarillas? —preguntó Sarene, incrédula.

—Sí, mi señora. Y no va solo. Se ha reunido con dos hombres embozados después de dejar la fiesta, y con otra media docena más en la boca de las alcantarillas.

—¿Y no los has seguido? —preguntó ella, decepcionada—. Nunca podremos encontrarlos.

—Es una desgracia, mi señora.

Sarene apretó la mandíbula, frustrada.

—Dejarán huellas en el lodo —concluyó, echando a andar—. Tendrías que poder seguirlos.

Ashe vaciló.

—Mi señora, he de insistir en que vuelvas a la fiesta del duque.

—Ni hablar, Ashe.

—Tengo el solemne deber de protegerte, mi señora. No puedo permitir que vayas trepando por la basura en plena noche, me he equivocado dejándote venir hasta aquí. Mi responsabilidad es impedir que esto vaya más lejos.

—¿Y cómo lo harás? —preguntó Sarene, impaciente.

—Podría llamar a tu padre.

—Mi padre vive en Teod, Ashe —recalcó Sarene—. ¿Qué va a hacer?

—Podría llamar a lord Eondel o alguno de los otros.

—¿Y dejarme que me pierda en las alcantarillas por mi cuenta?

—Nunca harías algo tan insensato, mi señora —aseguró Ashe. Entonces calló, flotando inseguro en el aire, su aon tan tenue que era transparente—. Muy bien —admitió finalmente—, eres así de insensata.

Sarene sonrió.

—Vamos. Cuanto más frescas sean las huellas, más sencillo te resultará seguirlas.

El seon la condujo a regañadientes calle abajo hasta un arco sucio cubierto de moho. Sarene avanzó con decisión, sin hacer ningún caso a los destrozos que la suciedad causaría en su vestido.

La luz de la luna solo duró hasta el primer giro. Sarene se detuvo un instante en la sofocante y húmeda negrura, consciente de que ni siquiera ella habría sido tan insensata como para entrar en aquel laberinto sin guía. Por fortuna, el farol había convencido a Ashe... Aunque no estaba segura de si sentirse ofendida o no por el grado de arrogante estupidez del que el seon la creía capaz.

Ashe aumentó levemente su luz. La alcantarilla era un tubo hueco, un vestigio de los días en que la magia de Elantris proporcionaba agua corriente a todas las casas de Kae. Ahora las alcantarillas se empleaban como depósito de basura y excrementos. Las limpiaban desviando periódicamente el Aredel, algo que obviamente no habían hecho desde hacía bastante, porque el lodo del pasadizo le llegaba hasta los tobillos. No quería pensar de qué podía estar compuesto ese lodo, pero su hedor penetrante era una pista inequívoca.

Todos los túneles le parecían iguales. Una cosa la tranquilizó: el sentido de la orientación del seon. Era imposible que se perdiera si iba acompañada por Ashe. Las criaturas siempre sabían dónde se encontraban, y podían señalar la dirección exacta hacia cualquier lugar donde hubieran estado.

Ashe la guiaba, flotando cerca de la superficie del lodo.

—Mi señora, ¿puedo saber cómo sabías que el rey se escabulliría de la fiesta de Roial?

—Esperaba que pudieras deducirlo, Ashe —le reprendió ella.

—Déjame asegurarte, mi señora, que lo he intentado.

—Bien, ¿qué día de la semana es hoy?

—¿MaeDal? —respondió el seon, doblando una esquina para que lo siguiera.

—Eso es. ¿Y qué pasa cada semana en maeDal?

Ashe no respondió inmediatamente.

—¿Tu padre juega al shinDa con lord Eoden? —preguntó, la voz cargada de desacostumbrada frustración. Las actividades de la noche, sobre todo la beligerancia de Sarene, estaban acabando incluso con la formidable paciencia de Ashe.

—No. Todas las semanas, el maeDal a las once, oigo roces en el pasadizo que corre junto a mi pared... el pasadizo que conduce a las habitaciones del rey.

El seon emitió un leve «oh» de comprensión.

—Oigo ruidos en el pasadizo algunas otras noches también —explicó Sarene—. Pero el maeDal es el único día en que nunca falla.

—Así que hiciste que Roial celebrara una fiesta esta noche, esperando que el rey se atuviera a su calendario —dijo el seon.

—Así es —contestó Sarene, tratando de no resbalar en el lodo—. Y tenía que ser una fiesta bien tarde para que la gente pudiera quedarse al menos hasta medianoche. El eclipse me proporcionó una excusa conveniente. El rey tenía que venir a la fiesta, su orgullo no le hubiese permitido quedarse al margen. Sin embargo, esta cita semanal debe de ser importante, pues se ha arriesgado a marcharse temprano para acudir a ella.

—Mi señora, no me gusta esto. ¿Qué puede hacer el rey en las alcantarillas a medianoche?

—Eso es exactamente lo que pretendo averiguar —dijo Sarene, apartando una telaraña.

Una idea la empujaba a través del lodo y la oscuridad, una posibilidad que apenas estaba dispuesta a reconocer. Tal vez el príncipe Raoden vivía. Tal vez Iadon no lo había confinado en los calabozos, sino en las alcantarillas. Quizá resultara que Sarene no era viuda.

Oyeron un sonido delante.

—Reduce tu luz, Ashe. Creo que oigo voces.

El seon así lo hizo, volviéndose casi invisible. Había una intersección justo delante y la luz de una antorcha fluctuaba en el túnel de la derecha. Sarene se acercó lentamente a la esquina, con intención de asomarse. Por desgracia, no había advertido que el suelo se inclinaba levemente y los pies le resbalaron. Agitó los brazos a la desesperada y a duras penas logró estabilizarse mientras se deslizaba unos palmos y se detenía al final de la pendiente.

El patinazo la colocó directamente en el centro del cruce. Sarene alzó la mirada, muy despacio.

El rey Iadon la miró, tan desconcertado como ella.

—Domi Misericordioso —susurró Sarene. El rey se encontraba ante un altar y sostenía en alto un cuchillo manchado de rojo. Iba completamente desnudo excepto por la sangre que manchaba su pecho. Los restos de una joven destripada yacían atados en el altar, el torso abierto desde el cuello hasta la ingle.

El cuchillo cayó de la mano de Iadon y golpeó el lodo del suelo con un *plop* apagado. Solo entonces advirtió Sarene la media docena de formas que había detrás de él, con túnicas negras y runas duladen cosidas en ellas. Cada uno llevaba una larga daga. Varios se le acercaron a rápidas zancadas.

Sarene vaciló entre la necesidad de vomitar y la insistencia de su mente para que gritara.

El grito venció.

Retrocedió, tropezando, resbalando y chapoteando en el lodo. Las figuras se abalanzaron hacia ella, los ojos intensos tras la capucha. Sarene pataleó y se debatió en el lodo, todavía gritando mientras intentaba levantarse. Casi no oyó el sonido de pasos a su derecha.

Entonces apareció Eondel.

La espada del viejo general destelló a la tenue luz, cercenando limpiamente un brazo que buscaba el tobillo de Sarene. Otras figuras se movían también por el pasadizo, hombres con la librea de la legión de Eondel. También había un hombre con túnica roja, Dilaf, el sacerdote derethi. No se unió a la lucha, pero permaneció aparte con una expresión fascinada en el rostro.

Aturdida, Sarene intentó levantarse de nuevo, pero solo consiguió resbalar una vez más en la alcantarilla. Una mano la agarró por el brazo y la ayudó. El rostro arrugado de Roial sonrió aliviado mientras ponía a Sarene en pie.

—Espero que la próxima vez me cuentes tus planes, princesa —sugirió.

—SE LO DIJISTE. —Sarene dirigió una mirada acusadora a Ashe.

—Ciertamente se lo dije, mi señora —respondió el seon, latiendo levemente para recalcar la observación. Sarene estaba sentada en el estudio de Roial, con Ashe y Lukel. Llevaba una túnica que el duque había pedido a una de las criadas. Le quedaba demasiado corta, por supuesto, pero era mejor que el vestido de terciopelo manchado en las alcantarillas.

—¿Cuándo? —exigió saber Sarene, acomodándose en el mullido sofá de Roial y envolviéndose en una manta. El duque había ordenado que le trajeran una bañera y todavía tenía el pelo mojado, helado por el aire nocturno.

—Llamó a Opa en cuanto saliste de casa —dijo Roial, entrando en la habitación con tres tazas humeantes. Le tendió una a ella y otra a Lukel antes de sentarse.

—¿Tan pronto? —preguntó Sarene, sorprendida.

—Sabía que nunca te darías la vuelta, te dijera lo que te dijese —contestó Ashe.

—Me conoces demasiado bien —murmuró ella, dando un sorbo a su bebida. Era garha fjordell, lo cual estaba bien, no podía permitirse quedarse dormida todavía.

—Admitiré ese defecto sin discusión, mi señora —dijo Ashe.

—Entonces ¿por qué has intentado detenerme antes de guiarme a la alcantarilla?

—Estaba ganando tiempo, mi señora —explicó Ashe—. El duque insistió en venir él mismo, y su grupo se movía despacio.

—Puede que sea lento, pero no iba a perderme lo que hubieras planeado, Sarene —dijo Roial—. Dicen que la edad da sabiduría, pero a mí solo me ha dado un terrible ataque de curiosidad.

—¿Y los soldados de Eondel?

—Estaban ya en la fiesta —dijo Lukel. Había insistido en saber qué pasaba en cuanto vio a Sarene entrar en casa de Roial cubierta de mugre—. Vi a algunos mezclándose con los invitados.

—Invité a los oficiales de Eondel —dijo Roial—. O, al menos, a la media docena que estaba en la ciudad.

—Muy bien —dijo Sarene—. Así que cuando me he marchado Ashe ha llamado a tu seon y os ha dicho que estaba persiguiendo al rey.

—«La necia muchacha va a hacer que la maten», han sido sus palabras exactas, creo —dijo Roial entre risas.

—¡Ashe!

—Pido disculpas, mi señora —dijo el seon, latiendo cohibido—. Estaba bastante nervioso.

—En cualquier caso —prosiguió Sarene—, Ashe ha llamado a Roial y él ha reunido a Eondel y sus hombres. Todos me habéis seguido por las alcantarillas, con la guía de tu seon.

—Hasta que Eondel te ha oído gritar —terminó Roial—. Tienes mucha suerte de contar con la lealtad de ese hombre, Sarene.

—Lo sé. Es la segunda vez esta semana que su espada ha demostrado ser útil. Cuando vuelva a ver a Iadon, recuérdame que le dé una patada por convencer a los nobles de que el entrenamiento militar es indigno de ellos.

Roial se echó a reír.

—Puede que tengas que ponerte en la cola para dar esa patada, princesa. Dudo que los sacerdotes de la ciudad, derethi o korathi, dejen que el rey se salga con la suya por participar en los misterios jeskeri.

—Y por sacrificar a esa pobre mujer —dijo Ashe en voz baja.

El tono de la conversación se apagó cuando recordaron lo que estaban discutiendo. Sarene se estremeció recordando el altar cubierto de sangre y a su ocupante. «Ashe tiene razón —pensó sombría—. No es momento de bromas».

—¿Eso es lo que era, entonces? —preguntó Lukel.

Sarene asintió.

—Los misterios a veces exigen sacrificios. Iadon debe de haber querido algo con mucha urgencia.

—Nuestro amigo derethi dice tener algún conocimiento sobre el tema —intervino Roial—. Cree que el rey pedía a los espíritus jesker que destruyeran a alguien por él.

—¿A mí? —preguntó Sarene, sintiendo frío a pesar de la manta.

Roial asintió.

—El arteth Dilaf dice que las instrucciones estaban escritas en el altar con la sangre de la mujer.

Sarene se estremeció.

—Bueno, al menos ahora sabemos lo que les pasó a las criadas y cocineras que desaparecieron del palacio.

Roial volvió a asentir.

—Imagino que el rey lleva mucho tiempo practicando los misterios... tal vez incluso desde el Reod. Obviamente era el líder de esa banda concreta.

—¿Y los demás? —preguntó Sarene.

—Nobles menores. Iadon no habría implicado a nadie que pudiera desafiarlo.

—Espera un momento —dijo Sarene, frunciendo el ceño—. ¿De dónde ha salido el sacerdote derethi?

Roial miró incómodo su taza.

—Es culpa mía. Me vio congregando a los hombres de Eondel... Tenía prisa, y nos siguió. No hemos tenido tiempo de ocuparnos de él.

Sarene sorbió su bebida malhumorada. Decididamente, los acontecimientos de la noche no habían ido según sus planes.

De repente, Ahan apareció en la puerta.

—¡Harapiento Domi, Sarene! —declaró—. Primero te opones al rey, luego lo rescatas y ahora lo destronas. ¿Quieres decidirte de una vez?

Sarene acercó las rodillas al pecho y dejó caer la cabeza entre ellas, gimiendo.

—Entonces, ¿no hay manera de guardar el secreto?

—No —dijo Roial—. El sacerdote derethi se ha encargado de eso, ya lo ha anunciado por media ciudad.

—Con bastante seguridad, Telrii se hará ahora con el poder —dijo Ahan sacudiendo la cabeza.

—¿Dónde está Eondel? —preguntó Sarene, la voz apagada por las mantas.

—Encerrando al rey en la cárcel —dijo Ahan.

—¿Y Shuden?

—Encargándose de que las mujeres lleguen a salvo a casa, supongo —dijo Lukel.

—Muy bien —dijo Sarene, alzando la cabeza y apartándose el pelo de los ojos—. Tendremos que actuar sin ellos. Caballeros, me temo que acabo de destruir nuestro breve momento de paz. Tenemos que establecer un plan de urgencia... y sobre todo planificar el control de daños.

Capítulo 33

ALGO cambió. Hrathen parpadeó, espantando los últimos restos de su aturdimiento. No estaba seguro de cuánto tiempo había pasado, ya todo estaba oscuro, aterradoramente negro a excepción de unas cuantas antorchas solitarias que ardían en la parte superior de la muralla de Elantris. Ni siquiera brillaba la luna.

Se sumía cada vez más en su estupor, con la mente embotada, mientras permanecía arrodillado en la misma postura de penitente. Tres días eran mucho tiempo para pasarlo en oración.

Tenía sed. Y hambre también. Eso lo esperaba, había ayunado antes. Sin embargo, aquella vez era diferente. El hambre lo acuciaba más, como si su cuerpo intentara advertirlo de algo. Elantris tenía mucho que ver con su incomodidad, lo sabía. Había desesperación en la ciudad, una sensación de ansiedad en cada vil piedra resquebrajada.

De repente, apareció luz en el cielo. Hrathen alzó asombrado la cabeza, parpadeando con sus ojos cansados. La luna surgía lentamente de la oscuridad, una rendija en forma de guadaña que fue creciendo mientras Hrathen la contemplaba. No se había dado cuenta de que habría un eclipse lunar esa noche: había dejado de prestar atención a esas cosas desde su marcha de Duladel. La religión pagana ahora extinguida de esa nación daba especial importancia a los movimientos celestes y los rituales de los misterios a menudo se realizaban en noches como aquella. Sentado en el patio de Elantris, Hrathen finalmente comprendió lo que había empujado a los jeskers a considerar la naturaleza con arrobo religioso. Había algo hermoso en la diosa pálida de los cielos, un misticismo en su eclipse. Era como si realmente desapareciera un rato, se fuera a otro lugar, en vez de caer simplemente en la sombra del planeta como sostenían ahora los científicos svordisanos. Hrathen casi podía sentir su magia.

Casi. Comprendía que una cultura primitiva tal vez quisiera adorar a la luna, pero él no podía tomar parte en esa adoración. Sin embargo, se preguntó: ¿era aquel arrobo lo que tendría que sentir por su dios? ¿Fallaba su fe porque no consideraba a Jaddeth con la misma mezcla de temor y asombro con la que el pueblo de jesker había considerado a la luna?

Él nunca tendría esas emociones, no era capaz de venerar de forma irracional. Él comprendía. Aunque envidiara a los hombres que podían loar a un dios sin comprender sus enseñanzas, Hrathen no era capaz de separar la religión de los hechos. Jaddeth concedía atributos a los hombres como creía adecuado, y Hrathen había recibido un intelecto lógico. Nunca se hubiese contentado con la devoción de una mente simple.

No era lo que Hrathen había esperado, pero era una respuesta, y encontró consuelo y fuerza en ella. No era un fanático, nunca sería un hombre de pasión extrema. En el fondo, seguía el shu-dereth porque tenía sentido. Eso tenía que ser suficiente.

Hrathen se lamió los labios resecos. No sabía cuánto tiempo pasaría hasta que saliera de Elantris, su exilio podía durar días todavía. No había querido mostrar signos de dependencia física, pero sabía que necesitaría alimentarse. Extendió la mano y recogió su cesta del sacrificio. Cubiertas de mugre, las ofrendas estaban ahora rancias y mohosas. Hrathen se las comió de todas formas, incapaz de contenerse cuando por fin tomó la decisión de comer. Lo devoró todo, verduras mustias, pan mohoso, carne, incluso parte del maíz, los duros granos que se habían reblandecido un poco tras su prolongado baño en la mugre de Elantris.

Al final se tomó todo el frasco de vino de un prolongado sorbo.

Arrojó la cesta a un lado. Al menos ahora no tendría que preocuparse por los carroñeros que vinieran a robarle sus ofrendas, aunque no había visto a ningún otro desde el ataque. Agradeció a Jaddeth el respiro. Se estaba debilitando y deshidratando tanto que tal vez no hubiera podido repeler otro ataque.

La luna ya era casi completamente visible. Hrathen miró hacia arriba con renovada determinación. Podía carecer de pasión, pero le sobraba resolución. Lamiéndose los labios ahora humedecidos, Hrathen volvió a sus oraciones. Continuaría como siempre había hecho, cumpliendo de la mejor manera posible su servicio al imperio del señor Jaddeth.

No había nada más que Dios pudiera esperar de él.

Capítulo 34

R AODEN se equivocó con los hombres de Shaor. Unos pocos acudieron a él aquella noche a cocinar su comida, la luz de la conciencia brillando débilmente en sus ojos. El resto, casi todos los seguidores de Shaor, no lo hicieron.

Acudieron por otro motivo.

Vio que varios de ellos colocaban un gran bloque de piedra en uno de los trineos de Mareshe. Habían perdido la razón, su capacidad para el pensamiento racional había quedado atrofiada por su prolongada inmersión en la bestialidad. Aunque varios se habían recuperado, al menos parcialmente, los demás parecían irrecuperables. Jamás llegaron a relacionar las hogueras con el hecho de cocinar, se habían quedado aullando junto al grano, airados y confusos por su incapacidad para devorarlo.

No, esos hombres no habían caído en su trampa. Habían acudido de todas formas, porque Raoden había destronado a su dios. Había entrado en el territorio de Shaor y salido ileso. Tenía poder sobre la comida, podía hacer que fuera incomestible para uno pero suculenta para otro. Sus soldados habían derrotado repetidamente a la banda de Shaor. Para sus mentes simples y degeneradas, solo había una cosa que hacer cuando se encontraban ante un dios más poderoso que el suyo: convertirse.

Acudieron a él a la mañana siguiente de su intento por restaurar su inteligencia. Raoden recorría el perímetro de la corta muralla defensiva de Nueva Elantris cuando los vio caminando por una de las principales calles de la ciudad. Había dado la voz de alarma y pensaba que finalmente decidían lanzar un ataque coordinado.

Pero los hombres de Shaor no habían ido a luchar. Habían ido a entregarle un regalo, la cabeza de su antiguo dios. O, al menos, su pelo. El loco líder arrojó la peluca dorada a los pies de Raoden, sus folículos manchados con pegotes de oscura sangre elantrina.

Aunque buscaron, nunca encontraron el cuerpo de Shaor. Entonces, con el vellón de su diosa caída arrojado en el suelo ante él, los salvajes se postraron, suplicantes. Ahora hacían exactamente lo que Raoden decía, punto por punto. A cambio, él los recompensaba con migajas de comida, como se hace con un animal de compañía.

Le preocupaba usar a hombres como si fueran bestias. Hizo otros esfuerzos por restaurar sus mentes racionales, pero al cabo de solo dos días sabía que era una esperanza vana. Esos hombres habían rendido su intelecto y, fuera responsable la psicología o el dor, nunca lo recuperarían.

Se comportaban bien, incluso con docilidad. El dolor no parecía afectarlos y realizaban cualquier trabajo, por denigrante o duro que fuese. Si Raoden les decía que empujaran un edificio hasta que cayera, esperaría encontrarlos días más tarde aún apoyados contra la misma pared, las palmas apretadas contra la terca piedra. Sin embargo, a pesar de su aparente obediencia, Raoden no se fiaba de ellos. Habían asesinado a Saolin, incluso habían asesinado a su anterior ama. Solo estaban calmados porque su dios actual así lo exigía.

—Kayana —declaró Galladon, reuniéndose con él.

—No queda mucho de ellos, ¿eh? —reconoció Karata.

Kayana era el nombre que les daba Galladon. Significaba «locos».

—Pobrecillos —susurró Raoden. Galladon asintió.

—¿Nos has mandado llamar, sule?

—Sí. Venid conmigo.

EL **AUMENTO DE** mano de obra de los kayana dio a Mareshe y sus trabajadores medios para reconstruir algunos muebles de piedra, conservando así sus ya escasos recursos madereros. La nueva mesa de Raoden en la capilla era la misma que había usado para que Taan recordara sus días como escultor. Una gran grieta, reparada con argamasa, corría por el centro, pero aparte de eso estaba intacta, los grabados gastados pero claros.

Sobre la mesa había varios libros. La reciente restauración de Nueva Elantris requería el liderazgo de Raoden, lo cual le dificultaba escapar a la biblioteca oculta, así que se había traído varios ejemplares. La gente estaba acostumbrada a verlo con libros, y no se le ocurrió preguntar, aunque aquellos tomos aún tenían cubiertas de cuero.

Estudió el AonDor cada vez con más ansia. El dolor había crecido. A veces lo golpeaba con tanta ferocidad que Raoden se desplomaba, debatiéndose en agonía. Todavía era manejable, pero a duras penas, e iba empeorando. Habían pasado cinco semanas desde su llegada a Elantris, y dudaba que pudiera ver cinco semanas más.

—No entiendo por qué insistes en compartir con nosotros todos los detalles del AonDor, sule —dijo Galladon, suspirando mientras Raoden abordaba un tomo abierto—. Apenas comprendo la mitad de las cosas que nos dices.

—Galladon, tienes que esforzarte por recordar estas cosas. No importa lo que digas, sé que tienes intelecto para ello.

—Tal vez —admitió Galladon—, pero eso no significa que me guste. El AonDor es tu afición, no la mía.

—Escucha, amigo mío, sé que el AonDor encierra el secreto de nuestra maldición. Con tiempo, con estudio, podremos encontrar las pistas que necesitamos. Pero —continuó Raoden, alzando un dedo—, si me sucediera algo, tiene que haber alguien que continúe mi trabajo.

Galladon resopló.

—Estás tan cerca de convertirte en hoed como yo de ser fjordell.

«Lo oculto bien».

—Eso no importa —dijo Raoden—. Es una tontería no tener ayuda. Anotaré estas cosas, pero quiero que los dos oigáis lo que tengo que decir.

Galladon suspiró.

—De acuerdo, sule, ¿qué has descubierto? ¿Otro modificador para aumentar el alcance de un aon?

Raoden sonrió.

—No, esto es mucho más interesante. Sé por qué Elantris está cubierta de mugre.

Karata y Galladon alzaron la cabeza.

—¿De verdad? —preguntó Karata, mirando el libro abierto—. ¿Lo explica ahí?

—No, es una combinación de varias cosas —dijo Raoden—. El elemento clave, sin embargo, está aquí —señaló una ilustración.

—¿El aon Ashe? —preguntó Galladon.

—Correcto —dijo Raoden—. Sabes que la piel elantrina era tan plateada que alguna gente decía que brillaba.

—Lo hacía —contestó Galladon—. No de forma intensa, pero cuando mi padre entraba en una habitación oscura, se podía ver su contorno.

—Bueno, el dor era la causa —dijo Raoden—. Cada cuerpo elantrino estaba conectado permanentemente con el dor. El mismo enlace existía entre la propia Elantris y el dor, aunque los sabios no saben por qué. El dor imbuía la ciudad entera, haciendo que la piedra y la madera brillaran como si una llama silenciosa ardiera en su interior.

—Debía de ser difícil dormir —comentó Karata.

—Se podía cubrir —dijo Raoden—. Pero el efecto de la ciudad iluminada era tan espectacular que muchos elantrinos lo aceptaban como natural, y aprendieron a dormir incluso con el brillo.

—Fascinante —comentó Galladon, indiferente—. Pero ¿qué tiene eso que ver con la mugre?

—Hay hongos y mohos que viven de la luz, Galladon —dijo Raoden—. Aun así, la iluminación del dor era diferente de la luz ordinaria, y atraía un tipo diferente de hongo. Al parecer, una fina película transparente crecía sobre la mayor parte de las cosas. Los elantrinos no se molestaban en limpiarla, era prácticamente imperceptible y de hecho aumentaba el resplandor. El moho era duro y no molestaba mucho. Hasta que murió.

—La luz desapareció... —dijo Karata.

—Y los hongos se pudrieron —asintió Raoden—. Donde antes el moho cubría la ciudad entera, ahora lo hace también la mugre.

—Bien, ¿y qué intentas decir? —preguntó Galladon con un bostezo.

—Es otro hilo en la telaraña —dijo Raoden—, otra pista sobre lo que pasó cuando golpeó el Reod. Tenemos que trabajar hacia atrás, amigo mío. Solo estamos empezando a precisar los síntomas de un acontecimiento que tuvo lugar hace diez años. Tal vez cuando comprendamos todo lo que hizo el Reod, podamos empezar a averiguar qué pudo haberlo causado.

—La explicación de la mugre tiene sentido, mi príncipe —dijo Karata—. Siempre he sabido que había algo poco natural en esa suciedad. He estado al aire libre, bajo la lluvia, viendo chorros de agua golpear una pared de piedra sin limpiar ni una mota.

—La mugre es aceitosa y repele el agua. ¿Has oído a Kahar contar lo difícil que es limpiarla?

Karata asintió, hojeando el tomo.

—Estos libros contienen mucha información.

—En efecto —dijo Raoden—. Aunque los sabios que los escribieron podían ser exasperantemente crípticos. Hace falta mucho estudio para encontrar respuestas a preguntas específicas.

—¿Como cuáles? —preguntó Karata.

Raoden frunció el ceño.

—Bueno, para empezar, no he encontrado un solo libro que mencione cómo hacer seones.

—¿Ninguno? —preguntó Karata sorprendida. Raoden negó con la cabeza.

—Siempre he dado por supuesto que los seones eran creaciones del AonDor, pero si es así, los libros no explican cómo crearlos. Muchos mencionan el paso de seones famosos de una persona a otra, pero nada más.

—¿El paso? —preguntó Karata, con el ceño fruncido.

—Dar el seon a otra persona. Si tienes uno, puedes dárselo a alguien, o puedes decirle a quién debe ir y servir si te mueres.

—¿Entonces una persona corriente puede tener un seon? —preguntó ella—. Creía que solo podían los nobles.

Raoden negó con la cabeza.

—Todo depende del propietario anterior.

—Aunque no es probable que un noble pase su seon a un campesino cualquiera —dijo Galladon—. Los seones, como las fortunas, tienden a quedarse en la familia. ¿Kolo?

Karata frunció el ceño.

—Entonces... ¿qué pasa si el propietario muere y no le ha dicho al seon con quién tiene que ir?

Raoden se quedó pensativo, se encogió de hombros y miró a Galladon.

—A mí no me mires, sule. Nunca he tenido un seon.

—No lo sé —admitió Raoden—. Supongo que podría elegir a su próximo amo por sí mismo.

—¿Y si no quiere? —preguntó Karata.

—No creo que tuviera esa posibilidad. Hay... algo entre los seones y sus amos. Están unidos, de algún modo. Los seones se vuelven locos cuando sus amos son alcanzados por la shaod, por ejemplo. Creo que fueron creados para servir... es parte de su magia.

Karata asintió.

—¡Mi señor Espíritu! —llamó una voz. Raoden alzó una ceja y cerró el libro.

—Mi señor —dijo Dashe, entrando atropelladamente por la puerta. El alto elantrino parecía más confuso que preocupado.

—¿Qué ocurre, Dashe? —preguntó Raoden.

—Es el gyorn, mi señor —dijo Dashe, sus ojos iluminados por la emoción—. Se ha curado.

Capítulo 35

CINCO semanas y ya has destronado al rey. Para que luego digan que no trabajas rápido, Ene. —Las palabras de su padre eran joviales, aunque su rostro brillante mostraba cierta preocupación.

Sabía, igual que ella, que el caos que sigue al derrocamiento de un gobierno podía ser peligroso tanto para los campesinos como para los nobles.

—Bueno, no se puede decir que yo lo pretendiera —protestó Sarene—. Domi Misericordioso, traté de salvar a ese idiota. No tendría que haberse liado con los misterios.

Su padre se echó a reír.

—Y yo nunca tendría que haberte enviado allí. Ya te luciste cuando te dejamos visitar a nuestros enemigos.

—No me «enviaste» aquí, padre —dijo Sarene—. Esto fue idea mía.

—Me alegra saber que mi opinión cuenta tanto para mi hija —respondió Eventeo.

Sarene sintió que se ablandaba.

—Lo siento, padre —dijo, con un suspiro—. Llevo al borde de un ataque de nervios desde... no sabes lo *horrible* que fue.

—Ah, sí que lo sé... por desgracia. ¿Cómo, en nombre de Domi, una monstruosidad como los misterios surgió de una religión tan inocente como el jesker?

—Igual que el shu-dereth y el shu-korath proceden ambos de las enseñanzas de un hombrecito jinDo —replicó Sarene, meneando la cabeza.

Eventeo suspiró.

—¿Entonces Iadon ha muerto?

—¿Te has enterado? —preguntó sorprendida Sarene.

—Envié unos cuantos espías nuevos a Arelon hace poco, Ene. No voy a dejar a mi hija sola en un país que está al borde de la destrucción sin por lo menos echarle un ojo.

—¿Quién es? —preguntó Sarene, curiosa.

—No hace falta que lo sepas.

—Debe tener un seon —musitó Sarene—. De lo contrario no sabrías lo de Iadon. Se ahorcó anoche mismo.

—No voy a decírtelo, Ene —dijo Eventeo con tono divertido—. Si supieras quién es, inevitablemente decidirías apropiártelo para tus propios fines.

—Bien —dijo Sarene—. Pero cuando todo esto acabe, será mejor que me digas quién es.

—No lo conoces.

—Bien —repitió Sarene, fingiendo indiferencia.

Su padre se echó a reír.

—Bueno, háblame de Iadon. ¿Cómo, en nombre de Domi, consiguió una cuerda?

—Lord Eondel debe de haberlo preparado —supuso Sarene, apoyando los codos sobre la mesa—. El conde piensa como un guerrero y esta era una solución muy eficaz. No tenemos por qué forzar una abdicación, y el suicidio ha devuelto algo de dignidad a la monarquía.

—Estamos sedientos de sangre hoy, ¿no, Ene? —Sarene se estremeció.

—Tú no lo viste, padre. El rey no solo asesinó a esa muchacha... disfrutó haciéndolo.

—Ah —dijo Eventeo—. Según mis fuentes, probablemente el duque Telrii se haga con el trono.

—No si podemos evitarlo. Telrii es todavía mucho peor que

Iadon. Aunque no fuera simpatizante derethi, sería un rey terrible.

—Ene, una guerra civil no beneficiará a nadie.

—No llegaremos a eso, padre —prometió Sarene—. No comprendes lo poco militarista que es este pueblo. Vivieron durante siglos bajo la protección elantrina... Creen que la presencia de unos cuantos guardias sobrados de peso en la muralla de la ciudad es suficiente para disuadir a los invasores. Sus únicas tropas de verdad pertenecen a la legión de lord Eondel, que ha ordenado que se congreguen en Kae. Puede que consigamos coronar a Roial antes de que nadie se lo piense dos veces.

—¿Estáis unidos a su favor, entonces?

—Es el único lo bastante rico para desafiar a Telrii —explicó Sarene—. No me ha dado tiempo de destruir el necio sistema de títulos por dinero de Iadon. La gente está acostumbrada a eso, y vamos a tener que utilizarlo, por el momento.

Llamaron a la puerta y acto seguido entró una criada con una bandeja de comida. Sarene había vuelto al palacio después de pasar solo una noche en la mansión de Roial, a pesar de la preocupación de sus aliados. El palacio era un símbolo, y esperaba que le prestara autoridad. La criada dejó la bandeja sobre la mesa y se marchó.

—¿Es el almuerzo? —Su padre parecía tener un sexto sentido en lo referente a la comida.

—Sí —contestó Sarene, cortando un trozo de pan de maíz.

—¿Está bueno?

Sarene sonrió.

—No deberías preguntar, papá. Solo conseguirás enfadarte.

Eventeo suspiró.

—Lo sé. Tu madre tiene una nueva manía... sopa de algas hraggisa.

—¿Está buena? —preguntó Sarene. Su madre era hija de un diplomático teo, y había pasado casi toda su adolescencia en Jin-Do. Como resultado, había adquirido algunos hábitos culinarios muy extraños, unos que imponía a todo el palacio y a su personal.

—Está horrible.

—Lástima —dijo Sarene—. A ver, ¿dónde he puesto esa mantequilla?

Su padre gimió.

—Papá —lo reprendió Sarene—. Tienes que perder peso.

Aunque el rey no era para nada tan voluminoso, ni en músculos ni en grasa, como su hermano Kiin, era más corpulento que fornido.

—No veo por qué —dijo Eventeo—. ¿Sabías que en Duladel consideran atractiva a la gente gruesa? No les preocupan las ideas jinDo sobre salud, y son perfectamente felices. Además, ¿cuándo se ha demostrado que la mantequilla engorde?

—Ya sabes lo que dicen los jinDo, padre. Si arde, no es sano.

Eventeo suspiró.

—No he probado una copa de vino desde hace diez años.

—Lo sé, padre. Yo vivía contigo, ¿recuerdas?

—Sí, pero a ti no te hacían mantener el alcohol a raya.

—Yo no estoy gorda —señaló Sarene—. El alcohol arde.

—Y la sopa de algas hraggisa —replicó Eventeo, levemente irritado—. Al menos si se seca. Lo probé.

Sarene se echó a reír.

—Dudo que madre se tomara muy bien tu pequeño experimento.

—Me dirigió una de sus miradas, ya sabes cómo es.

—Sí —dijo Sarene, recordando los rasgos de su madre. Había pasado demasiado tiempo en misiones diplomáticas en los últimos años para sentir añoranza del hogar, pero hubiese sido agradable estar de vuelta en Teod, sobre todo considerando la interminable serie de sorpresas y desastres que habían tenido lugar en las semanas precedentes.

—Bien, Ene, tengo que celebrar audiencia —dijo finalmente su padre—. Me alegro de que de vez en cuando te acuerdes de llamar a tu pobre y viejo padre, sobre todo para hacerle saber que has derrocado a un gobierno entero. Ah, una cosa más. En cuanto nos enteramos del suicidio de Iadon, Seinalan fletó uno de mis barcos más veloces y puso rumbo a Arelon. Llegará dentro de unos días.

—¿Seinalan? —preguntó Sarene sorprendida—. ¿Qué tiene que ver el patriarca con todo esto?

—No lo sé, no me lo quiso decir. Pero tengo que irme ya, Ene. Te quiero.

—Yo también te quiero, padre.

—NUNCA HE VISTO al patriarca —confesó Roial desde su asiento en el comedor de Kiin—. ¿Es como el padre Omin?

—No —contestó Sarene categórica—. Seinalan es un egoísta pagado de sí mismo con suficiente orgullo para que un gyorn derethi parezca humilde a su lado.

—¡Princesa! —exclamó indignado Eondel—. ¡Estás hablando del padre de nuestra iglesia!

—Eso no significa que tenga que gustarme.

El rostro de Eondel se puso blanco mientras buscaba por instinto el colgante del aon Omi que pendía de su cuello.

Sarene frunció el ceño.

—No tienes que espantar el mal de ojo, Eondel. No voy a rechazar a Domi porque haya puesto a un idiota a cargo de su iglesia. Los idiotas también tienen derecho a servir.

Eondel volvió los ojos hacia su mano, pero entonces la bajó, avergonzado. Roial, sin embargo, reía suavemente para sí.

—¿Qué? —exigió saber Sarene.

—Es que estaba meditando algunas consideraciones, Sarene —dijo el anciano con una sonrisa—. Creo que no he conocido a nadie, hombre ni mujer, tan terco como tú.

—Entonces has vivido toda la vida en una torre de marfil, mi duque —le dijo Sarene—. ¿Dónde está Lukel, por cierto?

La mesa de Kiin no era tan cómoda como el estudio de Roial, pero por algún motivo todos se sentían como en casa en el comedor de Kiin. Mientras la mayoría de la gente añadía detalles personales a su estudio o su recibidor, el amor de Kiin era su comida, y el comedor era el lugar donde compartía su talento. La decoración de la habitación, recuerdos de viajes, desde hortalizas secas a una gran hacha de adorno, era reconfortantemente familiar. Nunca se discutía, todos acudían de modo natural a esa habitación cuando se reunían.

Tuvieron que esperar un poco más hasta que Lukel, finalmente, decidió regresar. Al cabo de un rato, oyeron la puerta abrirse y cerrarse, y el rostro amistoso de su primo apareció en la habitación. Ahan y Kiin lo acompañaban.

—¿Bien? —preguntó Sarene.

—Telrii definitivamente intenta hacerse con el trono —informó Lukel.

—No con mi legión apoyando a Roial —dijo Eondel.

—Por desgracia, mi querido general —dijo Ahan, tomando asiento—, tu legión no está aquí. Apenas tienes una docena de hombres a tu disposición.

—Son más de los que tiene Telrii —señaló Sarene.

—Ya no —respondió Ahan—. La guardia de Elantris ha dejado sus puestos para acampar ante la mansión de Telrii.

Eondel bufó.

—La guardia no es más que un club para hijos segundones que quieren dárselas de importantes.

—Cierto —dijo Ahan—. Pero hay más de seiscientas personas en ese club. Con una superioridad numérica de cincuenta a uno, hasta yo lucharía contra tu legión. Me temo que el equilibrio de poder se ha decantado en favor de Telrii.

—Esto es malo —reconoció Roial—. La mayor riqueza de Telrii era un problema antes, pero ahora...

—Tiene que haber un modo —dijo Lukel.

—No veo ninguno —confesó Roial.

Los hombres fruncieron el ceño, sumidos en sus pensamientos. Sin embargo, todos llevaban dos días sopesando ese mismo problema. Aunque hubieran tenido la ventaja militar, los otros aristócratas se habrían mostrado reticentes a la hora de apoyar a Roial, que era menos rico.

Mientras Sarene los iba estudiando uno por uno, sus ojos se posaron en Shuden. Parecía más dudoso que preocupado.

—¿Qué? —preguntó ella en voz baja.

—Creo que tal vez tengamos un modo —contestó él, tanteando.

—Habla, hombre —dijo Ahan.

—Bueno, Sarene sigue siendo muy rica —dijo Shuden—. Raoden le dejó al menos quinientos mil deos.

—Ya hemos discutido esto, Shuden —dijo Lukel—. Ella tiene un montón de dinero, pero sigue siendo menos que el de Roial.

—Cierto —reconoció Shuden—. Pero juntos tendrían mucho más que Telrii.

La habitación quedó en silencio.

—Tu contrato nupcial es técnicamente nulo, mi señora —dijo Ashe desde atrás—. Quedó invalidado en cuanto Iadon se suicidó, eliminando con ello su linaje del trono. En el momento en que otro sea rey, bien Telrii, bien Roial, será rescindido y tú dejarás de ser princesa de Arelon.

Shuden asintió.

—Si unes tu fortuna a la de lord Roial, no solo tendréis dinero para oponeros a Telrii, sino que eso legitimará la pretensión del duque. No creas que el linaje no importa en Arelon. Los nobles preferirán ofrecer su lealtad a uno de los parientes de Iadon.

Roial la miró con ojos de benévolo abuelo.

—He de admitir que el joven Shuden tiene un argumento convincente. El matrimonio sería estrictamente político, Sarene.

Sarene tomó aire. Las cosas iban demasiado deprisa.

—Comprendo, mi señor. Haremos lo que se deba hacer.

Y así, por segunda vez en solo dos meses, Sarene se prometió en matrimonio.

—**ME TEMO QUE** no ha sido muy romántico —se disculpó Roial. La reunión había terminado y Roial se había ofrecido discretamente a escoltar a Sarene de vuelta al palacio. Los demás, incluido Ashe, habían comprendido que los dos necesitaban hablar a solas.

—No importa, mi señor —dijo Sarene con una leve sonrisa—. Así es como se supone que deben ser los matrimonios políticos. Secos, forzados, pero enormemente útiles.

—Eres muy pragmática.

—Tengo que serlo, mi señor. —Roial frunció el ceño.

—¿Tenemos que seguir usando los «mi señor», Sarene? Creía que habíamos superado eso.

—Lo siento, Roial —dijo Sarene—. Me cuesta separar mi yo social de mi yo político.

Roial asintió.

—Lo que he dicho iba en serio, Sarene. Esta será estrictamente una unión de conveniencia, no te sientas obligada en ningún otro aspecto.

Sarene guardó silencio un momento, escuchando el casco de los caballos ante ellos.

—Tendrá que haber herederos.

Roial se rio en voz baja.

—No, Sarene. Gracias, pero no. Aunque eso fuera físicamente posible, yo no podría hacer una cosa así. Soy un viejo, y no sobreviviré más que unos cuantos años. Esta vez, tu contrato nupcial no te prohibirá que vuelvas a casarte cuando me muera. Cuando yo ya no esté, podrás finalmente elegir a un hombre de tu conveniencia. Para entonces habremos sustituido el estúpido sistema de Iadon por algo más estable, y los hijos que tengas con tu tercer marido heredarán el trono.

Tercer marido. Roial hablaba como si ya estuviera muerto y ella fuera ya dos veces viuda.

—Bueno, si las cosas suceden como sugieres —dijo—, al menos no tendré problemas para atraer un marido. El trono será un premio tentador, aunque yo esté unida a él.

El rostro de Roial se endureció.

—Esto es algo que quería discutir contigo, Sarene.

—¿Qué?

—Eres demasiado dura contigo misma. He oído la forma en que hablas... Asumes que nadie te quiere.

—No me quieren —dijo Sarene llanamente—. Créeme.

Roial negó con la cabeza.

—Eres excelente juzgando caracteres, Sarene... excepto el tuyo. A menudo, la opinión que tenemos sobre nosotros mismos es la menos acertada. Puede que te veas como una vieja matrona, niña, pero eres joven, y eres hermosa. El hecho de que hayas tenido mala suerte en el pasado no significa que tengas que renunciar a tu futuro. —La miró a los ojos. A pesar de su picaresca fachada, era un hombre sabio y comprensivo—. Encontrarás a alguien que te ame, Sarene —prometió Roial—. Eres una ganga, una ganga incluso mayor que el trono que vendrá unido a ti.

Sarene se ruborizó y agachó la mirada. Con todo... sus palabras eran esperanzadoras. Tal vez tuviera una oportunidad. Probablemente tendría treinta y tantos, pero al menos se le ofrecería otra oportunidad de encontrar al hombre adecuado.

—En todo caso —dijo Roial—, la boda tendrá que ser pronto si queremos derrotar a Telrii.

—¿Qué sugieres?

—El día del funeral de Iadon. Técnicamente, el reinado de Iadon no finaliza hasta su entierro.

Cuatro días. Sería un noviazgo bastante corto, desde luego.

—Me preocupa la necesidad de hacerte pasar por todo esto —dijo Roial—. No puede ser fácil considerar casarse con un viejo caduco.

Sarene colocó la mano sobre la del duque, sonriendo por la dulzura de su tono.

—Considerándolo todo, mi señor, creo que soy bastante afortunada. Hay muy pocos hombres en este mundo con quienes considere un honor verme obligada a casarme.

Roial sonrió, los ojos chispeando.

—Es una lástima que Ahan ya esté casado, ¿verdad?

Sarene apartó la mano y le dio un golpe en el hombro.

—Ya he tenido suficientes sorpresas emocionales en una semana, Roial, te agradecería que no me pongas enferma además.

El duque se rio con ganas. Sin embargo, cuando terminó, otro sonido sustituyó la risa: gritos. Sarene se envaró, pero los gritos no eran de furia ni de dolor. Parecían alegres y entusiasmados. Confusa, se asomó a la ventanilla del carruaje y vio a una multitud de gente que surgía de un cruce.

—En nombre de Domi, ¿qué es eso? —preguntó Roial.

El carruaje se acercó, lo cual permitió que Sarene distinguiera una figura alta en el centro de la multitud.

Sarene se quedó anonadada.

—¡Pero... pero eso es imposible!

—¿Qué? —preguntó Roial, entornando la mirada.

—Es Hrathen —dijo Sarene, con los ojos muy abiertos—. ¡Ha salido de Elantris!

Entonces advirtió algo más. El rostro del gyorn no tenía manchas. Era de color carne.

—Domi Misericordioso... ¡se ha curado!

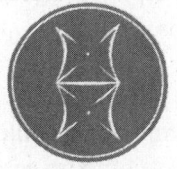

CAPÍTULO 36

CUANDO el amanecer señaló su quinto día de exilio, Hrathen supo que había cometido un error. Moriría en Elantris. Cinco días eran demasiados sin beber, y sabía que no había agua en la ciudad de los condenados.

No lamentó sus acciones, se había comportado de la manera más lógica. Una lógica desesperada, pero en cualquier caso racional. Si hubiera continuado en Kae, se habría vuelto más impotente cada día. No, era mucho mejor morir de deshidratación.

Sus delirios aumentaron a medida que pasaba el quinto día. En ocasiones, veía a Dilaf en lo alto riéndose de él, en otras la princesa teo hacía lo mismo. Una vez incluso le pareció ver al propio Jaddeth, su rostro ardiendo rojo con el calor de la decepción divina mientras miraba a Hrathen. No obstante, los delirios cambiaron pronto. Ya no vio rostros, ya no se sintió humillado y despreciado. En su lugar, se enfrentó a algo mucho más horrible.

Recuerdos de Dakhor.

Una vez más, las oscuras y macilentas celdas del monasterio lo rodearon. Los gritos resonaron en los pasillos de piedra negra, gritos de agonía bestial mezclados con cánticos solemnes. Cánticos que tenían un extraño poder. El joven Hrathen se arrodillaba obediente, esperando, encogido en una celda no más grande que un armario, el sudor inundando sus ojos aterrorizados, sabiendo que tarde o temprano vendrían por él.

El monasterio de Rathbore entrenaba asesinos, el monasterio de Fjeldor entrenaba espías. Dakhor... el monasterio de Dakhor entrenaba demonios.

SU DELIRIO SE interrumpió en algún momento de la siguiente tarde, liberándolo un rato, como un gato que permite a su presa huir una última vez antes de descargar un mortal zarpazo. Hrathen levantó su debilitado cuerpo de las duras piedras, las ropas pegadas a la viscosa superficie. No recordaba haberse encogido en posición fetal. Con un suspiro, Hrathen se pasó mecánicamente una mano por la cabeza sucia y manchada de mugre... un gesto inútil pero reflejo para limpiarse. Sus dedos rozaron algo áspero y rasposo. Pelo incipiente.

Hrathen se enderezó, la sorpresa le confería fuerzas. Palpó con dedos temblorosos, y buscó el pequeño frasco que contenía el vino de su ofrenda. Limpió el cristal lo mejor que pudo con una manga sucia, y luego contempló su espectral reflejo. Era distorsionado y borroso, pero suficiente. Las manchas habían desaparecido. Su piel, aunque cubierta de suciedad, era tan clara e impoluta como cinco días antes.

El efecto de la poción de Forton, por fin, había pasado.

Había empezado a creer que nunca lo haría, que Forton se había olvidado de hacer que los efectos fueran temporales. Era sorprendente que el hombre de Hroven pudiera preparar una poción capaz de lograr que el cuerpo imitara la dolencia de un elantrino. Pero Hrathen había juzgado mal al boticario, había hecho lo que le habían pedido, aunque los efectos hubieran durado un poco más de lo esperado.

Naturalmente, si no salía rápido de Elantris, todavía podía morir. Hrathen se levantó, haciendo acopio de fuerzas, hirviendo de adrenalina.

—¡Contemplad! —gritó a la garita de arriba—. ¡Sed testigos de la gloria del señor Jaddeth! ¡Me he curado!

No hubo respuesta. Tal vez estaba demasiado lejos para que

se oyera su voz. Entonces, al contemplar las murallas, advirtió algo. No había ningún guardia. Ninguna patrulla de vigilancia de ronda, ninguna punta de lanza indicadora que marcara su presencia. Estaban allí el día anterior... ¿o había sido el otro? Los últimos tres días se habían convertido en un borrón en su mente, una larga cadena de oraciones, alucinaciones y ocasionales cabezadas de agotamiento.

¿Dónde se habían ido los guardias? Consideraban que su solemne deber era vigilar Elantris, como si algo amenazador pudiera surgir de la ciudad podrida. La guardia de Elantris realizaba una función inútil, pero esa función le procuraba fama. Los guardias nunca hubiesen renunciado a sus puestos.

Pero los habían abandonado. Hrathen empezó a gritar de nuevo, sintiendo que las fuerzas abandonaban su cuerpo. Si la guardia no estaba allí para abrir las puertas, entonces estaba condenado. La ironía jugueteó en su mente, el único elantrino que se curaba moriría a causa de un grupo de guardias incompetentes y negligentes.

Una rendija se abrió entre las puertas de pronto. ¿Otra alucinación? Pero entonces una cabeza asomó por la abertura, el avaricioso capitán al que Hrathen había estado enriqueciendo.

—¿Mi señor...? —preguntó el guardia, vacilante. Entonces, tras mirar a Hrathen de arriba abajo con los ojos espantados, inhaló bruscamente—. ¡Gracioso Domi! Es cierto... ¡te has curado!

—Mi señor Jaddeth ha oído mis plegarias, capitán —anunció Hrathen haciendo acopio de todas las fuerzas que le quedaban—. La mancha de Elantris ha sido eliminada de mi cuerpo.

La cabeza del capitán desapareció un momento. Luego, despacio, la puerta se abrió del todo, revelando a un grupo de cautelosos guardias.

—Vamos, mi señor.

Hrathen se puso en pie —ni siquiera se había dado cuenta de haber caído de rodillas— y caminó con piernas temblorosas hacia las puertas. Se volvió, apoyando la mano en la madera. Un lado sucio y cubierto de mugre, el otro brillante y limpio. Y contempló Elantris. Unas cuantas formas agazapadas lo observaban desde el tejado de un edificio.

—Disfrutad de vuestra condena, amigos míos —susurró Hrathen, y luego indicó a los guardias que cerraran las puertas.

—No debería estar haciendo esto, ¿sabes? —dijo el capitán—. Cuando un hombre es arrojado a Elantris...

—Jaddeth recompensa a aquellos que lo obedecen, capitán —dijo Hrathen—. A menudo de manos de sus servidores.

Los ojos del capitán brillaron y Hrathen se sintió de pronto muy agradecido por haber empezado a sobornar al hombre.

—¿Dónde está el resto de tus soldados, capitán?

—Protegiendo al nuevo rey —dijo el capitán orgullosamente.

—¿Nuevo rey?

—Han pasado muchas cosas, mi señor. Lord Telrii manda ahora en Arelon... o, al menos, lo hará en cuanto acabe el funeral de Iadon.

Débil como estaba, Hrathen apenas pudo sostenerse en pie por la sorpresa.

«¿Iadon muerto? ¿Telrii haciéndose con el control?». ¿Cómo podía en cinco días haber cambios tan drásticos?

—Vamos —dijo con decisión—. Puedes explicármelo camino de la capilla.

LA MULTITUD SE agolpaba a su alrededor mientras caminaba, el capitán no poseía ningún carruaje, y Hrathen no quiso esperar uno. Por el momento, el júbilo de un plan cumplido era suficiente para mantenerlo en marcha.

La multitud ayudaba también. A medida que la noticia se difundía, el pueblo (siervos, mercaderes y nobles por igual) acudía para ver al elantrino recuperado. Todos le abrían paso, observándolo con expresiones que oscilaban entre el aturdimiento y la adoración, y algunos tendían las manos para tocar asombrados su túnica elantrina.

Fue un trayecto multitudinario, pero sin incidentes... excepto el momento en que miró hacia una calle lateral y reconoció la cabeza de la princesa teo asomada a la ventanilla de un carruaje. En ese momento, Hrathen experimentó una sensación de triunfo que rivalizó con la del día en que fue consagrado como gyorn. Su curación no era solo inesperada, sino incomprensible. Era imposible que Sarene hubiera contado con ella. Por una vez, Hrathen tenía completa y total ventaja.

Cuando llegó a la capilla, Hrathen se volvió hacia la masa de gente y alzó las manos. Sus ropas estaban todavía manchadas, pero él se irguió como para convertir la mugre en una insignia de orgullo. La suciedad era una muestra de su sufrimiento: demostraba que había viajado al mismo pozo de la condena y regresado con el alma intacta.

—¡Pueblo de Arelon! —gritó—. ¡Sabed este día quién es el maestro! Dejad que vuestros corazones y vuestras almas sean guiados por la religión que puede ofrecer pruebas de apoyo divino. Nuestro señor Jaddeth es el único dios en Sycla. Si necesitáis pruebas de ello, mirad mis manos que están limpias de putrefacción, mi rostro que es puro y sin tacha, y mi cabeza que es áspera por el nuevo pelo. Nuestro señor Jaddeth me puso a prueba, y como yo confié en él, me bendijo. ¡Me ha curado!

Bajó las manos y la multitud rugió su aprobación. Muchos probablemente habían dudado tras la aparente caída de Hrathen, pero regresarían con la fe renovada. Los conversos de ahora serían más fuertes que los de antes.

Hrathen entró en la capilla, y la gente se quedó fuera. Hrathen caminó cada vez con más fatiga, la energía del momento finalmente cedía a cinco días de agotamiento. Cayó de rodillas ante el altar, inclinando la cabeza en sincera oración.

No le molestaba que el milagro fuera un efecto de la poción de Forton, Hrathen había descubierto que la mayoría de los supuestos milagros eran o bien naturales o el resultado de la intervención humana. Jaddeth estaba tras ellos, como estaba detrás de todas las cosas, usando fenómenos naturales para aumentar la fe del hombre.

Hrathen dirigió sus oraciones a Dios por otorgarle la capacidad de urdir el plan, los medios para ejecutarlo y el clima para conseguir que tuviera éxito. La llegada del capitán había sido, sin duda, producto de la voluntad divina. Que el hombre hubiera dejado el campamento de Telrii justo cuando Hrathen lo necesitaba, y que oyera los gritos de Hrathen a través de la gruesa madera, era demasiado para ser una simple coincidencia. Jaddeth tal vez no hubiera maldecido a Hrathen con la shaod, pero ciertamente estaba detrás del éxito del plan.

Agotado, Hrathen acabó de rezar y se puso en pie. Al hacerlo, oyó una puerta abrirse tras él. Cuando se dio la vuelta, Dilaf se encontraba en el umbral. Hrathen suspiró. Aquella era una confrontación que hubiese preferido evitar hasta haber descansado un poco.

Dilaf, sin embargo, cayó de rodillas ante él.

—Mi hroden —susurró.

Hrathen parpadeó, sorprendido.

—¿Sí, arteth?

—Dudé de ti, mi hroden —confesó Dilaf—. Creí que nuestro señor Jaddeth te había maldecido por incompetente. Ahora veo que tu fe es mucho más fuerte de lo que creía. Sé por qué fuiste elegido para ostentar el cargo de gyorn.

—Tus disculpas son aceptadas, arteth —dijo Hrathen, tratando de apartar la fatiga de su voz—. Todos los hombres dudan en momentos de prueba... Los días siguientes a mi exilio deben de haber sido difíciles para ti y los otros sacerdotes.

—Deberíamos haber tenido más fe.

—Aprende entonces de estos hechos, arteth, y la próxima vez no te permitas dudar. Puedes irte.

Dilaf se dispuso a marcharse. Cuando el hombre se levantó, Hrathen estudió sus ojos. Había respeto en ellos, pero no tanto arrepentimiento como el arteth pretendía. Parecía más confuso que otra cosa, estaba sorprendido e inquieto, pero no contento. La batalla no había terminado todavía.

Demasiado cansado para preocuparse por Dilaf por el momento, Hrathen se dirigió a sus aposentos y abrió la puerta. Sus cosas estaban amontonadas en un rincón de la habitación, como a la espera de que se las llevaran para eliminarlas. Súbitamente aprensivo, Hrathen corrió hacia el montón. Encontró el cofre del seon bajo un montón de ropa, tenía la cerradura rota. Hrathen abrió la tapa con dedos ansiosos y sacó la caja de acero del interior. La parte delantera estaba cubierta de golpes, arañazos y mellas.

Rápidamente, Hrathen abrió la caja. Varias de las palancas estaban torcidas, y el dial atascado, así que se sintió enormemente aliviado cuando oyó el chasquido de apertura. Alzó la tapa con manos ansiosas. El seon flotaba dentro, imperturbable. Las tres ampollas de poción restantes se encontraban al lado, dos se habían roto, derramando su contenido en el fondo de la caja.

—¿Ha abierto alguien esta caja desde la última vez que hablé contigo? —preguntó Hrathen.

—No, mi señor —respondió la seon con su voz melancólica.

—Bien —dijo Hrathen, cerrando la tapa de golpe. Después de eso, bebió una comedida cantidad de vino de un frasco que recuperó de la pila, y luego se desplomó en la cama y se quedó dormido.

ESTABA OSCURO CUANDO despertó. Su cuerpo estaba aún cansado, pero se obligó a levantarse. Una parte vital de sus planes no podía esperar. Llamó a un sacerdote que llegó poco después. Dothgen era un hombre de poderosa constitución fjordell y músculos que se notaban incluso a través de su rojo hábito derethi.

—¿Sí, mi señor? —preguntó Dothgen.

—Fuiste entrenado en el monasterio de Rathbore, ¿verdad, arteth? —preguntó Hrathen.

—Lo fui, mi señor —respondió el hombre con voz grave.

—Bien —dijo Hrathen, tomando la última ampolla de poción—. Necesito tus habilidades especiales.

—¿Para quién es, mi señor? —preguntó el sacerdote. Como todos los graduados de Rathbore, Dothgen era un asesino entrenado. Había recibido un entrenamiento mucho más especializado que Hrathen en el monasterio de Ghajan, el lugar al que había ido Hrathen cuando Dakhor resultó demasiado para él. Sin embargo, solo un gyorn o un ragnat podía servirse de los sacerdotes formados en Rathbore sin permiso del wyrn.

Hrathen sonrió.

CAPÍTULO 37

GOLPEÓ a Raoden mientras estaba estudiando. No se oyó a sí mismo jadear de agonía, ni se sintió caer de su asiento entre espasmos. Todo lo que sintió fue dolor, un agudo tormento que cayó sobre él de manera súbita y vengativa. Era como un millón de diminutos insectos, cada uno picoteando por su cuerpo, por dentro y por fuera, para comérselo vivo. Pronto sintió como si no tuviera cuerpo, su cuerpo era el dolor. Era el único sentido, el único impulso, y sus gritos eran el único producto.

Entonces lo sintió. Se alzaba como una enorme superficie resbaladiza, sin grietas ni cavidades, en el fondo de su mente. Presionaba con exigencia, introduciendo el dolor en cada nervio de su cuerpo, como un peón que clava una azada en el suelo. Era enorme. Hacía que hombres, montañas y mundos parecieran insignificantes. No era maligno, ni siquiera racional. No rugía ni se agitaba. Estaba inmóvil, congelado por su propia intensa *presión*. Quería moverse, ir a cualquier parte, encontrar una liberación al dolor. Pero no había ninguna salida.

La visión de Raoden se aclaró lentamente a medida que la fuerza se retiraba. Estaba tendido en el frío suelo de mármol de la capilla, mirando el pie de la mesa. Dos rostros borrosos flotaban sobre él.

—¿Sule? —preguntó una voz urgente, como muy lejana—. ¡Doloken! Raoden, ¿puedes oírme?

Su visión se aclaró. Los rasgos normalmente severos de Karata mostraban preocupación, mientras que Galladon estaba lívido.

—Estoy bien —croó Raoden, avergonzado. Pronto se darían cuenta de lo débil que estaba, de que no podía ni siquiera soportar el dolor de un mes de estancia en Elantris.

Los dos lo ayudaron a sentarse. Se quedó en el suelo un momento antes de indicar que quería trasladarse a la silla. Todo su cuerpo estaba dolorido, como si hubiera intentado levantar una docena de pesos distintos al mismo tiempo. Gimió mientras ocupaba el incómodo asiento de piedra.

—Sule, ¿qué ha pasado? —preguntó Galladon, retirándose vacilante a su propio asiento.

—Ha sido el dolor —dijo Raoden, sujetándose la cabeza con las manos y apoyando los codos sobre la mesa—. Durante un momento se me ha hecho insoportable. Ahora estoy bien, ha pasado.

Galladon frunció el ceño.

—¿De qué estás hablando, sule?

—El dolor —dijo Raoden con exasperación—. El dolor de mis cortes y magulladuras, el veneno de la vida aquí en Elantris.

—Sule, el dolor no viene en oleadas. Siempre es igual.

—Para mí viene en oleadas —dijo Raoden, cansado. Galladon negó con la cabeza.

—Eso no puede ser. ¿Kolo? Cuando sucumbes al dolor, te rompes y tu mente se pierde. Así es siempre. Además, es imposible que hayas acumulado suficientes cortes y magulladuras para volverte hoed todavía.

—Ya me lo has dicho, Galladon, pero así es como me pasa a mí. Viene de pronto, como intentando destruirme, luego cesa. Tal vez lo encaro peor que los demás.

—Mi príncipe —dijo Karata, vacilante—, estabas brillando.

Raoden alzó la cabeza, sorprendido.

—¿Qué?

—Es cierto, sule. Después de desplomarte empezaste a brillar. Como un aon. Casi como si...

Raoden se quedó boquiabierto, ligeramente sorprendido.

—... como si el dor intentara venir a través de mí.

La fuerza estaba buscando una abertura, una salida. Había intentado usarlo como a un aon.

—¿Por qué yo?

—Algunas personas están más cerca del dor que otras, sule. En Elantris, algunas personas podían crear aones mucho más poderosos que otras, y algunos parecían más... íntimamente unidos al poder.

—Además, mi príncipe —dijo Karata—, ¿no eres tú quien conoce mejor los aones? Te vemos practicando con ellos cada día.

Raoden asintió lentamente, casi olvidando su agonía.

—Durante el Reod, dicen que los elantrinos más poderosos fueron los primeros en caer. No lucharon cuando las turbas los quemaron.

—Como si estuvieran abrumados por algo. ¿Kolo? —dijo Galladon.

Un súbito e irónico alivio tranquilizó la mente de Raoden. Por mucho que doliera, su inseguridad le había preocupado más. Sin embargo, no era libre.

—Los ataques son cada vez peores. Si continúan, acabarán conmigo. Si eso sucede...

Galladon asintió solemnemente.

—Te unirás a los hoed.

—El dor me destruirá —dijo Raoden—, destrozará mi alma en un vano intento por liberarse. No está vivo, es solo una fuerza, y el hecho de que yo no sea un camino viable no le impedirá intentar pasar. Cuando se apodere de mí, recordad vuestro juramento.

Galladon y Karata asintieron. Le llevarían a la charca en las montañas. Saber que estaría al cuidado de sus capaces manos si caía era suficiente para darle ánimos, y suficiente para hacerle desear, solo un poco, que el día de su fracaso no estuviera lejos.

—Pero eso no tiene que suceder, sule —dijo Galladon—. Quiero decir, ese gyorn se curó. Tal vez esté sucediendo algo, tal vez algo haya cambiado.

Raoden dudó.

—Si es que de verdad se curó.

—¿Qué quieres decir? —preguntó Karata.

—Hubo mucho ajetreo cuando lo sacaron de la ciudad. Si yo fuera el wyrn, no querría a un derethi elantrino que trajera la vergüenza a mi religión. Habría enviado a alguien a rescatarlo y decir a todos que se había curado, y luego lo hubiese escondido allá en Fjorden.

—No vimos bien al hombre después de que se «curara» —reconoció Karata.

Galladon parecía un poco cabizbajo. Como otros en Elantris, había recibido un mensaje de esperanza con la curación de Hrathen. Raoden no había dicho nada para no desanimar a la gente, pero por dentro se mostraba más reservado. Desde la partida del gyorn, nadie más se había curado.

Era un signo de esperanza, pero de algún modo Raoden dudaba que fuera a suponer algún cambio para el pueblo elantrino. Tenían que trabajar y mejorar sus vidas, no esperar un milagro externo.

Regresó a sus estudios.

Capítulo 38

SARENE observaba al gyorn con mirada insatisfecha. Hrathen ya no daba sus sermones en la capilla derethi, había demasiada gente. En cambio, organizaba sus reuniones en las afueras de la ciudad, donde podía alzarse en la muralla defensiva de metro y medio de altura con sus seguidores sentados a sus pies para escucharlo. El gyorn predicaba de manera más vibrante y entusiasta que antes, pues ahora era un santo. Había sufrido la shaod, y había demostrado ser superior a su maldición.

Era un oponente formidable, Sarene tenía que admitirlo. Ataviado con su armadura roja, destacaba como una estatua de metal ensangrentada por encima de la multitud.

—Tiene que haber sido algún truco —comentó.

—Por supuesto, prima —dijo Lukel, de pie a su lado—. Si pensáramos lo contrario, bien podríamos unirnos al shu-dereth. Personalmente, el rojo me sienta fatal.

—Tienes la cara demasiado sonrosada —dijo Sarene con desenfado.

—Si fue un truco, Sarene, no sé cómo explicarlo —intervino Shuden. Los tres estaban en la periferia durante la mañana de la reunión. Habían ido a ver con sus propios ojos el sorprendente número de gente que atraían las proclamas de Hrathen, incluso el mismo día del funeral del rey.

—Pudo ser maquillaje —dijo Sarene.

—¿Que soportó el lavado ritual? —se extrañó Shuden.

—Tal vez los sacerdotes estaban en el ajo —dijo Lukel.

—¿Has intentado sobornar alguna vez a un sacerdote korathi, Lukel? —preguntó Shuden.

Lukel miró a su alrededor, incómodo.

—Prefiero no responder a esa pregunta, gracias.

—Casi parece que crees en el milagro, Shuden —dijo Sarene.

—No lo descarto. ¿Por qué no iba Dios a bendecir a uno de sus devotos? El exclusivismo religioso es un añadido derethi y korathi al shu-keseg.

Sarene suspiró, e hizo un gesto con la cabeza para que sus amigos la siguieran mientras se abría paso entre la multitud camino del carruaje que los esperaba. Con truco o sin él, Hrathen tenía un poder incómodamente fuerte sobre el pueblo. Si conseguía colocar a un simpatizante en el trono, todo habría acabado. Arelon se convertiría en una nación derethi, y solo resistiría Teod, aunque probablemente no durante mucho tiempo.

Sus compañeros, indudablemente, pensaban en términos similares; Lukel y Shuden parecían molestos, reflexivos. Entraron en el carruaje en silencio, pero finalmente Lukel se volvió hacia ella, sus rasgos aguileños preocupados.

—¿Qué quieres decir con eso de que mi cara es demasiado sonrosada? —preguntó, ofendido.

EN EL MÁSTIL del barco ondeaba el escudo real de Teod, un aon Teo dorado sobre fondo azul. Largo y delgado, no había navío más veloz en las aguas que un barco teo.

Sarene consideró que era su deber darle al patriarca una recepción mejor de la que ella misma había recibido cuando llegó a ese muelle. No le gustaba aquel hombre, pero eso no era excusa para ser descortés, y por eso había traído a Shuden, Lukel, Eondel y varios de los soldados del conde como guardia de honor.

El estilizado barco llegó con elegancia a los muelles, los marineros tendieron la plancha en cuanto estuvo amarrado. Una figura con túnica azul se abrió paso entre los marineros y desembarcó con paso firme. Más de una docena de ayudantes y sacerdotes menores lo siguieron; al patriarca le gustaba estar bien atendido. Mientras Seinalan se acercaba, Sarene se puso una máscara de controlada cortesía.

El patriarca era un hombre alto de rasgos delicados. Su pelo dorado era largo, como el de una mujer, y se confundía con la enorme capa dorada que ondeaba tras él. La túnica azul tenía tantos bordados de oro que costaba ver el tejido que había debajo. Su rostro lucía la sonrisa benévola y tolerante de quien quiere que sepas que es paciente con tu inferioridad.

—¡Alteza! —dijo Seinalan mientras se acercaba—. Cuánto tiempo ha pasado desde la última vez que mis viejos ojos contemplaron tus dulces rasgos.

Sarene hizo todo lo posible por sonreír, haciendo una reverencia ante el patriarca y sus «viejos» ojos. Seinalan no tenía más de cuarenta años, aunque fingía ser más viejo y más sabio de lo que en realidad era.

—Santidad —dijo ella—. Todo Arelon está bendito con tu presencia.

Él asintió, como indicando que comprendía lo afortunados que eran todos. Se volvió hacia Shuden y los demás.

—¿Quiénes son tus acompañantes?

—Mi primo Lukel, el barón Shuden y el conde Eondel de Arelon, santidad.

Cada uno inclinó la cabeza mientras ella hacía las presentaciones.

—¿Solo barones y condes? —preguntó Seinalan, claramente decepcionado.

—El duque Roial envía sus saludos, excelencia —dijo Sarene—. Está ocupado preparando el entierro del rey Iadon.

—Ah —dijo Seinalan, su lujoso pelo, sin una mota de gris, ondeando al viento. Sarene había deseado muchas veces tener un cabello la mitad de hermoso que el del patriarca—. ¿He de suponer que no llego demasiado tarde para el funeral?

—No, santidad —dijo Sarene—. Tendrá lugar esta tarde.

—Vamos —dijo Seinalan—, ya puedes llevarme a mis aposentos.

—HA SIDO... DECEPCIONANTE —confesó Lukel en cuanto volvieron a subir al carruaje. El patriarca tenía su propio vehículo esperando, cortesía de Roial, y el regalo había disminuido su insatisfacción por la ausencia del duque.

—No es exactamente lo que esperabas, ¿verdad? —dijo Sarene.

—Lukel no se refería exactamente a eso, Sarene —intervino Shuden.

Sarene miró a Lukel.

—¿A qué te refieres?

—Esperaba algo más entretenido —dijo Lukel, y dos mechones gemelos de pelo chocaron contra sus mejillas cuando se encogió de hombros.

—Lleva esperando este encuentro desde que te oyó describir al patriarca, alteza—explicó Eondel con expresión insatisfecha—. Suponía que vosotros dos... discutiríais más.

Sarene suspiró y dirigió a Lukel una fría mirada.

—El hecho de que no me caiga bien ese hombre no significa que vaya a hacer una escena, primo. Recuerda, fui una de las principales diplomáticas de mi padre.

Lukel asintió con resignación.

—Admito, Sarene —dijo Shuden—, que tu análisis de la personalidad del patriarca parece certero. Me pregunto cómo un hombre así pudo salir elegido para un puesto tan importante.

—Por error —respondió secamente Sarene—. Seinalan ganó el puesto hace unos quince años, cuando apenas tenía tu edad. Fue justo después de que Wulfden se convirtiera en wyrn, y los líderes del shu-korath se sintieron amenazados por su vigor. Por algún motivo, se les metió en la cabeza que tenían que elegir a un patriarca tan joven como Wulfden, o más joven todavía. Seinalan fue el afortunado

Shuden alzó una ceja.

—Opino lo mismo —le dijo Sarene—. Pero tengo que reconocerles cierto mérito. Cuentan que Wulfden es uno de los hombres más guapos que jamás hayan ocupado el trono fjordell, y los líderes korathi querían a alguien igual de impresionante.

Lukel resopló.

—Guapo y bonito son dos cosas completamente distintas, prima. La mitad de las mujeres que vean a ese hombre lo amarán, la otra mitad se pondrán celosas.

Durante la conversación, lord Eondel se fue poniendo cada vez más pálido. Finalmente, encontró la voz para expresar su indignación.

—Recordad, mis señores y señora, que se trata del vehículo escogido por Domi.

—Y no podría haber escogido un vehículo más lindo —se burló Lukel, ganándose un codazo en las costillas por parte de Sarene.

—Intentaremos que nuestros comentarios sean más respetuosos, Eondel —se disculpó ella—. El aspecto físico del patriarca no es importante, de todas formas. Me interesa más por qué ha venido.

—¿No es suficiente motivo el funeral del rey? —preguntó Shuden.

—Tal vez —dijo Sarene, poco convencida, mientras el carruaje se detenía ante la capilla korathi—. Vamos, terminemos de acomodar a su santidad lo antes posible. Faltan menos de dos horas para el funeral, y parece que después voy a casarme.

PUESTO QUE EL rey no dejó heredero claro, y con Eshen completamente destrozada por la caída en desgracia de su esposo y su subsiguiente muerte, el duque Roial tomó para sí la carga de los preparativos del funeral.

—Asesino pagano o no, Iadon fue una vez mi amigo —había dicho el duque—. Trajo estabilidad a este país en un momento de necesidad. Solo por eso ya se merece un entierro decente.

Omin había solicitado que no usaran la capilla korathi para las ceremonias, así que Roial había decidido emplear la sala del trono. La elección había hecho que Sarene se sintiera un poco incómoda. La sala del trono era el mismo lugar donde celebrarían la boda. Sin embargo, a Roial le parecía simbólico que la misma sala sirviera a la vez para despedir al viejo rey y para marcar el ascenso del nuevo.

Los adornos habían sido colocados con gusto y eran poco llamativos. Roial, frugal como siempre, había planeado decoraciones y colores que valieran tanto para un funeral como para una boda. Las columnas de la sala fueron envueltas en lazos blancos, y había varios adornos florales, casi todos de rosas blancas o siemprenivas.

Sarene entró en la sala, mirando hacia un lado con una sonrisa. Cerca del fondo, junto a una de las columnas, estaba el lugar donde había colocado por primera vez su caballete. Parecía que hubiese pasado mucho tiempo, aunque solo hacía poco más de un mes. Los días en que se había hecho pasar por una muchacha de cabeza hueca habían sido benditamente olvidados. La nobleza la consideraba con algo parecido al asombro. Allí estaba la mujer que había manipulado al rey, que lo había puesto en ridículo y que, finalmente, lo había derribado del trono. Nunca la amarían como habían amado a Raoden, pero ella aceptaría su admiración como un sucedáneo de menos categoría.

A un lado, Sarene vio al duque Telrii. El hombre, calvo, vestido en exceso, parecía insatisfecho en vez de simplemente indiferente. Roial había anunciado su boda con Sarene apenas unas horas antes, dando al pomposo Telrii poco tiempo para considerar una respuesta. Sarene miró al duque a los ojos y notó... frustración en la actitud del hombre. Había esperado algo de él, algún tipo de intento de impedir su matrimonio, pero no había hecho ningún movimiento. ¿Qué lo retenía?

La llegada de Roial llamó al orden al grupo, y la multitud guardó silencio. Roial se dirigió a la parte frontal de la sala, donde se encontraba el ataúd del rey, cerrado, y empezó a hablar.

Fue una ofrenda breve. Roial habló de cómo Iadon había forjado un país a partir de las cenizas de Elantris, y de cómo les había concedido títulos a todos. Advirtió a todos acerca del peligro de cometer los mismos errores que el rey, aconsejándoles que no olvidaran a Domi en sus riquezas y comodidades. Cerró el discurso diciendo que se abstuvieran de hablar mal de los muertos, recordando que Domi se encargaría del alma de Iadon y que eso ya no era asunto suyo.

Dicho esto, indicó a varios soldados de Eondel que cargaran el ataúd. Sin embargo, otra forma avanzó antes de que pudieran dar unos pasos.

—Tengo algo que añadir —anunció Seinalan.

Roial se detuvo, sorprendido. Seinalan sonrió, mostrando a la sala unos dientes perfectos. Ya se había cambiado de ropa, y llevaba una túnica similar a la primera, excepto que esta tenía una ancha tira dorada que le corría por la espalda y el pecho en vez de bordados.

—Por supuesto, santidad —dijo Roial.

—¿De qué va todo esto? —susurró Shuden.

Sarene simplemente negó con la cabeza mientras Seinalan se colocaba detrás del ataúd. Dedicó a la multitud su sonrisa de autosuficiencia, y sacó melodramáticamente un pergamino de la manga de su túnica.

—Hace diez años, justo después de su llegada al trono, el rey Iadon vino a verme e hizo esta declaración —dijo Seinalan—. Podéis ver su sello al pie, además del mío. Ordenó que presentara esto en Arelon en su funeral, o quince años después de la fecha de su redacción, lo que tuviera lugar primero.

Roial cruzó la sala hasta situarse junto a Sarene y Shuden.

Sus ojos mostraban curiosidad, y preocupación. Ante la sala, Seinalan rompió el sello del pergamino y lo desenrolló.

—«Mis señores y damas de Arelon —leyó Seinalan, sosteniendo el papel ante sí como si fuera una brillante reliquia—. Que la voluntad de vuestro primer rey, Iadon de Kae, sea conocida. Juro solemnemente ante Domi, mis antepasados y todos los otros dioses que puedan ser testigos, que esta proclama es legítima. Si muriere o por algún motivo fuere incapaz de continuar siendo vuestro rey, que se comprenda que promulgo este decreto en plena posesión de mis facultades mentales, y que es vinculante según las leyes de nuestra nación.

»Ordeno que todos los títulos nobiliarios permanezcan como están, y que pasen de generación en generación, de padre a hijo, como en otras naciones. Que la riqueza no sea más la medida de la nobleza de un hombre. Aquellos que han mantenido su rango tanto tiempo han demostrado ser dignos. El documento adjunto es una codificada lista de leyes de herencia elaborada siguiendo las de Teod. Que este documento se convierta en la ley de nuestro país».

Seinalan bajó el papel ante la desconcertada sala. No se oía nada, excepto un suave resoplido junto a Sarene. Finalmente, la gente empezó a hablar en susurros emocionados.

—Así que esto es lo que estuvo planeando todo el tiempo —dijo Roial en voz baja—. Sabía lo inestable que era su sistema. *Pretendía* que fuera así. Los dejó lanzarse a las gargantas unos de otros para ver quién era lo bastante fuerte, o lo bastante traicionero, para sobrevivir.

—Un buen plan, aunque desmedido —dijo Shuden—. Tal vez subestimamos la habilidad de Iadon.

Seinalan todavía se encontraba en la parte delantera de la sala, mirando a los nobles con expresión astuta.

—¿Por qué él? —preguntó Shuden.

—Porque su poder es absoluto —contestó Sarene—. Ni siquiera Hrathen se atrevería a cuestionar la palabra del patriarca... todavía no, al menos. Si Seinalan dice que esa orden se redactó hace diez años, entonces todo el mundo en Arelon está obligado a reconocerlo.

Shuden asintió.

—¿Cambia esto nuestros planes?

—En absoluto —dijo Roial, dirigiendo una mirada a Telrii, cuya expresión se había vuelto más sombría que antes—. Apoya nuestras aspiraciones, mi unión con la casa de Iadon será aún más plausible.

—Telrii sigue preocupándome —dijo Sarene mientras el patriarca añadía unas cuantas alabanzas a la sabiduría de adoptar el sistema hereditario—. Su reivindicación pierde claramente peso con esto... pero ¿lo aceptará?

—Tendrá que hacerlo —dijo Roial con una sonrisa—. Ninguno de los nobles se atrevería a seguirlo ahora. La proclama de Iadon garantiza lo que todos deseaban, títulos estables. La nobleza no va a arriesgarse a coronar a un hombre que no tiene ningún derecho de sangre para aspirar al trono. La legalidad de la declaración de Iadon no importa, todos van a actuar como si fuera doctrina de la iglesia.

Por fin se permitió a los soldados de Eondel que avanzaran y recogieran el ataúd. Como no había ningún precedente que determinara lo adecuado para el funeral de un rey areleno, Roial se había guiado por la cultura más similar a la suya, la de Teod. Los teo celebraban grandes ceremonias. Solían enterrar a sus reyes más preciados con un cargamento entero de riquezas, y a veces incluso con el propio barco. Aunque eso claramente no era adecuado en el caso de Iadon, Roial había adaptado otras ideas. Una procesión funeraria teo era un ejercicio largo y agotador que a menudo requería que los participantes caminaran una hora o más para llegar al lugar de destino. Roial había incluido esta tradición con una ligera modificación.

Una fila de carruajes esperaba ante el palacio. A Sarene, usar vehículos le parecía una falta de respeto, pero Shuden había aportado un buen argumento.

—Roial planea reclamar la corona esta misma tarde —había

dicho el jinDo—. No puede permitirse ofender a los lujosos señores y damas de Arelon exigiendo una marcha forzada hasta las afueras de la ciudad.

«Además —había añadido Sarene para sí—, ¿por qué preocuparse por la falta de respeto? A fin de cuentas, no se trata más que de Iadon». Usando los carruajes apenas tardaron quince minutos en llegar al sitio del entierro. De entrada daba la impresión de ser un gran agujero excavado, pero un estudio atento demostraba que se trataba de una depresión natural del terreno que había sido ampliada. Una vez más, la parquedad de Roial había determinado la elección.

Sin más ceremonia, Roial ordenó que bajaran el ataúd al agujero. Un grupo de trabajadores empezó a cubrirlo.

Sarene se sorprendió de la cantidad de nobles que se quedaban a mirar. Llevaba días haciendo frío, y de las montañas bajaba un viento helado. En el aire flotaba una llovizna y las nubes ocultaban el sol. Había esperado que la mayor parte de la nobleza se marchara en cuanto arrojaran las primeras paletadas de tierra.

Pero se quedaron, observando el trabajo en silencio. Sarene, con ropa negra de nuevo, se arrebujó en su chal para protegerse del frío. Había algo en los ojos de aquellos nobles. Iadon había sido el primer rey de Arelon, y su reinado, aunque corto, el comienzo de una tradición. El pueblo recordaría el nombre de Iadon durante siglos, y se enseñaría a los niños cómo había llegado al poder en una tierra donde los dioses habían muerto.

¿Debería haberse sorprendido alguien de que se hubiera convertido a los misterios? Con todo lo que había visto, la gloria de la Elantris anterior al Reod, luego la muerte de una época considerada eterna, ¿era de extrañar que hubiera pretendido controlar el caos que parecía reinar en la tierra de los dioses? A Sarene le pareció que comprendía un poco mejor a Iadon, allí en medio del frío y la humedad, mientras veía cómo la tierra cubría lentamente su ataúd.

Solo cuando arrojaron la última paletada se dieron la vuelta los nobles arelenos para marcharse. Fue una procesión silenciosa, y Sarene pasó casi desapercibida. Se quedó un poco más, contemplando la tumba del rey en la rara bruma de la tarde. Iadon ya no estaba. Era el momento de un nuevo liderazgo en Arelon.

Una mano se posó suavemente en su hombro y se dio la vuelta para mirar los ojos tranquilizadores de Roial.

—Deberíamos prepararnos, Sarene.

Sarene asintió y dejó que la condujera hasta el carruaje.

SARENE SE ARRODILLÓ ante el altar en la familiar capilla korathi. Estaba sola: era costumbre que la novia tuviera una última comunión con Domi antes de hacer sus votos matrimoniales.

Iba ataviada de blanco de la cabeza a los pies. Llevaba el vestido que había traído para su primera boda, una casta túnica de cuello alto que había elegido su padre, y guantes blancos de seda que le llegaban hasta los hombros. Su rostro estaba cubierto por un grueso velo que, por tradición, no se levantaría hasta que entrara en la sala donde esperaba su prometido.

No estaba segura de por qué rezar. Sarene se consideraba religiosa, pero no era tan devota como Eondel. Sin embargo, su lucha por Teod era, en realidad, una lucha por la religión korathi. Creía en Domi y lo reverenciaba. Era fiel a las doctrinas que le habían enseñado los sacerdotes, aunque fuera, tal vez, un poco testaruda.

Ahora parecía que Domi por fin había respondido a sus plegarias. Le había dado un marido, aunque no era lo que esperaba. «Tal vez —pensó para sí—, tendría que haber sido un poco más específica».

De todas formas, no lo pensaba con amargura. Durante la mayor parte de su vida había sabido que para ella el matrimonio sería una cuestión de política, no de amor. Roial era uno de los hombres más decentes que había conocido jamás, aunque fuera lo bastante mayor como para ser su padre, o incluso su abuelo.

Con todo, había oído hablar de matrimonios de Estado mucho más desequilibrados: se sabía que varios reyes jinDo habían llegado a tomar esposas de doce años de edad.

Así pues, su oración fue de agradecimiento. Reconocía una bendición cuando la veía; con Roial como marido, sería reina de Arelon. Y, si Domi decidía quitarle a Roial al cabo de pocos años, sabía que la promesa del duque era cierta. Tendría otra oportunidad.

«Por favor —añadió como colofón a su sencilla oración—, que seamos felices».

Sus damas de compañía esperaban fuera, la mayoría hijas de la nobleza. Kaise estaba allí, muy solemne con su pequeño vestido blanco, igual que Torena. Sostuvieron la larga cola semejante a una capa de Sarene mientras recorría el corto trayecto hasta el carruaje, y luego de nuevo cuando bajó y entró en el palacio.

Las puertas de la sala del trono estaban abiertas, y Roial, vestido de blanco, esperaba en la parte delantera. Su intención era sentarse en el trono en cuanto la ceremonia terminara. Si el duque no hacía su reclamación de manera incuestionable, entonces Telrii todavía podía intentar hacerse con el control.

El diminuto padre Omin se hallaba junto al trono, con el gran tomo del *Do-Korath* en las manos. Había una expresión soñadora en su cara, al pequeño sacerdote obviamente le gustaban las bodas. Seinalan estaba junto a él, molesto porque Sarene no le había pedido que oficiara. A ella no le importaba. Cuando vivía en Teod, siempre había supuesto que el patriarca la casaría. Ahora que tenía la oportunidad de usar a un sacerdote que apreciaba, no iba a desaprovecharla.

Entró en la sala, y todos los ojos se volvieron hacia ella. Había casi tantos asistentes a la boda como al funeral, si no más. El funeral de Iadon había sido un verdadero acontecimiento político, pero el matrimonio de Roial era aún más vital. La nobleza lo interpretaría como una indicación clara de que el reinado de Roial comenzaba con el nivel adecuado de extravagancia.

Incluso el gyorn estaba allí. Era extraño, se dijo Sarene, que el rostro de Hrathen pareciera tan tranquilo. Su boda con Roial iba a ser un obstáculo importante para sus planes de conversión. Sin embargo, Sarene apartó de su mente al sacerdote fjordell por el momento. Había esperado este día mucho tiempo, y aunque no era lo que había imaginado, lo disfrutaría en lo posible.

Finalmente estaba sucediendo. Después de una larga espera, después de fracasar dos veces, por fin iba a casarse. Con ese pensamiento, a la vez aterrador y vindicativo, se levantó el velo.

Los gritos empezaron inmediatamente.

Confusa y avergonzada, Sarene intentó quitarse el velo, pensando que tal vez le sucedía algo. Cuando se lo quitó, el pelo lo acompañó. Sarene miró los largos mechones, estupefacta. Sus manos empezaron a temblar. Alzó la cabeza. Roial estaba anonadado, Seinalan escandalizado, e incluso Omin agarraba su colgante korathi, conmocionado.

Sarene se giró frenéticamente y sus ojos encontraron uno de los anchos espejos que había a cada lado de la sala del trono. El rostro que le devolvió la mirada no era el suyo propio. Era una cosa repulsiva cubierta de manchas negras, malformaciones que destacaban aún más contra su vestido blanco. Solo unos cuantos mechones furtivos de pelo colgaban todavía de su cabeza enferma.

Inexplicable y misteriosa, la shaod la había alcanzado.

CAPÍTULO 39

HRATHEN vio cómo varios sacerdotes korathi se llevaban a la aturdida princesa de la silenciosa sala.

—Así son los dictados del sagrado Jaddeth —anunció solemnemente.

El duque Roial estaba sentado junto al dosel del trono, la cabeza entre las manos. El joven barón jinDo parecía querer seguir a los sacerdotes y exigir que soltaran a Sarene, y el marcial conde Eondel lloraba abiertamente. Hrathen se sorprendió al darse cuenta de que no se alegraba de su pena. La caída de la princesa Sarene era necesaria, pero sus amigos no eran preocupación suya, o al menos no deberían serlo.

¿Por qué le molestaba que nadie hubiera derramado lágrimas por su propia caída ante la shaod?

Hrathen había empezado a pensar que el veneno surtiría efecto demasiado tarde, que el inesperado matrimonio entre Sarene y Roial continuaría adelante. Naturalmente, la caída de Sarene hubiese sido igual de desastrosa después del matrimonio... a menos que Roial hubiera pretendido hacerse con el trono esa misma noche. Era una posibilidad incómoda. Una que, afortunadamente, Hrathen nunca tendría la oportunidad de verla cumplirse.

Roial ya no sería coronado. No solo no tenía legalmente el derecho a serlo, sino que su fortuna seguía siendo inferior a la de Telrii. Hrathen había comprobado el contrato nupcial: esta vez una muerte no era lo mismo que un matrimonio.

Hrathen se abrió paso hacia la salida a través de la aturdida multitud. Tenía que trabajar con rapidez, el efecto de la poción de Sarene pasaría al cabo de cinco días. El duque Telrii miró a los ojos a Hrathen cuando pasaba, asintiendo con una sonrisa respetuosa. El hombre había recibido el mensaje de Hrathen y no se había opuesto a la boda. Ahora su fe sería recompensada.

La conquista de Arelon era casi completa.

Capítulo 40

TENDRÍA que haber un medio de subir allí —dijo Raoden, cubriéndose los ojos mientras contemplaba la muralla de Elantris. Durante las últimas horas el sol había emergido, disolviendo las brumas de la mañana. Sin embargo, no había traído mucho calor consigo.

Galladon frunció el ceño.

—No veo cómo, sule. Esas murallas son bastante altas.

—Olvidas, amigo mío, que las murallas no fueron hechas para mantener a la gente dentro, ni siquiera para mantener a raya a los enemigos. Los antiguos elantrinos construyeron escaleras y plataformas mirador en la parte exterior de la muralla... tendría que haberlas también aquí.

Galladon gruñó. Desde que los guardias habían desaparecido misteriosamente de las murallas, Raoden estaba buscando una forma de subir. Las murallas pertenecían a Elantris, no al mundo exterior. Desde ellas, tal vez pudieran averiguar qué estaba sucediendo en Kae.

La falta de atención de los guardias lo preocupaba. La desaparición era afortunada: en cierto modo, reducía la posibilidad de que alguien reparara en la existencia de Nueva Elantris. Sin embargo, a Raoden solo se le ocurrían un par de razones para que los soldados dejaran su puesto en las murallas, y la más probable era también la más preocupante.

¿Podría el este haberlos invadido por fin?

Raoden sabía que una invasión era, desgraciadamente, posible. El wyrn era demasiado oportunista para dejar que una joya como era Arelon tras el Reod permaneciera eternamente libre. Fjorden acabaría por atacar, tarde o temprano. Y, si Arelon caía ante la guerra santa del wyrn, entonces Elantris sería destruida. Los sacerdotes derethi se encargarían de eso.

Raoden no compartió sus temores con los otros elantrinos, pero actuó en consecuencia. Si podía colocar a sus hombres en las murallas, entonces advertirían con antelación la llegada de un ejército. Tal vez, si disponía de tiempo, Raoden pudiera esconder a su gente. Una de las tres ciudades abandonadas próximas a Elantris probablemente fuese su mayor esperanza. Los conduciría allí, si tenía la oportunidad.

Suponiendo que fuera capaz de ayudar. El dor se había vuelto de nuevo contra él dos veces en los últimos cuatro días. Por fortuna, aunque el dolor se hacía más fuerte, también lo hacía su resolución. Por lo menos ahora comprendía.

—Allí —dijo Galladon, señalando un macizo.

Raoden asintió. Existía la posibilidad de que la columna de piedra tuviera una escalera.

—Vamos.

Estaban lejos de Nueva Elantris, situada en el centro de la ciudad para ocultarla de quienes pudieran vigilarlos desde las murallas. Allí, en la vieja Elantris, la mugre seguía cubriéndolo todo. Raoden sonrió, la suciedad y la mugre volvían a resultarle repulsivas. Durante una temporada casi había olvidado lo repugnantes que eran.

No llegaron muy lejos. Poco después de que Galladon señalara la escalera, un mensajero de Nueva Elantris apareció en una calle lateral. El hombre se acercó corriendo, haciendo gestos con las manos hacia Raoden.

—Mi señor Espíritu —dijo.

—¿Sí, Tenrao? —preguntó Raoden, volviéndose.

—Han arrojado a un recién llegado a la ciudad, mi señor.

Raoden asintió. Prefería saludar a cada recién llegado personalmente.

—¿Vamos? —le preguntó a Galladon.

—Las murallas esperarán —accedió el dula.

EL RECIÉN LLEGADO resultó ser una mujer. Estaba de espaldas a la puerta, las rodillas encogidas contra el pecho, la cabeza hundida en su túnica del sacrificio.

—Es una fiera, mi señor —dijo Dashe, que estaba haciendo de vigía cuando arrojaron a la recién llegada—. Ha estado gritándoles a las puertas más de diez minutos. Luego ha arrojado su cesta contra la muralla y se ha sentado como está ahora.

Raoden asintió. La mayoría de los recién llegados parecían demasiado aturdidos para hacer otra cosa que no fuera deambular. Esa mujer tenía fortaleza.

Raoden indicó a los demás que esperaran, no quería poner nerviosa a la mujer llevando a una multitud. Avanzó hasta situarse directamente ante ella, y luego se agachó para mirarla a los ojos.

—Hola —dijo afablemente—. Imagino que has tenido un día horrible.

La mujer alzó la cabeza. Cuando vio su cara, Raoden estuvo a punto de perder el equilibrio. La piel estaba cubierta de manchas negras y había perdido el cabello, pero tenía el mismo rostro fino y los mismos ojos redondos y pícaros. La princesa Sarene. Su esposa.

Ella reprimió las lágrimas.

—No tienes ni idea, Espíritu —dijo, con una sonrisa irónica en los labios.

—Apuesto a que tengo más idea de lo que crees —contestó Raoden—. Estoy aquí para que las cosas sean un poco menos terribles.

—¿Qué? —preguntó Sarene, con la voz amarga de repente—. ¿Vas a quedarte con la ofrenda que me han dado los sacerdotes?

—Bueno, si quieres que lo haga. Aunque creo que no nos va a hacer falta. Alguien fue lo bastante amable para entregarnos varios fardos de comida hace unas cuantas semanas.

Sarene lo miró con hostilidad. No había olvidado su traición.

—Ven conmigo —la instó él, tendiéndole la mano.

—Ya no me fío de ti, Espíritu.

—¿Lo has hecho alguna vez?

Sarene se mantuvo en silencio, después negó con la cabeza.

—Quise hacerlo, pero sabía que no debía.

—Entonces nunca me diste una oportunidad, ¿verdad? —Él acercó la mano un poco más—. Ven.

Ella lo observó un momento, estudiando sus ojos. Al final tendió su mano elegante de dedos finos y la colocó sobre la suya por primera vez, permitiéndole que la ayudara a ponerse en pie.

Capítulo 41

E L SÚBITO cambio fue poco menos que un mazazo. Fue como si Sarene hubiera pasado de la oscuridad a la luz, de aguas fétidas al aire cálido. La suciedad y la mugre de Elantris desaparecían en una frontera, más allá de la cual el empedrado era de un blanco puro. En cualquier otro lugar la sencilla limpieza de la calle habría sido llamativa, pero no digna de mención. Allí, con la podredumbre de Elantris detrás, parecía como si Sarene hubiera entrado en el paraíso de Domi.

Se detuvo ante la puerta de piedra, contemplando la ciudad dentro de la ciudad, los ojos incrédulos y abiertos de par en par. La gente conversaba y trabajaba dentro, cada cual con la carga de la piel maldita de los elantrinos, pero sonriendo también. Nadie llevaba los harapos que ella había supuesto que eran la única ropa disponible en Elantris, sus atuendos eran faldas o pantalones sencillos y una camisa. La tela era sorprendentemente pintoresca. Con asombro, Sarene advirtió que era de los colores que ella misma había elegido. Lo que había ideado como ofensa, sin embargo, la gente lo llevaba con regocijo, los amarillos, verdes y rojos vivos resaltaban su alegría.

Esa no era la gente que había visto solo unas semanas antes, patética y suplicando comida. Parecían pertenecer a alguna aldea pastoral de antaño. Eran gente que expresaba una jovialidad y un buen humor que Sarene creía imposibles en el mundo real. Sin embargo, vivían en el único lugar que todos sabían que era más horrible que el mundo real.

—¿Qué...?

Espíritu sonrió de oreja a oreja, todavía sosteniéndole la mano mientras le hacía cruzar la entrada de la aldea.

—Bienvenida a Nueva Elantris, Sarene. Todo lo que tenías asumido ya no es válido.

—Me doy cuenta.

Una achaparrada mujer elantrina se acercó. Su vestido era una mezcla de verdes y amarillos chillones. Observó a Sarene con ojo crítico.

—Dudo que tengamos nada de su talla, lord Espíritu.

Espíritu se echó a reír, calculando la altura de Sarene.

—Haz lo que puedas, Maare —dijo, caminando hacia un edificio de techo bajo situado a un lado. La puerta estaba abierta y Sarene vio filas de ropa colgando en el interior. Avergonzada, de pronto fue consciente de su propio atuendo. Ya había manchado la saya blanca de mugre y lodo.

—Vamos, querida —dijo Maare, llevándola a un segundo edificio—. A ver qué podemos hacer.

La maternal mujer acabó por encontrar un vestido que le quedaba razonablemente bien... o al menos una falda azul con la que solo enseñaba las piernas hasta la pantorrilla y una blusa de color rojo intenso. Había incluso ropa interior, aunque también estaba hecha de tela chillona. Sarene no se quejó: cualquier cosa era mejor que su túnica manchada.

Después de ponerse la ropa, Sarene se contempló en el espejo de cuerpo entero que había en la habitación. La mitad de su piel era todavía de color carne, pero eso solo hacía que las manchas oscuras fueran aún más llamativas. Supuso que el color carne se oscurecería con el tiempo, hasta volverse gris como el de los otros elantrinos.

—Espera —preguntó vacilante—, ¿de dónde ha salido este espejo?

—No es un espejo, querida —le dijo Maare mientras rebuscaba entre calcetines y zapatos—. Es una piedra plana, parte de una mesa, creo, con finas placas de acero alrededor.

Fijándose, Sarene vio los pliegues donde las placas de acero se solapaban. Era un espejo notable. La piedra debía haber sido extremadamente lisa.

—Pero ¿de dónde...?

Sarene se interrumpió. Sabía exactamente de dónde habían salido placas de acero tan finas. Ella misma las había enviado, pensando de nuevo en burlarse de Espíritu, que había exigido varias planchas de metal como parte de su soborno.

Maare desapareció un momento y luego regresó con calcetines y zapatos para Sarene. Cada uno era de un color diferente que tampoco coincidía con el de la camisa o la falda.

—Aquí tienes —dijo la mujer—. He tenido que tomárselos prestados a los hombres.

Sarene sintió que se ruborizaba mientras los aceptaba.

—No te preocupes, querida. —Sonrió Maare—. Es lógico que tengas los pies grandes. ¡Domi sabe que necesitas más en la parte de abajo para sostener toda esa altura! Por cierto, aquí tienes el último detalle.

La mujer le tendió un largo pañuelo de tela naranja.

—Para la cabeza —explicó Maare, señalando una tela similar que cubría la suya—. Nos ayuda a olvidarnos del pelo.

Sarene asintió, agradecida, y aceptó el pañuelo y se lo ató. Espíritu la esperaba fuera, vestido con unos pantalones rojos y una camisa amarilla. Sonrió cuando ella se acercó.

—Me siento como un arcoíris loco —confesó Sarene, contemplando la mezcla de colores.

Espíritu se echó a reír, le tendió la mano y la condujo más al interior de la ciudad. Ella advirtió que calibraba inconscientemente su altura.

«Es lo bastante alto para mí —pensó con desenfado—, aunque por poco». Entonces, al advertir lo que estaba haciendo, puso los ojos en blanco. El mundo se desplomaba a su alrededor y lo único que se le ocurría era medir su altura con la del hombre que la acompañaba.

—Acostúmbrate a la idea de que todos parecemos pájaros seca en primavera —decía él—. Los colores no molestan tanto cuando los llevas un rato. Después de la monotonía de la antigua Elantris, los encuentro bastante refrescantes.

Mientras caminaban, Espíritu le fue explicando cosas de Nueva Elantris. No era muy grande, quizá la componían cincuenta edificios en total, pero su naturaleza compacta hacía que pareciera más unificada. Aunque no podía haber mucha gente en la ciudad, quinientas o seiscientas personas como máximo, siempre parecía haber movimiento a su alrededor. Los hombres trabajaban en las murallas o los techos, las mujeres cosían o limpiaban, incluso había niños corriendo por las calles. A Sarene nunca se le había ocurrido que la shaod pudiera alcanzar tanto a niños como a adultos.

Todo el mundo saludaba a Espíritu al pasar, dirigiéndole sonrisas de bienvenida. Había verdadero calor en sus voces, un grado de respeto y amor que Sarene había visto pocas veces por un líder. Incluso su padre, que por regla general era apreciado, tenía sus detractores. Naturalmente, era mucho más fácil con una población pequeña, pero seguía resultando impresionante.

En un momento determinado se encontraron con un hombre de edad indescifrable —era difícil poner edad a los rostros de Elantris— sentado en un bloque de piedra. Era bajo y barrigón, y no saludó a Espíritu. Su falta de atención, sin embargo, no era un signo de mala educación, pues estaba concentrado en el pequeño objeto que tenía en la mano. Varios niños rodeaban al hombre, viéndolo trabajar con ojos ávidos. Mientras Sarene y Espíritu pasaban, el hombre le tendió el objeto a una de las niñas: era un precioso caballo de piedra tallada. La niña aplaudió entusiasmada, aceptando el regalo con dedos ansiosos. Los niños echaron a correr mientras el escultor se agachaba a seleccionar otra piedra del suelo. Empezó a rascar la piedra con una herramienta corta y, cuando Sarene le miró los dedos con atención, reconoció de qué se trataba.

—¡Uno de mis clavos! —dijo—. Está usando uno de los clavos torcidos que os envié.

—¿Eh? —preguntó Espíritu—. Ah, ya. Tengo que reconocer, Sarene, que nos costó trabajo pensar qué hacer con el contenido de esa caja en particular. Habría hecho falta demasiado combustible para fundirlos todos incluso si hubiéramos tenido las herramientas necesarias. Esos clavos fueron una de tus adaptaciones más astutas.

Sarene se ruborizó. Esa gente luchaba por sobrevivir en una ciudad privada de recursos, y ella había sido tan mezquina como para enviarles clavos torcidos.

—Lo siento. Tenía miedo de que fabricarais armas con el acero.

—Hiciste bien al desconfiar —dijo Espíritu—. A fin de cuentas, al final te traicioné.

—Estoy segura de que tenías buenos motivos —dijo ella rápidamente.

—Los tenía —asintió él—. Pero eso no importó mucho en ese momento, ¿verdad? Tenías razón respecto a mí. Era, y soy, un tirano. Privé de comida a parte de la población, rompí nuestro acuerdo y causé la muerte de varios hombres buenos.

Sarene negó con la cabeza, la voz firme.

—No eres un tirano. Esta comunidad lo demuestra. La gente te quiere, y no puede haber tiranía donde hay amor.

Él casi sonrió, pero sus ojos no mostraban convencimiento. Luego, sin embargo, la miró con una expresión ilegible.

—Bueno, supongo que tu prueba no fue una completa pérdida de tiempo. Obtuve algo muy importante durante esas semanas.

—¿Los suministros? —preguntó Sarene.

—Eso también.

Sarene lo miró a los ojos. Luego miró al escultor.

—¿Quién es?

—Se llama Taan —dijo Espíritu—. Aunque puede que lo conozcas por el nombre de Aanden.

—¿El jefe de la banda? —preguntó sorprendida Sarene.

Espíritu asintió.

—Taan era uno de los mejores escultores de Arelon antes de que lo alcanzara la shaod. Después de venir a Elantris, enloqueció durante algún tiempo. Pero acabó por recuperarse.

Dejaron al escultor trabajando y Espíritu le mostró las últimas secciones de la ciudad. Pasaron ante un gran edificio que él identificó como la Sala de los Caídos, y la tristeza de su voz le impidió preguntar nada al respecto, aunque vio a varios seones, sin mente por la shaod, flotar alrededor de su tejado.

Sarene sintió una súbita punzada de pesar. «Ashe debe de estar así ahora», pensó, recordando a los seones locos que había visto de vez en cuando flotar alrededor de Elantris. A pesar de lo que había visto, siguió esperando toda la noche que Ashe la encontrara. Los sacerdotes korathi la habían encerrado en una especie de celda de contención, porque al parecer los nuevos elantrinos solo eran arrojados a la ciudad una vez al día, y ella había esperado junto a la ventana, deseando que él llegara.

Había sido en vano. Con la confusión de la boda, ni siquiera recordaba la última vez que lo había visto. Como no quería entrar en la capilla, se había adelantado para esperarla en la sala del trono. A su llegada, ¿lo había visto flotando dentro de la sala? ¿Había oído su voz, llamándola entre los otros aturdidos asistentes a la celebración? ¿O ella simplemente dejaba que la esperanza nublara sus recuerdos?

Sarene sacudió la cabeza, suspirando mientras dejaba que Espíritu la apartara de la Sala de los Caídos. No paraba de mirar por encima del hombro, esperando ver allí a Ashe. Siempre había estado allí.

«Al menos no está muerto —pensó, arrinconando su pena—. Probablemente esté en algún lugar de la ciudad. Puedo encontrarlo... tal vez ayudarlo de algún modo».

Continuaron caminando, y Sarene se dejó distraer intencionadamente por el escenario, no podía soportar seguir pensando en Ashe. Espíritu la llevó más allá de algunas zonas despejadas. Cuando se fijó bien Sarene vio que debían de ser sembrados. Plantas diminutas brotaban en ordenadas filas en los surcos de tierra, y varios hombres caminaban entre ellas, buscando hierbajos. Había un fuerte olor en el aire.

Sarene olfateó.

—¿Pescado?

—Fertilizante —sonrió Espíritu—. Fue la única vez que conseguimos engañarte. Pedimos trike sabiendo que nos mandarías el primer barril que tuvieras a mano de pescado podrido.

—Parece que conseguisteis engañarme más de una vez —dijo Sarene, recordando con vergüenza el tiempo que había pasado dando vueltas a sus demandas para tergiversarlas. Por lo visto tanto daba lo mucho que las hubiera retorcido: los neoelantrinos habían encontrado un uso para todos sus regalos inútiles.

—No tenemos elección, princesa. Todo lo que queda de la Elantris anterior al Reod está podrido o estropeado, incluso las piedras empiezan a desmoronarse. Por inútiles que consideraras aquellos envíos, seguían siendo mucho más valiosos que nada de lo que queda en la ciudad.

—Me equivoqué —dijo Sarene taciturna.

—No empieces otra vez —respondió Espíritu—. Si empiezas a sentir lástima de ti misma, te encerraré en una habitación con Galladon durante una hora para que aprendas lo que es el auténtico pesimismo.

—¿Galladon?

—El grandullón que viste brevemente en las puertas —dijo Espíritu.

—¿El dula? —preguntó Sarene sorprendida, recordando al gran elantrino de ancho rostro y marcado acento duladen.

—Ese mismo.

—¿Un dula pesimista? —repitió ella—. No creía que existieran.

Espíritu volvió a reírse y la condujo a un edificio grande y solemne. Sarene se quedó boquiabierta ante su belleza. Estaba flanqueado por delicados arcos en espiral y el suelo era de mármol blanco. Los bajorrelieves de las paredes eran aún más trabajados que los del templo korathi de Teoras.

—Es una capilla —dijo ella, pasando los dedos por intrincados patrones del mármol.

—Sí que lo es. ¿Cómo lo has sabido?

—Las escenas están sacadas directamente del *Do-Korath* —dijo ella, contemplándolo todo con asombro—. Alguien no prestó mucha atención a sus clases de religión.

Espíritu tosió.

—Bueno...

—No trates de convencerme de que no las recibiste —dijo ella, volviéndose hacia las tallas—. Obviamente eres un noble. Tendrías que haber ido a la iglesia para guardar las apariencias, aunque no fueras devoto.

—Mi señora es muy astuta. Soy, naturalmente, un humilde servidor de Domi... pero admito que a veces me distraía durante los sermones.

—¿Quién eras? —preguntó Sarene como si tal cosa, haciendo por fin la pregunta que la acuciaba desde que había conocido a Espíritu semanas antes.

Él se lo pensó un momento.

—El segundo hijo del señor de la plantación de Ien. Una casa muy menor al sur de Arelon.

Podía ser verdad. Sarene no se había molestado en memorizar los nombres de los señores menores, ya había tenido bastante con llevar la cuenta de duques, condes y barones. También podía ser mentira. Espíritu parecía un hombre de posición como mínimo pasable, y tenía que saber contar una mentira convincente. Fuera lo que fuese, desde luego había adquirido excelentes habilidades de liderazgo, algo de lo que ella había notado que carecía la mayor parte de la aristocracia arelena.

—¿Cuánto...? —empezó a decir, apartándose de la pared. Entonces se interrumpió, el aliento detenido en la garganta.

Espíritu estaba brillando.

Una luz espectral crecía en su interior, ella veía sus huesos recortados ante un asombroso poder que ardía dentro de su pecho. Abrió la boca para dar voz a un grito mudo, entonces se desplomó, estremeciéndose, mientras la luz destellaba.

Sarene corrió a su lado, pero dudó, sin saber qué hacer. Apretando la mandíbula, lo agarró, le levantó la cabeza para impedir que los espasmos la hicieran chocar contra el frío suelo de mármol. Y sintió algo.

Le puso la carne de gallina en los brazos y envió un escalofrío helado por su cuerpo. Algo grande, algo imposiblemente inmenso, se apretaba contra ella. El aire mismo pareció apartarse del cuerpo de Espíritu. Ya no podía verle los huesos, había demasiada luz. Era como si se estuviera disolviendo en pura blancura: hubiese creído que había desaparecido de no sentir su peso en los brazos. Sus sacudidas se detuvieron por fin, y quedó flácido.

Entonces Espíritu gritó.

Una sola nota, fría y uniforme, escapó de su boca en un alarido de desafío. La luz se desvaneció casi inmediatamente, y Sarene se quedó con el corazón latiendo al compás en su pecho, los brazos bañados en sudor, la respiración profunda y rápida.

Los ojos de Espíritu se abrieron unos momentos más tarde. A medida que la conciencia regresaba lentamente, sonrió débilmente y descansó la cabeza en su brazo.

—Cuando he abierto los ojos, pensaba que esta vez había muerto de verdad.

—¿Qué ha pasado? —preguntó ella ansiosamente—. ¿He de pedir ayuda?

—No, se está convirtiendo en algo habitual.

—¿Habitual? —preguntó Sarene con lentitud—. ¿Para... todos nosotros?

Espíritu rio débilmente.

—No, solo para mí. El dor está empeñado en destruirme.

—¿El dor? —preguntó ella—. ¿Qué tiene que ver jesker con esto?

Él sonrió.

—¿La bella princesa es también una experta religiosa?

—La bella princesa sabe un montón de cosas —desdeñó ella—. Quiero saber por qué un «humilde siervo de Domi» cree que el supraespíritu jesker está tratando de destruirlo.

Espíritu intentó sentarse, y ella lo ayudó.

—Tiene que ver con el AonDor —dijo con la voz cansada.

—¿El AonDor? Eso es una leyenda pagana. —No había mucha convicción en sus palabras... no después de lo que había visto.

Espíritu alzó una ceja.

—¿Entonces está bien que nos maldigan con cuerpos que no mueren, pero no es posible que nuestra antigua magia funcione? ¿No te he visto con un seon?

—Eso es diferente... —replicó Sarene con un hilo de voz, recordando de nuevo a Ashe.

Espíritu, sin embargo, volvió a captar inmediatamente su atención.

Levantó una mano y empezó a dibujar. Aparecieron líneas en el aire, siguiendo el movimiento de su dedo.

Las enseñanzas korathi de los últimos diez años habían hecho todo lo posible por quitar importancia a la magia de Elantris, a pesar de los seones. Los seones eran familiares, casi espíritus benévolos enviados por Domi para proteger y consolar. A Sarene le habían enseñado, y lo había creído, que la magia de Elantris era casi toda un engaño.

Ahora, sin embargo, se enfrentaba a una verdad. Tal vez las historias fueran ciertas.

—Enséñame —susurró—. Quiero aprender.

NO FUE HASTA más tarde, después de anochecido, que Sarene finalmente se permitió llorar. Espíritu se había pasado casi el día entero explicándole todo lo que sabía del AonDor. Al parecer, había realizado una intensa investigación sobre el tema. Sarene había escuchado divertida, tanto por la compañía como por la distracción que él le proporcionaba. Cuando quisieron darse cuenta, cayó la noche ante las ventanas de la capilla, y Espíritu la acompañó a su alojamiento.

Ahora yacía encogida, tiritando de frío. Las otras dos mujeres de la habitación dormían profundamente, sin que ninguna usara una manta a pesar del aire helado. Los otros elantrinos no parecían advertir el cambio de temperatura tanto como Sarene. Espíritu decía que sus cuerpos estaban en una especie de suspensión, que habían dejado de funcionar mientras esperaban a que el dor terminara de transformarlos. Con todo, a Sarene le parecía que hacía un frío desagradable.

La incómoda atmósfera no contribuía a mejorar su estado de ánimo. Mientras se acurrucaba contra la dura pared de piedra, recordó los aspectos. Aquellos horribles aspectos. La mayoría de los elantrinos habían sido alcanzados por la shaod de noche, y habían sido descubiertos en la intimidad. Sarene, sin embargo, había sido exhibida ante toda la aristocracia. Y en su propia boda, nada menos.

Eso la mortificaba. Su único consuelo era que probablemente nunca volvería a ver a ninguno de ellos. Pobre consuelo, pues por el mismo razonamiento nunca volvería a ver a su padre, a su madre ni a su hermano. Había perdido a Kiin y a su familia. Aunque la nostalgia del hogar nunca la había golpeado antes, ahora atacaba con la represión de toda una vida.

Aparte de todo esto, era consciente de su fracaso. Espíritu le había pedido noticias del exterior, pero hablar de eso le había resultado demasiado doloroso. Sabía que Telrii era ya probablemente rey, y eso significaba que Hrathen convertiría con facilidad al resto de Arelon.

Lloró en silencio. Lo hizo por la boda, por Arelon, por la locura de Ashe y por la vergüenza que tuvo que haber pasado el querido Roial. Lo peor de todo era pensar en su padre. La idea de nunca sentir de nuevo el amor de sus amables reproches, de no sentir jamás su apoyo incondicional, le causaba una terrible sensación de espanto.

—¿Mi señora? —preguntó una voz baja y vacilante—. ¿Eres tú?

Aturdida, ella alzó la cabeza entre lágrimas. ¿Estaba oyendo cosas? Tenía que ser eso. No podía haber oído...

—¿Lady Sarene?

Era la voz de Ashe, inconfundible.

Entonces vio, flotando junto a la ventana, su aon, tan tenue que era casi invisible.

—¿Ashe? —preguntó asombrada.

—¡Ay, bendito Domi! —exclamó el aon, acercándose rápidamente.

—¡Ashe! —dijo ella, secándose los ojos con una mano temblorosa, aturdida por la sorpresa—. ¡Nunca usas el nombre del Señor!

—Si él me ha traído a ti, entonces tiene su primer seon converso —respondió Ashe, latiendo emocionado.

Apenas pudo evitar extender los brazos y tratar de abrazar la bola de luz.

—¡Ashe, estás hablando! No deberías poder hablar, tendrías que estar...

—Loco. Sí, mi señora, lo sé. Sin embargo, no me siento distinto de antes.

—Un milagro —dijo Sarene.

—Un misterio, si acaso —respondió el seon—. Tal vez debería plantearme unirme al shu-korath.

Sarene se echó a reír.

—Seinalan no lo consentiría. Naturalmente, sus prohibiciones no nos han detenido antes, ¿verdad?

—Ni una sola vez, mi señora.

Sarene se apoyó contra la pared, contenta simplemente con disfrutar de la familiaridad de su voz.

—No tienes ni idea de lo aliviado que me siento al encontrarte, mi señora. Llevo buscando desde ayer. Había empezado a pensar que te había ocurrido algo horrible.

—Me pasó, Ashe —dijo Sarene con tristeza, aunque sonrió al decirlo.

—Me refiero a algo más horrible, mi señora. He visto el tipo de atrocidades que pueden producirse en este lugar.

—Eso ha cambiado, Ashe. No comprendo cómo lo ha logrado, pero Espíritu ha traído orden a Elantris.

—Sea lo que sea que haya hecho, si te ha mantenido a salvo, lo bendigo por ello.

De repente, a Sarene se le ocurrió una cosa, si Ashe vivía... entonces ella tenía un enlace con el mundo exterior. No estaba completamente separada de Kiin y los demás.

—¿Sabes cómo se encuentran los demás?

—No, mi señora. Después de que la boda se interrumpiera, me pasé una hora exigiéndole al patriarca que te dejara en libertad. No creo que le supiera mal tu desgracia. Después de eso, comprendí que te había perdido. Fui a las puertas de Elantris, pero al parecer llegué demasiado tarde para ver cómo te arrojaban a la ciudad. Sin embargo, cuando pregunté a los guardias adónde habías ido, ellos se negaron a decirme nada. Dijeron que era tabú hablar de aquellos que se habían convertido en elantrinos, y cuando les dije que era tu seon, se incomodaron y dejaron de hablarme. Tuve que aventurarme en la ciudad sin información, y te he estado buscando desde entonces.

Sarene sonrió, imaginando al solemne seon, esencialmente una creación pagana, discutiendo con el líder de la religión korathi.

—No llegaste demasiado tarde para ver cómo me arrojaban a la ciudad, Ashe. Llegaste demasiado pronto. Al parecer, solo arrojan a la gente antes de cierta hora del día, y el matrimonio se celebró muy tarde. Me pasé la noche en la capilla, y me han traído a Elantris esta tarde.

—Ah —dijo el seon, flotando comprensivo.

—En el futuro, probablemente podrás encontrarme aquí, en la parte limpia de la ciudad.

—Es un lugar interesante —dijo Ashe—. Nunca lo había visitado... está bien oculto del exterior. ¿Por qué es esta zona distinta a las demás?

—Ya lo verás. Vuelve mañana.

—¿Volver, mi señora? —preguntó Ashe, indignado—. No tengo ninguna intención de dejarte.

—Solo brevemente, amigo mío —dijo Sarene—. Necesito noticias de Kae, y tú tienes que decirles a los demás que estoy bien.

—Sí, mi señora.

Sarene se quedó pensativa. Espíritu había tomado todo tipo de medidas para asegurarse de que nadie del exterior supiera de la existencia de Nueva Elantris, ella no podía traicionar su secreto de manera tan descuidada, aunque confiara en la gente a quien se lo diría Ashe.

—Diles que me has encontrado, pero no lo que has visto aquí.

—Sí, mi señora —respondió Ashe, confundido—. Un momento, mi señora. Tu padre desea hablar contigo.

El seon empezó a latir, entonces su luz se fundió, goteando, y se reformó convirtiéndose en la gran cabeza ovalada de Eventeo.

—¿Ene? —preguntó el monarca con frenética preocupación.

—Estoy aquí, padre.

—¡Gracias a Domi! Sarene, ¿estás ilesa?

—Estoy bien, padre —le aseguró, sintiendo que las fuerzas regresaban. De pronto supo que podría hacer cualquier cosa e ir a cualquier parte mientras tuviera la promesa de la voz de Eventeo.

—¡Maldito sea ese Seinalan! Ni siquiera intentó dejarte ir. Si no fuera tan devoto, lo decapitaría sin pensármelo dos veces.

—Debemos ser justos, padre —dijo Sarene—. Si la hija de un campesino puede ser arrojada a Elantris, la hija de un rey no debe ser la excepción.

—Si mis informes son correctos, nadie debería ser arrojado a ese pozo.

—No es tan malo como piensas, padre. No puedo explicarlo, pero las cosas son más esperanzadoras de lo que creía.

—Esperanzadoras o no, voy a sacarte de ahí.

—¡Padre, no! ¡Si traes soldados a Arelon no solo dejarás a Teod sin defensas, sino que ofenderás a nuestro único aliado!

—Si las predicciones de mi espía son correctas, no será nuestro aliado mucho tiempo. El duque Telrii va a esperar unos días para consolidar su poder, pero todo el mundo sabe que pronto se hará con el trono... y tiene muy buenas relaciones con ese gyorn Hrathen. Lo has intentado, Ene, pero Arelon está perdido. Voy por ti, en realidad no necesito a demasiados hombres, y luego volveré aquí y me prepararé para una invasión. No importa a cuántos hombres convoque el wyrn, nunca conseguirá derrotar nuestra armada. Teod tiene los mejores barcos del mar.

—Padre, quizá tú hayas renunciado a Arelon, pero yo no puedo.

—Sarene —le advirtió Eventeo—, no empieces de nuevo. No eres más arelena que yo...

—Lo digo en serio, padre. No dejaré Arelon.

—¡Idos Domi, Sarene, esto es una locura! Soy tu padre y tu rey. Voy a traerte de vuelta, lo quieras o no.

Sarene se calmó, la fuerza nunca funcionaría con Eventeo.

—Padre —dijo, dejando que el amor y el respeto asomaran en su voz—, me enseñaste a ser valiente. Me convertiste en algo más fuerte de lo ordinario. En ocasiones te maldije, pero casi siempre bendije tus palabras de ánimo. Me diste libertad para que fuera yo misma. ¿Me negarás eso ahora quitándome mi derecho a elegir?

La cabeza blanca de su padre flotó en silencio en la habitación oscura.

—No habrás terminado de darme lecciones hasta que cedas, padre —dijo Sarene suavemente—. Si de verdad crees en los ideales que me has transmitido, entonces permitirás que tome mi propia decisión.

Finalmente, él habló.

—¿Tanto los amas, Ene?

—Se han convertido en mi pueblo, padre.

—Han pasado menos de dos meses.

—El amor es independiente del tiempo, padre. Tengo que quedarme en Arelon. Si ha de caer, caeré con él... Pero no creo que eso vaya a pasar. Tiene que haber un modo de detener a Telrii.

—Pero estás atrapada en esa ciudad, Sarene —dijo su padre—. ¿Qué puedes hacer desde ahí dentro?

—Ashe hará de mensajero. Yo ya no puedo liderarlos, pero tal vez sí ayudar. Y aunque no sea así, debo quedarme.

—Comprendo —dijo su padre por fin, suspirando profundamente—. Tu vida es tuya, Sarene. Siempre lo he creído, aunque lo olvide de vez en cuando.

—Me quieres, padre. Protegemos a quienes amamos.

—Así es. No lo olvides nunca, hija mía. —Sarene sonrió.

—Nunca lo he hecho.

—Ashe —ordenó Eventeo, llamando a la conciencia del seon a la conversación.

—Sí, mi rey —dijo Ashe, su tono profundo, atento y reverente.

—La vigilarás y la protegerás. Si resulta herida, me llamarás.

—Como he hecho siempre, y siempre haré, mi rey —respondió Ashe.

—Sarene, voy a hacer que la armada se ponga en estado defensivo. Que tus amigos sepan que cualquier barco que se acerque a aguas teo será hundido sin miramientos. Todo el mundo se ha vuelto contra nosotros, y no puedo arriesgar la seguridad de mi pueblo.

—Se lo advertiré, padre —prometió Sarene.

—Buenas noches entonces, Ene, y que Domi te bendiga.

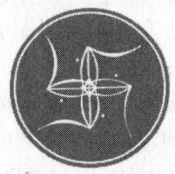

Capítulo 42

HRATHEN volvía a tener el control. Como un héroe de las antiguas epopeyas svordisanas, había descendido al inframundo, física, mental y espiritualmente y había regresado siendo más fuerte. El yugo de Dilaf se había roto. Solo ahora podía ver Hrathen que las cadenas que había utilizado para atarlo habían sido forjadas con su propia envidia e inseguridad. Se había sentido amenazado por la pasión de Dilaf, porque había sentido que su fe era inferior. Ahora, sin embargo, su resolución era firme, como lo era cuando llegó a Arelon. *Sería* el salvador de aquel pueblo.

Dilaf cedió terreno a su pesar. El arteth había prometido a regañadientes que no celebraría ninguna reunión ni daría ningún sermón sin el permiso expreso de Hrathen. Y, a cambio de ser nombrado oficialmente arteth jefe de la capilla, también consintió en liberar a sus numerosos odivs de sus votos, pasándolos al puesto menos comprometido de krondet. El mayor cambio, sin embargo, no estaba en las acciones del arteth, sino en la confianza de Hrathen. Mientras este supiera que su fe era tan fuerte como la de Dilaf, el arteth no podría manipularlo.

No obstante, Dilaf no cejaría en su intento de destruir Elantris.

—¡Son impíos! —insistió yendo hacia la capilla. El sermón de esa noche había tenido un éxito enorme, Hrathen podía ahora contar con que las tres cuartas partes de la nobleza arelena local eran creyentes o simpatizantes derethi. Telrii se coronaría a sí mismo esa misma semana, y en cuanto su poder se estabilizara un poco, anunciaría su conversión al shu-dereth. Arelon era de Hrathen, y aún faltaban seis semanas para que se cumpliera el plazo del wyrn.

—Los elantrinos han servido a su propósito, arteth —dijo Hrathen a Dilaf mientras caminaban. Hacía frío esa noche, aunque no lo suficiente para que el aliento se condensara.

—¿Por qué me prohíbes predicar contra ellos, mi señor? —La voz de Dilaf era amarga: ahora que Hrathen le prohibía hablar sobre Elantris, los discursos del arteth parecían castrados.

—Predicar contra Elantris ya no tiene sentido —dijo Hrathen, oponiéndose con la lógica a la furia de Dilaf—. No olvides que nuestro odio tenía un propósito. Ahora que he demostrado el poder supremo de Jaddeth sobre Elantris, hemos probado de manera efectiva que nuestro dios es verdadero, mientras que Domi es falso. El pueblo comprende eso inconscientemente.

—Pero los elantrinos siguen siendo impíos.

—Son viles, son blasfemos y son decididamente impíos. Pero ahora mismo carecen de importancia. Tenemos que concentrarnos en la religión derethi, mostrar a la gente cómo relacionarse con Jaddeth jurándote lealtad a ti o a uno de los otros arteths. Notan nuestro poder, y es nuestro deber mostrarles cómo formar parte de él.

—¿Y Elantris quedará libre?

—No, por supuesto que no. Ya habrá tiempo de sobra para ocuparse de Elantris cuando esta nación, y su monarca, estén firmemente en manos de Jaddeth.

Hrathen sonrió para sí, apartándose del ceñudo Dilaf.

«Se acabó. Lo he logrado, he convertido al pueblo sin una revolución sangrienta». Sin embargo, aún no había terminado. Arelon era suyo, pero aún quedaba una nación.

Hrathen tenía planes para Teod.

CAPÍTULO 43

L A PUERTA estaba cerrada por dentro, pero la hoja de madera, parte de la Elantris original, estaba sometida a la misma putrefacción que infectaba el resto de la ciudad. Galladon decía que se había caído de sus goznes prácticamente al tocarla. Una oscura escalera se ocultaba en su interior, con diez años de polvo cubriendo los peldaños. Un único par de huellas marcaba el polvo, pisadas que solo podían ser de unos pies grandes como los de Galladon.

—¿Y llega hasta arriba? —preguntó Raoden, pasando sobre la puerta desvencijada.

—Kolo —respondió Galladon—. Y está completamente tallada en la piedra, con solo una rendija de vez en cuando para que entre luz. Un paso en falso te enviará dando tumbos por una serie de escalones tan larga y dolorosa como una de las historias de mi hama.

Raoden asintió y empezó a subir, con el dula detrás. Antes del Reod, la escalera debía de haber estado iluminada por magia elantrina, pero ahora la oscuridad quedaba rota solo por ocasionales lanzadas de luz que se filtraban por las rendijas dispersas. Las escaleras subían en espiral por la parte externa de la estructura, y las curvas inferiores eran apenas visibles cuando se miraba al centro. Una vez tuvo barandilla, pero se había desmoronado hacía tiempo.

Tuvieron que detenerse varias veces a descansar, pues sus cuerpos elantrinos eran incapaces de soportar las exigencias del ejercicio. Sin embargo, al cabo de un rato, llegaron a la cima. La puerta de madera que había allí era más nueva: la guardia probablemente la había sustituido después de que la original se pudriera. No tenía picaporte alguno. En realidad no era una puerta, sino una barricada.

—Hasta aquí llegué, sule —dijo Galladon—. Subí hasta lo alto de las escaleras de Doloken y me encontré con que necesitaba un hacha para continuar.

—Y por eso hemos traído esto —dijo Raoden, sacando la misma hacha con la que Taan casi había derribado un edificio sobre él. Los dos se pusieron manos a la obra, golpeando por turnos la madera.

Incluso con la herramienta, derribar la puerta fue una tarea difícil. Raoden se cansó después de unos cuantos golpes que apenas mellaron la madera. Al final consiguieron soltar una tabla y, acicateados por la victoria, lograron abrir por fin un agujero lo bastante grande para pasar.

La vista hacía que mereciera la pena el esfuerzo. Raoden había subido docenas de veces a las murallas de Elantris, pero nunca la visión de Kae le había parecido tan dulce. La ciudad estaba tranquila, parecía que sus temores de invasión habían sido prematuros. Sonriendo, Raoden disfrutó de la sensación de haberlo logrado. Se sentía como si hubiera escalado una montaña y no subido una simple escalera. Las murallas de Elantris estaban una vez más en manos de aquellos que las habían creado.

—Lo hemos conseguido —dijo Raoden, apoyándose en el parapeto.

—Lo nuestro hemos tardado —asintió Galladon, colocándose junto a él.

—Solo unas pocas horas —respondió Raoden quitándole importancia, la agonía del esfuerzo olvidada en la alegría de la victoria.

—No me refería a destrozar la madera. Es el tercer día que intento que vengas aquí.

—He estado ocupado.

Galladon resopló y murmuró algo entre dientes.

—¿Qué dices?

—Decía que un ferrin de dos cabezas nunca dejaría su nido.

Raoden sonrió, conocía el proverbio jinDo. Los ferrines eran pájaros parlanchines, y a menudo se les podía oír gritándose unos a otros en las marismas jinDo. El dicho se refería a la persona que ha encontrado una nueva afición. O un nuevo romance.

—Venga, hombre —dijo Raoden, mirando a Galladon—. No lo llevo tan mal.

—Sule, la única vez en tres días que os he visto separados es cuando alguno ha tenido que ir al excusado. Ella estaría aquí ahora mismo si yo no te hubiera agarrado cuando no miraba nadie.

—Bueno —dijo Raoden, a la defensiva—, *es* mi esposa.

—¿Y pretendes ponerla alguna vez al corriente de ese hecho?

—Tal vez. No quiero que sienta ninguna obligación.

—No, por supuesto que no.

—Galladon, amigo mío —dijo Raoden, ignorando por completo los comentarios del dula—, tu pueblo se avergonzaría si se enterara de lo poco romántico que eres.

Duladel era una conocida fuente de romances melodramáticos y amores prohibidos.

Galladon bufó como respuesta, para indicar lo que pensaba de las inclinaciones románticas del dula medio. Se volvió y contempló la ciudad de Kae.

—Bueno, sule, aquí estamos. ¿Qué hacemos ahora?

—No lo sé —confesó Raoden—. Tú eres quien me ha obligado a venir.

—Sí, pero fue idea tuya buscar una escalera.

Raoden asintió, recordando su breve conversación de dos días antes. «¿De verdad ha pasado tanto tiempo?», se preguntó. Apenas se había dado cuenta. Tal vez había estado demasiado con Sarene. Sin embargo, no se sentía ni pizca culpable.

—Allí —dijo Galladon, entornando los ojos y señalando la ciudad.

—¿Qué? —Raoden siguió el gesto del dula.

—Veo una bandera. Nuestra guardia perdida.

Raoden apenas distinguió una mota roja en la distancia, un estandarte.

—¿Estás seguro?

—Segurísimo.

Raoden entornó los ojos y reconoció el edificio sobre el que ondeaba el estandarte.

—Esa es la mansión del duque Telrii. ¿Qué relación tiene con la guardia de Elantris?

—A lo mejor está arrestado.

—No —dijo Raoden—. La guardia no es una fuerza policial.

—Entonces ¿por qué dejó las murallas? —preguntó Galladon.

Raoden sacudió la cabeza.

—No estoy seguro. Pero algo va muy mal.

RAODEN Y GALLADON bajaron las escaleras, sumidos en sus cavilaciones.

Había una manera de averiguar qué pasaba con la guardia. Sarene era la única elantrina que había sido arrojada a la ciudad desde su desaparición. Solo ella podía ponerlos al corriente del actual clima político de la ciudad.

Sarene, sin embargo, todavía se resistía a hablar del exterior. Algo sucedido en los días previos a su exilio le había resultado enormemente doloroso. Notando su pesar, Raoden había preferido no insistir: no quería arriesgarse a perderla. Lo cierto era que disfrutaba de su tiempo con Sarene. Su irónica astucia lo hacía sonreír, su inteligencia lo intrigaba y su personalidad lo animaba. Después de diez años tratando con mujeres cuyo único pensamiento parecía ser qué aspecto tenían con un vestido, un estado de forzosa estupidez alentado por su propia madrastra de voluntad débil, Raoden estaba preparado para una mujer que no se acobardara al primer signo de conflicto. Una mujer tal como recordaba que era su madre, antes de morir.

No obstante, aquella fuerte personalidad era lo que le había impedido a él saber del exterior. Ni la persuasión sutil, ni siquiera la manipulación directa iban a sacarle a Sarene algo que no quisiera. Pero Raoden ya no podía permitirse ser delicado. Las extrañas acciones de la guardia eran preocupantes. Cualquier cambio en el poder podía resultar extremadamente peligroso para Elantris.

Llegaron al pie de las escaleras y se dirigieron al centro de la ciudad. El trayecto era relativamente largo, pero pasó con rapidez mientras Raoden reflexionaba sobre lo que habían visto. A pesar de la caída de Elantris, Arelon había pasado los diez últimos años en una paz relativa, al menos en el ámbito nacional. Con un aliado al sur, la armada de Teod patrullando el océano al norte, y las montañas al este, incluso un debilitado Arelon se había enfrentado a pocos peligros externos. Dentro de las fronteras, Iadon había mantenido una fuerte tenaza sobre el poder militar, animando a los nobles a las pugnas políticas en vez de a las aventuras militaristas.

Raoden sabía que esa paz no podía durar, aunque su padre se negara a verlo. La decisión de Raoden de casarse con Sarene había estado influida en gran parte por la posibilidad de firmar un tratado formal con Teod, dando a Arelon al menos acceso parcial a la armada teo.

Los arelenos no estaban acostumbrados a la batalla. Siglos de protección elantrina los habían educado para el pacifismo. El actual wyrn sería un necio si no golpeaba pronto. Todo lo que necesitaba era una oportunidad.

Las luchas internas proporcionarían esa oportunidad. Si la guardia había decidido traicionar al rey, el conflicto civil sumiría de nuevo Arelon en el caos, y los fjordell eran especialistas en aprovecharse de ese tipo de acontecimientos. Raoden tenía que averiguar qué estaba sucediendo más allá de las murallas.

Al cabo de un rato, Galladon y él llegaron a su destino. No Nueva Elantris, sino el edificio achaparrado y poco llamativo que conducía al lugar sagrado. Galladon no había dicho una palabra cuando descubrió que Raoden había llevado a Sarene a la biblioteca, el dula lo había mirado como si lo estuviera esperando.

Unos momentos más tarde, Raoden y Galladon entraron en la biblioteca subterránea. Solo había unas cuantas lámparas encendidas, en un esfuerzo por ahorrar combustible, pero Raoden distinguió claramente la silueta de Sarene sentada en uno de los cubículos del fondo, inclinada sobre un tomo, tal como él la había dejado.

Mientras se acercaban, su rostro se volvió más claro, y Raoden no pudo dejar de admirar una vez más su belleza. La piel manchada de oscuro típica de los elantrinos ya le daba igual, ni la advertía. Y lo cierto era que el cuerpo de Sarene parecía estar adaptándose notablemente bien a la shaod. Los nuevos signos de degeneración solían ser visibles al cabo de unos cuantos días. Aparecían arrugas y grietas en la piel, y el color carne restante del cuerpo se volvía gris pálido. Sarene no mostraba ninguno de esos signos. Su piel era tan lisa y resplandeciente como el día de su llegada a Elantris.

Decía que sus heridas no continuaban doliéndole como deberían, aunque Raoden estaba seguro de que eso era debido a que nunca había tenido que vivir fuera de Nueva Elantris. Muchos de los recién llegados más recientes nunca habían experimentado lo peor del dolor elantrino: el trabajo y la atmósfera positiva impedían que se concentraran en sus heridas. El hambre no afectaba a Sarene tampoco, pero claro, tuvo la fortuna de llegar en un momento en que todo el mundo podía comer al menos una vez al día. Sus suministros no durarían más de un mes, pero no había ningún motivo para guardar nada. La inanición no sería mortal para los elantrinos, solo incómoda.

Lo más hermoso eran sus ojos, la manera en que lo estudiaba todo con agudo interés. Sarene no solo miraba, examinaba. Cuando hablaba, había reflexión detrás de sus palabras. Esa inteligencia era lo que Raoden encontraba más atractivo de su princesa teo.

Ella alzó la cabeza cuando se acercaron, con una sonrisa entusiasmada en la cara.

—¡Espíritu! ¡No te puedes imaginar lo que he encontrado!

—Tienes razón —confesó Raoden con una sonrisa, sin saber cómo abordar el tema de la información sobre el exterior—. Por tanto, bien puedes decírmelo.

Sarene alzó el libro, mostrando el lomo, que decía *Enciclopedia de mitos políticos de Seor*. Aunque Raoden le había mostrado a Sarene la biblioteca en un intento de interesarla en el AonDor, ella había pospuesto su estudio en cuanto encontró un estante entero de libros dedicados a la teoría política. Parte del motivo de su cambio de intereses probablemente tenía que ver con su incomodidad con el AonDor. No sabía dibujar aones en el aire, ni siquiera conseguía que las líneas empezaran a aparecer tras sus dedos. Raoden se quedó perplejo al principio, pero Galladon le había explicado que esas cosas no eran extrañas. Incluso antes del Reod, algunos elantrinos tardaban años en aprender el AonDor; si uno empezaba la primera línea con una inclinación inadecuada, no aparecería nada. El éxito inmediato de Raoden era bastante extraordinario.

Sarene, sin embargo, no lo entendía así. Era de las que se molestaban cuando tardaba más que los demás en aprender algo. Decía que estaba dibujando los aones perfectamente, y de hecho, Raoden no les encontraba ningún defecto de forma. Los caracteres simplemente se negaban a aparecer, y ninguna indignación principesca podía convencerlos para que se comportaran.

Así que Sarene se había dedicado a las obras políticas, aunque Raoden imaginaba que hubiese acabado leyéndolas de todas formas. El AonDor le interesaba, pero la política la fascinaba. Cada vez que Raoden iba a la biblioteca para practicar aones o estudiar, Sarene abría un volumen sobre algún antiguo genio diplomático o historiador y empezaba a leer en un rincón.

—Es sorprendente. Nunca había leído nada que rebatiera de manera tan tajante la retórica y la manipulación de Fjorden.

Raoden sacudió la cabeza, advirtiendo que simplemente la había estado mirando, disfrutando de sus rasgos en vez de prestar atención a sus palabras. Ella decía algo sobre el libro, sobre cómo revelaba las mentiras políticas fjordell.

—Todo gobierno miente ocasionalmente, Sarene —dijo cuando ella se detuvo a tomar aliento.

—Cierto —respondió, hojeando el libro—. Pero no con esta magnitud. Durante los últimos trescientos años, desde que Fjorden adoptó la religión derethi, los wyrns han estado alterando descaradamente la historia y la literatura de su propio país para que parezca que el imperio ha sido *siempre* una manifestación del propósito divino. Mira esto. —Alzó de nuevo el libro, mostrándole esta vez una página de versos.

—¿Qué es?

—*Wyrn el rey,* el poema completo de tres mil versos.

—Lo he leído —dijo Raoden. Se decía que el wyrn era el ejemplo de literatura más antiguo, más antiguo aún que el *Do-Kando*, el libro sagrado de donde procedían el shu-keseg y luego el shu-dereth y el shu-korath.

—Puede que hayas leído *una* versión de *Wyrn el rey* —dijo Sarene, negando con la cabeza—. Pero no esta. Las versiones modernas del poema hacen referencia a Jaddeth de un modo casi derethi. La versión que recoge este libro demuestra que los sacerdotes reescribieron el original para que pareciera que el wyrn era derethi, aunque vivió mucho antes de que se fundara el shu-dereth. Entonces Jaddeth o, al menos, el dios del mismo nombre que adoptó el shu-dereth era un dios relativamente poco importante que cuidaba de las rocas, bajo tierra.

»Ahora que Fjorden ha abrazado la religión, no puede consentir que parezca que el mayor rey de su historia era pagano, así que los sacerdotes fueron y reescribieron todos los poemas. No sé de dónde sacó este tal Seor una versión original del *Wyrn*, pero si saliera publicada, sería una gran vergüenza para Fjorden —añadió, con un malicioso chispeo en la mirada.

Raoden suspiró, se acercó y se agachó junto a la mesa de Sarene y la miró a los ojos. En cualquier otro momento, nada le hubiese gustado más que sentarse a escucharla. Por desgracia, tenía cosas más acuciantes en mente.

—Muy bien —dijo ella, soltando el libro y entornando los ojos—. ¿Qué pasa? ¿Tan aburrida soy?

—En absoluto. Es simplemente el momento inoportuno. Verás... Galladon y yo acabamos de subir a lo alto de la muralla de la ciudad.

Ella se quedó perpleja.

—¿Y?

—Hemos visto que la guardia de Elantris rodea la mansión del duque Telrii —dijo Raoden—. Esperábamos que tú pudieras decirnos por qué. Sé lo reticente que eres a hablar del exterior, pero estoy preocupado. Necesito saber qué está ocurriendo.

Sarene se sentó, apoyó un brazo sobre la mesa y se dio unos golpecitos en la mejilla con el índice como hacía a menudo cuando pensaba.

—Muy bien —dijo por fin con un suspiro—. Supongo que no he sido justa. No quería preocuparos con las cosas del exterior.

—Puede que los otros elantrinos no parezcan interesados, Sarene —dijo Raoden—, pero es porque saben que no podemos cambiar lo que está pasando en Kae. Sin embargo, yo preferiría saber lo que está pasando ahí fuera.

Sarene asintió.

—Muy bien, ahora puedo hablar. Imagino que lo importante empezó cuando destroné al rey Iadon. Que es, por supuesto, la causa por la que se ahorcó.

Raoden se sentó de golpe, con los ojos como platos.

Capítulo 44

MIENTRAS hablaba, Sarene reflexionaba sobre lo que había dicho Espíritu. Sin ella, los otros no tenían derecho legítimo al trono. Incluso Roial estaba atado de manos, solo podían ser indefensos testigos de cómo Telrii aumentaba su poder sobre la nobleza. Ella esperaba recibir noticias sobre la coronación de Telrii al final del día.

Tardó unos instantes en darse cuenta de la expresión de absoluta incredulidad que su comentario había causado en Espíritu. Se había desplomado en una de las sillas de la habitación, con los ojos como platos. Sarene se reprendió por su falta de tacto, ya que al fin y al cabo estaba hablando del rey de Espíritu. En la corte habían pasado tantas cosas en las últimas semanas que había perdido la sensibilidad.

—Lo siento —dijo Sarene—. He sido algo brusca, ¿verdad?

—¿Iadon está muerto? —preguntó Espíritu en voz baja.

Sarene asintió.

—Resulta que se había unido a los misterios jeskeri. Cuando eso se hizo público, se ahorcó en vez de afrontar la vergüenza. —No explicó su participación en los acontecimientos, no había necesidad de complicar más las cosas.

—¿Jeskeri? —repitió Espíritu. Entonces su rostro se ensombreció y rechinó los dientes—. Siempre había pensado que era un necio, pero... ¿hasta dónde llegó su... implicación?

—Estaba sacrificando cocineras y criadas —dijo Sarene, sintiéndose enferma. Había un motivo por el que evitaba explicar esas cosas.

Espíritu advirtió su palidez.

—Lo siento.

—No importa —dijo Sarene. Sin embargo, sabía que no importaba qué otra cosa sucediera, no importaba adónde fuera a lo largo de su vida, la visión ensombrecida del sacrificio de Iadon siempre acecharía su mente.

—Entonces, ¿Telrii es rey? —preguntó Espíritu.

—Pronto lo será. Puede que haya sido coronado ya.

Espíritu sacudió la cabeza.

—¿Y el duque Roial? Es más rico y más respetado. Tendría que haber ocupado el trono.

—Ya no es el más rico —dijo Sarene—. Fjorden ha aumentado los ingresos de Telrii. Es un simpatizante derethi. Cosa que, me temo, ha elevado su estatus social.

Espíritu frunció el ceño.

—¿Ser simpatizante derethi te hace popular? Me he perdido muchas cosas, ¿no?

—¿Cuánto tiempo llevas aquí?

—Un año —respondió Espíritu como si tal cosa. Eso encajaba con lo que algunos neoelantrinos le habían dicho. Nadie sabía con seguridad cuánto tiempo llevaba Espíritu en la ciudad, pero todos suponían que al menos un año. Se había hecho con el control de las bandas rivales en las pasadas semanas, pero no era el tipo de cosa que una persona conseguía sin mucha planificación y trabajo—. Supongo que por eso consiguió Telrii que la guardia lo respaldara —murmuró Espíritu—. Siempre se ha mostrado demasiado ansiosa por apoyar al más popular del momento.

Sarene asintió.

—Los guardias fueron transferidos a la mansión del duque poco antes de que me arrojaran aquí.

—Muy bien —dijo Espíritu—. Vamos a tener que empezar

por el principio. Necesito tanta información como puedas darme.

Así pues, ella se lo explicó. Empezó con la caída de la república duladen y la amenaza cada vez mayor de Fjorden. Le contó su compromiso con el príncipe Raoden, y las incursiones derethi en Arelon. Mientras hablaba, se dio cuenta de que Espíritu comprendía el clima político de Arelon mucho más claramente de lo que ella hubiese creído posible. Captó rápidamente las implicaciones de la declaración póstuma de Iadon. Sabía mucho sobre Fjorden, aunque no tenía conocimiento exacto de lo peligrosos que podían ser sus sacerdotes; le preocupaban más los soldados controlados por el wyrn.

Lo más impresionante era todo lo que sabía de los diversos lores y nobles de Arelon. Sarene no tenía que describirle sus personalidades y temperamentos, Espíritu ya los conocía. De hecho, parecía comprenderlos mejor que la propia Sarene. Cuando le interrogó sobre el tema, simplemente le explicó que en Arelon era vital conocer a cada noble que tuviera un título de barón o superior. Muchas veces los únicos medios para mejorar de un noble menor eran llegar a acuerdos y firmar contratos con los aristócratas más poderosos, pues controlaban los mercados.

Solo una cosa aparte de la muerte del rey lo sorprendió.

—¿Ibas a *casarte* con Roial? —preguntó, incrédulo.

Sarene sonrió.

—Yo tampoco puedo creerlo... urdimos el plan con bastante precipitación.

—¿Roial? —volvió a preguntar Espíritu—. ¡El viejo pícaro! Debió de disfrutar lo suyo sugiriendo esa idea.

—El duque me pareció un caballero intachable —dijo Sarene.

Espíritu la miró con una expresión que significaba «Y yo que creía que sabías juzgar bien a las personas».

—Además —continuó—, no lo sugirió él. Fue Shuden.

—¿Shuden? —dijo Espíritu. Entonces, tras pensarlo un momento, asintió—. Sí, parece la típica conexión que él haría, aunque no me lo imagino ni siquiera mencionando la palabra «matrimonio». La sola idea del matrimonio lo asusta.

—Ya no. La hija de Ahan y él están intimando mucho.

—¿Shuden y Torena? —preguntó Espíritu, aún más desconcertado. Entonces miró a Sarene con ojos muy abiertos—. Espera un momento... ¿Cómo ibas a casarte con Roial? Creía que ya estabas casada.

—Con un muerto —protestó Sarene.

—Pero tu contrato nupcial estipulaba que nunca podrías volver a casarte.

—¿Cómo sabes eso? —preguntó Sarene, entornando los ojos.

—Lo has dicho hace un momento.

—No.

—Claro que sí. ¿Verdad, Galladon?

El gran dula, que estaba hojeando el libro de política de Sarene, ni siquiera alzó la cabeza.

—A mí no me mires, sule. Yo no voy a implicarme.

—Da igual —dijo Espíritu, dando la espalda a su amigo—. ¿Cómo es que ibas a casarte con Roial?

—¿Por qué no? —preguntó Sarene—. Nunca conocí a ese Raoden. Todo el mundo dice que era un buen príncipe, pero ¿qué le debo? Mi contrato con Raoden quedó rescindido cuando murió Iadon. El único motivo por el que firmé el tratado fue para proporcionar un enlace entre Arelon y mi tierra. ¿Por qué iba a cumplir un contrato con un hombre muerto cuando podía tener uno más prometedor con el futuro rey de Arelon?

—Así que solo accediste a casarte con el príncipe por la política. —Parecía herido por algún motivo, como si la relación de Sarene con el príncipe heredero de Arelon reflejara directamente su aristocracia.

—Por supuesto —dijo Sarene—. Soy una criatura política, Espíritu. Hice lo que era mejor para Teod... y por el mismo motivo iba a casarme con Roial.

Él asintió, todavía con aspecto un poco melancólico.

—Así que allí estaba yo, en la sala del trono, dispuesta a casarme con el duque —continuó Sarene, ignorando el malestar de Espíritu ¿Qué derecho tenía a cuestionar sus motivos?—. Y entonces me alcanzó la shaod.

—¿Justo entonces? —preguntó Espíritu—. ¿Sucedió en tu boda?

Sarene asintió, sintiéndose de pronto muy insegura. Parecía que cada vez que alguien iba a aceptarla, algo desastroso volvía a alejarla.

Galladon bufó.

—Bueno, ahora sabemos por qué no quería hablar del tema. ¿Kolo?

Espíritu colocó una mano en su hombro.

—Lo siento.

—Ya ha pasado —dijo ella, sacudiendo la cabeza—. Ahora tenemos que preocuparnos por la coronación de Telrii. Con Fjorden apoyándolo...

—Podemos preocuparnos por Telrii, pero dudo que haya algo que podamos hacer. ¡Si hubiera un medio de contactar con el exterior!

Súbitamente avergonzada, los ojos de Sarene se dirigieron al lugar donde Ashe se escondía entre las sombras de la habitación, con su aon casi invisible.

—Puede que haya un medio —admitió.

Espíritu alzó la cabeza cuando Sarene señalaba a Ashe. El seon empezó a brillar, la luz de su aon expandiéndose en una bola luminosa a su alrededor.

Mientras el seon flotaba sobre la mesa, Sarene dirigió a Espíritu una mirada avergonzada.

—¿Un seon? —preguntó él, admirado.

—¿No estás enfadado conmigo por ocultarlo?

Espíritu se echó a reír.

—Sinceramente, Sarene, esperaba que me ocultaras algunas cosas. Pareces el tipo de persona que necesita secretos, aunque solo sea por la ilusión de tenerlos.

Sarene se ruborizó levemente al escuchar el astuto comentario.

—Ashe, ve con Kiin y los demás. Quiero conocer el momento en que Telrii se proclame rey.

—Sí, mi señora —dijo Ashe, marchándose.

Espíritu guardó silencio. No hizo ningún comentario por la inexplicable falta de locura shaod de Ashe... pero, naturalmente, Espíritu no podía saber que Ashe era el seon de Sarene.

Esperaron en silencio, y Sarene no interrumpió los pensamientos de Espíritu. Le había proporcionado una abrumadora cantidad de información y notaba su mente barajándola detrás de sus ojos.

Él también le ocultaba cosas. No es que desconfiara de ella. Fueran cuales fuesen sus secretos, probablemente consideraba que tenía un buen motivo para guardarlos. Sarene llevaba demasiado tiempo metida en política para tomarse el guardar secretos como una ofensa personal.

Eso no implicaba, desde luego, que no fuera a averiguar lo que pudiese. De momento, Ashe no había podido descubrir nada sobre un segundo hijo del dueño de la plantación de Ien, pero sus movimientos eran muy restringidos. Le había permitido revelarse solo a Kiin y los demás. Sarene no sabía por qué Ashe había sobrevivido mientras que otros seones no lo hacían, pero no quería perder ninguna ventaja potencial que pudiera darle su existencia.

Advirtiendo al parecer que no irían a ninguna parte, el dula Galladon le dio la vuelta a una de las sillas y se sentó. Luego cerró los ojos y pareció quedarse dormido. Podía ser extrañamente pesimista, pero seguía siendo un dula. Se decía que los de su pueblo eran tan tranquilos que podían quedarse dormidos en cualquier postura en cualquier momento.

Sarene miró al grandullón. Galladon no parecía apreciarla. Pero, claro, era tan decididamente gruñón que no podía asegurarlo. Parecía en ocasiones un pozo de sabiduría, pero en algunas áreas era completamente ignorante, y no le importaba lo más mínimo serlo. Parecía tomárselo todo con filosofía, pero se quejaba al mismo tiempo.

Para cuando regresó Ashe, Sarene había vuelto a concentrarse en el libro sobre mitos políticos. El seon tuvo que fingir que se aclaraba la garganta para que ella se diera cuenta de que estaba allí. Espíritu alzó también la cabeza, pero el dula continuó roncando hasta que su amigo le dio un codazo en el estómago. Entonces tres pares de ojos se volvieron hacia Ashe.

—¿Bien? —preguntó Sarene.

—Está hecho, mi señora —les informó Ashe—. Telrii es rey.

Capítulo 45

HRATHEN se encontraba bajo la luz de la luna en lo alto de la muralla de Elantris, estudiando con curiosidad el agujero. Una de las barreras que bloqueaban las escaleras estaba rota, los tablones sueltos. El agujero era sorprendentemente similar al que podrían haber abierto los roedores, roedores elantrinos, buscando escapar de su nido. Esa era una de las secciones de la muralla que los guardias limpiaban, y unas huellas sucias en la escalera probaban que la gente de abajo había subido a la muralla varias veces.

Hrathen se apartó de las escaleras. Probablemente era el único que sabía lo del agujero: ya solo vigilaban Elantris dos o tres guardias, que rara vez patrullaban el paseo de la muralla, si llegaban a hacerlo. De momento no les hablaría a los guardias sobre el agujero. Le daba igual que los elantrinos escaparan de su ciudad. No podrían ir a ninguna parte, su aspecto los delataba. Además, no quería molestar a la gente con preocupaciones sobre Elantris, quería que siguiera concentrada en su nuevo rey, y en las alianzas que este anunciaría pronto.

Paseó, con Elantris a su derecha, Kae a su izquierda. Una pequeña concentración de luces brillaba en la oscuridad de la noche, el palacio real, hogar ahora de Telrii. La nobleza arelena, ansiosa por demostrar su devoción al nuevo rey, asistía en masa a la fiesta de coronación, cada hombre dispuesto a probar su lealtad. El pomposo antiguo duque disfrutaba obviamente de tanta atención.

Hrathen continuó paseando en la tranquila noche, sus pasos resonando en el empedrado. La coronación de Telrii había transcurrido con el esperado boato. El antiguo duque, ahora rey, era un hombre fácil de comprender, y los hombres fáciles de entender eran hombres fáciles de manipular. Que se divirtiera de momento. Por la mañana le llegaría la hora de pagar sus deudas.

Telrii, sin duda, le exigiría más dinero antes de unirse al shudereth. El rey se consideraría astuto, y supondría que la corona le daba mayor poder sobre Fjorden. Hrathen, por supuesto, fingiría indignación por las exigencias financieras, comprendiendo todo el tiempo lo que Telrii no podía. El poder no reside en la riqueza, sino en el control. El dinero no vale nada para un hombre que se niega a ser comprado. El rey nunca comprendería que los wyrnings que exigía no le darían poder, sino que lo pondrían bajo el poder de otro. Mientras se cebara de monedas, Arelon escaparía de sus dedos.

Hrathen sacudió la cabeza, sintiéndose levemente culpable. Utilizaba a Telrii porque el rey se había convertido en una herramienta maravillosa. Sin embargo, no habría ninguna conversión en el corazón de Telrii, no aceptaría de verdad a Jaddeth ni su imperio. Las promesas de Telrii serían tan vacías como el poder de su trono. Y, no obstante, Hrathen lo utilizaría. Era lógico, y como Hrathen había llegado a comprender, la fuerza de su fe residía en su lógica. Telrii podía no creer, pero sus hijos, educados en la fe derethi, creerían. La falsa conversión de un hombre produciría la salvación de un reino.

Mientras caminaba, Hrathen sentía los ojos atraídos constantemente por las calles oscuras de Elantris. Trató de concentrar sus pensamientos en Telrii y la inminente conquista de Arelon, pero otro asunto asaltaba su mente.

A regañadientes, Hrathen admitía para sí que había querido pasear por la muralla de Elantris esa noche por más de un motivo. Le preocupaba la princesa. Esa preocupación lo molestaba, por supuesto, pero no negaba que la sentía. Sarene había sido una maravillosa oponente, y él sabía lo peligrosa que podía ser Elantris. Era consciente de ello cuando dio la orden de envenenarla, decidiendo que el riesgo merecía la pena. Pasados tres días, sin embargo, su resolución había empezado a tambalearse. La necesitaba viva por más de un motivo.

Así que Hrathen contemplaba las calles deseando estúpidamente verla allá abajo y acallar su conciencia diciéndose que estaba ilesa. Por supuesto, no había visto a nadie. De hecho, esa noche no parecía haber ningún elantrino por los alrededores. Hrathen no sabía si acababan de trasladarse a otra parte de la ciudad o si el lugar se había vuelto tan violento que se habían destruido entre sí. Por el bien de la princesa, esperaba que lo segundo no fuera cierto.

—Tú eres el gyorn Hrathen —dijo de pronto una voz.

Hrathen se dio media vuelta, buscando con la mirada al hombre que se había acercado a él sin ser visto ni oído. Un seon flotaba a su espalda, brillando vibrante en la oscuridad. Hrathen entornó los ojos, leyendo el aon de su centro. Dio.

—Lo soy —dijo Hrathen con cautela.

—Vengo de parte de mi amo, el rey Eventeo de Teod —dijo el seon con voz melodiosa—. Desea hablar contigo.

Hrathen sonrió. Se había estado preguntando cuánto tiempo tardaría Eventeo en contactar con él.

—Estoy ansioso por oír lo que su majestad tiene que decir.

El seon latió mientras su luz se condensaba y esbozaba el rostro de un hombre de cara redonda y con papada.

—Majestad —dijo Hrathen con un ligero gesto de cabeza—. ¿Cómo puedo servirte?

—No hay ninguna necesidad de cortesías inútiles, gyorn —dijo Eventeo llanamente—. Sabes lo que quiero.

—A tu hija.

El rey asintió.

—Sé que de algún modo tienes poder sobre esta enfermedad. ¿Qué sería necesario para que curases a Sarene?

—No tengo ningún poder por mí mismo —dijo Hrathen humildemente—. Fue mi señor Jaddeth quien realizó la curación.

El rey tardó unos instantes en preguntar.

—Entonces ¿qué hace falta para que tu Jaddeth cure a mi hija?

—El señor podría ser persuadido si le dieras algún tipo de ánimo —dijo Hrathen—. Los infieles no se benefician de ningún milagro, majestad.

El rey Eventeo inclinó levemente la cabeza: estaba claro que sabía lo que le iba a pedir Hrathen. Debía de amar mucho a su hija.

—Será como tú dices, sacerdote —prometió Eventeo—. Si mi hija regresa sana de esa ciudad, me convertiré al shu-dereth. De todos modos sabía que tendría que hacerlo.

Hrathen sonrió de oreja a oreja.

—Veré si puedo... animar a nuestro señor Jaddeth para que devuelva la salud a la princesa, majestad.

Eventeo asintió. Su rostro era el de un hombre derrotado. El seon terminó el contacto y se marchó flotando sin decir palabra.

Hrathen sonrió. La última pieza de su plan encajaba. Eventeo había tomado una decisión sabia. De esta forma, al menos pedía algo a cambio de su conversión... aunque fuera algo que hubiese recibido de todas formas.

Hrathen contempló Elantris, más ansioso que nunca de que Sarene regresara ilesa. Empezaba a parecerle que durante los meses siguientes podría entregarle al wyrn no solo una nación pagana, sino dos.

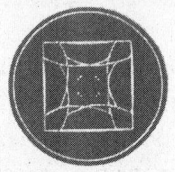

Capítulo 46

HUBO ocasiones en que Raoden deseó la muerte a su padre. Raoden había visto el sufrimiento del pueblo y sabía que la culpa era del rey. Iadon había demostrado ser engañoso en su éxito e implacable en su determinación por aplastar a los demás. Se había complacido viendo a sus nobles pelear mientras su reino se desmoronaba. Arelon estaría mejor sin el rey Iadon.

Sin embargo, cuando por fin se enteró de la noticia de la muerte de su padre, Raoden descubrió que sus emociones eran traicioneramente melancólicas. Su corazón quería olvidar al Iadon de los últimos cinco años y recordar en cambio al de su infancia. Su padre había sido el mercader con más éxito de todo Arelon, respetado por sus paisanos y amado por su hijo. Parecía un hombre de honor y enérgico. Raoden siempre sería en parte ese niño que consideraba a su padre el más grande de los héroes.

Dos cosas lo ayudaron a mitigar el dolor de la pérdida: Sarene y los aones. Cuando no estaba con una, estaba con los otros. Nueva Elantris ya funcionaba sola, la gente encontraba sus propios proyectos que la mantenían ocupada, y rara vez había discusiones que requirieran su atención. Así que iba a la biblioteca a menudo, y dibujaba aones mientras Sarene estudiaba.

—Sorprendentemente, hay muy poca información sobre el

Fjorden moderno —dijo Sarene, hojeando un tomo tan grande que casi había necesitado la ayuda de Raoden para transportarlo.

—Tal vez no has encontrado todavía el libro adecuado —dijo Raoden dibujando el aon Ehe.

Ella estaba sentada en su mesa de costumbre, con una pila de libros junto a la silla, y él de pie, de espaldas a la pared, practicando una nueva serie de modificadores aon.

—Tal vez —respondió Sarene, sin dejarse convencer—. Todos tratan acerca del antiguo imperio y solo este libro de reconstrucción histórica menciona el Fjorden de los últimos cien años. Yo creía que los elantrinos habrían estudiado las otras religiones con atención, aunque solo fuera para saber a qué se enfrentaban.

—Tal como yo lo entiendo, a los elantrinos en realidad no les importaba la competencia —dijo Raoden. Mientras hablaba su dedo resbaló levemente, rompiendo la línea. El aon aguantó un momento en el aire, y luego se desvaneció: su error había invalidado toda la construcción. Suspiró antes de continuar su explicación—. Los elantrinos pensaban que eran tan superiores a todos los demás que no necesitaban preocuparse por otras religiones. A la mayoría de ellos ni siquiera les importaba si los adoraban o no.

Sarene meditó su comentario y luego miró de nuevo el libro, apartando el plato vacío de las raciones de esa tarde. Raoden no le dijo que había aumentado su ración de comida, como hacía con la de todos los recién llegados la primera semana. Había aprendido por experiencia que la reducción gradual de alimento ayudaba a la mente a acostumbrarse al hambre.

Empezó a dibujar de nuevo pero al cabo de un momento la puerta de la biblioteca se abrió.

—¿Todavía está ahí arriba? —preguntó Raoden mientras Galladon entraba.

—Kolo —respondió el dula—. Sigue gritándole a su dios.

—Querrás decir «rezándole».

Galladon se encogió de hombros y se acercó a sentarse junto a Sarene.

—Se supone que un dios lo oiría aunque hablara muy bajito.

Sarene dejó de leer.

—¿Estáis hablando del gyorn? —Raoden asintió.

—Está en la muralla, sobre las puertas, desde esta mañana temprano. Al parecer, le está pidiendo a su dios que nos cure.

Sarene se sobresaltó.

—¿Que nos *cure*?

—Algo así —dijo Raoden—. No podemos oírlo muy bien.

—¿Curar Elantris? Eso es un cambio. —En los ojos de Sarene había recelo.

Raoden se encogió de hombros y continuó su dibujo. Galladon escogió un libro de agricultura y empezó a echarle un vistazo. Desde hacía unos días intentaba idear un método de riego que funcionara dadas sus circunstancias concretas.

Unos cuantos minutos más tarde, cuando Raoden ya casi había terminado el aon y sus modificadores, se dio cuenta de que Sarene había soltado el libro y lo estaba mirando con interés. El escrutinio lo hizo equivocarse de nuevo, y el aon se desvaneció antes incluso de que se diera cuenta de lo que había hecho. Ella siguió mirando cuando él levantó la mano para empezar de nuevo el aon Ehe.

—¿Qué? —preguntó por fin. Sus dedos dibujaron instintivamente los primeros tres trazos, la línea superior, la línea lateral y el punto en el centro que eran el origen de todo aon.

—Llevas dibujando lo mismo más de una hora.

—Quiero hacerlo bien.

—Pero lo has hecho... al menos una docena de veces seguidas.

Raoden se encogió de hombros.

—Me ayuda a pensar.

—¿En qué? —preguntó ella con curiosidad, al parecer temporalmente aburrida del antiguo imperio.

—Últimamente, en el propio AonDor. Ahora comprendo la mayor parte de la teoría, pero sigo sin lograr descubrir qué bloqueó el dor. Siento que los aones han cambiado, que las antiguas pautas están ligeramente equivocadas, pero no soy capaz de imaginar por qué.

—Tal vez algo anda mal con la tierra —dijo Sarene con desenfado, echándose atrás en su silla de modo que las dos patas delanteras se levantaron del suelo.

—¿A qué te refieres?

—Bueno, dices que los aones y la tierra están relacionados, aunque eso podría habértelo dicho incluso yo.

—¿Sí? —preguntó Raoden, sonriendo mientras dibujaba—. ¿Tu formación como princesa incluía algunas lecciones secretas de magia elantrina?

—No —respondió Sarene, meneando dramáticamente la cabeza—. Pero incluía formación en aones. Para empezar cada aon, haces un dibujo de Arelon. Lo aprendí de pequeña.

Raoden se detuvo, la mano quieta en mitad de la línea.

—Repite eso.

—¿Humm? —dijo Sarene— Ah, no es más que un truco tonto que me enseñó mi maestro para que prestara atención. ¿Ves? Cada aon empieza de la misma forma, con una línea arriba que representa la costa, una línea al lado que representa las montañas Atad y un punto en el centro que es el lago Alonoe.

Galladon se levantó para acercarse a mirar el aon todavía brillante de Raoden.

—Tiene razón, sule. Se parece un poco a Arelon. ¿No dicen tus libros nada de esto?

—No —dijo asombrado Raoden—. Bueno, dicen que hay una relación entre los aones y Arelon, pero no mencionan que los caracteres representen *realmente* la tierra. Tal vez el concepto era demasiado obvio.

Galladon recogió su libro y desplegó algo de la parte de atrás, un mapa de Arelon.

—Sigue dibujando, sule. De lo contrario ese aon va a desvanecerse.

Raoden obedeció, obligando a su dedo a volver a ponerse en

movimiento. Galladon alzó el mapa y Sarene se situó al lado del dula. Contemplaron el brillante aon a través del fino papel.

—¡Doloken! —exclamó Galladon—. Sule, las proporciones son exactamente las mismas. Incluso las líneas se inclinan de la misma forma.

Raoden terminó el aon con un último trazo. Se reunió con los otros dos, miró el mapa y luego a Sarene.

—Pero ¿qué va mal, entonces? Las montañas siguen allí, igual que la costa y el lago.

Sarene se encogió de hombros.

—A mí no me mires. Tú eres el experto. Yo ni siquiera sé hacer bien la primera línea.

Raoden regresó junto al aon. Unos segundos después destelló brevemente y desapareció, su potencial bloqueado por algún motivo inexplicable. Si la hipótesis de Sarene era correcta, entonces los aones estaban más íntimamente relacionados con Arelon de lo que él había supuesto. Lo que fuera que había detenido el AonDor debía de haber afectado también a la tierra.

Se volvió, intentando alabar a Sarene por la pista. Sin embargo, las palabras se le atragantaron en la boca. Algo iba mal. Las manchas oscuras en la piel de la princesa eran del color equivocado: una mezcla de azules y púrpuras, como cardenales. Parecían desvanecerse ante sus ojos.

—¡Domi Misericordioso! —exclamó—. ¡Galladon, mírala!

El dula se volvió alarmado y entonces su cara cambió de la preocupación al asombro.

—¿Qué? —preguntó la princesa, dirigiéndoles miradas nerviosas.

—¿Qué has hecho, sule? —preguntó Galladon.

—¡Nada! —insistió Raoden, mirando el lugar donde había estado su aon—. Otra cosa debe de estar curándola.

Entonces cayó en la cuenta. Sarene nunca había podido dibujar aones. Se había quejado de frío y seguía insistiendo en que sus heridas no le dolían. Raoden palpó la cara de Sarene con una mano. Su carne era cálida, demasiado cálida incluso para una nueva elantrina cuyo cuerpo no se había enfriado todavía por completo. Le quitó el pañuelo de la cabeza con dedos temblorosos y palpó el vello rubio casi invisible de su cráneo.

—Idos Domi —susurró. Entonces la agarró por la mano y la sacó de la biblioteca.

—ESPÍRITU, NO COMPRENDO —protestó ella mientras entraban en el patio, ante las puertas de Elantris.

—Nunca has sido una elantrina, Sarene. Fue un truco. El mismo que ese gyorn empleó para parecerlo. De algún modo Hrathen consigue que parezca que te ha alcanzado la shaod cuando no ha sido así.

—Pero... —objetó ella.

—¡Piensa, Sarene! —dijo Raoden, obligándola a darse la vuelta para mirarla a los ojos.

El gyorn predicaba en la muralla, por encima de ellos, sus gritos distorsionados por la distancia.

—Tu boda con Roial hubiese puesto a un oponente del shu-dereth en el trono. Hrathen tenía que impedir esa boda, y lo hizo de la forma más embarazosa que pudo imaginar. Este no es tu sitio.

Tiró de ella de nuevo por el brazo, intentando conducirla hasta las puertas. Ella se resistió, oponiéndose con igual fuerza.

—No voy.

Raoden se volvió, sorprendido.

—Pero tienes que ir. Esto es *Elantris*, Sarene. Nadie quiere estar aquí.

—No me importa —dijo ella con decisión, desafiante—. Voy a quedarme.

—Arelon te necesita.

—Arelon estará mejor sin mí. Si no hubiera interferido, Iadon seguiría vivo y Telrii no estaría en el trono.

Raoden guardó silencio. Quería que se quedara... anhelaba que se quedara. Pero haría lo que hiciera falta para sacarla de Elantris. La ciudad era la muerte.

Las puertas se abrían, el gyorn había reconocido a su presa.

Sarene miró a Raoden con ojos espantados, tendiendo la mano hacia él. Las manchas habían desaparecido casi por completo. Era preciosa.

—¿Crees que podemos permitirnos darte de comer, princesa? —dijo Raoden, intentando hablar con dureza—. ¿Crees que desperdiciaremos comida con una mujer que no es de los nuestros?

—Eso no funcionará, Espíritu —replicó Sarene—. Puedo ver la verdad en tus ojos.

—Entonces cree esta verdad. Incluso con un racionamiento severo, Nueva Elantris solo tiene comida suficiente para unas cuantas semanas más. Estamos cultivando, pero pasarán meses antes de que podamos cosechar. Durante ese tiempo, pasaremos hambre. Todos nosotros. Los hombres, las mujeres y los niños. Pasaremos hambre a menos que alguien de fuera nos traiga suministros.

Ella vaciló, entonces se arrojó en sus brazos y se apretujó contra su pecho.

—Maldito seas —susurró—. Que Domi te maldiga.

—Arelon te necesita, Sarene —susurró él—. Si lo que dices es cierto y hay un simpatizante fjordell en el trono, puede que a Elantris no le quede mucho tiempo. Sabes lo que nos harán los sacerdotes derethi si se salen con la suya. Las cosas han salido muy mal en Arelon, Sarene, y tú eres la única en quien confío para arreglarlas.

Ella lo miró a los ojos.

—Regresaré.

Hombres vestidos de amarillo y marrón los rodearon, separándolos. Empujaron a Raoden a un lado, y él resbaló en los viscosos cascotes mientras se llevaban a Sarene. Se quedó tirado de espaldas, sintiendo la mugre bajo él mientras contemplaba a un hombre en lo alto vestido con una armadura rojo sangre. El gyorn permaneció quieto un momento, luego se dio media vuelta y siguió a Sarene fuera de la ciudad. Las puertas se cerraron de golpe tras él.

Capítulo 47

LAS PUERTAS se cerraron de golpe. Esta vez no aislaron a Sarene en Elantris, sino fuera. Las emociones mordisqueaban su alma como una manada de lobos furiosos, cada una exigiendo su atención. Cinco días antes había creído que su vida estaba arruinada. Había pedido, rezado y suplicado a Domi que la sanara. Ahora ansiaba regresar a su condena, mientras Espíritu estuviera allí.

Domi, sin embargo, había tomado la decisión por ella. Espíritu tenía razón: ella no podía vivir en Elantris igual que él no podía existir fuera de la ciudad. Los mundos, y las exigencias de su carne, eran demasiado diferentes.

Una mano cayó sobre su hombro. Sacudiéndose su aturdimiento, Sarene se dio la vuelta. No había muchos hombres que le hicieran alzar la vista para mirarlos. Hrathen.

—Jaddeth te ha curado, princesa —dijo con voz levemente cargada de acento.

Sarene se zafó de su brazo.

—No sé cómo lo has hecho, sacerdote, pero de una cosa estoy absolutamente segura: no le debo nada a tu dios.

—Tu padre no piensa lo mismo, princesa —dijo Hrathen, con expresión dura.

—Para un hombre cuya religión sostiene que difunde la verdad, sacerdote, tus mentiras son sorprendentemente vulgares.

Hrathen sonrió.

—¿Mentiras? ¿Por qué no vas y hablas con él? En cierto modo, podría decirse que tú nos entregaste Teod. Convierte al rey, y a menudo conviertes también el reino.

—¡Imposible! —dijo Sarene, cada vez más inquieta. Los gyorns solían ser demasiado hábiles para decir mentiras directas.

—Luchaste con sabiduría y astucia, princesa —dijo Hrathen, dando despacio un paso adelante y tendiendo su mano enguantada—. Pero la auténtica sabiduría consiste en saber cuándo es inútil seguir luchando. Tengo Teod y Arelon pronto será mío también. No seas como la piedralondra, siempre intentando abrir un agujero en la arena de las playas y siempre viendo cómo la marea destruye su obra. Abraza el shu-dereth y deja que tus esfuerzos sean más que vanidad.

—¡Antes muerta!

—Ya has muerto —señaló el gyorn—. Y *yo* te he traído de vuelta.

Dio otro paso adelante y Sarene se apartó, alzando las manos contra su pecho. El acero destelló a la luz del sol y, de repente, la punta de la espada de Eondel apuntó al cuello de Hrathen. Sarene se sintió envolver por unos brazos enormes y poderosos y una voz rasposa gritó de alegría junto a ella.

—¡Bendito sea el nombre de Domi! —alabó Kiin, levantándola del suelo con su abrazo.

—Bendito sea el nombre de *Jaddeth* —dijo Hrathen, la punta de la espada todavía presionando su carne—. Domi la dejó para que se pudriera.

—No digas una palabra más, sacerdote —le advirtió Eondel, amenazándolo con su espada.

Hrathen bufó. Entonces, a más velocidad de lo que los ojos de Sarene pudieron seguir, el gyorn se inclinó hacia atrás y apartó la cabeza del alcance de la espada al mismo tiempo que de una patada golpeaba con el pie la mano de Eondel y le hacía soltar el arma.

Hrathen giró, la capa carmesí revoloteando, y con la mano enguantada de rojo atrapó la espada en el aire. El acero reflejó la luz del sol mientras Hrathen giraba el arma. Le rompió la punta contra el empedrado, sujetándola como haría un rey con su cetro. Luego la dejó caer y la empuñadura fue a parar otra vez a la mano entumecida de Eondel. El sacerdote dio un paso, dejando atrás al confundido general.

—El tiempo se mueve como una montaña, Sarene —susurró Hrathen, tan cerca que su peto casi rozaba los protectores brazos de Kiin—, tan despacio que los hombres apenas advierten su paso. Sin embargo, aplastará a aquellos que no se aparten.

Dicho esto se dio media vuelta, y su capa aleteó contra Eondel y Kiin mientras se marchaba.

Kiin lo vio irse con los ojos llenos de odio. Finalmente, se volvió hacia Eondel.

—Vamos, general. Llevemos a Sarene a casa a descansar.

—No hay tiempo para descansar, tío —dijo Sarene—. Necesito que congregues a nuestros aliados. Tenemos que reunirnos lo antes posible.

Kiin alzó una ceja.

—Ya habrá tiempo más tarde, Ene. No estás en condiciones...

—He tenido unas bonitas vacaciones, tío, pero hay trabajo que hacer. Tal vez cuando acabe, pueda volver a escaparme a Elantris. Por ahora, tenemos que impedir que Telrii entregue nuestro país al wyrn. Envía mensajeros a Roial y a Ahan. Quiero reunirme con ellos lo antes posible.

Su tío parecía totalmente confuso.

—Bueno, parece que está perfectamente —comentó Eondel, sonriendo.

LAS COCINERAS DE la mansión de su padre habían aprendido una cosa: cuando Sarene quería comer, lo hacía de veras.

—Será mejor que te des prisa, prima —dijo Lukel cuando ella

terminaba su cuarto plato—. Casi te ha dado tiempo de saborear ese último.

Sarene lo ignoró, indicando a Kiin que trajera el siguiente manjar. Le habían dicho que si se pasaba hambre el tiempo suficiente, el estómago se encogía, lo que reducía por tanto la cantidad de comida que uno podía comer. El que había inventado esa teoría se hubiera tirado de los pelos con desesperación si hubiera visto a Sarene darse un festín.

Estaba sentada a la mesa frente a Lukel y Roial. El anciano duque acababa de llegar y, cuando vio a Sarene, ella creyó por un instante que iba a desplomarse por la sorpresa. En cambio, musitó una oración a Domi y se sentó sin decir palabra frente a ella.

—Puedo decir sin mentir que nunca había visto a una mujer comer tanto —comentó apreciativamente el duque Roial. Aún había un atisbo de incredulidad en sus ojos mientras la miraba.

—Es una giganta teo —dijo Lukel—. Creo que no es justo hacer comparaciones entre Sarene y las mujeres corrientes.

—Si no estuviera tan ocupada comiendo, respondería a eso —dijo Sarene, blandiendo el tenedor ante ellos. No se había dado cuenta de lo hambrienta que estaba hasta que había entrado en la cocina de Kiin, donde los aromas de banquetes pasados flotaban en el aire como una bruma deliciosa. Solo ahora apreciaba lo útil que era tener como tío a un cocinero que había viajado por todo el mundo.

Kiin entró con una sartén de carne poco hecha y verduras en salsa roja.

—Es *raiDomo mai jinDo*. El nombre significa «carne con piel feroz». Tienes suerte de que contara con los ingredientes adecuados, porque la cosecha de pimienta raiDel jinDo se dio fatal la temporada pasada y... —Guardó silencio mientras Sarene empezaba a servirse carne en el plato—. Te da igual, ¿verdad? —dijo con un suspiro—. Podría haberlo hervido en agua de alcantarilla y te daría lo mismo.

—Comprendo, tío —dijo Sarene—. Sufres por tu arte.

Kiin se sentó y contempló los platos vacíos esparcidos por toda la mesa.

—Bueno, desde luego has heredado el apetito familiar.

—Es una chica grande —dijo Lukel—. Hace falta mucho combustible para mantener ese cuerpo en marcha.

Sarene le dirigió una mirada entre bocados.

—¿Es que no va a parar? —preguntó Kiin—. Me estoy quedando sin suministros.

—Creo que con esto basta —dijo Sarene—. No comprendéis cómo es estar allí dentro, caballeros. Me lo pasé bien, pero no había mucha comida.

—Me sorprende que hubiera aunque fuese poca —dijo Lukel—. A los elantrinos les gusta comer.

—Pero no tienen necesidad de hacerlo —intervino Kiin—, así que pueden permitirse almacenar.

Sarene siguió comiendo sin mirar a su tío ni su primo. Su mente, sin embargo, se detuvo. ¿Cómo sabían tanto sobre los elantrinos?

—Fueran cuales fuesen las condiciones, princesa —dijo Roial—, damos las gracias a Domi de que hayas regresado a salvo.

—No ha sido tan milagroso como parece, Roial —respondió Sarene—. ¿Contó alguien cuántos días estuvo Hrathen en Elantris?

—Cuatro o cinco —respondió Lukel tras pensárselo un momento.

—Apostaría a que fueron cinco días. Exactamente el mismo tiempo transcurrido entre el momento en que me arrojaron allí dentro y aquel en que fui «curada».

Roial asintió.

—El gyorn tuvo algo que ver. ¿Has hablado ya con tu padre?

Sarene sintió que el estómago le daba un vuelco.

—No. Yo... lo haré pronto.

Llamaron a la puerta y, unos momentos después, entró Eondel, seguido de Shuden. El joven jinDo había salido a cabalgar con Torena.

Cuando entró, en el rostro del barón se dibujó una amplia sonrisa impropia de él.

—Tendríamos que haber sabido que volverías, Sarene. Si alguien puede ir al infierno y volver intacta eres tú.

—No exactamente intacta —dijo Sarene, llevándose la mano a la cabeza y palpando su cráneo calvo—. ¿Has encontrado algo?

—Toma, mi señora —dijo Eondel, tendiéndole una corta peluca rubia—. Es lo mejor que he podido encontrar... las otras eran tan gruesas que juraría que estaban hechas de crin de caballo.

Sarene observó la peluca con ojo crítico: apenas le llegaría a los hombros. Pero era mejor que estar calva. Estimaba que su melena era la mayor pérdida de su exilio. Tardaría años en crecerle de nuevo hasta una longitud decente.

—Lástima que nadie recogiera mi propio pelo —dijo, apartando la peluca hasta tener tiempo de colocársela correctamente.

—No esperábamos exactamente tu regreso, prima —dijo Lukel, picoteando los últimos trozos de carne de la sartén—. Probablemente todavía estaba pegado a tu velo cuando lo quemamos.

—¿Lo quemasteis?

—Una costumbre arelena, Ene —dijo Kiin—. Cuando alguien es arrojado a Elantris, quemamos sus pertenencias.

—¿Todas? —preguntó Sarene con un hilo de voz.

—Eso me temo —respondió Kiin, cohibido.

Sarene cerró los ojos, suspirando.

—No importa —dijo, mirándolos de nuevo—. ¿Dónde está Ahan?

—En el palacio de Telrii —contestó Roial.

Sarene frunció el ceño.

—¿Qué está haciendo allí?

Kiin se encogió de hombros.

—Se nos ocurrió que debíamos enviar a alguien, para tener al menos un gesto con el nuevo rey. Vamos a tener que trabajar con él, así que será mejor que nos enteremos de qué tipo de cooperación podemos esperar.

Sarene miró a sus compañeros. A pesar de su obvia alegría de verla, notaba algo en sus expresiones. Derrota. Habían trabajado con todas sus fuerzas para que Telrii no se hiciera con el trono, y habían fracasado. Interiormente, Sarene tenía que reconocer que luchaba en buena parte contra lo mismo. Estaba asqueada. No podía decidir qué quería; todo estaba demasiado confuso. Por fortuna, su sentido del deber le proporcionaba una guía. Espíritu tenía razón, Arelon corría serio peligro. Ni siquiera quería pensar en las cosas que Hrathen había dicho de su padre. Solo sabía que, no importaba qué más sucediera, tenía que proteger Arelon. Por el bien de Elantris.

—Habláis como si no hubiera nada que podamos hacer respecto a la reivindicación de Telrii sobre el trono —dijo en medio de la habitación.

—¿Qué podríamos hacer? —preguntó Lukel—. Telrii ha sido coronado, y la nobleza lo apoya.

—Y también el wyrn —dijo Sarene—. Enviar a Ahan es una buena idea, pero dudo que encontréis indulgencia alguna en el reinado de Telrii, para nosotros, o para el resto de Arelon. Mis señores, Raoden tendría que haber sido rey, y yo soy su esposa. Me siento responsable de este pueblo. Sufrió con Iadon. Si Telrii entrega este reino al wyrn, entonces Arelon se convertirá en otra provincia fjordell.

—¿Qué quieres decir, Sarene? —preguntó Shuden.

—Que emprendamos acciones contra Telrii, cualquier acción a nuestro alcance.

La mesa guardó silencio. Finalmente, Roial habló.

—Esto no es lo mismo que estábamos haciendo antes, Sarene. Nos oponíamos a Iadon, pero no planeábamos derrocarlo. Si emprendemos una acción directa contra Telrii, entonces seremos traidores a la corona.

—Traidores a la corona, pero no al pueblo —dijo Sarene—. En Teod, respetamos al rey porque nos protege. Es un trato, un acuerdo formal. Iadon no hizo nada para proteger a Arelon. No creó ningún ejército para mantener a Fjorden a raya, no diseñó ningún sistema legal para asegurar que sus súbditos fueran tratados con justicia y no hizo nada para cuidar del bienestar espiritual de su nación. Mi instinto me advierte de que Telrii será aún peor.

Roial suspiró.

—No sé, Sarene. Iadon derrocó a los elantrinos para hacerse con el poder, y ahora tú sugieres que nosotros hagamos lo mismo. ¿Cuánto puede soportar un país antes de hacerse pedazos?

—¿Cuántas manipulaciones de Hrathen crees que puede soportar?

Los lores se miraron unos a otros.

—Danos tiempo para pensar, Sarene —solicitó Shuden—. Hablas de asuntos difíciles, que no deben ser tratados sin meditarlo antes muy cuidadosamente.

—De acuerdo —dijo Sarene. También ella necesitaba descansar esa noche. Por primera vez en casi una semana no iba a pasar frío mientras dormía.

Los lores asintieron y se marcharon, cada uno por su lado. Roial se retrasó un instante.

—Parece que no hay motivos para proseguir con nuestro compromiso, ¿verdad, Sarene?

—No lo creo, mi señor. Si nos hacemos con el trono ahora, será por la fuerza, no con maniobras políticas.

El anciano asintió con tristeza.

—Ah, era demasiado bueno para ser cierto de todas formas, querida. Buenas noches, entonces.

—Buenas noches —dijo Sarene, sonriendo cariñosamente mientras el viejo duque se marchaba. Tres compromisos y ninguna boda. Estaba acumulando un triste récord. Con un suspiro, vio cómo Roial cerraba la puerta y entonces se volvió hacia Kiin, que retiraba los restos de la comida con fastidio—. Tío, Telrii se ha mudado al palacio y han quemado mis cosas. No tengo alojamiento. ¿Puedo aceptar tu oferta de hace dos meses y trasladarme aquí?

Kiin se echó a reír.

—Mi esposa se enfadaría de veras si no lo hicieras, Ene. Se ha pasado la última hora preparándote una habitación.

SARENE ESTABA SENTADA en su nueva cama, vestida con uno de los camisones de su tía. Apretaba las rodillas contra el pecho, y tenía la cabeza gacha, apenada.

Ashe zumbó un momento, y el rostro de Eventeo desapareció mientras el seon volvía a su forma normal. Guardó silencio un momento antes de decir:

—Lo siento, mi señora.

Sarene asintió, frotando su cabeza calva contra las rodillas. Hrathen no había mentido, ni siquiera había exagerado. Su padre se había convertido al shu-dereth.

La ceremonia no se había realizado todavía, no había ningún sacerdote derethi en Teod. Sin embargo, estaba claro que en cuanto Hrathen terminara con Arelon, pretendía viajar a su patria y hacer cumplir personalmente el juramento formal de su padre. El juramento situaría a Eventeo al pie de la jerarquía derethi, obligándolo a someterse a los caprichos del más simple sacerdote.

Ni las discusiones ni las explicaciones cambiaron la decisión de su padre. Eventeo era un hombre honrado. Le había jurado a Hrathen que si Sarene regresaba sana, se convertiría. No importaba que las artimañas del gyorn estuvieran detrás de su maldición y su recuperación: el rey cumpliría su promesa.

Donde Eventeo gobernaba, Teod lo seguiría. Haría falta tiempo, teniendo en cuenta que el pueblo de Teod no estaba compuesto por borregos. Sin embargo, a medida que los arteths inundaran su patria, el pueblo prestaría oído a lo que antes solo le había hecho mostrar los puños, todo porque sabría que su rey era derethi. Teod habría cambiado para siempre.

Y Eventeo lo había hecho por ella. Por supuesto, decía que también sabía qué era lo mejor para el país. No importaba lo buena que fuera la flota de Teod, la inferioridad numérica aseguraba que una decidida campaña fjordell acabaría por derrotar a la armada. Eventeo decía que no iba a librar una guerra sin esperanza.

Sin embargo, ese era el mismo hombre que le había enseñado a Sarene el principio de que siempre merece la pena luchar para proteger. Eventeo había jurado que esa verdad era inmutable, y que ninguna batalla, ni siquiera una batalla sin esperanza, era en vano cuando se defendía lo justo. Pero, al parecer, su amor era más fuerte que la verdad. Ella se sentía halagada, pero esa emoción la enfermaba. Teod caería por su causa, convirtiéndose en otro estado fjordell más, y su rey en poco más que un criado del wyrn.

Eventeo había dado a entender que ella debía guiar Arelon para que hiciera lo que él había hecho, aunque Sarene le había notado en la voz que se sintió orgulloso cuando ella se negó. Sarene protegería Arelon, y Elantris. Lucharía por la supervivencia de su religión, porque Arelon, el pobre y enfermo Arelon, era ahora el último santuario del shu-korath. Una nación antes poblada por dioses, Arelon serviría ahora como último refugio del propio Domi.

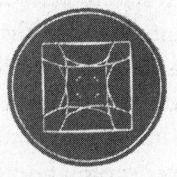

CAPÍTULO 48

HRATHEN estaba sentado en la sala de espera del palacio, aguardando con creciente insatisfacción. A su alrededor, los signos del cambio de gobierno eran ya evidentes. Parecía increíble que un hombre pudiera poseer tantos tapices, alfombras y brocados. La sala de espera del palacio estaba tan repleta de telas mullidas que Hrathen se había visto obligado a apartar una verdadera montaña de cojines de su camino antes de encontrar un banco de piedra para sentarse.

Lo había hecho cerca de la chimenea de piedra con las mandíbulas apretadas y observaba a los nobles congregados. Como era de esperar, Telrii se había vuelto de pronto un hombre muy ocupado. Cada noble, terrateniente y mercader ambicioso de la ciudad quería presentar sus «respetos» al nuevo rey. Había docenas esperando, muchos sin cita previa. Ocultaban a duras penas su impaciencia, pero nadie era lo suficientemente valiente para expresar su malestar por aquel trato.

Su incomodidad carecía de importancia. Lo intolerable era la inclusión de Hrathen en el grupo. El puñado de supuestos nobles era en realidad un grupo de consentidos indolentes. Hrathen, sin embargo, tenía detrás el poder del reino del wyrn y el imperio de Jaddeth, el mismo poder que había dado a Telrii la riqueza necesaria para reclamar el trono.

Y aun así Hrathen se veía obligado a esperar. Era enloquecedor, era descortés, era increíble. Pero no tenía más remedio que soportarlo. Aunque lo refrendaba el poder del wyrn, no tenía tropas, ni podía forzar la mano de Telrii. No podía denunciar al hombre abiertamente, a pesar de su frustración, el agudo instinto político de Hrathen le impedía hacer algo así. Había trabajado duro para conseguir tener un simpatizante potencial en el trono y solo un necio permitiría que su propio orgullo estropeara una oportunidad semejante. Hrathen estaba dispuesto a esperar, a tolerar la falta de respeto un cierto tiempo hasta conseguir el premio final.

Un ayudante entró en la sala, envuelto en finas sedas, la exagerada librea de los heraldos personales de Telrii. Los ocupantes de la sala se irguieron, varios hombres se levantaron y se alisaron la ropa.

—Gyorn Hrathen —anunció el ayudante.

Los nobles no ocultaron su decepción, y Hrathen se levantó y pasó ante ellos despectivo. Ya era hora.

Telrii esperaba. Hrathen se detuvo al franquear la puerta, observando la habitación con disgusto. Había sido el estudio de Iadon y, en esa época, estaba decorada con la eficacia de un hombre de negocios. Todo estaba en su lugar y en orden: los muebles eran cómodos sin ser lujosos.

Telrii había cambiado eso. Los ayudantes esperaban a los lados de la habitación, y junto a ellos esperaban carritos con alimentos exóticos comprados a los comerciantes del mercado areleno. Telrii estaba recostado en un enorme montón de cojines y sedas, con una sonrisa complacida en el rostro marcado desde el nacimiento. El suelo estaba cubierto de alfombras y los tapices se solapaban en las paredes.

«Los hombres con los que me veo obligado a trabajar...», pensó Hrathen haciendo una mueca para sus adentros. Iadon, al menos, iba directo al grano.

—Ah, Hrathen —dijo Telrii con una sonrisa—. Bienvenido.

—Majestad —respondió Hrathen, enmascarando su disgusto—. Esperaba que pudiéramos hablar en privado.

Telrii suspiró.

—Muy bien —respondió, agitando una mano para despedir a sus ayudantes, que se marcharon y cerraron las puertas exteriores.

—Bien, ¿por qué has venido? —dijo Telrii—. ¿Te interesan las tarifas de tus mercancías para el mercado areleno?

Hrathen frunció el ceño.

—Tengo asuntos más importantes que considerar, alteza. Y tú también. He venido a hacerte cumplir las promesas de nuestra alianza.

—¿Promesas, Hrathen? —preguntó Telrii ociosamente—. Yo no hice ninguna promesa.

Y así empezó el juego.

—Tienes que unirte a la religión derethi. Ese fue el trato.

—No hice ningún trato, Hrathen —dijo Telrii—. Tú me ofreciste fondos, yo los acepté. Tienes mi gratitud por el apoyo, como dije que tendrías.

—No discutiré contigo, mercader —dijo Hrathen, preguntándose cuánto dinero exigiría Telrii para «recordar» su acuerdo—. No soy ningún sicofante a quien burlar. Si no haces lo que espera Jaddeth, encontraré a otra persona. No olvides lo que le sucedió a tu predecesor.

Telrii bufó.

—No te arrogues el mérito de algo en lo que no tuviste nada que ver, sacerdote. La caída de Iadon fue causada, que yo recuerde, por la princesa teo. Tú estabas en Elantris en ese momento. Ahora bien, si Fjorden desea un derethi en el trono de Arelon, eso puede arreglarse. Habrá, no obstante, un precio.

«Por fin», pensó Hrathen. Apretó la mandíbula, fingiendo furia, y esperó un momento. Suspiró.

—Muy bien. ¿Cuánto...?

—Sin embargo —interrumpió Telrii—, no es un precio que tú puedas pagar.

Hrathen se quedó mudo.

—¿Disculpa?

—Sí. Mi precio debe ser pagado por alguien con un poco

más de... autoridad que tú. Verás, he descubierto que los sacerdotes derethi no pueden ascender a nadie a su mismo puesto en la jerarquía de la iglesia.

Hrathen sintió un escalofrío crecer en su interior mientras encajaba las piezas de la declaración de Telrii.

—No lo dirás en serio —susurró.

—Sé más de lo que crees, Hrathen. ¿Crees que soy un idiota, ignorante de las costumbres del este? Los reyes se inclinan ante los gyorns.

»¿Qué poder tendré si te dejo que me conviertas en poco más que un esclavo derethi? No, eso no valdrá conmigo. No pienso inclinarme cada vez que llegue uno de tus sacerdotes de visita. Me convertiré a tu religión, pero lo haré solo con la promesa de un cargo eclesiástico que iguale mi cargo civil. No solo rey Telrii, sino gyorn Telrii.

Hrathen sacudió la cabeza, asombrado. Qué alegremente decía aquel hombre no ser «ignorante» en las costumbres del este, y, sin embargo, incluso los niños fjordell sabían suficiente doctrina para reírse de una sugerencia tan ridícula.

—Mi señor Telrii —dijo, divertido—, no tienes ni idea...

—He dicho, Hrathen —lo interrumpió Telrii—, que no hay nada que puedas hacer por mí. He de tratar con un poder superior.

La aprensión de Hrathen regresó.

—¿A qué te refieres?

—El wyrn —dijo Telrii con una sonrisa de oreja a oreja—. Le envié un mensajero hace varios días, para ponerlo al corriente de mis exigencias. Ya no eres necesario, Hrathen. Puedes retirarte.

Hrathen se quedó de piedra. El hombre le había enviado una carta al mismísimo wyrn. ¿Telrii había hecho exigencias al Regente de Toda la Creación?

—Eres un hombre muy, muy estúpido... —susurró Hrathen, dándose por fin cuenta de la gravedad de sus problemas. Cuando el wyrn recibiera ese mensaje...

—¡Vete! —repitió Telrii, señalando la puerta. Levemente aturdido, Hrathen hizo lo que le ordenaba.

CAPÍTULO 49

AL PRINCIPIO Raoden se mantuvo apartado de la biblioteca, porque le recordaba a Sarene. Luego, se sintió atraído por ella, porque le recordaba a Sarene.

En vez de pensar en su pérdida, Raoden se concentró en la asociación que ella había hecho. Estudió aon tras aon, advirtiendo en sus formas otros rasgos del paisaje. El aon Eno, el carácter del agua, incluía una línea serpenteante que encajaba con los meandros del río Aredel. El carácter para la madera, el aon Dii, incluía varios círculos que representaban los bosques del sur.

Los aones eran mapas de la tierra, cada uno de ellos una versión ligeramente distinta de la misma imagen general. Cada uno tenía las tres líneas básicas, la línea de costa, la línea de la montaña y el punto del lago Alonoe. Muchos tenían también una línea al pie que representaba el río Kalomo, que separaba Arelon de Duladel.

Sin embargo, algunos de los rasgos lo desconcertaban completamente. ¿Por qué el aon Mea, el carácter de la reflexión, tenía una X que cruzaba alguna zona en mitad de la plantación Eon? ¿Por qué el aon Rii estaba marcado con dos docenas de puntos aparentemente al azar? Las respuestas podían hallarse en uno de los tomos de la biblioteca, pero de momento no había encontrado ninguna explicación.

El dor lo atacaba al menos dos veces al día ahora. Cada batalla parecía que iba a ser la última, y cada vez se sentía un poco más débil cuando la lucha terminaba, como si su energía fuera un pozo finito que quedara un poco más vacío con cada confrontación. La cuestión no era si caería o no, sino si descubriría el secreto antes de hacerlo.

RAODEN GOLPEÓ EL mapa, frustrado. Habían pasado cinco días desde la partida de Sarene y seguía sin encontrar la respuesta. Estaba empezando a pensar que continuaría durante toda una eternidad, agónicamente cerca del secreto del AonDor pero siempre incapaz de descubrirlo.

El gran mapa, que ahora colgaba de la pared junto a su mesa, crujió mientras lo alisaba, estudiando sus líneas. Sus bordes estaban gastados por el tiempo y la tinta empezaba a desvanecerse. El mapa había vivido la gloria y el colapso de Elantris. Cómo deseaba que pudiera hablar, susurrarle los misterios que conocía.

Sacudió la cabeza, se sentó en la silla de Sarene y con un pie derribó una de las pilas de libros. Con un suspiro, se acomodó en la silla y empezó a dibujar, buscando consuelo en los aones.

Hacía poco que había pasado a practicar una nueva técnica del AonDor, más avanzada. Los textos explicaban que los aones eran más poderosos cuando se dibujaban con atención no solo para marcar la longitud y la inclinación de la línea, sino la anchura de la línea también. Aunque podían seguir funcionando si las líneas tenían todas la misma anchura, la variación en las localizaciones adecuadas añadía control y fuerza.

Así que Raoden practicaba como decían los libros, usando su quinto dedo para dibujar líneas finas y el pulgar para líneas más gruesas. También podía usar herramientas (como un palo o una pluma) para trazar las líneas. Los dedos eran lo habitual, pero la forma importaba más que los utensilios utilizados. Al fin y al cabo, los elantrinos habían usado el AonDor para tallar símbolos permanentes en roca y piedra, e incluso los habían construido con alambre, trozos de madera y un puñado de otros materiales. Al parecer, era difícil crear caracteres del AonDor con materiales físicos, pero los aones producían el mismo efecto tanto dibujados en el aire como fundidos en acero.

Sus ejercicios eran inútiles. Por perfectos que fueran sus aones, ninguno funcionaba. Usaba las uñas para dibujar algunas líneas tan delicadas que resultaban casi invisibles, dibujaba otros con tres dedos juntos, exactamente tal como indicaban los textos. Y todo era inútil. Todo el esfuerzo de memorización, todo su trabajo. ¿Por qué se había molestado siquiera?

Sonaron pasos en el pasillo. El nuevo avance tecnológico de Mareshe eran zapatos con gruesa suela de cuero repujados de clavos. Raoden vio a través de su transparente aon cómo se abría la puerta y entraba Galladon.

—Su seon acaba de venir, sule —dijo el dula.

—¿Sigue aquí?

Galladon negó con la cabeza.

—Se ha marchado casi inmediatamente. Quería que te dijera que ella ha convencido por fin a los nobles para que se rebelen contra el rey Telrii.

Sarene había estado enviando a su seon para darles información diaria de sus actividades, un servicio que era una bendición a medias. Raoden sabía que debía escuchar lo que estaba sucediendo en el exterior, pero añoraba la relativa ignorancia libre de tensión que tenía antes. Entonces solo tenía que preocuparse por Elantris, ahora tenía que hacerlo por todo el reino, hecho que tenía que conciliar con el doloroso conocimiento de que no podía hacer nada para ayudar.

—¿Dijo Ashe cuándo sería el próximo envío?

—Esta noche.

—Bien —dijo Raoden—. ¿Dijo si ella va a venir?

—Las mismas condiciones que antes, sule —dijo Galladon, negando con la cabeza.

Raoden asintió, apartando la melancolía de su rostro. No sabía qué medios estaba empleando Sarene para hacer sus entregas de suministros, pero por algún motivo Raoden y los demás no podían recoger las cajas hasta que quienes las traían se hubieran marchado.

—Deja de lloriquear, sule —dijo Galladon con un gruñido—. No te pega nada. Hace falta un delicado pesimismo para refunfuñar con cierto aire de respetabilidad.

Raoden no pudo evitar sonreír.

—Lo siento. Parece que no importa con cuánta fuerza nos apliquemos a nuestros problemas, ellos se resisten igual.

—¿Aún no has hecho ningún progreso con el AonDor?

—No —dijo Raoden—. He cotejado mapas más antiguos con los más nuevos, buscando cambios en la costa o las cordilleras, pero no parece que haya cambiado nada. He intentado trazar las líneas básicas con inclinaciones levemente distintas, pero es inútil. Las líneas no aparecen hasta que las trazo exactamente con la misma inclinación, la misma de siempre. Incluso el lago está en el mismo sitio, invariable. No veo qué es diferente.

—Tal vez ninguna de las líneas básicas haya cambiado, sule. Tal vez haya que añadir algo.

—Lo he pensado, pero ¿el qué? No conozco ningún nuevo río ni lago, y desde luego no hay montañas nuevas en Arelon.

Raoden terminó su aon, el aon Ehe, con un insatisfactorio trazo del pulgar. Miró el centro del aon, el núcleo que representaba Arelon y sus características. Nada había cambiado. Excepto que... «Cuando se produjo el Reod, la tierra se resquebrajó».

—¡El Abismo! —exclamó Raoden.

—¿El Abismo? —preguntó Galladon, escéptico—. Fue consecuencia del Reod, sule, no al revés.

—Pero ¿y si no fue así? —dijo Raoden, lleno de entusiasmo—. ¿Y si el terremoto se produjo justo *antes* del Reod? Si abrió la grieta al sur y de repente todos los aones quedaron invalidados. Todos necesitaban una línea adicional para funcionar. Todo el AonDor, y por tanto Elantris, habrían caído inmediatamente.

Raoden se concentró en el aon que flotaba ante él. Con mano vacilante, pasó el dedo por el brillante carácter aproximadamente donde se encontraba el Abismo. No sucedió nada, no apareció ninguna línea. El aon destelló y desapareció.

—Supongo que eso lo dice todo, sule.

—No. —Raoden empezó de nuevo el aon. Sus dedos se agitaban y giraban. Se movía con una velocidad que ni siquiera él había advertido que tenía. Recreó el aon en cuestión de segundos. Se detuvo al final, la mano al pie, bajo las tres líneas básicas. Casi podía sentir...

Atravesó el aon y cortó el aire con el dedo. Y una pequeña línea cruzó el aon detrás.

Entonces le golpeó. El dor atacó con una súbita oleada de poder, y esta vez no dio contra ninguna pared. Explotó a través de Raoden como un río. Raoden jadeó, envuelto en su poder durante apenas un instante. Se liberó como una bestia que hubiera estado atrapada en un espacio diminuto durante demasiado tiempo. Casi parecía... alegre.

Luego desapareció y Raoden se tambaleó y cayó de rodillas.

—¿Sule? —preguntó Galladon, preocupado.

Raoden sacudió la cabeza, incapaz de explicarse. El dedo del pie todavía le ardía, seguía siendo un elantrino, pero el dor había sido liberado. Había... arreglado algo. El dor no se volvería más contra él.

Entonces oyó un sonido, como el de un fuego ardiente. Su aon, el que había dibujado ante él, brillaba con fuerza. Raoden gritó e indicó a Galladon que se agachara mientras el aon se doblaba sobre sí mismo y sus líneas se distorsionaban y se retorcían en el aire hasta formar un disco. Un fino punto de luz roja apareció en el centro del disco, y luego se expandió, mientras el sonido ardiente se convertía en un clamor. El aon se transformó en un retorcido vórtice de fuego. Raoden pudo sentir el calor mientras retrocedía.

Estalló, escupiendo una columna horizontal de fuego que

pasó justo sobre la cabeza de Galladon. La columna chocó contra una estantería y destrozó toda la estructura en una enorme explosión. Libros y páginas ardiendo danzaron en el aire, chocando con las paredes y otras estanterías.

La columna de fuego se desvaneció, el calor desapareció de repente, y Raoden notó la piel helada por contraste. Unos cuantos trozos de papel quemado cayeron al suelo. Todo lo que quedaba de la estantería era un humeante montón de carbón.

—¿Qué ha sido eso? —preguntó Galladon.

—Creo que acabo de destruir la sección de biología —respondió asombrado Raoden.

—LA PRÓXIMA VEZ, sule, te recomiendo que no pruebes tus teorías con el aon Ehe. ¿Kolo?

Galladon soltó un montón de libros casi quemados. Habían pasado la última hora limpiando la biblioteca, asegurándose de que apagaban cualquier rescoldo de fuego.

—De acuerdo —dijo Raoden, demasiado feliz para ponerse a la defensiva—. Era casualmente con el que estaba practicando, no habría sido tan dramático si no le hubiera puesto tantos modificadores.

Galladon contempló la biblioteca. Una oscura cicatriz marcaba todavía el lugar de la estantería calcinada, y varias pilas de volúmenes medio chamuscados yacían dispersos por la sala.

—¿Probamos otro? —preguntó Raoden.

Galladon resopló.

—Mientras no haya fuego de por medio.

Raoden asintió, alzando la mano para comenzar el aon Ashe. Terminó la forma de doble caja del carácter y añadió la línea del Abismo. Dio un paso atrás y esperó ansiosamente.

El aon se puso a brillar. La luz comenzó en la punta de la línea de la costa, luego ardió a través de todo el aon como llamas barriendo un charco de aceite. Las líneas se volvieron rojas al principio, luego, como metal en una fragua, se hicieron de un blanco brillante. El color se estabilizó, bañando la zona con una suave luminosidad.

—Funciona, sule —susurró Galladon—. Por Doloken... ¡lo has conseguido!

Raoden asintió, entusiasmado. Se aproximó al aon, vacilante, y acercó la mano. No había calor, tal como explicaban los libros. Sin embargo, algo fallaba.

—No es tan brillante como debería.

—¿Cómo puedes estar seguro? —preguntó Galladon—. Es el primero que ves funcionar.

Raoden negó con la cabeza.

—He leído suficiente para saberlo. Un aon Ashe tan grande debería ser lo bastante potente como para iluminar la biblioteca entera. Apenas da la luz de una linterna.

Extendió la mano, tocando al aon en el centro. El brillo se redujo inmediatamente, las líneas del aon se desvanecieron una a una, como si un dedo invisible las estuviera borrando. Entonces Raoden dibujó otro aon Ashe, incluyendo esta vez todos los poderosos modificadores que conocía. Cuando este aon se estabilizó por fin, parecía un poco más brillante que el primero, pero no tan potente como debería haber sido.

—Algo sigue fallando. El aon debería ser tan brillante que no podríamos mirarlo.

—¿Crees que la línea del Abismo está mal? —preguntó Galladon.

—No, eso era obviamente una parte importante del problema. El AonDor funciona ahora, pero su poder es defectuoso. Tiene que haber algo más... otra línea, tal vez, que hay que añadir.

Galladon se miró los brazos. Incluso en la piel marrón oscuro del dula era fácil distinguir las feas manchas elantrinas.

—Intenta un aon curador, sule.

Raoden asintió, dibujando en el aire el aon Ien. Añadió un modificador estipulando el cuerpo de Galladon como objetivo, además de las tres marcas para aumentar su poder. Terminó con la pequeña línea del Abismo. El aon destelló brevemente y luego desapareció.

—¿Sientes algo? —preguntó Raoden.

El dula negó con la cabeza. Levantó el brazo, inspeccionó el corte de su codo, una herida que se había hecho el día anterior al resbalar en uno de los sembrados. No había cambiado.

—El dolor sigue aquí, sule —dijo Galladon, decepcionado—. Y mi corazón no late.

—Ese aon no se ha comportado adecuadamente. Ha desaparecido como pasaba antes, cuando no sabíamos lo de la línea del Abismo. El dor no ha encontrado el objetivo para su poder.

—Entonces ¿de qué sirve, sule? —La voz de Galladon sonaba amarga por la frustración—. Seguiremos pudriéndonos en esta ciudad.

Raoden colocó una mano en el hombro del dula para consolarlo.

—No es inútil, Galladon. Tenemos el poder de los elantrinos, puede que no funcione del todo, pero tal vez se deba a que no hemos practicado lo suficiente. ¡Piénsalo! Este es el poder que dio a Elantris su belleza, el poder que alimentaba todo Arelon. No renuncies a la esperanza cuando estamos tan cerca.

Galladon lo miró y sonrió con tristeza.

—Nadie puede renunciar cuando tú estás cerca, sule. Te niegas en redondo a dejar que nadie desespere.

MIENTRAS PROBABAN MÁS aones, quedó claro que algo seguía bloqueando el dor. Hicieron flotar un puñado de papeles, pero no un libro entero. Volvieron azul una de las paredes y luego le devolvieron su color, y Raoden consiguió convertir un pequeño montón de carbón en unos cuantos granos de maíz. Los resultados eran alentadores, pero muchos aones fallaban por completo.

Por ejemplo, cualquier aon que dirigieran a uno de ellos se apagaba sin ningún efecto. Su ropa era un objetivo válido, pero su carne no. Raoden se rompió la punta de la uña del dedo gordo y trató de hacerla flotar, y no tuvo éxito ninguno. La única teoría que tenía era la que había expresado antes.

—Nuestros cuerpos están detenidos en mitad de un cambio, Galladon —explicó, viendo cómo una hoja de papel flotaba y luego ardía. Los aones enlazados parecían funcionar—. La shaod no ha terminado con nosotros. Lo que impide que los aones alcancen su pleno potencial también nos impide convertirnos en auténticos elantrinos. Hasta que nuestra transformación haya terminado, parece que ningún aon puede afectarnos.

—Sigo sin comprender esa primera explosión, sule —dijo Galladon, practicando un aon Ashe ante sí. El dula conocía solo unos pocos aones, y sus gruesos dedos tenían problemas para dibujarlos con exactitud. Mientras hablaba, cometió un leve error y el carácter se difuminó. Frunció el ceño y luego continuó su pregunta—. Parecía muy poderosa. ¿Por qué nada más ha funcionado tan bien?

—No estoy seguro —dijo Raoden. Unos momentos antes había vuelto a dibujar con cierta indecisión el aon Ehe, con las mismas modificaciones, creando la compleja runa que debía formar otra columna de llamas. Sin embargo, el aon apenas había chisporroteado lo suficiente para calentar una taza de té. Sospechaba que la primera explosión tenía algo que ver con el arrebato del dor a través de sí... una expresión de su libertad largamente esperada.

—Tal vez había una especie de acumulación de dor —dijo Raoden—. Como una bolsa de gas en una cueva. El primer aon que dibujé apuró esa reserva.

Galladon se encogió de hombros. Había demasiadas cosas que no comprendían. Raoden permaneció sentado un momento, y entonces sus ojos se posaron en uno de sus libros y se le ocurrió una idea.

Se acercó corriendo a su montón de libros sobre el AonDor, seleccionó un gran volumen que no contenía más que página tras página de diagramas aon. Galladon, a quien había dejado a media frase, lo siguió con expresión gruñona y se asomó a mirar por encima de su hombro mientras Raoden buscaba una página.

El aon era grande y complejo. Raoden tuvo que dar varios pasos de lado mientras lo dibujaba, pues sus modificaciones y estipulaciones iban más allá del aon central. Cuando terminó le dolía el brazo y la construcción flotaba en el aire como una muralla de líneas brillantes. Entonces, empezó a resplandecer, y el conjunto de inscripciones se retorció, girando y enroscándose alrededor de Raoden. Galladon soltó un grito de sorpresa por la luz súbita y brillante.

En unos segundos, la luz se desvaneció. Raoden notó por la expresión de sobresalto de Galladon que había tenido éxito.

—Sule... ¡lo has conseguido! ¡Te has curado!

Raoden negó con la cabeza.

—Me temo que no. Es solo una ilusión. Mira.

Alzó las manos, que todavía estaban grises y manchadas de negro. Su rostro, sin embargo, era distinto. Se acercó y contempló su reflejo en una placa pulida situada al fondo de un estante. La imagen retorcida le mostraba un rostro desconocido, estaba libre de manchas, cierto, pero no se parecía a su cara de antes de que lo alcanzara la shaod.

—¿Una ilusión? —preguntó Galladon.

Raoden asintió.

—Está basada en el aon Shao, pero hay tantas cosas mezcladas que el aon básico es casi irrelevante.

—Pero no debería funcionar contigo —dijo Galladon—. ¿No habíamos dicho que los aones no surtían efecto sobre los elantrinos?

—Y no funciona —dijo Raoden, dándose le vuelta—. Actúa sobre mi camisa. La ilusión es como una prenda de vestir. Solo cubre mi piel, no cambia nada.

—Entonces ¿para qué sirve?

Raoden sonrió.

—Va a sacarnos de Elantris, amigo mío.

CAPÍTULO 50

POR QUÉ has tardado tanto?

—No he podido encontrar a Espíritu, mi señora —dijo Ashe, entrando por la ventanilla de su carruaje—. Así que he tenido que entregarle el mensaje a maese Galladon. Después, he ido a ver al rey Telrii.

Sarene se golpeó la mejilla con el dedo, molesta.

—¿Cómo le va, entonces?

—¿A Galladon o al rey, mi señora?

—Al rey.

—Su Majestad está muy ocupado en su palacio mientras la mitad de los nobles de Arelon espera fuera —dijo el seon con tono reprobador—. Creo que su principal queja en estos momentos es que no hay suficientes mujeres jóvenes en el personal de palacio.

—Hemos cambiado a un idiota por otro. —Sarene negó con la cabeza—. ¿Cómo consiguió ese hombre tanto dinero para convertirse en duque?

—No lo hizo, mi señora —explicó Ashe—. Su hermano hizo casi todo el trabajo. Telrii lo heredó a su muerte.

Sarene suspiró, echándose hacia atrás cuando el carruaje pisó un bache.

—¿Está allí Hrathen?

—A menudo, mi señora. Al parecer, visita al rey cada día.

—¿A qué están esperando? —preguntó Sarene, frustrada—. ¿Por qué no se convierte Telrii?

—Nadie está seguro, mi señora.

Sarene frunció el ceño. El incesante juego la tenía desconcertada. Era bien sabido que Telrii había asistido a reuniones derethi, y que no había motivos para que siguiera fingiéndose un conservador korathi.

—¿Ninguna nueva noticia sobre esa proclama de la que el gyorn supuestamente ha hecho un borrador? —preguntó, nerviosa.

—No, mi señora —fue la bendita respuesta.

Corrían rumores de que Hrathen había promulgado una ley que obligaría a todo Arelon a convertirse al shu-dereth bajo pena de cárcel. Aunque los mercaderes intentaban aparentar normalidad manteniendo abierto el mercado areleno, toda la ciudad estaba nerviosa e inquieta.

Sarene podía imaginar fácilmente el futuro. Pronto el wyrn enviaría una flota de sacerdotes a Arelon, seguida de sus monjes guerreros. Telrii, al principio simpatizante, luego converso, acabaría por convertirse en un mero peón. En unos cuantos años Arelon ya no sería un país de seguidores derethi, sino una mera extensión de Fjorden.

Cuando la ley de Hrathen se aprobara, el sacerdote no perdería el tiempo, arrestarían a Sarene y los demás. Los encerrarían o, lo más probable, serían ejecutados. Después ya no habría nadie para oponerse a Fjorden. Todo el mundo civilizado pertenecería al wyrn, el logro definitivo del viejo sueño del antiguo imperio.

Y, sin embargo, a pesar de todo esto, los aliados debatían y conversaban. Ninguno de ellos creía que Telrii fuera a firmar un documento obligando a la conversión, esas atrocidades no sucedían en su realidad. Arelon era un reino pacífico y ni siquiera los tumultos de una década antes habían sido tan destructivos, a menos que fueras elantrino. Sus amigos querían actuar con cuidado. Su cautela era comprensible, incluso loable, pero su sentido de la oportunidad era terrible. Era buena cosa que Sarene tuviera aquel día ocasión de practicar esgrima. Necesitaba liberar un poco de agresividad.

Como en respuesta a sus pensamientos, el carruaje se detuvo delante de la mansión de Roial. Después de que Telrii se mudase al palacio, las mujeres habían emplazado sus prácticas de esgrima en los jardines del viejo duque. El clima había sido cálido y agradable en los últimos tiempos, como si la primavera hubiera decidido quedarse, y el duque Roial las había acogido alegremente.

Sarene se sorprendió cuando las mujeres insistieron en continuar las prácticas de esgrima. Sin embargo, las damas habían demostrado una enérgica resolución. Las prácticas continuarían, cada dos días, como desde hacía ya más de un mes. Al parecer, Sarene no era la única que necesitaba una oportunidad para dar salida a su frustración con una espada.

Bajó del carruaje, ataviada con el habitual vestido blanco de una pieza y con su peluca nueva. Mientras rodeaba el edificio, pudo distinguir el sonido de los syres entrechocando. A la sombra y con suelo de madera, el pabellón del jardín de Roial era el lugar perfecto para practicar. La mayoría de las mujeres había llegado ya y saludó a Sarene con sonrisas y halagos. Ninguna se había acostumbrado del todo a su súbito regreso de Elantris, ahora la miraban aún con más respeto, y temor, que antes. Sarene respondió a sus saludos con amable afecto. Apreciaba a esas mujeres, aunque nunca pudiera ser una de ellas.

Verlas, no obstante, le recordó la extraña sensación de pérdida que le producía haber dejado Elantris. No solo por Espíritu; Elantris era el único lugar que ella recordara donde había sido aceptada de manera incondicional. No había sido una princesa, sino algo mucho mejor, un miembro de una comunidad donde cada individuo era vital. Había sentido el calor de aquellos elantrinos de piel manchada, la disposición a aceptarla en sus vidas y darle parte de sí mismos.

Allí, en el centro de la ciudad más maldita del mundo, Espíritu había construido una sociedad que ejemplificaba las enseñanzas korathi. La iglesia hablaba de las bendiciones de la unidad; resultaba irónico que las únicas personas que practicaban esos ideales fueran aquellas que habían sido malditas.

Sarene sacudió la cabeza, adelantando la espada en una estocada de prueba para iniciar sus ejercicios de calentamiento. Había pasado toda su vida adulta en una constante lucha para ser aceptada y amada. Cuando, por fin, había encontrado ambas cosas, había tenido que dejarlas atrás.

No estaba segura de cuánto tiempo practicó. Se sumergió en sus ejercicios con facilidad tras el calentamiento: su mente giraba en torno a Elantris, Domi, sus sentimientos y las indescifrables ironías de la vida. Sudaba copiosamente cuando advirtió que las otras mujeres habían dejado de practicar.

Sarene alzó la cabeza, sorprendida. Todo el mundo estaba congregado en un rincón del pabellón, charlando y mirando algo que Sarene no podía ver. Curiosa, se abrió paso hasta un lugar donde su altura superior le permitía ver bien el objeto de su atención. Un hombre.

Iba vestido con bellas sedas azules y verdes, con un sombrero de plumas. Tenía la piel marrón cremosa de la aristocracia duladen, no tan oscura como la de Shuden, pero tampoco tan clara como la de Sarene. Sus rasgos eran redondos y felices, y tenía un aire despreocupado y banal. Dula, en efecto. El criado de piel oscura que lo acompañaba era grande y fornido, como la mayoría de los dulas de baja cuna. Sarene no había visto a ninguno de los dos hombres con anterioridad.

—¿Qué está pasando aquí? —preguntó Sarene.

—Se llama Kaloo, mi señora —dijo Ashe, flotando junto a ella—. Llegó hace unos instantes. Al parecer es uno de los pocos republicanos duladen que escaparon a la masacre del año pasado. Se ha ocultado en el sur de Arelon hasta hace poco, cuando se enteró de que el rey Iadon estaba buscando a un hombre que se quedara con las posesiones del barón Edan.

Sarene frunció el ceño. Había algo en aquel hombre que la

molestaba. Las mujeres de pronto se echaron a reír con uno de sus comentarios, gorjeando como si el dula fuera un antiguo y conocido miembro de la corte. Para cuando las risas cesaron, el dula había reparado en Sarene.

—Ah —dijo Kaloo, haciendo una rebuscada reverencia—. Esta debe de ser la princesa Sarene. Dicen que es la mujer más hermosa de todo Opelon.

—No deberías creer todas las cosas que dice la gente, mi señor —repuso Sarene lentamente.

—No —reconoció él, mirándola a los ojos—. Solo las que son verdad.

A su pesar, Sarene empezó a ruborizarse. No le gustaban los hombres que podían provocar esa reacción en ella.

—Me temo que nos has pillado con la guardia baja, mi señor —dijo Sarene, los ojos entornados—. Hemos estado ejercitándonos bastante vigorosamente, y no estamos en disposición de recibirte como corresponde a unas damas.

—Pido disculpas por mi llegada repentina, alteza —dijo Kaloo. A pesar de las palabras amables, no parecía preocuparle haber interrumpido lo que a todas luces era una reunión privada—. Tras llegar a esta gloriosa ciudad, fui primero a presentar mis respetos en palacio, pero me dijeron que tendría que esperar al menos una semana para ver al rey. Inscribí mi nombre en la lista y luego hice que mi cochero me llevara a ver vuestra hermosa ciudad. Había oído hablar del ilustre duque Roial, y decidí visitarlo. ¡Qué sorpresa haber encontrado a todas estas bellezas en sus jardines!

Sarene resopló, pero su gesto fue interrumpido por la llegada del duque Roial. Al parecer, el anciano había advertido por fin que sus propiedades habían sido invadidas por un dula errante. Cuando el duque se acercó, Kaloo le dedicó otra de sus tontas reverencias, agitando su largo sombrero de ala ante sí. Luego se puso a alabar al duque diciéndole lo honrado que se sentía de conocer a un hombre tan venerable.

—No me gusta —le dijo Sarene a Ashe en voz baja.

—Por supuesto que no, mi señora. Nunca te has llevado bien con los aristócratas duladen.

—Es más que eso —insistió Sarene—. Hay algo en él que parece falso. No tiene acento.

—La mayoría de los ciudadanos de la república hablan aónico con bastante fluidez, sobre todo si vivían cerca de la frontera. He conocido a varios dulas sin acento.

Sarene frunció el ceño. Mientras observaba al hombre se dio cuenta de qué fallaba. Kaloo era demasiado estereotipado. Representaba todo lo que se decía de un aristócrata duladen: arrogantemente estúpido, exageradamente vestido y con modales demasiado ampulosos, y completamente indiferente acerca de cualquier tema. Ese Kaloo era como un tópico irreal, la viva encarnación del ideal de noble duladen.

Kaloo terminó de presentarse y procedió a contar de nuevo dramáticamente la historia de su llegada. Roial lo escuchó con una sonrisa: el duque había hecho muchos negocios con los dulas, y al parecer sabía que la mejor manera de tratar con ellos era sonreír y asentir de vez en cuando.

Una de las mujeres le tendió a Kaloo una copa. Él le sonrió dándole las gracias y apuró el vino de un solo trago, sin interrumpir su narración mientras volvía a agitar las manos en la conversación. Los dulas no solo hablaban con la boca, usaban todo su cuerpo como parte de la experiencia narrativa. Las sedas y las plumas se agitaron cuando Kaloo describió su sorpresa al descubrir que el rey Iadon había muerto y ahora había un nuevo rey en el trono.

—Tal vez a mi señor no le importaría unirse a nosotras —dijo Sarene, interrumpiendo a Kaloo, a menudo la única forma de entrar en una conversación con un dula.

Kaloo parpadeó, sorprendido.

—¿Unirme? —preguntó, vacilante, su torrente de palabras detenido durante un breve instante. Sarene notó que su personaje se resquebrajaba mientras trataba de reorientarse. Cada vez estaba más segura de que aquel hombre no era quien decía ser.

Por fortuna, se le acababa de ocurrir la mejor manera de ponerlo a prueba.

—Naturalmente, mi señor. Se dice que los ciudadanos duladen son los mejores esgrimistas del mundo, mejores incluso que los jaadorianos. Estoy segura de que a las damas presentes les entusiasmaría ver a un verdadero maestro en acción.

—Agradezco mucho la oferta, graciosa majestad, pero no voy vestido...

—Será un asalto rápido, mi señor —dijo Sarene, sacando de su bolsa sus dos mejores syres, los que tenían las puntas afiladas en vez de botones. Agitó uno en el aire mientras sonreía al dula.

—Muy bien —respondió el dula, quitándose el sombrero—. Un asalto, entonces.

Sarene se detuvo, tratando de juzgar si se estaba tirando un farol. En realidad no pretendía luchar con él, de lo contrario, no hubiese elegido las espadas peligrosas. Lo pensó un instante y luego, encogiéndose de hombros, le lanzó una de las armas. Si era un farol, lo descubriría de manera muy embarazosa... y potencialmente dolorosa.

Kaloo se quitó su brillante chaqueta turquesa, dejando al descubierto la camisa verde con chorreras de debajo. Entonces, sorprendentemente, se puso en guardia, la mano levantada detrás, la punta del syre alzada a la ofensiva.

—De acuerdo —dijo Sarene, y atacó.

Kaloo dio un salto atrás, girando alrededor del desconcertado duque Roial mientras esquivaba los envites de Sarene. Las mujeres profirieron varios gritos de sorpresa cuando Sarene se abrió paso entre ellas agitando su hoja ante el molesto dula. Saltó de la pista de madera y quedó bañada por la luz del sol mientras aterrizaba descalza en la suave hierba.

Sorprendidas como estaban por el ímpetu de la batalla, las mujeres se aseguraron de no perderse un solo golpe. Sarene pudo ver que les seguían mientras Kaloo y ella pasaban al patio central de los jardines de Roial.

El dula era sorprendentemente bueno, pero no un maestro.

Pasaba demasiado tiempo deteniendo sus ataques, incapaz de hacer otra cosa sino defenderse. Si de verdad era miembro de la aristocracia de Duladel, entonces era uno de sus esgrimistas más pobres. Sarene había conocido a unos cuantos ciudadanos peores que ella, pero tres de cada cuatro podían derrotarla.

Kaloo abandonó su aire de apatía, concentrándose únicamente en impedir que el syre de Sarene lo hiciera pedazos. Recorrieron todo el patio, Kaloo retrocediendo unos pocos pasos con cada nuevo intercambio. Pareció sorprendido cuando pisó ladrillo en vez de hierba y llegaron a la fuente central de los jardines de Roial.

Sarene avanzó con más vigor mientras Kaloo chocaba con la cubierta de ladrillo. Lo obligó a retroceder hasta que su muslo chocó con el borde de la fuente misma. No le quedaba sitio adonde ir, o eso pensaba ella. Vio con sorpresa que el dula saltaba al agua. De una patada, le arrojó agua, saltó de la fuente y se colocó a su derecha.

El syre de Sarene taladró el agua mientras Kaloo pasaba por su lado. Sintió que la punta de su hoja alcanzaba algo blando y el noble dejó escapar un silencioso, casi imperceptible gritito de dolor. Sarene se giró, alzando la hoja para volver a golpear, pero Kaloo había puesto una rodilla en tierra y su syre estaba clavado en el suave suelo. Le tendió una brillante flor amarilla.

—Ah, mi señora —dijo con dramatismo—. Has descubierto mi secreto, nunca he podido enfrentarme en combate con una mujer hermosa. Mi corazón se derrite, las rodillas me tiemblan y mi espada se niega a golpear.

Inclinó la cabeza, ofreciendo la flor. Las mujeres congregadas tras él suspiraron soñadoras.

Sarene bajó la espada, insegura. ¿De dónde había sacado la flor? Con un suspiro, aceptó el regalo. Los dos sabían que su excusa no era más que un método sibilino para escapar a la vergüenza, pero Sarene tuvo que aceptar su astucia. No solo había evitado quedar en ridículo, sino que había impresionado a las mujeres con su cortesano sentido del galanteo al mismo tiempo.

Sarene estudió al hombre con atención, buscando una herida. Estaba segura de que la hoja lo había rozado en la cara mientras saltaba de la fuente, pero no había ningún signo de ello. Insegura, miró la punta de su syre. No había sangre. Debía de haber fallado.

Las mujeres aplaudieron el espectáculo y se llevaron al dandi hacia el pabellón. Cuando se marchaba, Kaloo se volvió a mirarla y sonrió, no con la sonrisa tonta y afectada de antes, sino con una sonrisa más sabia y pícara. Una sonrisa que a ella le resultó tremendamente familiar por algún motivo. Kaloo hizo otra de sus ridículas reverencias, y permitió que se lo llevaran.

Capítulo 51

LAS TIENDAS del mercado eran un estallido de color en el centro de la ciudad. Hrathen caminaba entre ellas, advirtiendo insatisfecho las mercancías sin vender y las calles vacías. Muchos de los mercaderes procedían del este y habían gastado un montón de dinero para exportar cargamentos a Arelon destinados al mercado de primavera. Si no vendían sus mercancías, las pérdidas serían un golpe financiero del que tal vez no se recuperarían nunca.

La mayoría de los mercaderes, vestidos con oscuros colores fjordell, inclinaron respetuosamente la cabeza al verlo pasar. Hrathen había estado fuera tanto tiempo, primero en Duladel, luego en Arelon, que casi había olvidado lo que era ser tratado con la deferencia debida. Incluso mientras inclinaban la cabeza, Hrathen notaba algo en los ojos de esos mercaderes. Nerviosismo. Habían planeado lo que llevarían a ese mercado durante meses, comprado sus mercancías y sacado los permisos mucho antes de la muerte del rey Iadon. Incluso con las turbulencias, no tenían más remedio que intentar vender lo que pudieran.

La capa de Hrathen se agitaba mientras recorría el mercado, la armadura tintineando cómodamente con cada paso. Fingía una confianza que no sentía, intentando dar a los mercaderes cierta seguridad. Las cosas no iban bien, para nada. Su apresurada llamada al wyrn a través de la seon se había producido demasiado tarde, el mensaje de Telrii ya había llegado. Por fortuna, el wyrn solo había demostrado una leve ira por la presuntuosidad de Telrii.

El tiempo se acababa. El wyrn había indicado que tenía poca paciencia con los necios, y que nunca concedería a un extranjero el título de gyorn. Por ello, las siguientes reuniones de Hrathen con Telrii no habían ido bien. Aunque parecía un poco más razonable que el día en que expulsó a Hrathen, el rey seguía rechazando todas las sugerencias de compensación monetaria. Su reticencia a convertirse mandaba señales contradictorias al resto de Arelon.

El mercado vacío era una manifestación del estado de confusión de la nobleza arelena. De repente, no estaban seguros de si era mejor ser simpatizante derethi o no, así que simplemente se escondían. Los bailes y fiestas se habían interrumpido y los hombres vacilaban en visitar los mercados, a la expectativa de qué haría su monarca. Todo dependía de la decisión de Telrii.

«Lo hará, Hrathen —se dijo—. Todavía te queda un mes. Tienes tiempo para persuadir, adular y amenazar. Telrii acabará comprendiendo lo estúpido de su petición, y se convertirá».

Sin embargo, a pesar de sus afirmaciones, Hrathen se sentía al borde de un precipicio. Jugaba a un peligroso juego de equilibrio. La nobleza arelena no era realmente suya, aún no. La mayoría seguía más preocupada por la apariencia que por la esencia. Si le entregaba Arelon al wyrn, entregaría una hornada de conversos a medias, como mucho. Esperaba que fuera suficiente.

Hrathen se detuvo al ver movimiento en una tienda, a su lado. La tienda era una gran estructura azul con bordados extravagantes y grandes pabellones parecidos a alas en los lados. La brisa traía aromas de especias y humo, un mercader de incienso.

Hrathen frunció el ceño. Estaba seguro de haber visto el distintivo rojo sangre de una túnica derethi dentro de la tienda. Se suponía que los arteths estaban meditando a solas en aquel momento, no de compras. Decidido a descubrir qué sacerdote había desobedecido su orden, Hrathen entró en la tienda.

Estaba oscuro en el interior, pues las gruesas paredes de lona bloqueaban la luz del sol. Una linterna ardía a un lado, pero la gran estructura estaba tan repleta de cajas, barriles y cestas que Hrathen solo vio bultos. Se detuvo un momento, mientras sus ojos se aclimataban. No parecía haber nadie dentro de la tienda, ni siquiera un mercader.

Dio un paso al frente, moviéndose entre vaharadas de aromas a la vez fuertes y seductores. Dulzarenas, jabones y aceites aromatizaban el aire, y la mezcla de sus muchos olores confundía la mente. Casi al fondo de la tienda, encontró la linterna solitaria tras una caja de cenizas, los restos del incienso quemado. Hrathen se quitó el guantelete y frotó el suave polvillo entre los dedos.

—Las cenizas son como el naufragio de tu poder, ¿verdad, Hrathen? —preguntó una voz.

Hrathen se dio media vuelta, sobresaltado por el sonido. Había una figura en la penumbra, a su espalda, una forma familiar ataviada con el hábito derethi.

—¿Qué estás haciendo aquí? —preguntó Hrathen, dando la espalda a Dilaf y limpiándose la mano antes de volver a ponerse el guantelete.

Dilaf no respondió. Se quedó en la oscuridad, su rostro invisible clavando en él una mirada perturbadora.

—¿Dilaf? —repitió Hrathen, volviéndose—. Te he hecho una pregunta.

—Has fracasado aquí, Hrathen —susurró Dilaf—. Ese idiota de Telrii está jugando contigo. Contigo, un gyorn del shudereth. Los hombres no hacen exigencias al imperio fjordell, Hrathen. No deberían.

Hrathen notó que se ruborizaba.

—¿Qué sabes tú de esas cosas? Déjame en paz, arteth. —Dilaf no se movió.

—Estuviste cerca, lo admito, pero tu estupidez te costó la victoria.

—¡Bah! —dijo Hrathen, dejando atrás al hombrecito en la

oscuridad y encaminándose hacia la salida—. Mi batalla aún no ha terminado, todavía me queda tiempo.

—¿Sí? —preguntó Dilaf.

Con el rabillo del ojo, Hrathen vio que se acercaba a las cenizas y pasaba los dedos por ellas.

—Todo se te ha escapado entre las manos, ¿no, Hrathen? Mi victoria es más dulce por tu fracaso.

Hrathen se detuvo, luego se echó a reír, mirando a Dilaf.

—¿Victoria? ¿Qué victoria has conseguido? ¿Qué...?

Dilaf sonrió. A la débil luz de la linterna, su rostro marcado en la sombra, sonrió. La expresión de pasión, ambición y fanatismo que Hrathen había advertido aquel primer día, hacía ya tanto tiempo, era tan turbadora que la pregunta murió en sus labios. A la luz fluctuante, el arteth no parecía un hombre, sino un svrakiss enviado para atormentarlo.

Dilaf soltó el puñado de cenizas, pasó al lado de Hrathen, abrió la puerta de lona de la tienda y salió a la luz.

—¿Dilaf? —preguntó Hrathen, en voz demasiado baja para que el arteth la oyera—. ¿Qué victoria?

Capítulo 52

A Y! —SE quejó Raoden cuando Galladon le clavó la aguja en la mejilla.

—Deja de lloriquear —ordenó el dula, tirando del hilo con fuerza.

—Karata es mucho mejor haciendo esto —dijo Raoden.

Estaba sentado ante un espejo, en sus habitaciones de la mansión de Roial, la cabeza ladeada, viendo a Galladon coser la herida causada por la espada.

—Pues entonces espera a que volvamos a Elantris —rezongó el dula, recalcando la observación con otro pinchazo.

—No —contestó Raoden con un suspiro—. Ya he esperado demasiado, noto que se rasga un poco cada vez que sonrío. ¿Por qué no pudo haberme golpeado en el brazo?

—Porque somos elantrinos, sule —explicó Galladon—. Si algo malo puede pasarnos, nos pasará. Tienes suerte de haber escapado solo con esto. De hecho, tienes suerte de haber podido luchar con ese cuerpo tuyo.

—No fue fácil —dijo Raoden, manteniendo la cabeza quieta mientras el dula trabajaba—. Por eso tuve que terminar rápido.

—Bueno, luchas mejor de lo que esperaba.

—Pedí a Eondel que me enseñara. Cuando intentaba encontrar maneras de demostrar que las leyes de mi padre eran estúpidas. Eondel eligió la esgrima porque creía que me resultaría más útil, como político. Nunca supuse que acabaría usándola para impedir que mi esposa me cortara en pedazos.

Galladon bufó divertido mientras volvía a coser a Raoden, y este apretó los dientes contra el dolor. Las puertas estaban cerradas con llave y las cortinas echadas, pues Raoden tuvo que dejar caer su máscara ilusoria para que Galladon lo cosiera. El duque había tenido la amabilidad de alojarlos: Roial parecía el único de los antiguos amigos de Raoden intrigado, en vez de molesto, por su personaje Kaloo.

—Muy bien, sule —dijo Galladon, dando la última puntada. Raoden asintió y se miró al espejo. Casi había empezado a pensar que el guapo rostro duladen le pertenecía. Eso era peligroso. Tenía que recordar que seguía siendo un elantrino, con todas las debilidades y los dolores de su clase, a pesar de la personalidad despreocupada que había adoptado.

Galladon todavía llevaba su máscara. Las ilusiones aon serían efectivas mientras Raoden no las eliminara. Ya fueran dibujados en el aire o en el barro, los aones solo podían ser destruidos por otro elantrino. Los libros decían que un aon inscrito en polvo continuaría funcionando aunque su patrón se alterara o se borrara.

Las ilusiones estaban asociadas a su ropa interior, lo que le permitía cambiar de traje cada día sin necesidad de redibujar el aon. La ilusión de Galladon era la de un ancho rostro dula sin características destacables, una imagen que Raoden había encontrado al final de su libro. El rostro de Raoden había sido mucho más difícil de elegir.

—¿Qué tal es mi personalidad? —preguntó Raoden, sacando el libro del AonDor para empezar a recrear su ilusión—. ¿Soy convincente?

Galladon se encogió de hombros y se sentó en la cama de Raoden.

—Yo no me hubiese tragado que eres un dula, pero ellos parece que sí. No creo que pudieras haber hecho mejor elección, de todas formas. ¿Kolo?

Raoden asintió mientras dibujaba. La nobleza arelena era demasiado conocida, y Sarene habría descubierto inmediatamente cualquier intento de hacerse pasar por alguien de Teod. Si quería hablar aónico, solo quedaba Duladel. Sus intentos fracasados de imitar el acento de Galladon habían dejado claro que nunca podría fingir de manera convincente ser un miembro de la clase baja duladen; incluso su pronunciación de una palabra simple como «kolo» había hecho que Galladon se partiera de risa. Por fortuna, había un buen número de ciudadanos duladen poco conocidos, hombres que habían sido alcaldes de ciudades pequeñas o miembros de consejos sin importancia, que hablaban un aónico impecable. Raoden había conocido a muchos de esos individuos, e imitar su personalidad solo requería extravagancia y displicencia.

Conseguir la ropa había sido un poco difícil. Raoden, con otra ilusión, tuvo que comprarlas en el mercado areleno. Sin embargo, desde su llegada oficial, había podido conseguir algunos atuendos de mejor corte. Le parecía que interpretaba bastante bien a un dula, aunque no todo el mundo estaba convencido.

—Creo que Sarene sospecha —dijo Raoden, terminando el aon y viéndolo girar a su alrededor para moldear su cara.

—Es un poco más escéptica que la mayoría.

—Cierto —dijo Raoden. Pretendía decirle quién era lo antes posible, pero ella había resistido a todos los intentos de «Kaloo» de verse a solas, incluso había rechazado la carta que le había enviado, devolviéndola sin abrir.

Afortunadamente, las cosas iban mejor con el resto de los nobles. Raoden había salido de Elantris dos días antes, confiando Nueva Elantris al cuidado de Karata, y había conseguido infiltrarse en la alta sociedad arelena con una facilidad que lo sorprendía incluso a él. Los nobles estaban demasiado ocupados preocupándose por el reinado de Telrii para poner en duda el pasado de Kaloo. De hecho, se habían pegado a él con sorprendente vigor. Al parecer, la sensación de despreocupada estupidez que llevaba a las reuniones daba a los nobles la oportunidad de reírse y olvidarse del caos de las últimas semanas. Así que rápidamente se convirtió en un invitado necesario en cualquier función.

La verdadera prueba iba a ser introducirse en las reuniones secretas de Roial y Sarene. Si iba a hacer alguna vez algo bueno por Arelon, tenía que ser admitido en ese grupo en concreto. Eran sus miembros quienes estaban trabajando para decidir el destino del país. Galladon se mostraba escéptico respecto a las posibilidades de Raoden; naturalmente, Galladon era escéptico en todo. Raoden sonreía para sí, era él quien había dado comienzo a aquellas reuniones. Resultaba irónico que ahora se viera obligado a esforzarse para ser admitido.

Con el rostro de Kaloo enmascarando una vez más el suyo propio, Raoden se puso sus guantes verdes, que mantenían la ilusión que hacía que sus brazos parecieran no elantrinos, y luego dio una vuelta ante Galladon.

—Y el magnífico Kaloo regresa.

—Por favor, sule, no en privado. Ya he estado a punto de estrangularte en público.

Raoden se echó a reír.

—Ah, qué vida. Amado por cada mujer, envidiado por cada hombre.

Galladon bufó.

—Te aman todas las mujeres menos una, querrás decir —insistió Galladon.

—Bueno, me invitó a luchar con ella cuando quisiera —dijo Raoden, sonriendo mientras se acercaba a abrir las cortinas.

—Aunque solo fuera por tener otra oportunidad de atravesarte —dijo Galladon—. Tendrías que alegrarte de que te haya alcanzado en la cara, donde la ilusión cubrió la herida. Si te hubiera apuñalado la ropa, habría sido muy difícil explicar por qué el corte no sangraba. ¿Kolo?

Raoden abrió la puerta del balcón y se asomó a los jardines de Roial. Suspiró mientras Galladon se reunía con él.

—Dime una cosa. ¿por qué cada vez que la veo, Sarene está decidida a odiarme?

—Debe de ser amor.

Raoden se rio amargamente.

—Bueno, al menos esta vez odia a Kaloo, en vez de a mi auténtico yo. Supongo que puedo perdonarla por eso. Casi he llegado al punto de odiarlo yo también.

Llamaron a la puerta. Galladon lo miró y Raoden asintió. Sus disfraces y rostros estaban completos. Galladon, haciendo el papel de sirviente, abrió. Fuera esperaba Roial.

—Mi señor —dijo Raoden, acercándose con los brazos tendidos y una sonrisa de oreja a oreja—. ¡Confío en que tu día haya sido tan bueno como el mío!

—Lo ha sido, ciudadano Kaloo. ¿Puedo pasar?

—Por supuesto, por supuesto. Es tu casa, a fin de cuentas. Nos sentimos tan inenarrablemente en deuda contigo por tu amabilidad que sé que nunca podré devolverte el favor.

—Tonterías, ciudadano —dijo Roial—. Aunque, hablando de pagar, te agradará saber que he hecho un buen negocio con esas lámparas que me diste. He depositado tu crédito en una cuenta, en mi banco. Debería bastarte para vivir cómodamente varios años al menos.

—¡Excelente! —exclamó Raoden—. Buscaremos inmediatamente otro lugar donde residir.

—No, no —dijo el viejo duque, alzando las manos—. Quédate tanto tiempo como desees. Recibo tan pocos visitantes a mi edad que incluso esta pequeña casa suele parecerme demasiado grande.

—¡Entonces nos quedaremos mientras nos soportes! —declaró Raoden con típica falta de decoro duladen. Se decía que en el momento en que invitabas a un dula a quedarse, nunca te deshacías de él, ni de su familia.

—Dime, ciudadano —preguntó Roial, camino del jardín—. ¿Dónde encontraste una docena de lámparas de oro macizo?

—Herencia familiar. Las rescaté de las paredes de nuestra mansión mientras le prendían fuego.

—Debe de haber sido horrible —dijo Roial, apoyándose en la barandilla.

—Peor que horrible —contestó Raoden, sombrío. Entonces sonrió—. Pero esos tiempos han quedado atrás, mi señor. ¡Tengo un nuevo país y nuevos amigos! Todos seréis mi familia ahora.

Roial asintió, ausente, entonces miró a Galladon con cautela.

—Veo que algo ocupa tu mente, lord Roial —dijo Raoden—. No temas decirlo, el buen Dendo está conmigo desde que nací, es digno de la confianza de cualquier hombre.

Roial asintió de nuevo, volviéndose a contemplar sus posesiones.

—No me refiero a los malos tiempos de tu patria, ciudadano. Has dicho que ya han acabado, pero me temo que para nosotros el terror esté comenzando.

—Ah, hablas de los problemas con el trono —dijo Raoden, chasqueando la lengua.

—Sí, ciudadano. Telrii no es un líder fuerte. Me temo que Arelon siga pronto el destino de Duladel. Tenemos a los lobos fjordell lanzándonos dentelladas, oliendo sangre, pero nuestra nobleza finge que no son más que perros de caza caprichosos.

—Ya, son tiempos difíciles —dijo Raoden—. ¿Adónde puedo ir para encontrar la paz?

—A veces debemos hacer nuestra propia paz, ciudadano.

—¿Qué quieres decir? —preguntó Raoden, intentando apartar el entusiasmo de su voz.

—Ciudadano, espero no ofenderte si te digo que los demás te consideran bastante frívolo.

Raoden se echó a reír.

—Espero que así sea, mi señor. Odiaría pensar que me he estado haciendo el tonto para nada.

Roial sonrió.

—Percibo en ti una sabiduría que no queda totalmente enmascarada por tu apariencia descuidada, ciudadano. Cuéntame, ¿cómo conseguiste escapar de Duladel?

—Me temo que es un secreto que debo mantener, mi señor.

Hay quienes sufrirían mucho si se conoce su participación en mi huida.

Roial asintió.

—Comprendo. Lo importante es que sobreviviste cuando tus compatriotas no lo hicieron. ¿Sabes cuántos refugiados llegaron por la frontera cuando cayó la república?

—Me temo que no, mi señor —le respondió Raoden—. Estaba un poco ocupado en esos momentos.

—Ninguno —dijo Roial—. Ni uno solo que yo conozca... excluyéndote a ti. He oído decir que los republicanos se quedaron demasiado sorprendidos para pensar siquiera en escapar.

—Mi pueblo es lento a la hora de actuar, mi señor —respondió Raoden, alzando las manos—. En este caso, nuestros modales laxos determinaron nuestra caída. La revolución nos barrió mientras aún discutíamos qué íbamos a tomar para cenar.

—Pero tú escapaste.

—Yo escapé.

—Ya has vivido lo que puede que a nosotros nos toque sufrir, y eso hace que tus consejos sean valiosos, piensen lo que piensen los demás.

—Hay una forma de escapar al destino de Duladel, mi señor —dijo Raoden con cautela—. Aunque podría ser peligroso. Implicaría un... cambio en el liderazgo.

Roial entornó los ojos sabiamente y asintió. Algo pasó entre ellos, la comprensión de la oferta del duque y la disposición de Raoden.

—Hablas de cosas peligrosas —le advirtió Roial.

—He pasado por mucho, mi señor. No sería contrario a correr un poco más de peligro si eso me proporcionara un medio para vivir el resto de mi vida en paz.

—No puedo garantizar que eso suceda.

—Y yo no puedo garantizar que este balcón no vaya a desplomarse de pronto, enviándonos a nuestra perdición. Todo lo que podemos hacer es contar con la suerte, y nuestra inteligencia, para protegernos.

Roial asintió.

—¿Conoces la casa del mercader Kiin?

—Sí.

—Reúnete conmigo allí al anochecer.

Raoden asintió y el duque se excusó. Mientras la puerta se cerraba, Raoden le hizo un guiño a Galladon.

—Y tú que pensabas que no podría conseguirlo.

—Nunca volveré a dudar de ti —dijo Galladon secamente.

—El secreto era Roial, amigo mío —repuso Raoden, cerrando la puerta del balcón mientras volvía a la habitación—. Ve a través de la mayoría de las fachadas, pero, al contrario que Sarene, su primera pregunta no es «¿por qué está intentando engañarme este hombre?», sino «¿cómo puedo usar lo que sé?». Le he ido dando pistas, y él ha respondido.

Galladon asintió.

—Bueno, estás dentro. ¿Qué vas a hacer ahora?

—Encontrar un modo de poner a Roial en el trono en vez de a Telrii —dijo Raoden, tomando un trapo y un frasco de maquillaje marrón. Vertió un poco de maquillaje en el trapo y luego se lo guardó en el bolsillo.

Galladon alzó una ceja.

—¿Y eso? —preguntó, señalando el trapo.

—Algo que espero que no tengamos que usar.

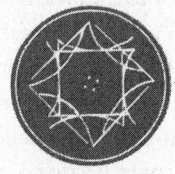

CAPÍTULO 53

QUÉ ESTÁ haciendo él aquí? —exigió saber Sarene, de pie en la puerta de la cocina de Kiin. El idiota de Kaloo estaba sentado allí, vestido con una mezcla de rojos chillones y anaranjados. Hablaba animadamente con Kiin y Roial, y al parecer no había reparado en su llegada.

Lukel cerró la puerta tras ella y luego miró al dula con aparente disgusto. Su primo tenía fama de ser uno de los hombres más ingeniosos y pintorescos de Kae. La reputación de Kaloo, sin embargo, había eclipsado rápidamente incluso la de Lukel y relegado al joven mercader a una amarga segunda plaza.

—Roial lo ha invitado por algún motivo —murmuró Lukel.

—¿Se ha vuelto loco? —preguntó Sarene, quizá más fuerte de lo que debía—. ¿Y si ese maldito dula es un espía?

—¿Un espía de quién? —preguntó Kaloo alegremente—. No creo que vuestro pomposo rey tenga la sagacidad política de contratar espías. Y puedo asegurarte que, no importa cuánto te exaspere, princesa, molesto aún más a los fjordell. Ese gyorn preferiría apuñalarse él mismo en el pecho antes de pagarme a cambio de información.

Sarene se ruborizó, un hecho que solo provocó que Kaloo soltara otra carcajada.

—Creo, Sarene, que las opiniones del ciudadano Kaloo te resultarán de ayuda —dijo Roial—. Este hombre ve las cosas de modo distinto a los arelenos, y también tiene una opinión fresca de los acontecimientos de Kae. Creo recordar que tú misma usaste un argumento similar cuando te uniste a nosotros por primera vez. No descartes el valor de Kaloo porque parezca un poco más excéntrico de lo que te resulta cómodo.

Sarene frunció el ceño, pero aceptó la reprimenda. Las observaciones del duque tenían su peso, sería bueno contar con una nueva perspectiva. Por algún motivo, Roial parecía confiar en Kaloo. Ella notaba el respeto mutuo entre ambos. A regañadientes, admitió que tal vez el duque había visto en Kaloo algo que a ella se le había pasado por alto. Al fin y al cabo, el dula llevaba varios días alojándose en casa de Roial.

Ahan se retrasaba, como de costumbre. Shuden y Eondel hablaban tranquilamente en un extremo de la mesa, su apagada conversación en fuerte contraste con la vibrante narración de Kaloo. Kiin había traído aperitivos, galletas saladas cubiertas de una especie de crema blanca. A pesar de la insistencia de Sarene en que no preparara la cena, Kiin obviamente había sido incapaz de permitir que tanta gente se reuniera en su casa sin ofrecer nada de comer. Sarene sonrió, dudando que otros conspiradores disfrutaran de aperitivos dignos del paladar más exquisito.

Unos momentos después llegó Ahan, sin molestarse en llamar. Se desplomó en su sillón de costumbre y procedió a atacar las galletas.

—Pues ya estamos todos —dijo Sarene, hablando en voz alta para interrumpir a Kaloo. Todas las cabezas se volvieron hacia ella mientras se ponía en pie—. Confío en que hayáis reflexionado sobre nuestra situación. ¿Quiere empezar alguien?

—Yo lo haré —dijo Ahan—. Tal vez se pueda persuadir a Telrii para que no se una al shu-dereth.

Sarene suspiró.

—Creía que habíamos discutido esto ya, Ahan. Telrii no está dudando si convertirse o no, espera a ver cuánto dinero puede sacarle al wyrn.

—Si al menos tuviéramos más tropas —dijo Roial, sacudiendo la cabeza—. Con un ejército adecuado, podríamos intimidar a Telrii. Sarene, ¿qué posibilidades hay de recibir ayuda de Teod?

—No muchas —respondió Sarene, sentándose—. Recuerda, mi padre se comprometió con el shu-dereth. Además, Teod cuenta con una armada maravillosa, pero pocas tropas de infantería. Nuestro país tiene una población pequeña, sobrevivimos hundiendo a nuestros enemigos antes de que desembarquen.

—He oído decir que hay guerrilleros en Duladel —sugirió Shuden—. Atacan ocasionalmente las caravanas.

Todos los ojos se volvieron hacia Kaloo, quien levantó las manos con las palmas hacia delante.

—Creedme, amigos míos, no querríais su ayuda. Los hombres de los que habláis son casi todos antiguos republicanos como yo mismo. Pueden batirse en duelo entre sí con bastante eficacia, pero un syre no sirve de mucho contra un soldado entrenado, sobre todo si tiene cinco amigos a su lado. La resistencia solo sobrevive porque los fjordell son demasiado perezosos para perseguirlos por los pantanos.

Shuden frunció el ceño.

—Creía que se ocultaban en las cuevas de las estepas duladen.

—Hay varios grupos —dijo Kaloo tranquilamente, aunque Sarene captó un atisbo de incertidumbre en sus ojos. «¿Quién eres?», se preguntó mientras la conversación continuaba.

—Creo que deberíamos avisar al pueblo —dijo Lukel—. Telrii ha sugerido que pretende mantener el sistema de plantaciones. Si acercamos al campesinado a nuestra causa, puede que esté dispuesto a levantarse contra él.

—Podría funcionar —dijo Eondel—. El plan de lady Sarene de compartir las cosechas con mis campesinos les ha ofrecido un atisbo de libertad, y en las últimas semanas han llegado a confiar mucho más en sí mismos. Pero haría falta mucho tiempo, no se entrena a hombres para la lucha de la noche a la mañana.

—Estoy de acuerdo —dijo Roial—. Telrii será derethi mucho antes de que terminemos, y Hrathen dictará la ley.

—Yo podría fingir hacerme derethi —dijo Lukel—. Aunque solo sea mientras planeo la caída del rey.

Sarene negó con la cabeza.

—Si le damos al shu-dereth ese tipo de oportunidad en Arelon, nunca nos liberaremos de él.

—Es solo una religión, Sarene —intervino Ahan—. Creo que deberíamos concentrarnos en los verdaderos problemas.

—¿No crees que el shu-dereth es un «verdadero problema», Ahan? —preguntó Sarene—. ¿Por qué no intentas explicarlo en JinDo y Duladel?

—Ella tiene razón —dijo Roial—. Fjorden abrazó el shu-dereth como instrumento de dominación. Si esos sacerdotes convierten Arelon, entonces el wyrn gobernará aquí sin que importe a quién pongamos en el trono.

—Entonces ¿un ejército de campesinos queda descartado? —preguntó Shuden, volviendo a centrar la conversación.

—Exige demasiado tiempo —dijo Roial.

—Además —advirtió Kaloo—, no creo que queráis sumir a este país en la guerra. He visto lo que puede hacerle a una nación una revolución sangrienta: quiebra el espíritu del pueblo y luchan unos contra otros. Los hombres de la guardia de Elantris pueden ser estúpidos, pero siguen siendo vuestros compatriotas. Su sangre mancharía vuestras manos.

Sarene alzó la cabeza cuando oyó el comentario, hecho sin ningún atisbo de la habitual extravagancia de Kaloo. Algo en él la hacía sentirse cada vez más recelosa.

—¿Entonces qué? —preguntó Lukel, exasperado—. No podemos luchar contra Telrii y no podemos esperar a que se convierta. ¿Qué hacemos?

—Podríamos matarlo —dijo Eondel tranquilamente.

—¿Bien? —preguntó Sarene. No esperaba esa sugerencia tan pronto en la reunión.

—Tiene sus ventajas —coincidió Kiin, con una frialdad que Sarene nunca había visto en él antes—. Asesinar a Telrii resolvería un montón de problemas.

La habitación quedó en silencio. Sarene sintió un regusto amargo en la boca mientras estudiaba a los hombres. Sabían lo que sabía ella. Había decidido mucho antes de la reunión que ese era el único camino.

—Ah, la muerte de un hombre para salvar a una nación —susurró Kaloo.

—Parece la única alternativa —dijo Kiin, sacudiendo la cabeza.

—Tal vez —dijo el dula—. Aunque me pregunto si no estamos subestimando al pueblo de Arelon.

—Ya hemos discutido esto —dijo Lukel—. No tenemos tiempo suficiente para levantar a los campesinos.

—No solo a los campesinos, joven Lukel —respondió Kaloo—, sino a la nobleza. ¿No habéis notado su vacilación a la hora de apoyar a Telrii? ¿No habéis visto incomodidad en sus ojos? Un rey sin apoyo no es rey en absoluto.

—¿Y la guardia? —señaló Kiin.

—Me pregunto si no podríamos convencerlos nosotros —dijo Kaloo—. Sin duda, se les podría convencer para que vieran que lo que han hecho no está bien.

«Vosotros» se había convertido en «nosotros». Sarene frunció el ceño, casi lo tenía. Había algo familiar en sus palabras...

—Es una sugerencia interesante —dijo Roial.

—La guardia y la nobleza apoyan a Telrii porque no ven otra alternativa —dijo Kaloo—. Lord Roial estaba avergonzado por el fracaso de la boda y lady Sarene fue arrojada a Elantris. Ahora, sin embargo, la vergüenza ha sido borrada. Tal vez si podemos mostrar a la guardia el resultado de su decisión, la ocupación por parte de Fjorden y la práctica esclavitud de nuestro pueblo, se dé cuenta de que ha apoyado al hombre equivocado. Dadles una posibilidad de decidir honradamente, y creo que elegirán con sabiduría.

Eso era. A Sarene le sonaba esa fe, aquella fe ciega en la bondad básica del hombre. Y, cuando de pronto se dio cuenta de dónde la había visto antes, no pudo evitar levantarse de un salto y dejar escapar un gritito de sorpresa.

RAODEN APRETÓ LOS dientes, reconociendo de inmediato su error. Había dejado escapar a Kaloo demasiado rápidamente, mostrado demasiado de su verdadera personalidad. Los otros no habían advertido el cambio, pero Sarene, la querida y recelosa Sarene, no había sido tan laxa. Miró sus ojos de desconcierto y supo que ella lo sabía. De algún modo, a pesar del poco tiempo que habían estado juntos, lo había reconocido cuando sus mejores amigos no habían sido capaces.

Oh, *oh*, pensó.

—¿SARENE? —PREGUNTÓ ROIAL—. Princesa, ¿te encuentras bien?

Sarene miró tímidamente alrededor, de pie delante de su asiento.

No obstante, olvidó deprisa su rubor, mientras sus ojos se posaban sobre el furtivo Kaloo.

—No, mi señor, creo que no —dijo—. Me parece que necesitamos un descanso.

—No hemos estado tanto tiempo... —comentó Lukel.

Sarene lo hizo callar con una mirada, y nadie más se atrevió a enfrentarse a su ira.

—Una pausa, bien —dijo Roial lentamente.

—Bien —dijo Kiin, levantándose del asiento—. Tengo unas cuantas empanadas de carne hraggisas enfriándose ahí atrás. Voy por ellas.

Sarene estaba tan agitada que ni se acordó de reprender a su tío por preparar una comida cuando le había dicho expresamente que no lo hiciera. Dirigió a Kaloo una mirada significativa y luego abandonó la mesa, aparentemente para ir al baño. Esperó en el estudio de Kiin antes de que el miserable impostor finalmente doblara la esquina.

Sarene lo agarró por la camisa y casi lo arrojó contra la pared mientras apretaba la cara contra la suya.

—¿Espíritu? En nombre de Domi el Misericordioso, ¿qué estás haciendo aquí?

Espíritu miró a un lado, temeroso.

—¡No tan alto, Sarene! ¿Cómo crees que responderían esos hombres si descubrieran que han estado sentados junto a un elantrino?

—Pero... ¿cómo? —preguntó ella, su furia convirtiéndose en entusiasmo mientras comprendía que era realmente él. Extendió la mano para tocarle la nariz, que era demasiado larga para ser su nariz verdadera. Se sorprendió cuando sus dedos atravesaron la punta como si no estuviera allí.

—Tenías razón respecto a los aones, Sarene —dijo Espíritu rápidamente—. Son mapas de Arelon... todo lo que tuve que hacer fue añadir una línea y el sistema empezó a funcionar de nuevo.

—¿Una línea?

—El Abismo. *Eso* causó el Reod. Fue un cambio suficiente en el paisaje para que su presencia tuviera que reflejarse en los aones.

—¡Funciona! —dijo Sarene. Entonces le soltó la camisa y le dio un amargo puñetazo en el costado—. ¡Me has estado mintiendo!

—¡Ay! —se quejó Espíritu—. Por favor, nada de golpes... mi cuerpo no sana, ¿recuerdas?

Sarene se quedó boquiabierta.

—¿Eso no...?

—¿Cambió cuando arreglamos el AonDor? No. Sigo siendo elantrino bajo esta ilusión. Sigue habiendo algo que falla en el AonDor.

Sarene resistió las ganas de volver a golpearlo.

—¿Por qué me mentiste? —Espíritu sonrió.

—Oh, ¿vas a decirme que no ha sido más divertido de esta forma?

—Bueno...

Él se echó a reír.

—Solo tú considerarías eso una excusa válida, mi princesa.

Lo cierto es que no he tenido ocasión de decírtelo. Cada vez que intentaba acercarme a ti estos días, te escapabas. Ignoraste la carta que te envié. No podía plantarme delante de ti y anular mi ilusión. La verdad es que vine anoche a casa de Kiin con la esperanza de verte en la ventana.

—¿Eso hiciste? —preguntó Sarene con una sonrisa.

—Pregúntale a Galladon —dijo Raoden—. Está en casa de Roial ahora mismo, comiéndose todos los dulces jaadorianos del duque. ¿Sabías que siente debilidad por los dulces?

—¿El duque o Galladon?

—Ambos. Volvamos, van a preguntarse por qué estamos tardando tanto.

—Déjalos —dijo Sarene—. Todas las demás mujeres llevan tanto tiempo suspirando por Kaloo, que es hora de que yo me ponga en la cola.

Espíritu empezó a reírse, pero captó aquella expresión peligrosa en sus ojos y calló.

—Era la única opción, Sarene, de verdad. No he tenido más remedio que seguir representando el papel.

—Creo que has actuado un poco demasiado bien —dijo ella.

Entonces sonrió, incapaz de seguir enfadada.

Él obviamente captó que sus ojos se suavizaban, porque se relajó.

—Tienes que admitir que ha habido momentos divertidos. No sabía que fueras tan buena con la esgrima.

Sarene sonrió con picardía.

—Mis talentos son abundantes, Espíritu. Y al parecer también los tuyos, no tenía ni idea de que fueras tan buen actor. ¡Te odiaba!

—Es agradable sentirse apreciado —dijo Espíritu, dejando que sus brazos la rodearan.

De pronto ella fue consciente de su proximidad. Su cuerpo estaba a temperatura ambiente y la antinatural frialdad era enervante. Sin embargo, en vez de apartarse, apoyó la cabeza en su hombro.

—¿Por qué has venido? Deberías estar en Nueva Elantris, preparando a tu gente. ¿Por qué arriesgarse a venir a Kae?

—Para encontrarte. —Ella sonrió. Era la respuesta adecuada—. Y para impedir que os matéis unos a otros —continuó él—. Este país está hecho un caos, ¿eh?

Sarene suspiró.

—Y en parte es por culpa mía.

Espíritu acercó las manos a su cuello y le hizo girar la cabeza para mirarla a los ojos. La cara era diferente, pero sus ojos eran los mismos. Profundos y azules. ¿Cómo lo había podido confundir con nadie?

—No se te permite regañarte, Sarene. Ya tengo bastante con Galladon. Has hecho un maravilloso trabajo aquí, mejor de lo que yo hubiese imaginado. Suponía que esos hombres dejarían de reunirse después de mi marcha.

Sarene se sacudió la sensación de trance al perderse en aquellos ojos.

—¿Qué acabas de decir? ¿Después de tu marcha...?

Desde la otra habitación los llamaron y Espíritu le hizo un guiño, los ojos chispeantes.

—Tenemos que volver. Pero... digamos que hay algo más que tengo que decirte, cuando la reunión haya terminado y podamos hablar más en privado.

Ella asintió, medio aturdida. Espíritu estaba en Kae, y el Aon-Dor funcionaba. Regresó al comedor y se sentó a la mesa, y Espíritu hizo lo mismo unos momentos más tarde. Sin embargo, quedaba una silla vacía.

—¿Dónde está Ahan? —preguntó Sarene. Kiin frunció el ceño.

—Se ha marchado —declaró con amargura. Lukel se echó a reír, sonriendo a Sarene.

—El conde dice que algo que ha comido no le ha sentado bien. Se... ha marchado.

—Es imposible —gruñó Kiin—. No había nada en esas galletas que pudiera sentarle mal.

—Estoy segura de que no han sido las galletas, tío —dijo Sarene con una sonrisa—. Será por algo que comió antes de venir.

Lukel se echó a reír, asintiendo.

—Domi sabe que ese hombre come tanto que es extraño que no acabe enfermo cada noche por pura ley de probabilidad.

—Bueno, deberíamos continuar sin él —dijo Roial—. No sabemos cuánto tiempo continuará indispuesto.

—De acuerdo —dijo Sarene, preparándose para empezar de nuevo.

Roial, sin embargo, se le adelantó. Se levantó despacio, y su viejo cuerpo de pronto pareció sorprendentemente débil.

—Si me perdonáis todos, tengo algo que decir.

Los nobles asintieron, notando la solemnidad del duque.

—No os mentiré, nunca he discutido que haya que emprender o no acciones contra Telrii. Él y yo hemos sido durante los últimos diez años competidores en los negocios. Es un hombre manirroto y escandaloso. Será peor rey todavía que Iadon. Su disposición a considerar siquiera la tonta proclamación de Hrathen fue la prueba definitiva que necesitaba.

»No, no pedí más tiempo antes de reunirnos para reflexionar sobre si deberíamos derrocar a Telrii. El motivo por el que pedí más tiempo fue para que unos... asociados míos llegaran.

—¿Asociados? —preguntó Sarene.

—Asesinos —dijo Roial—. Hombres contratados en Fjorden. No toda la gente de ese país es perfectamente leal a su dios... algunos son leales al oro.

—¿Dónde están?

—En una taberna, no muy lejos.

—Pero la semana pasada nos alertaste en contra de dejar que un baño de sangre guiara nuestra revolución —dijo Sarene, confundida.

Roial bajó la cabeza.

—Hablaba desde el remordimiento, querida Sarene, pues ya había mandado llamar a esos hombres. Sin embargo, he cambiado de opinión. Este joven de Dulad...

Roial fue interrumpido por el sonido de pasos en la entrada. Ahan había regresado.

«Qué extraño —pensó Sarene mientras se volvía—, no he oído cerrarse la puerta principal».

Cuando se giró, no fue a Ahan a quien encontró en la puerta, sino a un grupo de soldados armados con un hombre muy bien vestido al frente. El rey Telrii.

Sarene se levantó de un salto, pero su grito de sorpresa quedó apagado por otras exclamaciones similares. Telrii se hizo a un lado, permitiendo que una docena de hombres con los uniformes de la guardia de Elantris llenaran la habitación. Los seguía el grueso conde Ahan.

—¡Ahan! —exclamó Roial—. ¿Qué has hecho?

—Finalmente te he vencido, viejo —dijo el conde alegremente, las papadas temblando—. Te dije que lo lograría. Bromea sobre lo que están haciendo ahora mis caravanas camino de Svorden, maldito viejo idiota. Ya veremos cómo les va a las tuyas cuando pases los siguientes años en prisión.

Roial agitó con tristeza su cabeza blanca.

—Idiota... ¿No te diste cuenta de cuándo esto dejó de ser un juego? Ya no jugamos con frutas y sedas.

—Protesta si quieres —dijo Ahan, agitando triunfante un dedo—. ¡Pero tienes que admitir que te he vencido! Llevo meses esperando esto. Nunca pude conseguir que Iadon se tomara mis advertencias en serio. ¿Te imaginas? Pensaba que eras incapaz de traicionarlo. Decía que vuestra vieja amistad era demasiado fuerte.

Roial suspiró y miró a Telrii, que sonreía de oreja a oreja, disfrutando de la situación.

—Ay, Ahan —dijo Roial—. Siempre te ha gustado actuar irreflexivamente.

Sarene estaba anonadada. No podía moverse, ni siquiera hablar. Se suponía que los traidores eran hombres de mirada oscura y temperamento agrio. No podía asociar esa imagen con Ahan. Era arrogante e impetuoso, pero ella lo apreciaba. ¿Cómo podía alguien a quien ella apreciaba hacer algo tan horrible?

Telrii chasqueó los dedos y un soldado se adelantó y clavó su espada directamente en el vientre del duque. Roial gimió y se desmoronó con un quejido.

—Esta es la decisión de tu rey —dijo Telrii.

Ahan gritó, los ojos muy abiertos en su grueso rostro.

—¡No! ¡Dijiste que sería la cárcel! —Se adelantó corriendo, farfullando mientras se arrodillaba junto a Roial.

—¿Ah, sí? —preguntó Telrii. Entonces señaló a dos de sus soldados—. Vosotros dos, tomad algunos hombres y encontrad a esos asesinos, luego... —Se golpeó la mejilla con el dedo, pensativo—. Arrojadlos desde las murallas de Elantris.

Los dos hombres saludaron y salieron de la habitación.

—Los demás —dijo Telrii—, matad a estos traidores. Empezad por la querida princesa. Que se sepa que este es el castigo para todos aquellos que pretendan usurpar el trono.

—¡No! —gritaron Shuden y Eondel al unísono.

Los soldados empezaron a moverse, y Sarene se encontró de pronto detrás de una muralla protectora formada por Shuden, Eondel y Lukel. Sin embargo, solo Eondel iba armado, y se enfrentaban a diez hombres.

—Es interesante que hables de usurpadores, duque Telrii —dijo una voz desde el otro lado de la mesa—. Tenía la impresión de que el trono pertenecía a la familia de Iadon.

Sarene siguió la voz. Sus ojos encontraron a Espíritu, o al menos a alguien que llevaba la ropa de Espíritu. Tenía clara piel aónica, pelo castaño claro y penetrantes ojos azules. Los ojos de Espíritu. Pero su rostro no mostraba signo alguno de las manchas de Elantris. Arrojó un trapo sobre la mesa y ella vio las manchas marrones en su interior... como si quisiera hacerles creer que simplemente se había quitado el maquillaje para revelar debajo un rostro completamente diferente.

Telrii se quedó boquiabierto, y retrocedió hasta chocar con la pared.

—¡Príncipe Raoden! —dijo atragantándose—. ¡No! Estás muerto. ¡Me dijeron que estabas muerto!

«Raoden». Sarene estaba aturdida. Miró a Espíritu, preguntándose quién era y si alguna vez lo había conocido realmente.

Espíritu miró a los soldados.

—¿Os atreveréis a matar al verdadero rey de Arelon? —preguntó. Los miembros de la guardia retrocedieron, confusos y asustados.

—¡Hombres, protegedme! —chilló Telrii, dándose la vuelta y huyendo de la habitación. Los soldados vieron escapar a su líder y luego lo siguieron sin más ceremonias, dejando a los conspiradores a solas.

Espíritu (Raoden) saltó sobre la mesa, adelantándose a Lukel. Apartó de un manotazo al todavía farfullante Ahan y se arrodilló junto a Kiin, el único que había pensado en intentar tratar la herida de Roial. Sarene se quedó mirando aturdida, sus sentidos paralizados. Estaba claro que los cuidados de Kiin no serían suficientes para salvar al duque. La espada lo había atravesado de parte a parte, produciéndole una herida dolorosa que era, sin duda, mortal.

—¡Raoden! —jadeó el duque Roial—. ¡Has vuelto con nosotros!

—No te muevas, Roial —dijo Raoden, apuñalando el aire con el dedo. De su yema brotó una luz mientras empezaba a dibujar.

—Tendría que haber sabido que eras tú —susurró el duque—. Toda esa charla sobre confiar en la gente. ¿Puedes creer que empezaba a estar de acuerdo contigo? Tendría que haber enviado a esos asesinos a hacer su trabajo en el momento en que llegaron.

—Eres demasiado buen hombre para eso, Roial —dijo Espíritu, la voz tensa de emoción.

Los ojos de Roial se enfocaron, percibiendo por primera vez el aon que Espíritu dibujaba sobre él. Bufó asombrado.

—¿Has hecho regresar también la hermosa ciudad?

Espíritu no respondió, concentrándose en su aon. Dibujaba distinto de como lo hacía antes, moviendo los dedos con más destreza y rapidez. Terminó el aon con una pequeña línea al pie.

Empezó a brillar cálidamente, bañando a Roial en su luz. Mientras Sarene observaba, los bordes de la herida de Roial parecieron unirse levemente. Un arañazo en la cara de Roial desapareció y varias de las manchas de edad en su cuero cabelludo se borraron.

Luego la luz se apagó y de la herida empezó a manar sangre con cada inútil bombeo del moribundo corazón del duque.

Espíritu maldijo.

—Es demasiado débil —dijo, empezando a la desesperada otro aon—. ¡Y no he estudiado los modificadores sanadores! No sé cómo concentrarme en una sola parte del cuerpo.

Roial extendió un brazo tembloroso y agarró la mano de Espíritu. El aon parcialmente completado se desvaneció, pues el movimiento del duque hizo que Espíritu cometiera un error. Espíritu no empezó de nuevo, e inclinó la cabeza como si llorara.

—No llores, muchacho mío —dijo Roial—. Tu regreso es una bendición. No puedes salvar este cuerpo viejo y cansado, pero puedes salvar tu reino. Moriré en paz, sabiendo que estás aquí para protegerlo.

Espíritu acunó la cara del anciano entre sus manos.

—Hiciste un trabajo maravilloso conmigo, Roial —susurró, y Sarene se sintió como una intrusa—. Sin ti vigilándome, me habría vuelto como mi padre.

—No, muchacho —dijo Roial—. Te pareciste más a tu madre desde el principio. Domi te bendiga.

Sarene se dio la vuelta para no ver la horrible muerte del duque, su cuerpo espasmódico y la sangre aflorándole por la boca. Cuando se giró, parpadeando para espantar las lágrimas de sus ojos, Raoden todavía estaba arrodillado junto al cadáver del anciano. Finalmente, inspiró profundamente y se levantó, volviéndose a mirar a los demás con ojos tristes pero decididos. Junto a ella, Sarene advirtió que Shuden, Eondel y Lukel caían de rodillas, inclinando la cabeza con reverencia.

—Mi rey —dijo Eondel, hablando por todos ellos.

—Mi... esposo —advirtió Sarene con sorpresa.

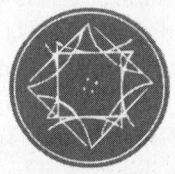

Capítulo 54

Q UE HA hecho *qué*? —dijo Hrathen.

El sacerdote, sobresaltado por la súbita reacción del gyorn, tartamudeó al repetir el mensaje. Hrathen interrumpió al hombre a la mitad.

¿El duque de la plantación de Ial, muerto? ¿Por orden de Telrii? ¿Qué clase de movimiento al azar era ese? Hrathen notaba en la expresión del mensajero que había más, así que le indicó al hombre que continuara. Pronto comprendió que la ejecución no había sido al azar, sino completamente lógica. Hrathen no podía creer en la suerte de Telrii. Se decía que Roial era un hombre astuto; capturar al duque en un acto de traición había sido sorprendentemente afortunado.

Lo que el mensajero contó a continuación, sin embargo, fue aún más sorprendente. Corrían rumores de que el príncipe Raoden había regresado de la tumba.

Hrathen permaneció sentado, aturdido, detrás de su mesa. Un tapiz se agitó en la pared cuando el mensajero cerró la puerta al salir.

«Control —pensó—. Puedes afrontar esto». El rumor del regreso de Raoden era falso, naturalmente, pero Hrathen tenía que admitir que era un golpe maestro. Conocía la reputación de santidad del príncipe: el pueblo profesaba a Raoden una idolatría reservada a los muertos. Si Sarene había encontrado de algún modo a alguien que se le pareciera, podía decir que era su esposo y continuar intentando hacerse con el trono incluso ahora que Roial estaba muerto.

«Desde luego, trabaja rápido», pensó Hrathen con una sonrisa respetuosa.

La ejecución de Roial por parte de Telrii todavía le molestaba. Asesinar al duque sin juicio ni encarcelación previa haría a los otros nobles aún más aprensivos.

Hrathen se puso en pie. Tal vez no fuera demasiado tarde para convencer a Telrii de que, al menos, redactara una orden de ejecución. Las mentes aristócratas se tranquilizarían si podían leer un documento semejante.

TELRII SE NEGÓ a verlo. Hrathen esperaba de pie una vez más en la antesala, mirando a dos de los guardias, cruzados de brazos ante él. Los dos hombres miraban mansamente al suelo. Al parecer, algo había inquietado tanto a Telrii que no recibía ninguna visita.

Hrathen no pretendía dejarse ignorar. Aunque no podía entrar a la fuerza en la habitación, podía convertirse en tal molestia que Telrii acabara por recibirlo. Así que pasó la última hora exigiendo una reunión cada cinco minutos.

De hecho, se acercaba el momento de otra petición.

—Soldado —ordenó—. Pregúntale al rey si va a verme.

El soldado suspiró, igual que había hecho la última media docena de veces que Hrathen había hecho la demanda. Sin embargo obedeció, abrió la puerta y entró a buscar a su comandante. Pocos momentos después, el hombre regresó.

La pregunta de Hrathen se congeló en su garganta. *Aquel no era el mismo hombre.*

El hombre desenvainó la espada y atacó al segundo guardia. Resonaron chasquidos de metal contra metal en la sala de audiencias del rey y los hombres empezaron a gritar, algunos de furia, otros de agonía.

Hrathen maldijo. ¿De verdad había una batalla la única noche que no se había puesto la armadura? Apretando los dientes, pasó junto a los guardias que combatían y entró en la sala.

Los tapices ardían y los hombres luchaban desesperados en el exiguo espacio. Varios guardias yacían muertos en la puerta del fondo. Algunos iban vestidos de marrón y amarillo, los colores de la guardia de Elantris. Los otros iban de plata y azul, los colores de la legión del conde Eondel.

Hrathen esquivó unos cuantos ataques, sorteando las espadas o arrancándolas de las manos de los hombres. Tenía que encontrar al rey. Telrii era demasiado importante para...

El tiempo se detuvo cuando Hrathen vio al rey a través del caos, mientras caían trozos de tela de los brocados. Telrii tenía los ojos desorbitados de miedo y corría hacia la puerta abierta del fondo. La espada de Eondel encontró su cuello antes de que diera más de dos pasos.

El cadáver sin cabeza de Telrii cayó a los pies del conde Eondel, que lo miró con ojos sombríos y se desplomó también, sujetándose una herida en el costado.

Hrathen se quedó quieto en medio de aquella algarabía, olvidando el caos momentáneamente, contemplando los dos cadáveres. «Se acabó evitar un baño de sangre para hacerse con el poder», pensó con resignación.

TERCERA PARTE

EL
ESPÍRITU
DE
ELANTRIS

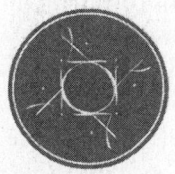

CAPÍTULO 55

LE RESULTABA extraño contemplar Elantris desde el exterior. Raoden pertenecía a la ciudad. Era como si se hallara fuera de su propio cuerpo, observándolo a través de los ojos de otra persona. No debía estar separado de Elantris, al igual que su espíritu no debía estar separado de su cuerpo.

Se encontraba con Sarene de pie en lo alto de la fortaleza que era la casa de Kiin, bajo el sol de mediodía.

El mercader, demostrando a la vez previsión y sana paranoia tras la masacre ocurrida diez años antes, se había construido una mansión más parecida a un castillo que a una casa. Era un cuadrado compacto, con rectos muros de piedra y ventanas estrechas, e incluso se encontraba en la cima de una colina. La azotea tenía un refuerzo de piedra en los bordes, como el parapeto de una muralla. Raoden estaba apoyado en uno de sus sillares con Sarene a su lado, abrazándolo por la cintura mientras contemplaban la ciudad.

Poco después de la muerte de Roial la noche anterior, Kiin había atrancado sus puertas y les había informado de que tenían suficientes suministros para resistir años. Aunque Raoden dudaba que las puertas soportaran mucho tiempo un asalto decidido, agradeció la seguridad que inspiraba Kiin. No se sabía cómo iba a reaccionar Telrii a la aparición de Raoden. Sin embargo, era probable que renunciara a toda pretensión y buscara ayuda fjordell. La guardia de Elantris podría haber vacilado en atacar a Raoden, pero las tropas fjordell no tendrían ese reparo.

—Tendría que haberme dado cuenta —murmuró Sarene.

—¿Eh? —preguntó Raoden, alzando las cejas.

Ella llevaba uno de los vestidos de Daora... que por supuesto era demasiado corto para ella, aunque a Raoden le gustaba el trozo de pierna que dejaba al descubierto. Llevaba su corta peluca rubia, que le quitaba años y le daba el aspecto de una joven en edad escolar en vez de una mujer madura. «Bueno», rectificó Raoden, «una joven de metro ochenta de estatura».

Sarene alzó la cabeza, mirándolo a los ojos.

—No puedo creer que no me diera cuenta. Incluso sospechaba de tu desaparición, Raoden. Llegué a pensar que el rey te había mandado matar, o que al menos te había exiliado.

—Desde luego le hubiese gustado —dijo Raoden—. Trató de quitarme de en medio en muchas ocasiones, pero normalmente acababa por librarme de algún modo.

—¡Era tan *obvio*! —dijo Sarene, apoyando la cabeza en su hombro con un sonoro golpe—. El disfraz, la vergüenza... Todo tiene sentido.

—Es fácil ver las respuestas cuando el rompecabezas está resuelto, Sarene. No me sorprende que nadie relacionara mi desaparición con Elantris... no es el tipo de cosa que supondría un areleno. La gente no habla de Elantris, y desde luego no quiere asociarla con aquellos a quienes ama. Preferirían creer que había muerto a aceptar que me había alcanzado la shaod.

—Pero yo no soy arelena —dijo ella—. No tengo las mismas tendencias.

—Viviste con ellos. No pudiste evitar que te influyera su disposición. Además, no has vivido cerca de Elantris, no sabías cómo actuaba la shaod.

Sarene dio un leve gruñido.

—Y tú me dejaste seguir en la ignorancia. Mi propio esposo.

—Te di una pista —protestó él.

—Sí, unos cinco minutos antes de revelar tu identidad.

Raoden se echó a reír, acercándola. No importaba qué más sucediera, se alegraba de haber tomado la decisión de dejar Elantris. Este breve tiempo con Sarene lo merecía.

Al cabo de un momento se dio cuenta de algo.

—No lo soy, ¿sabes?

—¿No eres qué?

—Tu esposo. Al menos, la relación es discutible. El contrato nupcial decía que nuestro matrimonio sería vinculante si uno de nosotros moría antes de la boda. Yo no he muerto, me fui a Elantris. Aunque sea básicamente la misma cosa, las palabras del contrato eran muy específicas.

Sarene alzó la cabeza, con preocupación en los ojos. Él se rio suavemente.

—No estoy intentando escabullirme, Sarene. Solo digo que deberíamos formalizarlo, para que todo el mundo se tranquilice.

Sarene lo pensó un instante y luego asintió.

—Por supuesto. He estado prometida dos veces durante los dos últimos meses, y no llegué a casarme. Una chica se merece una buena boda.

—La boda de una reina —convino Raoden.

Sarene suspiró mientras miraba Kae. La ciudad parecía fría y sin vida, casi despoblada. La incertidumbre política estaba destruyendo la economía de Arelon igual que el gobierno de Iadon había destruido su espíritu. Donde tendría que haber habido un comercio fluido, ahora solo unos pocos peatones cautelosos se deslizaban furtivamente por las calles. La única excepción era la gran plaza de la ciudad, que albergaba las tiendas del mercado areleno. Aunque algunos mercaderes habían decidido reducir sus pérdidas y trasladarse a Teod a vender lo que pudieran, un número sorprendente se había quedado, dejando sus barcos amarrados en los muelles de Kae. ¿Qué podría haber persuadido a tantos para quedarse y ofrecer sus mercancías a gente que no compraba?

El único otro lugar que mostraba algún signo de actividad

era el palacio. Los miembros de la guardia de Elantris habían estado pululando por la zona como insectos preocupados durante toda la mañana. Sarene había enviado a su seon a investigar, pero aún no había regresado.

—Era un buen hombre —dijo Sarene en voz baja.

—¿Roial? —preguntó Raoden—. Sí que lo era. El duque fue el modelo que necesitaba cuando mi padre demostró ser indigno.

Sarene se rio suavemente.

—Cuando Kiin me presentó a Roial, dijo que no estaba seguro de si el duque nos ayudaba porque amaba a Arelon o simplemente porque estaba aburrido.

—Mucha gente interpretaba la habilidad de Roial como un signo de falsedad. Se equivocaban. Roial era astuto y le gustaban las intrigas, pero era un patriota. Me enseñó a creer en Arelon, incluso después de sus muchos tropezones.

—Era como un abuelo sabio —dijo Sarene—. Y estuvo a punto de convertirse en mi marido.

—Sigo sin poder creerlo. Yo amaba a Roial... pero ¿imaginármelo casado? ¿Contigo?

Sarene se echó a reír.

—No creo que nosotros lo creyéramos tampoco. Naturalmente, eso no significa que no lo hubiéramos hecho.

Raoden suspiró, acariciándole el hombro.

—Si hubiera sabido en qué manos tan capaces dejaba Arelon, me hubiese ahorrado un montón de preocupaciones.

—¿Y Nueva Elantris? ¿Karata la cuida?

—Nueva Elantris se cuida sola sin muchos problemas. Pero envié a Galladon de vuelta esta mañana con instrucciones para que empiecen a enseñar a la gente el AonDor. Si fracasamos aquí, no quiero dejar Elantris incapaz de defenderse.

—Probablemente no quede mucho tiempo.

—El suficiente para que aprendan un aon o dos —dijo Raoden—. Se merecen conocer el secreto de su poder.

Sarene sonrió.

—Siempre supe que encontrarías la respuesta. Domi no permite que una dedicación como la tuya sea en vano.

Raoden sonrió. La noche antes, ella le había hecho dibujar varias docenas de aones para demostrar que de verdad funcionaban. Pero no fueron suficientes para salvar a Roial.

Una roca de culpa ardía en el pecho de Raoden. Si hubiera conocido los modificadores adecuados, podría haber salvado a su amigo. Una herida en el vientre tardaba mucho tiempo en matar a un hombre, Raoden podría haber curado cada órgano por separado, y luego sellado la piel. En cambio, solo pudo dibujar un aon general que afectó a todo el cuerpo de Roial. El poder del aon, ya débil, se diluyó tanto debido a que su objetivo era tan amplio que no sirvió de nada.

Raoden se había quedado despierto hasta tarde memorizando modificadores. La curación con el AonDor era un arte complejo y difícil, pero estaba decidido a asegurarse de que nadie más muriera por su incapacidad. Tardaría meses en memorizarlos, pero aprendería el modificador de cada órgano, músculo y hueso.

Sarene se volvió a contemplar la ciudad. Siguió agarrándose con fuerza a la cintura de Raoden; no le gustaban las alturas, sobre todo si no tenía algo a lo que sujetarse. Al mirar por encima de su cabeza, Raoden recordó de pronto algo de los estudios de la noche anterior.

Extendió la mano y le quitó la peluca. Se resistió mientras el pegamento aguantaba, luego cedió, revelando la pelusilla de debajo. Sarene se volvió hacia él, intrigada y molesta, pero Raoden estaba dibujando ya.

No era un aon complicado, solo requería que estipulara un objetivo, cómo iba a ser afectado este y una cierta cantidad de tiempo. Cuando terminó, el pelo de Sarene empezó a crecer. Lo hizo lentamente, brotando de su cabeza como un aliento exhalado muy despacio. Sin embargo, en unos pocos minutos terminó. Su largo cabello dorado una vez más le llegaba hasta la mitad de la espalda.

Sarene se pasó los dedos por el pelo, incrédula. Entonces miró a Raoden con lágrimas en los ojos grises.

—Gracias —susurró, atrayéndolo—. No tienes ni idea de lo que esto significa.

Después de un momento, se apartó y lo miró con ojos intensos.

—Muéstrate.

—¿Mi cara? —preguntó Raoden. Sarene asintió.

—La has visto antes —dijo él, vacilante.

—Lo sé, pero me estoy acostumbrando demasiado a esta. Quiero ver tu verdadero aspecto.

La determinación que había en sus ojos le impidió seguir discutiendo. Suspiró y se tocó con el índice el cuello de la camisa interior. Para él no cambió nada, pero vio a Sarene envararse mientras la ilusión se deshacía. Se sintió súbitamente avergonzado y empezó a dibujar de nuevo el aon a toda prisa, pero ella lo detuvo.

—No es tan horrible como piensas, Raoden —dijo, pasando los dedos por su cara—. Dicen que vuestros cuerpos son como cadáveres, pero no es cierto. Vuestra piel puede estar descolorida y un poco arrugada, pero sigue habiendo carne debajo.

Su dedo encontró el tajo en su mejilla, y gimió brevemente.

—Yo te hice esto, ¿verdad?

Raoden asintió.

—Como dije, no tenía ni idea de lo buena esgrimista que eres.

Sarene pasó el dedo por la herida.

—Me quedé terriblemente confundida cuando no pude encontrar la herida. ¿Por qué muestra la ilusión tus expresiones pero no un corte?

—Es complicado —dijo Raoden—. Hay que enlazar cada músculo del rostro con su compañero en la ilusión. Nunca podría haberlo hecho yo solo, las ecuaciones están todas en uno de mis libros.

—Pero alteraste la ilusión tan rápidamente anoche, al cambiar de Kaloo a Raoden...

Él sonrió.

—Eso es porque tenía *dos* ilusiones a la vez, una conectada con mi camiseta y la otra con mi chaqueta. Disolví la superior y mostré la de abajo. Me alegro de que se pareciera a mí lo suficiente para que los otros me reconocieran. No había, naturalmente, ninguna ecuación que indicara cómo crear mi propio rostro. Tuve que averiguarlo por mi cuenta.

—Hiciste un buen trabajo.

—Lo extrapolé a partir de mi cara elantrina, diciéndole a la ilusión que la usara como base. —Sonrió—. Eres una mujer afortunada, al tener a un hombre que puede cambiar de cara. Nunca te aburrirás.

Ella resopló.

—Me gusta esta. Es la cara que me amó cuando yo creía ser elantrina, sin rangos ni títulos.

—¿Crees que podrás acostumbrarte a esto?

—Raoden, iba a casarme con Roial la semana pasada. Era un viejo encantador, pero tan increíblemente feo que las piedras parecían guapas a su lado.

Raoden se echó a reír. A pesar de todo, de Telrii, Hrathen y la muerte del pobre Roial, su corazón estaba henchido de júbilo.

—¿Qué están haciendo? —preguntó Sarene, mirando de nuevo hacia el palacio.

Raoden se volvió para seguir su mirada, una acción que empujó a Sarene hacia delante. Ella reaccionó agarrándose con todas sus fuerzas al hombro de Raoden y clavándole los dedos en la carne.

—¡No hagas eso!

—Ups —dijo él, pasándole un brazo por el hombro—. Olvidaba tu miedo a las alturas.

—No tengo miedo a las alturas —respondió Sarene, todavía agarrándose a su brazo—. Solo me mareo.

—Por supuesto —dijo Raoden, contemplando el palacio. Apenas podía distinguir a un grupo de soldados haciendo algo ante el edificio. Tendían mantas o sábanas o algo por el estilo.

—Está demasiado lejos —dijo Sarene—. ¿Dónde está Ashe?

Raoden tendió la mano y esbozó en el aire ante ambos un gran carácter circular, el aon Nae. Cuando terminó, el aire en el interior del círculo onduló como agua y luego se aclaró para mostrar una visión ampliada de la ciudad. Tras colocar la palma en el centro del círculo, Raoden movió el aon hasta enfocar el palacio. La visión se aclaró y lograron ver a los soldados con tanto detalle que hasta distinguían las insignias de rango.

—Eso es muy útil —comentó Sarene mientras Raoden alzaba levemente el aon.

Los soldados estaban en efecto tendiendo sábanas, que al parecer envolvían cuerpos. Raoden guardó silencio mientras movía el disco a lo largo de la línea de cadáveres. Los dos últimos de la fila eran familiares.

Sarene gimió horrorizada cuando el aon enfocó los rostros de Eondel y Telrii.

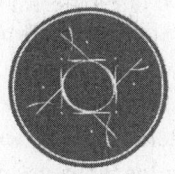

CAPÍTULO 56

ATACÓ anoche, mi señora —dijo Ashe.

Los miembros restantes del grupo, Kiin, Lukel y Shuden, estaban reunidos en la azotea de la casa, viendo cómo Raoden enfocaba su aon catalejo en las piras funerarias levantadas en el patio del palacio.

El barón Shuden estaba sentado en silencio en la azotea de piedra, sacudiendo incrédulo la cabeza. Sarene sostenía la mano del joven jinDo en un intento por consolarlo, dolorosamente consciente de lo difíciles que debían de haber sido para él los últimos días. Su futuro suegro había resultado ser un traidor, Torena había desaparecido y ahora su mejor amigo había muerto.

—Era un hombre valiente —dijo Kiin, de pie junto a Raoden.

—De eso no hay ninguna duda. Sus acciones, sin embargo, fueron una locura.

—Lo hizo por honor, Raoden —dijo Sarene, todavía atendiendo al abatido Shuden—. Telrii asesinó a un gran hombre anoche. Eondel actuó para vengar al duque.

Raoden negó con la cabeza.

—La venganza es siempre una motivación estúpida, Sarene. Ahora hemos perdido no solo a Roial, sino también a Eondel. El pueblo se encuentra con un segundo rey muerto en cuestión de unas pocas semanas.

Sarene dejó correr el asunto. Raoden hablaba como gobernante, no como amigo. No podía permitirse perdonar a Eondel, ni siquiera en la muerte, a causa de la situación que había creado el conde.

Los soldados no esperaron a ceremonia alguna para incinerar a los caídos. Se limitaron a encender la pira y luego saludaron al conjunto de cadáveres mientras ardían. Por muchas otras cosas que pudieran decirse de la guardia, ese deber lo cumplieron con solemnidad y honor.

—Allí —dijo Raoden, enfocando con su aon un destacamento de unos cincuenta soldados que se alejaron de la pira galopando hacia casa de Kiin. Todos llevaban la misma capa marrón que los identificaba como oficiales de la guardia de Elantris.

—Esto podría ser malo —dijo Kiin.

—O podría ser bueno —contestó Raoden.

Kiin sacudió la cabeza.

—Deberíamos bloquear la entrada. Que intenten echar abajo mi puerta con una tonelada de piedra detrás.

—No —dijo Raoden—. Quedarnos atrapados dentro no nos serviría de nada. Quiero reunirme con ellos.

—Hay otras salidas del edificio.

—De todas formas, espera a mi decisión para bloquear la entrada, Kiin —dijo Raoden—. Es una orden.

Kiin apretó los dientes un momento, luego asintió.

—Muy bien, Raoden, pero no porque tú lo ordenes, sino porque confío en ti. Mi hijo te llama rey, pero yo no acepto la autoridad de ningún hombre.

Sarene miró a su tío con expresión de sorpresa. Nunca lo había visto hablar de esa manera; normalmente era jovial, como un feliz oso de circo. Ahora su rostro era severo y sombrío, cubierto por la barba que había empezado a dejar crecer en el momento en que encontraron a Iadon muerto. Había desaparecido el cocinero brusco pero obsequioso, y en su lugar había un hombre que parecía más bien un hosco almirante de la armada de su padre.

—Gracias, Kiin —dijo Raoden.

Su tío asintió. Los jinetes se acercaron velozmente, desplegándose para rodear la fortaleza en las alturas de Kiin. Al ver a Raoden en el terrado, uno de los soldados hizo avanzar su caballo unos cuantos pasos.

—Hemos oído rumores de que lord Raoden, príncipe heredero de Arelon, aún vive —anunció el hombre—. Si es verdad, que se adelante. Nuestro país necesita un rey.

Kiin se relajó ostensiblemente y Raoden dejó escapar un silencioso suspiro. Los oficiales de la guardia permanecieron en fila, aún montados, e incluso desde esa distancia Raoden pudo ver sus rostros. Estaban preocupados, confusos, pero esperanzados.

—Tenemos que actuar con rapidez, antes de que ese gyorn pueda responder —dijo Raoden a sus amigos—. Enviad mensajeros a los nobles: pienso celebrar mi coronación dentro de una hora.

RAODEN ENTRÓ EN la sala del trono del palacio. Junto al estrado del trono se encontraban Sarene y el patriarca de la religión korathi, de aspecto juvenil. Raoden acababa de conocer al hombre, pero la descripción que Sarene había hecho de él era exacta. La larga melena dorada, la sonrisa de entendido y los aires de grandeza eran sus características más acusadas. Sin embargo, Raoden lo necesitaba. La decisión de elegir al patriarca del shukorath para coronarlo sentaba un precedente importante.

Sarene sonrió animosa mientras Raoden se acercaba. A él le sorprendía cuánto tenía ella que dar, considerando lo que había vivido recientemente. Se reunió con ella en el estrado y luego se volvió a mirar a la nobleza de Arelon.

Reconocía la mayor parte de los rostros. Muchos de los asistentes lo habían apoyado antes de su exilio. Ahora la mayoría estaban simplemente confundidos. Su aparición había sido repentina, igual que la muerte de Telrii. Corrían rumores de que Raoden estaba detrás del asesinato, pero a la mayoría de la gente no parecía importarle. Sus ojos estaban ensombrecidos por la sorpresa y empezaban a mostrar signos de cansancio por la tensión acumulada.

«Ahora eso cambiará —les prometió Raoden en silencio—. No más preguntas. No más incertidumbre. Formaremos un frente unido, con Teod, y nos enfrentaremos a Fjorden».

—Mis señores, mis señoras —dijo Raoden—. Pueblo de Arelon. Nuestro pobre reino ha sufrido demasiado en los diez últimos años. Enderecémoslo de una vez. Con la corona, prometo...

Se detuvo. Sintió... un poder. Al principio, pensó que el dor atacaba. Sin embargo, advirtió que se trataba de otra cosa, algo que no había experimentado nunca antes. Algo externo.

Alguien más estaba manipulando el dor.

Buscó entre la multitud, disimulando su sorpresa. Sus ojos cayeron sobre una pequeña forma ataviada con túnica roja, casi invisible entre los nobles. El poder procedía de ella.

«¿Un sacerdote derethi? —pensó Raoden, incrédulo. El hombre sonreía, y su pelo era rubio bajo su capucha—. ¿Cómo?».

El estado de ánimo de la gente congregada cambió. Varias personas se desmayaron inmediatamente, pero la mayoría simplemente se quedó mirando. Aturdidos. Conmocionados. Pero, de algún modo, no estaban sorprendidos. Habían soportado demasiado, esperaban que sucediera algo horrible. Sin necesidad de comprobarlo, Raoden supo que su ilusión había caído.

El patriarca gimió y soltó la corona mientras retrocedía. Raoden miró a la multitud, con náuseas. Había estado tan cerca...

Una voz habló a su lado.

—¡Miradlo, nobles de Arelon! —declaró Sarene—. Mirad al hombre que habría sido vuestro rey. ¡Mirad su piel oscura y su rostro elantrino! Y ahora, decidme. ¿Realmente importa?

La multitud guardó silencio.

—Fuisteis gobernados durante diez años por un tirano porque rechazasteis Elantris —dijo Sarene—. Fuisteis los privilegiados, los ricos, pero en cierto modo fuisteis los más oprimidos, pues nunca pudisteis estar seguros. ¿Merecieron los títulos el precio de vuestra libertad?

»Este es el hombre que os amaba cuando todos los demás pretendían robaros vuestro orgullo. Os hago esta pregunta: ¿el hecho de ser elantrino hará de él un peor rey que Iadon o Telrii?

Se arrodilló ante Raoden.

—Yo, al menos, acepto su reinado.

Raoden contempló a la multitud, tenso. Entonces los demás, uno a uno, empezaron a arrodillarse. Shuden y Lukel, que estaban en la primera fila, lo hicieron en primer lugar, pero pronto los demás los imitaron. Como una ola, las formas se arrodillaron, algunas con estupor, otras con resignación. Algunas, sin embargo, se atrevieron a ser felices.

Sarene extendió la mano y recogió la corona caída. Era sencilla, apenas una banda de oro hecha a toda prisa, pero representaba mucho. Con Seinalan aturdido, la princesa de Teod recabó sobre sí su deber y colocó la corona sobre la cabeza de Raoden.

—¡Contemplad a vuestro rey! —exclamó. Algunos incluso empezaron a vitorear.

UN HOMBRE NO vitoreaba, sino que siseaba. Dilaf parecía dispuesto a abrirse paso a arañazos entre la multitud y destrozar a Raoden con las manos desnudas. La presencia de la gente, cuyos vítores aumentaron a partir de unos cuantos gritos dispersos y se convirtieron en una exclamación de aprobación general, lo contuvo. El sacerdote miró con repulsión a su alrededor, se abrió paso entre la multitud y escapó a la oscura ciudad.

Sarene ignoró al sacerdote y miró a Raoden.

—Enhorabuena, majestad —dijo, dándole un ligero beso.

—No puedo creer que me hayan aceptado —dijo Raoden, asombrado.

—Hace diez años rechazaron a los elantrinos y descubrieron que un hombre puede ser un monstruo a pesar de su aspecto. Finalmente, están dispuestos a aceptar a un gobernante no porque sea un dios o porque tenga dinero, sino porque saben que los gobernará bien.

Raoden sonrió.

—Naturalmente, ayuda si ese gobernante tiene una esposa capaz de pronunciar un discurso conmovedor precisamente en el momento adecuado.

—Cierto.

Raoden se volvió, buscando en la multitud al huidizo Dilaf.

—¿Quién era ese?

—Solo es uno de los sacerdotes de Hrathen —dijo Sarene sin darle importancia—. Imagino que no tiene un buen día. Dilaf es famoso por su odio a los elantrinos.

Raoden no parecía pensar que la falta de interés de Sarene estuviera justificada.

—Algo va mal, Sarene. ¿Por qué se ha desvanecido mi ilusión?

—¿No lo has provocado tú? —Raoden negó con la cabeza.

—Yo... creo que lo ha hecho ese sacerdote.

—¿Qué?

—He sentido el dor un momento antes de que mi aon cayera, y procedía de ese sacerdote. —Raoden apretó los dientes—. ¿Puedes prestarme a Ashe?

—Por supuesto —contestó Sarene, acercando el seon.

—Ashe, ¿quieres entregar un mensaje de mi parte?

—Sí, mi señor —respondió el seon, flotando.

—Encuentra a Galladon en Nueva Elantris y cuéntale lo que acaba de ocurrir. Luego adviértele que esté preparado para algo.

—¿Para qué, mi señor?

—No lo sé. Tú dile que esté preparado... y que yo estoy preocupado.

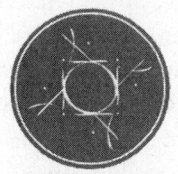

Capítulo 57

H RATHEN vio cómo «Raoden» entraba en la sala del trono. Nadie desafió la pretensión del impostor. Aquel hombre, Raoden o no, pronto sería rey. El movimiento de Sarene era un golpe maestro. Telrii asesinado, un pretendiente en el trono... los planes de Hrathen corrían serio peligro.

Observó a ese pretendiente, sintiendo un extraño arrebato de odio al ver la manera en que Sarene lo miraba. Podía ver el amor en sus ojos. ¿Podía ser realmente auténtica aquella necia adoración? ¿De dónde había salido tan repentinamente aquel hombre? ¿Y cómo había conseguido atrapar a Sarene, que normalmente era tan juiciosa?

Al parecer, le había entregado su corazón. Lógicamente, Hrathen sabía que sus celos eran una tontería. Su relación con la muchacha había sido de antagonismo, no de afecto. ¿Por qué iba a estar celoso de otro hombre? No, Hrathen tenía que mantener la cabeza serena. Solo faltaba un mes para que los ejércitos unidos del shu-dereth barrieran Arelon, masacrando al pueblo, Sarene incluida. Hrathen tenía que trabajar rápido si quería encontrar un modo de convertir al reino con tan poco tiempo por delante.

Hrathen se marchó mientras Raoden iniciaba la ceremonia de coronación. Muchos reyes ordenaban el encarcelamiento de sus enemigos como primer decreto y Hrathen prefería que su presencia no se lo recordara a aquel impostor.

Sin embargo, estaba lo bastante cerca de las primeras filas para ser testigo de la transformación. La visión lo confundió: se suponía que la shaod venía de repente, pero no de manera tan súbita. La extrañeza lo obligó a reconsiderar sus suposiciones. ¿Y si Raoden no había muerto? ¿Y si se había estado ocultando en Elantris todo el tiempo? Hrathen había encontrado un modo de fingirse elantrino. ¿Y si aquel hombre había hecho lo mismo?

Se sorprendió por la transformación, pero aún más cuando la gente de Arelon no hizo nada al respecto. Sarene soltó su discurso y todos se quedaron allí de pie, aturdidos. No le impidieron coronar rey al elantrino.

Hrathen se sintió asqueado. Se volvió y vio por casualidad a Dilaf escabulléndose entre la multitud. Lo siguió. Por una vez, compartía el disgusto de Dilaf. Le sorprendía que la gente de Arelon pudiera actuar de manera tan ilógica.

En ese momento, Hrathen advirtió su error. Dilaf había tenido razón: si Hrathen se hubiera concentrado más en Elantris, el pueblo se hubiera sentido demasiado disgustado para aceptar a Raoden como rey. Hrathen había pasado por alto instigar entre sus seguidores el auténtico sentido de la santa voluntad de Jaddeth. Había usado la popularidad para convertir, en vez de para adoctrinar. El resultado era una congregación débil, capaz de regresar a sus antiguas costumbres tan rápidamente como las había abandonado.

«¡Es este maldito límite de tiempo!», pensó Hrathen para sí mientras recorría las calles de Kae, cada vez más oscuras según anochecía. Tres meses no bastaban para construir un seguimiento estable.

Ante él, Dilaf se desvió por una calle lateral. Hrathen se detuvo. No iba camino de la capilla, sino hacia el centro de la ciudad. La curiosidad pudo más que su mal humor y se dispuso a seguir al arteth, a suficiente distancia para que no oyera el sonido metálico de sus pies sobre el empedrado. No tendría por qué haberse molestado: el arteth se internaba en la negra noche con un único propósito en mente, sin preocuparse de mirar atrás.

El crepúsculo casi había caído y la oscuridad envolvía la plaza del mercado. Hrathen perdió la pista de Dilaf con la tenue luz y se detuvo, contemplando a su alrededor las silenciosas tiendas.

De repente, aparecieron luces a su alrededor.

Un centenar de antorchas cobraron vida en docenas de tiendas distintas. Hrathen frunció el ceño y abrió los ojos como platos cuando empezaron a salir hombres de ellas, las antorchas iluminando sus espaldas desnudas.

Hrathen retrocedió horrorizado. Conocía estas figuras retorcidas. Brazos como nudosas ramas de árboles. La piel marcada con extraños bultos y símbolos atroces.

Aunque la noche era silenciosa, los recuerdos aullaron en los oídos de Hrathen. Las tiendas y los mercaderes habían sido una estratagema. Por eso tantos fjordell habían ido al mercado areleno a pesar del caos político, y por eso se habían quedado mientras que otros se marchaban. No eran mercaderes, sino guerreros. La invasión de Arelon iba a empezar un mes antes.

El wyrn había enviado a los monjes de Dakhor.

CAPÍTULO 58

OS EXTRAÑOS sonidos despertaron a Raoden. Permaneció desorientado unos instantes en la mansión de Roial. La boda no se celebraría hasta la tarde siguiente, y por eso Raoden había decidido dormir en las habitaciones de Kaloo, en la mansión de Roial, en vez de quedarse en casa de Kiin, donde Sarene ya ocupaba la habitación de invitados. En algún momento se mudarían al palacio, pero todavía estaban preparándolo, despejándolo de todo rastro del reinado de Telrii.

Los sonidos volvieron a repetirse, sonidos de lucha.

Raoden saltó de la cama y abrió las puertas del balcón para contemplar los jardines abajo y Kae al fondo. El humo cubría el cielo nocturno y ardían incendios por toda la ciudad. Se oían gritos, alzándose en la oscuridad como lamentos de condenados, y el metal chocaba contra el metal en algún lugar cercano.

Mientras se ponía a toda prisa una chaqueta, Raoden recorrió rápidamente la mansión. Al doblar una esquina, se topó con un escuadrón de guardias que luchaba por sus vidas contra un grupo de... demonios.

Iban a pecho descubierto y sus ojos parecían arder. Parecían hombres, pero su carne estaba llena de bultos y desfigurada, como si de algún modo les hubieran insertado metal tallado bajo la piel. Uno de los soldados de Raoden alcanzó a uno, pero su arma apenas dejó marca, arañando allí donde debiera haber cortado. Una docena de soldados yacían moribundos en el suelo, pero los cinco demonios parecían ilesos. Los soldados restantes luchaban aterrorizados, sus armas inefectivas, muriendo uno a uno.

Raoden retrocedió, horrorizado. El demonio jefe saltó contra un soldado, esquivando el golpe del hombre con velocidad inhumana, y luego lo atravesó con una espada de aspecto endiablado.

Raoden se detuvo. Reconoció a ese demonio. Aunque su cuerpo estaba retorcido como el de los demás, su cara le era familiar. Era Dilaf, el sacerdote fjordell.

Dilaf sonrió, mirando a Raoden, quien intentó recoger el arma de uno de los soldados caídos, pero fue demasiado lento. Dilaf cruzó la habitación, moviéndose como el viento, y descargó un puñetazo contra el estómago de Raoden, que jadeó de dolor y cayó al suelo.

—Traedlo —ordenó la criatura.

—ASEGÚRATE DE ENTREGARLO esta noche —dijo Sarene, cerrando la tapa de la última caja de suministros.

El mendigo asintió, dirigiendo una mirada temerosa hacia la muralla de Elantris, que se hallaba solo a unos metros de distancia.

—No tienes que preocuparte, Hoid —dijo Sarene—. Ahora tenéis un nuevo rey. Las cosas van a cambiar en Arelon.

Hoid se encogió de hombros. A pesar de la muerte de Telrii, el mendigo se negaba a verse con Sarene de día. La gente de Hoid había pasado diez años temiendo a Iadon y sus granjas, así que no estaban acostumbrados a actuar sin la presencia envolvente de la noche, por legales que fueran sus intenciones. Sarene habría usado a otra persona para hacer el envío, pero Hoid y sus hombres ya sabían cómo y dónde depositar las cajas. Además, prefería que la población de Arelon no descubriera qué había en ese envío concreto.

—Estas cajas son más pesadas que las anteriores, mi señora —comentó Hoid con astucia. Había un motivo por el que había conseguido sobrevivir una década en las calles de Kae sin ser capturado.

—Lo que las cajas contienen no es asunto tuyo —replicó Sarene, tendiéndole una bolsa de monedas.

Hoid asintió, el rostro oculto en la oscuridad de su capucha. Sarene nunca le había visto la cara, pero suponía por su voz que era un hombre mayor.

Se estremeció en la noche, ansiosa por volver a casa de Kiin. La boda estaba prevista para el día siguiente y a Sarene le costaba trabajo contener su emoción. A pesar de todas las pruebas, dificultades y contratiempos, por fin había un rey honorable en el trono de Arelon. Y, después de años de espera, Sarene por fin había encontrado a alguien con quien su corazón estaba tan dispuesto a casarse como su mente.

—Buenas noches, pues, mi señora —dijo Hoid, y se marchó tras la fila de mendigos que subía despacio las escaleras de la muralla de Elantris.

Sarene le hizo un gesto a Ashe.

—Ve a decirles que el envío está en marcha, Ashe.

—Sí, mi señora —contestó Ashe con una leve reverencia, y se marchó para seguir a los mendigos de Hoid.

Tras arrebujarse en su chal, Sarene subió a su carruaje y ordenó al cochero que la llevara a casa. Con un poco de suerte, Galladon y Karata comprenderían por qué les había enviado cajas llenas de espadas y arcos. La temerosa advertencia de Raoden había inquietado muchísimo a Sarene. Seguía preocupándose por Nueva Elantris y su gente animosa y feliz, y por eso había decidido hacer algo.

Sarene suspiró mientras el carruaje enfilaba por la silenciosa calle. Las armas probablemente no sirvieran de mucho: los habitantes de Nueva Elantris no eran soldados. Pero entregárselas era algo que podía hacer.

El carruaje se detuvo de pronto. Sarene frunció el ceño y

abrió la boca para preguntar al cochero. Entonces se detuvo. Ahora que el ruido del carruaje había cesado, oía algo. Algo que sonaba un poco a... gritos. Olió el humo un segundo más tarde. Sarene corrió la cortina del carruaje y asomó la cabeza por la ventanilla. Vio una escena que parecía surgida del mismísimo infierno.

El carruaje se encontraba en un cruce. Tres calles estaban tranquilas, pero la que tenían directamente enfrente estaba iluminada de rojo. Las casas ardían y había cadáveres por el suelo. Hombres y mujeres corrían dando voces por las calles, otros simplemente miraban, aturdidos por la impresión. Entre ellos caminaban guerreros descamisados, la piel brillando de sudor a la luz del fuego.

Era una matanza. Los extraños guerreros mataban sin pasión, abatiendo a hombres, mujeres y niños por igual con golpes indiferentes de sus espadas. Sarene contempló aturdida un instante antes de gritar al cochero que diera media vuelta. El hombre consiguió librarse de su estupor y azotó a los caballos para que giraran.

El grito de Sarene murió en su garganta cuando uno de los guerreros descamisados reparó en el carruaje. El soldado se abalanzó hacia ellos mientras empezaban a dar la vuelta. La advertencia de Sarene al cochero llegó demasiado tarde. El extraño guerrero saltó, cubriendo una distancia increíble para aterrizar a lomos del caballo, se aferró a la carne del animal y, por primera vez, Sarene vio el retorcimiento inhumano de su cuerpo, el helado fuego de sus ojos.

Otro salto corto llevó al soldado al techo del carruaje. El vehículo se meció y el cochero vociferó.

Sarene abrió la puerta y saltó al exterior. Corrió por los adoquines, perdiendo los zapatos en su precipitación. Calle arriba, lejos de los incendios, se encontraba la casa de Kiin. Si podía...

El cadáver del cochero chocó contra un edificio, a su lado, y luego se desplomó al suelo. Sarene soltó un alarido, se volvió, estuvo a punto de resbalar. A un lado, la criatura demoniaca era una oscura silueta a la luz de los incendios mientras saltaba del carruaje y avanzaba lentamente hacia ella. Aunque sus movimientos no parecían estudiados, se movía con controlada tensión. Sarene notó las sombras y oquedades inhumanas bajo su piel, como si su esqueleto hubiera sido retorcido y tallado.

Conteniendo otro grito, Sarene se escabulló y echó a correr cuesta arriba hacia la casa de su tío. No lo bastante rápido. Capturarla apenas sería un juego para ese monstruo, cuyos pasos oía detrás. Acercándose. Más y más rápido. Alcanzaba a ver las luces delante, pero...

Algo la agarró por el tobillo. Sarene se sacudió mientras la criatura tiraba con una fuerza increíble, retorciéndole la pierna y haciéndola girar hasta derribarla de costado al suelo. Sarene rodó, gimiendo por el dolor.

La retorcida figura se cernió sobre ella. Pudo oírla susurrar en una lengua extranjera. Fjordell.

Algo oscuro y enorme chocó contra el monstruo, arrojándolo de espaldas. Dos figuras se enzarzaron en la oscuridad. La criatura aulló, pero el recién llegado gritaba con más fuerza. Aturdida, Sarene se levantó, contemplando las figuras en sombras. Una luz que se acercaba las desenmascaró pronto. La del guerrero sin camisa no fue para ella una sorpresa. La del otro sí.

—¿Kiin?

Su tío blandía un hacha enorme, grande como el pecho de un hombre. La descargó contra la espalda de la criatura mientras esta se rebullía contra las piedras, buscando su espada. La criatura maldijo de dolor, aunque el hacha no penetró mucho. Kiin liberó el arma, la alzó en un poderoso arco y volvió a descargarla directamente contra la cara del demonio.

La criatura gruñó, pero no dejó de moverse. Ni Kiin tampoco. Golpeó una y otra vez, atacando la cabeza del monstruo con ímpetu, aullando gritos de guerra teo con su voz rasposa. Los huesos crujieron, y por fin la criatura dejó de moverse.

Algo le tocó el brazo, y Sarene gritó. Lukel, arrodillado junto a ella, alzó su linterna.

—¡Vamos! —La agarró de la mano y la ayudó a ponerse en pie. Cruzaron corriendo la corta distancia que los separaba de la mansión de Kiin, con su tío detrás. Atravesaron las puertas y entraron en la cocina, donde un grupo asustado esperaba su regreso.

Daora corrió hacia su marido mientras Lukel cerraba la puerta de golpe.

—Lukel, bloquea la entrada —ordenó Kiin.

Lukel obedeció, tirando de la palanca que Sarene siempre había creído que era un aplique. Un segundo más tarde se oyó un poderoso estrépito en la entrada, y el polvo se esparció por el suelo de la cocina.

Sarene se desplomó en una silla, contemplando la silenciosa habitación. Shuden estaba allí, y había conseguido encontrar a Torena, que lloriqueaba en voz baja entre sus brazos. Daorn, Kaise y Adien se acurrucaban en un rincón con la esposa de Lukel. Raoden no estaba allí.

—¿Qué... qué son esas cosas? —preguntó Sarene, mirando a Lukel. Su primo negó con la cabeza.

—No lo sé. El ataque empezó hace poco, y nos preocupaba que te hubiera sucedido algo. Estábamos fuera esperando... menos mal que padre divisó tu carruaje al pie de la colina.

Sarene asintió, todavía un poco aturdida.

Kiin estaba de pie, abrazando a su esposa con un brazo y contemplando el hacha ensangrentada que tenía en la otra mano.

—Juré que nunca volvería a empuñar esta maldita arma —susurró.

Daora palmeó a su esposo en el hombro. A pesar de la impresión, Sarene advirtió que reconocía el hacha. Solía colgar de la pared de la cocina con otros recuerdos de los viajes de Kiin. Sin embargo, él había manejado el hacha con habilidad innegable. El hacha no era un simple adorno como ella había supuesto. Mirándola con atención, vio muescas y arañazos en su hoja. En el acero había grabado un aon heráldico, el aon Reo. El carácter significaba «castigo».

—¿Por qué iba a necesitar un mercader saber usar un arma como esta? —preguntó Sarene, casi para sí.

Kiin negó con la cabeza.

—Un mercader no lo necesitaría.

Sarene solo conocía a un hombre que hubiera usado el aon Reo, aunque era más un personaje mitológico que un hombre.

—Lo llamaban Dreok —susurró—. El pirata Aplastagargantas.

—Eso fue siempre un error —dijo Kiin con su voz rasposa—. El verdadero nombre era Dreok Garganta Aplastada.

—Trató de robarle a mi padre el trono de Teod —dijo Sarene, mirando a Kiin a los ojos.

—No —respondió Kiin, dándose la vuelta—. Dreok quería lo que le pertenecía. Intentó recuperar el trono del que su hermano menor, Eventeo, se apoderó. Lo hizo ante las narices de Dreok, mientras este malgastaba tontamente su vida en viajes de placer.

DILAF ENTRÓ EN la capilla, la cara brillante de satisfacción. Uno de sus monjes dejó caer a un inconsciente Raoden junto a la pared del fondo.

—Así, mi querido Hrathen —dijo Dilaf—, es como se trata a los herejes.

Anonadado, Hrathen se apartó de la ventana.

—¡Estás masacrando a la ciudad entera, Dilaf! ¿Para qué? ¿Dónde está la gloria de Jaddeth en esto?

—¡No me cuestiones! —gritó Dilaf, los ojos ardiendo. Su fanatismo había sido liberado por fin.

Hrathen se dio la vuelta. De todos los títulos de la jerarquía de la iglesia derethi, solo dos superaban el de gyorn: el wyrn y el de gradget, líder de un monasterio. Los gradgets normalmente no contaban, pues tenían poco que ver con el mundo fuera de sus monasterios. Al parecer, eso había cambiado.

Hrathen contempló el pecho desnudo de Dilaf, viendo las

retorcidas pautas que siempre habían quedado ocultas bajo los hábitos del arteth. El estómago de Hrathen dio un vuelco cuando notó las líneas y curvas que corrían como venas varicosas bajo la piel del hombre. Era hueso, sabía Hrathen, hueso duro e inflexible. Dilaf no era solo un monje, y no era solo un gradget, era monje y gradget del monasterio más infame de Fjorden. Dakhor. La Orden del Hueso.

Las oraciones y encantamientos utilizados para crear monjes dakhor eran secretas, ni siquiera los gyorns las conocían. Un poco después de que se iniciara a los niños en la orden dakhor, sus huesos empezaban a crecer y torcerse, adoptando extrañas formas como las que se veían bajo la piel de Dilaf. De algún modo, cada una de aquellas deformaciones daba a su portador habilidades como velocidad e incremento de la fuerza.

Horribles imágenes destellaron en la mente de Hrathen. Imágenes de sacerdotes cantando sobre él, imágenes de un horrible dolor creciendo en su interior, el dolor de sus huesos reformándose. Había sido demasiado para él. La oscuridad, los gritos, el tormento. Hrathen se había marchado al cabo de apenas unos meses para unirse a un monasterio diferente.

Sin embargo, no había dejado atrás las pesadillas ni los recuerdos. Dakhor no se olvidaba fácilmente.

—¿Entonces siempre has sido fjordell? —susurró Hrathen.

—Nunca lo sospechaste, ¿verdad? —preguntó Dilaf con una sonrisa—. Tendrías que haberte dado cuenta. Es mucho más fácil imitar a un areleno que hable fjordell que ser un verdadero areleno que haya aprendido a hablar el santo lenguaje con tanta perfección.

Hrathen inclinó la cabeza. Su deber estaba claro. Dilaf era su superior. No sabía cuánto tiempo llevaba Dilaf en Arelon, ya que la vida de los dakhor era inusitadamente larga, pero estaba claro que Dilaf había estado planeando la destrucción de Kae durante décadas.

—Oh, Hrathen... —rio Dilaf—. Nunca comprendiste cuál era tu sitio, ¿verdad? El wyrn no te envió a convertir Arelon.

Hrathen alzó la cabeza, sorprendido. Tenía una carta del wyrn que decía lo contrario.

—Sí, conozco tus órdenes, gyorn —dijo Dilaf—. Vuelve a leer esa carta en alguna ocasión. El wyrn no te envió a Arelon a convertir, te envió a informar al pueblo de su inminente destrucción. Eras una distracción, alguien a quien gente como Eventeo prestaría atención mientras yo preparaba la invasión de la ciudad. Hiciste tu trabajo perfectamente.

—¿Distracción...? —preguntó Hrathen—. Pero el pueblo...

—La intención nunca fue salvarlo, Hrathen —dijo Dilaf—. El wyrn siempre ha querido destruir Arelon. Necesita una victoria así para asegurar su dominio sobre los otros países. A pesar de tus esfuerzos, nuestro control sobre Duladel es frágil. El mundo tiene que saber qué ocurre con quienes blasfeman contra Jaddeth.

—Esta gente no blasfema —dijo Hrathen, sintiendo que su ira aumentaba—. ¡Ni siquiera conocen a Jaddeth! ¿Cómo se puede esperar que actúen con rectitud si no les damos la oportunidad de convertirse?

La mano de Dilaf salió disparada y abofeteó a Hrathen en el rostro. Hrathen retrocedió, la mejilla ardiéndole por el dolor del golpe causado por una mano inhumanamente fuerte, endurecida por huesos añadidos.

—Te olvidas de con quién estás hablando, gyorn —exclamó Dilaf—. Este pueblo es impío. Solo los arelenos y los teos pueden convertirse en elantrinos. ¡Si los destruimos, entonces pondremos fin para siempre a la herejía de Elantris!

Hrathen ignoró el dolor de la mejilla. Con creciente incredulidad comprendió por fin hasta dónde llegaba el odio de Dilaf.

—¿Los masacrarás a todos? ¿Asesinarás a toda una nación?

—Es la única manera de asegurarse —dijo Dilaf, sonriendo.

CAPÍTULO 59

RAODEN despertó sintiendo nuevos dolores. El más agudo era en su nuca, pero había otros: arañazos, hematomas y cortes por todo su cuerpo.

Durante un momento le resultó insoportable. Cada herida le dolía de forma aguda, sin cesar nunca, sin disminuir jamás. Por fortuna, se había pasado semanas tratando con los terribles ataques del dor. En comparación con aquellos aplastantes momentos de agonía, los dolores regulares de su cuerpo, no importaba cuán severos fuesen, parecían más débiles. Irónicamente, la misma fuerza que casi lo había destruido le permitía ahora mantener la locura a raya.

A través de una bruma, pudo sentir cómo lo cogían y lo arrojaban sobre algo duro, una silla de montar. Perdió el sentido del tiempo mientras el caballo se movía y se vio obligado a debatirse contra la oscuridad de la insensibilidad. Había voces a su alrededor, pero hablaban en fjordell, que no comprendía.

El caballo se detuvo. Raoden abrió los ojos con un gemido mientras unas manos lo desmontaban y lo colocaban en el suelo.

—Despierta, elantrino —dijo una voz en aónico.

Raoden alzó la cabeza, parpadeando confundido. Todavía era de noche y olía el denso aroma del humo. Estaban al pie de una colina, la colina de Kiin. La robusta mansión se encontraba solo a unos metros de distancia, pero apenas podía distinguirla. Su visión oscilaba, volviéndolo todo borroso.

«Domi Misericordioso —pensó—, que Sarene esté a salvo».

—Sé que puedes oírme, princesa —gritó Dilaf—. Mira a quién tengo aquí. Hagamos un trato.

—¡No! —trató de decir Raoden, pero solo consiguió gemir. El golpe en la cabeza le había hecho algo a su cerebro. Apenas podía mantenerse erguido, mucho menos hablar. Lo peor era que sabía que no mejoraría nunca.

No podría curarse. Ahora que el aturdimiento se había apoderado de él, no se marcharía nunca.

—ERES CONSCIENTE DE que no se puede negociar con él —dijo Kiin en voz baja. Veían a Dilaf y al tambaleante Raoden a través de una de las ventanas en forma de rendija de la mansión.

Sarene asintió en silencio, sintiéndose helada. Raoden no tenía buen aspecto, se tambaleaba y parecía desorientado a la luz de las llamas.

—Domi Misericordioso. ¿Qué le han hecho?

—No mires, Ene —dijo Kiin, apartándose de la ventana. Su enorme hacha, el hacha de Dreok el pirata, estaba preparada en el rincón.

—No puedo —susurró Sarene—. Al menos tengo que hablar con él, decirle adiós.

Kiin suspiró, luego asintió.

—De acuerdo. Vamos a la azotea. Pero al primer signo de que haya arcos volveremos adentro.

Sarene asintió solemnemente, y los dos subieron a la azotea. Sarene se acercó al borde para mirar a Dilaf y Raoden. Si podía convencer al sacerdote de que la tomaran a ella a cambio de Raoden, lo haría. Sin embargo, sospechaba que Dilaf exigiría la casa entera, y Sarene nunca podría acceder a algo así. Daora y los niños se escondían en el sótano, al cuidado de Lukel. Sarene no los traicionaría, no importaba a quién retuviera Dilaf como rehén.

Abrió la boca para hablar, sabiendo que sus palabras serían probablemente lo último que escucharía Raoden.

—¡ADELANTE! —ORDENÓ DILAF.

Hrathen observaba inquieto a un lado mientras Sarene caía en la trampa de Dilaf. Los monjes dakhor se desplegaron, saltando de sus escondites a lo largo de la base del edificio. Se sujetaron a las paredes y sus pies parecieron pegarse a ellas mientras encontraban diminutos asideros entre ladrillos y marcas dejadas por flechas. Varios monjes, situados ya al fondo de la azotea, intervinieron cortando la huida de Sarene.

Hrathen oyó gritos de sobresalto cuando Sarene y su acompañante advirtieron su situación. Era demasiado tarde. Un instante después, un dakhor saltó de la azotea con la princesa debatiéndose en sus brazos.

—Hrathen, tráeme tu seon —ordenó Dilaf.

Hrathen obedeció, abrió la caja de metal y dejó que la bola de luz flotara libre. Hrathen no se había molestado en preguntar cómo sabía el monje de la existencia de la seon. Los dakhor eran los guerreros favoritos del wyrn: su líder estaría al tanto de muchos de sus secretos.

—Seon, quiero hablar con el rey Eventeo —dijo Dilaf.

La seon obedeció. Pronto su luz adquirió la forma de un hombre grueso de rostro orgulloso.

—No te conozco —dijo Eventeo—. ¿Quién me llama en plena noche?

—Soy el hombre que tiene a tu hija, rey —dijo Dilaf, golpeando a Sarene en el costado.

La princesa gritó a su pesar.

Eventeo volvió la cabeza, como buscando la fuente del sonido, aunque solo podía ver la cara de Dilaf.

—¿Quién eres?

—Soy Dilaf. Gradget del monasterio de Dakhor.

—Domi Misericordioso... —susurró Eventeo.

Dilaf entornó los ojos con una sonrisa perversa.

—Creía que te habías convertido, Eventeo. No importa. Despierta a tus soldados y reúnelos en sus naves. Llegaré a Teoras dentro de una hora, y si no están preparados para rendirse formalmente, mataré a la muchacha.

—¡Padre, no! —chilló Sarene—. ¡No es de fiar!

—¿Sarene? —preguntó ansiosamente Eventeo.

—Una hora, Eventeo —dijo Dilaf. Agitó la mano en el aire, despectivo.

El confuso rostro del rey se convirtió de nuevo en la suave forma esférica de un seon.

—Matarás también a los teo —dijo Hrathen en fjordell.

—No. Otros se ocuparán de esas ejecuciones. Yo solo mataré a su rey, y luego quemaré los barcos de Teod con la tripulación a bordo. Cuando la armada haya desaparecido, el wyrn podrá hacer desembarcar sus ejércitos en las costas de Teod y usar el país como campo de batalla para demostrar su poder.

—Es innecesario, lo sabes —dijo Hrathen, asqueado—. Lo tenía... Eventeo era mío.

—Tal vez se hubiera convertido, Hrathen, pero eres un ingenuo si crees que habría permitido a nuestras tropas desembarcar en su suelo.

—Eres un monstruo —susurró Hrathen—. Masacrarás a dos reinos para alimentar tu paranoia. ¿Qué te sucedió para que odies tanto Elantris?

—¡Basta! —gritó Dilaf—. No creo que vacile en matarte, gyorn. ¡Los dakhor están por encima de la ley!

El monje miró a Hrathen amenazador y luego, poco a poco, se calmó, respirando profundamente mientras observaba de nuevo a sus cautivos.

Raoden, aún desorientado, avanzaba dando tumbos hacia su esposa, a quien sujetaba un silencioso dakhor. El príncipe tendió una mano hacia ella, el brazo temblando.

—Vaya —dijo Dilaf, desenvainando su espada—. Me olvidaba de ti. —Sonrió malignamente mientras atravesaba con la hoja el estómago de Raoden.

EL DOLOR CUBRIÓ a Raoden como una súbita oleada de luz. Ni siquiera lo había visto venir.

Pero lo sintió. Gimiendo, se desplomó de rodillas. La agonía era inimaginable, incluso para alguien en quien el dolor llevaba acumulándose dos meses. Se sujetó el estómago con manos temblorosas. Podía sentir el dor. Lo sentía... cerca.

Era demasiado. La mujer que amaba estaba en peligro y él no podía hacer nada. El dolor, el dor, su fracaso... El alma que era Raoden se desmoronó bajo aquella múltiple carga dejando escapar un suspiro final de resignación.

Después de eso ya no hubo dolor, pues ya no hubo esencia. No hubo nada.

SARENE GRITÓ AL ver caer a Raoden al suelo. Leía el sufrimiento en su cara y sintió la espada como si hubiera atravesado su propio estómago. Se estremeció, llorando mientras Raoden se debatía un momento y sus piernas se agitaban. Luego, simplemente... se quedó quieto.

—He fallado... —susurró Raoden, sus labios formando un mantra hoed—. Le he fallado a mi amor. Le he fallado...

—Traedla —dijo Dilaf. Las palabras, pronunciadas en fjordell, apenas calaron en la mente de Sarene.

—¿Y los demás? —preguntó un monje.

—Reunidlos con el resto de esta ciudad maldita y llevadlos a Elantris —ordenó Dilaf—. Encontraréis a los elantrinos cerca del centro de la ciudad, en un lugar que parece más limpio.

—Los hemos encontrado, mi gradget —dijo el monje—. Nuestros hombres ya han atacado.

—Ah, bien —dijo Dilaf, con un susurro de placer—. Aseguraos de recoger sus cadáveres: los elantrinos no mueren tan fácilmente como los hombres normales, y no queremos que ninguno escape.

—Sí, mi gradget.

—Cuando los tengáis a todos en un solo sitio, cadáveres, elantrinos y futuros elantrinos, celebrad los ritos de purificación. Luego, quemadlos a todos.

—Sí, mi gradget —respondió el guerrero, inclinando la cabeza.

—Vamos, Hrathen —dijo Dilaf—. Me acompañarás a Teoras.

Sarene se sumió en un incrédulo estupor mientras se la llevaban. Miró a Raoden hasta que su forma caída dejó de ser visible en la noche.

CAPÍTULO 60

GALLADON estaba escondido entre las sombras, cuidando de no moverse hasta que el gyorn y sus extraños acompañantes semidesnudos se marcharon. Entonces, tras hacerle un gesto a Karata, se arrastró hasta el cuerpo de Raoden.

—¿Sule?

Raoden no se movió.

—¡Doloken, sule! —dijo Galladon, ahogado por la emoción—. ¡No me hagas esto!

De la boca de Raoden brotó un sonido, y Galladon se inclinó hacia delante ansioso, para escucharlo.

—He fallado... —susurró Raoden—. Le he fallado a mi amor... —El mantra de los caídos; Raoden se había unido a los hoed.

Galladon se desplomó sobre los duros adoquines del suelo, su cuerpo temblando mientras lloraba sin lágrimas. La última hora había sido un horror. Galladon y Karata se encontraban en la biblioteca, planeando cómo sacar a la gente de Elantris. Habían oído los gritos incluso desde la distancia, pero para cuando llegaron a Nueva Elantris todos se habían convertido en hoed. Por lo que sabía, Karata y él eran los dos últimos elantrinos conscientes.

Karata le colocó una mano sobre el hombro.

—Galladon, deberíamos irnos. Este lugar no es seguro.

—No —dijo Galladon, poniéndose en pie—. Tengo que cumplir una promesa. —Contempló la pendiente de la montaña al sur de Kae, una montaña que tenía una charca de agua especial. Se agachó para envolver con su chaqueta a Raoden, cubriéndole la herida, y se cargó a su amigo al hombro—. Raoden me hizo jurar que le daría la paz.

»Cuando me haya encargado de él, pretendo hacer lo mismo conmigo. Somos los últimos, Karata. Ya no hay lugar para nosotros en este mundo.

La mujer asintió y se acercó para tomar parte de la carga de Raoden sobre sí. Juntos, los dos iniciaron el camino que terminaría en el olvido.

LUKEL NO SE debatió, tenía poco sentido. Su padre, sin embargo, fue una historia diferente. Hicieron falta tres fjordell para amarrarlo y tirarlo sobre un caballo, e incluso entonces el grandullón consiguió dar una patada a una cabeza cercana. Al final, a uno de los soldados se le ocurrió golpearle en la nuca con una piedra, y Kiin se quedó quieto.

Lukel se mantuvo cerca de su madre y su esposa mientras los guerreros los conducían a Elantris. Había una larga fila de personas, nobles capturados en los rincones de Kae, con la ropa desgarrada y el rostro magullado. Los soldados vigilaban con atención a los cautivos, como si a alguno de ellos le quedara valor o voluntad para intentar escapar. La mayoría ni siquiera levantaba la cabeza mientras los empujaban por las calles.

Kaise y Daorn se aferraban a Lukel, los ojos muy abiertos y asustados. Lukel sentía lástima por ellos más que por nadie dada su juventud. Adien caminaba a su lado, aparentemente despreocupado. Contaba lentamente los pasos a medida que avanzaba.

—Trescientos cincuenta y siete, trescientos cincuenta y ocho, trescientos cincuenta y nueve...

Lukel sabía que marchaban hacia su propia ejecución. Vio

los cadáveres que cubrían las calles y comprendió que a esos hombres no les interesaba el simple dominio. Estaban allí para masacrar, y ninguna masacre sería completa si dejaban víctimas con vida.

Pensó en luchar, en hacerse con una espada en un desesperado acto de heroísmo. Pero al final simplemente siguió caminando con los demás. Sabía que iba a morir, y sabía que no había nada que pudiera hacer para impedirlo. No era ningún guerrero. Lo mejor que podía hacer era esperar tener un final rápido.

HRATHEN SE ENCONTRABA junto a Dilaf, completamente inmóvil, como se le había ordenado. Formaban un círculo, cincuenta dakhor, Sarene y Hrathen, con un monje solitario en el centro. Los dakhor alzaron las manos y los hombres situados a cada lado de Hrathen colocaron una mano sobre su hombro. Su corazón empezó a latir con fuerza cuando los monjes empezaron a brillar, las formaciones óseas bajo su piel resplandeciendo. Hubo una sensación difusa, y Kae se desvaneció a su alrededor.

Volvieron a aparecer en una ciudad desconocida. Las casas que flanqueaban la calle cercana eran altas y estaban interconectadas en vez de estar separadas y ser bajas como las de Kae. Habían llegado a Teoras.

El grupo todavía mantenía la formación en círculo, pero Hrathen no dejó de advertir que el hombre del centro faltaba. Se estremeció, recordando imágenes de su juventud. Ese monje del centro había sido utilizado como combustible, su carne y su alma quemados, un sacrificio a cambio del transporte instantáneo a Teoras.

Dilaf dio un paso adelante, conduciendo a sus hombres calle arriba. Por lo que Hrathen sabía, Dilaf se había traído consigo al grueso de sus hombres, dejando Arelon al cuidado de los soldados fjordell regulares y unos cuantos supervisores dakhor. Arelon y Elantris habían sido derrotados: la siguiente batalla era por Teod. Hrathen notaba en los ojos de Dilaf que el monje no quedaría satisfecho hasta que toda persona de ascendencia aónica estuviera muerta.

Dilaf escogió un edificio con azotea e indicó a sus hombres que escalaran. Resultó fácil para ellos, pues su fuerza añadida y su agilidad los ayudó a saltar y asirse a superficies que ningún hombre normal hubiese podido escalar. El mismo Hrathen sintió que lo levantaban y lo cargaban sobre un hombro, y el terreno quedó atrás mientras lo aupaban por la pared, sin dificultad, a pesar de su armadura. Los dakhor eran monstruosidades antinaturales, pero uno no podía dejar de asombrarse por su poder.

El monje soltó a Hrathen sin más ceremonias en la azotea, y su armadura resonó contra la piedra. Mientras se ponía en pie, sus ojos se encontraron con los de la princesa. El rostro de Sarene era una tempestad de odio. Lo hacía responsable de todo, naturalmente. No se daba cuenta de que, en cierto modo, Hrathen era tan prisionero como ella.

Dilaf se plantó en el borde de la azotea, escrutando la ciudad. Una flota de naves llegaba a la enorme bahía de Teoras.

—Llegamos temprano —dijo Dilaf, sentándose—. Esperaremos.

GALLADON CASI PODÍA imaginar que la ciudad estaba en paz. Se encontraba en una formación rocosa, en la montaña, contemplando la luz de la mañana extenderse sobre Kae, como si una mano invisible empujara una sombra oscura. Casi podía convencerse a sí mismo de que el humo surgía de las chimeneas, no de los edificios arrasados por las llamas. Casi podía creer que las manchas que cubrían el suelo no eran cadáveres, sino matorrales o cajas, y que la sangre escarlata de las calles era un efecto óptico de la luz del amanecer.

Galladon se apartó. Kae podía aparentar estar en paz, pero era la paz de la muerte, no de la serenidad. Soñar otra cosa no servía de nada. Tal vez si hubiera sentido menos inclinación a los delirios no hubiera dejado que Raoden lo sacara de las calles de

Elantris. No hubiese permitido que el optimismo simplista de un solo hombre nublara su mente, no hubiese empezado a creer que la vida en Elantris podía ser otra cosa que dolor. No se hubiese atrevido a tener esperanza.

Por desgracia, había escuchado. Como un rulo, se había dejado atrapar por los sueños de Raoden. En otro tiempo se había creído incapaz de sentir esperanza; la había apartado de sí, muy lejos, se había puesto a salvo de sus engañosos trucos. Debería haberla dejado allí. Sin esperanza no tenía que preocuparse de la decepción.

—Doloken, sule —murmuró, contemplando al ausente Raoden—, me has dejado hecho un lío.

Lo peor de todo era que todavía tenía esperanza. La luz que Raoden había insuflado aún aleteaba en el interior del pecho de Galladon, no importaba con cuánta fuerza intentara aplastarla. Las imágenes de la destrucción de Nueva Elantris estaban aún frescas en su memoria. Mareshe, con un enorme y harapiento agujero que desgarraba su pecho. El silencioso artesano Taan, con la cara aplastada por una piedra enorme, aunque sus dedos seguían agitándose. El viejo Kahar, que había limpiado toda Nueva Elantris prácticamente él solo, sin un brazo y sin ambas piernas.

Galladon había sido testigo de la matanza, maldiciendo a Raoden por haberlos abandonado, por haberlos dejado atrás. Su príncipe los había traicionado por Sarene.

Y, sin embargo, aún tenía esperanza.

La esperanza era como un pequeño roedor, acurrucado en un rincón de su alma, asustado por la ira, la furia y la desesperación. Sin embargo, cada vez que intentaba asirla, la esperanza resbalaba a otra parte de su corazón. Era lo que lo había acicateado para dejar atrás a los muertos, para salir de Elantris en busca de Raoden, creyendo por algún absurdo motivo que el príncipe todavía podía arreglarlo todo.

«Tú eres el necio, Galladon, no Raoden —se dijo Galladon amargamente—. Él no podía dejar de ser lo que era. Tú, sin embargo, eres más sensato».

Sin embargo, tenía esperanza. Una parte de Galladon seguía creyendo que Raoden mejoraría las cosas, de algún modo. Esta era la maldición que su amigo le había dejado, la retorcida semilla del optimismo que se negaba a ser desarraigada. Galladon todavía tenía esperanza, y probablemente la tuviera hasta el momento en que se sumergiera en la charca.

En silencio, Galladon hizo un gesto a Karata y los dos recogieron a Raoden, preparados para recorrer la corta distancia que los separaba del estanque. En unos pocos minutos se libraría de la esperanza y la desesperación.

ELANTRIS ESTABA A oscuras, aunque empezaba a amanecer. Las altas murallas creaban una sombra que mantenía a raya al sol prolongando brevemente la noche. Fue allí, a un lado del ancho patio de entrada, donde los soldados depositaron a Lukel y a los otros nobles. Otro grupo de fjordell levantaba una enorme pila de madera, trayendo a la ciudad restos de edificios y muebles.

Sorprendentemente, había muy pocos de los extraños guerreros demonio, solo tres dirigían el trabajo. El resto eran soldados corrientes, sus armaduras cubiertas por sobrepellices rojos que los identificaban como monjes derethi. Trabajaban con rapidez, sin mirar a los prisioneros, al parecer intentando no pensar demasiado en para qué iban a usar la madera.

Lukel trató de no pensar tampoco en eso.

Jalla se apretó contra él, su cuerpo temblando de miedo. Lukel había intentado convencerla de que pidiera ser liberada dada su sangre svordisana, pero ella no consintió. Era tan callada e inexpresiva que algunos la tomaban por débil, pero si hubiesen podido verla ahora, quedándose voluntariamente con su marido aunque eso significara la muerte segura, habrían advertido su error. De todos los tratos, acuerdos y reconocimientos de Lukel, el premio del corazón de Jalla era con diferencia lo más valioso.

Su familia se mantuvo cerca de él. Daora y los niños no tenían adónde volverse ahora que Kiin estaba inconsciente. Solo Adien permanecía apartado, contemplando la pila de madera. Seguía murmurando números.

Lukel escrutó la multitud de nobles, tratando de sonreír y dar ánimos, aunque él mismo sentía poca confianza. Elantris sería su tumba. Mientras miraba, distinguió una figura al fondo del grupo, oculta por los cadáveres. Se movía despacio, agitando los brazos ante sí.

«¿Shuden?», pensó Lukel. El jinDo tenía los ojos cerrados y sus manos se movían siguiendo una determinada secuencia. Lukel observó confundido a su amigo, preguntándose si se había vuelto loco. Entonces recordó la extraña danza que Shuden había ejecutado aquel primer día en la clase de esgrima de Sarene. El chayShan.

Shuden movía las manos despacio, dejando ver apenas un leve atisbo de la furia por venir. Lukel lo contempló con creciente determinación, comprendiendo. Shuden no era ningún guerrero. Practicaba su danza como ejercicio, no como combate. Sin embargo, no iba a dejar que los seres que amaba fueran asesinados sin pelear. Prefería morir luchando que sentarse a esperar que el destino les enviara un milagro.

Lukel tomó aliento, sintiéndose avergonzado. Miró a su alrededor, y sus ojos encontraron la pata de una mesa que uno de los soldados había dejado caer cerca. Cuando llegara el momento, Shuden no lucharía solo.

RAODEN FLOTABA, SIN sentido, inconsciente. El tiempo no significaba nada para él, él *era* el tiempo. El tiempo era su esencia. De vez en cuando ascendía hacia la superficie de lo que antaño había llamado conciencia, pero al acercarse sentía dolor y retrocedía. La agonía era como la superficie de un lago. Si la quebraba, el dolor regresaría y lo envolvería.

Sin embargo, aquellas ocasiones en que se acercó a la superficie del dolor le pareció ver imágenes. Visiones que podrían haber sido reales, pero que eran probablemente solo reflejos de su memoria. Vio la cara de Galladon, preocupada y furiosa al mismo tiempo. Vio a Karata, los entornados ojos llenos de desesperación. Vio un paisaje montañoso de matorrales y rocas.

Todo era insustancial para él.

—A MENUDO DESEO que la hubieran dejado morir.

Hrathen alzó la cabeza. La voz de Dilaf era introspectiva, como si hablara solo. Sin embargo, los ojos del sacerdote miraban a Hrathen.

—¿Qué? —preguntó Hrathen, vacilante.

—Si tan solo la hubieran dejado morir... —Dilaf guardó silencio. Estaba sentado al borde de la azotea, contemplando las naves congregarse, recordando. Sus emociones habían sido siempre inestables. Ningún hombre podía mantener mucho tiempo el ardor de Dilaf sin causar daños emocionales a su mente. Unos cuantos años más y probablemente Dilaf estaría loco del todo.

—Yo tenía ya cincuenta años entonces, Hrathen —dijo Dilaf—. ¿Lo sabías? He vivido casi setenta años, aunque mi cuerpo no parece mayor de veinte. Ella creía que yo era el hombre más apuesto que había visto, aunque mi cuerpo había sido retorcido y destruido para encajar en el molde de un areleno.

Hrathen guardó silencio. Había oído hablar de esas cosas, que los encantamientos de Dakhor podían cambiar el aspecto de una persona. El proceso, sin duda, había sido muy doloroso.

—Cuando cayó enferma, la llevé a Elantris —murmuró Dilaf, las piernas apretadas contra su pecho—. Sabía que era algo pagano, sabía que era algo blasfemo, pero ni siquiera cuarenta años como dakhor fueron suficientes para mantenerme alejado de allí... no cuando pensaba que Elantris podría salvarla. Elantris puede curar, decían, mientras que Dakhor no puede. Y la llevé.

—El monje ya no miraba a Hrathen. Sus ojos estaban desenfocados—. Ellos la cambiaron —susurró—. Dijeron que el hechizo había fallado, pero yo sé la verdad. Me conocían, y me odiaban. ¿Por qué, entonces, tuvieron que maldecir a Seala? Su piel se volvió negra, se le cayó el pelo y empezó a agonizar. Chillaba de noche, gritando que el dolor la estaba devorando por dentro. Al final, se tiró por la muralla de la ciudad. —La voz de Dilaf se convirtió en un gemido reverente—. La encontré allí, todavía viva. Aún viva a pesar de la caída. Y la quemé. Nunca ha dejado de gritar. Todavía grita. Puedo oírla. Gritará hasta que Elantris haya desaparecido.

LLEGARON AL SALIENTE, más allá se encontraba la charca. Galladon soltó a Raoden. El príncipe se desplomó contra la roca, la cabeza colgando levemente por el borde del acantilado, sus ojos desenfocados contemplando la ciudad de Kae. Galladon se apoyó contra la roca, junto a la boca del túnel que conducía a Elantris. Karata se tendió a su lado, agotada. Esperarían un instante. Luego, encontrarían el olvido.

CUANDO LA MADERA estuvo amontonada, los soldados empezaron a formar otro montón, esta vez de cuerpos. Los soldados buscaban por toda la ciudad los cadáveres de los elantrinos que habían matado. Lukel advirtió algo mientras veía crecer la pila. No todos estaban muertos. De hecho, la mayoría no lo estaban.

Casi todos tenían heridas tan graves que Lukel se ponía enfermo al mirarlos, pero sus brazos y piernas se agitaban y sus labios se movían.

«Elantrinos —pensó asombrado—, verdaderamente son muertos cuyas mentes continúan viviendo».

La pila de cuerpos creció. Había cientos de ellos, todos los elantrinos que se habían congregado en la ciudad a lo largo de diez años. Ninguno se resistía, permitían que los amontonaran, los ojos abstraídos, hasta que el montón de cuerpos fue más alto que la pila de madera.

—Veintisiete pasos hasta los cuerpos —susurró Adien de pronto, apartándose del grupo de nobles. Lukel intentó detener a su hermano, pero fue demasiado tarde.

Un soldado le gritó a Adien que volviera con los demás. Adien no respondió. Furioso, el soldado lo golpeó con su espada, abriendo un gran tajo en su pecho. Adien se tambaleó, pero siguió caminando. No manó sangre de la herida. Los ojos del soldado se abrieron de par en par y dio un salto atrás, haciendo el gesto contra el mal de ojo. Adien se acercó a la pila de elantrinos y se unió a ella, tendiéndose entre los demás y quedándose luego quieto.

El secreto de cinco años de Adien había quedado finalmente revelado. Se había unido a su gente.

—TE RECUERDO, HRATHEN. —Dilaf sonreía ahora, una sonrisa cruel y demoniaca—. Te recuerdo de niño, cuando viniste a nosotros. Fue justo antes de que yo me marchara a Arelon. Estabas asustado entonces y estás asustado ahora. Huiste de nosotros y te vi marchar con satisfacción. No tenías madera de dakhor. Eras demasiado débil.

Hrathen se sintió helado.

—¿Estabas allí?

—Ya era gradget entonces, Hrathen. ¿Me recuerdas?

Entonces, al mirar al hombre a los ojos, Hrathen tuvo un atisbo de recuerdo. Se acordaba de unos ojos malignos en el cuerpo de un hombre alto e implacable. Se acordaba de cánticos. Se acordaba de fuegos. Se acordaba de gritos, sus gritos, y una cara que flotaba sobre él. Eran los mismos ojos.

—¡Tú! —exclamó Hrathen con un jadeo.

—Te acuerdas.

—Me acuerdo —dijo Hrathen con un escalofrío—. Tú fuiste quien me convenció para que me marchara. En mi tercer mes, exigiste que uno de tus monjes usara su magia y te enviara al palacio del wyrn. El monje obedeció, dando su vida para transportarte a una distancia que podrías haber recorrido en quince minutos.

—Se requiere obediencia absoluta, Hrathen —susurró Dilaf—. Las pruebas y ejemplos ocasionales despiertan la lealtad del resto.

Haciendo una pausa, Dilaf contempló la bahía. La flota había atracado y esperaba, tal como él había ordenado. Hrathen escrutó el horizonte y distinguió varias manchas oscuras, las puntas de los mástiles. Llegaban los soldados del wyrn.

—Vamos —ordenó, poniéndose en pie—. Hemos tenido éxito, la armada teo ha atracado. No podrán impedir que nuestra flota desembarque. Solo me queda un deber por cumplir, la muerte del rey Eventeo.

UNA VISIÓN TOMÓ forma en la mente pasiva de Raoden, que trató de hacerle caso omiso. Sin embargo, por algún motivo, se negaba a desaparecer. La veía a través de la titilante superficie de su dolor, una sola imagen.

Era el aon Rao. Un gran cuadrado con cuatro círculos a su alrededor y líneas que los conectaban con el centro. Era un aon muy utilizado, sobre todo entre los korathi, por su significado. Espíritu. Alma.

Flotando en la blanca eternidad, la mente de Raoden trató de descartar la imagen del aon Rao. Era algo de una existencia anterior, sin importancia, olvidado. Ya no lo necesitaba. Sin embargo, mientras se esforzaba por eliminar la imagen, otra ocupó su lugar.

Elantris. Cuatro murallas formando un cuadrado. Las cuatro ciudades exteriores rodeándola, sus fronteras círculos. Una carretera recta conectaba cada ciudad con Elantris.

«¡Domi Misericordioso!».

LOS SOLDADOS ABRIERON varios barriles de aceite y Lukel vio con repulsión cómo empezaban a verterlo sobre el montón de cuerpos. Tres guerreros sin camisa, a un lado, entonaban una especie de cántico en una lengua extranjera demasiado áspera y desconocida para ser fjordell. «Nosotros seremos los siguientes», comprendió Lukel.

—No miréis —ordenó Lukel a su familia, dándose la vuelta mientras los soldados se disponían a incinerar Elantris.

EL REY EVENTEO esperaba a lo lejos, rodeado por una pequeña guardia de honor. Inclinó la cabeza mientras Dilaf se acercaba. El monje sonrió, preparando su cuchillo. Eventeo creía estar presentando su país para la rendición, no se daba cuenta de que lo estaba ofreciendo para el sacrificio.

Hrathen caminaba junto a Dilaf, pensando en deberes y necesidades. Morirían hombres, cierto, pero su muerte no carecería de sentido. Todo el imperio fjordell se haría más fuerte con la victoria sobre Teod. En los corazones de los hombres aumentaría la fe. Era lo mismo que Hrathen había hecho en Arelon. Había tratado de convertir al pueblo por motivos políticos, sirviéndose de la política y la popularidad. Había sobornado a Telrii para convertirlo, sin dedicar esfuerzos a la salvación de su alma. Daba lo mismo. ¿Qué era una nación de infieles comparada con todo el shu-dereth?

Sin embargo, mientras lo racionalizaba, se sintió asqueado. «¡Me enviaron a salvar a esta gente, no a exterminarla!».

Dilaf tenía sujeta a la princesa Sarene por el cuello, con la boca amordazada. Eventeo alzó la mirada y sonrió tranquilizador mientras se acercaban. No podía ver el cuchillo que Dilaf tenía en la mano.

—He esperado mucho esto —susurró Dilaf en voz baja.

Al principio, Hrathen pensó que el sacerdote se refería a la destrucción de Teod. Pero Dilaf no miraba al rey. Miraba a Sarene, la hoja del cuchillo apretada contra su espalda.

—Tú, princesa, eres una enfermedad —le susurró al oído, su voz apenas audible para Hrathen—. Antes de que vinieras a Kae, incluso los arelenos odiaban Elantris. Tú eres el motivo por el que olvidaron su repulsa. Te asociaste con los impíos e incluso te rebajaste a su nivel. Eres peor que ellos, una persona que no está maldita, pero que busca estarlo. Pensé matar primero a tu padre y obligarte a contemplarlo, pero ahora veo que será mucho peor de la otra manera. Piensa en el viejo Eventeo viéndote morir, princesa. Reflexiona sobre esa imagen mientras te envío a los eternos pozos de tormento de Jaddeth.

Ella lloraba, y las lágrimas manchaban su mordaza.

RAODEN SE DEBATIÓ hacia la conciencia. El dolor lo golpeó como un enorme bloque de piedra, deteniendo su ascenso, y su mente retrocedió en agonía. Se lanzó contra él y el tormento lo envolvió. Lentamente se obligó a atravesar la resistente superficie, cobrando una trabajosa conciencia del mundo que lo rodeaba.

Quería gritar, gritar una y otra vez. El dolor era insoportable. Sin embargo, junto al dolor, sintió algo más. Su cuerpo. Se estaba moviendo, lo arrastraban por el suelo. Las imágenes inundaron su mente cuando la vista regresó. Lo arrastraban hacia algo redondo y azul.

La charca.

«¡NO! —pensó desesperado—. ¡Todavía no! ¡Conozco la respuesta!».

RAODEN GRITÓ DE pronto, retorciéndose. Galladon se sorprendió tanto que lo soltó.

Raoden tropezó hacia delante, trató de recuperar el equilibrio y cayó directamente en la charca.

Capítulo 61

Dilaf hizo girar a la princesa para colocarle la daga contra el cuello. Los ojos de Eventeo se abrieron llenos de horror.

Hrathen vio cómo la daga empezaba a cortar la piel de Sarene. Pensó en Fjorden. Pensó en el trabajo que había hecho, la gente que había salvado. Pensó en un muchachito ansioso por demostrar su fe haciéndose sacerdote. Unidad.

—¡No!

Girándose, Hrathen descargó su puño contra el rostro de Dilaf, que se tambaleó un momento, bajando sorprendido el arma. Entonces el monje alzó la cabeza, lleno de ira, y le clavó la daga a Hrathen en el pecho.

El cuchillo resbaló sobre la armadura de Hrathen, arañando sin efecto alguno el acero pintado. Dilaf contempló el peto, desconcertado.

—Pero esa armadura es solo para alardear...

—Ya tendrías que saberlo, Dilaf —dijo Hrathen, alzando el brazo acorazado y descargando un puñetazo en el rostro del monje. Aunque el hueso antinatural había resistido el puño de Hrathen, dio un satisfactorio crujido bajo el acero—. *Nada* de lo que yo hago es para alardear.

Dilaf cayó y Hrathen desenvainó la espada del monje.

—¡Da orden de zarpar a tus barcos, Eventeo! —gritó—. Los

ejércitos de Fjorden no vienen a dominar, sino a exterminar. ¡Actúa ahora si quieres salvar a tu pueblo!

—¡Harapiento Domi! —maldijo Eventeo a pleno pulmón, y se volvió en busca de sus generales. Entonces se detuvo—. Mi hija...

—¡Yo ayudaré a la muchacha! —replicó Hrathen—. ¡Salva a tu reino, necio!

Aunque los cuerpos de los dakhor eran sobrenaturalmente rápidos, sus mentes no se recuperaban del desconcierto a más velocidad que los hombres normales. Su sorpresa concedió a Hrathen unos segundos vitales. Alzó la espada, empujando a Sarene hacia un callejón y retrocediendo para bloquear la entrada.

EL AGUA RECIBIÓ a Raoden en su frío abrazo. Era una cosa viva, podía oírla llamar en su mente. *Ven*, decía, *te liberaré*. Era una madre reconfortante. Quería llevarse su dolor y sus pesares, como su propia madre había hecho antaño.

Ven, suplicó la voz. *Por fin puedes rendirte.*

«No —pensó Raoden—. Todavía no».

LOS FJORDELL TERMINARON de rociar a los elantrinos con aceite y luego prepararon sus antorchas. Durante todo el proceso, Shuden movía los brazos en contenidas pautas circulares, siempre a la misma velocidad, como había hecho en clase de esgrima. Lukel empezó a preguntarse si Shuden estaba planeando un ataque o si simplemente se preparaba para lo inevitable.

Y de repente Shuden se puso en movimiento. El joven barón saltó hacia delante girando como un bailarín mientras adelantaba el puño y lo descargaba contra el pecho de un monje guerrero. Se oyó un crujido y Shuden volvió a girar, abofeteando esta vez al monje en la cara. La cabeza del demonio dio una vuelta completa, los ojos fuera de las órbitas mientras su cuello reforzado chasqueaba.

Y Shuden lo hizo todo con los ojos cerrados. Lukel no estaba seguro, pero le pareció ver algo más, un leve brillo que seguía los movimientos de Shuden en las sombras del amanecer.

Con un grito de batalla, más para motivarse a sí mismo que para asustar a sus enemigos, Lukel agarró la pata de la mesa y golpeó con ella a un soldado. La madera rebotó en el casco del hombre, pero el golpe fue suficiente para aturdirlo, así que Lukel lo dejó fuera de combate con un sonoro golpe en la cara. El soldado cayó y Lukel recogió su arma.

Ahora tenía una espada. Solo deseaba saber usarla.

LOS DAKHOR ERAN más rápidos, más fuertes y más duros, pero Hrathen era más decidido. Por primera vez en años, su corazón y su mente estaban de acuerdo. Sentía poder, la misma fuerza que había sentido el primer día que llegó a Arelon, convencido de su habilidad para salvar a su pueblo.

Los mantuvo a raya, aunque le costó. Hrathen no podría haber sido un monje dakhor, pero era un maestro espadachín. Lo que le faltaba de fuerza y velocidad lo compensaba con habilidad. Giró, lanzando su espada contra el pecho de un dakhor, clavándola directamente entre dos promontorios de hueso. La hoja se deslizó entre las costillas aumentadas, perforando el corazón. El dakhor gimió y se desplomó mientras Hrathen liberaba su espada. Los compañeros del monje, sin embargo, lo obligaron a retirarse al callejón para defenderse.

Notó que Sarene se colocaba tras él y se arrancaba la mordaza.

—¡Son demasiados! No puedes luchar contra todos.

Ella tenía razón. Por fortuna, una ola barrió al grupo de guerreros y Hrathen oyó los sonidos de batalla procedentes del otro lado. La guardia de honor de Eventeo se había unido a la pelea.

—Vamos —dijo Sarene, tirándole del hombro. Hrathen se arriesgó a mirar hacia atrás. La princesa señalaba una puerta ligeramente entornada en el edificio. Hrathen asintió, repeliendo otro ataque, y se volvió para echar a correr.

RAODEN EMERGIÓ DEL agua dando instintivas bocanadas en busca de aire. Galladon y Karata, sorprendidos, dieron un salto atrás. Raoden sintió el frío líquido azul corriéndole por la cara. No era agua, sino otra cosa. Algo más denso. Le prestó poca atención mientras salía a rastras de la charca.

—¡Sule! —susurró Galladon.

Raoden sacudió la cabeza, incapaz de responder. Creían que iba a disolverse, no comprendían que la charca no podía tomarlo a menos que él quisiera.

—Vamos —jadeó por fin, poniéndose en pie.

A PESAR DEL enérgico ataque de Lukel y la poderosa reacción de Shuden, los otros habitantes de la ciudad se quedaron mirando, aturdidos y estupefactos. Lukel se encontró luchando a la desesperada con tres soldados: el único motivo por el que seguía vivo era porque esquivaba y corría más que atacaba. Cuando por fin llegó ayuda, vino de una fuente inesperada: las mujeres.

Varias de las esgrimistas de Sarene recogieron trozos de madera o espadas caídas y se situaron detrás de Lukel, atacando con más control y habilidad de lo que él podía siquiera fingir. Su reacción tuvo la ventaja de la sorpresa, y por un instante Lukel pensó que podrían liberarse.

Entonces Shuden cayó con un grito cuando una espada lo hirió en el brazo. En cuanto la concentración del jinDo se rompió, lo mismo hizo su danza bélica, y un simple bastonazo en la cabeza lo dejó fuera de combate. La antigua reina, Eshen, cayó a continuación, con el pecho atravesado por una espada. Su horrible grito, y la visión de la sangre cubriendo su vestido, afectó a las otras mujeres. Interrumpieron su ataque, soltando las armas. Lukel recibió un tajo en el muslo cuando uno de sus enemigos advirtió que no tenía ni idea de cómo usar su espada.

Lukel aulló de dolor y cayó al suelo, sujetándose la pierna. El soldado ni siquiera se molestó en rematarlo.

RAODEN BAJÓ POR la pendiente de la montaña a un ritmo vertiginoso. El príncipe saltaba y corría como si no hubiera estado prácticamente en coma unos minutos antes. Un resbalón a ese ritmo, un paso en falso, y acabaría rodando hasta llegar al pie noroeste de la montaña.

—¡Doloken! —dijo Galladon, tratando de seguirlo como mejor podía. A ese ritmo llegarían a la muralla sur de Elantris en cuestión de minutos.

SARENE SE OCULTÓ tras su improbable salvador, manteniéndose absolutamente inmóvil en la oscuridad.

Hrathen miró entre las tablas del suelo. Él era quien había localizado la puerta de la bodega, la había abierto y la había empujado al interior. Abajo habían encontrado a una familia aterrorizada acurrucada en la oscuridad. Todos esperaron en silencio, tensos, mientras los dakhor registraban la casa y luego salían por la puerta delantera.

Al cabo de un rato, Hrathen asintió.

—Vamos —dijo, extendiendo la mano para alzar la trampilla.

—Quedaos aquí —dijo Sarene a la familia—. No salgáis hasta que sea absolutamente necesario.

La armadura del gyorn tintineó mientras subía las escaleras y luego se asomaba con cautela a la habitación. Le indicó a Sarene que lo siguiera, y luego entró en la pequeña cocina situada al fondo de la casa. Empezó a quitarse la armadura, dejando caer sus piezas al suelo. Aunque no dio ninguna explicación, Sarene comprendió por qué lo hacía. La armadura rojo sangre del gyorn era demasiado llamativa para que su valor protector mereciera la pena.

Mientras se despojaba de ella, Sarene se sorprendió del aparente peso del metal.

—¿Has ido por ahí todos estos meses con una armadura de verdad? ¿No ha sido muy duro?

—El peso de mi llamada —respondió Hrathen, quitándose la última greba. Su pintura roja estaba arañada y abollada—. Una llamada que ya no merezco. —La dejó caer de golpe.

Miró la greba, luego sacudió la cabeza, quitándose la gruesa camisola de algodón con la que acolchaba la armadura. Se quedó desnudo de cintura para arriba, con solo unos finos pantalones hasta las rodillas y una larga manga de tela alrededor del brazo derecho.

«¿Por qué el brazo cubierto? —se preguntó Sarene—. ¿Alguna prenda de vestir derethi?». Pero había otras cuestiones más importantes.

—¿Por qué lo has hecho, Hrathen? ¿Por qué te has vuelto contra tu gente?

Hrathen dudó. Entonces apartó la mirada.

—Las acciones de Dilaf son malignas.

—Pero tu fe...

—Mi fe es en Jaddeth, un dios que quiere la devoción de los hombres. Una masacre no le sirve.

—El wyrn parece pensar lo contrario.

Hrathen, en vez de responder, escogió una capa de un cofre cercano. Se la tendió y tomó otra para él.

—Vámonos.

LOS PIES DE Raoden estaban tan cubiertos de bultos, laceraciones y arañazos cuando llegó al final de la pendiente que ya no los consideraba trozos de carne. Eran simplemente bultos de dolor que ardían al final de sus piernas.

Pero siguió corriendo. Sabía que si se detenía el dolor lo reclamaría una vez más. No era verdaderamente libre, su mente funcionaba de prestado, retornada del vacío para realizar una sola tarea. Cuando terminara, la nada blanca lo arrastraría de nuevo a su olvido.

Corrió dando tumbos hacia un punto entre Elantris y las ruinas de Toa, la ciudad que había al sur, sintiendo tanto como viendo su camino.

LUKEL YACÍA ATURDIDO mientras Jalla lo arrastraba hacia la masa de aterrorizados ciudadanos. Le dolía la pierna y notaba que su cuerpo se debilitaba a medida que la sangre manaba del largo tajo. Su esposa se la sujetaba lo mejor que podía, pero Lukel sabía que era inútil. Aunque consiguiera detener la hemorragia, los soldados iban a matarlos de todas formas al cabo de unos instantes.

Vio desesperado cómo uno de los guerreros de torso desnudo arrojaba una antorcha a la pila de elantrinos. Los cuerpos empapados de aceite ardieron en llamas.

El hombre-demonio hizo un gesto a varios soldados, que empuñaron sus armas y avanzaron sombríos hacia los ciudadanos reunidos.

—¿QUÉ ESTÁ HACIENDO? —preguntó Karata mientras pasaban al sur de la esquina más cercana de la muralla de Elantris. Raoden todavía iba delante, corriendo aunque con zancadas inestables que a duras penas apuntaban hacia la puerta sur.

—No lo sé —respondió Galladon. Por delante, Raoden recogió del suelo un palo largo y empezó a correr, arrastrándolo consigo por el suelo.

«¿Qué pretendes, sule?», se preguntó Galladon. Sin embargo, pudo sentir que la obstinada esperanza brotaba de nuevo.

—Sea lo que sea, Karata, es importante. Debemos encargarnos de que lo termine.

Corrió detrás de Raoden, siguiendo al príncipe en su camino. Pasados unos minutos, Karata señaló hacia el oeste.

—¡Allí!

Un pelotón de seis guardias fjordell, probablemente buscando gente escondida en las ruinas de Toa, caminaba por la parte interior de la muralla fronteriza. Su jefe reparó en Raoden y levantó una mano.

—Vamos —dijo Galladon, corriendo tras Raoden con súbita fuerza—. ¡No importa lo que pase, Karata, no dejes que lo detengan!

RAODEN APENAS OYÓ a los hombres acercarse y solo reconoció brevemente a Galladon y Karata que corrían tras él, arrojándose a la desesperada contra los soldados. Sus amigos iban desarmados; una voz en el fondo de su cabeza le dijo que no podrían conseguirle mucho más tiempo.

Raoden continuó corriendo, sujetando el palo entre sus rígidos dedos. No estaba seguro de cómo sabía que se encontraba en el lugar adecuado, pero así era. Lo presentía.

«Solo un poco más. Solo un poco más».

Una mano lo agarró, una voz le gritó en fjordell. Raoden tropezó y cayó al suelo, pero sostuvo el palo, sin dejarlo resbalar ni un ápice. Un momento después se oyó un gruñido y la mano lo soltó.

«¡Solo un poco más!».

Los hombres peleaban a su alrededor, Galladon y Karata entretenían a los soldados. Raoden dejó escapar un primitivo sollozo de frustración, arrastrándose como un niño mientras marcaba su línea en el suelo. Las botas de los soldados pisaban la tierra junto a su mano, casi a punto de aplastarle los dedos. Pero él seguía moviéndose.

Alzó la cabeza mientras se acercaba al final. Un soldado terminó de descargar el golpe que separó la cabeza de Karata de su cuerpo. Galladon cayó con un par de espadas en el estómago. Un soldado apuntó a Raoden.

Raoden rechinó los dientes y acabó su línea en la tierra.

El corpachón de Galladon se desplomó. La cabeza de Karata golpeó contra la piedra de la carretera que venía desde la puerta sur de Elantris. El soldado dio un paso.

Una luz explotó desde el suelo.

Surgió de la tierra como un río de plata, rociando el aire a lo largo de la línea que había dibujado Raoden. La luz lo envolvía, pero era más que luz. Era pureza esencial. Poder refinado. El dor. Lo envolvió, cubriéndolo como un cálido líquido.

Y por primera vez en dos meses, el dolor desapareció.

LA LUZ CONTINUÓ a lo largo de la línea de Raoden, que se unía a la carretera. Siguió su trazado hacia el sur, brotando del suelo, avanzando en círculo hasta que rodeó por completo la ciudad de Toa y sus escombros casi olvidados en los diez años transcurridos desde el Reod. No se detuvo. El poder se disparó hacia el norte a lo largo de la carretera, extendiéndose para cubrir también la gran muralla de la ciudad de Elantris. Desde Elantris avanzó hasta Kae y las otras dos ciudades exteriores en ruinas. Pronto las cinco ciudades estuvieron contorneadas en luz, como cinco resplandecientes pilares de energía.

El complejo de las ciudades era un aon enorme, un foco de poder elantrino. Todo lo que hacía falta era la línea del Abismo para que empezara a funcionar de nuevo.

Un cuadrado, cuatro círculos. Aon Rao. El espíritu de Elantris.

RAODEN SE ENCONTRABA en medio del torrente de luz, la ropa aleteando con su poder singular. Sentía que su fuerza regresaba, sus dolores se evaporaban como recuerdos sin importancia y sus heridas sanaban. No necesitaba mirar para saber que un suave pelo blanco había empezado a crecer en su cabeza, que su piel había perdido el tono enfermizo para adquirir una delicada pátina plateada.

Entonces experimentó el acontecimiento más gozoso de todos. Como un trueno, el corazón empezó a latirle en el pecho. La shaod, la transformación, había terminado por fin su trabajo.

Con un suspiro de pesar, Raoden salió de la luz, emergiendo al mundo como una criatura metamorfoseada. Galladon, aturdido, se levantó del suelo a poca distancia, su piel de un oscuro plateado metálico.

Los aterrorizados soldados retrocedieron. Varios hicieron signos contra el mal de ojo, llamando a su dios.

—Tenéis una hora —dijo Raoden, dirigiendo un dedo brillante hacia los muelles del noreste—. Marchaos.

LUKEL ABRAZÓ A su esposa, viendo cómo el fuego consumía su combustible viviente. Le susurró su amor mientras los soldados avanzaban para hacer su sucio trabajo. El padre Omin murmuraba detrás de Lukel, ofreciendo una silenciosa plegaria a Domi por sus almas, y por las de sus verdugos.

Entonces, como una linterna que se enciende de repente, Elantris estalló de luz. Toda la ciudad se estremeció, sus murallas parecieron estirarse, distorsionadas por algún asombroso poder. La gente que estaba en la ciudad quedó atrapada en un vórtice de energía, y súbitos vientos la recorrieron.

Todos guardaron silencio. Estaban en el ojo de una enorme tormenta blanca, de un poder que ardía como una muralla luminosa que rodeaba la ciudad. Los ciudadanos gritaron de temor y los soldados maldijeron, mirando confundidos las brillantes murallas. Lukel no las miraba. Abrió la boca, asombrado, mientras contemplaba la pila de cadáveres... y las sombras que se movían en su interior.

Lentamente, sus cuerpos brillando con una luz a la vez más luminosa y más poderosa que las llamas que los rodeaban, los elantrinos empezaron a salir de las llamas, sin que los afectara su calor.

Los ciudadanos no sabían cómo reaccionar. Solo los dos sacerdotes-demonio parecían capaces de moverse. Uno de ellos gritó, en negación, y corrió hacia los elantrinos con la espada dispuesta.

Un destello de poder cruzó el patio y golpeó al monje en el pecho, haciendo que la criatura se disolviera en una vaharada de energía. La espada cayó al empedrado con un tañido seguido por una lluvia de huesos humeantes y carne quemada.

Lukel volvió los ojos hacia la fuente del ataque. Raoden se encontraba de pie en las puertas todavía abiertas de Elantris, la mano levantada. El rey brillaba como un espectro regresado de la tumba, la piel plateada, el cabello de un blanco deslumbrante, la cara resplandeciente de triunfo.

El sacerdote-demonio que quedaba le gritó a Raoden en fjordell, maldiciéndolo por svrakiss. Raoden alzó una mano dibujando tranquilamente en el aire, dejando brillantes rastros blancos que resplandecían con el mismo poder ardiente que rodeaba la muralla de Elantris.

Raoden se detuvo, la mano quieta junto al brillante carácter, aon Daa, el aon del poder. El rey miró a través del resplandeciente símbolo, los ojos alzados, desafiando al solitario guerrero derethi.

El monje volvió a maldecir, y entonces bajó lentamente su arma.

—Llévate a tus hombres al puerto, monje —dijo Raoden—. Subid a vuestros barcos y marchaos. Todo lo que sea derethi, hombre o navío, que todavía siga en mi país dentro de una hora sufrirá la fuerza de mi ira. Te desafío a que me ofrezcas un blanco adecuado.

Los soldados corrían ya hacia la ciudad, dejando atrás a Raoden. Su líder se escabulló tras ellos. Ante la gloria de Raoden, el horrible cuerpo del monje era más penoso que aterrador.

Raoden los vio marchar, y entonces se volvió hacia Lukel y los demás.

—Pueblo de Arelon. ¡Elantris ha sido restaurada!

Lukel parpadeó, mareado. Por un momento, se preguntó si

toda la experiencia habría sido una visión conjurada por su mente exhausta. Sin embargo, cuando los gritos de alegría empezaron a resonar en sus oídos, supo que todo era real. Habían sido salvados.

—Esto sí que ha sido inesperado —declaró, y luego se desmayó por la pérdida de sangre.

DILAF SE TOCÓ con cuidado la nariz aplastada, resistiendo las ganas de expresar a gritos su dolor. Sus hombres, los dakhor, esperaban junto a él. Habían matado fácilmente a los guardias del rey, pero en el combate habían perdido no solo a Eventeo y la princesa, sino también al traidor Hrathen.

—¡Encontradlos! —exigió, poniéndose en pie. Pasión. Furia. La voz de su esposa muerta resonaba en sus oídos, suplicando venganza. La tendría. Eventeo nunca se llevaría sus barcos a tiempo. Además, cincuenta dakhor recorrían ya la capital. Los monjes eran un ejército en sí mismos, cada uno tan poderoso como un centenar de hombres normales.

Todavía tomarían Teod.

Capítulo 62

SARENE y Hrathen recorrían el centro de la ciudad, arrebujados en sus anodinas capas. Hrathen llevaba puesta la capucha para ocultar su cabello oscuro. El pueblo de Teoras se había congregado en las calles, preguntándose por qué su rey había traído la armada a la bahía. Muchos se dirigían hacia los muelles, y Sarene y Hrathen se mezclaron con ellos, las cabezas gachas, intentando no llamar la atención.

—Cuando lleguemos, buscaremos pasaje en uno de los barcos mercantes —dijo Hrathen en voz baja—. Escaparán de Teod en cuanto la flota zarpe. Hay varios sitios en Hrovell donde no ven a ningún sacerdote derethi durante meses. Podemos escondernos allí.

—Hablas como si Teod fuera a caer —susurró Sarene—. Tú puedes irte, sacerdote, pero yo no abandonaré mi patria.

—Si valoras su seguridad, creo que lo harás —replicó Hrathen—. Conozco bien a Dilaf, es un hombre obsesionado. Si te quedas en Teod, también lo hará él. Si te marchas, tal vez te siga.

Sarene apretó los dientes. Las palabras del gyorn tenían sentido, pero era posible que estuviera inventando cosas para obligarla a acompañarlo. Naturalmente, no había ningún motivo para que hiciera una cosa así. ¿Qué le importaba Sarene? Había sido su enemiga acérrima.

Avanzaron despacio, pues no querían destacar de la multitud yendo a más velocidad.

—No has respondido a la pregunta que te hice antes, sacerdote —susurró Sarene—. Te has vuelto contra tu religión. ¿Por qué?

Hrathen caminó en silencio durante un momento.

—Yo... no lo sé, mujer. He seguido el shu-dereth desde que era niño. Su estructura y su formalidad me han atraído siempre. Me hice sacerdote. Yo... creía tener fe. Sin embargo, al final resulta que en lo que creía no era en el shu-dereth. No sé en qué creo.

—¿En el shu-korath?

Hrathen negó con la cabeza.

—Eso es demasiado simple. La fe no es ni korathi ni derethi, una cosa o la otra. Sigo creyendo en las enseñanzas de Dereth. Mi conflicto es con el wyrn, no con dios.

HORRORIZADO POR ESTA muestra de debilidad ante la muchacha, Hrathen protegió rápidamente su corazón contra nuevas preguntas. Sí, había traicionado al shu-dereth. Sí, era un traidor. Pero, por algún motivo, se sentía en calma ahora que había tomado la decisión. Había derramado sangre y provocado la muerte en Duladel. No permitiría que eso volviera a suceder.

Se había convencido a sí mismo de que la caída de la república era una tragedia necesaria. Ahora había descartado esa ilusión. Su trabajo en Duladel no había sido más ético que el de Dilaf allí en Teod. Irónicamente, al abrirse a la verdad, Hrathen también se había expuesto a la culpa de sus atrocidades pasadas.

Una cosa, no obstante, lo salvaba de la desesperación: el conocimiento de que, le pasara lo que le pasase, no importaba lo que hubiera hecho, ahora seguía la verdad de su corazón. Podía morir y enfrentarse a Jaddeth con valor y orgullo.

El pensamiento cruzó su mente justo antes de sentir la puñalada de dolor en el pecho. Extendió la mano sorprendido, gimiendo. Sus dedos estaban manchados de sangre. Sintió que los pies le fallaban y se desplomó contra un edificio, ignorando el grito de sorpresa de Sarene. Confundido, miró a la multitud y sus ojos se posaron en el rostro de su asesino. Conocía a aquel hombre. Se llamaba Fjon... el sacerdote que Hrathen había enviado a casa en Kae el día de su llegada. Eso había sido dos meses antes. ¿Cómo lo había encontrado Fjon? ¿Cómo...? Era imposible.

Fjon sonrió y desapareció entre la multitud.

Mientras la oscuridad se cernía sobre él, Hrathen descartó todas las preguntas. En cambio, su visión y su conciencia se llenaron del rostro preocupado de Sarene. La mujer que lo había destruido. Por su causa, él había rechazado finalmente las mentiras en las que había creído toda la vida.

Ella nunca sabría que había llegado a amarla.

«Adiós, mi princesa —pensó—. Jaddeth, ten piedad de mi alma. Solo lo hice lo mejor que pude».

SARENE VIO CÓMO la luz se apagaba en los ojos de Hrathen.

—¡No! —exclamó, apretando la mano contra la herida en un inútil intento de detener la sangre—. ¡Hrathen, no te atrevas a dejarme sola aquí!

Él no respondió. Sarene había luchado con él por el destino de dos países, pero nunca había llegado a saber quién era. Nunca lo sabría.

Un grito sobresaltado devolvió a Sarene al mundo real. La gente se congregaba a su alrededor, alarmada por la visión de un hombre moribundo en la calle. Aturdida, Sarene advirtió que se había convertido en el centro de atención. Alzó la mano, trató de esconderse, pero fue demasiado tarde. Varios hombres semidesnudos salieron de un callejón para investigar qué ocurría. Uno de ellos tenía sangre en la cara, el signo de una nariz rota.

FJON SE APARTÓ de la multitud, jubiloso por la facilidad con que había acabado con su primera víctima. Le habían dicho que sería sencillo: solo tenía que acuchillar a un hombre y sería admitido en el monasterio de Rathbore, donde se entrenaría como asesino.

«Tenías razón, Hrathen —pensó—. Me dieron otra oportunidad para servir al imperio de Jaddeth... una oportunidad importante».

Qué irónico que el hombre a quien le habían ordenado asesinar resultara ser el propio Hrathen. ¿Cómo sabía el wyrn que Fjon encontraría a Hrathen allí, en las calles de Teoras nada menos? Fjon probablemente no lo sabría nunca. El señor Jaddeth actuaba de formas que estaban más allá de la comprensión de los hombres. Pero Fjon había cumplido con su deber. Su periodo de penitencia había acabado. Con paso alegre, regresó a su posada y pidió el desayuno.

—DÉJAME —DIJO LUKEL quejoso—. Estoy casi muerto, encárgate de los otros.

—Deja de quejarte —dijo Raoden, dibujando en el aire el aon Ien sobre el herido Lukel. Lo cruzó con la línea del Abismo y la herida de la pierna del mercader se cerró al instante. Esta vez Raoden no solo conocía los modificadores adecuados, sino que tras sus aones estaba el poder de Elantris. Con la resurrección de la ciudad, el AonDor había recuperado su legendaria fuerza.

Lukel miró hacia abajo, dobló la pierna a modo de experimento y palpó el lugar donde antes estaba el corte. Entonces frunció el ceño.

—¿Sabes?, podrías haberme dejado una cicatriz. Lo mío me costó conseguir esa herida... tendrías que haber visto lo valiente que estuve. Mis nietos se sentirán decepcionados porque no tengo ninguna cicatriz que enseñarles.

—Sobrevivirán —dijo Raoden, levantándose para irse.

—¿Qué pasa contigo? —dijo Lukel desde atrás—. Creí que habíamos *ganado*.

«Hemos ganado —pensó Raoden—, pero yo he fallado». Habían buscado por toda la ciudad. No había rastro de Sarene, Dilaf ni Hrathen. Raoden había capturado a un soldado derethi perdido y le había preguntado dónde estaban, pero el hombre dijo ignorarlo y Raoden lo liberó, disgustado.

Estaba lleno de amargura mientras la gente lo celebraba. A pesar de las muertes, a pesar de la casi completa destrucción de Kae, eran felices. Fjorden había sido rechazado y Elantris se había recuperado. Los días de los dioses habían vuelto. Por desgracia, Raoden no podía disfrutar de la dulzura de su victoria. No sin Sarene.

Galladon se acercó lentamente, apartándose del grupo de elantrinos. La aglomeración de personas de piel plateada estaban, en su mayor parte, desorientadas. Muchos habían sido hoed durante años y no entendían nada de lo que sucedía.

—Van a ser... —empezó a decir el dula.

—¡Mi señor Raoden! —interrumpió de pronto una voz... una voz que Raoden reconoció.

—¿Ashe? —preguntó ansioso, buscando al seon.

—¡Majestad! —dijo Ashe, cruzando el patio—. Un seon acaba de hablar conmigo. ¡La princesa! Está en Teoras, mi señor. ¡Están atacando también mi reino!

—¿Teoras? —preguntó Raoden, incrédulo—. En nombre de Domi, ¿cómo ha llegado *allí*?

SARENE RETROCEDIÓ, DESEANDO desesperadamente hacerse con un arma. La gente de la ciudad reparó en Dilaf y sus guerreros y, al ver los extraños cuerpos retorcidos y los ojos malévolos de los fjordell, todos echaron a correr. El instinto de Sarene la instaba a unirse a ellos, pero un movimiento semejante la hubiese puesto directamente en manos de Dilaf. Los hombres del pequeño monje se desplegaron con rapidez para impedirle la huida.

Dilaf se acercó, su cara manchada de sangre seca, su torso desnudo sudando en el frío aire de Teod, las intrincadas pautas bajo la piel de sus brazos y pecho abultándose, los labios curvados en una sonrisa malévola. En ese momento, Sarene supo que aquel hombre era el ser más horrible que vería jamás.

RAODEN ESCALÓ HASTA la cima de la muralla de Elantris, subiendo los escalones de dos en dos, sus músculos elantrinos restaurados moviéndose con más rapidez y resistencia que incluso antes de la shaod.

—¡Sule! —gritó Galladon preocupado, siguiéndolo escalera arriba.

Raoden no respondió. Coronó la muralla y se abrió paso entre las muchas personas que contemplaban los restos de Kae. Todos se apartaron al reconocer quién era y algunos se arrodillaron y murmuraron: «Majestad». Sus voces estaban llenas de asombro. Él representaba el regreso a sus antiguas vidas. Vidas lujosas, llenas de esperanza, con abundante comida y tiempo de sobra. Vidas casi olvidadas tras una década de tiranía.

Raoden no les hizo caso y continuó hasta llegar a la muralla norte, que daba al ancho mar azul de Fjorden. Al otro lado de esas aguas se encontraba Teod. Y Sarene.

—Seon —ordenó Raoden—, muéstrame exactamente por dónde se va a la capital de Teod desde este punto.

Ashe flotó un instante, se colocó delante de Raoden y marcó un punto en el horizonte.

—Si quisieras navegar hasta Teoras, mi señor, tendrías que ir en esta dirección.

Raoden asintió, confiando en el innato sentido de la orientación del seon. Empezó a dibujar. Construyó un aon Tia con manos frenéticas, sus dedos trazando pautas que había aprendido de memoria, sin pensar que sirvieran para nada. Ahora, con Elantris alimentando de algún modo la fuerza de los aones, las líneas ya no aparecían simplemente en el aire cuando las dibujaba, explotaban. La luz fluía del aon, como si sus dedos abrieran diminutos agujeros en una poderosa presa, permitiendo que solo un chorrito de agua escapara.

—¡Sule! —dijo Galladon, alcanzándolo por fin—. Sule, ¿qué está pasando?

Entonces, al reconocer el aon, dejó escapar una maldición.

—¡Doloken, Raoden, no sabes lo que estás haciendo!

—Voy a ir a Teoras —dijo Raoden, sin dejar de dibujar.

—Pero, sule, me contaste lo peligroso que podía ser el aon Tia. ¿Qué fue lo que dijiste? Si no conoces la distancia exacta a la que tienes que viajar, podrías morir. No puedes hacerlo a ciegas. ¿Kolo?

—Es el único modo, Galladon. Al menos tengo que intentarlo.

Galladon sacudió la cabeza y posó una mano sobre el hombro de Raoden.

—Sule, un intento irreflexivo no demostrará más que tu estupidez. ¿Sabes siquiera a qué distancia está Teod?

La mano de Raoden cayó lentamente a su costado. No era geógrafo, sabía que Teod estaba a unos cuatro días de navegación, pero ignoraba a cuántos metros o kilómetros equivalía eso. Tenía que construir un marco de referencia para el aon Tia, darle algún tipo de medida para que este supiera hasta dónde tenía que enviarlo.

Galladon asintió y le dio una palmada en el hombro.

—¡Preparad un barco! —ordenó el dula a un grupo de soldados, los últimos restos de la guardia de Elantris.

«¡Será demasiado tarde! —pensó apenado Raoden—. ¿De qué sirve el poder, de qué sirve Elantris si no puedo utilizarlos para proteger a la persona que amo?».

—Un millón cincuenta y cuatro mil cuatrocientos cuarenta y dos —dijo una voz detrás de Raoden.

Raoden se volvió, sorprendido. Adien estaba allí cerca, su piel brillando con el plateado resplandor elantrino. En sus ojos no quedaba rastro de la aflicción mental que lo había abrumado desde su nacimiento; en cambio, miraban con lucidez.

—Adien, eres tú...

El joven, sorprendentemente parecido a Lukel ahora que estaba curado, dio un paso adelante.

—Yo... me siento como si toda mi vida hubiera sido un sueño, Raoden. Recuerdo todo lo que sucedió. Pero no podía interactuar, no podía decir nada. Eso ha cambiado ahora, pero ya nada es igual. Mi mente... Siempre he podido calcular números...

—Pasos —susurró Raoden.

—Un millón cincuenta y cuatro mil cuatrocientos cuarenta y dos —le repitió Adien—. Esos son los pasos que hay hasta Teoras. Mide mi zancada y usa la mitad de ella como unidad.

—¡Deprisa, mi señor! —exclamó Ashe, temeroso—. Ella está en peligro. Mai está viendo a la princesa ahora. Dice que está rodeada. ¡Ay, Domi! ¡Deprisa!

—¿Dónde, seon? —exclamó Raoden, arrodillándose y midiendo la zancada de Adien con una tira de tela.

—Cerca de los muelles, mi señor. ¡Está en el camino principal que conduce a los muelles!

—¡Adien! —dijo Raoden, dibujando una línea en su aon que tenía la mitad de la longitud de la zancada del muchacho.

—Un millón cincuenta y cuatro mil cuatrocientos uno —dijo Adien—. Eso te llevará a los muelles. —Alzó la cabeza, el ceño fruncido—. Yo... no estoy muy seguro de cómo lo sé. Fui allí de niño una vez, pero...

«Tendrá que bastar», pensó Raoden. Con la mano escribió un modificador junto a su aon, diciéndole que lo transportara a un millón cincuenta y cuatro mil cuatrocientos una veces la longitud de la línea.

—¡Sule, esto es una locura! —dijo Galladon.

Raoden miró a su amigo, asintió expresando su acuerdo y luego, con un amplio trazo, dibujó la línea del Abismo sobre su aon.

—Arelon queda a tu cargo hasta mi regreso, amigo mío —dijo Raoden mientras el aon Tia empezaba a estremecerse, desparramando luz ante él. Agarró el centro del tembloroso aon y sus dedos se aferraron a él como si fuera sólido.

«Idos Domi —rezó—, si has oído alguna vez mis oraciones, guía ahora mi camino». Entonces, esperando que Ashe le hubiera indicado el ángulo correcto, sintió el poder del aon recorrer y envolver su cuerpo. Un momento después el mundo desapareció.

SARENE APRETUJÓ LA espalda contra la dura pared de ladrillo. Dilaf se acercó con ojos alegres. Avanzaba lentamente mientras sus monjes se cernían en fila sobre Sarene.

Se acabó. No había lugar adonde huir.

De repente, un chorro de luz cayó sobre uno de los monjes y lanzó a la criatura por los aires. Estupefacta, Sarene vio que el cuerpo del monje se arqueaba y caía de golpe al suelo con un ruido seco. Los otros monjes se detuvieron, desconcertados.

Una figura se movió rápidamente entre la fila de sorprendidos monjes, esforzándose por llegar hasta ella. Su piel era plateada, sus cabellos de un blanco resplandeciente, su rostro...

—¿*Raoden?*

Dilaf rugió y Sarene gritó cuando el sacerdote cargó contra Raoden, moviéndose a una velocidad sobrenatural. Sin embargo, de algún modo, Raoden reaccionó con la misma rapidez, girando y retrocediendo ante el ataque de Dilaf. La mano del rey se agitó, garabateando un rápido aon en el aire.

Un estallido de luz brotó del aon, y el aire se deformó y se retorció a su alrededor. El rayo alcanzó a Dilaf en el pecho y explotó, arrojando al monje de espaldas. Dilaf chocó contra un edificio y cayó al suelo. Sin embargo, el sacerdote gimió, intentando ponerse de nuevo en pie.

Raoden maldijo. Corrió para salvar la corta distancia y agarró a Sarene.

—Aguanta —ordenó, dibujando otro aon con la mano libre. Los diseños que Raoden trazaba alrededor del aon Tia eran complejos, pero su mano se movía con destreza. Lo terminó justo cuando los hombres de Dilaf los alcanzaban.

El cuerpo de Sarene se agitó, como había hecho cuando Dilaf los había traído a todos a Teoras. La luz la rodeó, sacudiéndose y pulsando. Apenas un segundo más tarde el mundo regresó. Sarene se tambaleó confundida y cayó contra el familiar empedrado teo.

Alzó la cabeza, sorprendida. A unos quince metros calle abajo vio los torsos desnudos de los monjes de Dilaf, de pie en un confuso círculo. Uno de ellos alzó una mano, señalando a Raoden y a Sarene.

—¡Idos Domi! —maldijo Raoden—. ¡Olvidé lo que decían los libros! Los aones se hacen más débiles cuanto más se aleja uno de Elantris.

—¿No puedes devolvernos a casa? —preguntó Sarene, poniéndose en pie.

—No por medio de aones, no —dijo Raoden. Entonces, agarrándola de la mano, empezó a correr.

Su mente estaba tan llena de preguntas que el mundo entero parecía un amasijo confuso. ¿Qué le había sucedido a Raoden? ¿Cómo se había recuperado de la herida que le había infligido Dilaf? Se guardó las preguntas. Bastaba con que hubiera ido a buscarla.

FRENÉTICO, RAODEN BUSCÓ un medio de escapar. Tal vez habría podido dejar atrás a los hombres de Dilaf, pero no con Sarene detrás. La calle desembocaba en los muelles, donde los grandes barcos de guerra de Teod zarpaban ominosamente para enfrentarse a la flota con bandera de Fjorden. Un hombre con una túnica real verde se encontraba al fondo del muelle, conversando con un par de auxiliares. El rey Eventeo, el padre de Sarene. El rey no los vio y se volvió presuroso hacia un callejón lateral.

—¡Padre! —gritó Sarene, pero estaba demasiado lejos.

Raoden oyó pasos acercándose. Giró, colocando a Sarene detrás de él, y alzó los brazos para iniciar un aon Daa con cada mano. Los aones eran más débiles en Teod, pero no ineficaces.

Dilaf alzó una mano, deteniendo a sus hombres. Raoden se detuvo también, reacio a enzarzarse en una batalla final hasta que tuviera que hacerlo. ¿A qué estaba esperando Dilaf?

Monjes de pecho desnudo surgieron de las calles y callejones. Dilaf sonrió, esperando mientras sus guerreros se congregaban. En unos minutos, de doce habían pasado a ser cincuenta, y la situación de Raoden, hasta entonces mala, era desesperada.

—No ha sido gran cosa como rescate —murmuró Sarene, avanzando para colocarse junto a Raoden, mientras contemplaba al grupo de monstruosidades con desprecio.

Su desafío irónico puso una sonrisa en los labios de Raoden.

—La próxima vez, me acordaré de traerme un ejército.

LOS MONJES DE Dilaf atacaron. Raoden completó sus dos aones, que descargaron un par de poderosos rayos de energía, y luego empezó a dibujar de nuevo rápidamente. Pero sujeta a su cintura con manos tensas, Sarene se dio cuenta de que Raoden no iba a terminar antes de que los guerreros, antinaturalmente rápidos, los alcanzaran.

Los muelles se estremecieron con una poderosa fuerza. La madera crujió y la piedra tembló, y una explosión de viento sacudió a Sarene. Tuvo que agarrarse al cuerpo más estable de Raoden para evitar caer al suelo. Cuando finalmente se atrevió a abrir los ojos, estaban rodeados por cientos de formas de piel plateada.

—¡Aon Daa! —ordenó Galladon con voz atronadora.

Doscientas manos se alzaron al aire, dibujando aones. La mitad cometió errores, y sus aones se evaporaron. Sin embargo, terminaron los suficientes para enviar una onda de destrucción hacia los hombres de Dilaf tan poderosa que arrasó por completo a los primeros monjes.

Los cuerpos se desplomaron y otros fueron impelidos hacia atrás. Los monjes restantes se detuvieron sorprendidos, mirando a los elantrinos.

Entonces los dakhor se reagruparon, apartándose de Raoden y Sarene para atacar a ese nuevo enemigo.

DILAF FUE EL único que pensó en esconderse. El resto de sus hombres, arrogantemente convencidos de su fuerza, permitió que las poderosas andanadas los alcanzaran.

«¡Necios!», pensó Dilaf mientras huía. Todos los dakhor habían sido bendecidos con habilidades y talentos especiales. Todos tenían fuerza ampliada y unos huesos casi indestructibles, pero solo Dilaf tenía el poder que lo hacía resistente a los ataques del dor, una capacidad cuya creación había requerido la muerte de cincuenta hombres. Sentía, más que veía, mientras sus hombres eran destrozados por el ataque de los elantrinos.

Los monjes restantes se vieron terriblemente superados en número. Atacaron con valentía, tratando de matar a tantos viles elantrinos como pudieran. Habían sido entrenados bien. Morirían luchando. Dilaf ansiaba unirse a ellos.

Pero no lo hizo. Algunos lo consideraban un loco, pero no era ningún tonto. Los gritos en su cabeza exigían venganza, y solo quedaba un camino. Una forma de vengarse de la princesa teo y sus elantrinos. Una forma de cumplir las órdenes del wyrn. Una forma de darle la vuelta a esa batalla.

Dilaf escapó, tambaleándose cuando una andanada de energía alcanzó su espalda. Las protecciones de sus huesos aguantaron y salió del ataque ileso.

Cuando había llegado a los muelles unos momentos antes, había visto al rey Eventeo desaparecer por un callejón lateral. Corrió hacia ese callejón.

Su presa lo seguiría.

—¡RAODEN! —DIJO SARENE, señalando al huidizo Dilaf.

—Déjalo ir. No puede hacer más daño.

—¡Pero mi padre se ha ido por ahí! —dijo Sarene, tirando de él hacia el callejón.

«Tiene razón», pensó Raoden soltando una maldición. Corrió tras Dilaf. Sarene lo instó a continuar y él la dejó atrás, permitiendo que sus nuevas piernas elantrinas lo llevaran hasta el callejón a extraordinaria velocidad. Los otros elantrinos no lo vieron marchar, pero continuaron luchando contra los monjes.

Raoden entró en el callejón sin apenas jadear. Dilaf lo atacó un segundo después. El poderoso cuerpo del monje surgió de un rincón oscuro, haciendo chocar a Raoden contra la pared del callejón.

Raoden soltó un grito, sintiendo crujir sus costillas. Dilaf retrocedió, desenvainando la espada con una sonrisa. El sacerdote volvió a arremeter contra él, y Raoden apenas tuvo tiempo de apartarse para evitar ser atravesado. De todas formas, el ataque de Dilaf cortó la carne del antebrazo izquierdo de Raoden, derramando sangre elantrina de un blanco plateado.

Raoden jadeó cuando el dolor le recorrió el brazo. Ese dolor, sin embargo, era débil e insignificante en comparación con sus agonías anteriores. Lo olvidó rápidamente mientras esquivaba otra vez la espada de Dilaf, que buscaba su corazón. Si su corazón volvía a detenerse, Raoden moriría. Los elantrinos eran fuertes y sanaban rápido, pero no eran inmortales.

Mientras esquivaba, Raoden buscó aones en su memoria. Pensando con rapidez, se puso en pie y trazó un aon Edo ante sí. Era un carácter sencillo, compuesto solo por seis trazos, y lo terminó antes de que Dilaf pudiera atacar por tercera vez. El aon destelló brevemente y una fina pared de luz apareció entre ambos hombres.

Dilaf intentó perforar sin mucho convencimiento la pared con la punta de su espada, y la pared resistió. Cuanto más presionaba contra ella, más respondía el dor, que devolvía una fuerza similar. Dilaf no podía alcanzarlo.

Como si nada, Dilaf extendió el brazo y tocó la pared con la mano desnuda. Su palma destelló brevemente y la pared se rompió, hecha añicos de luz.

Raoden maldijo su estupidez: aquel era el hombre que había destruido su rostro ilusorio apenas un día antes. De algún modo, Dilaf tenía poder para contrarrestar los aones. Raoden dio un salto atrás, pero la espada avanzó más rápidamente. La punta no le alcanzó en el pecho, pero sí en la mano.

Raoden gritó de dolor cuando la espada atravesó su palma derecha. Alzó la otra mano para sostenérsela, pero la herida de su antebrazo ardió con renovado vigor. Con ambas manos incapacitadas ya no podía dibujar aones. El siguiente ataque de Dilaf fue una patada casual, y las costillas ya fisuradas de Raoden crujieron más. Gritó y cayó de rodillas.

Dilaf se echó a reír, golpeando un lado de la cara de Raoden con la punta de su espada.

—Los skaze tienen razón, entonces. Los elantrinos no son indestructibles.

Raoden no contestó.

—Sigo ganando, elantrino —dijo Dilaf, la voz apasionada y frenética—. Cuando la flota del wyrn derrote la armada teo congregaré a mis tropas y marcharé sobre Elantris.

—Nadie derrota la armada teo, sacerdote —interrumpió una voz femenina, mientras una espada destellaba para golpear la cabeza de Dilaf.

El sacerdote gritó, alzando su propia arma justo a tiempo de bloquear el ataque de Sarene, que había sacado una espada de alguna parte y la blandía con demasiada rapidez para que Raoden pudiera seguirla con los ojos. Sonrió al ver la sorpresa de Dilaf, recordando la facilidad con que la princesa lo había derrotado. Su arma era más gruesa que un syre, pero seguía manejándola con eficacia notable.

Dilaf, sin embargo, no era un hombre corriente. Las pautas de hueso bajo su piel empezaron a brillar mientras bloqueaba el ataque de Sarene, y comenzó a moverse todavía con mayor rapidez. Pronto Sarene dejó de avanzar, y casi inmediatamente se vio obligada a retroceder. La batalla terminó cuando la espada de Dilaf le atravesó el hombro. El arma de Sarene cayó sobre los adoquines, y ella se tambaleó y se desplomó junto a Raoden.

—Lo siento —susurró.

Raoden negó con la cabeza. Nadie podía esperar ganar un combate de espadas contra alguien como Dilaf.

—Y así comienza mi venganza —susurró Dilaf, reverente, alzando el arma—. Puedes dejar de gritar, amor mío.

Raoden agarró a Sarene protectoramente con una mano ensangrentada. Entonces se detuvo. Algo se movía detrás de Dilaf... una forma en las sombras del callejón.

Frunciendo el ceño, Dilaf se volvió para seguir la mirada de Raoden. Alguien salió dando tumbos de la oscuridad, sujetándose dolorido el costado. Era la figura de un hombre alto y fornido, con pelo oscuro y ojos decididos. Aunque el hombre ya no llevaba armadura, Raoden lo reconoció. El gyorn, Hrathen.

Curiosamente, Dilaf no pareció contento de ver a su compañero. El monje dakhor giró y alzó la espada con ojos iracundos. Saltó, gritando algo en fjordell, y blandió la espada ante el gyorn, a todas luces debilitado.

Hrathen se detuvo, luego sacó el brazo de debajo de su capa. La espada de Dilaf golpeó la carne del antebrazo de Hrathen.

Y se detuvo.

Sarene gimió junto a Raoden.

—¡Es uno de ellos! —susurró.

Era cierto. El arma de Dilaf resbaló por el brazo de Hrathen, apartando la manga que revelaba la piel de debajo. El brazo no era el de un hombre normal; mostraba pautas retorcidas bajo la piel, los salientes de hueso que eran la marca de los monjes dakhor.

Obviamente, Dilaf se sorprendió también por aquella revelación. El monje permaneció desconcertado mientras Hrathen extendía la mano y lo agarraba por el cuello.

Dilaf se puso a maldecir, rebulléndose en la tenaza de Hrathen. El gyorn, sin embargo, empezó a enderezar cada vez más la espalda, tensando su presa. Bajo la capa, Hrathen llevaba el pecho al descubierto, y Raoden vio que su piel allí no tenía ninguna marca dakhor, aunque estaba mojada de la sangre que manaba de una herida en su costado. Solo los huesos de su brazo tenían las extrañas pautas retorcidas. ¿Por qué aquella transformación parcial?

Hrathen se mantuvo erguido, ignorando a Dilaf, aunque el monje empezó a golpear el brazo mejorado de Hrathen con su corta espada. Los golpes rebotaban, así que Dilaf se puso a darle golpes en el costado. La espada mordió cruelmente la carne de Hrathen, pero el gyorn ni siquiera gimió. Siguió apretando el cuello de Dilaf y el hombrecito jadeó, soltando la espada de dolor.

El brazo de Hrathen se puso a brillar.

Las extrañas líneas retorcidas bajo la piel de Hrathen emitieron un extraño fulgor mientras el gyorn levantaba a Dilaf del suelo, que se rebullía y se agitaba respirando entrecortadamente. Se debatió intentando escapar, golpeando los dedos de Hrathen, pero la tenaza del gyorn era firme.

Hrathen sostuvo a Dilaf en alto, como alzándolo hacia el firmamento. Miró hacia arriba, hacia el cielo, con la mirada extrañamente desenfocada, entregando a Dilaf como una especie de ofrenda sagrada. El gyorn permaneció allí un buen rato, inmóvil, el brazo brillando, mientras Dilaf se ponía cada vez más frenético.

Hubo un chasquido. Dilaf dejó de debatirse. Hrathen bajó el cuerpo muy despacio, y luego lo arrojó a un lado mientras el brillo de su brazo se desvanecía. Miró a Raoden y Sarene, permaneció quieto un instante y se desplomó hacia delante, sin vida.

CUANDO GALLADON LLEGÓ, un momento más tarde, Raoden trataba sin éxito de curar el hombro de Sarene con sus manos heridas. El gran dula captó la situación e hizo un gesto para que un par de elantrinos comprobaran los cadáveres de Dilaf y Hrathen. Luego Galladon se sentó para que Raoden le enseñara a dibujar un aon Ien. Unos instantes después, las manos y las costillas de Raoden habían sido sanadas y este se dispuso a ayudar a Sarene.

Ella estaba sentada en silencio. A pesar de su herida ya había comprobado el estado de Hrathen. Estaba muerto. De hecho, cualquiera de las heridas de sus costados tendría que haberlo matado mucho antes de que consiguiera romperle el cuello a Dilaf. Algo relacionado con sus marcas de dakhor lo había mantenido con vida. Raoden sacudió la cabeza, dibujando un aon curativo para el hombro de Sarene. Seguía sin tener una explicación de por qué el gyorn los había salvado, pero bendijo en silencio la intervención del hombre.

—¿La armada? —preguntó Sarene ansiosamente mientras Raoden dibujaba.

—Me parece que lo está haciendo bien —contestó Galladon, encogiéndose de hombros—. Tu padre te busca, vino a los muelles poco después de que llegáramos.

Raoden dibujó la línea del Abismo, y la herida del brazo de Sarene desapareció.

—Debo admitir, sule, que tienes tanta suerte como Doloken —dijo Galladon—. Saltar aquí a ciegas es la cosa más estúpida que he visto hacer a nadie.

Raoden se encogió de hombros, abrazando a Sarene.

—Mereció la pena. Además, tú me has seguido, ¿no?

Galladon bufó.

—Hicimos que Ashe llamara para asegurarnos de que habías llegado a salvo. No estamos kayana, como nuestro rey.

—Muy bien —declaró Sarene con firmeza—. Alguien va a empezar a explicarme qué ha pasado *ahora mismo*.

Capítulo 63

SARENE alisó la chaqueta de Raoden, y luego dio un paso atrás, dándose golpecitos en la mejilla con el dedo mientras lo estudiaba. Habría preferido un traje blanco en lugar de uno dorado, pero por algún motivo el blanco quedaba pálido y sin vida en alguien de piel plateada.

—¿Bien? —preguntó Raoden, abriendo los brazos.

—Tendrás que conformarte —declaró alegre ella.

Él se echó a reír, se acercó y la besó.

—¿No deberías estar sola en la capilla, rezando y preparándote? ¿Qué ha sido de la tradición?

—Ya lo intenté una vez —dijo Sarene, volviéndose para asegurarse de no haberse estropeado el maquillaje—. Esta vez pretendo no quitarte ojo de encima. Por algún motivo, mis esposos potenciales tienen la manía de desaparecer.

—Eso podría decir algo sobre ti, palo de leky —se burló Raoden. Se había reído con ganas cuando el padre de Sarene le explicó el origen del apodo, y desde entonces procuraba utilizarlo en todas las ocasiones posibles.

Ella le dio un golpecito, ausente, mientras se alisaba el velo.

—Mi señor, mi señora —dijo una estoica voz. El seon de Raoden, Ien, entró flotando por la puerta—. Es la hora.

Sarene se agarró con fuerza al brazo de Raoden.

—Camina —ordenó, indicando la puerta.

Esa vez no iba a soltarlo hasta que alguien los casara.

RAODEN TRATÓ DE prestar atención a la ceremonia, pero las bodas korathi eran largas y a menudo aburridas. El padre Omin, consciente del precedente que sentaba el hecho de que un elantrino pidiera a un sacerdote korathi oficiar sus esponsales, había preparado un extenso discurso para la ocasión. Como de costumbre, los ojos del hombrecito adquirieron un brillo vidrioso mientras hablaba, como si hubiera olvidado que había alguien presente.

Así que Raoden dejó su mente divagar también. No podía dejar de pensar en una conversación que había mantenido con Galladon, una conversación iniciada por un trozo de hueso. El hueso, recuperado del cuerpo de un monje fjordell muerto, estaba deformado y retorcido... y, sin embargo, era más hermoso que repugnante. Era como un pedazo de marfil tallado, o un puñado de varas de madera talladas enroscadas entre sí. Lo más inquietante era que Raoden hubiese jurado que reconocía símbolos levemente familiares en el tallado. Símbolos que había estudiado, antiguos caracteres fjordell.

Los monjes derethi habían creado su propia versión del Aon-Dor. La preocupación acuciaba su mente con tanto vigor que distrajo su atención incluso en mitad de su boda. A lo largo de los siglos, solo una cosa había impedido que Fjorden conquistara Occidente: Elantris. Si el wyrn había aprendido a acceder al dor... Raoden no dejaba de recordar a Dilaf y su extraña habilidad para resistir, e incluso destruir, los aones. Si unos cuantos monjes más hubieran poseído ese poder, con toda probabilidad la batalla se habría desarrollado de otra manera.

La burbuja de luz familiar de Ien flotaba aprobadora al lado de Raoden. La restauración del seon casi compensaba a los queridos amigos que Raoden había perdido durante la batalla final por recuperar Elantris. Karata y los demás serían añorados. Ien decía no recordar nada de su época de locura, pero había algo un poco... distinto en el seon. Era más silencioso que de costumbre, estaba aún más pensativo. En cuanto tuviera un poco de tiempo, Raoden planeaba interrogar a los otros elantrinos con la esperanza de descubrir más sobre los seones. Le preocupaba no haber descubierto nunca en todos sus estudios, lecturas y prácticas exactamente cómo habían sido creados los seones... si, de hecho, eran creaciones del AonDor.

No obstante, eso no era lo único que le molestaba. También estaba la cuestión de la extraña danza chayShan de Shuden. Los presentes, incluido Lukel, sostenían que el jinDo había conseguido derrotar a uno de los monjes de Dilaf él solo, con los ojos cerrados. Algunos incluso decían haber visto brillar al joven barón mientras combatía. Raoden empezaba a sospechar que había más de una forma de acceder al dor, muchas más. Y uno de esos métodos estaba en manos del tirano más brutal y dominante de Opelon, el wyrn Wulfden IV, Regente de Toda la Creación.

Al parecer, Sarene se dio cuenta de lo distraído que estaba Raoden, pues le dio un codazo en el costado cuando el discurso de Omin terminaba ya. Siempre una mujer de estado, se mostraba tranquila, bajo control y alerta. Por no mencionar hermosa.

Ejecutaron el ceremonial, intercambiando colgantes korathi con el aon Omi y consagrando sus vidas y muertes el uno al otro. El colgante que él le dio a Sarene había sido delicadamente tallado en jade puro por el propio Taan, y luego entretejido con bandas de oro a juego con sus cabellos. El regalo de Sarene fue menos extravagante, pero igualmente adecuado. En algún lugar había encontrado una pesada piedra negra que al pulirse parecía metal, y cuyo oscuro color y cuyos reflejos complementaban la piel plateada de Raoden.

Hecho esto, Omin declaró a todo Arelon que su rey estaba casado. Empezaron los vítores, y Sarene se inclinó para besarlo.

—¿Es esto lo que esperabas? —preguntó Raoden—. Dijiste que habías deseado que llegara este momento toda la vida.

—Ha sido maravilloso —respondió Sarene—. Sin embargo, hay una cosa que he deseado más que mi boda.

Raoden alzó una ceja. Ella sonrió con picardía.

—La noche de bodas.

Raoden se echó a reír, preguntándose dónde se habían metido, él mismo y su país, al traer a Sarene a Arelon.

Epílogo

E L DÍA era cálido y soleado, en completo contraste con el
día del funeral de Iadon. Sarene se encontraba en las afueras de Kae, contemplando el túmulo del antiguo rey. Todo
por lo que Iadon había luchado había cambiado: Elantris había
sido revitalizada y la servidumbre declarada ilegal. Naturalmente, su hijo se sentaba en el trono de Arelon, aunque ese trono estuviera ahora dentro de Elantris.

Solo había transcurrido una semana desde la boda, pero habían sucedido muchas cosas. Raoden había terminado permitiendo a la nobleza conservar sus títulos, aunque primero había
tratado de abolir todo el sistema. El pueblo no lo hubiera consentido. Le parecía antinatural que no hubiera condes, barones
u otros señores. Así que Raoden modificó el sistema para sus
propios fines. Hizo a cada señor siervo de Elantris, encargándo-
le la responsabilidad de cuidar del pueblo en una parte remota del
país. La nobleza acabó siendo menos aristocrática y más distri-
buidora de alimentos, cosa que, en cierto modo, era como tendría que haber sido desde el principio.

Sarene lo observaba hablar con Shuden y Lukel, su piel brillando incluso a la luz del sol. Los sacerdotes que decían que la
caída de Elantris había revelado la auténtica esencia de sus habitantes no habían conocido a Raoden. Esa era su verdadera esencia, la bengala brillante, la poderosa fuente de orgullo y esperan-

za. No importaba lo metálica y reluciente que se hubiera vuelto su piel: nunca sería comparable al resplandor de su alma.

Junto a Raoden se encontraba el silencioso Galladon, su piel brillando también, aunque de un modo diferente. Era más oscura, como hierro pulido, un resto de su herencia duladen. La cabeza del hombretón seguía siendo calva. Era algo que había sorprendido a Sarene, ya que el resto de los elantrinos vieron crecer cabellos blancos en sus cabezas. Cuando le preguntaron por esa peculiaridad, Galladon simplemente se encogió de hombros como era su costumbre, y murmuró:

—Me parece bien. Soy calvo desde que cumplí los treinta años. ¿Kolo?

Detrás de Raoden y Lukel, Sarene distinguía la forma plateada de Adien, el segundo hijo de Daora. Según Lukel, la shaod había alcanzado a Adien cinco años antes, pero la familia había decidido ocultar su transformación con maquillaje para no arrojarlo a Elantris.

La verdadera naturaleza de Adien no resultaba más desconcertante que la de su padre. Kiin no había querido dar muchas explicaciones, pero Sarene vio la confirmación en los ojos de su tío. Hacía más de diez años había comandado su flota contra el padre de Sarene en un intento de robar el trono, un trono que Sarene empezaba a creer que podía haber pertenecido legalmente a Kiin. Si era cierto que Kiin era el hermano mayor, entonces él tendría que haber sido el heredero, no Eventeo. Su padre seguía sin querer hablar del asunto, pero ella pretendía conseguir las respuestas tarde o temprano.

Mientras reflexionaba, vio que un gran carruaje se detenía junto a la tumba. La puerta se abrió y Torena salió, guiando a su grueso padre, el conde Ahan. Ahan no era el mismo desde la muerte de Roial, hablaba con una voz aturdida y enfermiza, y había perdido una alarmante cantidad de peso. Los demás no lo habían perdonado por su intervención en la ejecución del duque, pero su desprecio nunca podría igualar la repulsa que él mismo debía de sentir.

Raoden la miró a los ojos, asintiendo levemente. Era el momento. Sarene avanzó más allá de la tumba de Iadon y las cuatro que la acompañaban, los lugares donde descansaban Roial, Eondel, Karata y un hombre llamado Saolin. Este último túmulo no contenía ningún cuerpo, pero Raoden había insistido en que se levantara con los demás.

Esa zona habría de convertirse en un memorial, un modo de recordar a aquellos que habían luchado por Arelon, además del hombre que había intentado aplastarlo. Toda lección tenía dos caras. Era tan importante para ellos recordar la enfermiza avaricia de Iadon como recordar el sacrificio de Roial.

Sarene se acercó despacio a la última tumba. La tierra formaba como las otras un montículo que algún día estaría cubierto de hierba y follaje. Por ahora, sin embargo, estaba yermo, la tierra recién apilada aún suave. Sarene no había necesitado insistir mucho para ponerla. Todos sabían que estaban en deuda con el hombre allí enterrado. Hrathen de Fjorden, sumo sacerdote y santo gyorn del shu-dereth. Habían dejado su funeral para lo último.

Sarene se volvió para dirigirse a la multitud, Raoden al frente.

—No hablaré mucho —dijo—, pues aunque tuve más contacto con Hrathen que la mayoría de vosotros, no lo conocía. Siempre supuse que podría comprender a un hombre siendo su enemiga, y creía comprender a Hrathen, su sentido del deber, su férrea voluntad y su determinación por salvarnos de nosotros mismos.

»No vi su conflicto interno. No pude conocer al hombre cuyo corazón lo impulsó, al final, a rechazar todo aquello en lo que había creído en nombre de lo que sabía que estaba bien. Nunca conocí al Hrathen que colocó las vidas de los demás por encima de su propia ambición. Estas cosas estaban ocultas, pero al final resultaron ser lo más importante para él.

»Cuando recordéis a este hombre, no penséis en un enemigo. Pensad en un hombre que anhelaba proteger Arelon y su pueblo. Pensad en el hombre en que se convirtió, el héroe que salvó a vuestro rey. Mi esposo y yo habríamos sido asesinados por el monstruo de Dakhor, si Hrathen no hubiera llegado para salvarnos.

»Lo más importante de todo, recordad a Hrathen como el que dio la vital alerta que salvó la flota de Teod. Si la armada hubiera ardido, entonces os aseguro que Teod no habría sido el único país en sufrir. Los ejércitos del wyrn hubiesen caído sobre Arelon, con Elantris o sin ella, y todos vosotros estaríais luchando por sobrevivir en este momento. Es decir, si estuvierais todavía con vida.

Sarene dejó que sus ojos se posaran sobre la tumba. En la cabecera se encontraba, cuidadosamente dispuesta, la armadura rojo sangre. La capa de Hrathen colgaba en el extremo de su espada, clavada en la suave tierra. La capa escarlata ondeaba al viento.

—No —dijo Sarene—. Cuando habléis de este hombre, que se sepa que murió para defendernos. Que se diga que, al fin y al cabo, Hrathen, gyorn del shu-dereth, no fue nuestro enemigo. Fue nuestro salvador.

ARS
ARCANUM

Sobre el AonDor

Al hablar del AonDor, resulta natural preguntarse cuál es su origen.

Los propios aones (véase más adelante) sientan los cimientos tanto del lenguaje como de la magia en Arelon y las regiones circundantes. Curiosamente, se diferencian bastante del idioma aónico, hasta tal punto que el sistema de escritura (cuya naturaleza es por lo demás fonética) los destaca representándolos con unos caracteres de menor tamaño y trazo más apretado que sus majestuosas contrapartidas logográficas. Aun a riesgo de parecer prosaica, da la impresión que las letras comunes sean súbditos que se someten ante sus dioses.

Curiosamente, los aones producen unos sonidos que no representa ninguna otra grafía en las lenguas de la zona. Si se eliminaran del idioma —lo cual sería posible, dado que todos los conceptos e ideas que transmiten los aones también pueden expresarse mediante los caracteres comunes, más racionales—, el resultado sería una familia lingüística mucho más parecida al duladen de lo que a primera vista cabría esperar.

Si a esto le sumamos el hecho de que los aones incorporan cosas como el paisaje de Arelon en sus representaciones, empieza a emerger una incógnita importante. ¿Es posible que los aones sean *anteriores* a la llegada del pueblo aónico a la región? Alguien tendría que haber enseñado los aones a esos inmigrantes, quienes, tras aprender su significado, los habrían incorporado a un lenguaje ya existente. Pero en ese caso, ¿quién los creó? ¿Se crearon para describir el paisaje o fue dicho paisaje el que, de alguna manera, *dictó* la forma y el sonido de los aones?

Ignoro la respuesta a esos interrogantes, pero quizá ayuden a comprender mejor por qué esta forma de Investidura me provoca tanta curiosidad.

A continuación expongo una lista de conceptos exclusivos del AonDor. Algún día desentrañaré cuál es la relación que los une a todos y por qué son tan característicos de este dominio y su magia.

PRECISIÓN

Para que los aones funcionen, hay que trazarlos con una precisión absoluta. De hecho, mi investigación muestra que otros usos potenciales del dor también requieren exactitud, mucha más que en cualquier otro tipo de magia que haya encontrado hasta la fecha. De nuevo, esto parece señalar una diferencia, dado que casi todas las demás formas de Investidura dependen exclusivamente de la *percepción*. En otros lugares, si se *cree* estar haciendo algo correctamente, a menudo da resultado. Pero aquí, incluso el menor error de trazo basta para invalidar el aon.

INTENCIÓN

Al igual que sucede con otras formas de Investidura, la intención es muy importante. Un elantrino no puede trazar un aon sin pretenderlo. Sería muy improbable que sucediera de todos modos, por su complejidad, pero aun así he realizado pruebas para confirmarlo a mi entera satisfacción. Es necesario proponerse trazar el aon y tener una idea aproximada de su forma correcta para que suceda algo.

LUGAR DE NACIMIENTO

Cada vez estoy más convencida de que los habitantes de Sel poseen algún tipo de conexión espiritual con el dor y la Investidura, del mismo modo que en la mayoría de los otros planetas principales habitados por una Esquirla completa de Adonalsium. Es únicamente en Sel, sin embargo, donde la conexión espiritual con el lugar de nacimiento determina el tipo y el estilo de su conexión Investida.

No tengo teorías viables sobre el motivo para ello.

INICIACIÓN

Aunque la población general crea ver un acto de intervención divina en quién resulta elegido para convertirse en elantrino, me parece poco probable que sea así, considerando que sus dioses están muertos y, según sugiere toda evidencia, llevan así bastante tiempo. Me pregunto si sabrán que están canalizando los cadáveres de esos dioses para manifestar su magia.

Entonces, ¿cómo se inician los practicantes del AonDor? No parece estar vinculado al linaje, como en Scadrial, ni es una decisión de una Esquirla concreta, como en Nalthis. Ni siquiera parecen aplicarse aquí los métodos de Taldain o Vax. A menos que exista alguna pauta oculta cuya naturaleza aún se me escapa, solo me queda deducir que en este caso es una mera cuestión de azar.

LISTA DE AONES

Lo que se detalla a continuación no es una lista completa de aones, sino una mera selección de aquellos que considero más importantes o ilustrativos para los propósitos de esta guía. Incluyo entre paréntesis algunos ejemplos de nombres propios o comunes en los que se incluye cada aon.

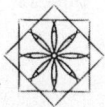

AAN
Verdad, hecho
(Aandan, Taan)

AKE
La dirección oeste
(La ciudad de Ake)

ARE
Unidad, cohesión
(Arelon, Aredel,
Maare, Waren)

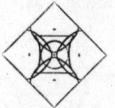

AEO
Valentía
(Seon Aeo, Graeo)

ALA
Belleza, hermosura
(Seinalan, Seala)

ASHE
Luz, iluminación
(Seon Ashe, Dashe)

AHA
Aliento, aire
(Ahan, Dahad,
Kahar)

AON
Primero, lenguaje
(AonDor, aónico)

ATA
Elegancia, tersura
(Karata, Montañas
de Atad, Atara)

ATI
Esperanza
(Matisse)

DII
Madera

ELA
Concentración, centro
(Elantris, Elao)

ATO
La dirección norte
(La ciudad de Ato)

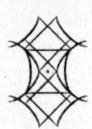

DIO
Firme, inamovible
(Seon Dio
Diolen, Dion)

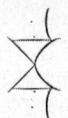

ENA
Bondad
(Torena)

DAA
Poder, energía

EDA
Superioridad, altanería
(Edan)

ENE
Ingenio, astucia
(Sarene)

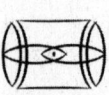

DAO
Estabilidad, seguridad
(Daora, Daorn)

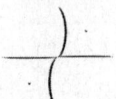

EDO
Protección, seguridad

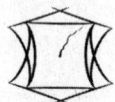

ENO
Agua

DEO
Oro, metal
(Deos, Plantación Deo)

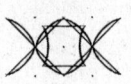

EHE
Fuego, calor

EON
Fuerza de voluntad,
resistencia
(Eondel, eónico)

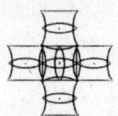

ESHE
Don, dotación
(Eshen, Mareshe)

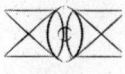

IEN
Sabiduría
(Seon Ien, Adien)

MAI
Honor

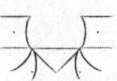

ETO
Cuerpo, carne, músculo
(Ketol)

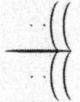

IRE
Tiempo, edad
(Diren)

MEA
Consideración, empatía
(Meala, Ramear)

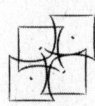

IAD
Confianza, fiabilidad
(Iadon)

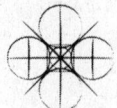

KAE
Dirección este
(La ciudad de Kae)

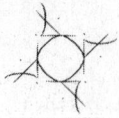

NAE
Vista, claridad

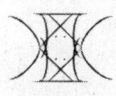

IAL
Asistencia, ayuda
(Roial)

KAI
Calma, solemnidad
(Kaise)

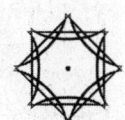

OMI
Amor
(Domi, Omin)

IDO
Misericordia, perdón
(«Idos Domi»)

KII
Justicia
(Kiin)

OPA
Flor
(Seon Opa, Opais,
Opelon)

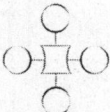

RAO

Espíritu, esencia

(Raoden, Tenrao)

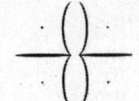

SEA

Castidad, fidelidad

(Seaden, Seala)

REO

Castigo, represalia

(Dreok Aplastagargantas, Reod)

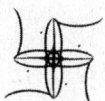

SEO

Lealtad, servicio

(Seon, Seor)

RII

Lujo, opulencia

(Telrii, Sorii)

SHAO

Transformación, cambio

(Shaod, Shaor)

SAO

Inteligencia, aprendizaje

(Saolin)

SHEO

Muerte

SOI
Orden, organizado
(Soine)

TEO
Grandeza, majestuosidad
(Eventeo, Teod, Teoras, Teorn)

TAE
Abierto

TIA
Viaje, transporte

TOA
La dirección sur
(La ciudad de Toa)

ELANTRIS:
ESCENAS
ELIMINADAS

EL
PRÍNCIPE
LOCO

Como supondréis, una novela pasa por muchos cambios a lo largo de sus sucesivos borradores. Para algunos escritores, esos cambios son mucho más sustanciales que para otros. Yo soy lo que suele llamarse un «autor de borrador único», lo cual significa que planifico mucho antes de ponerme a escribir y así luego, en general, plasmo en la página la trama, la ambientación y los personajes del modo en que los quiero. En los siguientes borradores añado detalles o resuelvo los problemas que descubro cuando ya tengo todo el texto escrito.

Aun así, Elantris pasó por diez borradores antes de su publicación. Por tanto, incluso siendo un autor de borrador único, cambiaron muchas cosas. La mayoría de las modificaciones fueron retoques menores, pero sí que hubo un cambio importante en el libro: la eliminación del hermano de Raoden, el Príncipe Loco. Retiré ese personaje del libro por varios motivos. El primero y principal fue que las escenas de Eton trastocaban el ritmo narrativo. Eton aparecía hacia la última cuarta parte de la novela y provocaba un gran desvío en todas las tramas que ya transcurrían en la historia. A esas alturas de la narración, sencillamente no funcionaba presentar a un nuevo villano y obligar a los personajes a lidiar con él en tan poco tiempo.

Además, eliminar a Eton me permitía dar más protagonismo a Telrii, emplear a un personaje ya establecido para ocuparse de mucho de lo que hacía Eton en vez de asignárselo a un recién llegado a quien el lector apenas conocía. En general, me sirvió para acortar el libro y hacerlo mucho más compacto.

Otra razón para prescindir de Eton por completo provenía de la última escena, la ejecución de Raoden. Nunca me había satisfecho del todo cómo quedaba esa escena. Me parecía demasiado manida en términos argumentales, y no encontraba la forma de resolverlo. Al final, librarme de Eton y sus argucias me ayudó muchísimo a pulir ese final.

Sin embargo, hay cosas que añoro de tener a Eton en la novela. La primera es que me encantaba la escena en que aparecía por primera vez, la que tenéis a continuación. Su llegada me permitía dar una conclusión adecuada a varias subtramas que había estado planteando a lo largo de todo el libro, lo cual siempre me gusta mucho hacer. La segunda razón por la que echo de menos a Eton es que… bueno, creo que era un personaje estupendo. Siempre me divirtió mucho, sobre todo en sus conversaciones con Hrathen.

Necesitáis saber algunas cosas para comprender estas escenas. En los primeros borradores de Elantris se mencionaba a menudo al hermano de Raoden, un hombre de cuestionable cordura a quien el rey Iadon había desterrado a una plantación lejana para que dejara de avergonzar a la corte. Se insinuaba que Eton no solo estaba loco, sino que era irracional y que, por ejemplo, tenía afición a representar batallas falsas con campesinos. Había sido muy cruel con su hermano, cosa que se mencionaba con bastante frecuencia para explicar en parte que Raoden hubiera desarrollado una personalidad tan fuerte más adelante. Raoden había tenido que lidiar con un hermano que lo atormentaba y, con el tiempo, había aprendido a utilizar los delirios de aquel demente en su contra, en lo que era una versión previa de Raoden convirtiéndose en alguien capaz de volver las leyes de su padre contra él.

Antes de las siguientes escenas, Raoden y Galladon por fin suben a las almenas de Elantris. Desde allí divisan un extraño ejército en el horizonte. Es lo primero que sabemos de él, ya que Sarene estaba encerrada con ellos en la ciudad, aunque ya teníamos in-

dicios de que Hrathen estaba en contacto con un misterioso ter-
cer poder al que ha convencido para marchar sobre Kae. Nadie
sabe de dónde procede ese ejército ni cuáles son sus intenciones.

Llega el capítulo 47 y Sarene se libera de Elantris. Tiene su
encontronazo con Hrathen, pero antes de que Sarene permita a
Kiin llevarla de vuelta a su hogar, sucede la siguiente escena.

L A EXPRESIÓN de sorprendido estupor en el rostro de Lukel fue tan maravillosa que, a pesar de todo, Sarene se descubrió riendo.

—Sí, soy yo —le informó mientras bajaba del carruaje.

—Pero… —dijo él, parpadeando a un ritmo frenético.

—Después te lo explico —dijo Sarene—. ¿Roial está aquí?

Lukel asintió.

—Voy a llamarlo —dijo en tono estupefacto, y se alejó aturdido del carruaje.

Detrás de ella, Kiin soltó una risita.

—Esto sí que ha sido extraordinario. Creo que no he visto a Lukel quedarse sin palabras más de un par de veces, y eso que llevo una década larga siendo su padre.

—¿Por qué se ha puesto a pestañear así? —preguntó Sarene—. Casi parecía que estuviera dándole una especie de ataque.

—Ah, siempre le pasa cuando se sorprende —explicó Kiin—. De niño lo hacía mucho. Daora dice que la sacaba de quicio con tanto parpadeo.

Eondel ordenó al cochero que retrocediera. Estaba congregándose una multitud frente al palacio, y Sarene distinguió en ella a buena parte de la aristocracia de Kae. Ahan, vestido de regio azul, parecía una ciruela demasiado madura sentado en su carruaje con su esposa. Telrii estaba acompañado por varios miembros de la baja nobleza, su rostro adusto y disgustado.

Mientras buscaba entre las caras conocidas, Sarene vio a Lukel guiando a Roial entre la muchedumbre. El duque negaba con violencia, pero dejó quieta la cabeza en el momento en que vio a

Sarene. Su voz estaba ahogada por la docena de conversaciones que se interponían entre ellos, pero Sarene logró interpretar lo que exclamaba con los ojos como platos por la impresión, leyéndole los labios:

—¡Domi misericordioso!

Sarene le dedicó una sonrisa tranquilizadora y entonces volvió la cabeza de golpe al oír una voz gritando que se acercaban jinetes. Eran una docena, llegando por el camino a lomos de unos gigantescos corceles de guerra como Sarene jamás había visto en Arelon. Venían acompañados del tintineo de la cota de malla al golpear contra las placas de sus corazas. Se les notaba que estaban habituados a la guerra, otra cosa que Sarene jamás había visto en Arelon.

Era evidente que el jinete que los encabezaba era quien estaba al mando. No solo su armadura era la más ornamentada, sino que también estaba pintada de negro a juego con el pelaje azabache de su semental. Llevaba un brillante aon rojo a modo de escudo de armas en el peto de la armadura, un triángulo con salientes como alas a ambos lados: el aon Eto. El líder de los jinetes contempló el gentío y su rostro resultó extrañamente familiar a Sarene.

Eondel dio un respingo.

—¡Idos Domi! ¡Es el príncipe Raoden!

Sarene se había quedado entumecida.

—No —lo corrigió Kiin—. No es él, Eondel, fíjate bien. Tiene la cara muy redonda y demasiado músculo. Ese no es Raoden, así que debe de ser su hermano, Eton.

—¿El loco? —preguntó Eondel, incrédulo.

—No tan loco, por lo visto, si ha podido reclutar un ejército en nuestras mismas narices —respondió Kiin.

—¡Vengo a reclamar mi trono! —proclamó el hombre, Eton, en voz alta y firme.

No se carcajeó con la risotada demente que Sarene siempre había imaginado que proferiría un loco. Señaló con el dedo y sus hombres encendieron antorchas y cruzaron a caballo las amplias puertas del palacio. Al cabo de poco tiempo regresaron, galopando entre un humo cada vez más denso.

—Que tengáis todos un buen día —les deseó Eton, asintiendo con la cabeza.

Entonces dio media vuelta y se marchó, dejando que el hogar de su juventud llameara a su espalda.

Ya habéis visto que en efecto fue un suceso extraordinario. Después de esto, Sarene regresaba a casa de Kiin, donde tiene lugar la escena en que se atiborra de comida. Luego Sarene habla con su padre vía seon y confirma lo que le ha contado Hrathen al principio del capítulo.

Después de eso venía la siguiente escena de Hrathen, que en la versión final de la novela quedó reemplazada por su encuentro con Telrii, quien le dice que ha decidido enviar una carta al wyrn exigiendo la categoría de gyorn.

EL ESPÍRITU DE ELANTRIS

CAPÍTULO 48

(Ah, sí. El libro aún tenía ese título
por aquel entonces)

HRATHEN frunció el ceño mientras veía comer al Príncipe Loco. Eton estaba sentado a la ancha mesa de roble que ocupaba el centro de su tienda, rodeado de subordinados y sirvientes que esperaban de pie. La comida del príncipe, un pedazo de carne en salsa acompañada de gorndeles untados en mantequilla, reposaba directamente sobre la mesa, y Eton estaba devorándola sin cubiertos. En su opinión, la cubertería y la vajilla eran demasiado fáciles de envenenar por parte de sus enemigos.

Eton dio un mordisco a la pieza de ternera, impasible a la salsa que le goteaba en el regazo.

—Siéntate, sacerdote. Todo hombre se sienta en mi presencia.

Hrathen obedeció, sin comentar que todos los siervos y los soldados que esperaban detrás de Eton estaban de pie.

—Vayamos al grano, sacerdote —dijo Eton, señalándolo con un dedo manchado de salsa—. Quieres que me convierta a tu religión. ¿Qué puedes ofrecerme que no tenga ya?

—La promesa de que conservaréis lo que habéis reclamado para vos —respondió Hrathen.

—¿Me amenazas, sacerdote?

Los ojos de Eton estaban tranquilos, pero la ausencia de ira no significaba nada. Hrathen tenía la sensación de que Eton decapitaría a un hombre con la misma facilidad por un cumplido que por un insulto.

—Os hablo de necesidades, majestad. Este mundo está destinado a ser derethi. Vuestro padre no quiso verlo y cayó.

—Mi padre... —dijo Eton, apoyando los codos en la comida a medio terminar—. Sí, mi padre era un necio. En eso estamos de acuerdo, sacerdote.

—Como en otras cosas, majestad —repuso Hrathen—. Vos, al igual que los derethi, apreciáis un buen ejército. El resto de la nobleza de Arelon teme las armas y el combate.

—Muy cierto.

Eton hizo un gesto a una criada y echó atrás la cabeza, con la boca abierta. La mujer alzó la jarra de vino que llevaba y vertió el oscuro líquido en la boca del Príncipe Loco.

«Al parecer las copas son igual de fáciles de envenenar que los platos —pensó Hrathen—. Esa jarra, en cambio, es harina de otro costal».

El príncipe terminó de beber y utilizó la servilleta blanca que le ofrecía otro sirviente para limpiarse con toda meticulosidad el vino de los labios, mientras la salsa y la mantequilla le goteaban de las mangas.

—Los sacerdotes de Fjorden están versados en el combate, majestad —dijo Hrathen—. Podríamos enviar a hombres para asistir en el entrenamiento de vuestras tropas.

—¿Me enseñarían a construir máquinas de asedio? —preguntó Eton.

Hrathen calló un momento.

—Por supuesto, majestad. Catapultas, torres ambulantes… Podemos proporcionaros todo eso.

—¿Y qué se requiere para convertirse a esa religión tuya, sacerdote? —preguntó imperioso el príncipe.

—Un juramento, majestad.

—Bien —dijo Eton, asintiendo—. Prometo ser derethi.

Hrathen parpadeó, sorprendido.

—El juramento es un poco más concreto, majestad.

—Pues dime cuál es, sacerdote, y acabemos esta reunión de una vez. Ya casi es la hora de la cena.

Lo más escalofriante de todo era la absoluta lucidez que transmitían los ojos de Eton mientras hablaba.

—«Yo, el rey Eton de Arelon, entrego mi alma a Jaddeth, señor de toda la creación» —empezó a recitar Hrathen, y fue haciendo pausas para que Eton repitiera las palabras—. «Me declaro odiv del gyorn Hrathen y le juro obediencia. Acepto al wyrn Wulfden IV como mi guía espiritual definitivo sobre la faz de esta tierra. Juro servir al imperio de Jaddeth hasta el día en que mi alma descienda hacia él».

Cuando hubieron terminado, Hrathen casi no podía creerse lo que acababa de lograr. Había convertido a los gobernantes de Teod y Arelon en un solo día.

—Márchate, sacerdote —ordenó el príncipe—. Y la próxima vez, recuerda permanecer de pie en mi presencia. Es deshonroso sentarte ante un rey.

—Sí, majestad —respondió Hrathen.

Se levantó e hizo una inclinación, acompañada del chirrido del acero de su armadura. Mientras salía de la tienda, cayó en la cuenta de que los votos de Eton no tenían el menor significado. Habría sido lo mismo reclutar a un caballo para el imperio de Jaddeth.

Pero el resultado justificaba tales actos, se dijo Hrathen mientras se reunía con los demás sacerdotes y empezaba a cabalgar de vuelta a Kae. Los votos ignorantes de un hombre podrían salvar una nación entera. Aun así, a Hrathen le dolía escuchar unas promesas hechas a Jaddeth con intenciones tan vanas. Y le dolía más saber que él mismo había facilitado dichas promesas. Qué raro le resultaba que hubiera que sacrificar así la fe en nombre de la religión.

A continuación venía el capítulo en el que Raoden hace estallar la sección de biología, que termina con él diciendo que es capaz de crear una ilusión. Luego está el capítulo de Sarene en el que Kaloo se presenta en su clase de esgrima, y entonces pasábamos a otro capítulo de Hrathen y el Príncipe Loco, que terminó reemplazado por el capítulo en el que Hrathen se enfrenta a Dilaf en la tienda de lona donde se vendían perfumes. Esa escena también estaba en el borrador original, pero la trasladé para adaptar el texto a la eliminación del Príncipe Loco. Si habéis leído El aliento de los dioses, *quizá reparéis en un elemento al que me alegré de encontrar un nuevo hogar en esa novela.*

EL ESPÍRITU DE ELANTRIS

CAPÍTULO 51

ARRODÍLLATE en mi presencia, sacerdote.

Hrathen obedeció y sus grebas tintinearon contra la piedra. Lo hizo a pesar de que era lo opuesto a todos los cánones. Eton era su odiv. En el este, los reyes se inclinaban ante los gyorns, y todos prácticamente se postraban en la sagrada presencia del wyrn. Hincar la rodilla ante alguien que le había jurado lealtad contravenía toda norma de conducta y dignidad.

Sin embargo, no dijo nada al respecto. La mente de Eton era frágil y reaccionaba con dureza a la frustración. Estaban sobre el tejado plano de un edificio bajo, desde el que se dominaba un parque de Kae compuesto sobre todo de hierba bien cortada y unos cuantos árboles y promontorios. Era un lugar al que acudía la nobleza de Kae a relajarse, como si no lo hicieran ya lo suficiente de todos modos. El Príncipe Loco estaba cerca del borde del tejado, contemplando el parque, al parecer ajeno por el momento a la presencia de Hrathen. Eton seleccionó una piedra lisa y redonda de la bandeja que le ofrecía un siervo y la arrojó hacia el parque. La piedra cayó en la hierba, rebotó unas pocas veces y rodó hasta detenerse.

Eton dio un gruñido.

—Ahora tira tú, sacerdote —ordenó.

Hrathen, todavía arrodillado, levantó el brazo para elegir una piedra.

—Ponte en pie, sacerdote, que así estás ridículo. Ya rezarás cuando estés solo, no durante una audiencia con tu monarca.

Hrathen se contuvo para no hacer ningún comentario sobre «su monarca». Se levantó, escogió una piedra al azar y miró al príncipe con ojos interrogativos.

—¿Queréis que intente acertar a algún objetivo, majestad? —preguntó.

Eton abrió mucho los ojos, sorprendido.

—¿No has jugado nunca a piedras?

—Me temo que no, majestad —respondió Hrathen.

—Qué raro —dijo Eton—. Con lo conocido que es el juego en Fjorden. Creo que se originó allí, de hecho.

—Los sacerdotes disponemos de poco tiempo para el ocio, majestad.

Hrathen suspiró para sus adentros. No sabía muy bien qué delirio había llevado a Eton a inventarse el juego de las piedras, pero desde luego no existía en Fjorden... ni en ningún otro lugar, casi con toda certeza.

—Tiene sentido —dijo Eton asintiendo, como si estuviera en condiciones de juzgar qué tenía sentido y qué no—. Bueno, está prohibido explicar las normas de piedras, así que tendrás que apañarte sin ellas.

—Cómo no, majestad —murmuró Hrathen.

Dubitativo, arrojó su piedra más o menos en la misma dirección que lo había hecho Eton. El Príncipe Loco entornó los ojos con suspicacia.

—¿No decías que no sabías jugar, sacerdote?

—Os juro que no sé —respondió Hrathen.

—Pues acabas de ganar —proclamó Eton, y su mirada se volvió amenazadora.

Hrathen bajó los ojos hacia el imperio subterráneo de Jaddeth. «Oh, señor —pensó—, si tu intención es llevarme contigo, por favor que no sea por algo tan insustancial».

Eton soltó una repentina carcajada.

—Bueno, ya dicen siempre que en el piedras hay mucha suerte del principiante. Venga, echemos otra partida.

—Como deseéis, majestad —dijo Hrathen.

Eton arrojó otra piedra e hizo un gesto a Hrathen para que lo imitara. En esa ocasión Hrathen lanzó sin apenas fuerza, dejando que la piedra cayera casi al lado del edificio.

—Muy astuto —masculló Eton, y estudió los lanzamientos antes de añadir—: Pero no lo suficiente. Punto mío.

Hrathen dio un suspiro de alivio mientras Eton escogía y arrojaba otra piedra.

—¿Vienes a verme solo para charlar, sacerdote?

—Cuidar del alma de la gente rara vez me deja tiempo para socializar, majestad —respondió Hrathen mientras lanzaba una piedra con todas sus fuerzas. Sus músculos, todavía poderosos a pesar de los años, la enviaron casi hasta el final del parque.

—Otro punto para mí, sacerdote. Estás quedándote atrás —dijo Eton con una sonrisa, pero entonces calló y su mirada se llenó de sospecha—. Esto no será por esa condenada proclama tuya, ¿verdad? Ya te dije que la firmaré el día de mi coronación.

—No, majestad, vengo por otra cosa —repuso Hrathen mientras tachaba el primer asunto de su lista mental de temas a tratar con el príncipe. Esperó que en algún momento Eton se olvidara y firmase el proyecto de ley antes de coronarse.

—Bien —asintió el Príncipe Loco.

Tiró otra piedra, que rodó un poco antes de parar igual que todas las demás, pero por algún motivo Eton la miró con el semblante preocupado. Luego, al cabo de un momento, suspiró aliviado y lanzó a Hrathen una mirada astuta.

—Topos.

Hrathen asintió, tratando de aparentar que lo comprendía.

—Entonces, ¿qué quieres, sacerdote? —preguntó el príncipe mientras aceptaba la copa de vino que le traía un criado. Por lo visto, aquellos recipientes ya no le provocaban rechazo.

—Me preguntaba, majestad, si tenéis intención de permitir que nuestros mercaderes entren a la ciudad en algún momento.

Desde encima de aquel edificio se distinguía a la perfección el bosque de mástiles atascados en la bahía de Kae. Unos tres días antes, Eton había proclamado de repente que los barcos procedentes de Fjorden tenían prohibido amarrar en el puerto. Desde entonces habían llegado diez cargueros, ya que la semana siguiente Kae sería la sede del Mercado Areleno, una de las ferias más importantes del país.

Eton estudió la última ronda de piedras.

—Punto tuyo, sacerdote —afirmó el príncipe, y pasó a hablar de los barcos—. Por supuesto que dejaré que amarren. En cuanto haya pasado la peste de Fjorden.

—Ah —dijo Hrathen.

Por supuesto, no había ninguna peste en Fjorden, pero Hrathen sabía que no le convenía cuestionar las declaraciones de Eton. Los mercaderes tendrían que esperar.

—Me extraña que me preguntes siquiera por esto —dijo el príncipe—. Fue tu hijo quien me advirtió sobre la peste, al fin y al cabo.

—¿Mi... hijo?

—Sí, ese tipo bajito que te sigue a todas partes —respondió Eton.

Dilaf. El arteth llevaba un tiempo escurriendo el bulto, sin apenas dar sermones siquiera. ¿Qué motivo podría tener Dilaf para impedir que los barcos entraran al puerto? La respuesta era evidente: Dilaf no había tenido intención de apartar ningún barco. Fuera cual fuese el plan del arteth, debía de haber fracasado. Había ido a contarle a Eton la historia de una plaga, a saber con qué objetivo, pero no había tenido en cuenta lo aleatoria que era la mente del Príncipe Loco. Eton era una incógnita total, como la ficha del chay en el juego del shinDa, que se movía de forma distinta según las otras piezas que tuviera más cerca.

Esa característica enfurecía a Hrathen. Antes de Eton, jamás había conocido a nadie a quien no lograra comprender. Hasta Dilaf era predecible hasta cierto punto, sobre todo en sus ansias de poder y su odio hacia Elantris. Las pasiones de Eton, sin embargo, cambiaban de un momento al siguiente. Hrathen lo había visto escupir el vino de la boca y quejarse de encontrarlo insulso para, al poco tiempo, beber de la misma jarra y afirmar que era una delicia.

El juego prosiguió mientras Hrathen rumiaba y Eton iba asignando puntos a ambos jugadores al azar. Al contrario que la primera partida, resuelta en un solo lanzamiento, aquella se prolongó durante horas y Hrathen no tardó mucho en impacientarse y desear librarse de la compañía de Eton. Todas las palabras y todos los actos de aquel hombre estaban teñidos de caos y lógica frustrada. Por fin, al cabo de más de dos horas tirando piedras, Eton se declaró ganador a sí mismo y preguntó a Hrathen si quería echar una tercera partida de desempate. Hrathen optó por dejarla para otro momento, provocando una carcajada del rey, que le informó de que negarse a jugar a piedras era conceder la victoria. Mientras Hrathen se escabullía del tejado, la primera vez en su vida que recordaba escabullirse de algo, oyó a Eton a su espalda dándose la enhorabuena por haber ganado de nuevo.

Tras este encuentro venía el capítulo en el que Raoden (haciéndose pasar por Kaloo) convence a Roial de que le permita asistir a sus reuniones. El capítulo de Sarene en la reunión transcurría casi del mismo modo que en el borrador definitivo, con la diferencia de que era Eton quien irrumpía y obligaba a Raoden a desvelar su identidad.

Después de eso, todo seguía igual hasta el momento en que los soldados (del ejército de Eton en vez de los guardias que Telrii se había llevado de Elantris) llegaban a casa de Kiin exigiendo que Raoden se entregara para someterse a juicio por incitar al asesinato de su monarca. Sarene se empeñaba en acompañarlos y sucedía lo siguiente:

Sarene cabalgaba dando unos saltos horribles en la silla del corcel de guerra. Los soldados se habían extrañado por su insistencia en que la llevaran con ellos. Al final se habían rendido a sus protestas y uno de los capitanes más jóvenes le había cedido su montura. Era evidente que tenían demasiadas ganas de juzgar a Raoden para andar perdiendo el tiempo en discusiones con una mujer obstinada.

Raoden iba cerca de la cabecera de la columna, con las manos atadas a la espalda. Cabalgaba como un príncipe, con la frente alta y el rostro decidido. Qué distinto era de su difunto hermano. Aunque tenían las facciones parecidas, su porte era diametralmente opuesto. El cuerpo de Raoden era delgado y esbelto, en contraposición a la formada musculatura de Eton, pero de algún modo Raoden exhibía más fuerza de la que jamás había mostrado el Príncipe Loco. La gente podía mirar a Raoden a los ojos y saber en qué posición se hallaba con él. Podían confiar en que los tratara con dignidad. Para Raoden la nobleza no consistía en títulos ni riquezas, sino en honor y actitud.

Los soldados también lo notaban. Raoden los había sorprendido al rendirse, pero todavía más con su cortesía. Les había hablado con respeto, les había tendido las manos para que se las ataran y les había permitido subirlo a una silla de montar sin queja alguna. En reacción a aquella muestra de dignidad, los soldados habían empezado a llamarlo «mi señor» de inmediato. En vez de tratarlo a patadas, parecían preocupados por su comodidad.

El «juicio» iba a celebrarse ante los restos calcinados de la pira de Eton. Sarene no alzó la mirada al pasar junto a la estaca donde estaba clavada la cabeza de Eondel. Haber contemplado aquella visión horripilante una sola vez ya era más que suficiente, y nunca olvidaría la adusta satisfacción petrificada en los rasgos del pobre general.

Todos los oficiales de Eton se habían congregado para asistir al juicio y la casi inevitable ejecución posterior. Estaban sentados en unos bancos construidos a toda prisa y situados formando un amplio círculo en torno a la pira. Había diez hombres apartados de los demás, un jurado compuesto por los generales de mayor graduación de Eton, ataviados con brillante armadura plateada. Los soldados situaron a Raoden ante esos hombres, de pie en el irregular suelo arenoso. En el último momento, y quizá también en respuesta instintiva a la nobleza de Raoden, un soldado ayudó a Sarene a desmontar y le trajo un taburete bajo de madera. La llevó a un lugar al frente del gentío, desde donde tendría buena vista para presenciar la ejecución del hombre al que amaba. El gyorn, con el rostro inescrutable, ocupó un asiento similar al de Sarene en el extremo opuesto del círculo.

—Esto será sencillo —afirmó uno de los diez jueces, levantándose del asiento—. ¿Sabéis lo que ha sucedido?

—Lo sé —reconoció Raoden.

—¿Negáis vuestra responsabilidad en la muerte de vuestro hermano, príncipe Raoden?

—No la niego —respondió Raoden, y a Sarene se le revolvió el estómago—. Tampoco afirmo haber alentado los actos de Eondel, pero sé tan bien como todos los presentes que un líder es responsable del comportamiento de sus hombres. Eondel me seguía, por lo que la culpa de su crimen recae en mí.

Los jueces asintieron mirándose entre ellos.

—En ese caso —prosiguió el general al mando—, ¿tenéis algo que decir en vuestra defensa antes de que dictemos sentencia?

—Nada —declaró Raoden—, pero sí tengo algo que decir en la vuestra.

—¿En nuestra defensa? —preguntó el hombre.

—Sí —dijo Raoden levantando la voz—. Me preocupáis, hombres de Arelon. Me preocupa lo mucho que os habéis visto obligados a soportar. Estoy convencido de que recordáis los tiempos anteriores al Reod, los días en que creíamos que los dioses vivían entre nosotros. También debéis de recordar lo traicionados que nos sentimos cuando esos dioses resultaron ser tan humanos como el resto de nosotros.

»Sobrevivimos a aquel horror, amigos míos. Superamos la incertidumbre, las turbas, los incendios, la caída de la magia elantrina y hasta las mismas sacudidas de la tierra. Sobrevivimos a todo eso para ver alzarse a un nuevo líder, un hombre que se afirmaba capaz de restaurar la paz en nuestro país. Y sin embargo, ese hombre también nos traicionó, ¿me equivoco?

»Iadon estableció el orden, pero lo hizo esclavizándonos. Convirtió a artesanos y artistas en rudos obreros, derribó nuestros lugares más bellos y construyó molinos y campos en su lugar. Seleccionó a unos pocos individuos por su riqueza y les otorgó el dominio sobre los demás. Proclamó pecado capital que un trabajador abandonara la tierra que se le había asignado, imponiéndonos una vida recluida y mortificante.

»Y entonces, pobres de vosotros, se os llevó un paso más allá. Se os separó de vuestras familias para entregaros como juguetes a un demente. Y justo cuando creíais que empezabais a comprender el mundo, ese mismo lunático resultó ser vuestro salvador. Os entrenó, os puso a su lado. Os dio orgullo.

»Ahora, incluso él os ha traicionado.

»Eton ha muerto. Cayó en batalla, donde lo considerabais invencible. Cayó de noche, mientras casi todos dormíais, y ahora tenéis la impresión de que incluso vosotros sois unos traidores, pues no estabais presentes para defender a vuestro señor.

Sarene observó a los soldados mientras Raoden hablaba. No le entraba en la cabeza cómo era capaz de hacerlo, cómo los comprendía tan bien. Los hombres asentían a sus palabras, observándolo en silencio. Sarene sabía cómo manipular a grupos de personas, pero aquello era algo distinto. Raoden no estaba engañando a aquellos hombres. Se limitaba a exponer los hechos tal y como eran.

—Arelon vuelve a sumirse en el caos, amigos míos —continuó Raoden—. El hombre que la oprimía murió por su propia mano, y el que pretendía asumir el control ha muerto por la mía. Hablo en vuestra defensa, soldados de Arelon, porque sé muy bien la carga que lleváis. Esta vez el país está en vuestras manos. Seréis vosotros quienes elijáis al próximo gobernante, que tendrá la ocasión de oprimir a su pueblo o llevarle la paz.

»Antes de partir, quiero haceros una petición. Os presento una candidatura para que la consideréis. —Volvió la cabeza hacia Sarene—. Contemplad a lady Sarene, mi esposa. Os prometo que no conozco a nadie más capacitado para liderar que la princesa. No hay nadie más inteligente ni mejor política que lady Sarene. Sabéis que fue ella quien descubrió las herejías de Iadon. Se ha ganado el respeto y la admiración de todos los miembros de la corte de Arelon. Preguntad, amigos, y os lo confirmarán. Ella es a quien debéis apoyar. Que mi muerte no os disuada y que Arelon no sufra de nuevo. Escoged a Sarene como vuestra reina.

Raoden dejó de hablar y Sarene sintió el peso de cien miradas evaluándola. Los diez generales se miraron entre ellos y hablaron un momento en voz baja, al cabo del cual su líder se levantó haciendo destellar su armadura al moverse.

—Que así sea.

La multitud guardó silencio mientras Sarene asimilaba lo que iba a ocurrir. El general al mando estaba aceptando en persona la espada que le ofrecía un soldado mientras otros dos hombres ponían a Raoden de rodillas y le sujetaban los brazos contra los costados.

—¡NO! —gritó Sarene, levantándose de un salto.

Varios pares de manos la retuvieron. Sarene miró desesperada a Raoden, que aún tenía la cabeza vuelta hacia ella, las manos todavía atadas a la espalda.

«Tiene que ser un truco —se dijo Sarene—. Algún tipo de ilusión. No va a permitir que lo maten». Pero mientras forcejeaba contra sus captores, Sarene miró a Raoden a los ojos y supo la verdad. No utilizaría el AonDor para salvarse ni aunque pudiera. El país le importaba demasiado como para arriesgarse a intentarlo. Moriría, si con ello ponía al mando de Arelon a alguien de su confianza.

—No —repitió Sarene, en voz baja esa vez. No podía hacer nada.

Raoden le sonrió y susurró algo, con los ojos embargados de compasión. Sarene no necesitó leerle los labios para entender lo que decía.

El general se acercó a él con la intención de llevar a cabo él mismo la ejecución.

—Sabed esto, Raoden —proclamó—. Vuestra muerte honorable os ha valido el respeto de este consejo. Aceptamos vuestra propuesta. A Domi ponemos por testigo de que lady Sarene será la reina de Arelon.

Y sin más, el fornido general alzó la espada, cerró los ojos y descargó el arma hacia el cuello de Raoden.

Después de esta escena venía un capítulo de Hrathen. Me gustaba sobre todo por cómo resaltaba la distribución de los capítulos en grupos de tres, pero su trama nunca terminó de convencerme.

EL ESPÍRITU DE ELANTRIS

Capítulo 57

HRATHEN vio cómo «Raoden» intentaba defenderse ante el tribunal. Aún no podía creer que ese hombre fuese el verdadero príncipe Raoden, aunque todos los demás parecieran aceptar la afirmación del impostor. Importaba poco, dado que el supuesto Raoden perdería pronto la cabeza y terminaría tan muerto como el hombre a quien pretendía reemplazar.

Hrathen lo odiaba, fuera quien fuera. No por la oposición que representaba ni por su aspiración al trono, sino por una sola cosa: por cómo lo miraba Sarene. Hrathen veía el amor en sus ojos, una necia adoración que de ningún modo podía ser veraz. ¿De dónde había salido ese hombre tan de repente? ¿Y cómo se las había ingeniado para embaucar a Sarene, tan lista en general?

En cualquier caso, al parecer Sarene le había entregado su corazón en un arrebato impetuoso. Hrathen sabía que, en términos lógicos, aquellos celos no tenían sentido. La relación que tenía Hrathen con la chica siempre había sido antagónica, no afectuosa. ¿Por qué debería envidiar a otro hombre?

Aun así, Hrathen observó satisfecho que el impostor rechazaba hablar en su propia defensa. ¿Qué esperaba ganar con ello? ¿Compasión? Estaba ante soldados, ante hombres cuya manera más efectiva de acabar con un problema era pasarlo a cuchillo. Hrathen sabía cómo pensaban: a fin de cuentas, él mismo era soldado, aunque llevaba tanto tiempo en la política que ya no operaba de un modo tan directo. La compasión no motivaría a aquellos hombres, salvo quizá para incrementar su determinación de ejecutar al reo.

Entonces Raoden se lanzó a lo que se había referido como una defensa de sus captores, y Hrathen empezó a preguntarse si incorporaría un elemento espiritual a su discurso. Tal vez intentara inculcar un sentimiento de culpa en los hombres, un método que, de nuevo, no funcionaría con soldados. Los guerreros estaban habituados al remordimiento y sabían lidiar con él, o jamás podrían desenvolverse en el campo de batalla. Era perfectamente posible provocarles una sensación de culpabilidad por sus actos, pero estaban demasiado bien entrenados para que eso les impidiera cumplir con lo que consideraban su deber.

Pero el discurso del impostor no tenía ese objetivo. Hrathen no lograba comprender las intenciones de aquel Raoden. El gyorn era un maestro de la retórica, pero no alcanzaba a vislumbrar qué utilidad podían tener los ejemplos que planteaba Raoden. ¿Esperaba motivarlos mediante el patriotismo? Imposible, porque lo más plausible era que para los soldados su muerte fuera una solución patriótica a sus problemas. ¿Intentaba despertar afinidad, tal vez, mostrando que entendía el dolor de un soldado?

Entonces Raoden hizo su declaración final, que heló la sangre de Hrathen y lo dejó clavado en su asiento. Tenía prácticamente convencidos a los soldados de que respaldaran a Telrii como el siguiente rey, pero en esos momentos estaba viendo su trabajo desvanecerse como volutas de humo en un vendaval. Por fin comprendía el plan de Raoden: su causa era la de convertirse en mártir. Los soldados responderían mucho mejor a una muerte digna que a súplicas o sobornos. Con una sola frase, Raoden había logrado decidir quién reinaría en Arelon.

Y era Sarene.

Hrathen se descubrió levantándose mientras el general Gatrii preparaba la espada. ¡Aquello no podía ser! Casi había empezado a considerar afortunada la muerte de Eton, dado que Telrii era mucho más manejable. En cambio, si Sarene ascendía al trono, Hrathen sabía que sus empeños en Arelon jamás darían fruto, y mucho menos con el mes escaso que le quedaba antes de que se cumpliera el plazo del wyrn. Los ejércitos de los derethi unificados arrasarían Arelon y masacrarían a su pueblo. Matarían a Sarene.

—¡NO! —bramó, pero su grito se perdió superado por la negativa más firme y apasionada de Sarene.

No podía hacer nada. Si detenía la ejecución, el ejército se volvería en su contra y era muy posible que tuviera que afrontar él mismo el cadalso. Solo le quedaba observar cómo el verdugo alzaba su arma. El general cerró los ojos y descargó la hoja.

Y falló, haciendo caer la espada de forma que la punta pasó a apenas un centímetro del cuello del falso Raoden.

El impostor levantó un poco la cabeza mientras los soldados desanudaban las cuerdas y lo liberaban. Enfocó la mirada en la hoja de la espada, parpadeando confundido. El general Gatrii estaba arrodillándose en el suelo ante Raoden y los soldados del círculo empezaban a imitarlo.

—¿Qué sucede? —exigió saber Hrathen.

—Es como lord Eton nos ordenaba llevar a cabo las ejecuciones —respondió un soldado que hincaba la rodilla cerca—.

El arma se descarga con los ojos cerrados. Si acierta, el reo era culpable. Si falla, era inocente desde el principio.

Hrathen gimió. Incluso desde la tumba, la caótica mano del Príncipe Loco se extendía para abofetearlo.

Contempló al general arrodillado y a Raoden, todavía presa del desconcierto. Hrathen había visto el tajo de la espada y recordaba la precisión con que el general la había manejado. Gatrii no había dejado el golpe a merced del destino, de eso Hrathen estaba bastante seguro. Había guiado la hoja para que fallara.

Gatrii levantó la espada y se la tendió al impostor sobre las manos abiertas.

—¡Que se sepa! —proclamó el general—. El destino ha declarado a este hombre limpio de toda culpa. Nuestro consejo no se opondrá su decisión, de modo que aceptamos al príncipe Raoden como legítimo gobernante de Arelon. ¿Qué ordenáis, milord?

Raoden bajó el brazo y aceptó la espada sin vacilar.

—Enviad mensajeros, general, y convocad a los lores y las damas de Arelon. ¡Mi coronación tendrá lugar dentro de una hora!

Y ahí la tenéis. Esta era la desviación completa que suponía la trama del Príncipe Loco. La eliminación de Eton entristeció a algunos de mis primeros lectores, pero nadie puso muchas pegas. No era difícil darse cuenta de que estaba fuera de lugar.

Reconozco que lamento que Eton desapareciera. Como os decía, me gustaría hallar la forma de reciclarlo para otra historia, aunque Joshua me dice siempre que sería mala idea. Quizá sea que está satisfecho por haber conseguido cargarse a un personaje de mis libros y no quiere que resucite.

Estas son las únicas escenas que borré por completo, pero algunas más en las que no estaba implicado Eton también sufrieron alteraciones sustanciales. Las tengo todas recopiladas, junto con algo de material relacionado con finales alternativos, en la sección Online Library de mi página web.

POSFACIO

Recuerdo que hace diez años estaba actualizando una y otra vez mi cuenta de correo electrónico, esperando ansioso el mensaje que me había prometido mi editor. Era la semana siguiente a la publicación de *Elantris*, y el editor tenía acceso a Bookscan, el servicio extraoficial que proporcionaba cifras semanales de venta de libros. Esto era antes de la era del libro electrónico y los informes de ventas casi inmediatos, así que dependíamos de Bookscan, cuyas cifras procedían de informes que rellenaban los libreros.

Por fin llegó el e-mail. Cuatrocientos ejemplares vendidos. ¿Cuatrocientos?

Llamé a mi agente presa del pánico, convencido de que mi libro era un fracaso. Tampoco había esperado que fuese un superventas inmediato, pero ¿cuatrocientos ejemplares? ¡Menudo desastre!

Mi agente se echó a reír. Resultó que vender cuatrocientos ejemplares en una semana no estaba nada mal para el debut de un autor novel. Me dijo que quizá no pareciera mucho, pero que cuatrocientos ejemplares en la primera semana eran un buen punto de partida.

Y lo fueron. *Elantris* vendió cuatrocientos ejemplares más la semana siguiente, y casi otros tantos la siguiente a esa. De hecho, la novela casi nunca ha caído muy por debajo de esa cifra, vendiéndose despacio pero sin cesar una semana tras otra y tras otra... durante diez años. Al igual que el quelonio de la fábula, *Elantris* ha dominado mi carrera sin hacer aspavientos y se sitúa ya en los centenares de miles de ejemplares, aunque nunca ha aparecido en una lista de superventas, ni se han vendido sus derechos cinematográficos ni (de momento) tiene una secuela propiamente dicha.

¿Cómo ha llegado a ese punto? La historia de *Elantris* previa a su publicación es tan tranquila pero fiable como sus ventas. Mientras bosquejaba las ideas que terminarían convirtiéndose en Mistborn, *El camino de los reyes* y el Cosmere, empecé a trabajar en un libro estrafalario e independiente inspirado en el concepto de una ciudad-prisión para zombis leprosos. Llevaba ya unos años escribiendo y, aunque aún no había publicado nada, tenía varias novelas terminadas.

Sin embargo, *Elantris* fue el primer libro que me senté a escribir después de tomar la decisión de que quería dedicarme a la fantasía épica. Fue la primera historia en la que incluí de manera consciente la mitología, los personajes y la magia del Cosmere.

Cuatro años más tarde, cuando un editor me llamó con intención de comprar el libro, me llevé un sorpresón. Tenía una versión de *Nacidos de la bruma (El Imperio Final)* haciendo la ronda por las editoriales y acababa de terminar el primer borrador de *El camino de los reyes*. Sin embargo, el libro que me llevó a ser un autor publicado no fue el de acción desenfrenada ni el del mundo construido con todo detalle. Fue la novela contemplativa sobre un hombre que intenta reconstruir la sociedad entre desdichados, una mujer que se niega a definirse por los papeles que le impone dicha sociedad y un sacerdote que atraviesa una crisis de fe.

Podría hablar a lo largo de páginas y más páginas sobre lo que inspiró *Elantris*. De hecho, acabo de hacerlo para la sección *Online Library* de mi web, donde he publicado extensas anotaciones sobre cada capítulo, además de las escenas eliminadas. Pero resumiendo, Sarene procede de una amiga mía llamada Annie. Hrathen se deriva de mi época de misionero mormón. La magia se inspiró en la interesante interacción entre el coreano y el chino como lenguas escritas. Raoden, por su parte, salió de mi deseo de contar la historia de un hombre que, para variar, no tuviera un pasado profundo y atormentado. Un hombre que fuese una persona decente sin más, en una situación terrible.

Pero aunque las inspiraciones sean interesantes, no explican el porqué del libro, sino solo un poco el cómo. ¿Por qué *Elantris* gustó tanto a los aficionados? ¿Por qué tengo a tantos lectores que todavía lo consideran su novela favorita escrita por mí? ¿Por qué funciona tan bien?

Es una de esas cosas sobre la escritura que ojalá supiera.

Hablo muy a menudo de que soy de esos autores que planifican sus novelas. Me gusta esbozar la trama con meticulosidad y detallar mis mundos antes de empezar a redactar el primer capítulo. Pero no obstante, ocurre algo indefinible durante la escritura de cada libro, algo relacionado con el proceso creativo, con el desarrollo de temas y personajes, con el abandono de algunas tramas —por mucho tiempo que haya dedicado a diseñarlas— en favor de explorar en nuevas direcciones. Al final de cada libro, puedo preguntarme: «¿Esto es lo que pretendías?» y responderme con sinceridad: «Pues no. En cierto sentido, es mejor».

Cuando miro *Elantris*, pienso que el legado más duradero del libro quizá se halle en el efecto que ha tenido en mí. Continúa recordándome con voz suave que no toda escena de acción tiene que tratar sobre dos personas con espadas, y que el destino de un hombre solitario en una ciudad que se pudre puede ser más cautivador que el choque de ejércitos. *Elantris* demuestra que una novela puede ser mágica y, sin embargo, no mostrar la propia magia hasta los últimos capítulos.

Estoy orgullosísimo de este libro. Con el paso de los años, mi prosa ha mejorado y mi voz narrativa es más madura, pero me resulta esencial recordar que una historia vibrante y apasionada sobre personajes atractivos es más importante que los sistemas de magia espectaculares o las secuencias de acción épica.

Los personajes y la emoción son la verdadera magia. Lo que me susurra *Elantris* es una advertencia para que nunca lo olvide.

BRANDON SANDERSON
Febrero de 2015

HOID el mendigo estaba sentado en la ladera de una montaña, quitándose con cuidado los vendajes de la cara. A su lado, un pequeño estanque cristalino llenaba una hendidura en la roca. Teniendo en cuenta que el agua llegaría a la cintura en el punto más profundo, quizá llamarlo estanque fuese exagerar. Hoid se había metido en bañeras más grandes.

Por debajo, la ciudad de Elantris resplandecía con una espléndida luz. Una luz suave, tranquilizadora, que parecía ascender al firmamento, hasta los dominios del mismísimo Dios Desconocido.

Hoid terminó de despejarse la cara de vendas, se sacudió los guantes de las manos con gesto teatral y extendió los brazos por delante con los dedos separados.

Sus brazos y sus manos tenían el mismo aspecto exacto que antes de vendárselos un día antes.

—Pues vaya —dijo.

—¿En serio esperabas encontrarte transformado?

—Un poco sí —reconoció Hoid, con la mirada fija en las manos, confiando en vislumbrar algún fulgor bajo la piel. No entrevió ni el menor atisbo de iluminación.

—Antes deberías haber sentido los efectos, Hoed.

—Hoid —corrigió él—. Aquí la diferencia es bastante importante.

—Lo que decía. Hoed.

—Da igual —respondió Hoid, poniéndose de pie para sacudirse distraído los pantalones, con lo que levantó una nube de polvo. Ah, sí, disfraz de mendigo, claro.

Se volvió hacia su acompañante, una esfera oscura que flotaba en el aire, del tamaño aproximado de un melón. De algún modo *absorbía* la luz, y no tenía unos bordes definidos y distinguibles: parecía fundirse con el aire, distorsionándolo todo a su alrededor como una piedra dejada caer en una sábana de seda tirante. Estaba rodeada por un anillo de nebulosos símbolos que se extendían formando un aro desde arriba que bordeaba los costados hacia abajo y ascendía de nuevo hasta la cima.

—Muy bien —dijo la esfera—, ¿y ahora qué?

—Una vez me comí una rana viva, ¿sabes? —respondió Hoid, guardándose las vendas en un bolsillo oculto—. Bueno, venía a ser una rana. Tenía una pata o dos de más y era de color violeta, pero a grandes rasgos era lo mismo. Viscosa. Anfibia. Etcétera.

—Seguro que sabía a rayos.

—Nauseabunda en todos los aspectos. Se *retorció* mientras bajaba. —Hoid se estremeció—. Cuando medito sobre mi ilustre vida, ese momento aflora inevitable como el nadir de mis experiencias hasta ahora.

—Yo creía haber encontrado el mío —repuso la esfera—. Y entonces te conocí.

—Buena ejecución —comentó Hoid, subiendo al borde rocoso del estanque—. Inesperada y mordaz. Creía que a tu gente no se le permitía tener sentido del humor.

—Bobadas —dijo la esfera—. ¿Te parece que no hay un innegable y agudo humor en el hecho de que dependamos tanto de la humanidad? El universo entero se ríe, Hoed. Habría que estar sordo para no oírlo.

Hoid sonrió.

—¿Y lo de la rana? —preguntó la esfera.

—Cuando pienso en ese momento —dijo Hoid, levantando un dedo—, me doy cuenta de una cosa importante.

—¿Que tus experiencias más espantosas nunca son las que te esperas?

—No, pero seguro que algún día me vendrá bien esa idea, así que gracias. —Hoid respiró hondo y contempló la centelleante ciudad, que brillaba incluso a la luz del amanecer—. No, me doy cuenta de que por muy terrible, nauseabundo y miserable que fuera ese día para mí... por lo menos no era la rana.

Se quedó callado. Al momento, la esfera soltó una risita. Sí, era verdad que disponían de un rango de emociones más amplio de lo que Hoid había supuesto. Debía tener cuidado y no permitir que sus interacciones con un miembro de una especie, aunque fuese sintética, lo llevaran a prejuzgar a los demás. Se volvió de nuevo hacia la esfera.

—Hay belleza en todo desastre, si eres lo bastante listo para encontrarla.

—¿Ah, sí? Esto ha sido un fracaso estrepitoso, Hoed. No eres uno de ellos. No tienes los poderes que nos prometiste que adquirirías. No has conseguido nada. ¿Qué belleza hay en esta situación?

Hoid metió un pie en el estanque.

—No me conoces bien, así que te perdonaré esa pregunta tan ridícula. ¿La belleza? Yace en el hecho de que quedan secretos por conocer. —Sonrió de oreja a oreja—. Y a mí me encanta un buen acertijo.

Se inclinó hacia delante y se dejó caer al estanque de un chapuzón.

Y desapareció.

AGRADECIMIENTOS

Primero y ante todo me gustaría dar las gracias a mi agente, Joshua Nilmes, y mi editor, Moshe Feder, por ayudarme a exprimir todo el potencial de este manuscrito. Sin su magnífica visión editorial ahora tendríais en las manos un libro muy distinto.

A continuación, quiero expresar todo mi agradecimiento y alabar a los miembros de mis diferentes talleres de escritura. Alan Layton, Janette Layton, Kaylynn ZoBell y Ethan Skarstedt. Daniel Wells, Benjamin R. Olsen, Nathan Goodrich y Peter Ahlstrom. Ryan Dreher, Micah Demoux, Annie Gorringe y Tom Conrad (¡fuisteis un taller de escritura, aunque no lo supierais!). Muchas gracias a todos por vuestro trabajo y vuestras sugerencias.

Además, hay docenas de personas que leyeron este libro durante mis años de búsqueda de editor, y no tengo palabras para expresarles mi agradecimiento por su entusiasmo, sus críticas y sus alabanzas. Kristina Kugler, Megan Kauffman, Izzy Whiting, Eric Ehlers, Greg Creer, Ethan Sproat, Robert ZoBell, Deborah Anderson, Laura Bellamy, el señor M, Kraig Hausmann, Nate Hatfield, Steve Frandson, Robison E. Wells, y Krista Olsen. ¡Si me olvido de alguno, lo nombraré en el próximo libro! La emblemática ilustración que adorna la cubierta es obra de Stephan Martinière's,* y el autor de los espléndidos mapas inclui-

* La ilustración de la cubierta de nuestra edición X aniversario de *Elantris* es de Alain Brion. *(N. de la E.)*

dos en esta edición es Isaac Stewart, quien ha contado con el asesoramiento geográfico de Dan Stewart. Ha corregido esta edición Christina MacDonald, y la comunidad de correctores de esta edición incluye a Lyndsey Luther, Trae Cooper, Kalyani Poluri, Brian T. Hill, Christi Jacobsen, Eric Lake, Alice Arneson, Isaac Skarstedt, Gary Singer y Josh Walker.

También me gustaría dar especialmente las gracias a los profesores que me ayudaron en mi carrera universitaria: a Sally Taylor, Dennis Perry y John Bennion (que trabajaron en mi tesis de licenciatura); a la profesora Jacqueline Thursby por su fe en mí. A Dave Wolverton, que me envió al mundo, y al profesor Douglas Thayer, a quien algún día convenceré para que lea un libro de fantasía (¡va a recibir un ejemplar de este, lo quiera o no!).

Finalmente, me gustaría dar las gracias a mi familia. A mi padre por comprarme libros cuando era niño, a mi madre por convertirme en un erudito, a mis hermanas por sus sonrisas y a Jordan por soportar un hermano mayor dominante.

Muchas gracias, a todos, por creer en mí.

Índice

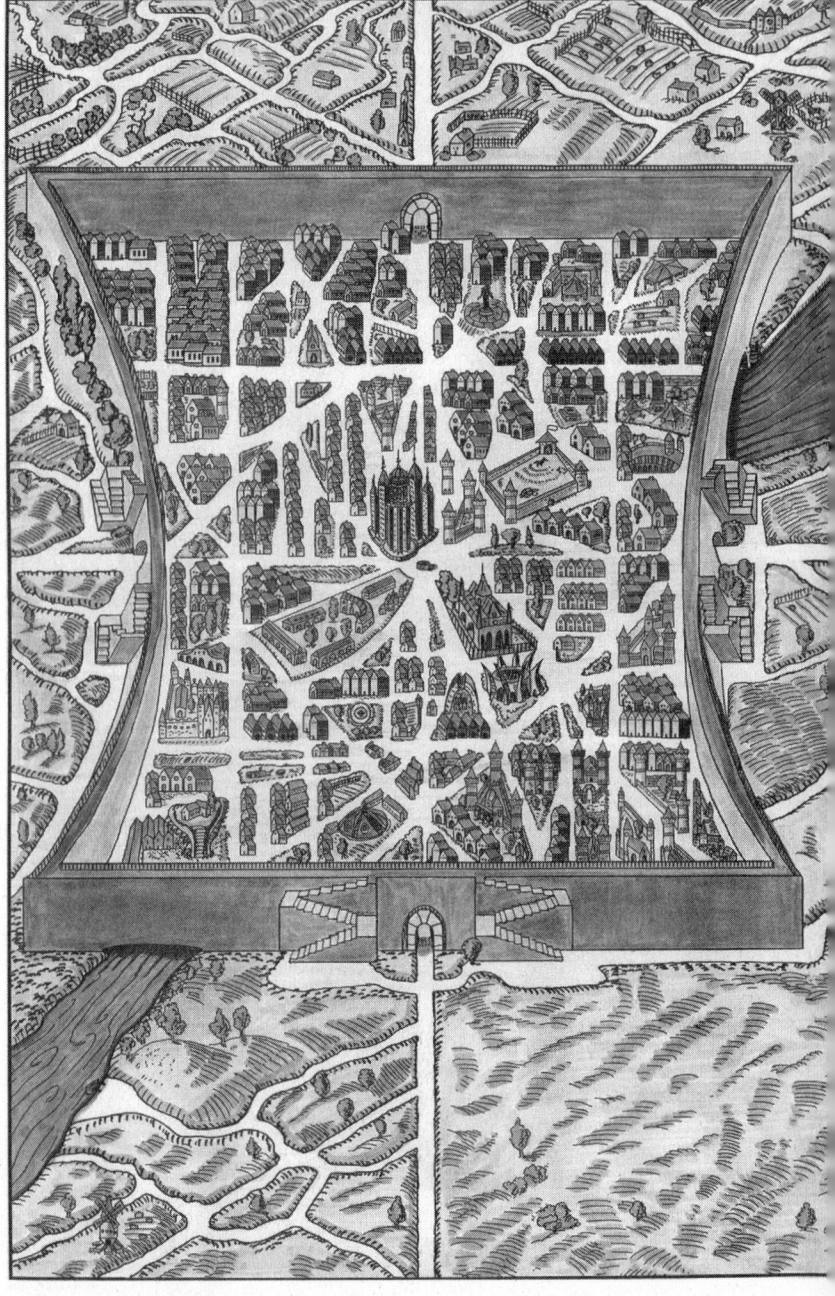

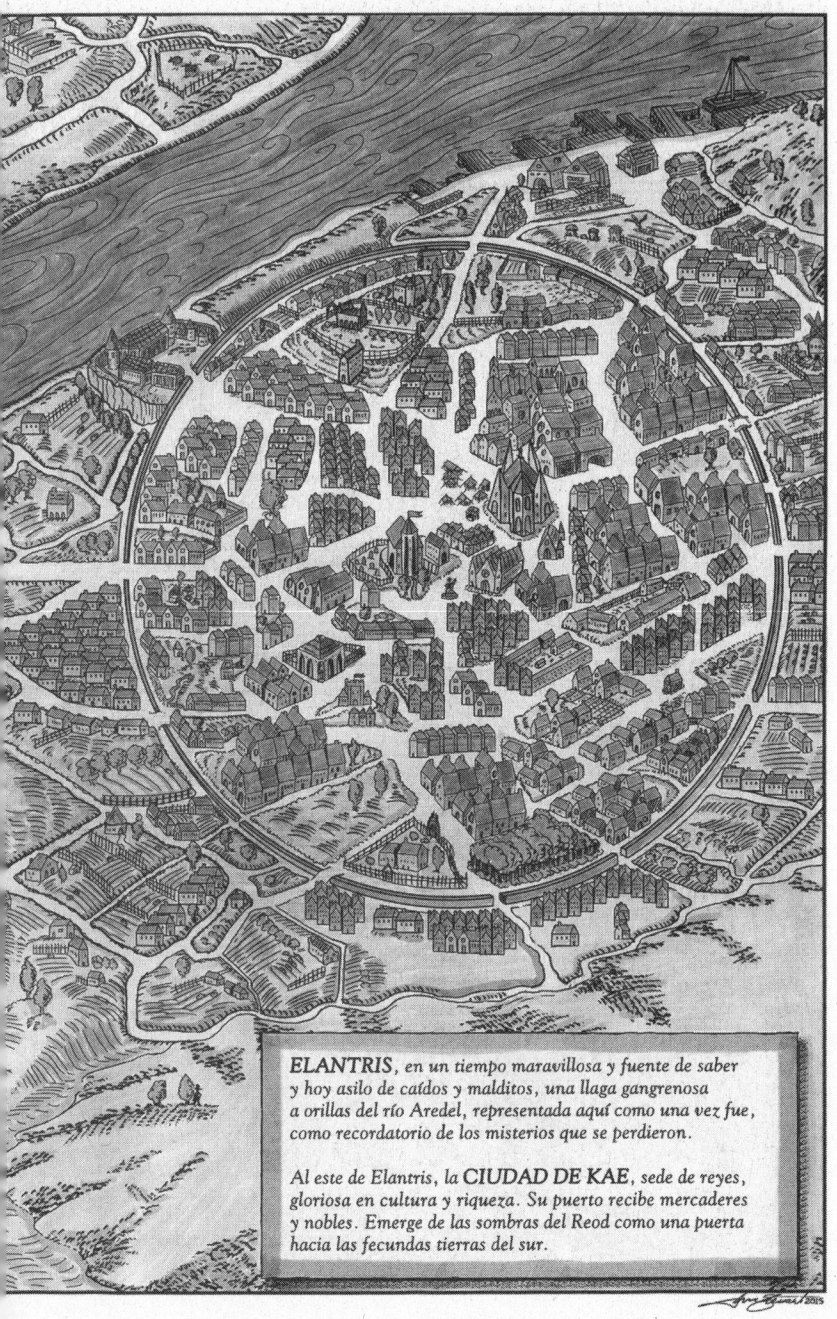

ELANTRIS, en un tiempo maravillosa y fuente de saber
y hoy asilo de caídos y malditos, una llaga gangrenosa
a orillas del río Aredel, representada aquí como una vez fue,
como recordatorio de los misterios que se perdieron.

Al este de Elantris, la **CIUDAD DE KAE**, sede de reyes,
gloriosa en cultura y riqueza. Su puerto recibe mercaderes
y nobles. Emerge de las sombras del Reod como una puerta
hacia las fecundas tierras del sur.

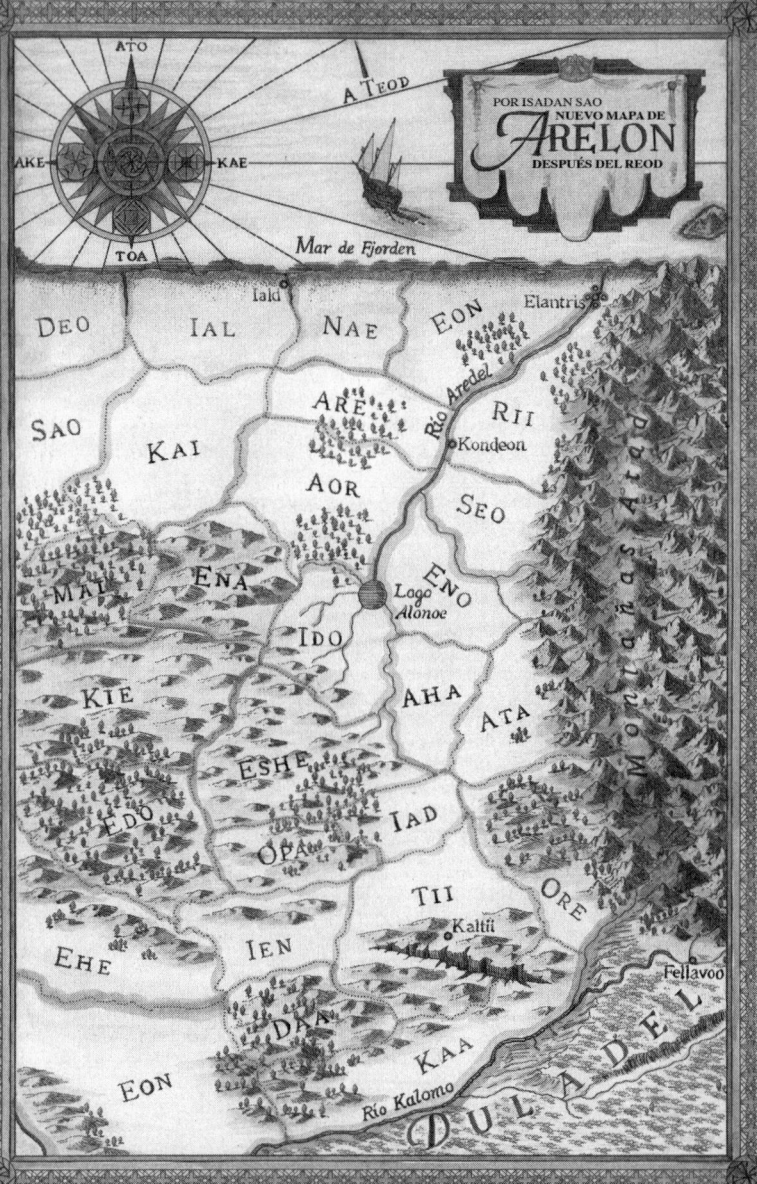

SYCLA

Opelon

TRAZADO POR ORDEN DE
WYRN WULFDEN IV
EMPERADOR DE FJORDEN, PROFETA
DE SHU-DERETH, SOBERANO DEL
REINO SAGRADO DE JADDETH
Y REGENTE DE TODA LA CREACIÓN

MAR DEL NORTE

BÁRBAROS ROIAR

TEOD

TEORAS

MAR DE FJORDEN

SVORDEN

J. SERAVEN

ELANTRIS

SILLA
DEL
WYRN

AREON

FJORDEN

VELF

FELLAVOO

DULADEL

GMORDSON

HAIKO

HRAGGEN GEANT

JINDO

KJAARD

JAADOR

HOLLAVESI

HROVELL

DESIERTO

*Este mapa presenta severas deficiencias,
especialmente en el noroeste, pero es lo mejor
que pude encontrar dadas las circunstancias,
y considerando dónde me abandonaste. —Nazh*

Trilogía Original Mistborn

La saga imprescindible para los fans de la fantasía actual

DESCUBRE EL COSMERE

Las obras clave para disfrutar del universo de
Brandon Sanderson

Queremos compartir
más momentos contigo.

Únete a la comunidad de Penguin Libros
y encuentra tu siguiente lectura.

Penguin
Random House
Grupo Editorial